Larry McMurtry

TEXASVILLE

ROMAN

VERFILMT VON
PETER BOGDANOVICH

Aus dem Amerikanischen
von Wieland Grommes

GOLDMANN VERLAG

Deutsche Erstveröffentlichung

Titel der Originalausgabe »Texasville«

Der Goldmann Verlag
ist ein Unternehmen der Verlagsgruppe Bertelsmann

Made in Germany · 3/91 · 1. Auflage

Umschlaggestaltung: Design Team München
Umschlagfoto: Filmfoto
Satz: Uhl + Massopust, Aalen
Druck: Elsnerdruck, Berlin
Verlagsnummer: 9839
Lektorat: Bettina Abarbanell / AR
Herstellung: Peter Papenbrok
ISBN 3-442-09839-4

für Cybill Shepherd

1

Duane saß im Hot Tub, seinem Privat-Whirlpool im Garten, und feuerte mit einer 44er Magnum auf die neue Hundehütte. Das zweistöckige holzgezimmerte Hundehaus sollte die Kopie eines Grenz-Forts darstellen. Er und Karla hatten es eines Tages aus purer Langeweile auf einer Haus-und-Heim-Ausstellung in Fort Worth gekauft. Das Hundehaus hätte problemlos mehrere dänische Doggen gleichzeitig beherbergen können, doch bis jetzt war es unbewohnt. Shorty, der einzige Hund, mit dem Duane es aushalten konnte, wagte sich nie in seine Nähe.

Bei jedem Treffer, der in die Hundehütte einschlug, flogen weiße Holzsplitter durch die Luft. Der Garten von Moores neuem Haus war gerade erst unter enormem Kostenaufwand eingesät worden, aber das Gras machte noch einen mickrigen Eindruck. Das Haus stand auf einem langen schmalen Felsrükken oberhalb eines Tales, das von Bohrstellen, Salzwasserbrunnen und ölverdreckten kleinen Straßen wie von Pockennarben übersät war. Der Felsrücken war nicht gerade ein geeigneter Ort, um Bermudagras anzupflanzen, und doch waren sechs Morgen damit besät worden. Karla war nämlich der Ansicht, daß man alles erreichen konnte, wenn man nur genügend Geld auf den Tisch legte.

Duane gab dem Bermudagras sogar noch weniger Chancen, als das Gras sich selbst zu geben schien, aber er hatte den Scheck dafür genauso unterschrieben wie den für die Hundehütte, die wohl als Kleinholz enden würde. Eine Zeitlang konnte ihn das Kaufen von Dingen, für die er absolut keine Verwendung hatte, davon überzeugen, daß er immer noch gut bei Kasse war, aber schließlich hatte auch dieser Trick nicht mehr gezogen.

Shorty, ein blauer Queensland-Hund, zuckte jedesmal zusammen, wenn die Waffe losdonnerte. Im Gegensatz zu Duane trug er keinen Schallschutz über den Ohren. Shorty liebte Duane so sehr, daß er selbst auf die Gefahr hin, schwerhörig zu werden, den ganzen Tag lang nicht von seiner Seite wich.

Shorty hatte die Augen eines Säufers – rotumrandet und glasig. Julie und Jack, die elfjährigen Zwillinge, bewarfen ihn mit Steinen, wenn ihr Vater nicht in der Nähe war. Sie waren beide sehr sportlich, deshalb trafen sie Shorty auch oft, aber Shorty störte sich nicht daran. Er nahm das als Sympathiebeweis.

Karla, Duanes attraktive langbeinige Frau, kam mit einem Becher Kaffee in der Hand aus dem Haus und steuerte durch den großen Garten auf den Whirlpool zu. Es war ein sonniger Frühlingsmorgen, und sie hatte sich bereits eine Stunde lang im Gemüsegarten zu schaffen gemacht. Ihre Tomaten waren von Blattläusen befallen.

Als er Karla kommen sah, nahm Duane die Ohrenschützer ab, denn sie wurde jedesmal ernsthaft böse, wenn er sie aufbehielt, während sie sich über irgend etwas zu beklagen hatte.

»Mensch, du demolierst ja die nagelneue Hundehütte, Duane«, sagte sie und setzte sich an den Rand des Beckens. »Ich hab das Gefühl, ich hock hier auf dem Land in der Falle mit einem Mann, der allmählich schwachsinnig wird. Gott sei Dank haben wir die Zwillinge ins Ferienlager geschickt.«

»Da werden sie wahrscheinlich bald wieder rausgeschmissen«, sagte Duane. »Die werden Inzest machen oder so was.«

»Quatsch, es ist doch ein kirchliches Ferienlager«, meinte Karla. »Die werden nichts anderes tun, als für ihre grauenhaften kleinen Seelchen beten.«

Eine Minute lang schwiegen sie. Obwohl es erst sieben Uhr morgens war, war die Temperatur fast schon auf 32° geklettert.

»Man kann dabei draufgehn, wenn man zu lange in einem Whirlpool bleibt«, bemerkte Karla, »ich hab's in *USA Today* gelesen.«

Aus dem fernen Haus drang Geschrei zu ihnen herüber. Es kam von Little Mike, Nellies schrecklichem Balg. Im nächsten Moment stimmte auch das Baby mit ein.

»Nellie wird sie nicht mal hören«, sagte Karla. »Sie hat wahrscheinlich wieder ihren Walkman auf.«

Nellie war neunzehn und hatte gerade mit ihrem dritten Ehemann Schluß gemacht. Sie hatte eine Schwäche fürs Heiraten, hielt aber die ganze Zeremonie für kaum verbindlicher als einen Händedruck.

Karla trug ein T-Shirt mit einem Spruch auf der Brust: DU BIST SCHULD DARAN, DASS UNSERE KINDER HÄSSLICH SIND. Es war der Titel eines Songs, den Loretta Lynn und Conway Twitty gesungen hatten: »You're the reason our children are ugly«. Karla mußte jedesmal lachen, wenn sie den Song hörte.

Sie besaß dreißig oder vierzig T-Shirts, die mit Auszügen aus Hillbilly-Songs bedruckt waren. Immer wenn sie einen Song hörte, der ihrer Ansicht nach eine bedeutende Wahrheit zu enthalten schien, ließ sie sich ein T-Shirt damit bedrucken. Hie und da nahm sie sich die Freiheit, eine Zeile zu verändern, doch das schien in der Gegend von Thalia niemand zu bemerken.

Einmal hatte Duane sie darauf hingewiesen, daß ihre Kinder gar nicht häßlich waren. »Sie haben zwar einen Charakter wie streunende Hunde, aber sie sehen zumindest gut aus«, meinte er.

»Stimmt, sie kommen ganz nach der Mutter«, bestätigte Karla. Um ihren Teint beneideten sie alle Frauen; ihre Haut war wie Schlagsahne mit einer Prise Zimt darüber.

Dickie, ihr 21jähriger Sohn, war an der Thalia High School mehrfach zum »Bestaussehenden Jungen« gekürt worden. Nellie war in ihrem zweiten Jahr am College das »Schönste Mädchen« gewesen, und in den beiden darauffolgenden Jahren war sie nur deshalb leer ausgegangen, weil es bei dem Schönheitswettbewerb unter den Wählern zu viele Neider gegeben hatte. Jack und Julie waren, soviel man wußte, weit und breit die hübschesten Zwillinge in Texas. Dickie bestritt seinen Lebensunterhalt hauptsächlich mit Marihuana-Handel, und Nellie war mit ihren drei Ehen in nur eineinhalb Jahren auf bestem Wege, noch vor Vollendung des einundzwanzigsten Lebensjahrs sogar Liz Taylor in den Heirats-Charts zu schlagen – aber niemand konnte leugnen, daß sie alle hübsche Kinder waren.

Karla besaß mit sechsundvierzig immer noch so viel Optimismus, daß sie fast alles glaubte, was sie auf einem T-Shirt gedruckt fand. Duane war skeptischer. Er hatte arm angefangen, war dann reich geworden, und nun rann ihm das Geld so schnell durch die Finger, daß ihm Zweifel kamen, ob es im Leben überhaupt noch irgendwelche verläßlichen Wahrheiten gab. Er hatte achthundertfünfzig Dollar auf der Bank und grob geschätzt zwölf Millionen Schulden, eine Lage, die langsam unhaltbar wurde.

Duane drehte an der Trommel der 44er. Seine Hand schmerzte leicht. Die schwergewichtige Waffe hatte einen ganz schönen Rückstoß.

»Weißt du, was ich mehr als alles auf der Welt hasse?« fragte Karla.

»Nein, und ich hab auch keine Lust zu raten«, sagte Duane.

»Dich natürlich nicht, Duane«, sagte Karla und lachte. »Was ich am meisten auf der Welt hasse, sind Blattläuse. Ich möchte einen Kerl einstellen, der mir in diesem Garten hilft.«

»Ich versteh nicht, weshalb du einen so riesigen Gemüsegarten anlegst«, sagte Duane. »So viele Tomaten könnten wir selbst dann nicht verdrücken, wenn wir rund um die Uhr welche essen würden.«

»Ich bin eben sparsam erzogen«, erwiderte Karla.

»Wieso hast du dir dann einen BMW gekauft?« fragte Duane. »Ein Pickup hätte es auch getan, wenn du schon sparsam sein willst. Der BMW hält doch nicht mal eine Woche durch auf diesen Straßen.«

Ihr neues Haus lag fünf Meilen von der Stadt entfernt und war nur über staubige, unbefestigte Straßen zu erreichen. Als sie mit dem Hausbau begannen, hatten sie vorgehabt, die Straße auf eigene Kosten zu asphaltieren, aber der Ölboom war zu Ende gewesen, bevor auch nur das Haus stand, und damit war klar, daß sie sich auch in Zukunft noch eine Weile mit holprigen Straßen würden abfinden müssen.

Duane hatte das neue Haus schon zu hassen begonnen, als die Fundamente noch gar nicht gegossen waren. Am liebsten hätte er schon längst wieder die Koffer gepackt, aber er war umzingelt von Gläubigern, und außerdem hatte Karla das Haus ins Herz geschlossen und hätte sich gegen jeden Vorschlag gewehrt, sich ihre verschlechterte Lage einzugestehen und es schon wieder zu verkaufen, bevor noch die Farbe richtig getrocknet war.

Er tauchte den Lauf der 44er ins Wasser. Durch die Brechung schien er zu wachsen. Shorty kam näher an den Rand des Whirlpools heran und lugte hinein. Alles, was Duane tat, schien Shorty hochinteressant zu finden. Viele Handlungen der Menschen waren ihm unverständlich, aber das bedeutete nicht, daß er ihnen nicht wenigstens zuschauen konnte.

»Duane, weshalb steckst du denn die Knarre ins Wasser?« fragte Karla.

»Och, ich wollte mir den Pimmel wegschießen«, erwiderte er. »Er hat mir im ganzen Leben nichts als Kummer gemacht.«

Karla nahm diese Nachricht gelassen auf. Sie kratzte sich ihre wohlgeformte Wade. Karla glaubte, die einzige Möglichkeit, sich durchs Kinderkriegen nicht die Figur zu ruinieren, sei die, in jungen Jahren Kinder zu bekommen und sich dann sterilisieren zu lassen. Kurz nachdem sie Nellie bekommen hatte, hatte sie sich zuschnüren lassen, aber zehn Jahre später war irgend etwas wieder aufgegangen. In einem Anfall von Frömmigkeit war sie zu dem Schluß gekommen, daß es wohl Gottes Wille sein mußte, daß sie Zwillinge bekamen. Denn medizinisch gesehen war das eigentlich ausgeschlossen –, und außerdem schliefen sie und Duane kaum mehr miteinander.

Aber eines Nachmittags, nach zehn Tagen Dauerregen, in denen an allen Bohrtürmen der Hahn zugedreht geblieben war, taten sie's dann doch, und das Ergebnis waren die Zwillinge. Während der Schwangerschaft hatte sich Karla mit der Vorstellung zu trösten versucht, sie wäre dabei, richtige kleine menschliche Engel zu produzieren, perfekt in jeder Hinsicht. Weshalb sollte Gott ihr sonst Zwillinge schenken, wenn ihr Ehemann ihr schon keinen Sex schenkte?

Die Zwillinge wurden geboren, und kaum hatte Jack seine ersten vier Zähne, da biß er seiner Schwester auch schon das Ohr durch. Die Engeltheorie wurde aufgegeben. Und während sie in der Notaufnahme saß und Julies Ohr zusammenflicken ließ, machte Karla sogar endgültig mit der Frömmigkeit Schluß.

Jack und Julie waren schreckliche Babys. Sie bissen und kratzten sich wie kleine wilde Bestien. Sie stemmten sich gegenseitig aus ihrem Babybett und stopften einander Spielzeug in den Mund. Sobald sie selber Gegenstände in der Hand halten konnten, schlugen sie sich mit allem, was sie greifen konnten. Karla hatte das Gefühl, mehr und mehr Zeit ihres Lebens in der Notaufnahme zu verbringen – ja, die Zwillinge waren nicht einmal dort voreinander sicher. Einmal grapschte sich Julie eine Operationsschere von einem Tablett und schlitzte ihrem Bruder damit das Ohr auf.

»Die beiden sind eben richtige Schlitzohren«, erklärte Karla ihren Freunden, die ein Faible für Galgenhumor hatten.

Eher amüsiert als ängstlich sah sie zu, wie Duane mit der Pistole ins Wasser zielte.

»Duane, ich finde, du solltest nicht versuchen, dir den Pimmel wegzuschießen«, meinte sie.

»Wieso nicht?« fragte er. »Die Hälfte der Zeit funktioniert er sowieso nicht.«

»Also, ich bin bestimmt nicht diejenige, die das beurteilen könnte«, bemerkte Karla. »Aber es ist ein sehr kleines Ziel, und wenn du daneben triffst, machst du nur unsere neue Wanne kaputt.« Sie lachte schallend über ihren eigenen Witz. Von dem Gelächter ermuntert, begann sich Shorty auf den Holzplanken zu wälzen. Er versuchte, sich in seinen Schwanz zu beißen, und bekam ihn ein-, zweimal fast zwischen die Zähne.

»Nun sei nicht beleidigt, Duane«, sagte Karla, »den Spruch hast du ja geradezu herausgefordert.«

Sie stand auf und gab Shorty einen leichten Stoß in die Rippen. Shorty war jedoch von der Jagd nach seinem eigenen Schwanz so aufgeregt, daß er keine Notiz davon nahm.

»Ich seh wohl besser mal nach, ob ich Nellie nicht überreden kann, sich ein paar Minuten lang wie eine Mutter zu benehmen«, meinte Karla.

Duane nahm die Waffe aus dem Wasser. In der äußersten Ecke des riesigen Gartens ragte der neue weiße Teller der Satellitenantenne in den Himmel, ihr Antennenstab zielte auf einen Punkt irgendwo über dem Äquator. Es war die teuerste, die in Dallas erhältlich gewesen war. Bevor sie sie überhaupt richtig hatten einstellen lassen, war Karla nach Dallas gefahren und mit einem Betamax- und einem VHS-Gerät und einem Berg von Filmen im Wert von viertausend Dollar zurückgekommen, die sie in einem Videoladen gekauft hatte. Bisher hatten sie erst zwei davon gesehen: »Coal Miner's Daughter«, einen Film, den sich Karla und Nellie ein- oder zweimal pro Woche ansahen, und einen Sexfilm mit dem Titel »Hot Channels«.

Duane machte sie darauf aufmerksam, daß man sich Filme auch ausleihen konnte. Sogar in Sonny Crawfords kleinem Kramladen in Thalia konnte man sie sich ausleihen.

»Das weiß ich auch, Duane«, sagte Karla. »Daß ich einfach geil drauf bin, heißt noch lange nicht, daß ich bescheuert bin. Aber diejenigen, die ich sehen will, sind immer ausgeliehen.«

Auf ihrem nächsten Ausflug nach Dallas mäßigte sie sich jedoch und kaufte nur für achthundert Dollar Filme.

Duane hatte fast eine halbe Stunde im Whirlpool gesessen und fühlte sich allmählich ein wenig benommen. Er kletterte heraus und trocknete sich und die Pistole ab. Er fühlte sich erschöpft – sehr erschöpft. Manchmal wachte er nachts auf, wenn es ihn drängte, sich zu erleichtern, und war so hundemüde, wenn er schließlich ins Badezimmer taumelte, daß er erst einmal eine Weile auf der Schüssel hocken und ein kleines Nickerchen machen mußte, bevor er sich wieder zurück ins Bett schleppen konnte. Reich zu werden war ganz schön ermüdend gewesen, aber lange nicht so ermüdend, wie bankrott zu gehen.

Als Duane herauskletterte, hörte Shorty sofort auf, sich auf den Holzplanken zu wälzen, jagte quer durch den Garten und stellte sich erwartungsvoll neben Duanes Pickup in Positur. Er wußte, daß es für Duane höchste Zeit war, in die Stadt zu fahren, und von ihm aus konnte es losgehen.

2

Auf dem Weg in die Stadt schaltete Duane den CB-Funk ein und versuchte Ruth Popper, seine freimütige Sekretärin, anzufunken, die aber im Grunde auch nicht freimütiger war als Karla, seine Frau, oder Janine Wells, seine Freundin, oder Minerva, sein Hausmädchen.

Eigentlich wollte er gar nicht mit Ruth sprechen, aber es bestand ja immer die vage Möglichkeit, daß die Ölpreise über Nacht gestiegen waren und daß in diesem Fall irgend jemand, der noch etwas Geld auf der hohen Kante hatte, auf die Idee kam, sich eine Ölquelle bohren zu lassen.

Der CB knackte, aber Ruth antwortete nicht. Shorty beobachtete gespannt das Gerät. Anfangs hatte er jedesmal, wenn es darin knackte, sein charakteristisches durchdringendes Gebell hören lassen, aber nachdem Duane ihn einige hundert Male mit seinen Arbeitshandschuhen verdroschen hatte, hatte Shorty die Lektion begriffen und aufgehört, es anzubellen, obwohl er es weiterhin wachsam im Auge behielt für den Fall, daß das, was da in dem Ding drinsaß, heraussprang und Duane angriff.

Als der Pickup sich gerade auf den Highway nach Thalia schwang, kam Ruth Popper angejoggt, verließ die Fahrbahn und begann den Sandweg entlangzulaufen. Ruth war eine passionierte Joggerin. Sie sprintete so dicht an dem Pickup vorbei, daß Duane sich hätte hinauslehnen und ihr eins mit dem Hammer auf den Kopf hätte schlagen können – vorausgesetzt natürlich, er wäre schnell genug gewesen. Trotz ihres fortgeschrittenen Alters war Ruth nämlich noch flink wie ein Wiesel. Sie trug einen Kopfhörer, und während sie dahintrabte, baumelten an ihrem Gürtel ein Walkman, ein Speedometer und diverse andere Utensilien. Außerdem trug sie in jeder Hand eine orangefarbene Hantel.

Es war nicht zu erkennen, ob sie bemerkt hatte, daß sie gerade ganz dicht an ihrem Boß und dessen Hund vorbeigesprintet war. Duane kam sich etwas blöde vor, hängte den CB-Hörer ein und beobachtete im Rückspiegel, wie sie immer weiter zurückblieb, während ihre Beine auf der staubbepuderten Straße fein säuberlich gleichgroße Staubwölkchen aufwirbelten.

Ruth Popper war der einzige Mensch in Thalia, der sich seinen Glauben an Fitneß und Training jetzt, wo es mit dem Ölboom aus war, noch bewahrt hatte. Es hatte erst die größte Glückssträhne in der Geschichte dieser Gegend kommen müssen, um so etwas wie das Fitneß-Training unter Leuten populär zu machen, die ihr ganzes Leben lang viel zu hart geschuftet hatten, um an derlei auch nur den geringsten Gedanken zu verschwenden; aber als es einmal ins Rollen gekommen war, lief es bald auf vollen Touren.

Duane war anfangs selbst täglich seine vier Meilen gejoggt und hatte einen oder zwei Abende pro Woche im Country Club von Wichita Falls Rakettball gespielt. Arbeiter der Ölgesellschaft – die sogenannten »Ölnacken« – und Bauern, die plötzlich reich geworden waren, quälten sich mit ihren sündhaft teuren Joggingschuhen unter Schmerzen über die steinigen Landstraßen.

Für Jimbo Jackson, der für kurze Zeit der reichste Mann der Region war, hatte die Fitneß-Sucht tragische Folgen gehabt: Er wurde von einem Lastwagen überfahren, der voll besetzt war mit seinen eigenen Ölarbeitern, die gerade zur Verrohrung einer seiner Ölquellen fuhren. Zwei oder drei Lastwagen, die Rohre zu anderen Quellen transportierten, waren vor ihnen, als Jimbo, der nicht weit entfernt von seinem gerade erst fertig gewordenen Haus geduldig durch den erstickenden Staub trabte, plötzlich mitten auf die Fahrbahn schwenkte. Die Ölnacken glaubten zuerst, sie hätten ein Jährlingsrind angefahren – Jimbo war nicht gerade schmächtig –, aber als sie abstiegen, um nachzusehen, was passiert war, entdeckten sie, daß sie ihren eigenen Boß über den Haufen gefahren hatten.

In einem düsteren Leitartikel wies das örtliche Blatt daraufhin die Jogger an, sich künftig dicht am Straßengraben zu halten – eine Anweisung, über die sich Karla heftig empörte.

»In den Straßengräben wimmelt es doch geradezu von Blattmilben und Klapperschlangen«, tobte sie. »Was glaubt der eigentlich, wo wir hier sind – in den Cotswolds vielleicht?«

Duane fragte sich, ob sie das Cotswold in Kansas meinte.

Damals, in jenem nahezu schlaflosen Jahr, als er einen Viehtransporter fuhr, war Karla manchmal auf seinen Touren mitgefahren. Er war gerade aus Korea zurückgekommen, und sie hatten bald geheiratet. Er glaubte sich zu erinnern, daß er damals durch ein Kaff namens Cotswold gekommen war, aber das konnte auch in Nebraska oder sogar Iowa gewesen sein. Aber er konnte sich nicht vorstellen, daß sich die Straßengräben von Kansas sonderlich viel besser zum Joggen eigneten als die Straßengräben von Texas.

»Weißt du, Duane, das liegt in England«, sagte Karla, »erinnerst du dich nicht mehr? Wir haben was darüber im Flugzeug in dieser Broschüre der Fluggesellschaft gelesen, als wir mit den Kindern nach Disneyland geflogen sind.«

Duane war keineswegs erfreut, an jene Zeit erinnert zu werden, als sie mit den Kindern in Disneyland waren. Jack hatte Julie auf der Floßfahrt beinahe ertränkt. Dickie, der es haßte, sein Geld für irgend etwas anderes als für Drogen auszugeben, wurde beim Ladendiebstahl erwischt. Er hatte versucht, aus einem der Souvenirshops für seine Freundin einen Plüschgorilla zu klauen. Nellie war vollkommen verschwunden, sie hatte nämlich beschlossen, mit einem jungen Mexikaner, den sie auf einer der Rundfahrten kennengelernt hatte, nach Guyamas durchzubrennen. Sie machten in Indio Zwischenstation, damit Nellie ihren Freund in Thalia anrufen und ihm mitteilen konnte, daß sie die Verlobung mit ihm lösen wolle. Dem Freund gelang es aber, Karla und Duane ausfindig zu machen, und so wurden die Ausreißer an der Grenze nach Arizona aufgehalten.

Neun Monate nachdem sie den Knaben, mit dem sie durchbrennen wollte, geheiratet hatte und sich wieder von ihm hatte scheiden lassen, kam Nellie mit Little Mike nieder, dem ersten Enkelkind. Er sah nicht gerade spanisch aus und hatte auch keinerlei Ähnlichkeit mit dem Mann, der nur so kurz ihr Ehemann gewesen war.

»Die Leute sagen, reisen erweitert den Horizont«, bemerkte Karla, während sie von Disneyland nach Hause flogen.

Als Duane zufällig aufblickte, sah er gerade noch, wie Jack einer kleinen alten Frau, die man im Rollstuhl an Bord gebracht und auf den Platz vor ihm gesetzt hatte, zwei Eiswürfel aus seiner Cola in den Kragenausschnitt gleiten ließ.

»Also wer das behauptet hat, der ist nie mit unseren Bälgern gereist«, sagte Duane, als die alte Dame sich in ihrem Sitz hin und her zu winden begann. »Ich sag's dir hier auf der Stelle: eher bring' ich mich um, als daß ich mit denen noch einmal irgendwo hinfahre.«

Er schielte nach Julie, um nachzusehen, was die wohl gerade im Schilde führte. Julie trug eine Sonnenbrille mit einer riesigen knallroten Fassung. Sie hielt ein Teeny-Magazin aufgeschlagen auf dem Schoß und ihre Hand unter dem Magazin. Duane schloß zu seinem Entsetzen, daß sie an ihrer Möse spielte.

»Was hast du gesagt, Duane?« fragte Karla. »Ich habe gerade gelesen und nicht zugehört.«

»Ich sagte, bevor ich mit den Bälgern noch einmal irgendwo hinfahre, bring' ich mich um.«

»Gib doch nicht so an, Duane«, sagte Karla, »du weißt doch, daß du sogar zuviel Schiß hast, auch nur ins Krankenhaus zu gehen und dir eine Spritze geben zu lassen.«

Sie bemerkte die kleine alte Dame, die sich immer verzweifelter wand und drehte, während sich die Eiswürfel ihren Weg an ihrem Rücken herunter bahnten.

»Hoffentlich bekommt die alte Dame da keinen Anfall«, sagte sie.

Duane hatte versucht sich darüber klarzuwerden, wie er sich nun verhalten sollte. Sollte er versuchen, der alten Dame zu helfen, die Eiswürfel wieder herauszufischen, was aber praktisch bedeutete, daß er sie ausziehen müßte? Sollte er sich Jack schnappen und ihm das Genick brechen? Sollte er verlangen, daß sich sein Sohn entschuldigte? Aber Jack war ein genialer Lügner und ließ keine Bestrafung einfach demütig über sich ergehen. Je eklatanter seine Vergehen waren, desto brillanter wurde er als sein eigener Verteidiger. Duane begann der Kopf zu schmerzen. Er hatte große Lust, seinen Sohn zu erwürgen. Er fragte sich, ob die Stewardessen wohl bereits bemerkt hatten, daß seine entzükkende kleine Tochter an ihrer Möse spielte. Der Flughafen Dallas-Fort Worth schien in weite Ferne gerückt.

»Duane, mach doch nicht so ein düsteres Gesicht, irgendwie war's doch ein wirklich netter Ausflug, oder?« meinte Karla.

3

Duane wußte sehr wohl, daß seine Unkenntnis der Welt und seine Unlust, sich viel von ihr anzusehen, Schwachpunkte waren, die Karla ganz besonders aufregten, obwohl er keine Ahnung hatte, weshalb sie sie derart aufregten, da sie von der Welt außerhalb von Texas genauso wenig kannte wie er. Er war immerhin dreimal in Kalifornien gewesen, sie dagegen nur einmal. Er war zweimal in Las Vegas gewesen und hatte sie beide Male gefragt, ob sie nicht mitkommen wollte. Bei beiden Einladungen hatte sie einen Anfall bekommen – und diese Reaktion war eine von Karlas Lieblingsformen der Meinungsäußerung.

»Nein, Firma dankt«, hatte sie gesagt, »du fährst doch nur dorthin, um dich vernaschen zu lassen, und ich gebe dir keine Chance, mir vorzuwerfen, ich würde dir *dabei* ein Hindernis sein.«

Doch Duane wußte genau, daß sie ihm überhaupt kein Hindernis war. Karla war eine entschiedene Anhängerin der sexuellen Freiheit – besonders dann, wenn es um ihre eigene ging.

»Ich dachte ja nur, du hättest Lust, dir eine dieser Shows anzusehen«, meinte er.

»Wenn ich Titten sehen will, brauch ich mir nur den BH auszuziehen«, entgegnete Karla.

Im Grunde brauchte sie sich aber auch diese Mühe gar nicht zu machen, da der aparte jugendliche Busen ihrer Tochter Nellie oft genug im Hause in Sicht kam. Fast ein ganzes Jahr lang hatten sie die Mahlzeiten unter den schmatzenden Lauten von Little Mike eingenommen, der an den Brüsten seiner Mutter nuckelte. Trotz wiederholter Vorhaltungen von Karlas Seite, die selbst nicht viel für das Stillen übrig gehabt und keine Lust hatte, dies nun bei ihrer Tochter mitansehen zu müssen, war Nellie zu faul, den Kleinen an die Flasche zu gewöhnen.

Bobby Lee, Duanes Nummer eins unter den Arbeitern, war der einzige, der es ungemein aufregend fand, Nellie zuzusehen, wenn sie Little Mike oder Barbette, seinem Schwesterchen, die Brust gab. Bei einem Ölpreis von 21 Dollar pro Barrel mit sinkender Tendenz gab es nicht allzuviel zu bohren. Daher hatte Bobby Lee jede Menge Freizeit zur Verfügung, um Nellie beim Stillen ihrer Kinder zuzusehen. Daß er scharf auf sie war, bemerkte jeder, aber bisher hatte sie ihn nicht an sich herangelassen – und von Nellie ausnahmsweise abgewiesen zu werden kam einer einzigartigen Auszeichnung gleich.

Bobby Lee arbeitete bereits seit über zwanzig Jahren für Duane und ließ durchblicken, daß er sich Hoffnungen machte, eines Tages in die Familie einzuheiraten, obwohl er bereits verheiratet war.

»Ich wüßte nicht, weshalb du darauf scharf sein könntest«, meinte Duane, »außer aus dem Grunde, daß du noch nie ganz richtig im Kopf warst.«

Und doch hatte er keine ernsthaften Einwände. Bobby Lee würde einen mindestens genauso guten Schwiegersohn abgeben wie die ersten drei, die Nellie ihnen präsentiert hatte.

Karla hatte jedoch eine ganze Menge Einwände dagegen, die sie Bobby Lee bei jeder Gelegenheit unter die Nase rieb, wenn sie ihn alleine sprechen konnte. Vor mehreren Jahren hatte sie mit ihm, ohne daß Duane je davon erfahren hätte, eine wüste Nacht verbracht. Duane war damals auf Hirschjagd gewesen. Karla hatte die Sache nicht weiter berührt, aber Bobby Lee hatte sich unsterblich verliebt.

Daß er als Hausfreund für sie absolut uninteressant war, hieß aber nicht – und dies betonte Karla immer wieder –, daß sie wollte, daß er mit einer ihrer Töchter ins Bett ging. Bobby Lee war ein kleiner Mann mit traurigen braunen Augen. Wenn Nellie nicht in der Nähe war, schweiften diese traurigen Augen nicht selten zu Julie hinüber, die auch bereits Knospen ansetzte.

»Bei all den geilen Weibern, die es hierzulande gibt, sieht's ganz so aus, daß du eine finden könntest, die nicht mit mir verwandt ist, wenn du nur mal die Augen aufmachen würdest«, belehrte ihn Karla.

»Was für geile Weiber denn?« fragte Bobby Lee. Er spielte gerne den Enthaltsamen, obwohl er Nacht für Nacht in Aunt Jimmies Lounge zu finden war – und Aunt Jimmies Bar war nicht gerade ein Kloster.

Zwei Monate vorher, als Barbette geboren worden war, hatte Karla beschlossen, sich um das Abstillen von Little Mike selbst zu kümmern. In seinen zwei ersten Jahren hatte er keinerlei Interesse gezeigt, sich zurückzuhalten, und wenn er das Gefühl bekäme, seine Futterquelle sei bedroht, war nicht auszudenken, was er mit seinem kleinen Schwesterchen anstellen würde.

Karla fing damit an, ihn jeden Tag zu entführen. Sie fuhr ihn in ihrem neuen BMW spazieren und koppelte sich per Walkman an die lauteste Musik an, die sie auftreiben konnte, in der Hoffnung, auf diese Weise sein Geschrei zu überdröhnen. Little Mike warf mehrere Babyfläschchen aus dem Wagenfenster, aber schließlich fügte er sich in sein Schicksal.

Die winzige, hilflose Barbette war Duanes ein und alles. Sie erfüllte seine alte Sehnsucht nach einem stillen, sanftmütigen Kind. Stundenlang saß er mit ihr beim Whirlpool und hielt einen Cowboyhut über sie, um sie vor der Sonne zu schützen. Manchmal träumte er, daß er mit Barbette an irgendeinem anderen Ort lebte – wo, war ihm nie ganz klar, obwohl es San Marcos gewesen sein könnte, denn er und Karla hatten einmal vorgehabt, dorthin zu ziehen.

Sein Drang, Barbette zu beschützen, war sehr stark, und so machten ihm die Zwillinge die größten Sorgen, denn sie warfen die Kleine herum wie einen Ball. Eines Tages ließen sie sie auf einem Küchenschrank liegen und gingen zum Schwimmen hinaus in den Garten. Wie durch ein Wunder kam Duane gerade rechtzeitig von der Arbeit zurück, um sie vor dem Herunterfallen zu retten. Der Schrecken versetzte ihm einen derartigen Adrenalinstoß, daß er zu zittern begann; er bekam einen Wutausbruch, der sogar den Zwillingen eine solche Angst einjagte, daß sie sich ihre Turnschuhe anzogen und auf der Stelle flüchteten. Sie hatten vor, nach Disneyland zu trampen und sich Jobs an Getränkeständen zu suchen.

Auf der Rückfahrt von einem kurzen Einkaufstrip nach Wichita Falls konnten Karla und Nellie die Zwillinge zufällig gerade noch abfangen, bevor sie den Highway erreichten. Sie hatten nur ihr Badezeug an. Beide behaupteten, Duane hätte gedroht, sie umzubringen.

»Oh, ich glaube kaum, daß er's wirklich getan hätte«, sagte Karla, aber so ganz sicher war sie sich nicht. Duane liebte das Baby nämlich über alles.

Die Zwillinge waren dagegen vollkommen sicher. Sie wollten nicht mehr nach Hause zurückkehren. Jack kroch durch einen Stacheldrahtzaun und verschwand im hohen Gras. Julie beruhigte sich, indem sie den Walkman ihrer großen Schwester in Besitz nahm und sich ein paar Barbara-Mandrell-Songs anhörte. Da witterte Little Mike eine günstige Gelegenheit, sich ein verlorenes Paradies zurückzuerobern, krabbelte unter Nellies Bluse und setzte sich selig an einer Brustwarze fest.

»Los, fahren wir in die Stadt zurück und holen wir den Sheriff«, schlug Nellie vor.

»Laß das Kind nicht an die Milch«, sagte Karla, »oder was soll aus seinem Schwesterchen werden? Es könnte ja sein, daß es was zu futtern haben möchte, wenn wir nach Hause kommen.«

»Ich möchte aber nicht nach Hause«, nörgelte Nellie. Little Mike saugte sie so schnell leer, daß ihr ein wenig schwindlig wurde.

»Nellie, wir müssen aber zurück«, sagte Karla, »dort ist schließlich unser Zuhause.«

Inzwischen war Jack im Gras verschwunden.

»Ich will bei Billie Anne bleiben«, erklärte Nellie. Billie Anne war Dickies Freundin. Sie arbeitete in einer Spar- und Kreditbank und hatte ein Apartment in dem kleinen Nest Lakeside City.

Ohne eine Sekunde Zeit zu verschwenden, wechselte Little Mike auf die andere Brust über.

Karla begann auf die Hupe zu drücken, weil sie meinte, sie könnte Jack damit zur Rückkehr bewegen. Statt dessen nutzte Julie diese Gelegenheit, um die Tür zu öffnen und aus dem Wagen zu schlüpfen. Karla und Nellie waren beide zu aufgeregt, als daß sie es bemerkt hätten. Als sie nach Hause kamen und entdeckten, daß sie nicht im Wagen war, trauten sie ihren Augen nicht. Sie hatte doch die ganze Zeit im Wagen gesessen und Barbara-Mandrell-Cassetten gehört – und jetzt waren sie zu Hause, und sie saß nicht mehr drin.

Nellie wollte nicht aussteigen, solange Karla nicht sicher war, ob Duane noch immer vorhatte, seine Familie auszurotten, oder nicht.

»Stell den Motor nicht ab«, sagte sie, »es könnte ja sein, daß ich ganz schnell hier verschwinden muß.«

Duane war draußen am Swimmingpool und gab Barbette ein Fläschchen. Sein Wutausbruch war verraucht, und er war nur noch mäßig gereizt.

»Ich hab das Gefühl, ihr könntet alle abhauen und dieses Baby krepieren lassen«, brummte er.

Karla war im Nu wieder Herrin der Lage und sagte:

»Duane, wegen dir sind die Zwillinge Hals über Kopf abgehauen, und Nellie weigert sich sogar, auch nur das Haus zu betreten. Du wirst dich also selbst zum Wagen bemühen und ihr versprechen müssen, daß du sie nicht umbringen wirst.«

»Habe ich vielleicht schon mal jemanden umgebracht?« fragte er. Barbette die Flasche zu geben verschaffte ihm ungeheure Befriedigung.

»Nein, aber normalerweise stehst du nicht so sehr unter Streß«, erwiderte Karla. »Du könntest ja mal diese Streß hot line in Fort Worth anrufen, wenn du das Gefühl hast, daß dir alles zuviel wird.«

»Diese Streß hot line ist doch was für abgebrannte Bauern«, entgegnete er, »aber nichts für verarmte Öl-Millionäre.«

Während er das verwilderte, ölgetränkte Land unterhalb des Felsrückens betrachtete, kam ihm der Gedanke, daß er im Grunde doch eine Art Bauer war, der auf einer Ölfarm lebte – wenn auch auf einer, die so gut wie abgewirtschaftet war.

»Duane, dieser Notruf ist für jeden da, der sich sauelend fühlt, wie es eben bei Leuten der Fall ist, die kurz vor dem Durchdrehen sind«, meinte Karla. »Die fragen dich nicht lange, ob du ein Bauer bist – die geben dir einfach hilfreiche Tips wie zum Beispiel den, daß du deine Kinder nicht umbringen sollst oder so was.«

»Das Baby hätte einen Dachschaden fürs Leben davontragen können, wenn es von dem Küchenschrank heruntergefallen wäre«, sagte Duane. »Wo steckt überhaupt Minerva? Ich dachte, wir bezahlen sie dafür, daß sie auf das Baby aufpaßt.«

»Keine Ahnung, wo Minerva hingegangen sein könnte«, sagte Karla. Minerva arbeitete bereits seit über einem Jahrzehnt bei ihnen, ohne daß sie in dieser Zeit im mindesten berechenbarer geworden wäre.

»Wenn sie zurückkommt, werde ich ihr vorschlagen, unsere Jobs zu tauschen«, brummte Duane. »Sie kann sich um die Öl-Gesellschaft kümmern, und ich paß auf das Baby auf.«

Karla nahm einen blauen Leuchtschreiber und notierte die Nummer der Streß hot line auf ein Notizblatt und heftete es direkt neben das Telefon auf die Kommode. Duane sah ihr mit beängstigend amüsierter Miene zu. Karla erinnerte sich, im *Cosmopolitain* gelesen zu haben, daß Leute, die kurz davorstanden, Amok zu laufen, bis zu dem Moment, wo sie sich ein Gewehr packten und wie angestochen durch die Gegend rannten, einen völlig normalen Eindruck machten.

Gerade an diesem Morgen hatte sie mit Duane eine Fernsehreportage über einen Öl-Mann aus Midland gesehen, der sich in der Garage seiner neuen Prachtvilla mit Kohlenmonoxyd vergast hatte. Er hatte sein brandneues Sicherheitssystem vorsorglich abgeschaltet, damit seine Kinder, wenn sie zufällig auf einen der Alarmmonitore schauten, nicht sehen konnten, wie er grün und blau im Gesicht wurde, oder was eben so passiert, wenn man sich mit Kohlenmonoxyd ins Jenseits befördert.

»Duane, Nellie sitzt immer noch im laufenden Wagen und vergeudet nur sinnlos Sprit«, ermahnte ihn Karla. »Außerdem mußt du was wegen der Zwillinge unternehmen.«

Duane trug Barbette auf dem Arm herum, bis sie eingeschlafen war, und legte sie behutsam in ihre Wiege. Dann ging er hinaus und pfiff nach Shorty, der im Handumdrehen im Pickup saß und angesichts der Aussicht auf einen unerwarteten Ausflug dermaßen aufgeregt war, daß er mehrmals laut bellte.

Auf dem Weg in die Stadt fragte Duane über Funk bei der Polizei nach, ob sie die Zwillinge inzwischen aufgegriffen hatten. Nein, hatten sie nicht, hieß es dort. Plötzlich sah er eine Staubwolke auf sich zurasen und riß das Lenkrad hart nach rechts. Im nächsten Moment schoß Minerva an ihm vorbei. In ihrem alten Buick türmten sich Lebensmitteleinkäufe auf dem Rücksitz.

Minerva, ihre langjährige Haushaltshilfe, war über achtzig und früher einmal selbst reich gewesen. Ihr Vater hatte während des Öl-Booms in den frühen zwanziger Jahren ein Vermögen gemacht und es ein paar Jahre später wieder verloren. Minerva hatte in einem schmuddeligen Pierce-Arrow fahren gelernt und blieb von da an ihrer Methode treu, ihre Seite der Fahrbahn auf die Straßenmitte zu verlegen.

Das Ergebnis dieser Angewohnheit waren fünf Frontalzusammenstöße, die Minerva jedoch ohne eine Schramme überstanden hatte. Infolge dieser Übertretungen verbrachte Minerva ihre Abende meist in der Bad Driver's School, einer Lehranstalt für miserable Autofahrer in Wichita Falls. Für die Verkehrsregeln interessierte sie sich absolut nicht, aber trotzdem ging sie gerne hin, da sie dort im Laufe der Jahre mehrere Freunde und Liebhaber an Land gezogen hatte.

Die meisten Menschen bildeten sich alle möglichen schönen Dinge ein, aber Minerva Hooks war da anders. Sie bildete sich tödliche Krankheiten ein. Als Karla sie anstellte, bildete sie sich Krebs in beiden Lungenflügeln ein. Karla dachte damals, es sei eine nette Geste von ihr, der armen alten Seele für ihre letzten Jahre noch ein Zuhause zu geben. Inzwischen war Minervas Seele weitere zehn Jahre älter geworden, und sie bildete sich nun einen Gehirntumor ein, nachdem sich der Lungenkrebs sowie verschiedene andere Krebsarten auf wunderbare Weise verflüchtigt hatten.

»Vielleicht war es das Kochen mit der Mikrowelle, was mich geheilt hat«, spekulierte Minerva, »oder das Fernsehen. Ich habe gehört, daß der Fernseher winzige Strahlen aussendet, die gut gegen Krebs sind.«

Sie war die Haupttriebfeder hinter der Anschaffung der Satelliten-Antenne gewesen. Da sie schlecht schlief, hatte sie nachts häufig das Bedürfnis nach einer Dosis dieser winzigen Strahlen. Gelegentlich mußte Duane schon um drei oder vier Uhr morgens aus den Federn, um sich mit einem Problem in einer der Bohranlagen herumzuschlagen, und da fand er dann Minerva oft im Fernsehraum vor einer Sexshow sitzen, die von Kopenhagen oder von weiß Gott woher durch den Äther kam. Minerva betrachtete Sexshows mit erheblicher Skepsis.

»Also, einen so Dicken hab ich meiner Lebtag noch nicht gesehn, und ich bin immerhin schon dreiundachtzig«, kommentierte sie. »Das Ding da ist ja dicker als der ganze Kopf von dem Mädchen. Was meinen Sie, Duane, machen die das mit Trickaufnahmen oder wie?«

»Keine Ahnung«, meinte Duane.

»Sie interessiert so was nicht mehr, wie?« forschte Minerva und wandte ihre Aufmerksamkeit ihm zu.

»O doch«, protestierte er, »und ob mich das interessiert!«

»Stimmt ja gar nicht«, meinte Minerva, »Sie nicht, aber mich schon. Diese Show zwar nicht gerade – also, ich glaube, bei so'm dicken Ding, da muß 'n Trick dahinter stecken. Ich schau mir sowieso lieber die japanischen Ringer an als dieses Zeug da.«

Minerva war ein leidenschaftlicher Fan von Sumo-Kämpfen und konnte stundenlang das Fernsehprogramm studieren, in der Hoffnung, welche zu entdecken.

Während er durch die Dunkelheit zu der Bohranlage fuhr, mit der etwas nicht in Ordnung war, fühlte sich Duane ein wenig gereizt. Allmählich kam es so weit, daß er keinen Schritt tun konnte, ohne daß ihn jemand daran erinnerte, daß sein Hunger auf Sex nicht mehr überwältigend war. Karla erinnerte ihn daran, Janine erinnerte ihn daran, und nun erinnerte ihn sogar schon Minerva daran. Von seiner Frau und seiner Freundin war zu erwarten, daß ihnen ein gewisser Mangel an Appetit auffiel. Aber weshalb war das auch für Minerva offensichtlich? Duane stand vor einem Rätsel.

Was Minerva neben dem Ansehen von Sumo-Kämpfen am meisten liebte, waren Spritztouren in die Stadt, bei denen sie Lebensmittel für mehrere hundert Dollar auf Karlas Rechnung einkaufte. Von einer solchen Tour kam sie gerade zurück.

Duane fand die beiden Zwillinge bei Videospielen in Sonny Crawfords kleiner Video-Arkade. Sie befand sich in dem heruntergekommenen Gebäude, das früher einmal den Billard-Pool und den Domino-Raum der Stadt beherbergt hatte. Sonny hatte ein paar Jahre mit seiner Video-Arkade ein gutes Geschäft gemacht, aber der Videomarkt war schon bald ebenso übersättigt wie der Ölmarkt, und Sonny hatte schon davon gesprochen, seinen Laden dichtzumachen. Einige der populäreren Spiele hatte er bereits ins Kwick-Sack, sein Haushaltsgeschäft, umquartiert.

Im Laufe der Jahre hatte Sonny vier oder fünf der Gebäude am Platz, darunter auch das alte Hotel, erstanden. Das Hotel betrieb er nur einige Nächte pro Jahr, wenn die Wachtel- oder Taubenjagdsaison eröffnet wurde und sich die Jäger in Scharen bei ihm einquartierten. Die übrige Zeit stand es leer und staubte ein. Ruth Popper hatte einige Jahre in seinem Dachgeschoß gewohnt, nachdem ihr Ehemann einen erfolglosen Versuch gemacht hatte, sie umzubringen, aber dann hatte sie sich ein Trailer-Haus gekauft und war ausgezogen. Die meiste Zeit des Jahres war Sonny die einzige Menschenseele in dem Hotel.

Er selbst hatte keine Kinder und war daher in die von Duane besonders vernarrt. Jedem der Zwillinge hatte er zwei Dollars in Quarterstücken spendiert.

»Nur weil ich gedroht habe, ich würde euch umbringen, heißt das noch lange nicht, daß ich es wirklich ernst meine«, sagte Duane auf der Rückfahrt. »Aber in Badeklamotten von zu Hause auszureißen ist auch nicht gerade hochintelligent.«

»Du kannst wegen Kindesmißhandlung eingesperrt werden«, hielt Jack ihm vor. »Ich wünschte, Nellie würde endlich heiraten und ausziehen«, fuhr er dann fort, »ihre Mistviecher plärren die ganze Zeit.«

»Barbette ist doch gerade erst zwei Monate alt«, entgegnete Duane, »sie ist ein Baby und kein Mistvieh.«

»Aber du bist ein Mistvieh«, sagte Julie zu ihrem Bruder, »das schlimmste, das es je gegeben hat.«

»Leck mich doch«, erwiderte Jack – seine Standardantwort auf fast alles, was seine Schwester sagte.

Duane versuchte sich vorzustellen, welche erzieherische Maßnahme bei den Zwillingen möglicherweise wirken könnte. Bei keiner schienen die Chancen besonders groß zu sein.

»Ich werf euch raus und laß euch zu Fuß nach Hause laufen, wenn ihr noch weiter so miteinander redet«, warnte er. Er wußte selber, daß das eine absurde Drohung war, denn schließlich war er gerade erst in die Stadt gefahren, um die Zwillinge daran zu hindern, irgendwohin zu laufen.

Jack hatte noch ein paar von den Münzen, die ihm Sonny geschenkt hatte. Mit dem Kopf auf Duanes Knien döste Shorty auf dem Beifahrersitz. Jack packte Shortys Schwanz und hebelte ihn auf und ab.

»Ich tu jetzt so, als ob Shorty ein Geldautomat wäre«, erklärte er und versuchte, dem Hund die Münzen in den After zu stekken. Shorty wachte auf und schnappte nach ihm, biß aber ins Leere. Duane schlug mit seinem Arbeitshandschuh nach Jack, worauf Shorty zusammenzuckte, denn er dachte, der Schlag hätte ihm gegolten. Er war zu verschlafen, um zu begreifen, was da eigentlich gespielt wurde.

»Quäl den Hund nicht so«, sagte Duane.

Jack kicherte. Der leichte Schlag mit dem Handschuh hatte überhaupt nicht weh getan.

Als sie nach Hause kamen, trug Karla ein T-Shirt mit dem Aufdruck: ICH BIN NICHT BLIND, ABER DU BIST LUFT FÜR MICH. Nellie lag auf der Couch und telefonierte mit ihrem Freund.

Joe Coombs, ihr Freund, war nicht gerade gesprächig, sofern er überhaupt einen Ton sagte. Er arbeitete in einer Quellen-Service-Firma in Jacksboro. Er war klein und gedrungen, und seine Arbeit war so dreckig, daß er oft von einem Ölfaß kaum zu unterscheiden war, wenn er abends nach Hause, d. h. in sein kleines Wohnmobil-Haus am Nordrand von Thalia zurückkehrte, dessen ganze Einrichtung aus einem Bett und einem Fernseher bestand. Joe Coombs hielt nichts davon, sein Geld für Zivilisationsnippes zu verschwenden.

Aber Joe war eine gute Seele. Einfach am Leben zu sein, schien er aufregend genug zu finden, und mit Nellie am Telefon zu plaudern sogar so aufregend, daß ihm oft eine geschlagene Viertelstunde lang nichts einfiel, was er sagen sollte. Nellie störte das nicht. Sie war selbst nicht übertrieben gesprächig. Einfach nur Joe am Apparat zu haben gab ihr ein Gefühl des Friedens, obwohl sie oft über längere Zeiträume nichts weiter taten, als sich den Hörer ans Ohr zu halten.

Diese Art der Unterhaltung brachte Karla fast zur Weißglut. »Mensch, nun sag doch was!« brüllte sie. »Hoffentlich macht einer von euch endlich mal den Mund auf! Er sagt keinen Ton! Du sagst keinen Ton! Weshalb legst du dir nicht gleich einen automatischen Anrufbeantworter als Freund zu? Ein Anrufbeantworter kann wenigstens eine Nachricht abspulen. Das ist mehr, als Joe Coombs jemals fertigbringt.«

»Reg dich doch nicht auf, Mama!« sagte Nellie. »Ich habe Joe echt unheimlich lieb und er mich auch.«

»Ist Barbette zufällig sein Kind?« forschte Karla. Barbette hatte wie Little Mike mit keinem von Nellies amtlichen Angetrauten die geringste Ähnlichkeit.

»Natürlich nicht, damals habe ich Joe noch nicht mal gekannt«, erwiderte Nellie.

Oft dachte Nellie daran auszuziehen, damit sie mit Joe am Telefon hängen konnte, ohne daß ihre Mutter sie anschrie. Sie könnte sich leicht ein Apartment in Wichita Falls nehmen, aber ob dann Minerva auch noch kommen und ihr mit den Kindern helfen würde, war eine andere Frage. Minerva trennte sich schließlich äußerst ungern von der Parabolantenne des Satellitenempfängers. Sie fand es toll, jeden Tag zwei- oder dreihundert Filme zur Auswahl zu haben.

Zu allem Unglück war Minerva auch noch die einzige Autorität, die Little Mike anerkannte, und zwar hauptsächlich deshalb, weil sie ihn sich schon bei der geringsten Provokation von seiner Seite schnappte und mit ihrer Fernsehzeitschrift, dem *Cable Guide*, verdrosch. Der *Cable Guide* war für Minerva das, was die Arbeitshandschuhe für Duane waren – eine handliche und wirksame, aber nicht lebensgefährliche Waffe.

Obwohl Karla das T-Shirt anhatte, das sie zu tragen pflegte, wenn jeder in ihrer Umgebung Luft für sie war, hatte sie beim

Anblick ihrer Tochter, die sich fünfzehn Minuten lang einen stummen Telefonhörer ans Ohr hielt, erhebliche Schwierigkeiten, sich an das zu halten, was ihr T-Shirt predigte.

»Sag endlich was, verdammt!« schrie sie. »Hoffentlich sagt bald einer von euch einen Ton!«

Nellie blieb standhaft stumm. Sie wußte, daß es zwecklos war, ihrer Mutter begreiflich zu machen, wie wunderbar es war, einfach nur Joes Atmen zu lauschen. Es lag etwas sehr Tröstliches in seiner Art, in den Telefonhörer zu atmen.

Sie war sogar um einiges angenehmer als die Art, wie er in Wirklichkeit und in ihrer Nähe atmete, dachte Nellie. Wenn er in ihrer Nähe war, neigte er nämlich dazu, zu sehr in Erregung zu geraten. Aber so über das Telefon hatte sein Atem eine wunderbare Wirkung. Wenn Nellie ganz angespannt war und Joe anrief und er eine Weile in ihr Ohr atmete, dann half ihr das, sich zu entspannen. Es grenzte fast an ein Wunder, wieviel besser sie sich manchmal fühlte, wenn sie sich einfach auf ihrem Bett einrollen und ein paar Minuten lang Joes Atemzügen lauschen konnte.

»Joe atmet echt unheimlich süß«, schwärmte sie, wenn sie ihrer Freundin Billie Anne davon erzählte.

4

Manchmal, wenn er in die Stadt fuhr – wie jetzt, nachdem er gerade Ruth Popper auf der Landstraße getroffen hatte –, wußte Duane gar nicht so recht, ob er sich eigentlich vorwärts oder rückwärts bewegte.

Der Pickup fuhr natürlich vorwärts, das war klar. So verrückt war er schließlich noch nicht, daß er rückwärts in die Stadt fuhr. Und doch lief er innerlich meistens im Rückwärtsgang. Stundenlang spielte er sich im Kopf alte Unterhaltungen noch einmal vor oder erlebte vergangene Ereignisse noch einmal nach. Wenn es wichtige Unterhaltungen oder entscheidende Ereignisse gewesen wären, dann wäre diese Angewohnheit noch verständlich gewesen, aber das war nicht der Fall. Es waren einfach ganz banale Unterhaltungen in der Art, wie er sie mit Karla oder Janine oder Sonny Crawford tagtäglich hatte. Daß solche Unterhaltungen *einmal* stattfanden, genügte bereits, und doch konnte sein Hirn sie manchmal drei- oder viermal abspielen, so als wäre es ein Cassetten-Recorder, der ununterbrochen die unwichtigsten Bänder wieder zurückspulte und von neuem abspielte.

Während er so in sein Büro fuhr, deprimierte ihn der Gedanke, daß Ruth frühestens in einer halben Stunde zurück sein würde. Wenn er in sein Büro käme, würde er mit niemandem reden können und sich statt dessen über eine Menge unerfreulicher Dinge den Kopf zerbrechen müssen. Über die meisten hatte er bereits nachgedacht, als er sein Sitzbad im Whirlpool genommen hatte, und er verspürte keinerlei Bedürfnis, an diesem Vormittag noch weitere Gedanken daran zu verschwenden.

Gleich hinter der Stadtgrenze kam er an seinem eigenen Pipeline-Gelände mit den vier Bohrturmanlagen vorbei, die sein Schicksal und Verhängnis repräsentierten. Sie waren alle Tiefbohrtürme und hatten an die drei Millionen Dollar pro Anlage gekostet. Eine davon war ab und zu einmal zu einer Quellenbohrung verwendet worden, aber die anderen drei hatten nie das Pipeline-Gelände verlassen, auf dem sie errichtet worden waren. Wenn er sich die Sache von der positiven Seite aus betrachtete – wozu ihm ständig von allen Seiten geraten wurde –, konnte er sich sagen, daß er noch ganz schön Glück gehabt hatte, daß dort nicht *zehn* Bohrtürme standen und neben den Schulden, die er nicht bezahlen konnte, immer mehr Rost ansetzten.

Lester Marlow, Präsident der örtlichen Bank – und nebenbei seit kurzem wegen Bankbetrugs in dreiundsiebzig Fällen angeklagt –, hatte ihm seinerzeit zum Bau von zehn Bohranlagen geraten. Das war auf dem Höhepunkt des Ölbooms gewesen, als in allen Schlagzeilen von der Energiekrise die Rede war. Damals war es nicht leicht gewesen, überhaupt die Bohrer schnell genug in den Boden zu bekommen, um die Nachfrage nach dem Rohöl der Marke »West Texas crude« zu decken.

Duanes vier kleine Bohranlagen arbeiteten Monat für Monat rund um die Uhr, aber sie konnten nur flache Quellen anbohren. Mit Flachbohrungen war zwar eine Menge Geld zu machen, und Duane hatte soviel wie jeder in der Gegend gemacht, aber jeder Banker, der ihm über den Weg lief, versicherte ihm, daß das Tiefenöl die »Welle der Zukunft« sei. Über Nacht bot Lester Marlow ihm einen Dreißigmillionen-Kredit, damit er Tiefbohranlagen baute.

Nach langem Hin und Her hatte sich Duane entschlossen, vier davon zu bauen. Aber noch bevor sie fertig montiert waren, hatte die »Welle der Zukunft« ihn zusammen mit einer Menge anderer Erfolgssurfer erbarmungslos vom Surfbrett geworfen. Irgendwie verwandelte sich die Energiekrise in eine Übersättigung des Ölmarktes. Die vier neuen Bohrtürme standen untätig herum, während das Geld, das ihr Bau gekostet hatte, ganz und gar nicht untätig war, sondern mit Heißhunger Zinsen von mehr als hunderttausend Dollar verschlang.

Lester Marlows Prozeß wegen Bankbetrugs stand in drei Monaten bevor. Er hatte vor, darauf zu plädieren, daß er von nichts eine Ahnung gehabt hatte. Alle in der Stadt waren einhellig der Meinung, daß er tatsächlich von nichts eine Ahnung hatte, gingen aber frohen Mutes davon aus, daß er hinter Gittern landen würde.

Bobby Lee, der Lester haßte, weil er ihm einmal einen Pickup verpfändet hatte, plädierte sogar energisch für die Todesstrafe. Da er selbst es nie zum Kopfarbeiter gebracht hatte, war er absolut unerbittlich gegen alle Verbrechen aus der Chefetage.

»Ich möcht's noch erleben, wie Lester seine letzte Meile geht«, sagte Bobby Lee jedesmal, wenn man auf dieses Thema zu sprechen kam.

»Was, zu Fuß schafft der doch keine Meile«, sagte Eddie Belt, »dafür ist er zu fett, ich bezweifle, daß der überhaupt hundert Meter weit kommt.« Eddie, der ebenfalls für Duane arbeitete, war der Realist des Ortes.

Tatsächlich hatte Lester Marlow erheblich Übergewicht. Als Bankpräsident war er zu sehr mit dem Verleihen von Geld beschäftigt, um am Fitneß-Boom teilzunehmen. Das Hindurchbalancieren zwischen Bergen von Darlehensanträgen war für ihn Gymnastik genug. Er war ohnehin nie besonders dünn gewesen und setzte schon bald Fett an. Als sich dann der Finanz-Horizont bewölkte, wurde er noch fetter. Jeden Nachmittag konnte man ihn im Dairy Queen antreffen, wo er sich bemühte, seine Probleme zu vergessen, indem er einen Bananen-Split nach dem anderen verdrückte.

Duane parkte seinen Wagen vor seinem bescheidenen Büro, stellte aber den Motor noch nicht ab und blieb im Wagen sitzen. Gegenüber auf der anderen Straßenseite lagen die neuen Tennisplätze der Stadt, die die jüngste Erweiterung der Skyline von Thalia bildeten. Der Westrand der Stadt war so flach und häßlich, daß es legitim war, ein Tennisnetz als Erweiterung der Skyline zu bezeichnen.

Die Tennisplätze waren ein weiteres Produkt der kurzzeitigen Popularität der Fitneß. Nachdem man sie auf dem Höhepunkt des Booms gebaut hatte, waren die Plätze mehrere Monate lang konstant belegt gewesen. Aber dann fand man bald heraus, daß Tennis viel komplizierter war als Jogging oder ein Sitzbad im Whirlpool. Mehrere Ehen, in denen es ohnehin bereits kriselte, gingen unter dem ungewohnten Streß des gemischten Doppels vollends in die Brüche. Jetzt wurden die Tennisplätze nur noch wenig frequentiert. Duane spielte ganz gut Tennis und hatte stets einen Tennisschläger im Büro. Gelegentlich ging er am späten Nachmittag hinüber und schmetterte einen Satz Bälle gegen die Strohballen, die hinter dem nördlichen Fangzaun aufgeschichtet waren.

Statt sich in sein leeres Büro zu begeben, wendete er seinen Pickup und fuhr zum Dairy Queen. Die Bar war bereits von Pickups umringt, viele davon gehörten seinen Angestellten. Bobby Lee und Eddie Belt waren bereits da.

Als Duane ausstieg, setzte Shorty seine Vorderpfoten auf das Armaturenbrett und folgte ihm mit aufmerksamen Blicken. Obwohl Duane mindestens zweimal täglich in dieser Bar verschwand und über kurz oder lang wieder herauskam, machte sich Shorty dennoch Sorgen, solange er fort war. Shorty wollte Duane lieber stets im Blick behalten, was aber gar nicht so einfach war, sobald dieser im Dairy Queen verschwunden war. Wenn er seinen Kopf dicht gegen die Windschutzscheibe preßte, konnte Shorty ihn manchmal flüchtig und verschwommen durch die Preßglasscheiben des Dairy Queen erkennen. Das war immerhin besser als gar nichts.

Das Dairy Queen war voll besetzt mit der üblichen hartgesottenen, aber düster dreinblickenden Schar – noch vor wenigen Monaten nouveau riche und nun nouveau bankrott.

»Wie ich sehe, hast du deinen Land-Hai dabei«, sagte Eddie Belt, als Duane sich an den Tisch der Ölarbeiter setzte. Eddie meinte damit Shorty, der, wie man durch die große Fensterfront sehen konnte, seine Nase immer noch an der Windschutzscheibe platt drückte.

Duane mußte sich diese Bemerkung mehrmals pro Woche anhören. Shorty war wegen seiner überraschenden Attacken überall auf dem Ölfeld verhaßt. Stundenlang konnte er reglos auf seinem Pickup-Sitz vor sich hindösen und den Eindruck erwekken, als hätte er einen Sonnenstich. Aber sobald sich irgendein Ölnacken oder ein alter Freund von Duane auch nur mit dem Ellbogen an den Pickup lehnte, griff Shorty sofort und unerbittlich an. Am liebsten waren ihm Waden, aber er verschmähte auch Ellbogen nicht, wie die meisten von Duanes Arbeitern zu ihrem Leidwesen bereits feststellen konnten.

»Guten Morgen«, sagte Duane. Er hatte keine Lust, Shorty zu verteidigen oder überhaupt über ihn zu reden. Der Gedanke, daß den meisten Leuten aus seinem Bekanntenkreis nichts anderes einfiel, als über die schlechten Manieren seines Hundes zu reden, bekümmerte ihn oft.

Junior Nolan sah besonders trübsinnig aus. Junior war auffallend hellhäutig und hatte auf der Stirn einen glutroten Sonnenbrand. Wenn er im Dairy Queen saß, trug er stets einen Cowboyhut, unter freiem Himmel vergaß er dagegen häufig, ihn aufzusetzen.

Junior hatte es im Ölgeschäft zu so viel Geld gebracht, daß er sich eine Ranch kaufen und seinen lebenslangen Traum erfüllen konnte, ein richtiger Cowboy zu werden. Zu seinem Pech mußte er seine Ranch aber so gut wie allein bewirtschaften, da die meisten Cowboys aus der Gegend längst ihren Job an den Nagel gehängt hatten und für Ölgesellschaften arbeiteten. So mußte Junior mit einer einzigen Hilfskraft auskommen, einem Mann namens Mitch Mott, der längst nicht mehr der Jüngste und noch dazu Kettenraucher war. Und kettenrauchend saß er neben seinem Boß, als Duane sich setzte.

»Mitch, ich dachte, Sie hätten das Rauchen aufgegeben«, sagte Duane.

»Hatte ich auch«, sagte Mitch, während er sich an der Zigarette, die er gerade ausgeraucht hatte, bereits die nächste anzündete. »Vorige Woche hatte ich's 'ne Weile aufgegeben. Aber dann ging's finanziell so sehr in die Miesen, daß mir die Luft weggeblieben ist. Und ehe ich mich versah, hatte ich wieder angefangen zu rauchen.«

Junior Nolan war auf bestem Wege, seine Ölgesellschaft und auch seine Ranch zu verlieren. Übrigens war er mit über einsneunzig einer der größten Männer in der ganzen Gegend. Karla hatte oft Interesse an ihm gezeigt, aber bisher schien sich aus diesem Interesse nicht viel entwickelt zu haben.

»Ich werde einen Dreck tun und den ersten Schritt machen«, sagte sie Duane einmal während einer ihrer zahlreichen Unterhaltungen, in denen sie ihr Liebesleben mit ihm erörterte. »Ich wüßte wirklich nicht, weshalb.«

»Ich auch nicht, Honey«, bestätigte Duane. Es gehörte zu den angenehmeren Momenten seines Lebens, mit Karla im Whirlpool zu sitzen und ihr Liebesleben mit ihr zu erörtern. Sie war der Ansicht, daß ihres bei weitem nicht bewegt genug war.

Duane fühlte sich ein wenig dafür verantwortlich – aber auch nur ein wenig. Sein drohender Bankrott machte ihm zu viele Sorgen, als daß er zu der Vorstellung, jemandem ein Liebesleben verschaffen zu müssen, auch nur ein Lippenbekenntnis hätte abgeben können.

Ein paar Tische weiter saß Janine Wells, seine Freundin, mit ihren Freundinnen aus dem Gericht beim Kaffee. Janine war zur Steuereinnehmerin des Countys gewählt worden. Sie war eine kleine Blonde und machte ihm in der Sache ihres Liebeslebens ebenfalls als Klägerin zu schaffen.

Duane war froh darüber, daß er sich mit Janine hatte einigen können, sich in der Öffentlichkeit gegenseitig zu ignorieren. Oder er dachte zumindest, er sei froh darüber: denn manchmal überlegte er, ob es nicht besser gewesen wäre, wenn er eine Vereinbarung getroffen hätte, die es ihm erlaubte, sie auch im Privatleben zu ignorieren. Ihre letzten Rendezvous waren aus Janines Sicht reichlich ereignislos verlaufen, aber er war immerhin zweimal hintereinander zu seinem dringend benötigten Schlaf gekommen.

»In der Öffentlichkeit sollst du mich ignorieren, aber doch nicht, wenn wir privat zusammen sind«, warf sie ihm vor, als er von einem seiner Nickerchen erwachte. Sie hatten sich ein teures Hotelzimmer in Fort Worth genommen und wollten in ein Theater gehen, wo man auch essen konnte und sich ein Stück mit Jack Palance ansehen. »Ich ignorier dich ja nicht, wir sind doch zusammen in Fort Worth«, verteidigte sich Duane.

»Duane, hör auf, dich dumm zu stellen«, sagte Janine. »Wenn du dir wegen Karla Sorgen machst, dann ist das völlig unnötig, denn sie hat was mit Junior Nolan.«

»Woher weißt du das?« fragte Duane. Er wünschte, er hätte nicht versprochen, mit ihr in dieses Stück zu gehen. Es wäre himmlisch, einfach noch ein paar Stunden weiterzuschlafen.

»Alle Welt weiß es, nur du nicht, Duane«, sagte Janine.

Alle Welt, das würde auch Ruth Popper einschließen, die ihn über die Liebesaffären der Stadt gut auf dem laufenden hielt. Am Montag nach seinem Ausflug nach Fort Worth erkundigte sich Duane sofort bei Ruth, ob sie glaube, Karla hätte ein Verhältnis mit Junior Nolan. Ruth arbeitete bereits fünfzehn Jahre für ihn, und Duane hatte keine Hemmungen, offen mit ihr zu reden.

»Nein, der Typ ist zu groß«, erwiderte Ruth.

»Ich dachte, Frauen lieben große Männer«, meinte Duane.

»Das ist eine Legende«, sagte Ruth, und über das, was Legende und was keine war, hatte sie äußerst präzise Ansichten.

»Frauen lieben ganz einfach nette Männer«, fügte sie hinzu.

»Junior scheint doch ganz nett zu sein«, sagte Duane, »er hat eine nette Frau und nette Kinder. Sollte der Partnertausch hier mal ebenso ›in‹ werden, wie es die Fitneß mal war, dann würde ich mir gern auch mal Suzie Nolan eintauschen.«

»Aber Karla ist doch eine überdurchschnittliche Ehefrau«, sagte Ruth.

»Können denn nicht auch große Männer nett sein?« forschte Duane. Weil er glaubte, daß Frauen eher auf große Männer standen, war er auf große Männer immer leicht eifersüchtig gewesen.

»Jeder Mann in egal welcher Größe kann nett sein«, sagte Ruth, »aber ein von Sorgen zerfressener Mann ist eben nicht so nett wie ein Mann mit innerem Frieden.«

»Das spricht dann wohl für Sonny«, sagte Duane.

»Sonny hat resigniert«, sagte Ruth. »Ihm ist's egal, ob er lebt oder stirbt. Resignation ist nicht dasselbe wie innerer Frieden.«

»Mir ist's auch ziemlich egal, ob ich lebendig oder tot bin, so, wie die Dinge derzeit stehen«, meinte Duane.

»Nein, das ist es nicht, Sie Trottel«, sagte Ruth. »Sie denken vielleicht, es sei Ihnen egal, aber das ist es nicht!«

5

Während er Junior Nolan über den Tisch hinweg betrachtete, konnte er sich angesichts seines angeblichen Verhältnisses mit Karla zu keinerlei Gefühlsregung aufraffen. Junior wirkte sehr bekümmert, was, wie er selber wußte, zu einer gewissen Apathie führen konnte, wo sich früher vielleicht die romantischsten Gefühle geregt hatten.

Die einzige heitere Figur am Tisch war Luthie Sawyer. Luthie besaß eine kleine Ölbohrgesellschaft und stand wie jeder andere auch kurz vor dem Bankrott, aber er redete so ununterbrochen und war die ganze Zeit so hektisch in Bewegung, daß er diese Nebensächlichkeit vielleicht nicht einmal bemerkt hatte. Luthie war ein ewiger Optimist, der noch dazu eine blühende Phantasie hatte. Ständig kam er mit neuen Lösungen für Probleme daher, die jeden anderen völlig ratlos machten.

»Ich glaube, ich habe *die* Antwort auf die Ölschwemme gefunden«, verkündete Luthie, während er so heftig in seinem Kaffee rührte, daß in seiner Tasse ein kleiner Whirlpool entstand.

»Fein«, sagte Duane, »und wie lautet die Antwort?«

»Bombardieren wir OPEC!« sagte Luthie. Er war klein, kräftig und dunkelbraun gebrannt.

»Toll«, sagte Duane unverbindlich.

Bobby Lee und Eddie Belt sahen nachdenklich aus.

»Mit Napalm oder mit Wasserstoffbomben?« fragte Bobby Lee.

So weit war Luthie in seiner Planung offensichtlich noch nicht fortgeschritten.

»Ich weiß nicht, ob man 'ne H-Bombe einfach so kaufen kann«, meinte er.

»Wieso solltest du dir keine kaufen können?« fragte Eddie Belt. »Wir leben schließlich in einem freien Land, oder nicht?«

»Ich glaub nicht, daß du dazu Nuklear-Waffen brauchst«, meinte Luthie. »Ich glaube, konventionelle Bomben würden auch reichen.«

»Wenn das hieße, daß ich eingezogen werde, dann ohne mich«, sagte Bobby Lee.

»Dich würde sowieso keine Armee der Welt nehmen«, entgegnete Eddie Belt. Er und Bobby Lee waren die Dauerrivalen der Gruppe.

»Erinnerst du dich nicht mehr an Ross Perot?« fragte Luthie. »Man hat ein paar von seinen Ingenieuren eingebuchtet, und da hat er einfach ein paar Mercs angestellt und seine Kumpels wieder rausgeholt.«

»Mercs? Was'n das?« fragte Mitch Mott.

»Mercenarios, verstehst du, Söldner!« klärte ihn Luthie auf.

Der verhaßte Name von H. Ross Perot, dem milliardenschweren Computer-Baron und Schulreformer, schrillte wie eine Alarmglocke durch den Speisesaal des Dairy Queen.

Mehrere Leute blickten feindselig zu den Ölmännern hinüber, weil sie diesen Namen ausgesprochen hatten. Jedesmal wenn die Tür aufging, konnten sie aus der Richtung der High School, die drei Straßen weit entfernt lag, ein leises Singen hören. Das Frühjahrstraining war im vollen Gang, und die Mannschaftsmitglieder der ewig hoffnungsvollen »Thalia Thistles« absolvierten unter der sengenden Sonne ihr Gymnastik-Programm.

Dank des neuen staatlichen »No-pass, no-play«-Gesetzes nach dem Motto »Keine guten Noten, Spiel und Spaß verboten« durften Schüler, die auch nur in einem einzigen Fach versagt hatten, sechs Wochen lang nach diesem Versager nicht an den Freizeit-Aktivitäten – und damit auch nicht am Baseball-Training – teilnehmen. H. Ross Perot hatte alle seine Möglichkeiten genutzt, um eine möglichst große Lobby zu gewinnen und dieses Gesetz durchzuboxen, und man hatte leider zugeben müssen, daß er über sehr viele Möglichkeiten verfügte.

Für die »Thalia Thistles« bedeutete dies, daß viele der jungen Leute, die sich nun durch die Gymnastik schwitzten, am Ende der ersten Probephase aus der Mannschaft fliegen würden, so daß zu bezweifeln war, ob die High School überhaupt eine vollständige Mannschaft zuwege bringen würde.

Kritiker des »Thistles«-Clubs, dessen Bilanz in der letzten Dekade drei Siege, zwei Unentschieden und vierundsiebzig Niederlagen aufzuweisen hatte, argumentierten damit, daß Thalia ohnehin selten ein komplettes Team zustande brachte, aber ihr Murren war auf taube Ohren gestoßen. Die Wut, die nach diesem »No pass, no play«-Gesetz entbrannte, hatte den ganzen Staat wie ein Feuersturm durchzogen. Die Ungerechtigkeit, Teenager den ganzen Tag lang im Klassenzimmer hocken und langweiliges Zeug büffeln zu lassen, das oft nicht einmal ihre Eltern im mindesten interessierte, saß allen in den Knochen.

»Lieber bombardier ich einfach Ross Perots Büros«, sagte Bobby Lee. Was er von der »No-pass, no-play«-Verordnung hielt, stand außer Zweifel.

Duane, der ein heimlicher Befürworter des neuen Gesetzes war, behielt seine Meinung für sich. Gelegentlich träumte er, wie herrlich es wäre, wenn seine Kinder so etwas wie eine Ausbildung erhielten. Er malte sich aus, Dickie würde Anwalt werden und kein Krimineller – oder aus Jack und Julie würden die ersten Zwillinge von Texas, die erfolgreich ein Harvard-Studium abschlossen. Für Nellie konnte er sich dagegen selbst in seinen süßesten Tagträumen kein Diplom vorstellen, aber schließlich konnte er ja noch auf die Enkelkinder hoffen. Vielleicht hatte eines von denen Lust, ausgebildet zu werden.

In der Öffentlichkeit beschränkte er sich auf ein gelegentliches zweideutiges Gemurmel. Das Tageblatt der Stadt behauptete, die »No-pass, no-play«-Offensive sei die ernsthafteste Bedrohung der Stadt seit dem Bürgerkrieg, und sah dabei souverän über die Tatsache hinweg, daß Thalia noch zwei Jahrzehnte nach Appomattox – dem 9. April 1865, als General Lee und seine Konföderiertenarmee zur definitiven Kapitulation gezwungen wurden – nichts als blanke Prärie gewesen war.

Die Angst, die allen Eltern im Nacken saß, war die, daß ihre Sprößlinge, wenn man ihnen das Recht nähme, Sport zu treiben, im Spielmannszug die Trommel zu rühren oder als »cheerleader« die Menge anzufeuern, auf der Stelle die Schule verlassen und zu Hause für immer vor dem Fernseher hocken würden.

»Weshalb macht eigentlich Ross Perot nicht wie jeder andere hier unten Pleite?« wollte Eddie Belt wissen. »Meint ihr, er ist Kommunist?«

»Der steckt eben nicht im Ölgeschäft«, gab Duane zu bedenken.

»Einen Dreckskerl, der so viel reicher ist als ich, kann ich nicht riechen«, sagte Bobby Lee.

»Es wird wohl nicht mehr als ein paar lumpige Hunderttausender kosten, OPEC zu bombardieren«, grübelte Luthie, um wieder auf seinen Plan zurückzukommen.

»Soviel ich weiß, ist OPEC kein Ort«, warf Duane ein.

Luthie warf ihm einen beleidigten Blick zu. Er hatte noch nie ein dickes Fell gehabt. »OPEC zu bombardieren« war ihm wie eine kinderleichte Lösung der Probleme aller erschienen. Alle Zeitungen machten doch deutlich, daß »OPEC« für die Übersättigung des Ölmarktes verantwortlich war. Duanes Bemerkung brachte nun aber seine Zuversicht ins Wanken.

»Wieso, ich dachte, das liegt irgendwo in der Gegend von Kuwait«, sagte Luthie.

»Ach was. Mexiko gehört zum Beispiel nicht dazu, Venezuela aber schon«, sagte Duane.

»O Scheiße, bloß nicht Mexiko bombardieren, dann würden sich deren verdammte Viren ausbreiten«, sagte Eddie Belt. Er war zweimal in Mexiko gewesen und hatte sich beide Male peinliche Krankheiten mitgebracht. »Ich möchte nicht noch mal, daß mir diese Viren um die Ohren fliegen«.

Danach geriet die Unterhaltung ins Stocken. Es schien, als wären die verschiedenen Förderer des Dairy Queen einen Augenblick lang von Ereignissen überwältigt worden, die zu ernüchternd waren, um in Worte gefaßt zu werden. Das einzige, was zu hören war, war das Zerplatzen von Janines Kaugummiblasen – ein Geräusch, bei dem Duane aus irgendeinem Grunde verkrampfte. Janine hatte nie das Kaugummikauen aufgegeben, obwohl es im heftigsten Kontrast zu dem gelackten, kultivierten Image stand, das, wie sie glaubte, von ihr als gewählter Amtsperson erwartet wurde. Duane wußte, daß sie ihn beobachtete. Sie beobachtete ihn ständig, jedoch ohne viel über ihn herauszubekommen. Man konnte nicht gerade behaupten, daß Janine im Studium männlichen Verhaltens besonders weit fortgeschritten war.

»Glaubt ihr, daß die Frauen es mehr wollen als die Männer?« fragte Junior Nolan plötzlich, während er auf einen Salzstreuer starrte.

Die ganze Tischrunde war sprachlos. Nur Duane grinste. Alle anderen rührten vor Verlegenheit darüber, daß Junior glaubte, ausgerechnet eine solche Frage aufwerfen zu müssen, nachdenklich in ihrem Kaffee.

»Daß sie *was* mehr wollen?« fragte Bobby Lee, obwohl er sehr wohl wußte, was »es« bedeutete.

»Äh, Geschlechtsverkehr«, sagte Junior traurig.

Wieder wurde in verschiedenen Tassen nachdenklich der Kaffee gerührt. Duane hatte seinen bereits ausgetrunken und beschloß, sich zurückzulehnen und anzuhören, wie die Gesellschaft auf Juniors überraschende Frage reagierte.

Genau in diesem Moment kam Sonny Crawford mit dem *Wall Street Journal* unterm Arm herein.

6

Als siebenundzwanzig Jahre zuvor der Trainer Popper, Ruths Ehemann, dahintergekommen war, daß sie und Sonny ein Verhältnis miteinander hatten, hatte er mit seiner Rotwildbüchse drei Schüsse auf Sonny abgefeuert, als dieser vor dem Gerichtshaus die Straße überquerte. Der erste Schuß traf Sonny in den Ellbogen und richtete einen Schaden an, der nie mehr restlos repariert werden konnte.

Der zweite Schuß des Trainers verfehlte Sonny und traf dafür Dennis Lyons, der gerade vor seiner Tankstelle auf einem alten Traktorreifen saß. Dennis saß oft vor sich hin dösend auf dem riesigen Reifen, der neben einem ziemlich großen Haufen abgefahrener Reifen lag, von denen er stets umlagert war, weil er nie die Zeit fand, sie fortzuschaffen. Der Schuß kippte Dennis rückwärts in die Reifen, wobei ihm seine kleine ölverschmierte Kappe ins Gesicht rutschte.

Da man Dennis häufig felsenfest schlafend auf dem Reifenhaufen ausgestreckt finden konnte, vergingen mehrere Stunden, bevor jemand bemerkte, daß er mausetot war. Gene Farrow, ein Ölarbeiter, der Benzin brauchte, ging zu ihm hinüber, um sich über die lahme Bedienung zu beschweren, und so entdeckte er die Sache.

Der dritte Schuß des Trainers war eine Niete und tötete, soweit sich feststellen ließ, niemanden. Dann fuhr er zum Kosmetiksalon hinüber, wo sich Ruth gerade eine Dauerwelle legen ließ, und feuerte zweimal in den Laden, wobei er aber niemanden verletzte, sondern nur eine Trockenhaube zu Bruch schoß.

Gene Farrow und Lois, seine Frau, starben vier Monate später, als ihr kleines Flugzeug ein paar Meilen südlich von Ruidoso, New Mexico, abstürzte, wo sie an den Pferderennen teilnehmen wollten.

Während Trainer Popper auf seinen Prozeß wartete, stellte sich heraus, daß er Lungenkrebs hatte. Keine vier Wochen später starb er als völlig verbitterter Mann. Seine Verbitterung resultierte aus dem Wissen, daß Ruth, sein verräterisches Eheweib, nicht nur Brustkrebs hatte, ohne daran zu sterben, sondern daß sie es auch noch zu einem Verhältnis mit Sonny brachte, während sie die Krankheit bereits hatte.

»Ich wünschte, ich hätte genauer geschossen, aber es war windig«, äußerte er mehreren Leuten gegenüber.

Keiner vermißte den Trainer besonders, obwohl die ganze Gegend dem Prozeß mit Spannung entgegensah. In jenem Herbst fegte das Football-Team zur allgemeinen Überraschung wie ein Komet durch seinen Spielplan und wurde sogar Erster im ganzen Bundesstaat, was derart unerwartet war, daß viele das Gefühl hatten, es müsse eine religiöse Bedeutung haben.

In wenigen Jahren war diese Schießerei nahezu in Vergessenheit geraten und nur noch bei Sonny in deutlicher Erinnerung, da er von Zeit zu Zeit nach Dallas fuhr, um sich seinen Ellbogen operieren zu lassen.

Nun nahm er sich einen Kaffee und kam zum Tisch der Ölarbeiter herüber, obwohl er selbst nicht zur Ölbranche gehörte.

»Guten Morgen«, sagte er höflich. Sonny galt allgemein als der höflichste Mann in der Stadt.

»Junior will wissen, ob Frauen mehr Sex brauchen als Männer«, sagte Duane.

»Also ›brauchen‹ habe ich nicht gerade gesagt«, meinte Junior und wurde sogar noch unter seinem Sonnenbrand sichtbar rot.

»Mich braucht ihr nicht anzugucken, ich bin Junggeselle«, sagte Sonny.

»Wir brauchen die Ansicht eines Junggesellen«, sagte Duane. »Mitch ist auch Junggeselle. Wie denkst du darüber, Mitch?«

»Das kann ich nicht beurteilen, Duane«, antwortete Mitch. »Meistens bin ich ohne ausgekommen, außer bei Rodeos.«

Duane warf einen Blick zu den Damen vom Gericht hinüber, wobei er Janines stahlblaue Augen mied. Er hatte das Bedürfnis, sie alle dazu einzuladen, sich an der Unterhaltung zu beteiligen, sofern es eine Unterhaltung werden sollte.

Er fragte sich, was Junior wohl dazu bewogen hatte, eine solche Frage auf den Tisch zu bringen. Seine Frau Suzie Nolan war bezaubernd, ruhig und allem Anschein nach sittsam und zurückhaltend. Sie hatte ihr ganzes Leben in Thalia verbracht und in der gleichen Klasse wie Duane und Sonny ihren High-School-Abschluß gemacht.

Damals stand sie im Schatten von Jacy Farrow, die das einzige Kind von Lois und Gene und außerdem Duanes erste Liebe war. Überhaupt hatte Jacy jedes weibliche Wesen der Stadt außer ihrer eigenen Mutter in den Schatten gestellt und war auch Sonnys erste Liebe gewesen. Ihre Klasse plante für diesen Sommer ihr dreißigstes Klassentreffen, und jeder war gespannt, ob Jacy mit dabeisein würde.

In all den Jahren war sie nur hie und da auf ein Wochenende oder an Feiertagen nach Thalia gekommen. Sie hatte in Italien gelebt, wo sie es zu einem drittklassigen Filmsternchen gebracht hatte. Im März war sie nach Thalia zurückgekommen, nach Hause getrieben, wie manche sagten, durch den Tod ihres Jüngsten, eines Sechsjährigen namens Benny, der bei einem schrecklichen Unfall, nämlich durch einen elektrischen Schlag an einem Drehort, ums Leben gekommen war.

Bisher hatte sich Jacy selten in der Stadt blicken lassen. Sie lebte zwanzig Meilen entfernt auf dem Lande im Haus eines Freundes. Dieser Freund, ein Drehbuchautor namens Danny Deck, lebte in Europa und hatte es auf Jacys zwei Töchter abgesehen, die beide fast erwachsen waren. Danny Deck war in der Nähe von Thalia aufgewachsen, hatte aber nicht die dortige High-School besucht.

Niemand konnte begreifen, weshalb Jacy ein Filmstar in Italien und nicht in Amerika war oder weshalb sie alle ihre Kinder von Franzosen hatte, wo sie doch in Italien lebte, oder weshalb sie sich entschlossen hatte, im Haus eines Mannes zu leben, der mit ihren Töchtern in Europa lebte, während das große Haus ihrer Eltern leer stand. Außer diesem Haus hatte sie auch die Farrow Oil Company geerbt, eine solide kleine Gesellschaft, die Duane nicht ungern gekauft hätte. Sie bestand aus den vielen Nutzungsflächen, die Gene Farrow im Laufe seines Lebens ergattern konnte – und die immerhin noch ein paar hundert Barrel Öl pro Tag produzierten.

In den fetten Jahren hatte Duane oft daran gedacht, kurz nach

Europa zu fliegen und Jacy für ihre Ölgesellschaft ein lukratives Angebot zu machen, ein Plan, gegen den Karla jedoch eisern opponierte – weniger wegen seiner Idee, die Ölgesellschaft zu kaufen, als wegen seiner Idee, nach Europa zu jetten und Jacy Farrow zu treffen. Karla und Jacy hatten sich nie kennengelernt, da Karla erst kurz nachdem Jacy fortgezogen war, nach Thalia gekommen war.

Duane hatte sich bemüht, so nüchtern wie möglich darauf hinzuweisen, daß sein Vorhaben rein geschäftlicher Art sei. Er hätte die Chance, Gene Farrows Produktion zu übernehmen, und wenn er es nicht täte, würde ein anderer das Rennen machen.

»Nein, niemand«, entgegnete Karla, »sie wird sie für sich behalten und in Paris mit dem Kauf von Kleidern verschleudern.« Ihr Lieblings-T-Shirt zu dieser Zeit trug den Aufdruck: FÜHRE MICH NICHT IN VERSUCHUNG, ICH FINDE DEN WEG AUCH ALLEIN.

»Du brauchst nicht erst einen so weiten Weg zu machen, wenn du scharf auf 'ne Versuchung bist, falls dir die Pointe auf meinem T-Shirt entgangen sein sollte«, sagte sie.

Allmählich ödete es Duane etwas an, daß er jedesmal, wenn er seine Frau ansah, zuerst eine Botschaft auf ihrem Busen lesen mußte.

»Thalia hat nicht genug Versuchung zu bieten«, sagte er.

»Wieso? Es hat doch mich zu bieten«, sagte Karla, »mehr Versuchung kriegst du nicht, Duane.«

Nur Sonny Crawford hatte Jacy seit ihrer Rückkehr wirklich zu Gesicht bekommen. Hin und wieder kreuzte sie mitten in der Nacht in seinem kleinen Haushaltsgeschäft auf und blätterte in den paar Illustrierten, die Sonny im Sortiment hatte.

»Sieht sie immer noch so gut aus wie früher?« fragte Duane.

»Sie nimmt nie ihre Sonnenbrille ab«, sagte Sonny. »Sie sieht gut aus, aber sie ist älter geworden.«

Direkt nach dem High-School-Abschluß hatte Duane mit Sonny wegen Jacy einmal eine wüste Schlägerei gehabt, die Sonny ein Auge gekostet hatte. Seitdem hatten sie versucht, sich sehr zurückzuhalten, wenn es um sie ging – aber das war keine

Schwierigkeit, da sie nun schon seit dreißig Jahren in ihrer beider Leben keine Rolle mehr spielte.

Seit ihrer Rückkehr hatte Duane sie nur ein einziges Mal flüchtig erblickt, als er vor einer Ampel in Wichita Falls hielt und ihr Mercedes vor ihm vorüberfuhr. Es war nur ein flüchtiger Blick, aber sogar ein flüchtiger Blick von ihr genügte, um in ihm ein sonderbares Gefühl zu erregen. Er war einmal sehr in Jacy verliebt gewesen. Daher war er seit diesem flüchtigen Blick doch etwas in sich gekehrt – ein Umstand, der Karla nicht verborgen blieb.

»Was ist los mit dir?« wunderte sie sich.

»Nichts – immer das alte Lied«, sagte Duane, obwohl es keineswegs das alte Lied war, und es war auch nicht nichts. Er merkte, daß er wahrscheinlich nicht wüßte, was er zu Jacy sagen sollte, wenn sie sich treffen würden. Sie war so etwas wie die Garbo der Gegend – daß man sich wirklich mit ihr unterhielt, konnte man sich kaum vorstellen.

Während er den niedergeschlagenen Junior Nolan betrachtete, fiel Duane auf, daß er sich auch mit Suzie Nolan in all den dreißig Jahren nie wirklich unterhalten hatte, obwohl sie die ganze Zeit in unmittelbarer Nähe in Thalia gelebt hatte. Sie war eine der bezauberndsten Frauen in der Stadt, aber aus irgendeinem Grunde war sie bis zu dem Moment, da ihr Mann die Frage nach dem Sex gestellt hatte, in seiner Phantasie ein unbeschriebenes Blatt geblieben.

Er erinnerte sich, daß einmal jemand – wahrscheinlich Karla – gesagt hatte, Suzie sei keine Persönlichkeit, womit bestimmt nur gemeint war, daß sie anders als Karla war. Wenn es so etwas wie eine Persönlichkeitsübersättigung gab, so war dies Karlas Kennzeichen. Am Abend zuvor hatte sie ein T-Shirt angehabt, auf dem zu lesen war: DAS LEBEN IST ZU KURZ, UM MIT HÄSSLICHEN TYPEN ZU TANZEN, ein Motto, das aus der Zeit stammte, als Karla zum ersten Mal etwas von der Idee der offenen Ehe hörte. Sie hatte davon im *Cosmopolitan*, der Quelle vieler ihrer Ideen, gelesen.

Daraufhin hatte sie sofort Duanes und ihre Ehe zu einer offenen gemacht, indem sie eine Affäre mit dem Schreiner begann, der ihre Küche renovierte. Dann machte sie Duane Vorwürfe, daß er nicht auch losging und sich eine Geliebte zulegte.

»Statt dessen sitzt du lieber hier herum und erweckst Schuldgefühle in mir«, sagte Karla.

Das Hauptergebnis jener Episode war, daß die Arbeit schlampig ausgeführt wurde und in der neuen Küche nichts richtig funktionierte. Der Müllschlucker funktionierte eher wie ein Müllspucker und übersäte seine ganze Umgebung mit Hähnchenknochen und Wassermelonenschalen.

»Vermutlich war Richie derart verknallt, daß er's nicht mal fertigbrachte, auch nur einen Müllschlucker richtig zu installieren«, lästerte Duane gelegentlich, wenn er schlecht drauf war.

»Komm, Duane, für die Installationsarbeiten war er doch gar nicht zuständig«, sagte Karla.

Das Konzept der offenen Ehe blieb noch mehrere Jahre in ihrem Haus in Mode, und Duane regte Karla in dieser Zeit immer wieder dadurch auf, daß er sich einfach keine Freundin zulegen wollte. Als er jedoch schließlich das Verhältnis mit Janine begann, warf ihm Karla vor, er sei altmodisch und liege nicht im Trend der Zeit.

»Duane, das Ganze war doch in den Sechzigern mal ›in‹«, sagte sie, »weshalb kommst du denn erst jetzt auf so was? Wenn du 'ne Midlife-Crisis haben willst, dann bist du 'n bißchen spät dran, denn die Mitte hast du bereits um einige Jahre überschritten.«

»Wieso? Ich bin doch erst achtundvierzig«, sagte Duane. »Wenn ich sechsundneunzig werde, bin ich dieses Jahr haargenau in der Mitte.«

»Wenn ich bedenke, wie ungenießbar du jetzt schon bist, kann ich nur hoffen, daß ich nicht mehr da sein werde, wenn du sechsundneunzig bist«, sagte Karla.

»Du warst doch diejenige, die damit angefangen hat«, erinnerte sie Duane. »Warum konntest du nicht wenigstens einen besseren Schreiner aufreißen?«

»Wir sind doch angeblich reich, weshalb können wir uns nicht einfach einen neuen Müllschlucker anschaffen?« konterte Karla.

Duane gab keine Antwort, aber die Tatsache, daß er Richies Küche haßte, war einer der Gründe, weshalb er mit dem Bau des neuen Hauses einverstanden war.

7

Seit seiner unerwarteten Frage – einer Frage, die seine Tischgenossen ziemlich in Verlegenheit gebracht hatte – starrte Junior Nolan auf den Salzstreuer. Das Gespenst weiblicher Bedürfnisse war heraufbeschworen worden, und die meisten um den Tisch Sitzenden blickten daraufhin diskret zur Seite.

Nachdem sich eine geschlagene Minute lang niemand zu Wort gemeldet hatte, entschloß sich Junior plötzlich, nicht mehr auf irgendwelche Meinungsäußerungen zu warten, und sagte: »Mitch, wir packen's lieber. Draußen wird's auch nicht kühler.« Er stand auf und steuerte mit seinem Hut in der Hand auf die Tür zu. Duane sah, wie er den Hut draußen in seinen Pickup warf.

»Wieso hat Junior immer nur drinnen einen Hut auf?« fragte Eddie Belt.

»Er war schon immer ein kleiner Exzentriker«, sagte Sonny.

Dann stand auch Mitch Mott auf und schlenderte zur Tür, wobei er versuchte, möglichst krummbeinig zu gehen. Er mimte den Gang eines lebenslangen Cowboys, doch die meiste Zeit seines Lebens war er ein Schnellkoch gewesen, der sich nebenbei ein wenig im Rodeo übte. Junior war einmal zum Panhandle hinausgefahren, um ein paar Kälber zu kaufen, dabei hatte er in einer kleinen Rodeo-Show Mitch kennengelernt, ihn für einen Cowboy gehalten und auf der Stelle angeheuert.

Da er erst seit knapp zehn Jahren in Thalia lebte, war Mitch noch nicht allzu gut vertraut mit seinen Ritualen, die erst durchschaubar wurden – und manchen selbst dann noch verborgen blieben –, wenn man ein Leben lang dort wohnte.

Duane wohnte bereits sein Leben lang dort, und es gab so manches, was ihm noch immer unverständlich war, aber das störte ihn nicht. Allmählich begann ihn der Gedanke an Suzie

Nolan zu interessieren. Immerhin – und das wußte er besser als die meisten – konnte das, was aus einem Blickwinkel betrachtet wie Sittsamkeit und Zurückhaltung aussah, aus einem anderen Blickwinkel bereits gar nicht mehr so sittsam und zurückhaltend wirken. Janine Wells, die direkt hinter ihm saß, sah aus, als hätte sie die sonntäglichen Betstunden erfunden, während in ihrem Innern in Wirklichkeit das Herz einer Sklavenhalterin schlug.

»Vielleicht sollte Junior mal Dr. Ruth anrufen«, meinte Sonny.

Ein Grund, weshalb Sonnys kleiner Kwick-Sack-Laden abends einen so fabelhaften Umsatz machte, war der, daß er die Nachtschicht selbst übernahm und im Radio Dr. Ruth Westheimers populäre Telefonberatungs-Sendung »Sexuell betrachtet« eingeschaltet ließ. Er stellte das Radio so laut, daß alle Kunden die Sendung selbst dann noch hören konnten, wenn sie in der hintersten Ecke bei den Wasch- und Reinigungsmitteln standen. Ölnacken und Fernfahrer, die in den Laden kamen, um sich Zigaretten oder Bier zu kaufen, gerieten normalerweise unweigerlich in den Bann von Dr. Ruths prickelnd mitteleuropäischer Stimme; dann verweilten sie oft gleich fünfzehn oder zwanzig Minuten lang dort und holten stapelweise Dinge aus den Regalen, die sie überhaupt nicht brauchten, während Dr. Ruth die Vor- und Nachteile des Analverkehrs diskutierte oder hilfreiche Tips gab, wie man vermeiden konnte, daß beim Zungenkuß zuviel Speichel in den Mund des Partners lief.

»Verdammt, lassen wir die Frauen doch am besten selbst zu Wort kommen«, schlug Duane vor, der sich seit Monaten zum ersten Mal wieder zu boshaften Späßen aufgelegt fühlte, »die müssen ja wohl die Antwort wissen.«

Sonny lächelte, als er das hörte. Er konnte lächeln, ohne dabei auch nur im mindesten weniger traurig dreinzublicken, was Duane in all den Jahren ihrer Freundschaft immer leicht beunruhigt hatte.

Beim Rest der Tischrunde löste der Vorschlag beinahe so etwas wie Panik aus. Bobby Lee verschluckte fast den Zahnstocher, an dem er während der letzten zehn Minuten gekaut hatte.

»Ich finde nicht, daß wir die fragen sollten«, meinte er, »immerhin sind's doch Frauen.«

»Wieso? Ging's in Juniors Frage vielleicht nicht um Frauen?« fragte Duane.

Eddie Belt, der mit Bobby Lee selten einer Meinung war, teilte diesmal dessen Meinung. »Wenn Junior es wissen möchte, dann soll gefälligst Junior sie fragen«, meinte Eddie, »ich frag von denen keine was.«

Er wollte schon schweigen, aber dann fiel ihm ein, wieviel Unrecht Frauen ihm zugefügt hatten, und er fuhr fort: »Ich würde keine von denen fragen, ob se 'n Glas Dr. Pepper für mich hat, und wenn ich vor Durst verrecke. Und wenn mir die Bude abbrennt, würd' ich die nicht fragen, ob se den Löschschlauch aufdrehn könnten. Und wenn ich beide Beine gebrochen hätte und mir würde eine 'n Rollstuhl anbieten, dann würd ich ihn nicht nehmen.«

»Worüber regt er sich denn so auf?« mischte sich nun Janine ein. Sie und ihre Freundinnen Charlene Duggs und Lavelle Bates wollten gerade die Bar verlassen, aber Eddie machte seinem Ärger in einer solchen Lautstärke Luft, daß alle drei wie angewurzelt stehenblieben. Janine verspürte das kühne Bedürfnis, mit Duane zu plaudern, und fand, daß Eddie Belt, den sie nicht ausstehen konnte, ihr einen hinreichenden Vorwand dazu geliefert hatte.

»Über gar nichts hab ich mich aufgeregt«, empörte sich Eddie, »und wenn, dann geht's dich einen Dreck an.« Seine Erinnerungen hatten ihn derart zur Weißglut gebracht, daß er einen Moment lang vergaß, daß er mit der Freundin seines Chefs redete.

»Klingt nicht gerade höflich«, bemerkte Janine trocken, »war ja nur 'ne Frage.«

»Setzt euch, Mädels«, sagte Duane und sprang auf. Er wollte sich nicht um seine erste boshafte Stimmung seit Monaten betrogen sehen. Wer wußte, wann er wieder einmal in einer solchen Stimmung sein würde? Er zog derart flink drei Stühle heran, daß die Frauen nichts entgegnen konnten.

»Duane, wir wollten gerade aufbrechen«, wehrte Charlene ab. »Wir haben was zu tun. Wir dürfen uns nicht wieder setzen.«

»Genau, du hättest dich schon die ganze Zeit um deinen Job kümmern sollen, anstatt hier herumzuhocken und Lügen zu verbreiten«, sagte Eddie. Wenn er einmal so richtig in Wallung geraten war, dauerte es eine Weile, bis er wieder abkühlte.

»Was hat der denn gemacht, hat er heute früh 'ne Ekelpille genommen?« fragte Janine.

Vor ein paar Jahren war sie mit Eddie einmal drei Monate lang verlobt gewesen. Im Laufe der Jahre war Janine eine ganze Reihe von Verlobungen eingegangen – inklusive Verlobungsring und feierlichem Aussuchen der neuen Tapete. Für einige von den Szenen, an die sich Eddie nun mit solchem Zorn erinnerte, war sie sogar verantwortlich gewesen, aber Janine hatte sich zwei Jahre lang bei einem Psychologen in Wichita Falls einer hilfreichen Therapie unterzogen. Der Therapeut hatte ihr klargemacht, wie unproduktiv es war, sich lange mit vergangenen Fehlern aufzuhalten.

Zumindest mit einem Fehler hatte sie sich jedenfalls nicht lange aufgehalten, und das war Eddie Belt. Sie hatte seinen Verlobungsring gegen ein Armband eingetauscht, das ihr gefiel, und als sie sich dann wieder trafen, behandelte sie ihn mit cooler Förmlichkeit. Das einzige Mal, als er ihr wegen ihrer Coolness Vorwürfe machte, wies sie ihn darauf hin, daß sie lediglich das für ihr seelisches Wohlbefinden Richtige getan habe, und empfahl ihm, es auch so zu machen.

»Für mich hast du nie mehr als für eine Wanze übrig gehabt«, hatte Eddie darauf bitter entgegnet.

»Wir kommen beide um so rascher darüber hinweg, je mehr wir versuchen, die Sache positiv zu sehen«, sagte Janine.

»Ich bin schon jahrelang darüber hinweg, du Nutte!« gab Eddie zurück.

Da wurde Janine bewußt, daß er ein Mann war, bei dem jedes Maß an Takt Verschwendung war, und hatte von da an aufgehört, noch ein Gramm mehr davon an ihn zu vergeuden.

Die Therapieerfahrung war das, was sie mit Sonny Crawford gemeinsam hatte, der einmal wöchentlich nach Fort Worth gefahren war, um einen Psychiater aufzusuchen. Keiner fand, daß er sich seitdem auch nur im mindesten geändert hatte; die allgemeine Ansicht war die, daß es besser für ihn gewesen wäre, wenn er sich eine Freundin zugelegt hätte.

Auch Karla war zweimal zu einem Psychiater gegangen und zu dem Schluß gekommen, daß er zu sehr den großen Boß herauskehrte, was Duane jedoch nicht überraschte.

»Von mir läßt du dir ja auch nichts sagen«, meinte er nur.

»Weshalb sollte ich neunzig Dollar pro Stunde dafür zahlen, daß jemand an mir herummeckert, wenn du das auch kostenlos machst?« fragte Karla.

Da Duane nun schon die Stühle herangerückt hatte, nahmen die drei Damen vom Gericht Platz. Alle drei arbeiteten dort bereits seit ihrem High-School-Abgang. Für Charlene und Lavelle bot sich nun eine herrliche Gelegenheit, einmal zu beobachten, wie Duane und Janine sich in der Öffentlichkeit verhielten. Zumindest gäbe das jede Menge Stoff zur Analyse ab.

Luthie Sawyer nickte zu den Damen hinüber, stand auf und zog mit beleidigter Miene von dannen. Die Tatsache, daß sein Bombenplan, »OPEC zu bombardieren«, in Thalia nicht wie eine Bombe eingeschlagen hatte, war für ihn eine deutliche Abfuhr.

»Wir haben den alten Jungen ganz schön verletzt«, sagte Duane. »Er hatte einen so famosen Plan ausgeheckt, um uns alle vor der Pleite zu bewahren.«

»Och, ihr werdet schon nicht Pleite machen, ihr bedauert euch nur gerne selber«, sagte Janine.

Sie wußte, daß sich ein Mensch, der sich ganz nach seinem seelischen Wohlbefinden richtete, nicht lange mit den üblen Schicksalsschlägen aufhielt, die ihn treffen könnten. Sie war der Ansicht, daß das Ölgeschäft momentan lediglich zwischen zwei Booms in der Talsohle trieb. Wenn sie erst einmal mit Duane verheiratet war, würde er reicher sein als je zuvor.

»Was habt ihr Männer denn gerade so Wichtiges besprochen, daß wir deswegen unsere Jobs vernachlässigen und es uns anhören müssen?« fragte sie.

Bobby Lee hatte sich wieder von seiner momentanen Panik erholt. Er war einer der wenigen Männer in der Stadt, die nicht mit Janine verlobt gewesen waren. Er hatte das Gefühl, daß sie bei weitem nicht intelligent genug war, um Duane von Karla loszureißen – daher hatte er von ihr wenig zu befürchten.

»Über Sex haben wir geredet«, antwortete er.

»Also *das* war uns klar, wir sind ja nicht bescheuert«, sagte Charlene.

»Junior wollte wissen, ob die Frauen mehr Sex wollen als die Männer«, sagte Duane. »In meiner Jugend waren alle Jungs scharf drauf und die Mädchen nicht. Jetzt ist's genau umgekehrt. Ich frage mich, weshalb.«

Charlene lachte. Sie war dreimal verheiratet gewesen, aber alle drei Ehemänner waren schon nach mäßigem Gebrauch gestorben.

»Wir sind eben hübscher geworden, und ihr seid alle häßlicher geworden«, sagte sie.

Es stimmte tatsächlich, daß Charlene hübscher geworden war. Als Teenager war sie übergewichtig und schlampig gewesen, aber dann hatte sie sich zu einer gutaussehenden Frau entwickelt.

»Männer sind überhaupt Schwächlinge«, fügte Lavelle Bates hinzu. Sie war eine hochgewachsene, hagere Brünette, die vor kurzem zur ersten Gerichtsangestellten von Thalia avanciert war, die in einem Club Méditerranée Urlaub gemacht hatte. Dieser Umstand verlieh ihr eine leicht geheimnisvolle Aura, und wie sich herausstellte, hatte bereits eine so leichte Aura genügt, um auf die, die ihr in der Stadt nachstiegen, einschüchternd zu wirken. Der Club Med war auf romantischem Gebiet nicht besonders ereignisreich gewesen, aber sie hatte zumindest Gelegenheit zum Schnorcheln gefunden. Seitdem sie wieder zurück war, hatte sie dagegen noch zu überhaupt nichts Gelegenheit gefunden.

»Wenn eine Frau viel Sex will, dann ist sie hierzulande aufgeschmissen«, sagte sie und sah Bobby Lee an, der seit mehreren Jahren auf seine träge Art mit ihr flirtete.

Janine versuchte so auszusehen, als ob sie nachdenklich in die Ferne blickte. Seit dem Beginn ihrer Liaison war es – abgesehen von ihren Treffen außerhalb der Stadt – das erste Mal, daß sie in der Öffentlichkeit mit Duane zusammensaß. Sie stellte fest, daß ihr das gefiel. Es tat ihrem Selbstwertgefühl gut, jenem Aspekt ihrer Persönlichkeit, an dem sie mit ihrem Therapeuten besonders intensiv zu arbeiten gehabt hatte. Die Männer, mit denen sie verlobt gewesen war, fanden, sie hätte ein viel zu starkes Selbstwertgefühl, während ihr Therapeut fand, sie hätte ein viel zu schwaches.

»Ich glaube, Männer und Frauen wollen Sex in gleichem Maße, was meinen Sie, Duane?« fragte sie.

Der Umstand, daß sie in aller Öffentlichkeit neben ihm saß, brachte ihr Selbstwertgefühl so hoch, wie es, soweit sie sich erinnern konnte, noch nie gewesen war.

»Kein Mann auf Erden kann sich so viele Sauereien ausdenken wie eine Frau«, meinte Eddie Belt.

»Der muß heute morgen gleich zwei Ekelpillen erwischt haben«, sagte Janine. »Ein Ekel ist er zwar sowieso, aber *so* ein Ekel ist er normalerweise nicht.«

Janine hatte das Gefühl, daß sie die Situation vollends im Griff hatte. Das Gefühl war so stark, daß sie ganz lässig einen Arm um Duanes Schulter legte, was niemandem im Dairy Queen verborgen blieb. Sogar die Köchin schaute zwischen einem Stapel von Taco-Teigböden herüber.

»Ich weiß nur, daß alle Männer Angsthasen sind«, meinte Lavelle.

»Ich schätze, der Durchschnittsmann denkt sich mindestens tausend Lügen pro Jahr aus«, bemerkte Charlene.

»Ihr weicht vom Thema ab«, bemerkte Duane, »wir wollen lediglich herausfinden, ob ihr Mädels es mehr wollt als wir Jungs.«

»Zuerst einmal seid ihr keine Jungs mehr«, entgegnete Lavelle. »Für mich seht ihr schon wie halbe Leichen aus.«

»Das ist es eben, was man ›in mittleren Jahren‹ nennt«, sagte Sonny. »Es geht bergab mit einem.«

»Also mit mir nicht, und außerdem fahre ich mit einem Fuß auf der Bremse«, sagte Bobby. Er war fünf Jahre jünger als Sonny und Duane und wollte sich mit den beiden nicht in einen Topf werfen lassen. Von der Theorie des »bergab« wollte er nichts wissen.

»Was steht denn im *Wall Street Journal* darüber drin?« fragte Duane.

Sonny kaufte gerne Kleinaktien. Gewöhnlich verbrachte er jeden Morgen ein oder zwei Stunden in der DQ-Bar damit, im *Journal* zu blättern. Er war keineswegs vermögend, aber er besaß immerhin den Waschsalon, das Kwick-Sack, den Video-Laden, vier oder fünf Häuser und eine erst kürzlich aufgebaute Auto-Waschanlage.

»Da steht überhaupt nichts drüber drin«, sagte er.

»Ich kann's nicht glauben, daß wir dem Land Steuern zahlen müssen, damit diese Weiber hier rumsitzen und über ein solches Zeug quatschen können«, knurrte Eddie.

»Über was für'n Zeug?« fragte Karla, die plötzlich wie aus dem Nichts neben Eddies Ellbogen auftauchte.

8

Obwohl jeder andere am Tisch vor Schreck erstarrt war, mußte sich Duane beherrschen, um nicht lauthals herauszulachen. Nur er hatte Karlas BMW eine Minute zuvor am Drive-in-Schalter vorüberhuschen sehen. Karla hatte mit dem Drive-in-Service wie auch mit den anderen Formen der Bedienung im DQ wenig Geduld.

Daher parkte sie gewöhnlich hinter dem Gebäude, kam zur Hintertür herein, plauderte einen Moment mit der Köchin, schnupperte kurz an der Nacho-Sauce, um zu prüfen, ob sie mit ihr zufrieden war, und goß sich einen frischen Kaffee ein, bevor im Speiseraum jemand ahnen konnte, daß sie in der Nähe war. Wenn niemand da war, mit dem sie Lust hatte zu tratschen, dann konnte sie sich wieder durch den Hinterausgang verdrücken und weiterziehen, wohin ihre Laune sie trieb.

Duane hatte beschlossen, Janine möglichst lange im unklaren zu lassen und zu sehen, ob sie Karla in die Falle ging. Er wußte, daß das nicht gerade ein Akt der Nächstenliebe war, aber er war Janine gegenüber auch absolut nicht immer zu Nächstenliebe aufgelegt. Ohne sich überhaupt erst einmal zu vergewissern, ob er vorhatte, sich von Karla scheiden zu lassen und statt dessen sie zu heiraten, hatte Janine ihm gesagt, er solle sich mit Karla gar nicht erst um das Sorgerecht streiten, denn sie habe nicht die Absicht, mit seinen Kindern zusammenzuleben.

Sie versuchte, ihm das so nett wie möglich klarzumachen. »Unter einem angenehmen Leben stelle ich mir was anderes vor, als mit deinen Kindern unter einem Dach zu leben«, sagte sie.

»Das stellt sich keiner unter einem angenehmen Leben vor«, sagte Duane, »aber sie sind eben meine Kinder. Ich muß versuchen sie großzuziehen.«

»Aber es gibt doch ein großzügiges Besuchsrecht für Väter«, entgegnete Janine. »Vielleicht möchte Karla nach Ruidoso hinunterziehen, und du kannst sie dort besuchen.«

In Gedanken verfrachtete Janine Karla häufig an irgendwelche attraktiven, aber weit entfernten Orte wie Ruidoso oder Vail. Auch während der kurzen Unterhaltung am Tisch hatte sie sie wieder einmal ohne genaue Vorstellung hin- und hermanövriert und erschrak daher um so mehr, als sie sie plötzlich höchst gegenwärtig hinter Eddie Belt stehen sah. Karla trug eine Sonnenbrille, so daß man unmöglich erkennen konnte, was sie dachte, aber schließlich gab Janine auch nichts darauf zu erfahren, was eine Person wie Karla dachte.

Duane, den gerade wieder einmal der Teufel zu reiten schien, rührte keinen Finger, um ihr aus der Situation zu helfen. Er hätte Karla fragen können, was sie sich eigentlich dabei dachte, so unangemeldet im Dairy Queen aufzukreuzen, aber statt dessen saß er einfach nur da und grinste.

Janine zog so sacht wie möglich ihren Arm von Duanes Schulter zurück, denn ihr war völlig klar, daß dieser Arm jetzt bereits abgesägt auf dem Boden läge, wenn Karla zufällig mit einer Motorsäge bewaffnet hereingekommen wäre.

»Tag, Janine«, sagte Karla, »wir haben uns ja schon lange nicht mehr gesehen.«

»Ich komm so gut wie nie aus dem Gericht heraus«, sagte Janine. »Die einzigen Leute, die mich zu Gesicht bekommen, sind Leute, die mit ihren Steuern im Rückstand sind.«

Karla wirkte vergnügt wie eine Feldlerche, obwohl sie immer noch nicht ihre Sonnenbrille abgenommen hatte.

»Weshalb bist du denn so rot im Gesicht, Eddie Belt?« fragte sie. »Habt ihr euch vielleicht über Sex unterhalten? Mir ist aufgefallen, daß du schon rot wirst, wenn nur das Wort Sex fällt.«

»Du kannst meinen Nachnamen ruhig weglassen«, meinte Eddie, »wir kennen uns schon, solange ich lebe.«

Eddie hatte große Mühe, die Tatsache zu verbergen, daß er eine tödliche Angst vor Karla hatte – mehr Angst als vor einer Kobra. Vor einer Kobra konnte man fliehen, aber wohin konnte man vor Karla fliehen, wenn man zufällig für ihren Mann arbeitete?

»Nun hack nicht auf Eddie rum«, sagte Duane. »Wir haben gerade darüber diskutiert, ob die Frauen an Sex und so was mehr Spaß haben als die Männer – wir sind aber noch zu keinem Ergebnis gekommen.«

»Überhaupt sind wir in der Diskussion noch nicht weit gekommen«, sagte Sonny. Es gefiel ihm nicht, daß Duane einfach dasaß und seine Frau und seine Freundin gleichzeitig hochnahm. Duane brachte so etwas fertig. In gewissen Stimmungen war er imstande, jedes Risiko einzugehen. Seine Kühnheit machte Sonny nervös – es machte ihm keinen Spaß, das mitanzusehen. Er selbst vermied Konfrontationen lieber und hatte sein Leben so eingerichtet, daß es darin nicht viele gab.

»Bobby Lee ist nur ein Voyeur, der sollte sich da raushalten«, sagte Karla.

»Stimmt überhaupt nicht, ich bin verheiratet«, protestierte Bobby Lee.

»Sonny ist Junggeselle, Eddie Belt hat Schiß vor Frauen, und Duane sagt selbst, er habe die besten Jahre bereits hinter sich«, fuhr Karla fort, während sie mit ihrem Zeigefinger wie mit einem Stück Kreide ihre Bewertungen in die Luft kritzelte. »Ich weiß nicht, ob's da fair ist, das gesamte männliche Geschlecht nach diesem armseligen Haufen hier zu beurteilen.«

»Doch, es ist schon fair«, sagte Lavelle. »Ich habe zwanzig Jahre in Olney gelebt, und dort sind die Männer auch nicht besser.«

»Ich habe überhaupt keinen Schiß vor Frauen, und du bist auch nicht gerade eine Gina Bardot«, keifte Eddie Belt und wünschte, er hätte gar nicht erst beim Dairy Queen angehalten.

»Brigitte Bardot«, verbesserte ihn Sonny.

Janine konnte kaum glauben, daß Duane einfach ruhig dasitzen und sich von seiner eigenen Frau so unverschämt beleidigen lassen konnte. Normalerweise hätte sie das für ein Zeichen mangelnden Selbstwertgefühls gehalten, aber Duane war ziemlich gerissen, und das Kriterium des Selbstwertgefühls führte nicht weit, wenn man ihn verstehen wollte.

»Ich könnte ja jeden Moment meinen zweiten Frühling haben«, sagte er grinsend.

»Ach Duane, du hast doch schon vor Jahren alle Frühlingsgefühle aufgebraucht«, entgegnete Karla.

»Ich wollte, ich könnte den ganzen Tag einfach hier herumsitzen, aber ein paar von uns müssen arbeiten«, sagte Janine und erhob sich. Charlene und Lavelle bedauerten, daß sie gehen mußten, bevor sie mitanhören konnten, was Karla zu Duane zu sagen hatte, nachdem Janine außer Hörweite war, aber ihnen blieb kaum etwas anderes übrig, als ebenfalls aufzubrechen. Zum Glück hörte die Köchin hinter ihren Taco-Teigstapeln weiter zu, und sie wußten, daß sie von ihr einen lückenlosen Bericht erhalten würden.

»Wenn ihr noch herausfinden solltet, wer am meisten scharf drauf ist, dann laßt's uns wissen«, sagte Charlene. »Wir haben uns das auch schon oft gefragt.«

Karla nahm Eddie Belt die Schirmmütze vom Kopf und kraulte ihm durchs Haar, um ihm zu zeigen, daß sie es nicht böse gemeint hatte. »Ich weiß doch, daß du keine Angst vor Frauen hast«, sagte sie, »du hast nur Angst vor mir, und das beweist, daß du bei Verstand bist.«

»Wenn ich bei Verstand wäre, dann säß ich nicht hier«, brummte Eddie, obwohl sich nun, nachdem das gräßliche Trio vom Gericht gegangen war, seine Stimmung verbesserte.

»Du solltest es wie Duane machen und dir 'ne Freundin zulegen, die Kaugummi kaut«, sagte Karla, die immer noch die gute Laune in Person war.

Duane grinste.

»Ich wüßte zu gerne, was es da zu lachen gibt, Duane«, sagte Karla und lächelte ihn an.

»Ich habe über nichts Bestimmtes gelacht«, erwiderte er. »Ich könnte genausogut über alles heulen, aber mir war gerade nicht zum Heulen zumute.«

Karla legte Sonny, ihrem alten Freund, einen Arm um die Schulter. In den letzten Jahren hatte sie immer wieder einmal versucht, seine Distanziertheit zu durchdringen und ihn wenigstens so weit zu bringen, daß er mit ihr flirtete, doch am Ende kam sie zu der Einsicht, daß seine Distanziertheit undurchdringlich war. Seitdem konnte sie immer auf seinen guten Rat rechnen, wenn sie schon kaum jemals Spaß mit ihm haben konnte.

»Es spricht nicht gerade für deinen Charakter, daß du ihn hier einfach mit dieser Schlampe herumsitzen läßt und keinen Finger rührst, um unsere Ehe zu retten«, sagte sie.

»Eure Ehe ist nicht im mindesten in Gefahr und ist's auch nie gewesen«, entgegnete Sonny.

»Irrtum«, widersprach Karla, »du wärst überrascht, wenn du wüßtest, wie oft sie in Gefahr war.«

Aber sie wußte, daß es zwecklos war, mit Sonny über die Ehe zu diskutieren, da seine einzige Ehe – die mit Jacy Farrow – statistisch eine der kürzesten gewesen war.

Es ging das Gerücht, daß Sonny und Jacy erst eine Stunde lang verheiratet waren, als ihre Eltern sie durch die Polizeistreife abfangen ließen. Anschließend wurde Jacy sofort in weite Ferne geschickt und eine Annullierung der Ehe erwirkt. Die örtlichen Aufreißprofis zogen Sonny gelegentlich deswegen auf und drängten ihn, sich doch ins Guinness-Buch der Rekorde eintragen zu lassen, aber Sonny reagierte auf diese Sticheleien einfach mit einem Achselzucken. Er sagte, er könne sich gut vorstellen, daß es sogar noch kürzere Ehen als seine gegeben habe, und behauptete, er hätte in der Zeitung von Dallas etwas über einen Bräutigam gelesen, der zwei Sekunden nachdem er »Ja« gesagt hatte, tot umgefallen sei.

Karla konnte sich Sonny nur schwer verheiratet vorstellen – es paßte einfach nicht zu ihm. Manchmal nannte sie ihn Luke, nach dem Song »Luke the Drifter«, denn er erinnerte sie an alle möglichen Hank-Williams-Songs.

Zu ihrem wie auch zu Duanes Entsetzen begann sich in letzter Zeit auch der andere Teil des Songs auf ominöse Weise zu bewahrheiten: Sonnys Geist hatte angefangen abzudriften.

Manchmal driftete er nur für ein oder zwei Sekunden ab: Er tippte zum Beispiel gerade irgend etwas in seinem Kwick-Sack-Laden in die Kasse ein und hatte dann auf einmal einfach vergessen, was er eigentlich wollte. Normalerweise kam er in etwa dreißig Sekunden wieder zu sich und tippte die Waren weiter ein. Aber ein- oder zweimal hatte ein solcher Aussetzer so lange gedauert und war so peinlich geworden, daß die Kunden einfach ihr Geld hingelegt und das Weite gesucht hatten.

Ein paarmal kamen solche Blackouts auch in den Stadtratssitzungen vor, in denen Sonny einmal pro Monat den Vorsitz führte. Drei- oder viermal hatte er einen Antrag gestellt und dann völlig den Faden verloren. Nachdem über den Antrag längst abgestimmt war, saß er dann immer noch freundlich lächelnd da, ohne einen Ton gesagt zu haben.

»Es ist, als ob sein Verstand einfach auf Leerlauf schaltet«, meinte Buster Lickle, eines der Stadtratsmitglieder. Gewöhnlich konnte der Stadtrat die Tagesordnung sozusagen an Sonny vorbeijonglieren, der nach ein paar Minuten auch stets wieder zu sich kam. Allgemein herrschte die Ansicht, daß eine ganze Menge Leute geistig noch viel öfter im Leerlauf fuhren als Sonny – und mit schlimmeren Folgen. Man begegnete ihm mit der gleichen Toleranz, die man gegenüber einem zerstreuten Professor hatte, obwohl sich seine College-Erfahrung auf ein paar Betriebswirtschaftsseminare an einer kleinen Universität in Wichita Falls beschränkte.

Einmal hatte er jedoch einen großen Aussetzer gehabt, von dem nur Duane, Karla und Ruth Popper wußten. Sonny war in einem seiner Lieblingslokale, einem Grillrestaurant in Wichita Falls gewesen. Als er das Lokal wieder verließ, war er nicht mehr imstande, seinen eigenen Wagen zu finden – er vermutete, er sei ihm gestohlen worden, rief Duane an und fragte ihn, ob er kommen und ihn abholen könne.

»Wahrscheinlich wollten nur irgendwelche Kids eine Spritztour machen«, war seine Theorie.

Sein Wagen war ein 72er Plymouth, also absolut nicht der Wagentyp, den Jugendliche sich normalerweise für ihre Spritztouren aussuchten. Duane fuhr hinüber, um Sonny abzuholen, und als er ankam, sah er gerade noch, wie die Bullen ihn einen Alkoholtest machen ließen. Der 72er Plymouth parkte fast direkt gegenüber der Eingangstür des Grillrestaurants. Duane dachte, der Autodieb hätte ihn wieder zurückgebracht, aber das war nicht der Fall.

»Irgendwie muß ich ihn wohl einfach übersehen haben«, gestand Sonny.

Die Bullen hatten bereits herausgefunden, daß das einzige, was Sonny zu seinem Grillfleisch getrunken hatte, ein Glas Eistee gewesen war. Er war äußerst verlegen, aber er war eindeutig nicht betrunken.

»Haben Sie vielleicht irgendein Medikament genommen, das ihr Sehvermögen beeinträchtigen könnte?« fragte einer der Polizeibeamten.

»Nein«, sagte Sonny.

»Hast du 'n Blackout gehabt oder so was?« fragte ihn Duane, als der Polizist gegangen war.

»Keine Ahnung, was mit mir los war«, sagte Sonny. »Ich habe einfach meine Karre nicht wiedererkannt.«

»Komisch, daß du dich an meine Telefonnummer erinnern konntest, aber deinen eigenen Wagen nicht wiedererkannt hast«, meinte Duane.

Sonny hoffte inbrünstig, daß Duane wieder abziehen würde. Das war die peinlichste Sache, die ihm je passiert war, und was wirklich passiert war, war noch peinlicher als die Situation, wie sie von außen betrachtet aussah. Bevor er Duane angerufen hatte, war er eine Viertelstunde über den Parkplatz geirrt und hatte den 46er Chevy Pickup gesucht, den er zu fahren glaubte. Einen solchen Pickup hatte er in der High School gefahren, aber der war kurz nach dem Schulabgang in die Brüche gegangen; seit dieser Zeit hatte er meistens Plymouths gefahren.

Das Erschreckendste an seinem Aussetzer war, daß sein Geist

alles alt gemacht hatte. Auf dem Parkplatz stand kaum ein Fahrzeug, das älter war als Baujahr 1980; aber er war zwischen ihnen umhergewandert und hatte PKWs und Pickups aus den Fünfzigern gesehen.

Und trotzdem hatte er, als er die Polizei anrief, sein gegenwärtiges Kraftfahrzeugzeichen korrekt durchgegeben.

Es war, als ob die Tür des Grillrestaurants in eine frühere Zeit führte. Als er durch sie ins Freie trat, war er für ein paar Minuten zurück in die fünfziger Jahre versetzt.

In den nächsten Wochen achtete er darauf, sich genau seinen Wagen einzuprägen, bevor er ein Restaurant betrat. Er wollte nicht noch einmal durch jene Tür, und er begann, einen großen Bogen darum zu machen, obwohl er dort fünfzehn Jahre lang oft hingegangen und mit dem ganzen Personal befreundet war.

Als sie an jenem Abend heimkamen, unterhielten Duane und Karla sich lang und breit über diesen Vorfall.

»Er könnte unter Aufputschmitteln stehen«, meinte Karla. »Sein Psychotherapeut könnte sie ihm verabreicht haben.«

»Sonny ist doch nie schlecht drauf«, sagte Duane.

»Ist doch jeder mal«, sagte Karla.

»Sonny nicht«, wiederholte Duane. »Der ist sein Leben lang immer in der gleichen Stimmung gewesen.«

»An dem Tag, als ihr euch wegen Jacy geprügelt habt, muß er aber ganz schön schlecht drauf gewesen sein«, meinte Karla.

»Nein, *ich* war es, der schlecht drauf war«, korrigierte Duane, »Sonny hat sich nur verteidigt. Und das hat er nicht mal gut gemacht.«

»Ich wünschte, ich hätte damals schon hier gewohnt«, sagte Karla. »Ich wüßte zu gern, was an der damals so aufregend war.«

»Wir waren in der Schule«, erklärte Duane, »es muß überhaupt nichts besonders Aufregendes an jemandem sein, um dich eifersüchtig zu machen, wenn du in der Schule bist. Sieh dir doch Dickie an. Nur weil irgendein alter Exfreund seiner Billie Anne Blumen zum Geburtstag geschickt hat, hat er sich eine Maschinenpistole gekauft.«

»Und der ist immer noch wild drauf, jemanden zu massakrieren«, sagte Karla. »Vielleicht ist Sonny auf einem Tabletten-Trip. Sein Vater ist doch tablettensüchtig.«

»Möglich ist alles«, meinte Duane, obwohl er nicht glaubte, daß Sonny Tabletten nahm.

»Wenn ihr beide in sie verknallt wart, weshalb ist Jacy dann überhaupt nach Italien abgehauen?« wollte Karla wissen. Die Ereignisse aus Duanes Schulzeit interessierten sie brennend.

»Ich glaube, sie ist einfach mit ein paar von ihren Freundinnen von der Southern-Methodist-University mitgezogen«, sagte Duane. »Es muß ihr dort wohl gefallen haben.«

»Aber sie haben sie doch nur in Tarzan-Filmen mitmachen lassen«, sagte Karla.

Zeitweise war sie von Jacy Farrow, ihrer unbekannten Rivalin, geradezu besessen. Alles, was man in Thalia von Jacys Filmkarriere wußte, war, daß sie in der Rolle einer Figur namens Jungla in einer italienischen Filmserie zu gewissem Ruhm gelangt war. Darin trug sie einen Bikini aus Leopardenfell und schwang sich von Baum zu Baum – das behauptete jedenfalls Bobby Lee. Auf der Rückfahrt mit einer Wagenladung von Pipelinerohren hatte er in einem Motel in Texarkana einen ihrer Filme in einem Spätprogramm im Fernsehen gesehen. Sonst hatte in Thalia niemand einen Streifen mit ihr gesehen.

Am folgenden Morgen hatte Duane Ruth von Sonnys Aussetzer mit seinem Wagen erzählt.

Ruth saß an ihrem Schreibtisch und war damit beschäftigt, so rasch wie üblich die Frühpost in den Papierkorb zu werfen. »Halte deinen Schreibtisch sauber!« lautete ihr Glaubensbekenntnis, und so warf sie in Windeseile alles fort, was ihrer Ansicht nach Unordnung schaffen konnte.

Wenn die Ölgesellschaft hundert Briefe bekam, warf Ruth fünfundneunzig davon nach kaum mehr als einem flüchtigen Blick auf Briefmarke und Absender sofort ungeöffnet weg.

Wenn er sah, wie blitzartig sie die Post erledigte, wurde Duane stets nervös. Nie kam er hinter ihre Methode, sofern sie überhaupt eine hatte. Einmal, als sie zum Mittagessen gegangen war, durchstöberte er selbst den Papierkorb, um festzustellen, ob sie womöglich irgendwelche Briefe mit Schecks darin weggeworfen hatte. Fehlanzeige. Als sie von der Mittagspause zurückkehrte, warf sie einen Blick auf den Papierkorb und strafte Duane mit einem strengen Blick. Kein Wort wurde über den Vorfall verloren, aber von da an warf Ruth, sobald sie die Post durchgesehen hatte, die Abfälle sofort in einen Müllsack und trug ihn unverzüglich zur Mülltonne.

»Ich glaube, Sonny ist lebensmüde«, sagte sie, als sie von dem Vorfall mit dem Wagen hörte. »Er hat nie irgend etwas gefunden, was ihn interessiert.«

»Ich dachte, er hätte sich einmal für Sie interessiert«, sagte Duane.

Ruth sah einen Moment lang traurig aus.

»Nein, *ich* habe mich für *ihn* interessiert«, entgegnete sie. »Er war meine einzige Chance in der Liebe. Ich hatte Glück. Er war ein sehr netter Junge. Aber wegen mir hätte er hier nicht Wurzeln schlagen sollen. Er hätte aus der Stadt rauskommen und sich in der Welt umsehen sollen.«

Der Sonny, den Duane kannte, machte nur einen mäßig unglücklichen Eindruck. Duane fiel es schwer zu glauben, daß er lebensmüde war.

»Karla ist auch meiner Ansicht«, sagte Ruth, als sie sah, daß er ein skeptisches Gesicht machte.

»Oh, natürlich«, sagte Duane, »wenn ihr beide, Karla und Sie, in einer bestimmten Sache einer Meinung seid, dann ist's zwecklos, daß irgend jemand von uns übrigen überhaupt eine Meinung dazu hat. Denn die Chancen, daß ihr beiden euch irren könntet, stehen eins zu einer Million.«

Er fragte sich, ob sie auch über irgend etwas, was seine Person betraf, einer Meinung sein könnten, aber Ruth tippte gerade einen Pachtvertrag, und so behielt er diese Frage für sich.

9

»Karla hat alle Frauen bis auf sich selbst verscheucht«, bemerkte Duane. »Ich denke, es wird Zeit, daß wir uns an die Arbeit machen.«

»Sobald du gegangen bist, werde ich Sonny anzapfen wie 'ne Ölquelle«, sagte Karla und machte mit der rechten Hand eine Zapfbewegung.

»Ich werde so lange pumpen, bis ich dich so weit habe, daß du alles haarklein noch einmal erzählst, was Duane zu seiner Freundin gesagt hat, als ich noch nicht hier war«, meinte sie.

»Das ist schnell geschehen«, sagte Sonny, »die haben kaum den Mund aufgemacht.«

»Mit der Moral ist's ganz schön bergab gegangen, findest du nicht?« fragte Karla. »Vor zehn Jahren hätte sich ein verheirateter Mann wie Duane nicht getraut, mit seiner Freundin mitten im Dairy Queen zu sitzen.«

»Vor zehn Jahren gab's das Dairy Queen hier noch nicht«, bemerkte Sonny.

»Hier hat's noch nie auch nur für einen Dollar Moral gegeben«, platzte Eddie heraus. Er kam jetzt ganz schön in Schwung. Der Verfall der Sitten in der Gegend war eines seiner Lieblingsthemen.

Duane stand auf und trat zum Fenster. Ewig treu ergeben, preßte Shorty immer noch seinen Kopf gegen die Windschutzscheibe, obwohl es glühend heiß draußen war. Duane winkte ihm zu. Überglücklich sprang Shorty senkrecht in die Höhe und bumste gegen das Wagendach. Dann geriet er vollends in Ekstase und versuchte auf die Handschuhablage zu klettern, um Duane noch näher zu sein. In seinem Eifer feuerte er Rohrzangen, Quittungen und alles, was Duane dort sonst noch lagerte, auf den Wagenboden. Duane mußte lachen. Wenn er sah, wie Shorty wie ein Fisch aufsprang und mit dem Schädel gegen das Wagendach bumste, heiterte ihn das immer gleich ein wenig auf.

»Sich über Tiere lustig zu machen ist auch ein Zeichen von moralischem Verfall«, bemerkte Karla, »Shorty kann doch nichts dafür, daß er das dämlichste Geschöpf auf Erden ist.«

»Was kann man schon erwarten, wenn ein Ort an die hundert Jahre alt ist?« fragte Sonny. »Da setzt eben die Dekadenz ein.«

»Apropos – wer kommt heute abend zur Hundertjahrfeier-Versammlung?« fragte Duane, da Sonny nun das Alter des Landes angesprochen hatte, ein Thema, das in allen Köpfen umging.

Duane war Vorsitzender des Hundertjahrfeier-Komitees; diese Funktion hatte er auf der Höhe seines Wohlstandes angenommen, als es noch so aussah, als würde er als der große Wohltäter das gesamte Fest selbst finanzieren.

Nun, da seine finanzielle Lage unsicher geworden war – eine Tatsache, die jedem in Thalia bekannt war –, lag auf der Hand, daß die Hundertjahrfeier auf irgendeine andere Weise finanziert werden mußte. Man würde für die verschiedenen Veranstaltungen Eintrittskarten verkaufen und mit vereinten Kräften Souvenirs vermarkten müssen. Hundertjahrfeier-T-Shirts waren bereits in Produktion, desgleichen Hundertjahrfeier-Aschenbecher, -schirmmützen und -schlüsselanhänger. Es würde, auf eine ganze Woche verteilt, Ausschank-Konzessionen, Tombolas, einen Karneval, Straßentänze sowie ein Festspiel – und sogar einen Hundertjahrfeier-Kalender geben.

Bereits der Gedanke an die Hundertjahrfeier begann allmählich alle, die für ihre Planung verantwortlich waren, zu bedrükken – besonders Duane und Sonny. Es war immer schwieriger geworden, die Leute dazu zu bringen, zu den Planungsversammlungen zu kommen, obwohl nur noch drei Monate bis zur Feier blieben. »Also, wer kommt zur Versammlung heute abend?« fragte Duane noch einmal.

Nur Sonny hob die Hand. Als Bürgermeister der Stadt verbrachte er die meisten Abende damit, auf irgendeine Versammlung zu gehen. In der Woche davor hatte es im Stadtrat zum Thema Straßennamen eine erhitzte Debatte gegeben, wie sie die Stadt bisher noch nie erlebt hatte. Die einen wollten Straßen nach Pionieren benennen, die anderen nach Bäumen. Die Baumfraktion hatte mit drei Stimmen gewonnen.

Alle anderen ignorierten Duanes Frage hartnäckig.

»Was ist bloß aus dem Pioniergeist geworden?« fragte Duane.

»Wer schert sich denn drum, was daraus geworden ist?« fragte

Eddie Belt. »Einen Bart lasse ich mir außerdem auch nicht wachsen.«

Es war beschlossen worden, daß sich alle Männer aus ihrem Landkreis für die Hundertjahrfeier einen Bart wachsen lassen sollten. Viele benachbarte Landkreise hatten ihre Feier bereits hinter sich und auch eine Bartpflicht gehabt. Dieses Mal riskierten diejenigen, die der Anordnung nicht folgten, in eine Viehtränke getaucht zu werden, die zu diesem Zweck auf dem Rasen vor dem Gerichtsgebäude aufgestellt werden sollte.

»Du wirst untergetaucht, wenn du dir keinen Bart wachsen läßt«, warnte ihn Duane.

»Du bist doch kein Diktator, Duane«, sagte Karla, »nur weil du der Vorsitzende dieses dämlichen Komitees bist, kannst du doch die Leute nicht zwingen, sich einen Bart stehen zu lassen.«

»Genau, ich hasse Bärte«, sagte Bobby Lee, »die Bartspitzen kitzeln einem in der Nase, wenn man nachts schläft.«

»Die Leute in diesem Landkreis haben keine Hundertjahrfeier verdient«, sagte Duane, »sie sind zu unkameradschaftlich.«

»Wer hat überhaupt nach diesem Schwachsinn verlangt?« fragte Eddie Belt. »Vor hundert Jahren war ich noch nicht hier und außer mir auch kein Schwein. Was interessiert's uns denn, wie das Ganze angefangen hat?«

»Aber du mußt dich doch für deine Geschichte interessieren«, sagte Karla.

»Meine würde ich lieber vergessen«, meinte Bobby Lee.

Das Telefon läutete, und Louise, die Köchin, kam hinter ihrem Wall von Taco-Teigböden hervor und ging an den Apparat.

»Es ist für Duane oder Karla«, rief sie und hielt den Hörer hoch.

»Ich bin gerade gegangen«, sagte Duane. »Shorty und ich haben unterwegs was Dringendes zu erledigen.«

»Aber es könnte doch 'ne gute Nachricht sein«, meinte Bobby Lee.

»Nein, es ist die Polizei«, sagte Louise.

Karla stand auf und ging an den Apparat. Duane blickte durchs Fenster nach Shorty, der immer noch im Wagen herumtobte.

»Weshalb kannst du nur einen solchen Köter haben wollen?« fragte Eddie Belt, »gerade hat er dir den ganzen Pickup zerfetzt.«

»Er meint's gut«, sagte Duane.

Karla hängte ein und kam nur mäßig verärgert zurück an den Tisch.

»Sie haben Dickie verhaftet, weil er mit hundertvierzig Sachen durch eine Schulzone gerast ist«, berichtete sie, »und das auch noch mit Anhänger.«

»Was war denn in dem Anhänger?« fragte Duane. »Ballenweise Marihuana?«

»Dickie dürfte der erste Mann in der Geschichte sein, der für Verkehrssünden längere Strafen aufgebrummt bekommt, als er für sein Handeln mit Drogen bekäme«, bemerkte Bobby Lee.

»Du holst ihn diesmal raus«, sagte Duane zu Karla, »die letzten drei Male hab ich ihn rausgeholt.«

»Mal sehn, vielleicht könnte ich ihn heute nachmittag rausholen«, meinte Karla unbestimmt.

Duane ging an die Theke und kaufte einen Schoko-Milkshake. Shorty liebte Schoko-Milkshakes, und Duane fand, daß er für die langen und langweiligen Tage, die er in dem heißen Pickup absitzen mußte, irgendeine Belohnung verdient hatte.

Auf Karlas T-Shirt stand heute DIE FRAU GEHÖRT NICHT IN DIE KÜCHE SONDERN INS KAUFHAUS.

»Ich denke, ich fahr kurz nach Dallas und bring mal eben ein paar tausend Dollar unter die Leute«, verkündete sie.

Duane winkte nur und ging hinaus. Shorty sprang aus dem Pickup, um sich über seinen Milkshake herzumachen. Er war überglücklich, daß man ihn nicht vergessen hatte. Er tauchte seine Nase in den Milkshake, schob den Becher über den ganzen Parkplatz und versuchte, auch noch den letzten Tropfen zu erwischen. Als er diesen glücklich aufgeleckt hatte, hatte Duane den Pickup bereits gestartet, und Shorty mußte losrasen, um nicht zurückgelassen zu werden. Manchmal schaffte er es nicht rechtzeitig und mußte die ganze Strecke bis ins Büro selber laufen. Obwohl es nur vier Straßen weiter lag, kam Shorty der Weg endlos vor. Aus Angst, er würde Duane nie wiedersehen, sprintete er dann wie der Wind auf seinen kurzen Beinchen los.

Aber diesmal wartete Duane auf ihn, und Shorty sprang zurück in den Wagen.

Als sie gerade abfahren wollten, kam auch Karla heraus.

»Eddie Belt sieht deprimiert aus«, meinte sie. »Meinst du, es geht ihm gut?«

»Meinst du, es geht *mir* gut?« fragte Duane zurück.

»Duane, dir geht es *zu* gut«, erwiderte Karla.

10

Als er ins Büro kam, war Ruth bereits zurück. Nach ihrem Jogging hatte sie geduscht. Duane dachte bei sich, daß sie heute jünger aussah als vor dreißig Jahren. Damals hatte die Ehe mit dem Trainer sie vorzeitig gealtert aussehen lassen. Jetzt sah sie mit ihren zweiundsiebzig Jahren wie ein Mädchen aus – ein lebendes Beispiel dafür, daß das Leben selten so verlief wie vorher angekündigt.

»Irgendwelche Schecks eingetroffen?« war Duanes erste Frage.

»Wir haben endlich 37000 von diesen Gangstern in Oklahoma bekommen, aber das ist nur ein Tropfen auf den heißen Stein«, sagte Ruth. »Was soll ich damit tun?«

»Verstecken Sie es bis nach dem Mittagessen«, sagte Duane.

»Lester hat dreimal angerufen«, berichtete Ruth weiter. »Er sagte, wir möchten doch bitte einen Scheck über zwölf Millionen rüberschicken. Er meinte, die von der Bundesaufsicht kämen heute, daher brauchte er ihn.«

»Bei dem Gedanken, man könnte ihn einsperren, wird er richtig nervös«, sagte Duane.

»Er sagte, er hätte lieber einen ungedeckten Scheck als gar keinen«, fuhr Ruth fort. »Mir tut Lester richtig leid.«

»Ich bezweifle, daß sich diese Bundesaufsichtstypen auch nur im Umkreis von hundert Meilen von hier aufhalten«, beruhigte Duane sie.

Er verschwand in sein Büro, setzte sich vors Telefon und

wartete darauf, daß es klingelte. Während er so wartete, starrte er auf die wunderschönen Farbfotos von seiner Frau und seinen Kindern, die das ganze Büro ausfüllten. Auf dem Papier, besonders auf Fotopapier, sah seine Familie wundervoll aus. Alle waren erstaunlich fotogen. Der Kontrast zwischen ihrem Aussehen auf Fotos und ihrem Benehmen im wirklichen Leben war ein Thema, über das man stundenlang nachdenken konnte, und Duane hatte in den vielen Tagen, in denen nur ein- oder zweimal das Telefon geläutet hatte, nicht wenig darüber nachgedacht. Sein Schluß war der, daß die Kamera log, obwohl Karla behauptete, sie lüge nicht.

Gegen Mittag, als Duane immer noch, ganz benommen vor Langeweile, dasaß, läutete das Telefon. Es war Lester Marlow, der in Not geratene Bankpräsident.

»Wie wär's mit einem Mittagessen?« fragte er. »Ich geb's aus.«

»Ich mach 'ne Diät«, wehrte Duane ab, »ich werd mir nur ein Glas Grapefruitsaft genehmigen.«

»Wir müssen mal miteinander reden«, sagte Lester.

»Wir reden doch täglich miteinander«, erinnerte ihn Duane. »Ich habe keine zwölf Millionen locker. Wenn du meine Bohranlagen haben möchtest, dann nimm sie dir – aber laß mich in Frieden.«

»Du bist auch nicht gerade 'ne Hilfe«, sagte Lester und klang leicht verärgert.

»Ich könnte dir einen Scheck rüberreichen, wenn's dir nichts ausmacht, ihn auf ein paar Jährchen zurückzudatieren«, schlug Duane vor.

»Jenny hat mich heute früh verlassen«, sagte Lester. Jenny war eine hochgewachsene, aufgedrehte Brünette, sicher die beste Softball-Spielerin in der Stadt.

»Verlassen und wohin gegangen?« fragte Duane und fühlte dabei zum zweiten Mal an diesem Tag ein Aufflackern sexueller Neugier.

»Also wirklich aus dem Haus ausgezogen ist sie noch nicht«, sagte Lester. »Sie hat mich meinen Schlafsack mitnehmen lassen, als ich zur Arbeit fortging. Sie meint, wenn's nach ihr ginge, könnte ich in meinem Büro auf dem Boden schlafen.«

»Frauen haben schon was Herzloses an sich, nicht wahr?« sagte Duane.

»Die ganze Stadt ist herzlos«, sagte Lester. »Keinem bereitet es schlaflose Nächte, daß mir ein Prozeß ins Haus steht, weil ich ihre Interessen zu schützen versuche.«

»'s wird Zeit für meinen Grapefruitsaft«, sagte Duane. Er glaubte nicht, daß er es ertragen könnte, sich noch einmal Lesters Ammenmärchen anzuhören, wie sehr er sich bemühte, die Interessen der anderen zu schützen.

»Ich wünschte, du würdest mal mit Jenny reden«, sagte Lester, »auf dich hört sie, Duane.«

»Sie ist im Hundertjahrfeier-Komitee«, sagte Duane, »ich denke, ich sehe sie, wenn sie heute abend zur Versammlung kommt.«

Duane hatte sich oft Softballspiele bis zum Schluß angesehen, die ihn an sich nicht im geringsten interessierten, nur um Jenny Marlow beim Pitchen zuzusehen. Mit ihren Würfen, sozusagen eigenhändig, hatte sie die Zuschauerzahl in den örtlichen Softballspielen um mehrere hundert Prozent gesteigert. Selbst für Leute, die Jenny für allzu eingebildet hielten, war es ein Genuß, ihr beim Pitchen zuzuschauen.

Als Komiteemitglied war sie, zumindest wenn es um Ideen ging, etwas zu produktiv. Sie war für die Festwagen zuständig und meinte, auch das Gericht sollte einen Festwagen stellen. Andere waren der Ansicht, daß für das Gericht kein Festwagen nötig sei, da es ja selbst für alle deutlich zu sehen sei. Jenny war eine der wenigen Republikanerinnen in der Stadt, und ihr Patriotismus erstreckte sich bis hin zur Landkreisebene.

»Dieses Gericht ist immerhin das älteste Gebäude des Stadtkerns«, hob sie hervor, »es ist das Symbol des ganzen Landkreises, es ist das, was uns als Volk vereint. Also hat es einen Festwagen des Gerichts zu geben.«

»Mir ist noch überhaupt nicht aufgefallen, daß wir als Volk vereint sind«, bemerkte Duane, doch er hatte keinen konkreten Einwand gegen den Gerichts-Festwagen, da Jenny die ganze Arbeit selbst in die Hand nehmen würde. Sie war ein Wirbelwind an Energie, weshalb es selten ein städtisches Vorhaben gab, bei dem sie nicht engagiert wurde. Mit unermüdlicher Effizienz betrieb sie bei Football- und Basketballspielen den Konzessions-Ausschank.

Die Tatsache, daß Duane für den Gerichtswagen stimmte, empörte Karla, denn sie hielt das für ein Zeichen von Schwäche. Karla fand Festwagen langweilig.

»Immer mußt du dich von den Frauen breitschlagen lassen«, sagte sie.

»Von *manchen* Frauen laß ich mich breitschlagen«, sagte Duane.

»Natürlich, besonders von den hübschen«, sagte Karla. »Mir ist nicht aufgefallen, daß du häßlichen Frauen viele Gefälligkeiten erweist.«

11

Um Lester aus der Leitung zu bekommen, versprach Duane, noch am Nachmittag bei der Bank vorbeizuschauen. Er wußte, daß es in seinem eigenen Interesse war, Lester so lange wie möglich bei Laune zu halten.

Es gab absolut nichts zu tun. Vor zwei Jahren waren jeden Vormittag noch fünfzig Leute durch sein Büro geströmt – Werbeagenten, die ihm Investoren brachten, Investoren, die ihm ihr Geld aufzuschwatzen versuchten. Nun waren sie verschwunden, und nur Ruth war noch übrig.

Duane ging hinaus, um nachzusehen, was sie trieb. Wie gewöhnlich schrieb sie in rasendem Tempo Briefe. Ein dicker Stapel von Briefen samt frankiertem Umschlag lag bereits auf ihrem blitzblanken Schreibtisch. »Muß ich einen davon unterschreiben?« fragte Duane. Keinen einzigen davon hatte er diktiert, und ihm war schleierhaft, was sie enthielten.

»Wenn ja, dann werde ich's Ihnen schon sagen«, sagte Ruth und warf ihm einen gereizten Blick zu. Sie konnte es nicht leiden, wenn er sich in irgendeiner Weise in ihre Korrespondenz einmischte.

Da er selten etwas davon zu Gesicht bekam, beunruhigte Duane die Post, die Ruth produzierte, fast ebensosehr wie die Post, die sie in den Papierkorb warf. Sie schien von seinem Büro aus höchst anspruchsvolle Geschäfte zu betreiben, aber nichts deutete darauf hin, daß es sich dabei um *seine* Geschäfte handelte.

Obwohl sie die Geheimnisse von fast jedem in der Stadt kannte, war Ruth selbst ein einziges Mysterium. Seit sie sich vor fast fünfundzwanzig Jahren von Sonny getrennt hatte, hatte sie, soweit es Außenstehende beurteilen konnten, kein Liebesleben gehabt, und doch machte sie einen glücklichen Eindruck und sah von Jahr zu Jahr frischer aus.

»Vielleicht hat sie Hunderte von Freunden, von denen wir nichts wissen«, meinte Karla, als Duane einmal auf das Thema von Ruths umfangreicher Korrespondenz zu sprechen kam.

»Sie kommt doch nie aus der Stadt heraus«, sagte Duane. »Wo sollte sie sich da Hunderte von Freunden anlachen?«

»Und ob sie aus der Stadt herauskommt!« entgegnete Karla. »Ich seh sie doch ständig alle möglichen Trampelpfade auf und ab joggen.«

Duane wußte, daß er nur einfach den Mund halten sollte. Aber er hielt nicht den Mund. Little Mike tollte bei ihnen herum und versuchte die Katze mit einer Beißzange zu schnappen, die jemand in der Küche vergessen hatte. Die Katze, sie hieß Leon, konnte Little Mike jedoch mühelos entwischen.

»Ich glaube nicht, daß Ruth Popper Hunderte von Freunden aufreißt, während sie über diese Pfade joggt«, meinte Duane.

Da kam Minerva überraschend herein und gab Little Mike einen Klaps mit dem *Cable Guide*. Er war zu verblüfft, um loszuheulen.

»Ich weiß nicht, weshalb ihr glaubt, daß ein so kleines Baby unbedingt mit einer Beißzange spielen muß«, sagte sie.

»Duane traut Ruth nicht über den Weg«, sagte Karla und versuchte, Minerva in die Diskussion einzuschalten.

»Ich auch nicht«, sagte Minerva. Sie ließ sich auf einen Stuhl fallen und überflog den *Guide* in der Hoffnung, irgendeine Sumoringer-Sendung zu finden.

»Weshalb traust du ihr nicht?« fragte Duane.

»Weil sie in einem Wohnmobil haust«, sagte Minerva. »In einem Wohnmobil kann alles mögliche passieren.«

»Aber überall könnte doch alles mögliche passieren«, entgegnete Duane.

Manchmal hatte er angesichts der Beliebigkeit, mit der Frauen irgendwelche Standpunkte vertraten, das Gefühl, er könnte verrückt werden. Und die Kunst, solche beliebigen Standpunkte zu ergreifen, beherrschten Minerva und Karla meisterhaft.

Little Mike ließ die Zange liegen und raste aus der Küche. Sooft er konnte, versuchte er zwischen sich und Minerva möglichst viel Abstand zu gewinnen.

Minerva erhob sich, inspizierte die Vorräte und entdeckte, daß ihnen gegrillte *porc rinds* zum Knabbern ausgegangen waren, in ihren Augen eine Lebensnotwendigkeit. Sie konsumierte sie zu Tausenden, während sie vor dem Fernseher saß, und spülte sie mit Wodka und Grapefruitsaft hinunter.

»Wenn du nicht mal Ruth über den Weg traust, dann brauchst du therapeutische Hilfe«, meinte Karla. »Irgendwo muß doch ein Psychiater zu finden sein, der dir genehm ist.«

»Auf jeden Fall war dir der, mit dem *du* es versucht hast, *nicht* genehm«, erinnerte er sie.

»Doch, sehr sogar«, sagte Karla. »Ich war nur zu dem Schluß gekommen, daß ich nicht verrückt genug bin, um einen Haufen Geld für gute Ratschläge zum Fenster hinauszuwerfen. Ich kann auch im Kosmetik-Salon jede Menge gute Ratschläge bekommen, wenn ich welche brauche.«

»Jeder, der niemand anderen zum Reden hat als dich und Minerva und Ruth, würde wahnsinnig werden«, sagte Duane.

Als er aus seinem Büro trat, hörte Ruth auf der Stelle auf zu tippen. Wenn sie tippte, bestand sie auf absoluter Ungestörtheit.

»Jenny hat Lester vor die Tür gesetzt«, verkündete er.

»Das habe ich schon vor ein paar Stunden erfahren«, sagte Ruth, »ich habe Jenny auf der Post gesehen. Ich glaube, das war ein Fehler. Jenny ist ein bißchen hochmütig, und Hochmut kommt vor dem Fall«, fügte sie hinzu und sah ihn streng an.

»Das macht eine unbemannte Frau mehr in dieser Stadt«, sagte sie. »Auch Suzie Nolan ist jetzt unbemannt.«

»Ich gedenke, um beide einen großen Bogen zu machen«, beruhigte sie Duane, »aber ich möchte wissen, weshalb wir überhaupt darüber reden.«

»Weil's mit dem Ölgeschäft aus ist und es für Sie nichts anderes zu tun gibt, als mit jeder Frau in der Stadt zu schlafen«, erklärte Ruth.

»Könnte ich einen Scheck haben?« fragte er. »Ich denke, ich sollte Lester ein paar Tausender rüberreichen.«

Ruth riß einen Scheck aus dem Scheckheft, gab ihn ihm aber nicht. »Wie viele Tausender?« fragte sie.

»Hab ich noch nicht entschieden«, sagte Duane.

»Weshalb sehen Sie nicht mal bei Jacy vorbei?« fragte Ruth.

Duane war höchst überrascht. Ruth hatte Jacy bisher so gut wie nie erwähnt.

»Ich bezweifle, daß sie auf Gesellschaft aus ist«, meinte er.

»Könnte aber doch sein«, sagte Ruth. »Ich wär schon darauf aus, wenn ich ein Kind verloren hätte.«

»Ich dachte, Sie hassen Jacy«, sagte er.

»Ich bin doch nicht dreißig Jahre lang nachtragend«, entgegnete Ruth. »Sie war damals noch ein Mädchen. Außerdem verändern Tragödien die Menschen. Sie sitzt ganz allein in dem großen Haus von diesem Kerl und trauert ihrem Kind nach. Der Gedanke geht mir nicht aus dem Kopf.«

»Ruth, ich weiß nicht, ob sie sich überhaupt an mich erinnert«, sagte Duane.

»Sie erinnern sich doch an sie, oder nicht?« entgegnete Ruth. »Weshalb sollte ihr Gedächtnis schlechter sein als Ihres?«

»Ich meinte nur, wir sind nicht mehr so eng befreundet«, sagte Duane und fühlte, daß er dabei war, einen Streit zu verlieren, auf den er überhaupt nicht gefaßt war.

»Sie sollten wohl besser ein Auge auf unbemannte Frauen werfen, als sich die Mühe machen, einer Frau über die Runden zu helfen, die Sie einmal geliebt haben und die eine Tragödie hinter sich hat«, sagte Ruth. »Sie haben Angst, daß Sie sich wieder in sie verlieben könnten, stimmt's?«

»Ich wüßte nicht, wie ich mich überhaupt noch in jemanden verlieben könnte«, entgegnete Duane, »dafür bin ich zu alt.«

»Dafür werden Sie nie zu alt sein«, sagte Ruth.

»Daß *Sie* sich in letzter Zeit verliebt hätten, ist mir nicht aufgefallen«, meinte er. »Wenn das so ’ne feine Sache ist, weshalb tun Sie’s dann nicht?«

Ruth sah ihn nur an und lächelte. Sie war immer schon ein wenig in ihn vernarrt gewesen, und da sie um so vieles älter war als er, konnten sie beide die Folgen davon ungeniert genießen.

»Ich bin zu sehr pleite, um mich zu verlieben«, fügte Duane hinzu. »Ich kann die Tatsache, daß ich zwölf Millionen Schulden habe, nicht lange genug aus meinem Hirn verdrängen, um ernsthaft bei der Sache zu sein.«

»In zehn Jahren werden Sie sich vielleicht nicht mal mehr daran erinnern, daß Sie einmal solche Schulden hatten«, sagte Ruth. »Aber an Jacy werden Sie sich immer erinnern, und an mich auch.«

»Weshalb an Sie?« fragte er. »Wo werden Sie denn dann sein?«

»Im Jenseits«, sagte Ruth gelassen. »Ich hoffe, Sie finden dann jemanden, der fähig ist, Ihnen die Buchführung zu machen.«

Duane nahm den Blankoscheck und trat hinaus in die sengende Sonne. Shorty begann sofort, auf seinem Sitz auf und nieder zu springen, und ließ sein durchdringendes Gebell hören.

12

Duane drückte sich vor seinem Treffen mit Lester Marlow. Den Fünftausend-Dollar-Scheck gab er der Bankangestellten am Autoschalter und bat sie, ihn an Lesters Sekretärin weiterzureichen. Er konnte Lester durch die dicken Preßglasscheiben der Bank sehen. Er fuhr sich mit den Fingern durchs Haar und sah sehr unglücklich aus. Bevor Lester ihn erblicken konnte, raste Duane davon – sonst wäre er noch herausgeschossen gekommen und zu ihm in den Wagen gesprungen, womit Shorty ganz und gar nicht einverstanden gewesen wäre.

Shorty haßte es nämlich, wenn andere Leute vorne im Wagen mitfuhren. Diesen Teil betrachtete er als einen Ort, der ausschließlich ihm und Duane gehörte. Wenn jemand einstieg, knurrte er häufig unheilverkündend und knurrte sogar noch weiter, wenn Duane ihm heftig eins mit dem Arbeitshandschuh verpaßt hatte. Erwies sich auch das als unwirksam, um ihn ruhigzustellen, hielt Duane manchmal an, stieg aus und warf Shorty für den Rest der Fahrt in den hinteren Teil des Pickups.

Hinten im Pickup sitzen zu müssen war für Shorty die schlimmste Demütigung, die er sich vorstellen konnte. Sobald Duane ihn nach hinten schmiß, preßte er seine Schnauze gegen die Trennwand und hielt sie ununterbrochen dagegengepreßt, egal, wie lange die Fahrt dauerte, in der Hoffnung, Duane würde ihm eine Chance geben, alles, was er ausgefressen haben könnte, wiedergutzumachen.

Nachdem er Lester ausgetrickst hatte, fühlte Duane sich für kurze Zeit richtig befreit. Er beschloß, das Mittagessen auszulassen, denn wenn er essen ging, würde er sich nur wieder auf das übliche Geschwätz mit den üblichen Leuten einlassen müssen. Daß er nicht in der Bank herumsitzen und mit Lester über seine Schulden reden mußte, war für ihn eine so große Erleichterung, daß er sich ein wenig high fühlte.

Da er nichts Bestimmtes vorhatte, verbrachte er den Nachmittag damit, ziellos über die staubigen Landstraßen zu fahren, wie er es oft tat, wenn er allen aus dem Weg gehen wollte. Es war ein trockener Frühling gewesen, und die Wiesen waren ausgedörrt. Auch wenn er langsam fuhr, wirbelte der Pickup ganze Staubwolken auf. Duane mußte an Jimbo Jackson denken, mit dem er so manches Spiel in der Schüler-Liga gepfiffen hatte. In genau so einem Staub hatte Jimbo den Tod gefunden. Duane fragte sich unausgesetzt, weshalb Jimbo überhaupt hatte joggen müssen. Dabei konnte ja nichts Gutes herauskommen. Wahrscheinlich dachte Jimbo, er könne, wenn er abspecken würde, zugleich auch glücklich werden und sogar von seinen Schulden loskommen. Duane kam das alles so traurig vor, daß ihm manchmal die Tränen in die Augen stiegen, wenn er daran dachte.

Duane konnte stundenlang mit völlig leerem Hirn vor sich hinfahren. Die Straße führte durch eine von Junior Nolans Weiden, und dies lenkte seine Gedanken auf Suzie Nolan. Am Vormittag hatte der Gedanke, daß sowohl sie als auch Jenny Marlow nach Ruths Worten nun »unbemannt« waren, flüchtig sein Interesse aufflackern lassen. Aber nun war es Nachmittag, und als er sich mit der einen oder der anderen irgend etwas Sexuelles vorzuphantasieren versuchte, blieb seine Phantasie deprimierend keusch und züchtig. Sie zauberte sie ihm »oben ohne«, aber nicht »unten ohne« vor. Beide Frauen hatte er zigmal gesehen, beim Picknicken, auf Grillpartys, bei Baseball- oder Softball-Spielen. Er hatte sie Wasserski laufen sehen, hatte mit ihnen auf Rodeotanzbällen getanzt und mit ihnen zusammen in Theateraufführungen der High School gesessen. Trotz alledem hatte er für seine Männer-Phantasien nur einen erbärmlich beschränkten Vorrat an Bildern auf Lager – schon nach wenigen Sekunden verschwanden ihre Brüste aus seinem inneren Blick, und es stellte sich wieder eine sexlose Leere ein.

»Keine Ahnung, was mit mir nicht stimmt, Shorty«, sagte Duane laut.

Shorty befand sich gerade mitten in einem tiefen Schlummer und zuckte nur mit einem Ohr, als er seinen Namen hörte.

Alle kleinen Bohranlagen von Duane waren in Betrieb. Von Zeit zu Zeit kreuzte er ganz gern überraschend bei einer seiner Crews auf, um nachzusehen, wie viele er beim Faulenzen während der Arbeitszeit erwischen konnte. Bobby Lees Bohranlage lag unten inmitten der Pfahleichen in der Nähe der Landkreisgrenze. Als Duane auftauchte, fand er Bobby Lee und vier Ölnacken mit niedergeschlagenen Gesichtern herumstehen. Allein bei ihrem Anblick wünschte Duane bereits, er wäre nicht hergekommen. Ganz gleich, wann er eine seiner Bohranlagen besuchte, ob tagsüber oder nachts, ob im Winter oder Sommer, immer standen die Männer der Crew herum und blickten niedergeschlagen drein.

»Wenn ich Lust gehabt hätte, deprimierte Leute zu sehen, hätte ich gleich in der Bank bleiben können«, sagte Duane, »die hat wenigstens eine Klimaanlage.«

»Ein Bohrkopf ist abgebrochen«, sagte Bobby Lee verzweifelt.

»Wer hätte das gedacht!« sagte Duane, in dem Versuch, ein wenig zu scherzen. Gebrochene Bohrköpfe gehörten nun einmal zum Alltag im Ölbusiness.

Bobby Lee schien den Tränen nahe, und die vier Ölarbeiter stierten Duane blödsinnig an. Eine rote Kühlbox voll Bier stand auf der Heckklappe von Bobby Lees Pickup. Die Arbeiter waren ziemlich verölt. Duane hatte sich entschlossen, einen Vorteil im Pleitemachen darin zu sehen, daß er dann wenigstens nicht an ein und demselben Tag derart viele öltriefende Kerle zu Gesicht bekäme.

»Noch hundert Fuß, und wir wären unten gewesen – warum mußte da dieses Scheißding abbrechen?« fluchte Bobby Lee.

Duane fragte sich, ob mit Bobby Lee noch alles in Ordnung war. Die gewöhnlichsten Rückschläge schienen ihn total aus der Fassung zu bringen.

»Ich wünschte, ich wäre Pilot geworden«, jammerte er.

»Um Gottes willen, nur das nicht«, entgegnete Duane. »Du siehst doch keine zwanzig Fuß weit. Bei meinem Pech könnte es mir passieren, daß ich in eine Maschine gerate, die du fliegst.«

Bobby Lees Kurzsichtigkeit war sprichwörtlich. Obwohl er nur mäßig gut aussah, war er viel zu eitel, um eine Brille zu tragen. Die Folge war, daß er so viele Unfälle baute, daß es immer schwieriger wurde, eine Crew dazu zu bringen, mit ihm zusammenzuarbeiten. Drähte konnte er überhaupt nicht erkennen, und so durchbrach er ständig irgendwelche Stacheldrahtabsperrungen.

Duane hatte den Motor nicht abgestellt und war auch nicht ausgestiegen. Zu beidem hatte er keine Lust, aber andererseits wollte er auch nicht einfach wieder abfahren und seine Crew in ihrer Verzweiflung sitzenlassen.

Als Haupt der Gesellschaft hatte er die Pflicht, sein möglichstes für die Stimmung in der Gruppe zu tun.

»Wenn so ein Bohrkopf abbricht, geht doch die Welt nicht unter«, sagte er. »Fischt ihn eben wieder raus.«

»In Eddies Bohranlage brechen sie nie«, sagte Bobby Lee.

Eines seiner psychischen Probleme bestand darin, daß er überzeugt war, Eddie Belt hätte mehr Glück im Leben als er. Eddie Belt war ebenso fest davon überzeugt, daß genau das Gegenteil der Fall war. Duane verbrachte eine Menge Zeit damit, beide davon zu überzeugen, daß das Leben von beiden so gut wie identisch war, was auch stimmte.

»Eddie sind zweiundvierzig Köpfe abgebrochen, seit er für mich arbeitet«, gab Duane ihm zu bedenken, »und dir?«

»Ich glaub nicht an Statistiken«, sagte Bobby Lee hochnäsig.

»Ich kann's wahrscheinlich einrichten, daß in einer Stunde Turkey Clay hier draußen ist«, sagte Duane. Dickie, sein Sohn, und Turkey, ein sechzigjähriger Ölarbeiter, bildeten seinen Pannendienst. Turkey war ein fleißiger, zuverlässiger Angestellter gewesen, bis Dickie ihn mit den Freuden des Kokains bekannt machte. Turkey war begeistert.

»Die ganzen Jahre, die ich von Bier und Mösen gelebt hab, kommen mir jetzt wie vertane Zeit vor«, sagte Turkey. Wenn er high war, fuhr er fast ebenso viele Zäune und Gatter über den Haufen wie Bobby Lee.

»Der Alte frißt das Kokain praktisch mit dem Löffel«, sagte Bobby Lee. »Vielleicht versuchen wir erst mal selbst, den Kopf herauszufischen. Ich werde nervös, wenn ich mit Typen zusammenarbeite, die Drogen nehmen.«

Duane wußte, daß das das Höchste an Optimismus war, das man von Bobby Lee erwarten konnte, und so fuhr er schnell wieder ab.

Eddie Belts Förderanlage lag nur zehn Meilen weiter nördlich. Lange bevor er dort ankam, merkte er, daß etwas nicht stimmte. Der Generator, den sie verwendeten, machte gewöhnlich einen Lärm wie ein angreifender Jagdbomber, aber im Augenblick war nichts davon zu hören. Die einzigen Geräusche, die aus der Umgebung der Bohranlage kamen, waren Schüsse. Diese Schüsse veranlaßten Duane, Gas zu geben. Eddie war bekannt dafür, daß er eine ganze Arbeitercrew feuern konnte, wenn er feststellte, daß die Leute nichts taugten. Und bei ihm bestand durchaus die Möglichkeit, daß er gerade beschlossen hatte, sie nicht vor die Tür zu setzen, sondern an die Wand zu stellen.

Das erste, was Duane vor Ort sah, war nicht gerade ermutigend. Vier Körper lagen reglos unter einem Mesquitebaum. Erst als er seinen Wagen mit einer Vollbremsung zum Stillstand gebracht hatte, hob einer der Körper seinen Kopf. Die anderen Arbeiter dösten weiter.

Die Schüsse schienen von einer kleinen, etwa eine Viertelmeile entfernten Viehtränke zu kommen.

»Auf was schießt er denn da?« fragte Duane den einen Arbeiter, der wach zu sein schien.

»Auf Frösche«, brummte der Mann und legte sich wieder hin.

»Weshalb läuft der Generator nicht?« fragte Duane weiter. »Wir bohren doch nach einer Ölquelle, oder vielleicht nicht?«

Der Befragte, ein spindeldürrer, etwa neunzehnjähriger Ölarbeiter, schien nicht gerade begeistert zu sein, daß er sich in einem Moment, wo er lieber ein Nickerchen machen wollte, auf eine ausgedehnte Konversation einlassen mußte.

»Der Generator läuft nicht, weil sich Bündeldraht darin verwickelt hat«, sagte er; dann zog er sich seine Schirmmütze über die Augen, um zu verstehen zu geben, daß die Unterhaltung damit für ihn beendet war.

»Bündeldraht?« fragte Duane. Das Ganze kam ihm reichlich spanisch vor.

Er stieg aus und ging zu der Wasserstelle hinüber. Es war ein gutes Jahr für Ochsenfrösche. Fünfzehn bis zwanzig Prachtexemplare hockten dicht am Rand im Schlamm.

Eddie saß am Ufer und lud gerade wieder seine Rotwildbüchse, die ihm Duane vor einigen Jahren als Weihnachtsgratifikation geschenkt hatte.

»Wie kommt es, daß Packdraht in den Generator geraten ist?« fragte Duane. »Wir binden schließlich unser Öl nicht mit Draht zusammen, sondern füllen es in Fässer.«

»Ich hab den Draht nicht in den Generator gestopft«, sagte Eddie.

»Gehst du eigentlich immer mit einer Rotwildbüchse auf Froschjagd?« fragte Duane.

»Das ist die humanste Methode«, sagte Eddie. »Du zielst einfach unter sie in den Schlamm.«

Er zielte und schoß genau unter einen fetten Frosch.

Das Geschoß verursachte eine Explosion aus Schlamm, die den Frosch fast zehn Fuß hoch in die Luft schleuderte. Als er wieder landete, rührte er sich nicht mehr.

»Dem Frosch habe ich kein Haar gekrümmt«, sagte Eddie. »Er ist nur k. o. und bewußtlos. Wenn ich wollte, könnte ich ihn mir holen, in einen Sack stecken und mit nach Hause nehmen. Ich könnte ihn als Zuchtfrosch verwenden, und es ginge ihm prächtig.«

»Ich wußte gar nicht, daß du Frösche züchtest«, sagte Duane.

»Tu ich auch nicht, aber ich könnte es tun«, sagte Eddie.

»Du wirst dir damit deinen Lebensunterhalt verdienen müssen, wenn du nicht den Generator wieder in Gang bringst«, sagte Duane. »Ich habe keine Lust, die Ölnacken dafür zu bezahlen, daß sie sich aufs Ohr legen.«

»Der Generator muß wahrscheinlich zerlegt werden, und ich kenne mich nicht genug in der Mechanik aus, um es selbst zu machen«, sagte Eddie Belt. Wieder schoß er, und ein weiterer Frosch flog hoch in die Luft. »Aber ich mach mich sofort wieder an die Arbeit.«

»Das ist vielleicht eine komische Ölgesellschaft«, bemerkte Duane. »Ich wünschte, mit Ochsenfröschen könnte man echtes Geld machen.«

Er erhob sich und ging zurück zur Ölquelle. Die Arbeiter schliefen immer noch. Sobald er wieder in seinem Pickup saß, drückte er mit voller Kraft auf die Hupe. Ziemlich benommen von der Hitze, sprangen alle Arbeiter auf die Beine. Auch Shorty sprang auf – ebenfalls ziemlich benommen.

Duane fuhr dichter an die Arbeiter heran. Zwei oder drei von ihnen rieben sich den Schlaf aus den Augen.

»Wenn dieser Generator nicht wieder läuft, bevor ich außer Hörweite bin, dann seid ihr faulen Säcke gefeuert, verstanden?« sagte er. »Und ich möchte keine Ammenmärchen mehr über Bündeldraht hören.«

Als er von der Wiese wieder auf die Landstraße zurückgerumpelt war, hörte er, wie der Generator wie das Triebwerk eines Flugzeugs aufheulte.

13

Auf seiner Rückfahrt nach Hause kam Duane an dem riesigen Haus vorbei, in dem Jacy Farrow wohnte. Es war ein Lehmsteinbau und verschmolz in der Ferne mit dem Felsrücken, auf dem es thronte. Soweit er wußte, hatte es kein Mensch von Thalia jemals betreten. Danny Deck, der Drehbuchautor, hatte es vor etwa fünfzehn Jahren bauen lassen. Fast ein Jahr hatte eine Gruppe von Indianern aus New Mexico, die die Lehmbauweise beherrschten, in Wohnwagen auf dem Felsrücken gewohnt, während sie das Haus bauten.

Das Haus überblickte ein Tal, das in der Umgebung »The Sorrows« – »Die Leiden« – hieß. Vor langer Zeit hatten Indianer in diesem Tal mit Gefangenen gehandelt. Viele traurige Begebenheiten waren von dieser Zeit überliefert. Auf dem Briefkasten, der zum Haus gehörte, stand »Los Dolores«.

Nachdem das Haus gebaut war, hatte es in der ersten Zeit viel Aufsehen erregt. Es gingen Gerüchte, man hätte gesehen, daß in dem Haus Filmstars ein und aus gingen. Bobby Lee meinte, er hätte Steve McQueen einmal durch die Stadt fahren sehen.

Aber die Gerüchte blieben Gerüchte. Niemandem gelang es zu beweisen, daß Steve McQueen oder irgendein anderer Filmstar tatsächlich in dieses Haus oder auch nur in diesen Landkreis gekommen war.

Der Briefträger, der für diese Gegend zuständig war, berichtete, daß er mehr Post für Los Dolores als für alle restlichen Adressen seiner Route zusammengenommen auszutragen habe. Manchmal werde der riesige Briefkasten – er war ebenfalls aus Lehm – regelmäßig geleert, aber zu anderen Zeiten fülle er sich bis zum Rand und quelle über, und die Sendungen müßten dann wochen- oder sogar monatelang auf dem Postamt gelagert werden, bis der Autor sich wieder blicken ließ.

Niemand hütete das Haus für ihn, und niemand sah nach dem Garten. Im Sommer wucherten Gras und Unkraut dicht um den Lehmbau herum.

Danny Deck selbst wurde in Thalia nie gesehen. Nachts sahen

Arbeiter auf dem Weg zur Mitternachtsschicht manchmal Licht im Haus. Dann war es wieder monatelang ununterbrochen dunkel.

Die Aufregung, die geherrscht hatte, als das Haus gerade erbaut war, hatte sich längst gelegt. Die Leute, die während des Ölbooms in diesen Landkreis gezogen waren, wußten nichts von seiner Existenz. In dem Landesteil, wo das Haus stand, gab es nur noch ein paar unverwüstliche Rancher, von denen man manche fast ebensowenig zu Gesicht bekam wie Danny Deck.

Bevor Jacy zurückkehrte, war Karla die einzige, die ein echtes Interesse an Los Dolores bekundet hatte und es kaufen wollte.

»Duane, ich wette, er würde es verkaufen, wenn du ihm ein genügend hohes Angebot machen würdest«, sagte sie mehrere Jahre lang alle paar Wochen, als es ihnen finanziell am besten ging.

»Woher weißt du, daß er's täte?« fragte Duane. »Du hast ihn doch nie getroffen.«

»Doch, einmal habe ich ihn gesehen«, sagte Karla. »Er hat an derselben Tankstelle getankt wie ich. Er hat einen richtig freundlichen Eindruck gemacht.«

»Das heißt noch nicht, daß er sein Haus verkaufen will«, bemerkte Duane.

»Duane, fragen kostet doch nichts, oder?« sagte Karla.

Eine Weile fuhr sie oft an Los Dolores vorbei, obwohl sie in diesem Teil des Landkreises absolut nichts zu tun hatte. Außer ein paar Ölbohrern oder ein oder zwei Cowboys hatte dort niemand etwas zu tun. Karlas Hoffnung war die, daß sie Danny eines Tages zufällig vor seinem Haus treffen würde. Würde er winken, so würde sie zurückwinken. Wenn sie dann das nächste Mal an derselben Tankstelle halten würden, könnten sie ein Gespräch anfangen.

Karla bildete sich viel auf ihre freundliche Art ein. Oft fing sie mit wildfremden Leuten ohne jeden Grund ein Gespräch an, und sie brannte darauf, auch eines mit Danny Deck anzufangen. Noch nie war sie einem Schriftsteller begegnet, wenn man von den Reportern absah, die für verschiedene Blätter von Texas über die Erdölindustrie berichteten. Nachdem sie Danny Deck jenes eine Mal an der Tankstelle kurz gesehen hatte, war sie überzeugt, daß sie es beide schön finden würden, sich zu kennen. Eine Weile fuhr sie gleich drei- bis viermal pro Woche nach Los Dolores und hoffte, sie würde ihn im Garten herumstreifen sehen.

»Es hat doch gar keinen Garten«, hielt ihr Duane vor, »der hat das Haus doch einfach auf diesen Fels gesetzt.«

Über das Fehlen eines richtigen Rasens ließ sich jeder aus, der an dem Haus vorüberkam. In Thalia besaß selbst die bescheidenste Behausung einen Vorgarten mit ein paar Büscheln Bermudagras darauf. Die Häuser der Wohlhabenderen waren rundherum von Rasen umgeben.

Aber Los Dolores, dessen Bau mehrere Hunderttausende gekostet haben mußte, war umwuchert von Büffelgras und Ginsterbüschen, die bis direkt an die Mauern heranwuchsen. Es war das einzige Haus im ganzen Landkreis ohne Rasen, und das war etwas, was gewisse Kreise sogar tadelnswert fanden.

»Ich bin heilfroh, daß es ein gutes Stück weit weg von uns ist, denn er muß schon eine schwere Macke haben, wenn er keinen Rasen hat«, sagte Wanda Hawkins. Wanda, die Frau des einzigen Versicherungsagenten der Stadt, galt lange als Karlas beste Freundin.

»Es könnte ja eine Terrasse haben, es ist ein echt großes Haus«, meinte Karla. Obwohl sie empört war, daß Danny Deck sich nicht draußen vor dem Haus zu schaffen machte, so daß sie ihm über den Weg laufen konnte, hatte sich Karla zu seinem Verteidiger ernannt. Selbst gegen die milde Kritik seitens ihrer besten Freundin Wanda verteidigte sie ihn aufs heftigste.

»Ich habe auch eine Terrasse – und ich habe trotzdem einen Rasen«, bemerkte Wanda. »Ich weiß nicht, was ich von Leuten halten soll, die nicht mal so viel Selbstachtung haben, daß sie sich einen netten Rasen leisten.«

»Ginster macht sich doch ganz hübsch aus einer gewissen Entfernung«, meinte Karla, die keinen Punkt an Wanda abzugeben gedachte.

Insgeheim wurde sie jedoch immer wütender auf Danny

Deck, weil er sich einfach nicht blicken ließ. Das Gespräch, das sie mit ihm anfangen wollte, hatte sie sich schon so oft durch den Kopf gehen lassen, daß es einfach frustrierend war, daß sie es nicht wirklich führen konnte. Es begann alles an einer Tankstelle und endete damit, daß sie so gute Freunde wurden, daß er bereit war, ihr sein Haus zu verkaufen.

Aber Monat für Monat verging, ohne daß er sich blicken ließ. Als sie eines Tages wieder einmal an dem Haus vorüberkam, entschloß sie sich, einfach an der Tür zu läuten und so zu tun, als müßte sie dringend telefonieren. Sie erfand sogar eine Ausrede – ihr Vater habe gerade eine fremde Niere eingesetzt bekommen und sie müsse sich dringend erkundigen, wie die Transplantation verlaufen sei. Ihr Vater war schon seit Jahren tot, aber manchmal ließ sie ihn wiederauferstehen und gab vor, er befinde sich in irgendeinem Not-OP., wenn sie um eine Ausrede verlegen war.

Los Dolores hatte keine gewöhnliche Türklingel. Das Haus hatte eine kleine Sprechanlage, in die man hineinsprach. Die Anlage summte einen Moment, und prompt sprach Karla hinein.

»Hallo, mein Name ist Karla Moore, ich habe einen Notfall und müßte mal dringend Ihr Telefon benutzen, bitte«, sagte sie, aber dann hörte die Sprechanlage auf zu summen, und niemand kam an die Tür.

Karla war wütend. Es hatte sie eine ganze Portion Nerven gekostet, bis an die Tür zu gehen und in die Sprechanlage hineinzusprechen, und Karla schätzte es überhaupt nicht, ihre Nerven zu verschwenden, von denen sie einen Großteil allein schon dafür brauchte, um mit ihrem häuslichen Leben fertig zu werden. Mehrere Tage lang lief sie mit saurer Miene durch die Gegend.

»Schreib ihm doch einen Brief«, schlug Duane vor.

»Fick dir doch ins Knie«, war Karlas Antwort.

»War ja nur ein Vorschlag«, sagte Duane grinsend, »vielleicht ist der Mann eben scheu.«

»Wenn er zu scheu ist, seine eigene Haustür aufzumachen, dann ist er erst recht zu scheu für mich«, sagte sie. »Zumindest könnte er sich eine Haushälterin zulegen, damit wir irgendwie rausbekommen können, was sich da eigentlich abspielt.«

Ihre Freundin Wanda war entsetzt, als sie hörte, daß Karla einfach hergegangen war und bei einem wildfremden Mann an der Tür geläutet hatte.

»Ich habe in meinem ganzen Leben noch nie bei jemandem geläutet, den ich nicht kannte«, sagte sie. »Man hätte dich hineinzerren und vergewaltigen können.«

»Na und? – Dann hätte ich wenigstens das Haus zu sehen bekommen«, sagte Karla.

Sie war immer noch verstimmt. Die Tatsache, daß es ein Haus gab, das sie nicht kaufen konnte, frustrierte sie ungeheuer. Außerdem sah es so aus, als ob es das ideale Haus für sie wäre.

»Hier in der Gegend denkt jeder, daß der Typ eine Macke hat, da kann er's mir doch gleich verkaufen«, meinte Karla.

»Weshalb sollte ihn stören, was die Leute über ihn denken«, sagte Duane. »Er kennt doch niemanden von denen.«

»Er könnte aber mich kennenlernen, wenn er nur mal zu Hause bleiben würde«, entgegnete Karla.

»Warum heftest du ihm nicht einfach ein Angebot an die Tür?« fragte Duane. »Das könnte ihn neugierig machen.«

»O ja, das könnte ich machen«, meinte Karla. »Ich könnte ihm einen Zettel mit einem Angebot von einer halben Million dalassen und abwarten, was er dazu sagt.«

Duane sagte nichts mehr. Oft hatte er seiner Frau Vorschläge gemacht, die offensichtlich völlig albern waren, aber sie griff sie auf der Stelle begeistert auf.

Einige Wochen fiel kein Wort mehr über die Sache, und Duane glaubte, Karla hätte ihr Interesse daran verloren. Doch da irrte er sich. Karla hatte einen Freund namens Randy Royt, mit dem sie, soweit Duane im Bilde war, gerne flirtete – oder vielleicht auch noch mehr tat. Randy war Hubschrauberpilot – meistens flog er Investoren oder Ölgesellschaftsleute zu entlegenen Ölfeldern –, und Karla hatte die glänzende Idee, Randy dafür anzuheuern, mit ihr einmal Los Dolores zu überfliegen.

»Es hat eine Terrasse und auch einen Swimmingpool«, berichtete Karla, als sie von dem Flug zurückkehrte. Ihre Augen strahlten. Duane hatte von Randy nie besonders viel gehalten und begann nun, noch weniger von ihm zu halten.

»Seid ihr auch reingegangen und habt euch mal kurz die Schlafzimmer angesehen?« wollte er wissen. »Gibt's darin zufällig Wasserbetten?«

Karla war ein leidenschaftlicher Fan von Wasserbetten. Sie hatte sich das erste gekauft, das jemals in Thalia zu sehen war, und hatte seitdem vierzig oder fünfzig weitere gehabt.

»Duane, bist du etwa eifersüchtig?« fragte sie zurück.

»Vielleicht wünschte ich nur, du hättest einen besseren Geschmack«, meinte er.

Karla lachte. »Randy ist einfach der bestaussehende Hubschrauberpilot in Nord-Texas«, sagte sie. »Aber trotzdem sind wir nicht gelandet. Oder wie würdest du es finden, wenn jemand mit einem Hubschrauber auf unserer Terrasse landen würde?«

»Ich wußte ja gar nicht, daß wir eine Terrasse haben«, sagte Duane und blickte durchs Fenster auf ihren Rasen. Es war ein bescheidener Rasen für die Verhältnisse von Thalia. Liebevoll bewässerte ihn Karla im Sommer täglich, und der Erfolg davon war ein kümmerlicher Bewuchs von Bermudagras und eine üppige Ernte von Klettendisteln.

»Hier haben wir keine«, sagte sie, »aber in unserem nächsten Haus werden wir eine haben.«

14

Nach ihrer Hubschrauberexkursion verlor Karla rapide ihr Interesse an Los Dolores.

»Es ist zu weitläufig«, meinte sie. »Minerva könnte das Haus niemals sauber halten, selbst wenn sie's versuchte – und wahrscheinlich würde sie's gar nicht erst versuchen.«

Im folgenden Jahr kauften sie sich eine kleine Ranch draußen auf dem flachen Land nordwestlich der Stadt. Auf dem Gelände gab es mehrere kleinere Felsbuckel. Karla tauschte Randy Royt gegen einen geschickten jungen Architekten von Fort Worth, der ihnen schon bald das Haus entwarf, in das sie gerade eingezogen waren.

Duane erinnerte seine Frau mehrmals daran, daß sie Los Dolores gerade deshalb abgelehnt hatte, weil es zu weitläufig war, um von Minerva saubergehalten zu werden. Das neue Haus – mit Stuck über Ziegelmauern – war jedoch noch viel größer als Los Dolores und hatte über 1200 m^2 Wohnfläche.

»Ich dachte, du wolltest ein Haus aus Lehmsteinen«, sagte Duane, »du hast doch seit Jahren von nichts anderem geredet.«

»Ich will aber nicht, daß dieser Schreiberling denkt, ich würde ihn kopieren«, sagte Karla.

»Er hat doch noch nie was von dir gehört«, sagte Duane. »Also wird's ihm doch wohl egal sein, welche Art Haus du baust.«

»Arthur meint, der italienische Stil sieht sowieso besser aus«, sagte Karla. Arthur war ihr junger Architekt.

»Ich finde, wir sollten zwei Häuser bauen«, sagte Duane. »Eins für uns und eins für die Kinder und Enkel. Das für die Kinder und Enkel könnten wir mehrere Meilen von unserem entfernt hinsetzen.«

»Duane, du hättest diesen Artikel lesen sollen, den ich dir gezeigt habe, wo es hieß, daß Kinder in Wirklichkeit Disziplin und Erziehung brauchen«, sagte Karla. »Wenn du ihnen jemals irgendein Maß an Disziplin beigebracht hättest, würden sie sich jetzt nicht so aufführen.«

»Wenn du glaubst, daß unsere Kinder wirklich auf Disziplin scharf sind, dann ist dir nicht zu helfen«, sagte Duane. »Ich bin nach wie vor der Meinung, daß das mit den zwei Häusern eine großartige Idee ist.«

Aber schon bald gab er diese Idee oder überhaupt jede Idee im Zusammenhang mit dem Haus auf. Karla hörte ohnehin nur noch auf Arthur, ihren neuen Liebessklaven. Was dabei herauskam, war ein Haus, das sich über den größten Teil des Felsrükkens erstreckte, auf dem es erbaut war. Es hatte mehrere Seitentrakte, von denen je einer für eines der Kinder bestimmt war. Die Kinder ignorierten ihre geräumigen Trakte und verbrachten die meiste Zeit zusammengepfercht in der kleinen Abseite hinter der Küche und schrien sich gegenseitig an.

»Haut gefälligst ab und schreit in euren eigenen Zimmern rum«, schrie Duane sie von Zeit zu Zeit an. »Wir haben dieses

Haus deshalb gebaut, damit jeder von uns sein eigenes Zimmer hat, in dem er herumschreien kann.«

»Wenn ich in meinem Zimmer schreie, bekomm ich Angst«, sagte Julie. »Es ist so riesig, daß das Echo wieder zurückschreit.«

»Ich hasse dieses Haus«, sagte Jack, »ihr hättet es nicht so weit von der Stadt entfernt bauen sollen. Wir können überhaupt keine Kinder dazu kriegen, zum Spielen bis zu uns raus zu kommen.«

»Daran ist nicht das Haus schuld, sondern die Art, wie ihr spielt«, entgegnete Duane.

Erst eine Woche zuvor hatten sie einen Spielkameraden herausgelockt, ihn dann an Händen und Füßen gefesselt und vom Sprungbrett ins Wasser geworfen.

»Wir wollten doch nur sehen, ob er zaubern kann«, sagte Jack. »Wir haben so getan, als ob er der Houdini wäre. Außerdem kennen wir uns in Erster Hilfe aus.«

»Und wieso habt ihr ihm dann nicht Erste Hilfe geleistet?« fragte Duane. »Minerva mußte in voller Montur ins Becken springen und ihn rausfischen.«

»Er ist nicht besonders nett«, sagte Jack. »Der gibt immer freche Antworten und so.«

»Eure Mutter gibt auch immer freche Antworten und so, aber trotzdem versuche ich nicht, sie zu ersäufen«, sagte Duane.

»Und überhaupt ist Arthur ein schlaffer Sack«, sagte Julie. »Immer trägt er diese bescheuerten Fliegen als Krawatte.«

An jenem Abend konnte Duane es sich nicht verkneifen, Julies Urteil weiterzugeben.

»Deine jüngste Tochter meint, dein neuer Hausfreund sei ein schlaffer Sack«, erzählte er ihr. »Sie mag seine Fliegen nicht.«

Karla war gerade von einem kleinen Einkaufsbummel in Fort Worth zurückgekommen. Sie trug ein T-Shirt mit dem Aufdruck: WER GLAUBT, MAN KÖNNTE GLÜCK NICHT KAUFEN, DER KENNT NUR NICHT DIE RICHTIGE ADRESSE. Wieder hatte sie strahlende Augen.

»Mann, mach dir doch 'n Knoten in den Schwanz«, entgegnete sie heiter. Sie hatte beide Arme voller Einkaufstüten.

»Meinst du nicht, wir sollten ein Gästehaus bauen, wo wir schon mal dabei sind?« fragte sie einen Moment später.

»Für wen denn?« fragte Duane. Es war einer jener Momente, wo das Leben unfair zu sein schien. Karla sah jedes Jahr besser aus, während er einfach immer abgeschlaffter wurde.

»Für Gäste, Duane«, sagte Karla, »ein Gästehaus braucht man für Gäste.«

»In diesem Haus hier könnten an die tausend Leute nächtigen«, hielt er ihr vor, »und der einzige Gast, den wir je haben, ist Bobby Lee, wenn er nach dem Abendessen in Tiefschlaf versinkt.«

»Vielleicht wäre er trotzdem gerne allein für sich«, sagte Karla.

»Da braucht er sich nur über einen unserer vielen Gänge zu verziehen«, meinte Duane, »und schon wäre er so mutterseelenallein, daß wir die Polzei alarmieren müßten, um ihn wiederzufinden.«

»Trotzdem ist es nicht dasselbe wie ein Gästehaus«, sagte Karla. »Viele Leute wären sicher nicht unbedingt scharf drauf, von unserer Familie umringt zu sein.«

Duane lag auf ihrem neuesten Wasserbett, das in Quadratmetern gemessen größer war als das kleine Haus, in dem er und Karla in der ersten Zeit ihrer Ehe gewohnt hatten. Er sah sich die Fernsehnachrichten an, hatte aber den Ton abgestellt. Irgendwo in Indien hatte eine Flutwelle hunderttausend Menschen ins Meer gerissen.

»Ich bin auch nicht unbedingt scharf drauf, ständig von unserer Familie umringt zu sein«, bemerkte er.

15

Während er Los Dolores betrachtete, fragte sich Duane, wie sich Jacy wohl gerade fühlte. Ihm kam die Idee, daß er ja einfach einmal anhalten und läuten könnte, wie es Karla getan hatte. Vielleicht saß Jacy deprimiert da drinnen und hoffte sogar, jemand würde läuten.

Vielleicht lag sie auf einem Bett, das ebenso riesig war wie seines, sah sich einen Fernsehbericht von irgendeiner Katastrophe an und versank dabei immer tiefer in ihre Depression. Es würde ihr vielleicht Freude machen, über alte Zeiten zu reden, auch wenn die alten Zeiten lediglich aus einem oder zwei Jahren gemeinsamer Rendezvous bestanden hatten und aus ein paar kurzen Wochen, wo sie miteinander ins Bett gegangen waren, und das vor dreißig Jahren.

Duane konnte sich erinnern, daß er damals dachte, er würde sich nie über sie hinwegtrösten können; aber schon lange vor seiner Rückkehr aus Korea nach Thalia hatte er sich dann doch über sie hinweggetröstet. In seiner Abwesenheit war Karla in die Stadt gezogen. Sie hatte in einem Lebensmittelgeschäft an der Kasse gearbeitet. Sie waren ein paarmal miteinander ausgegangen, hatten geheiratet und waren verheiratet geblieben.

Sogar Sonny Crawford hatte sich schließlich über Jacy hinweggetröstet, und er war derjenige von ihnen beiden, der stärker in sie verliebt gewesen war.

Duane hielt Ruth Poppers Theorie für falsch. Er hatte keine Angst davor, daß er sich wieder in Jacy verlieben könnte. Nichts war unwahrscheinlicher, als daß sie je wieder ein Liebespaar sein würden. Nein, er hatte lediglich Angst davor, daß er ihre Privatsphäre stören könnte. Er hatte selbst so gut wie keine Privatsphäre, und die bedeutete ihm so viel, daß er einen ganzen Nachmittag lang über staubige Landstraßen fahren konnte, um wenigstens etwas davon zu haben. Er hatte nicht vor, sich in die von Jacy hineinzudrängen, und sah ohne Bedauern zu, wie Los Dolores allmählich im Rückspiegel verschwand.

Auf seiner Rückfahrt in die Stadt machte er ein paar Minuten in Aunt Jimmies Lounge halt, um über einem Bier ein wenig zu meditieren. Aunt Jimmies war ein heruntergekommener kleiner Land-Club. Die Bretter, aus denen er gezimmert war, hatten dreißig Jahre lang keinen neuen Anstrich mehr bekommen, und »Tante« Jimmie, die Besitzerin, auch nicht. Sie war eine einfache, ernste kleine Frau, die den ganzen Tag und die meiste Zeit der Nacht an der Kasse saß, eine Zigarette nach der anderen qualmte und im übrigen ignorierte, was um sie herum vorging. Sie hatte einmal einen Kleinkramladen in Thalia gehabt und war damit pleite gegangen. Aunt Jimmies Lounge dagegen war eine Goldgrube, aber Aunt Jimmie selbst sah dabei immer noch aus wie eine Kleinkrämerin.

Erleichtert stellte Duane fest, daß wenigstens einmal keiner seiner Angestellten dort herumsaß und seine Zeit versoff. Weshalb sollten sie auch, wenn sie sich doch auf dem Arbeitsplatz ausgiebige Schläfchen im Schatten leisten konnten?

»Die Bedienung hat sich wieder mal zum Kosmetiksalon verdrückt, du mußt dir dein Bier selbst holen«, sagte Aunt Jimmie. Sie war nicht sonderlich gesprächig, was Duane sehr angenehm war.

Bis auf den örtlichen Verkehrspolizisten, einen weinerlichen Witwer namens P. L. Jolly, war die Bar leer. Es ging das Gerücht, P. L. hätte es ernsthaft auf Aunt Jimmie abgesehen, aber soweit Duane sehen konnte, hatte er bisher wenig unternommen, um diese Absichten weiter voranzutreiben.

Duane nahm ein Bier und setzte sich zu P. L. Er versuchte sich mit der örtlichen Polizei gut zu stellen, da selten ein Tag verging, ohne daß ein Familienmitglied oder einer seiner Angestellten aus irgendeinem Grund verhaftet wurde.

»Tag, P. L.«, grüßte er. »Na, wie führt sich Dickie auf?«

»Schrecklich«, antwortete P. L. »Er sagt, er würde eine Knastrevolte organisieren, wenn wir ihn nicht rauslassen. Ein Glück für uns, daß ansonsten niemand einsitzt außer einem Nigger, und der Nigger liegt im Koma.«

»Klingt nicht gerade rosig«, meinte Duane. »Wie ist 'n der ins Koma geraten?«

»In der Nacht, schwupp, einfach so«, erklärte P. L. »Heute nachmittag wollte der Doktor mal vorbeikommen und einen Blick auf ihn werfen.«

»Ist Dickie wirklich mit hundertvierzig durch 'ne Schulzone gerast?« fragte Duane.

»Klar«, sagte P. L. »Dieser kleine Wichser heizt wie 'ne Rakete durch die Gegend, oder vielleicht nicht? Aber ich mag Dickie. Er hat's ja nicht bös gemeint. Er ist einfach 'n temperamentvoller Junge.«

»Ich hoffe, dieser andere Häftling ist okay«, sagte Duane. »Uns steht doch diese Hundertjahrfeier ins Haus. Da möchten wir möglichst keine Sachen, die einen düsteren Schatten auf das Fest werfen.«

P. L. rauchte und schwieg eine Weile. Der Gedanke an düstere Schatten schien ihn noch deprimierter zu machen, als er ohnehin schon war.

»Wir kriegen 'ne ganze Reihe Jungs geliefert, die ins Koma fallen«, sagte er dann. »Die kriegen irgendwo eins über die Rübe, aber das wirkt nicht lange. Dann kreuzen sie hier im Knast auf, und eh' du dich versiehst, schwupp, kippen die ins Koma weg. Das is'n ganz schöner Streß für unser Personal.«

»Ich will Ihnen ja nicht in Ihren Betrieb reinreden«, sagte Duane, »aber könnten Sie nicht einfach 'ne Ambulanz rufen und die Kerle ins Krankenhaus schicken?«

»Also im Prinzip, ja«, sagte P. L., »aber ich laß sie lieber einen oder zwei Tage braten, um festzustellen, ob sie simulieren. Wenn sie nur so tun als ob und du bringst sie ins Krankenhaus, dann könnten sie auf die Schwestern losgehen oder so was. Oder aber du mußt 'ne Wache mitschicken, und dann heißt's Überstunden löhnen.«

»Ich dachte, Karla wollte Dickie mit 'ner Kaution rausholen«, sagte Duane.

»Ja, sie kam vorbei, aber Dickie hat sich stur gestellt und ist frech geworden. Da hat sie sich's anders überlegt und ihn dagelassen«, berichtete P. L. »Der kleine Wichser nimmt kein Blatt vor'n Mund, stimmt's?«

»Weiß Gott nicht«, bestätigte Duane. »Und wenn's überhaupt jemand schafft, einen Mann im Koma dazu zu bringen, in 'ner Revolte mitzumachen, dann er.«

P. L. grinste zustimmend:

»Der kleine Wichser bringt ganz schön Leben in die Bude, was?!«

16

Dickie zeigte sich nicht sonderlich dankbar, als Duane vorbeikam und ihn aus dem Gefängnis herausholte. Er war ein hochgewachsener, schlaksiger Junge mit struppigem, haferfarbenem Haar und lebhaften blauen Augen.

»Ich hätte einen ganzen Tag arbeiten können, wenn du mich früher rausgeholt hättest«, meinte er.

»Einen ganzen Tag arbeiten – für wen denn?« fragte Duane.

Während er mit hundertvierzig durch eine Schulzone raste, war es ihm auch noch gelungen, die Vorderseite seines Pickups zu demolieren. Er fuhr überhaupt nur selten unter Höchstgeschwindigkeit und verschliß jährlich drei oder vier Pickups. Der örtliche Ford-Händler hatte ständig einen Pickup mit Dickies Sonderwünschen vorrätig.

Wegen der Beschädigung seines Pickups war Dickie gezwungen, mit Duane heimzufahren, was Shorty herrlich fand. Er liebte Dickie fast ebensosehr wie Duane. Er versuchte ihm seine Zuneigung zu zeigen, indem er ihn verspielt in den Ellbogen biß, aber Dickie hatte für diese Art von Liebesspiel wenig übrig. Prompt warf er Shorty aus dem Fenster.

Zum Glück waren sie gerade erst von der Asphaltstraße ab- und in die unbefestigte Landstraße eingebogen und fuhren nicht schnell. Shorty war also eher erstaunt als verletzt. Wie die Zwillinge hatte Dickie eine sonderbare Art zu spielen. Die Zwillinge warfen Steine nach Shorty, Dickie warf ihn auf die Straße. Shorty hielt beides irgendwie für einen Liebesbeweis. Er rappelte sich wieder auf und rannte hinter dem Pickup her, als sei nichts Besonderes geschehen.

»Schmeiß den Hund gefälligst nicht aus dem Wagen«, sagte Duane, »er gehört schließlich nicht dir.«

»Dieser kleine blaue Wichser wird bald keinem mehr gehören, wenn er mich noch einmal beißt«, sagte Dickie. Er trug eines der T-Shirts seiner Mutter mit dem Aufdruck: WENN'S HART AUF HART KOMMT, KOMMEN DIE HARTEN NACH COZUMEL.

Die Familie Moore hatte einmal einen ihrer häufigen Versuche eines idyllischen Familienurlaubs in Cozumel gestartet. Noch bevor sie ausgepackt hatten, prügelte sich Dickie bereits mit dem Hotelportier. Er behauptete, der Pförtner hätte ihm eine lange Nase gezogen, Duane vermutete dagegen, daß Dickie nach mehreren Stunden Tuchfühlung mit seinen Geschwistern den erstbesten, der ihm über den Weg lief, verdreschen mußte.

Am selben Nachmittag nahm Nellie irgendeine sonderbare Droge, deren Zusammensetzung nie eindeutig festgestellt werden konnte. Sie lief grünlich an und hörte mehrmals ohne Vorwarnung zu atmen auf. Die Zwillinge führten sich auf wie üblich. Nur Karla genoß Cozumel. Sie war den ganzen Tag am Strand, während Duane ein Vermögen an Bestechungsgeldern verschwendete, um seine Kinder vor der Ausweisung zu bewahren.

Duane behielt Shorty im Auge, der ein- oder zweihundert Meter hinter ihnen herraste. Die Kojoten der Umgebung betrachteten Shorty nämlich als ihr Spielzeug und lauerten ihm häufig auf, obwohl sie ihm selten mehr taten, als ihm ein Ohr aufzuschlitzen.

Es bedrückte Duane, daß er in den wenigen Momenten, wo er wirklich einmal Gelegenheit hatte, mit Dickie zu reden, nicht wußte, was er seinem Sohn sagen sollte. Er hatte das Gefühl, er müßte Dickie irgendeinen vernünftigen väterlichen Rat geben, aber wenn sich ihm eine solche Gelegenheit bot – wie jetzt, wo er ihn gerade aus dem Gefängnis herausgeholt hatte –, fiel ihm selten einer ein.

»Dir steht eine ganze Welt von Möglichkeiten offen«, sagte Duane. Vielleicht hörte Dickie nicht einmal zu, aber Duane fühlte sich wohler, wenn er glaubte, er würde zumindest den Versuch machen, seinen Sohn auf die rechte Bahn zurückzulenken.

»Du könntest alles werden, was du nur willst«, fuhr er fort. »Du steckst voller Energie, und das ist eine wunderbare Voraussetzung.«

»Geld ist auch keine schlechte Voraussetzung«, meinte Dickie. »Laß uns ein paar Flugzeuge kaufen und 'ne Weile Koks verkaufen.«

»Nein, ich werde nicht mit Kokain handeln und du auch nicht«, meinte Duane. »Du solltest versuchen, was Sinnvolles zu tun, solange du jung bist.«

»Mit Dope handeln ist doch was Sinnvolles«, entgegnete Dikkie, »es heitert die Leute auf, wenn die Nordwinde und Sandstürme daherfegen und die Leute bankrott gehen.«

»Du würdest es auch noch sinnvoll finden, wenn dich ein Mexikaner schnappt und dich mit 'ner Motorsäge zu Kleinholz macht«, setzte Duane wieder an, aber er fand sich selber nicht besonders originell und verstummte.

In diesem Moment kam Karla in ihrem BMW an ihnen vorbeigeschossen und hüllte sie in eine Staubwolke ein. Sie hupte, und ihre Hupe spielte die Titelmelodie aus *Asphalt-Cowboy*, einem ihrer Lieblingsfilme. Sie hatte angehalten und Shorty aufgelesen, der die beiden, als er an ihnen vorüberbrauste, mit unergründlichen Blicken ansah.

»Mom rast noch schneller durch die Gegend als ich«, bemerkte Dickie.

»BMWs sind schneller als Pickups«, sagte Duane. Er war immer noch deprimiert. Mit Dickie zusammenzusein deprimierte ihn häufig. Dickie war sympathisch, aufgeweckt und tüchtig. Praktisch jeder im ganzen Landkreis, ob Mann oder Frau, hielt große Stücke auf ihn. Er war so etwas wie der Star der Gegend. Was Duane zu schaffen machte, war das Gefühl, daß es ihm nie gelungen war, seinem Sohn ein klares Gefühl von dem zu vermitteln, was das Leben sein, wie man es ordnen oder was man von ihm überhaupt erwarten sollte. Er selbst war auch ohne ein solches Gefühl erwachsen geworden, aber sein Vater hatte keine Zeit gehabt, ihn in dieser Richtung zu beeinflussen, und seine Mutter war zu schüchtern gewesen, es auch nur zu versuchen.

Aber er war seit zweiundzwanzig Jahren Dickies Vater und hatte dennoch nicht das Gefühl, auf den Jungen konstruktiv eingewirkt zu haben. Er hatte keine Ahnung, ob er auf irgendeines seiner Kinder überhaupt irgendeine Wirkung gehabt hatte. Es war ein Gefühl, das ihn ständig verfolgte, denn er wußte, daß er es sonst in fast jeder Hinsicht durchaus zu Erfolgen gebracht hatte. Er hatte bei Null angefangen und sich mit der Zeit eine erfolgreiche kleine Ölgesellschaft aufgebaut. Die Bohranlagen zu bauen war ein Fehler gewesen, aber ein Fehler, für den er sich nicht selbst verantwortlich machte. Die Booms verleiteten eben zu einem solchen Verhalten, und Tausende hatten schlimmere Fehler begangen als er.

Aber er machte sich sehr wohl den Vorwurf, daß er unfähig war, seine Kinder zu zivilisierten Menschen zu machen. Ganz gleich, ob alle zusammen oder jedes für sich – sie schienen ebensowenig beeinflußbar wie wilde Tiere zu sein. Man konnte sie anbrüllen oder in Käfige sperren – aber wie konnte man sie weniger wild machen?

»Sie haben Ihre Gene«, sagte Ruth Popper häufig, wenn eines seiner Kinder wieder einmal etwas besonders Unerhörtes angestellt hatte.

»Aber sie haben auch Karlas Gene«, sagte er dann immer kläglich, denn er wollte nicht, daß seinen Genen die ganze Schuld aufgebürdet wurde.

Je länger er über seine Kinder nachdachte, desto rätselhafter wurden ihm die Gene. Er kaufte sich zwei Bücher über Gene, um dahinterzukommen, wie sie wirkten, aber je mehr er versuchte, das Gelesene auf seine Kinder anzuwenden, desto ratloser wurde er. Wenn er seine Kinder betrachtete, konnte er von seinen eigenen Genen überhaupt keine Spur entdecken. Alle hatten sie Karlas stahlblaue Augen, ihr haferfarbenes Haar, ihre makellosen Zähne. Sein Mund war voller Brücken, während Karla und auch die Kinder in ihrem Leben noch nie ein Loch im Zahn gehabt hatten.

Aber das Wichtigste, was die Kinder anscheinend von Karla mitbekommen hatten, war so etwas wie eine Unbremsbarkeit. Sie waren einfach nicht mehr zu bremsen, wenn sie sich etwas in den Kopf gesetzt hatten, außer man begegnete ihnen mit überlegener Gewalt, und das war zunehmend schwieriger geworden. Sie waren alle restlos von ihren eigenen Antrieben und Trieben überzeugt und verhielten sich dementsprechend. In gewissem Sinn, so vermutete Duane, war eine solche Art, von sich selbst überzeugt zu sein, eine Form von Charakterstärke, aber wenn dies zutraf, dann war es eine, die ihm angst machte. Die Kinder verhielten sich ganz entsprechend ihrem jeweiligen Charakter – aber was für einem Charakter!

Duane konnte sich nicht erinnern, von seinen eigenen Impulsen jemals ähnlich überzeugt gewesen zu sein wie seine Kinder selbst von ihren sprunghaftesten Launen. Manchmal beneidete er sie richtig. Niemals unentschlossen zu sein war sicher herrlich. Aber dann mußte er sich gewöhnlich einen halben Tag lang damit herumschlagen, die Folgen von einem ihrer Entschlüsse wieder rückgängig zu machen, und dann trat an die Stelle des Neides ein Gefühl, das an Mordlust grenzte. Und wenn ihn dieses Gefühl überkam, konnten es alle spüren. Sie waren ja nicht blöde.

»Oh, Scheiße, Billie Anne ist hier«, sagte Dickie plötzlich, als sie in den Weg eingebogen waren, den Karla als »Auffahrtsallee« zu bezeichnen beliebte – der aber in Wirklichkeit nichts als ein alter Feldweg war, der eine Viertelmeile an dem Felsrücken entlanglief und dann als Sackgasse an einem Basketballkorb endete. Zwischen diesem und der sechstorigen Garage erstreckte sich eine betonierte Parkfläche.

Dickie wußte, daß Billie Anne da war, weil er ihren Pickup über dem Mesquitegestrüpp hervorleuchten sah, das sich zwischen ihnen und dem Haus befand. Billie Anne's Pickup hatte nur ein flaches Führerhäuschen, dafür aber riesige Reifen von einem Format, das normalerweise eher in der Wüstengegend von Arizona zu finden war. Obwohl sie in Thalia geboren und aufgewachsen war, hatte Billie Anne während ihrer zwei ersten Ehen in Benson, Arizona, gelebt.

»Ein Vorteil von dicken Reifen ist der, daß du hoch genug sitzt, um zu sehen, ob die Lastwagenfahrer gut aussehen«, sagte sie, wenn man sich wegen ihres Wagens über sie lustig machte, der von weitem so aussah, als stünde er auf Stelzen. »Und wenn nicht, dann hab ich eben Pech gehabt.«

Dickie hielt die Bemerkung für einen Scherz. Aber Karla glaubte nicht, daß das nur ein Scherz von ihr war, und stichelte ihren Sohn zuweilen wegen des unabhängigen Wesens seiner Freundin.

»Was würdest du tun, wenn du sie mit einem hübschen Fernfahrer erwischen würdest?« fragte ihn Karla.

»Dasselbe, was ich tät, wenn ich sie mit einem potthäßlichen Fernfahrer erwischen würde, und frag lieber nicht, was dann passieren würde.«

»Halten wir einen Moment an«, sagte Dickie jetzt zu Duane, »ich muß nachdenken.«

»Über was nachdenken?«

»Die Frau ist unberechenbar«, sagte Dickie. Das Strahlen in seinen blauen Augen war erloschen. Nervös blickte er ununterbrochen in den Rückspiegel.

»Vielleicht sollte ich besser in die Stadt zurücktrampen«, sagte er. »Ich glaube, ich möchte jetzt nicht gleich nach Hause. Bring mich am besten zurück in den Knast, damit ich der Gesellschaft meine Schuld abbüßen kann.«

Dickie zeigte Anzeichen von Panik – ein Anblick, den Duane geradezu erheiternd fand. Kaum war er zu dem Schluß gekommen, daß seine Kinder allesamt unmenschliche Monster waren, zeigte eines von ihnen leichte Spuren von Verletzbarkeit.

Er hielt den Pickup an.

»Hast du Angst vor Billie Anne?« fragte er. Billie Anne war ein hochgewachsenes, ganz gutaussehendes Mädchen mit langem, dünnem braunem Haar und einem Temperament, das mit dem Zustand des Komas vergleichbar war – außer sie fuhr gerade Wasserski. Der Wassersport war ihre große Leidenschaft. Wenn sie ein paar Stunden lang hinter Dickies Rennboot auf dem braunen Wasser des Lake Kickapoo dahingeflitzt war, kam Leben in sie, und sie konnte reden wie ein Wasserfall.

»Fahr zurück«, sagte Dickie, »sie könnte mich entdecken.«

»Nu hör mal zu«, sagte Duane, »ich bin müde und möchte heim. Billie Anne sitzt wahrscheinlich im Whirlpool. Weshalb bist du denn so besorgt?«

»Sie hat Schießunterricht genommen«, sagte Dickie. »Weißt du noch, ich hab ihr doch diese ›Thirty-eight Special‹ zum Geburtstag geschenkt, damit sie einen Schutz hat, wenn ich nicht in der Nähe bin.«

»Weshalb ist sie denn so fuchsteufelswild auf dich, daß du dir Sorgen machst, sie könnte mit deinem eigenen Geburtstagsgeschenk auf dich schießen?« fragte Duane.

»Wegen diesem verdammten Klatsch«, meinte Dickie. »Ich wünschte, wir würden in New York leben, damit die Leute nicht so viel tratschen können. Man sollte Gesetze dagegen verabschieden. Klatsch richtet eine Menge mehr Schaden an als Drogen.«

Duane wollte lachen. »Wieso – von welcher Bettgeschichte hat Billie Anne denn Wind bekommen?« fragte er.

Dickie beobachtete nervös den Hügel, als ob er befürchtete, Billie Anne könnte mit ihrer Achtunddreißiger im Anschlag hinter einem der vielen Mesquitebüsche auf der Lauer liegen.

»Kennst du das Lied *War is Hell on the Home Front Too* – ›Der Krieg ist auch an der Heimatfront die Hölle‹?« fragte Dickie und blickte aus den Augenwinkeln zu seinem Vater hinüber.

»Hab's mal gehört«, sagte Duane.

»Darin geht's um Weiber, die nicht genug kriegen, weil ihre Männer in den Krieg gezogen sind, und da muß eben der gute alte – aber doch noch nicht zu alte – Junge einspringen und den Weibern helfen, über ihr Leid hinwegzukommen«, sagte Dickie.

»Ich wußte gar nicht, daß wir Krieg haben«, sagte Duane. »Gegen wen kämpfen wir denn diesmal?«

»Ich hab's doch nur als Beispiel gemeint«, sagte Dickie. »Das gleiche kann doch auch vorkommen, wenn nicht Krieg ist.«

»Hast du was mit 'ner Verheirateten?« fragte Duane.

»Weißt du was? Leih mir den Pickup«, sagte Dickie. »Ich denke, ich fahr nach Ruidoso, und von hier aus komm ich da gut hin.«

»Mit welcher verheirateten Frau hast du was?« fragte Duane.

»Es muß ja nicht unbedingt nur eine sein«, meinte Dickie. »Es gibt mehr, als du dir vorstellen kannst, die diese Haltung à la *War is hell on the homefront too* haben.«

»Ja, ich weiß«, meinte Duane. »Das hat mir deine Mutter schon lang und breit erklärt. Also sag's endlich: Mit welchen zwei verheirateten Frauen hast du was?«

»Mit Mrs. Nolan und Mrs. Marlow«, sagte Dickie.

Duane stellte den Motor ab.

»Sag das noch mal – nur so, damit ich feststellen kann, ob ich noch ganz dicht bin oder anfange zu spinnen«, sagte er.

»Mrs. Nolan und Mrs. Marlow«, wiederholte Dickie, »keine Ahnung, wie es angefangen hat, aber jetzt hat Mrs. Marlow ihren Mann verlassen, und Mrs. Nolan hat's vor.«

»Wissen Junior und Lester was davon?« fragte Duane.

»Klar, weil Billie Anne sie heute nachmittag angerufen und es ihnen gesteckt hat«, sagte Dickie.

»Heute nachmittag warst du doch im Knast«, sagte Duane. »Vielleicht hat sie sich's inzwischen anders überlegt. Vielleicht hat sie sogar vor, dir zu verzeihen.«

»Jetzt ist nicht der günstigste Moment, herumzusitzen und zu plaudern«, sagte Dickie. »Ich dachte, sie würde sich nur das ganze Drogengeld schnappen, das ich versteckt habe, und nach Fort Worth fahren, um sich dafür Klamotten zu kaufen. Wenn sie aber hier draußen ist, dann heißt das wahrscheinlich, daß sie Rache will.«

»Also weißt du, Ruidoso ist tatsächlich nicht die dümmste Idee der Welt«, meinte Duane. »Es ist vielleicht doch eine gute Idee, ein oder zwei Tage zu warten, bis sich die Aufregung gelegt hat.«

Er stieg aus dem Pickup, und noch bevor er die Wagentür zuwerfen konnte, saß Dickie schon am Steuer und war fort. Der Pickup schoß herum wie ein Kreisel und warf eine Staubwolke auf, die zehn Meilen weit zu sehen war. Duane schritt durch die Staubwolke zum Basketballfeld. Eine Minute später kam Shorty die Straße entlanggerannt. Dann bremste er und stutzte. Sein geliebtes Herrchen war zurück – aber wo war der Pickup?

»Alles in Ordnung, Shorty«, beruhigte ihn Duane. »Das ist ja nicht der einzige Pickup auf der Welt.«

17

Als er die Garage betrat, hörte Duane hinten aus dem Garten Schüsse. Sofort rannte er los, was Shorty in helle Aufregung versetzte und zu seinem durchdringenden Gebell animierte. Dank der Genialität von Arthur, dem Architekten, mußte man jedoch erst fast die ganze Länge des 1200-m²-Hauses entlangrennen, um in den Hintergarten zu gelangen.

Als er ihn schließlich erreicht hatte, sah er, daß Karla und Billie Anne im Whirlpool saßen und genüßlich an den fast einen Liter fassenden Wodka-Tonics nippten, die Karla bei heißem Wetter besonders schätzte. Minerva lag mit dem Revolver im Anschlag auf dem Bauch und versuchte, mehrere Ballons zu treffen, die als Relikte von der letzten Geburtstagsparty der Zwillinge noch über der neuen Hundehütte schwebten. Sie traf sie auch, und als Duane herangetrabt kam, zerplatzte gerade der letzte.

»Höchste Zeit, daß Sie heimgekommen sind«, sagte Minerva, »aber wo is'n der Junge?«

»Der ist nach Louisiana gefahren«, log Duane in einem, wie er fand, passabel beiläufigen Tonfall.

»Ich nehme nicht an, daß es ihm was ausmacht, daß er diesem Mädchen das Herz gebrochen hat«, sagte Karla.

Billie Anne sah jedoch nicht gerade wie das Opfer einer Tragödie aus, sondern kicherte so ausgelassen, als hätte sie gerade ein paar rasante Wasserski-Runden auf dem Lake Kickapoo hinter sich.

»Ich schieß gern mit dieser kleinen Kanone«, sagte Minerva, die immer noch in Schießposition lag.

Dann stand sie auf, legte die geladene Waffe neben Billie Annes Riesen-Wodka-Tonic und schlenderte zurück zum Haus. Als sie hineinging, kam Nellie mit Barbette unter einem Arm und Little Mike an der andern Hand hinter sich herziehend heraus. Little Mike war wieder mit der Kneifzange bewaffnet, mit der er so gerne die Katze zu erwischen versuchte.

Nellie trug einen Träger-Bikini, der so knapp war, daß es Duane richtig peinlich war. Dieser Bikini bedeckt ja kaum mehr als die Klitoris, dachte er. Ohne seine Verlegenheit zu bemerken, drückte Nellie ihm Barbette in die Arme und ließ Little Mike samt Zange in den Pool fallen.

»Kindern bringt man das Schwimmen am besten bei, indem man sie einfach ins Wasser fallen läßt«, meinte sie.

Barbette krähte fröhlich vor sich hin, wie sie es häufig tat, wenn Duane sie im Arm hatte.

Little Mike machte trotz Nellies Theorie keine großen Fortschritte als Schwimmer. Sein Hinterkopf war alles, was noch von ihm zu sehen war. Duane setzte Barbette vorsichtig auf das Badedeck, sprang zum Becken und fischte ihn heraus. Little Mike hielt immer noch seine Zange umklammert und begann zum Haus zu trotten. Er war einmal von einer Wespe gestochen worden und haßte es seitdem, draußen im Garten zu sein.

»Rat mal, was Joe und ich heute gemacht haben, Daddy«, sagte Nellie, während sie sich in den Whirlpool gleiten ließ. »Wir haben uns verlobt! Mami möchte, daß du uns als Hochzeitsgeschenk ein Haus baust. Es muß ja kein sehr großes sein.«

»Ich finde, diese Hundehütte wäre für den Anfang ein hübsches Heim für ein junges Paar«, sagte Duane, »es ist eine der seltenen zweistöckigen Hundehütten in der Gegend.«

Er blickte Karla an, um festzustellen, in welcher Stimmung sie war. Ihre Stimmung schien neutral zu sein.

»Ich nehme an, du weißt, daß Dickie zwei Familien zerstört hat«, sagte sie, ohne besonders entsetzt zu wirken.

»Drei«, verbesserte Billie Anne. »Unsere hat er auch zerstört, und wir haben noch nicht mal richtig angefangen, eine zu sein.«

»Ich würde nicht zu viel auf Gerüchte geben«, sagte Duane. »In Thalia wird viel zu viel Klatsch geklatscht.«

»Lester haben sie heute zur Beruhigung in die Klapsmühle gebracht«, informierte ihn Karla.

»Wieso das denn?« fragte Duane. »Noch heute nachmittag habe ich mit ihm gesprochen, und da wirkte er nicht beknackter als gewöhnlich.«

»Er ist durchgedreht und hat gedroht, sich mit einer Rasierklinge die Kehle durchzuschneiden«, sagte Karla. »Er hat gesagt, er hätte allmählich von allem die Schnauze voll.«

»Wahrscheinlich wollte er einfach mal einen Tag lang seine Ruhe haben«, meinte Duane. »Er wird sich schon nicht selbst die Kehle durchschneiden.«

»Junior Nolan wurde zuletzt gesehen, als er sich Munition für seine Rotwildbüchse kaufte«, fuhr Karla fort. »Und dabei hat die Rotwild-Saison noch nicht begonnen, Duane.«

»Aber die Dickie-Saison hat begonnen«, sagte Nellie fröhlich.

Duane hob Barbette auf und ging über den mickrigen Rasen bis zum Rand des Felsrückens. Er setzte sich mit seinem Enkelkind auf dem Arm an den Abhang des Hügels und sah zu, wie die Sonne hinter dem Horizont versank und die ersten Sterne aufgingen. Er gab sich einem kleinen Gedankenspiel hin, in dem er und Barbette die letzten Überlebenden der menschlichen Rasse waren. Ziegen züchtend und viele viele Sonnenuntergänge beobachtend lebten sie in Frieden dahin. In ihrer Welt gab es keinen Ehebruch, keinen Bankrott. Barbette reifte zu einer süßen, zauberhaften jungen Frau heran, die nur anständige Badeanzüge trug.

Aber schon bald wurde diese Träumerei aus seinem Bewußtsein verdrängt, durch den Gedanken daran, daß Nellie offensichtlich mit Joe verlobt war. Duane hatte eigentlich nichts Besonderes an Joe auszusetzen, nicht einmal die Tatsache, daß er wie ein Ölfaß aussah. Seine Hauptbedenken bestanden darin, daß er an Joes Durchhaltevermögen zweifelte.

Als er wieder zurückkam, war die Gruppe aus dem Whirlpool gestiegen, saß aber noch auf dem Badedeck herum. Minerva war gerade mit einer neuen Runde von litergroßen Wodka-Tonics erschienen.

»Ich wußte gar nicht, daß du schon von Hal geschieden bist«, sagte Duane. Hals Durchhaltevermögen war anscheinend schon während der Flitterwochen verpufft.

Plötzlich hörten sie einen Pickup kommen.

»Ich wette, das ist Junior«, sagte Karla.

»Ich finde Junior super«, sagte Nellie. »Ich hätte nicht mal viel dagegen, *ihn* zu heiraten.«

»Igitt, ich hasse Glatzköpfe«, sagte Billie Anne.

»Ich hab mal einen Mann gekannt, der war überall völlig kahl«, sagte Nellie, »er hatte kein einziges Haar am ganzen Körper.«

»Igitt, mir wird übel, wenn ich nur dran denke«, sagte Billie Anne.

Im nächsten Moment kam Junior Nolan ohne Hut und mit düsterer Miene um die Ecke in den Garten. Er hatte ein .30-.30-Gewehr in der Faust.

»Es nützt nichts, wenn ihr ihn versteckt, am Ende krieg ich ihn doch«, knurrte Junior.

»Nimm erst mal einen Wodka-Tonic, Junior – ich hab noch nicht viel draus getrunken«, sagte Karla und reichte ihm ihr Glas.

Junior griff dankbar zu.

»Man kann jemanden wegen Zerstörung einer Beziehung belangen«, informierte sie Junior und ließ sich in einen Gartenstuhl sinken.

»Eine Leiche kann man natürlich nicht mehr belangen«, fügte er hinzu. »Aber wenn er mir davonkommt, kann ich ihn wenigstens noch belangen.«

Aus der Nähe des Whirlpools war ein Klicken zu hören. Billie Anne zielte mit der Achtunddreißiger auf Junior Nolan. Das machte ihn unsicher.

»Bedrohen Sie bloß nicht meinen Verlobten, Sie alter glatzköpfiger Pferdearsch«, schrie Billie Anne.

»Leg die Kanone weg, Billie Anne«, sagte Karla. »Die kleine Barbette könnte ein Trauma fürs ganze Leben abbekommen, wenn du hier direkt am Whirlpool jemanden abknallst.«

»Los, legen wir alle unsere Waffen weg«, sagte Duane so beruhigend wie möglich. »Laßt uns doch wie zivilisierte Leute über die Angelegenheit reden.«

Nachdem sie sich eine so gute Position verschafft hatte, wollte Billie Anne sie jedoch ungern wieder aufgeben. Junior verbarg sein sonnenverbranntes Gesicht im Wodka-Tonic und rührte sich nicht.

»Billie Anne, erschieß ihn nicht, es ist zu schrecklich im Gefängnis«, sagte Nellie. »Erinnerst du dich vielleicht nicht an diese Fernsehsendung, die wir gesehen haben, in der die Gefängniswärterin eine Lesbe war?«

»Ersttäter bekommen normalerweise keine allzu lange Strafe«, sagte Billie Anne, »und die wär's mir wert, wenn ich damit Dickies Haut rette.«

»Dickies Haut *retten*? Ich dachte, du wolltest ihn selbst umlegen«, stutzte Karla.

»Habt ihr nich' 'n paar Steaks da?« fragte Junior plötzlich. »Ein gutes Steak wäre jetzt genau das Richtige. Die Sache ist mir so sehr an die Nieren gegangen, daß ich überhaupt nur eine Mahlzeit am Tag bei mir behalten kann, und die nehm ich normalerweise abends so um diese Zeit ein.«

»Mir ist die Sache auch ganz schön an die Nieren gegangen, ich weiß haargenau, wie Sie sich fühlen«, sagte Billie Anne und legte die Pistole nieder.

Blitzschnell nahm Duane sie und das Gewehr an sich, ohne daß dies jemanden zu stören schien.

»Wir könnten alle ins Howlers gehen«, schlug Karla vor. Sie meinte ein Steak-House, in dem sie häufig aßen. »Unsere Steaks sind in der Tiefkühltruhe, und bis die aufgetaut sind, sind wir alle so besoffen, daß keiner mehr durchblickt, wer von wem erschossen werden könnte.«

»Ich habe einen solchen Kohldampf, daß ich sogar tiefgefroren eins verdrücken könnte«, sagte Junior. Karla nahm ihn am Arm und führte ihn ins Haus.

»Minerva könnte dir was von ihren *porc rinds* abgeben oder so was«, sagte sie.

Duane folgte den beiden.

»Ich habe diese Hundertjahrfeier-Versammlung«, erinnerte er Karla. »Vielleicht könnte ich später zu euch ins Howlers nachkommen.«

Suzie Nolan und Jennie Marlow waren beide mit im Hundertjahrfeier-Komitee. Erst diesen Morgen hatte er flüchtig mit dem Gedanken gespielt, daß die eine oder die andere von ihnen seine neue Geliebte werden könnte. Nun waren aber beide, wie sich herausgestellt hatte, die Geliebten seines Sohnes, und damit waren die Möglichkeiten, mit ihnen zu flirten, zunichte gemacht.

Karla schickte Junior in die Küche voraus und blieb einen Moment mit Duane zurück.

»Duane, die Dinge geraten ein wenig zu sehr außer Kontrolle«, sagte sie. »Ich finde, da ist es gut, daß Nellie Joe heiratet. Joe ist ein ruhender Pol.«

»Joe ist bescheuert«, sagte er, aber er hatte keine Lust, sich über etwas so Kurzlebiges wie seine Schwiegersöhne zu streiten. Er brachte lieber Barbette ins Bett. Als er wieder zurückkam, war Karla bereits für das Steak-House umgezogen. Sie trug

Stiefel aus Gürteltierhaut, einen mexikanischen Concho-Gürtel mit Silber- und Edelsteinbeschlägen im Wert von 15 000 Dollar und dazu ein T-Shirt mit dem Aufdruck: ERST ZUM NOBEL-DINNER – DANN INS MOTEL-ZIMMER.

»Ich hoffe, die Versammlung dauert nicht lange«, sagte Duane. »Bestell mir so für neun Uhr schon mal ein T-bone-Steak.«

»Junior tut mir leid«, sagte Karla, »ich finde es echt süß, daß es noch *einen* Mann gibt, der seine Frau wirklich liebt.«

»Wahrscheinlich gibt's eine Menge Ehemänner, die ihre Frauen genügend lieben, um nicht zu wollen, daß sie mit Dickie ins Bett gehen«, meinte er, »Lester zum Beispiel.«

»Ich muß Billie Anne aus dem Whirlpool herausholen«, sagte Karla. »Sie ist so besoffen, daß sie ertrinken könnte, ohne daß sie's überhaupt merkt.«

»Bei dem T-Shirt, das du da trägst, könnte jemand auf falsche Gedanken kommen«, bemerkte er.

»Ach was, Duane«, erwiderte Karla, »ich sehe weit und breit nie jemanden, der überhaupt auf einen Gedanken kommt.«

Duane ging ins Bad und wusch sich das Gesicht. Das war so gut wie alles, wozu er noch Zeit hatte. Als er wieder herauskam, hatte sich Karla ein anderes T-Shirt angezogen. Darauf stand nun: FEIERN BIS ZUM REIHERN.

»Vielleicht könnten sie eine Doppelhochzeit arrangieren«, sagte sie.

»Wieso Doppelhochzeit?«

»Dickie mit Billie Anne und Nellie mit Joe.«

»Dickie und Billie Anne reden doch nicht mehr miteinander«, sagte er. »Er hat sich nicht getraut, ins Haus zu kommen vor lauter Angst, sie könnte ihn erschießen.«

»Ich find sie gar nicht so übel als Schwiegertochter«, sagte Karla. »Er könnte ja auch einfach abhauen und irgendeine heiraten, die wir nicht mal kennen.«

»Es muß schon zehn Jahre her sein, seit ich dich das letzte Mal mit einem Hemd auf dem Leib gesehen habe, das ich nicht erst lesen mußte«, bemerkte Duane, aber Karla war bereits im Aufbruch begriffen und hatte bei diesen Worten schon zehn Meter Flur zwischen sich und ihn gelegt.

18

Als Duane zur Versammlung kam, war Sonny der einzige dort. Die Versammlungen fanden in einem kleinen Konferenzzimmer statt, das aus irgendeinem Grund dottergelb gestrichen war. Trat man in diesen Raum, so hatte man das Gefühl, als träte man in ein Ei ein.

»Was gibt's Neues von Lester?« fragte Duane. Er hatte ein etwas schlechtes Gewissen, weil er sich um die Unterhaltung am Nachmittag gedrückt hatte, die er mit Lester hätte haben sollen.

»Ich vermute, er sitzt in der Klinik und löst Kreuzworträtsel«, meinte Sonny. »Hie und da wächst ihm eben der Streß etwas über den Kopf.«

Sonny war immer pieksauber gekleidet, da er jeden Sonntag seine Wäsche in seinem eigenen Waschsalon wusch. Seinen Wagen wusch er ebenfalls jeden Sonntag in der eigenen Waschanlage. Duane hatte jedoch das Gefühl, daß seine Reinlichkeit nur ein Zeichen seiner Traurigkeit war.

Während er ihn sich so ansah, hoffte Duane, daß bald noch jemand anderer zur Versammlung erscheinen würde. Er und Sonny waren praktisch zeitlebens Freunde gewesen; die Freundschaft kam zwar immer noch sporadisch zum Vorschein, aber im Alltäglichen war ihr Interesse aneinander verschwunden, und sie hatten Mühe, ein Gespräch miteinander zu führen.

»Ich vermute, im Softballmatch hat's 'ne Spielverlängerung gegeben, sonst wären die Frauen schon hier«, bemerkte Duane.

Dann hörten sie schlurfende Schritte, und der alte Balt – »Old Man Balt«, wie sie ihn nannten – schlurfte mit einer leeren Tomatensaft-Dose in der Hand herein. Im Laufe der Versammlung würde sich die Dose allmählich mit Tabaksaft füllen – der Alte kaute nämlich mit Begeisterung Tabak.

Er war der älteste lebende Einwohner des Landkreises und sah der kommenden Hundertjahrfeier besonders gespannt entgegen. Soviel man wußte, war er der erste im Landkreis geborene Bürger. Während der Feierlichkeiten sollte auch sein hundertster Geburtstag gefeiert werden. In der Hoffnung, er könnte ihnen dabei behilflich sein, zu verhindern, daß ihnen in der Geschichtsdarstellung Fehler unterliefen, hatten sie ihn zum Ehrenmitglied des Hundertjahrfeier-Komitees gemacht, aber er hatte sich, wenn es um die Geschichte des Landkreises ging, als völlig nutzlos erwiesen.

Seit zwanzig Jahren lebte er mit seinem einzigen noch lebenden Kind zusammen, mit einer Frau namens Beulah, die ihrerseits bereits an die achtzig war. Den ganzen Tag sahen sie sich billige Komödien und Spielshows im Fernsehen an. Zwei Jahrzehnte Behandlung mit dem, was Minerva die »kleinen Strahlen« nannte, hatten alle Spuren der Geschichte des Landkreises aus dem Hirn des Alten gelöscht. Das einzige, woran er sich nach den hundert Jahren seines Lebens in Hardtop County noch erinnern konnte, war, daß in den zwanziger Jahren einmal aus irgendeinem Grund ein Haus in die Luft geflogen war und einen Hufschmied getötet hatte.

Aber er war ein quicklebendiger alter Mann und spuckte und gackerte häufig ununterbrochen während der Versammlungen; offenbar fand er auch dort noch etwas zum Kichern, wo allen anderen das Ganze nur noch sterbenslangweilig erschien. Man hatte das Gefühl, als ob er in seinem Kopf immer noch irgendeine Spielshow eingeschaltet hatte.

»Hier bin ich, Jungs«, grüßte er. »Worum geht's denn heute abend in der Versammlung?«

»Och, um das Festspiel, vermute ich, Mr. Balt«, sagte Duane.

Man hatte beschlossen, ein Festspiel auf die Bühne zu bringen, das eine ganze Woche lang in der städtischen Rodeoarena aufgeführt werden sollte. Es sollte die Geschichte des Landkreises von der Erschaffung der Welt bis ungefähr zum Jahr 1980 illustrieren.

Es war lang und breit darüber debattiert worden, welchen Zeitraum ein solches Festspiel umfassen sollte. Da mehrere Jahrmillionen lang die einzigen Ereignisse in ihrem Landkreis geologischer Natur gewesen waren, plädierten manche dafür, diese langweiligen Epochen ganz unter den Tisch fallen zu lassen. Andere hatten dagegen das Gefühl, daß man sich mit dem Auslassen von gleich mehreren Jahrmillionen im Festspiel dem

Vorwurf der Oberflächlichkeit oder der mangelnden Vollständigkeit aussetzen würde.

Das Skript für das Festspiel war das Werk vieler Hände, wenn auch mehrere davon kein einziges Wort geschrieben hatten. Aber die örtlichen Kirchenmänner – die der Ansicht waren, daß die Theologie und nicht die Geologie am Anfang stehen sollte – hatten nicht tatenlos zugesehen. Eine lange Szene, die auf der Genesis basierte, lag bereits vor. Man war an Karla mit der Frage herangetreten, ob sie nicht die Eva spielen könnte, aber sie war nicht begeistert.

»Wenn die glauben, ich stelle mich nackt in die Rodeoarena und quatsch mit einer Schlange, dann sind die schief gewickelt«, hatte Karla gesagt, obwohl sie gerade ein T-Shirt anhatte, auf dem zu lesen stand: DU KANNST NICHT DER ERSTE SEIN, ABER DU KANNST DER NÄCHSTE SEIN.

Bobby Lee, ein notorischer Verächter allgemein anerkannter Wahrheiten, machte sich lustig über die Vorstellung, der Garten Eden könnte irgendwo in der Nähe von Thalia existiert haben.

»Ich finde, wir müßten eher eine Hölle-auf-Erden-Szene haben«, meinte er. »Wenn sie die Sache im August durchziehen, wird man sich sowieso vor Hitze wie in der Hölle vorkommen.«

»Ich könnte eine Szene darüber schreiben, wie beschissen es ist, wenn du dein Leben lang auf den verdammten Ölfeldern schuften mußt«, meinte Eddie Belt.

Immer noch gab es wilde Diskussionen über die Frage, wie man andere Epochen der Geschichte behandeln sollte. Jenny Marlow meinte, die Szenen sollten auch die Boston Tea Party und die Unterzeichnung der Unabhängigkeitserklärung beinhalten, obwohl zur Zeit dieser Ereignisse nur ein paar halbverhungerte Indianer im Gebiet von Hardtop County wohnten.

»Ich weiß«, meinte Jenny, »aber das alles gibt einen tollen Hintergrund ab, und wir sind immerhin ein Teil von Amerika, genau wie Boston auch.«

Bald hatte Jenny alle in diesem Punkt umgestimmt – es gelang ihr überhaupt immer, alle umzustimmen –, und Sonny konnte sogar dazu überredet werden, Benjamin Franklin zu spielen.

Man war sich weitgehend darin einig, daß in den Szenen

möglichst viele Kriege vorkommen sollten und daß das Festspiel mit dem zwei Jahre zurückliegenden Boom enden sollte. Mit der gegenwärtigen Rezession aufzuhören würde Darsteller wie Zuschauer gleichermaßen verstimmen, da sie so viele von ihnen in den Ruin getrieben hatte.

Mehr aus Langeweile als aus Überzeugung argumentierte Duane dagegen, mit dem Boom aufzuhören, und meinte: »Ich finde, wir sollten ein Modell der Bank bauen, und in der letzten Szene sollten die Leute sich dann vor ihren Toren eine Kugel durch den Kopf jagen oder sich die Kehle durchschneiden.« Ihm fiel auf, daß er sich einen reichen Fundus an Galgenhumor zugelegt hatte, seit seine Schulden zu wachsen begonnen hatten.

Trotz seines Einspruchs wurde der Vorschlag, das Festspiel mit einer Ölboom-Szene zu beenden, mit nur einer Gegenstimme vom Komitee angenommen. In der Szene sollte es eine Fontäne geben, die statt Öl buntes Wasser spuckte.

»Wozu das denn? Nehmen wir einfach Öl«, sagte er. »Wenn wir soweit sind, das Festspiel aufzuführen, könnte es schon billiger als Wasser sein.«

»Ich finde, die Schlußszene sollte wie ein großer Einzug in eine Rodeoarena sein«, meinte Jenny. »Nur anstatt auf Pferden könnten wir alle in Cadillacs unsere Runden drehen. Das wäre ein wunderschöner Schluß. Er würde Wohlstand und Wachstum suggerieren.«

»Bis dahin wird jeder Cadillac in der Stadt verpfändet sein«, sagte Duane bissig. Es ärgerte ihn, daß niemand mit ihm dafür gestimmt hatte, das Festspiel mit einer Rezessions-Szene zu beschließen.

Als er gerade dazu übergehen wollte, die Versammlung wegen mangelnder Beschlußfähigkeit zu vertagen, stolzierte Suzie Nolan mit einer aufsehenerregenden neuen Frisur herein. Sie hatte ihr braunes Haar mattieren und in einer Art schneiden lassen, die an Tina Turner erinnerte. Sie kaute auch ziemlich energisch einen Kaugummi – und das war sogar noch weniger Suzie-haft als ihre Frisur. Es war nur ein kleines Detail, und dennoch erweckte es in Duane ein ungutes Gefühl.

Fast gleich nach ihr kamen Buster Lickle und Reverend G. G.

Rawley. Buster war zusätzlich zu seiner Funktion als Stadtratsmitglied der örtliche Kommerz-Baron. Er besaß mehrere Unternehmen verschiedenster Art in Thalia und benachbarten Städten, darunter auch das Dairy Queen. Er war ein kleiner, energischer Typ, der seine Freizeit historischen Studien widmete.

G. G. Rawley war ein alter Mann mit ziemlich starken Ellbogen, die er auch dazu benutzt hatte, über die schwächeren Bemühungen anderer städtischer Geistlicher zu triumphieren und sich Zugang zum Komitee zu verschaffen. G. G., der aus einem Leben in Suff und Laster zum Diener Gottes berufen worden war, tat seine Seelsorge im Dienst einer Baptisten-Splittergruppe, die sich Byelo-Baptisten nannten. Duane fand nie ganz genau heraus, woran die Byelo-Baptisten im einzelnen glaubten, aber was immer es war, sie glaubten mit Feuer und Flamme daran. Eine Zeitlang hatte der Glaube der Byelo-Baptisten eine starke Anziehung auf die Damen von Thalia ausgeübt, so daß viele von ihnen ihren bisherigen Kirchen den Rücken zugekehrt und sich der von G. G. angeschlossen hatten.

Kaum hatten Buster und G. G. Platz genommen, als Ralph Rolfe, ein Rancher aus der Gegend, und Jenny Marlow eintraten. Zum allgemeinen Erstaunen hatte Jenny Marlow ebenfalls eine neue Frisur. Sie hatte ihr Haar immer in einem kurzen knabenhaften Schnitt getragen, damit es sie nicht beim Anwurf im Softball behinderte. Ihre neue Frisur war immer noch kurz, aber nun standen die Haare stachlig nach allen Seiten ab. Außerdem hatte sich Jenny die Augen mit einer dicken Schicht von leuchtendblauem Lidschatten geschminkt.

»Nun sind wohl alle da«, sagte Duane mit sinkender Zuversicht. Er hätte zu gerne gewußt, was diese neuen Frisuren zu bedeuten hatten. Wenn Karla sich eine neue Frisur zulegte, dann bedeutete das gewöhnlich, daß sie einen neuen Liebhaber hatte.

Der Hauptgrund, weshalb sein Mut sank, war jedoch der, daß das ganze Komitee anwesend war, und je mehr Mitglieder, desto länger die Sitzung. Meistens flackerten dann alle Streitereien gleich wie Grasfeuer auf. Allein schon der Gedanke an die vielen Streitereien, die da aufflackern könnten, führte dazu, daß ihm plötzlich alle Energie abhanden kam.

»Das soll heute eigentlich nur eine kurze Versammlung werden, Leute«, sagte er und versuchte forsch zu klingen. »Die T-Shirts und Aschenbecher und Autoaufkleber müßten nächste Woche kommen. Damit wären wir eine Sorge los.«

Niemand schien sich jedoch für diese spezielle Sorge allzu sehr zu interessieren, daher ging Duane zur nächsten über.

»Wir müssen abstimmen, ob wir jemanden von auswärts anheuern sollen, der bei dem Festspiel Regie führt«, sagte er. »In ungefähr einem Monat müssen wir zu proben beginnen.«

Das Komitee schwieg. Die Frage, ob man einen Regisseur von auswärts für das Festspiel anstellen sollte, schien sie auch nicht weiter zu interessieren. Duane hatte große Lust, mit seinem Arbeitshandschuh nach ihnen zu schlagen, wie er es mit Shorty zu tun pflegte, um sie zum Reden zu bringen.

»Ich habe den Namen von einem Mann aus Brooklyn, der bei solchen Festspielen Regie macht«, sagte er. »Er hat eins in Throckmorton County inszeniert, und sie waren dort wirklich sehr begeistert von ihm.«

»Ist Brooklyn drüben in der Nähe von Tyler oder wo?« wollte Reverend Rawley wissen.

»Brooklyn ist in New York City«, informierte ihn Duane. »Er rückt mit einer dreiköpfigen Crew an, die ihm bei den special effects hilft. Bei der Schöpfungsszene brauchen wir 'ne kleine Lichter-Show.«

»Gott, der Herr, hat dazu keinen Strom verwendet«, betonte G. G. Er hielt es für seine Pflicht, alle Szenen zu unterbinden, die zu einer freizügigen Auslegung der Bibel führen könnten.

»Aber er hat Blitze benutzt«, sagte Sonny, »und das ist auch Strom.«

»Aber er hat niemanden aus Brooklyn, New York, dazu angeheuert«, sagte G. G. »Der Mann könnte ja ein Katholik sein!«

Duane seufzte und sagte: »Er soll wirklich gut sein für Kampfszenen. Wir werden an die zehn Kriege haben, da brauchen wir jemanden, der was davon versteht, Kampfszenen auf die Bühne zu bringen.«

»Die meisten Leute aus unserer Gegend haben selbst schon kämpfen gelernt«, sagte G. G.

»Aber sie werden ja nicht kämpfen, sie werden doch nur so tun, als ob sie kämpfen«, sagte Duane, »zumindest hoffe ich, sie tun nur so als ob.«

Angesichts der gestreßten Verfassung der Leute, die all diese Kämpfe simulieren sollten, bereitete ihm die Notwendigkeit, den Revolutionskrieg, den texanischen Unabhängigkeitskrieg, den Bürgerkrieg, die beiden Weltkriege und womöglich noch Korea und Vietnam zu inszenieren, erhebliches Kopfzerbrechen.

Man einigte sich darauf, bei dem Mann aus Brooklyn einmal anzufragen, wieviel er vom Landkreis dafür verlangen würde, in ihrem Festspiel Regie zu führen.

Duane hatte sich von seinem Energieabfall wieder ein wenig erholt. Er entschloß sich zu dem Antrag, die Versammlung sofort zu vertagen, solange er noch die Kraft hatte, zu Fuß bis zu seinem Pickup zu gehen; aber noch bevor er den Mund aufmachen konnte, beugte sich Buster Lickle mit einem leidenschaftlichen Leuchten in den Augen nach vorn und fragte:

»Können wir, da das nun auch vom Tisch ist, endlich auf Texasville zu sprechen kommen? Wir müssen diese Frage doch möglichst bald regeln, oder?«

»Vermutlich ja, Buster«, sagte Duane. Er hatte seinen Appetit auf ein Steak verloren und wünschte, er könnte ganz einfach zu Hause sitzen und eine Schale Cornflakes essen.

19

Das Planungskomitee der Hardtop County Hundertjahrfeier mußte sich damit abfinden, daß Thalia nicht immer die Hauptstadt des Landkreises mit dem Namen Hardtop gewesen war. Diese Ehre war der Stadt erst 1906 zuteil geworden.

Die ursprüngliche Kreishauptstadt hatte Texasville geheißen und am Anfang aus nichts als einem holzgezimmerten Postamt bestanden, das von einem Mr. Joe Brown und einem Mr. Ed Brown, zwei Bodenspekulanten, die nicht miteinander verwandt waren, mitten in der Prärie erbaut worden war. Sie hatten ein Postamt gebraucht, damit landhungrige Kerle ihnen Schecks schicken konnten, und es war ihnen irgendwie gelungen, den Staat dazu zu bringen, daß er ihnen eines genehmigte.

Texasville hatte sich nach allem, was berichtet wurde – und aus der Sicht des Hundertjahrfeier-Komitees gab es viel zu viele verschiedene Berichte darüber –, nie so richtig zu einer Stadt entwickelt, obwohl sich die beiden Mr. Browns einen Ort ausgesucht hatten, der jedem, der sich die Mühe machte vorbeizuschauen, eine fast unbegrenzte Sicht auf das Kaufobjekt bot, das sie anzubieten hatten.

Zum Leidwesen der beiden Gentlemen machten sich allerdings nicht viele die Mühe vorbeizuschauen, und von denen, die doch vorbeischauten, gefiel nur wenigen, was sie zu sehen bekamen. Die Komantschen waren offiziell ein paar Jahre zuvor aus der Gegend herausgeprügelt worden, aber es gab dort immer noch Leute, die daran zweifelten, ob dieses Prügeln etwas nützte.

Ein weiterer entmutigender Faktor in den Augen früher Siedler war der, daß die Sonne in der Gegend von Texasville zu stark schien. Der nächste schattenspendende Baum befand sich einen halben Tagesritt weit entfernt im Süden – und der nächste Bach war auch nicht näher. Obwohl Joe Brown und Ed Brown einladende Flugblätter druckten, die den Siedlern Wasser im Überfluß versprachen, waren die meisten, bereits lange bevor sie das kleine Postamt erreichten, so gut wie ausgetrocknet. Die beiden Browns gruben einen Brunnen und stellten großzügig das Wasser kostenlos zur Verfügung, aber trotz ihrer Großzügigkeit wollte sich ein Landboom nicht entwickeln. Es gab dort sogar einmal einen offiziellen Landkreis – wegen der steinharten Bodenbeschaffenheit nannte man ihn »Hardtop County« –, und doch hielt sich die Besiedlung in Grenzen. Die wenigen Pioniere, die in die Gegend gezockelt kamen, ließen Texasville links liegen und ließen sich lieber in der Nähe einer der fünf oder sechs wasserarmen Flüßchen nieder.

Die beiden Browns waren jedoch findige Männer, die sich so leicht nicht entmutigen ließen. Sie gaben bald ihr Interesse an Grund und Boden auf und wandten ihre Aufmerksamkeit der

Sünde zu. Sie setzten noch einen Saloon auf ihr kleines Postamt drauf und trieben ein oder zwei leichte Mädchen aus den einschlägigen Etablissements von Fort Worth auf.

Aber auch die Sünde wollte nicht so recht florieren – die Siedler konnten sie sich nicht leisten –, doch es kamen genügend Cowboys und fahrende Händler auf dem Durchzug vorbei, um Texasville weitere zwanzig Jahre am Leben zu erhalten. Mr. Joe Brown und Mr. Ed Brown wurden ihre eigenen Stammkunden. Mr. Joe Brown soff sich 1915 zu Tode, und Mr. Ed Brown ehelichte im selben Jahr ein süßes kleines leichtes Mädchen.

Als ein paar Jahre später im Landkreis Öl entdeckt wurde, rüstete Ed Brown in Windeseile seine Windmühle zu einem Bohrturm um und begann das große Stück Land, das er noch besaß, mehr oder weniger aufs Geratewohl mit Probebohrungen abzutasten.

Statt auf Öl zu stoßen, stieß er auf Klapperschlangen. Er plazierte seine Bohranlage ein wenig zu nahe an einen der vielen felsigen Buckel in der Nachbarschaft und bohrte mitten in eine Höhle von sogenannten »Diamondbacks«, die man damals für die weltweit am stärksten bevölkerte Höhle von Schlangen dieser Gattung hielt. Vorsichtig geschätzt mochte sie zehntausend Schlangen enthalten, und das sorgte sogar noch in einem so weit entfernten Ort wie Waco für Schlagzeilen.

Die Richtigkeit der Zählung wurde jedoch schon bald von neidischen Schlangenjägern angezweifelt, von denen mehrere behaupteten, sie selbst hätten Höhlen mit fünfzig- oder gar hunderttausend Schlangen entdeckt.

Behauptungen und Gegenbehauptungen füllten während der nächsten zwei, drei Jahre die Seiten der kleinen Prärie-Zeitungen, aber als der Aufruhr verebbte, wurde deutlich, daß auch die unmittelbare Nähe von ungefähr zehntausend Schlangen wenig dazu beitragen würde, Landverkäufe in Texasville anzukurbeln.

Die nächsten ein, zwei Jahre lang zermarterte sich Mr. Ed Brown den Kopf darüber, wie er die Schlangen vermarkten oder die Höhle zu einer lukrativen Touristenattraktion machen könnte. Unglücklicherweise war es dazu unumgänglich, daß jemand in die Höhle hineinkroch, damit man sich vom Ausmaß der Entdeckung ein Bild machen konnte, und es ließen sich nicht gerade viele finden, die gewillt waren, auch noch Eintritt zu bezahlen, um in eine Höhle zu kriechen, in der zehntausend Schlangen nisteten.

Mr. Brown wurde immer mutloser. Seinen Hoffnungen zum Trotz wollte sich die florierende kleine Gemeinde, von der er geträumt hatte, einfach nicht entwickeln. Texasville bestand immer noch aus einem einzigen Gebäude, seinem eigenen Postamt-Saloon. Er zimmerte noch einen dritten Raum dazu und machte daraus einen Gemischtwarenladen, aber auch drei Räume machten noch keine Stadt.

Währenddessen entwickelte sich in einem anderen Teil des Landkreises genau die Art von Gemeinde, wie er sie sich vorgestellt hatte. Sie hieß Thalia. Sie begann ebenfalls als Postamt. Das Stück Land war nicht weniger kahl als das von Texasville, aber aus irgendeinem Grunde wurden dort Häuser gebaut, und es entwickelten sich Unternehmen und Geschäfte. Sogar Kirchen gab es dort.

Ed Brown verzehrte sich vor Neid, und er hatte auch noch anderen Kummer. Belle Brown, das süße leichte Mädchen, das er geehelicht hatte, entpuppte sich mit der Zeit als gar nicht mehr so süß, sondern vielmehr als ziemlich giftig. Häufig hörte man Ed Brown klagen, er würde sich lieber zu den Klapperschlangen legen, als mit Belle ein Bett zu teilen.

Verzweifelt dazu entschlossen, die einzige ihm noch verbliebene Quelle auszuschöpfen, unternahm er eine teure Reise nach Chicago, um sich zu erkundigen, ob die Fleischverarbeitungs-Branche auch an einer Verarbeitung von Klapperschlangen interessiert sein könnte. Man versicherte ihm prompt, daß dies nicht der Fall sei, und so kehrte er als gebrochener Mann nach Hardtop County zurück – wo er obendrein Belle beim Tanz mit drei Cowboys erwischte. Sofort hatte er eine Pistole gefunden und feuerte sie auf sein Weib und die Cowboys ab, aber die Schüsse richteten keinen Schaden an. Dann fand er ein Gewehr und ging erneut auf seine Opfer los, die inzwischen im Gemischtwarenladen hinter einem Sirupfaß in Deckung gegangen waren.

»Ich verfluche das verdammte Schicksal, das mich dazu verleitet hat, dieses verdammte Kaff aus der Taufe zu heben«, sagte er. »Es hat mich derart ruiniert, daß ich nicht mal mehr genau schießen kann. Möge eine Plage von Skorpionen auf Texasville niederfahren und euch Stinktiere totstechen.«

Nachdem er diese eiskalte Hoffnung ausgesprochen hatte, verließ Ed Brown mit seinem Gewehr in der Hand den Laden und wurde an diesem Tag gegen Sonnenuntergang zum letzten Mal gesehen, als er gedankenversunken am Eingang der Schlangenhöhle stand.

Der Versuch, seine Überreste zu finden, wurde nur mit halbem Herzen unternommen. In der Hoffnung, seine Leiche herausziehen zu können, ließ man Haken in die Höhle herab, aber als man die Haken wieder hochzog, hingen meist Dutzende sich windender Diamondbacks daran. Daraufhin gab die Rettungsmannschaft bald auf.

Belle Brown, seine Witwe, trieb die Suche nicht gerade voran und meinte: »Ein Grab ist sowieso nichts anderes als ein Loch im Boden.«

Ein Jahr später stieß man auf dem einstigen Brown-&-Brown-Grund, dessen alleinige Eigentümerin nun Belle war, auf Öl. Schon bald hatte der Grund einhundertfünfzig ölproduzierende Quellen. Belle siedelte nach Thalia über und baute sich ein prächtiges Haus. Obwohl sie bei weitem die reichste Person im ganzen Landkreis war, lehnte sie jeden Kontakt mit der High Society, so wie diese damals war, ab. Sie ritt auf ihrem Maulesel in die Stadt, um ihre Post zu holen, und ließ in ihrem stattlichen Packard-Automobil ihre Wachhunde schlafen. Ihre große Leidenschaft waren die Hahnenkämpfe; oft hatte sie ein paar alte Zunftgenossinnen von früher zu Gast und hielt in ihrem geräumigen Wohnzimmer Hahnenkämpfe ab. Sie trank enorm und bekam in wenigen Jahren immer mehr Haare auf immer weniger Zähnen. Sie konnte im Handumdrehen beleidigt sein und schleuderte dann nahezu jedem, der ihr über den Weg lief, unverständliche Drohungen an den Kopf.

Inzwischen rankte sich eine Legende um den unglücklichen Ed Brown. Cowboys, die nachts in der Nähe von Diamondback-Hill, dem Felsrücken, an dem sich die Höhle befand, durch die

Prärie zogen, berichteten, sie hätten ein Singen gehört, das aus der Tiefe der Erde gekommen sei. Ed Brown hatte eine herrliche Tenor-Stimme gehabt.

Ein- oder zweimal wurde angeblich eine Gestalt gesehen, die sich in der Umgebung des Felsrückens herumtrieb. Es gab sogar Leute, die das Gefühl hatten, Ed Brown sei überhaupt nicht tot. Er lebe bei den Schlangen, sagten sie. Reisende berichteten, daß die Schlangen, die sie auf dem Diamondback-Hill gesehen hätten, ungewöhnlich aggressiv gewesen seien, so als würden sie irgendein Geheimnis hüten. Die Alten vermuteten, Ed Brown warte einfach die günstigste Gelegenheit ab, um an Belle Rache zu nehmen.

Wenn das stimmte, dann wartete er zu lange. Eines Nachts erging sich Belle Brown stockbesoffen auf dem Balkon im zweiten Stock ihres Hauses, stürzte über die Brüstung und brach sich das Genick. Das ganze Vermögen ging an ihre drei Neffen über, die sich mehr als zwanzig Jahre lang gerichtlich verfolgten, weil jeder versuchte, den Löwenanteil zu ergattern.

Texasville gedieh prächtig während des Booms. Die »Boomer« und Glücksritter zahlten mit Freuden fünf Dollar pro Nacht, wenn sie nur auf dem Boden schlafen durften. Fünf oder sechs weitere Bretterhütten wurden gebaut, und es sah so aus, als würde der Ort sich schließlich doch noch zu einer Stadt entwikkeln.

Als aber der Boom zu Ende war, brach aller Fortschritt jäh ab. Texasville verlor bald sein Postamt, und als der Kreisrat für seine eigene Auflösung votierte, mußte der Saloon seine Pforten dichtmachen. Der Gemischtwarenladen ging ein, und die Bretterhütten wurden schon bald von Leuten abgerissen, die Bauholz brauchten. Die einzigen Besucher waren noch Cowboys, die gelegentlich hier eine Pause einlegten und im Schatten des alten Vordachs ein Nickerchen machten.

Das ursprüngliche Gebäude wurde mit der Zeit baufällig und fiel schließlich ganz in sich zusammen. Gegen Ende der dreißiger Jahre fegte ein kleiner Tornado durch den Ort und verwehte die letzten Überreste in alle Himmelsrichtungen. Der Boden des einstigen Postamts war alles, was danach noch übrig war. Skorpione gediehen in Fülle unter den sandigen Bohlen, aber keine Stinktiere, weder menschliche noch andere, wurden von ihnen totgestochen.

In den Fünfzigern stieß ein Bulldozer, während er am Rand des Diamondback-Hill einen Pipeline-Graben zog, mitten durch die Schlangenhöhle. Das war im März, und so wurden ein paar hundert von der Kälte noch träge Schlangen von der Pipeline-Crew getötet. Sie fanden ein paar Knochen, aber keiner der Pipeline-Arbeiter hatte je etwas von Ed Brown gehört, und so ließen sie die Knochen liegen, wo sie waren. Ein, zwei Monate später erwähnte einer der Pipeline-Leger zufällig in Gegenwart des örtlichen Zeitungsverlegers etwas von der Schlangenhöhle, worauf dieser sofort zu der betreffenden Stelle eilte, weil er hoffte, die Gebeine von Ed Brown, dem Vater von Hardtop County, zu finden.

Die einzigen Knochen, die er finden konnte, stellten sich als die Überreste eines Kalbs heraus. Der Verleger, der ohnehin wenig Stoff zum Schreiben hatte, rollte die ganze Legende von Texasville und den beiden Mr. Browns eine oder zwei Wochen lang neu auf und ließ sie dann wieder in Vergessenheit geraten.

Ein weiteres Vierteljahrhundert verging, und nun dämmerte die Hundertjahrfeier am Horizont herauf. Buster Lickle, der erst seit ein paar Jahren in diesem Landkreis lebte, begann die Werbetrommel für eine Hundertjahrfeier zu rühren. Er zeigte mehr Interesse für die Geschichte des Landkreises als so manche, die bereits zeitlebens dort wohnten.

Zu dem Zeitpunkt, als die tatsächliche Planung der Hundertjahrfeier begann, war so gut wie niemand mehr am Leben, der mit Sicherheit wußte, an welcher Stelle Texasville genau gestanden hatte. Old Man Balt, mit dessen Hilfe alle gerechnet hatten, konnte sich überhaupt nicht an die Stelle erinnern. Wenn man ihn bedrängte, ging er in die Defensive und stritt ab, daß Texasville überhaupt existiert hatte. Man wälzte Familienalben und brachte eine kleine Zahl von Bildern zusammen. Diese zeigte man dem alten Balt, der daraufhin meinte, für ihn sähen sie aus wie die Abbildungen von irgendeiner Gegend in Arkansas.

Der unermüdliche Buster Lickle nahm eine eingehende Untersuchung der Prärie südlich des Diamondback-Hill vor, und es gelang ihm schließlich, ein paar morsche Bretter zu finden, von denen er behauptete, sie wären die Überreste von Texasville. Diese Bretter hatten nur ein paar hundert Meter nördlich von Aunt Jimmie's Lounge gelegen.

Schon bald entbrannte ein Streit über die Bretter. Spätestens da war es vielen Leuten – und allen voran Duane – klargeworden, daß es keine leichte Angelegenheit war, eine Hundertjahrfeier des Landkreises aufzuziehen. In Hardtop County hatte sich kaum je etwas Interessantes ereignet, aber das wenige, was sich ereignet *hatte*, gab fast ausnahmslos Anlaß zu Meinungsverschiedenheiten.

Duane fühlte sich ein wenig betrogen. Bevor das Hundertjahrfeier-Komitee seine Arbeit aufgenommen hatte, waren die Leute aus dem Landkreis ihrer dürftigen Geschichte gegenüber äußerst gleichgültig gewesen, aber sobald er sich als Haupt des Projekts verpflichtet hatte, kam Leben in alle, und alle begannen sich wie Wildkatzen zu zanken. Gerüchte, die vor dreißig und vierzig Jahren beiläufig von irgendwelchen Großeltern überliefert worden waren, nahmen plötzlich die Beweiskraft der Heiligen Schrift an – und die der wirklichen Bibel, die von G. G. Rawley herangezogen wurde, wog bereits schwer genug.

Bisher hatte sich noch kein Thema als ähnlich explosiv herausgestellt wie das von Texasville. Hoyce Howell, Herausgeber der *Thalia Times* und selbst relativ neu in der Gegend, hatte Buster Lickle noch nie ausstehen können. Daher machte er sich auf, Busters Entdeckung der Überreste von Texasville als Fälschung zu entlarven. In einem Artikel auf der Titelseite behauptete er, die Bretter, die Buster gefunden hatte, seien lediglich die Überreste eines Abortverschlags.

Buster Lickle war über diesen Schlag gegen seine archäologischen Bemühungen derart empört, daß er drohte, er würde alle seine Anzeigen aus der *Times* zurückziehen.

Die Androhung wirtschaftlicher Sanktionen avancierte bald zu einer allgemein üblichen Maßnahme. Karla verachtete Buster Lickle und war empört von seiner Anmaßung historischer Fachkenntnisse. Sie drohte, einen Boykott des Dairy Queen zu organisieren, wenn er nicht damit aufhörte, den Leuten mit Dingen auf den Wecker zu gehen, für die sie sich nicht interessierten.

»Er könnte diese Bretter einfach selbst eingegraben und ein wenig nachgeholfen haben, damit sie alt aussehen«, meinte sie.

»Ach was, selbst Buster wäre doch nicht so bescheuert, an einer Stelle, wo es jede Menge altes Bauholz gibt, ein paar Bretter künstlich auf alt zu trimmen«, hielt Duane dagegen.

»Überhaupt kann ich sein ganzes Gehabe nicht ab«, sagte Karla. »Ich laß mir ein T-Shirt drucken mit dem Spruch: TEXASVILLE KANN MICH MAL.«

»Bitte tu das nicht«, flehte Duane sie an. »Ich hab schon genug Ärger am Hals, ohne daß du das tust.«

Während dieser Unterhaltung schaukelten sie auf ihrem riesigen Wasserbett auf und ab und sahen sich im Fernsehen eine Sendung über »Götter, Gräber und Gelehrte« an.

»Ich könnte mich mäßigen und es unterlassen, aber es ist überhaupt nicht abzusehen, wozu ich sonst noch imstande wäre, wenn du anfängst, meine T-Shirts zu zensieren«, sagte Karla.

Duane hatte das Wasserbett nie gemocht.

»Wenn sie derart große Wasserbetten konstruieren, sollten sie für alle Fälle auch Schwimmwesten mitliefern«, sagte er.

»Früher hast du dich nicht über mein Bett beklagt, solange *ich* drin lag«, entgegnete Karla. »Was hast du dagegen als Verteidigung zu sagen?«

Duane hatte nichts zu sagen. Er versuchte, sich schlafend zu stellen.

Sie hatte gnädig davon Abstand genommen, das TEXASVILLE KANN MICH MAL-Hemd drucken zu lassen, aber die vielen Streitpunkte, die sich daraus ergaben, daß Texasville der erste Sitz des Landkreisrates gewesen war, vergifteten weiterhin das Klima im Komitee. An der Tatsache, daß der Ort einmal existiert hatte, führte kein Weg vorbei – jede anspruchsvolle Feier, in der es um die Geschichte des Landkreises ging, würde dieser Tatsache Rechnung tragen müssen.

Buster Lickle, der engagierteste Sponsor von Texasville, forderte eine Nachbildung in natürlicher Größe – genannt »Old

Texasville« –, und zu dieser historischen Sehenswürdigkeit sollten für Touristen Fahrten in offenen Wagen arrangiert werden, die natürlich an seinem Dairy Queen beginnen müßten.

Leidenschaftlicher Gegner dieses Plans war Reverend Rawley. Schließlich sei Texasville ein Saloon und Hurenhaus gewesen, und G. G. war darauf vorbereitet, alle Byelo-Baptisten auf die Barrikaden zu bringen, wenn er damit eine Feier verhindern konnte, die – um mit seinen Worten zu sprechen – das »Lotterleben und Subjekte, die Whiskey verschachern« glorifizieren würde.

Damit sah sich das Komitee nun mit der Notwendigkeit konfrontiert, diese beiden allem Anschein nach unversöhnlichen Standpunkte miteinander zu versöhnen.

20

»Ich frage mich, ob wir, was Texasville angeht, nicht zu einem Kompromiß kommen können«, sagte Duane. Er wäre fast lieber mit seinen Kindern auf einem Ausflug gewesen, als sich mit dieser Angelegenheit herumzuschlagen.

»Nicht mit mir«, sagte G. G., »zwischen Recht und Unrecht gibt es keinen Kompromiß.«

»Aber an dem, was wir vorschlagen, ist doch nichts Unrechtes, G. G.«, sagte Buster. »Das wird eine riesige Feier. Wir müssen dafür sorgen, daß das Ganze den Geschmack des alten Westens bekommt.«

»Aber nicht, wenn es der Geschmack von Bourbon Whiskey ist«, sagte G. G. »Für Nachbildungen von Saloons und Hurenhäusern geb ich meine Stimme nicht her.«

»Aber das ist doch Geschichte!« sagte Buster.

»Die einzige Geschichte, die einer Dramatisierung würdig ist, ist die Geschichte des Herrn«, sagte G. G. und schob sein mächtiges Kinn vor.

»Wir werden Adam und Eva ja mit ins Festspiel einbauen«, erinnerte ihn Buster. »Aber ich wüßte nicht, weshalb wir nicht auch was vom alten Westen drin haben dürfen.«

»Sie könnten die Leute zu Alkoholikern machen, wenn Sie ihnen eine freie Fahrt von einem Saloon zum nächsten ausgeben«, sagte der Geistliche.

Duane hatte selbst seine Bedenken gegen diese Fahrten, wenn auch aus eher praktischen als moralischen Erwägungen. Die immer weiter wachsende Zahl der geplanten Veranstaltungen machte ihm Kopfzerbrechen. Vorgesehen waren bereits ein Minimarathon und ein Planwagentreck; der Gouverneur sollte kommen und eine Rede halten; es sollte eine Kunstausstellung sowie die Besichtigung eines Ölfeldes (nämlich des seinen) geben, ferner Straßentänze, Barbecues, Klassentreffen und organisierte Ausflüge zu jedem irgendwie interessanten Ort im Landkreis. Die geplanten Fahrten könnten da zuviel des Guten sein.

»Wie wär's, wenn wir einfach eine kleine Nachbildung des Postamts von Texasville bauen und während der Feierlichkeiten auf dem Platz vorm Gericht aufstellen?« schlug Sonny vor. Einen solchen Kompromiß hatten er und Duane bereits lang und breit erörtert.

»Ich finde, das ist eine gute Idee«, sagte Duane, »da brauchen die Leute nicht erst weit aufs Land hinauszufahren, um sich das Ding anzusehen.«

»Wie? Hier im Herzen der Stadt einen Saloon?« fragte G. G., der keineswegs überzeugt war, daß diese Nachbildung nur die eines Postamtes sein würde.

Duane blickte sich im Saal um und hoffte auf ein Zeichen von Unterstützung. Statt dessen sah er nur Zeichen von Gleichgültigkeit. Ralph Rolfe, der Rancher, war damit beschäftigt, sich mit seinem Taschenmesser vorsichtig eine Schicht Hornhaut vom Daumen abzuhobeln. Der alte Balt verfolgte aufmerksam die Vorgänge und wartete auf die Gelegenheit, in sein Gackern auszubrechen, wenn irgend etwas Komisches passierte. Suzie Nolan und Jenny Marlow schienen beide in Gedanken verloren. Duane war sich sicher, daß auch sie nicht über Texasville nachdachten. Unter ihren neuen Frisuren und knalligen Lidschatten glühten feurige Blicke. Flüchtig überlegte er, ob Dickie den guten Vorsatz, sich nach New Mexico abzusetzen, auch wirklich in die Tat umsetzte. Er hielt es für nicht sehr wahrscheinlich.

»Leute, irgendwie müssen wir hier weiterkommen«, drängte er. »Uns rennt die Zeit davon. Wir brauchen nur ein paar von diesen Punkten irgendwie unter Dach und Fach zu bringen.«

Er spürte, daß er dabei war, sich erheblich mit G. G. Rawley in die Haare zu kriegen, denn hinter der Texasville-Frage lauerte die folgenschwerere Frage der Alkohollizenz während der Hundertjahrfeier. In ihrem Landkreis floß der Alkoholhahn nur spärlich. Alkoholisches durfte nur in speziellen Läden verkauft werden. Wenn sich die Leute in der Öffentlichkeit einen Drink genehmigen wollten, mußten sie bis zu Aunt Jimmie's Lounge gleich hinter der Landkreis-Grenze hinausfahren.

Für ihn war es sonnenklar, daß Leute, die sich zu einem einmaligen Jahrhundertereignis versammelten, zur Feier des Tages auch tanzen, auf den Putz hauen und etwas trinken wollten. Duane hatte sich die Sache durch den Kopf gehen lassen und beschlossen, den radikalen Vorschlag zu machen, für die Dauer der Festivitäten den Bierverkauf auf dem Platz vor dem Gericht zu genehmigen. Danach sollte ihr Landkreis sofort wieder zu seiner üblichen Enthaltsamkeit zurückkehren.

Das Argument, das er dazu ins Feld führen wollte, war, daß die meisten Leute bereits betrunken sein würden, bevor der nächtliche Tanz auf den Straßen überhaupt anfing, und wenn sie dann erst noch zu Aunt Jimmie's oder irgendeinem der weit entfernten Läden rasen müßten, um ihre Vorräte aufzufüllen, dann wären die Landstraßen des Landkreises in Kürze übersät mit Autowracks.

Toots Burns, der Sheriff, war bereit, Duanes Argument mit allen Mitteln zu unterstützen.

»Sie sollen tanzen und sich prügeln, soviel sie wollen«, sagte er, »wenn sie aber auf den Trichter kommen, mit Pickups herumzurasen, dann wird's in ganz Nord-Texas nicht genug Abschlepper und Ausschlachter geben, um damit fertig zu werden.«

Aber es war klar, daß der Vorschlag bei G. G. und den alkoholfreien Byelo-Baptisten auf heftige Opposition stoßen würde.

Duane hatte eine Abstimmung darüber immer noch hinausgezögert, weil er hoffte, G. G. könnte noch zu einer Auferstehungspredigt oder dergleichen abberufen werden, und dann hätten er und die anderen die Sache heimlich hinter seinem Rücken erledigen können.

Aber die Zeit war knapp geworden, und Duane gab sich ohnehin keine Mühe mehr, einen offenen Kampf zu umgehen.

»Der Grund dieser ganzen Feier ist die Geschichte«, sagte er, »die Geschichte unseres Landkreises. Wir können nicht einfach nur die gute Geschichte berücksichtigen und die schlechte auslassen.«

»Wieso können wir nicht?« fragte G. G. »Gott, der Herr, wünscht nicht, daß irgend jemand auf irgendwelchen schlechten Seiten der Geschichte herumreitet.«

Buster Lickle, der schon die ganze Zeit geschmollt hatte, brauste plötzlich auf:

»Der Herrgott wird sich da nicht querstellen«, sagte er. »Das kümmert den doch nicht, was für'ne kleine Show wir hier abziehen. Ihr Baptisten habt ja nur was dagegen, daß normal Sterbliche ein bißchen Spaß haben.«

»Buster, ich versuche doch gerade einen Antrag zur Abstimmung zu bringen«, beruhigte ihn Duane. »Ich beantrage, daß wir die Nachbildung von Texasville direkt hier auf dem Platz vor dem Gericht aufbauen.«

»Ich unterstütze den Antrag«, sagte Sonny.

»Wir können ja trotzdem noch deine Rundfahrten machen«, sagte Duane, als er bemerkte, daß Buster so enttäuscht war, daß er fast in Tränen ausbrach. »Wir können die Wagen doch vor's Dairy Queen stellen, und die Leute können dann einfach durch die Stadt fahren. Alle, die für die Errichtung der Nachbildung am soeben genannten Ort sind, mögen die rechte Hand heben.«

Sofort hoben sich fünf Hände, und als Ralph Rolfe mit dem Abhobeln seiner Hornhaut fertig war, hob auch er die seine.

»Gegenstimmen?« fragte Duane.

G. G. starrte die beiden Frauen an und sagte: »Ich sehe wahrhaftig zwei Frauen vor mir, die soeben gegen den Herrn gestimmt haben.«

»Ist überhaupt nicht wahr«, entgegnete Jenny Marlow, »ich habe lediglich gegen Sie gestimmt, G. G.«

»Das ist genauso schlimm«, sagte G. G. »Ich bin der Hirte

eurer Herde. Du bist dagegen nichts als eine Frau, die so lange Softball gespielt hat, daß es ihr zu Kopf gestiegen ist.«

»Nun fangen wir nicht mit sowas an«, sagte Duane. »Der Antrag ist angenommen, und ich möchte nun noch einen weiteren stellen. Ich schlage vor, wir genehmigen während der Feierlichkeiten auf der Grünfläche vor dem Gericht den Verkauf von Bier. Ich stelle diesen Antrag im Interesse der öffentlichen Sicherheit.«

»Ich unterstütze ihn«, sagte Suzie Nolan.

G. G. schien wie vom Donner gerührt. Viele Jahre lang hatte Suzie seinen Chor geleitet. G. G. hatte sich aber bald wieder erholt.

»Du sollst keine falschen Götzen anbeten!« donnerte er. »Das ist eines der Gebote des Herrn.«

»Darum geht's überhaupt nicht, wir wollen keine falschen Götter anbeten«, protestierte Buster Lickle. »Wir bedrucken höchstens 'n paar T-Shirts mit dem Porträt von Sam Houston.«

»Wenn der alte Sam nicht gewesen wäre, dann gäb's heute wahrscheinlich kein Texas«, meinte Ralph Rolfe.

»Der Antrag wurde unterstützt«, stellte Duane fest, »also stimmen wir ab.«

G. G. sah ganz durcheinander aus. Alles ging viel zu schnell. Er hatte gerade zu einer kleinen Predigt ansetzen und dem Komitee beweisen wollen, daß das Errichten der Nachbildung eines alten Saloons nichts anderes als das Errichten eines Götzenbildes bedeutete, aber bevor er überhaupt seinen Sermon an den Mann bringen konnte, war ein sogar noch schlimmerer Vorschlag gemacht und von einem anderen Schaf seiner eigenen Herde, nämlich von Suzie Nolan, der normalerweise so zuverlässigen Chorleiterin, auch noch unterstützt worden. Entsetzt blickte er in die Runde. Die Sünde brach sich so rasch Bahn, daß er kaum noch wußte, an welcher Stelle er zum Schlag gegen sie ansetzen sollte.

»Was hat das mit der öffentlichen Sicherheit zu tun?« fragte er. »Wie kann die Öffentlichkeit sicher sein, wenn man ihr erlaubt, sich mitten in der Stadt zu besaufen?«

»Was wir damit zu erreichen hoffen, ist, die Trunkenheit am Steuer zu senken, G. G.«, sagte Duane. »Der Sheriff meint, es sei das beste, die Leute so weit wie möglich von der Straße fernzuhalten.«

»Toots Burns ist doch selbst ein fetter Suffkopp«, hielt ihm G. G. entgegen. »Wenn Sie sich die Mühe machten, könnten Sie ihn jede Nacht stockbesoffen in seinem Streifenwagen liegen sehen. Und überhaupt: Wenn man den Leuten erlaubt, sich mitten auf dem Rasen vorm Gericht Bier hinter die Binde zu gießen, dann hält sie das noch lange nicht von den Highways fern. Schließlich wohnen ja nicht alle im Gerichtsgebäude. Irgendwann müssen sie nach Hause, und ich bezweifle, daß sie dann zu Fuß gehen wollen.«

Duane hatte diese Entgegnung kommen sehen und war auf sie vorbereitet.

»Wir werden Militärzelte bereitstellen, so daß die Leute ihren Rausch einfach ausschlafen und sich am nächsten Morgen auf die Heimfahrt machen können«, sagte er. »Also: alle, die für den Antrag sind, mögen die rechte Hand heben.«

Sechs Hände hoben sich.

»Gegenstimmen?« fragte Duane. Den alten Balt hatte ein solcher Lachkrampf gepackt, und er gackerte so laut vor sich hin, daß man kein Wort mehr verstehen konnte.

Da erhob sich G. G. Rawley und sagte:

»Sie können diese Wähler breitschlagen zu allem, was immer Sie wollen, Duane. Sie sind ein Sünder, und Ihre Frau ist eine Sünderin, und Ihre Kinder frönen dem Beischlaf und handeln mit Drogen.«

»Ich behaupte nicht, vollkommen zu sein, G. G.«, entgegnete Duane.

»Gut, wir wollen nicht über persönliche Angelegenheiten diskutieren«, sagte G. G. mit einem Anflug von Würde. »Dies hier ist nur ein armseliges kleines altes Komitee, und es kann nicht bestimmen, ob irgendwo Alkohol verkauft werden darf. Soviel weiß ich sicher.«

»Natürlich nicht, aber der Stadtrat kann es, und mehrere von uns gehören ihm an«, entgegnete Duane. »Ich denke, wir können die Alkohol-Lizenz genehmigt bekommen.«

»Ihr laßt euch alle miteinander mit der Hölle ein«, sagte G. G.

»Setzen Sie sich«, sagte Duane, »Sie haben nicht das Wort.«

»Vielleicht habe ich nicht euer Wort, aber ich habe doch das Wort des Herrn«, sagte G. G.

»Oh, blasen Sie sich nur nicht so auf, G. G.«, rief Jenny. »Alles, was Sie haben, ist ein dickes, altes, aufgeblasenes Ego, sonst nichts.«

»Ich bin aber wenigstens nicht mit einem Sünder verheiratet, der in zweiundsiebzig Fällen des Verbrechens angeklagt ist«, entgegnete G. G. »Wenn Sie noch irgendein Schamgefühl besitzen, dann kehren Sie so bald wie möglich in den Schoß der Kirche zurück und widmen Sie Ihr Leben wieder ihr – und die nächste Möglichkeit dazu ist am kommenden Sonntag.«

»Wenn wir mit der Tagesordnung nicht fortfahren, wird diese Versammlung auch am kommenden Sonntag noch nicht zu Ende sein«, sagte Duane.

»Ihr Gotteslästerer und Götzendiener könnt hier sitzenbleiben und vorschlagen, was ihr wollt«, sagte G. G. »Bisher hat dieses Komitee nichts anderes getan, als sich Sünden und Versuchungen auszudenken, die es der Öffentlichkeit vorsetzen könnte.«

Er machte eine Pause, damit das Komitee Gelegenheit hatte, sich über die Ungeheuerlichkeit seines Vergehens klarzuwerden. Suzie Nolan feilte sich an einem Fingernagel. Der Rest des Komitees blickte ihn mürrisch an.

»Ich gehe nach Hause und bete«, verkündete G. G. »Aber eines will ich euch noch sagen: Ihr werdet keine alkoholischen Getränke auf dem Rasen vor dem Gericht verkaufen. Und wenn wir deshalb ein zweites Mal um Alamo kämpfen müssen.«

Mit diesen Worten verließ er den Raum.

»Der Mann ist viel zu unbeherrscht für einen Priester«, meinte Suzie.

»Ich versteh' nicht, wie er das mit Alamo gemeint hat«, sagte Buster Lickle. »Wären wir da die Mexikaner oder die Texaner?«

»Ich glaube, er meint, wir wären dann diejenigen, die abgeschlachtet werden«, sagte Duane.

21

In der letzten Abstimmung des Abends ging es um die Zeitkapsel – sie war Sonnys Idee. Er dachte, es könnte interessant sein, wenn man die Leute Botschaften an die Nachwelt schreiben ließe. Diese Botschaften könnten dann in eine Flasche gesteckt werden und hundert Jahre lang unter der Grünanlage vor dem Gerichtsgebäude vergraben bleiben. Bei der Zweihundertjahrfeier, die sicher stattfinden würde, vorausgesetzt, es käme bis dahin zu keinem Atomkrieg, könnte man die Zeitkapsel wieder ausgraben, und die Feiernden könnten dann nachlesen, was im späten zwanzigsten Jahrhundert die Leute in Thalia beschäftigte.

»Sex und Drogen und Dollars«, meinte Karla, als sie von der Idee hörte. »Das ist alles, was die Leute hier in der Gegend im Kopf haben.«

»Genau. Das schreiben wir auf einen Zettel und stecken ihn in die Zeitkapsel«, sagte Duane.

»Nein, kommt nicht in Frage«, sagte Karla, »dann könnten ja noch Urenkel von mir am Leben sein. Möchtest du vielleicht, daß unsere Urenkel denken, ich sei eine geile Alte gewesen?«

Duane schwieg. Bei dem Tempo, in dem Little Mike heranwuchs, könnten bis zur Zweihundertjahrfeier noch mehrere Generationen von Moores aus dem Boden schießen. Vielleicht würde eines von Little Mikes Enkelkindern dort sitzen, wo er jetzt saß, am Kopf eines Komitees, das angemessene Festivitäten zu organisieren hatte.

Das Komitee war von der Zeitkapsel begeistert und befürwortete diese Idee einstimmig.

»Ich finde, wir sollten uns alle genau überlegen, was wir der Nachwelt mitteilen wollen«, sagte Jenny Marlow und blickte wieder Duane an.

»Genau, und damit beschließe ich die Versammlung für heute, damit wir sofort mit dem Überlegen beginnen können«, sagte Duane.

Beulah Balt, die Tochter des Alten, wartete am Straßenrand in ihrem altem Plymouth, um ihren Vater nach Hause zu bringen.

Duane half dem alten Mann die Stufen vor dem Gerichtsgebäude herab und führte ihn, der sich im Schneckentempo vorwärts bewegte, über den Bürgersteig. Er mochte den alten Balt, und es machte ihm Spaß, ihm zuzusehen, wenn er in Aktion trat. Sorgsam leerte der Alte eine halbe Dose Tabaksaft auf dem Gerichtsrasen aus.

»Nun beeil dich und steig ein, Daddy«, rief Beulah. »Wir versäumen sonst *Die Waltons*.«

Bevor sie am Straßenrand angelangt waren, schlenderte an einer Seite Suzie Nolan und an der anderen Seite Jenny Marlow an ihnen vorüber. Der Alte erhöhte jedoch nicht sein Tempo, und Duane fühlte sich einen Augenblick lang wie im Stau auf der Autobahn, aber schließlich erreichten sie doch den Wagen und halfen dem Alten hinein.

»Nur keine Hast, Mr. Balt«, sagte Duane. »Wir rechnen auf Sie, damit aus der Hundertjahrfeier auch was wird.«

»Daddy wird Ihnen helfen«, sagte Beulah. »Das wird eine gute Abwechslung für ihn sein.«

Suzie und Jenny fuhren im selben Moment ab. Die einzige Verkehrsampel der Stadt hatte auf Rot geschaltet, als die beiden die Kreuzung erreichten, an der sie stand. Als sie umschaltete, bog Jenny rechts und Suzie links ab. Keine von beiden fuhr in die Richtung ihres Zuhauses.

Duane fuhr zu dem kleinen Sechs-Betten-Krankenhaus, parkte und ging hinein. Obwohl er versuchte, leise zu gehen, knallten seine Stiefel auf dem gewachsten Boden. Keine Schwester erschien, und so ging er den Flur entlang bis zu einem Raum, in dem Licht brannte. Lester Marlow saß aufrecht im Bett und las einen Spionagethriller.

»Na, wie geht's?« fragte Duane.

»Ich bin hundemüde«, sagte Lester, »aber ich werd wahrscheinlich trotzdem kein Auge zukriegen.«

Lester sah aber nicht hundemüde aus – er sah aufgedreht, wie unter Strom, aus. Sein braunes Haar, das immer einige widerspenstig abstehende Strähnen hatte, schien nun nur noch aus widerspenstigen Strähnen zu bestehen, die nach allen Seiten abstanden. Seine großen Füße ragten unter der Decke hervor.

»Wenn ich das College zu Ende gemacht hätte, hätte ich beim CIA arbeiten können«, sagte er. »Sie sagen, stinknormale Leute wie ich gäben die besten Spione ab. Das ist wahrscheinlich viel weniger stressig, als Bankpräsident in einer Kleinstadt zu sein.«

Duane setzte sich auf den einzigen Stuhl.

»Weshalb möchtest du ausgerechnet ein Spion sein?« fragte er.

»Ich wär alles andere lieber als das, was ich bin«, sagte Lester und zerwühlte seine Haarsträhnen noch mehr. Er hatte einen großen Schädel, ein großes Gesicht. Duane fiel plötzlich auf, daß große Gesichter trauriger aussehen konnten als kleine Gesichter. Und das von Lester sah ziemlich traurig aus.

»Was meinst du, werde ich im Knast vergewaltigt?« fragte er.

»Ich bezweifle, daß du überhaupt rein mußt«, sagte Duane. »Vielleicht lassen sie dich bei der Straßenreinigung arbeiten. Du könntest auf dem Footballplatz den Rasen mähen.«

»In den Hintern gefickt zu werden reizt mich überhaupt nicht«, jammerte Lester.

»Oder du kommst möglicherweise in eines dieser piekfeinen Country-Club-Gefängnisse«, meinte Duane.

»Du wirst dich wohl nicht mit dem Bankrott abfinden, oder?« fragte Lester.

»Nein, ich hab's nicht vor«, sagte Duane.

»Weshalb nicht?« fragte Lester. »Deine Lage ist doch hoffnungslos. Eine Menge Leute hätten längst auf § 11, den Retter für Konkursverdächtige, zurückgegriffen, wenn sie in deiner Haut stecken würden.«

»Luthie hat vor, die OPECs zu bombardieren«, erzählte Duane. »Wenn er das tut, dann geht's mit dem Ölgeschäft wieder aufwärts.« Und er fügte heiter hinzu: »Solange man noch nicht tot ist, gibt's immer noch was zu hoffen.«

»Für meine Ehe gibt's nichts mehr zu hoffen«, sagte Lester. »Jenny meint, ich hätte keinen gesunden Menschenverstand. Wir haben schon monatelang nicht mehr miteinander geschlafen. Nachts haut sie einfach mit dem Wagen ab, und ich weiß nicht, wohin sie fährt.« Dann fügte er hinzu: »Aber wir haben wenigstens süße Kinder. Ich hoffe nur, daß sich die Mädchen nicht von mir abwenden, während ich im Gefängnis bin.«

»Die Mädchen werden sich schon nicht von dir abwenden«, meinte Duane. Lester und Jenny hatten zwei Töchter, Missy und Sissy, beides Teenager. Sie gehörten zu den beliebtesten Kindern in der Stadt. Sie waren lebhaft und nicht auf den Mund gefallen, aber auch gut erzogen und bereits vielversprechend im Softball.

»Ich wünschte, das Beil würde endlich fallen«, sagte Lester. Er blickte nach der Decke, als ob er erwartete, daß ein Beil jeden Moment durch sie hindurchschlagen würde.

»Was für'n Beil denn?« fragte Duane und war sich nicht sicher, ob Lester von seiner Ehe, seiner Bank oder seiner Gefängnisstrafe redete.

»Egal, irgendein Beil«, sagte Lester. »Ich habe es satt, den ganzen Tag nachzudenken. Vielleicht wäre ich doch besser im Gefängnis und würde Nummernschilder stanzen. Ich denke, mit so einem simplen Job würde ich schon zurechtkommen. Ich möchte nur nicht vergewaltigt werden.«

»Du machst dir zu viele Sorgen«, sagte Duane. »Ich hatte vor, zum Angeln zu gehen. Kommst du mit? Vielleicht beißen ja ein paar kleine Barsche an.«

»Bei meinem Pech würden die *mich* beißen«, meinte Lester düster. »Was meinst du, was mit Jenny los ist?«

»Keine Ahnung«, sagte Duane.

»Jenny mag's, wenn's aufregend zugeht«, sagte Lester. »Sie meint, ich wäre nicht mehr aufregend. Sie sagt, seitdem Missy auf die Welt gekommen ist, wäre ich nicht mehr aufregend gewesen.«

»Es ist schwer, ein ganzes Leben lang aufregend zu bleiben«, sagte Duane und stand auf. »Ich hoffe, daß du dich bald wieder besser fühlst.«

22

Suzie Nolan wartete auf dem Parkplatz in ihrem Wagen, als Duane aus dem Krankenhaus herauskam. Als er näher trat, konnte er auf ihrer Wange Tränen glänzen sehen. Er beugte sich nieder und sah zu ihr in den Wagen hinein.

»Komm, was ist denn los mit dir?« fragte er.

»Ich komm mir einfach so verloren vor«, sagte Suzie. »Ich liebe Dickie einfach wahnsinnig, Duane. Ich liebe ihn einfach mit Leib und Seele.«

»Suzie, ich wünschte, du hättest mich geangelt«, sagte Duane, »ich weiß nicht, ob du dich auf einen Jungen wie Dickie allzu sehr verlassen kannst.«

»Ich kann mich überhaupt nicht auf ihn verlassen«, sagte Suzie. »Ich weiß. Deshalb fühl ich mich ja so verloren. Für ihn ist's einfach ein toller Spaß, aber für mich ist's total ernst. Und nun macht noch Junior Bankrott, und es bricht einfach alles zusammen.«

Sie fing an zu schluchzen und ließ ihren Kopf auf seinen Arm sinken. Duane ließ sie weinen und streichelte ihr ab und zu übers Haar. Er dachte kurz darüber nach, wie schrecklich es für eine Frau in Suzies Alter sein mußte, unsterblich in Dickie verknallt zu sein, aber seine Gedanken schweiften immer wieder woandershin – genau gesagt schweiften sie zu seiner eigenen Freundin, zu Janine Wells, für die er immer mehr Abneigung empfand. Er versuchte sich zu erinnern, ob er nicht schon immer eine Abneigung gegen Janine gehabt hatte oder ob dieses Gefühl neu war. Wenn er sie nicht leiden konnte, weshalb hatte er dann überhaupt angefangen, mit ihr zu schlafen? Wahrscheinlich saß sie in diesem Moment gerade in einem Negligé auf ihrer Couch und wartete darauf, daß er vorbeikäme. Er hatte ihr nicht gesagt, daß er vorbeikommen würde, aber manchmal kam er nach den Hundertjahrfeier-Versammlungen auf einen Sprung bei ihr vorbei. Zu solchen Gelegenheiten trug Janine immer ein Negligé, gewöhnlich ein lavendelfarbenes.

Duane kam zu dem Schluß, daß seine Abneigung wahrscheinlich mit diesen Negligés zu tun hatte und nicht mit Janines draufgängerischer Art. Er selbst war gewiß kein Verächter der draufgängerischen Art und war seit langem zu der Ansicht gelangt, daß es sich nicht auszahlte, in diesem Leben allzu wählerisch zu sein.

Er blickte über das Dach von Suzies Wagen und sah, daß in Janines Haus tatsächlich noch Licht brannte. Sie wohnte zwei

Straßen vom Krankenhaus entfernt in dem kleinen Haus, in dem ihre Eltern gelebt hatten.

Ihre Eltern waren bei einem Autounfall umgekommen, während Janine auf der High School war. Nach Beendigung der High School hatte sie sofort im Gericht zu arbeiten angefangen. Sie war kurz mit Joe Bob Blanton, dem Sohn eines Pfarrers der Stadt, verheiratet gewesen. Sie waren sich nach der Beerdigung ihrer Eltern nähergekommen. Janine war nicht sehr beliebt, und so gab es keinen anderen, dem sie hätte näherkommen können.

Aber die Ehe hielt nur einen Sommer. Joe Bob war zuerst ins College in Wichita Falls gegangen, dann war er nach Denton übergewechselt, dann auf die Universität von Oklahoma, dann auf die Universität von Kansas, und von da an verlor man in Thalia schließlich seine Spur. Er zog sich College um College von Thalia zurück – jemand wollte gehört haben, daß er schließlich bis nach Syracuse, New York, vorgedrungen war, aber das war nur ein Gerücht.

In Duane begannen sich Schuldgefühle zu regen. Er hatte keine Lust, Janine zu sehen. Gleichzeitig war er sich dessen bewußt, daß es schon traurig sein mußte, in dem kleinen Haus, in dem die eigenen Eltern gelebt haben, im lavendelfarbenen Negligé dazusitzen, während der Liebhaber direkt an der Haustür vorbeifährt und einen nicht besuchen kommt. Er fragte sich, was sich in der Zwischenzeit im Howlers abspielte – vielleicht hatten sich Karla und Junior jetzt schon ineinander verliebt. Was ihm aber die meisten Sorgen machte, war, daß er ein Steak bestellt hatte und nicht dazu kommen würde, es auch zu essen.

Während er noch sein Pflichtgefühl gegenüber Janine gegen seinen Hunger, seine Deprimiertheit und diverse andere Gefühle abwog, begann Suzie Nolan, ihm in die Hand zu beißen. Sie hatte sich auf seinem Arm ausgeheult, während er ihr Haar streichelte. Eine seiner Hände lag unter ihrer Wange, und sie wandte nun den Kopf und begann, ihre Tränen von seiner Hand zu saugen. Dann biß sie ihn direkt ins Fleisch. Ihr Biß war zunächst sanft, aber dann biß sie fester zu. Sie wanderte zu seinen Fingern hoch und biß in einen hinein, und zwar ziemlich fest.

Als Duane versuchte, seine Hand zurückzuziehen, hielt Suzie

sie mit ihrem Biß fest. Sie blickte ihn aus weit aufgerissenen, entschlossenen Augen an, während sie seinen Finger mit den Zähnen umklammert hielt. Einen Augenblick lang mußte er daran denken, wie Shorty dreinschauen könnte, wenn sein Herrchen versuchen würde, ihm einen Knochen zu entwenden, an dem er gerade nagte.

Shorty selbst beobachtete die Szene vom Vordersitz von Minervas Buick aus, den Duane sich geliehen hatte. Shorty war selig, daß Duane so nahe war. Die Momente, als Duane im Gericht und im Krankenhaus gewesen war, waren für Shorty tödlich gewesen, dagegen störte es ihn überhaupt nicht, wenn Duane in der Nähe des Wagens stand und seine Hand an irgendeine Frau verfütterte. Shorty war mit allem einverstanden, was Duane tat – nur nicht mit seinen Abwesenheiten.

Suzie drehte ihren Kopf weiter, so daß sie den Finger, in den sie hineinbiß, in den Mund nehmen konnte. Wieder versuchte Duane ihn ihr zu entziehen, aber Suzie schlug ihre Zähne hinein und biß fester zu. Nervös sah er sich um, ob niemand in ihre Nähe kam. Die Leute in Thalia wurden ununterbrochen krank – jeden Moment konnte jemand angefahren kommen.

Duane empfand eine verwirrende Mischung aus Überraschung, Entsetzen und Begehren. Suzies leidenschaftliche Bisse taten ihre Wirkung. Gleichzeitig war ihm aber sehr wohl bewußt, daß sie in seinen Sohn verliebt war – sie war Dickies Geliebte, oder eine von ihnen. Natürlich war sie auch Junior Nolans Frau, aber Junior kam ihm dabei nur flüchtig in den Sinn. Duane hatte sich längst mit der Idee des Ehebruchs versöhnt – aber eine Geliebte mit einem seiner eigenen Kinder zu teilen, das war etwas anderes. Das *mußte* etwas anderes sein, aber in seiner Nervosität war er sich nicht ganz sicher, worin der Unterschied bestand oder was er zu bedeuten hatte.

Er hatte das Gefühl, das Leben würde jeden Augenblick die Grenze der Glaubhaftigkeit überschreiten und vollends unglaublich werden. Er wollte das Ganze stoppen und verhindern, daß ein hoffnungsloses emotionales Chaos ausbrach, aber sein moralisches Gefühl war seinem Begehren ausgeliefert, das viel schneller wuchs als sein Entsetzen. Es wurde geradezu drängend, was seine Überraschung und Verwirrung noch steigerte – ein *drängendes* Verlangen nach Sex hatte er zwei oder drei Jahre lang nicht gespürt. Alles was er tun konnte, war, den Versuch zu machen, sich zusammenzureißen, und er versuchte es wirklich.

»Suzie, halt, hör auf«, sagte er. Sie hatte immer noch seinen Finger im Mund. »Laß das, verdammt. Du liebst doch Dickie.«

Ihr Mund machte ein feines schmatzendes Geräusch wie ein leises »popp«, als sie seinen Finger wieder losließ. Dieses kleine, intime Geräusch erregte ihn tiefer als die Bisse und alles Drum und Dran und brachte seine Entschlossenheit vollends ins Wanken.

»Aber er liebt mich nicht«, sagte Suzie, »für ihn ist's nur Spaß. Nur ich bin in diese kleine Ratte irgendwie wahnsinnig verknallt – aber geh jetzt nicht weg, Duane. Ich will nicht, daß du gehst.«

Sie zog seine nasse Hand zur Hitze ihres Busens hinunter und reckte sich halb aus dem Fenster, um ihn zu küssen. Im Gegensatz zu dem aggressiven Beißen war ihr Mund sanft und schüchtern – ihr Atem kitzelte ihn an der Wange. Er versuchte nicht mehr, den Lauf der Dinge zu stoppen, und beugte sich ihr hinterher durchs Fenster, als sie sich wieder zurückzog, um sich die Bluse zu öffnen. Sie begann sein Hemd aufzuknöpfen, hielt dabei aber einen Arm um seinen Hals geschlungen, da sie offenbar dachte, er könnte einfach durch das Wagenfenster zu ihr hereinschlüpfen. Dann drehte sie sich so weit zurück, daß sie ihre Beine unter dem Steuer herausbekam.

Duane war nicht so gelenkig. Seine Erektion, die er mehr als deutlich fühlte, war gegen den Türgriff geklemmt, und seine Beine schwebten in der Luft. Irgendwie gelang es Suzie, ihre Beine auf seine Schultern zu legen und seinen Hosengürtel aufzuschnallen, aber das nützte ihr noch nicht viel, da der Rest von ihm noch draußen auf dem Parkplatz hing. Währenddessen bedeckte sie ihn immer noch mit hastigen, atemheißen Küssen und schien sich zu wundern, weshalb die Sache nicht voranging.

»Ich weiß nicht, ob ich durch dieses Fenster reinkomme«, sagte Duane. Selten hatte er sich so geil und gleichzeitig so albern gefühlt – seine Beine ragten ausgestreckt aus dem Wagenfenster. Mit einer verzweifelten Drehung war es ihm gelungen, seinen

Steifen aus dem Türgriff zu befreien, aber er hatte ihn immer noch nicht im Wagen.

»Scheiße, ich hab Junior doch gesagt, daß wir einen Kombi brauchen«, sagte Suzie verärgert über diese Unzulänglichkeit ihres Wagens, aber sie war trotzdem nicht gewillt, deswegen aufzuhören, ihn zu küssen. Wieder fing sie seine Hand und schob sie sich zwischen die Beine, in der Hoffnung, daß eine Berührung an dieser Stelle ihn erregen würde.

Duane konnte kaum mehr stärker erregt sein, aber auch seine Erregung konnte das Fenster nicht vergrößern oder das Lenkrad wegzaubern oder das Verdeck öffnen. Er wollte gerade versuchen, sich wieder rückwärts herauszuwinden und ganz einfach die Wagentür zu öffnen, als ein Scheinwerferblitz über die Windschutzscheibe zuckte. Ein Wagen kam die kleine Straße zum Krankenhaus herangerast. Auch Suzie sah ihn.

»O nein!« stöhnte sie, »ausgerechnet im ungünstigsten Moment!«

»Im beschissensten Moment«, fluchte Duane, »ich sitz nämlich fest.«

Tatsächlich war der Rückzug auch nicht einfacher als der Eintritt. Einen Moment wünschte er, er hätte besser aufgepaßt, wenn Karla ihm zum soundsovielten Mal irgendwelche Diätvorschläge vorlas, während er im Whirlpool saß, ohne sie zu beachten.

Außerdem wurde sein Rückzug noch dadurch erschwert, daß Suzie, die fest entschlossen war, sich eine möglichst tiefgreifende Streicheleinheit zu sichern, seine Hand fest an ihre Möse preßte. Sie legte sich in den Sitz zurück und bedeckte mit ihrem Unterarm ihr Gesicht.

»Tu's nur noch eine Sekunde«, sagte sie. »Der Wagen ist ja noch nicht hier. Mach einfach so. Ja. Das ist gut.«

»Ich dachte mir schon, daß du gut sein mußt«, fügte sie hinzu. »Weißt du, man überlegt sich doch ab und zu, wie bestimmte Leute wohl sind, nicht?«

Bevor Duane etwas darauf entgegnen konnte, biß sich Suzie in den Arm, um einen auch nicht gerade schlechten Lustschrei zu ersticken. Duane dachte, daß es ebenfalls nicht schlecht wäre, wenn er seine Füße wieder auf den Boden bekäme, bevor der Wagen angekommen war. Er konnte ihn bereits rumpeln hören, während er auf der holperigen Straße heranbrauste.

Er bekam einen Krampf im Genick, als er sich herausarbeitete, aber er ließ seine Hand noch einen Moment zwischen Suzies Schenkeln, während er an der Wagentür lehnte und Atem schöpfte. Noch ein paar ganz gute Schreie wurden nur halbherzig erstickt. Duane war entsetzlich frustriert, aber immerhin froh, daß er wieder aus dem Fenster rausgekommen war.

Mit strahlenden Augen setzte sich Suzie genau in dem Moment auf, als der Wagen mit einer Vollbremsung zum Stillstand kam.

Es war Beulah Balt. Sie war so durcheinander vor Entsetzen, daß sie den Wagen auf der Stelle in den Rückwärtsgang zurückspringen ließ und dabei Duane fast über den Haufen fuhr, der nicht gerade in seiner besten körperlichen Verfassung war.

»Daddy ist tot!« sagte sie. »Er ist aus dem Wagen gefallen und in den Graben gerollt.«

»O nein!« sagte Suzie und stieg aus, um sie zu trösten. »Er sollte doch der Star unserer Hundertjahrfeier werden.«

Duane stürzte ins Krankenhaus, um nachzusehen, ob Buddy, der Krankenwagenfahrer, irgendwo aufzutreiben war. Die Nachtschwester May, die so unscheinbar wie eine Maus war, saß in einer der Medikamentenkammern und zählte Q-tip-Päckchen.

»Buddy ist zum Angeln gegangen, aber er hat den Krankenwagen dagelassen, bedienen Sie sich ruhig«, sagte May, als Duane angerannt kam.

»Sie sollten besser den Arzt rufen«, sagte Duane.

»Mach ich, aber stören Sie mich nicht beim Zählen, ich mach Inventur«, sagte May.

Da kam Lester aus der Eingangshalle, um nachzusehen, was all diese Aufregung bedeutete. Er hatte sich gerade noch die Zeit genommen, nach seinen Schuhen zu greifen.

Sie bugsierten die beiden Frauen in den Krankenwagen und rasten zum Highway. Der alte Balt und seine Tochter lebten ungefähr zehn Meilen weit außerhalb.

»Es war mein Fehler«, sagte Beulah weinend. »Ich schimpf ihn immer aus, wenn er beim Ausspucken seine Kautabak-Dose nicht trifft. Im Dunkeln in einem fahrenden Wagen kann er sie meist nicht treffen. Ich hab ihn angefaucht, und da hat er die Wagentür aufgemacht und versucht, hinauszuspucken. Eh ich mich versah, war er verschwunden.«

»Wird schon nicht so schlimm sein«, meinte Suzie. »Vielleicht hat er nur ein paar gebrochene Knochen.«

»Etwas früher am Tag war *ich* heute in diesem Krankenwagen«, sagte Lester. Suzie Nolan machte ihn nervös.

Beulah wußte nur ungefähr, wo sie gewesen war, als ihr Vater aus dem Wagen rollte.

»Ich hatte das Radio an und hab's nicht bemerkt, als er rausfiel«, sagte Beulah. »Das alles werde ich mir nie verzeihen. Wenn er nur noch drei Monate hätte leben können, dann hätte er seinen Brief vom Präsidenten bekommen. Der Präsident schreibt jedem, der es schafft, hundert Jahre alt zu werden.«

Kostbare Minuten vergingen, während sie versuchten, die Stelle zu finden, an der Mr. Balt herausgefallen war. Beulah meinte, es müsse irgendwo zwischen dem Onion Creek und dem nächsten Bach gewesen sein, der keinen Namen hatte. Schließlich stieg Duane aus und ging am Straßengraben entlang. Lester war nervös, daher fuhr Suzie den Krankenwagen und hatte den Suchscheinwerfer eingeschaltet. Duane war keine hundert Yards gegangen, als er den Alten ausgestreckt auf dem Rücken liegend im Straßengraben fand. Er sah ziemlich tot aus, aber in Wirklichkeit schlief er nur.

Nachdem man ihn wachgerüttelt hatte, wirkte er zuerst ganz friedlich – »Was läuft'n da im Fernsehen?« fragte er –, aber als man ihm sagte, daß er mit in die Stadt zurückkommen und sich ärztlich untersuchen lassen müsse, begann er rebellisch zu werden. Schon bald war klar, daß seine Arme und Beine noch funktionierten, da er mit allen vieren um sich trat und schlug. Schließlich konnte Duane den Alten bändigen und in den Krankenwagen schieben. Während der Rückfahrt in die Stadt hielt er ihn in einer Art Schwitzkasten fest.

»Mr. Balt, wenn Sie nur ein bißchen jünger wären, müßten wir Sie, glaube ich, wieder loslassen«, sagte er.

»Wenn ich in einem Straßengraben pennen will, wen geht's dann was an außer mir?« wollte der Alte wissen. »Bis Roosevelt war das hier 'n freies Land gewesen.«

»Schön ruhig bleiben, Daddy«, sagte Beulah. »Du könntest innere Blutungen haben.«

»Wir alle werden innere Blutungen bekommen, wenn Suzie nicht vom Gas runtergeht«, sagte Lester, »und äußere Blutungen noch dazu.«

Suzie wirkte feurig und schien die Lage im Griff zu haben. Sie antwortete nicht, fuhr aber auch nicht langsamer.

»Sie versucht, mich vom Tabak abzubringen«, sagte der Alte und starrte seine Tochter an.

»Daddy, ich werde nur dafür sorgen, daß du eine größere Dose bekommst«, sagte Beulah.

Im Krankenhaus wurde bald diagnostiziert, daß eine aufgeschürfte Hand das ganze Ausmaß von Mr. Balts Verletzungen war. Während ihrer Abwesenheit hatte sich die Notaufnahme gefüllt. Drei Ölnacken hatten einen Lastwagen zum Kippen gebracht. Alle waren blutüberströmt, obwohl keiner ernsthaft verletzt war. Toots Burns, der Sheriff, hatte eine kleine Ausreißerin eingeliefert, die anscheinend die Orientierung verloren hatte.

»Sie glaubt, sie sei in Georgia«, sagte Toots voller Mitgefühl. Er selbst sah auch nicht gerade so aus, als sei er in Höchstform, aber es schien ihm zumindest besser zu gehen als dem Mädchen, das den blutenden Ölarbeitern gegenüber auf einer Liege saß und apathisch vor sich hin weinte.

Zu Duanes größter Erleichterung machte sich Suzie bald auf den Weg, um ihre Kinder abzuholen. Die hell erleuchtete Notaufnahme voller bedrückter Menschen ließ das, was er soeben auf dem Parkplatz erlebt hatte, besonders absurd erscheinen. Obwohl Suzie lediglich versuchte, die niedergeschlagene Beulah Balt zu trösten, kam sie Duane unerträglich gutgelaunt vor. Sie würdigte ihn auch keines Blickes, als sie ging, und das ärgerte ihn, obwohl es natürlich unlogisch war, weil er es ja eigentlich gar nicht erwarten konnte, bis sie endlich ging.

Eine Stunde lang saß er auf der Liege neben der kleinen Ausreißerin, bis entschieden war, daß Mr. Balt entlassen werden konnte. Er bot an, die Balts nach Hause zu fahren, aber sie lehnten seine Hilfe ab und brachen nach einem weiteren langsamen Fußmarsch über den Bürgersteig wieder auf.

Die ganze Zeit über hatte Duane ständig der Gedanke an die einsame Janine in ihrem Lavendel-Negligé verfolgt. Als die Balts endlich abgefahren waren, kehrte er wieder um und rief sie vom Münzfernsprecher des Krankenhauses aus an.

»Stell dir vor, Old Man Balt hätt es beinahe erwischt«, sagte er. »Deshalb konnte ich nicht vorbeikommen.«

»Ich bin schon im Bett«, erwiderte Janine mit einer schwachen, niedergeschlagenen Stimme, die das Gegenteil von dem triumphierenden Ton war, den sie am gleichen Morgen im Dairy Queen angeschlagen hatte.

»Er ist aus dem Wagen gefallen«, sagte Duane, »es ist ein Wunder, daß er nicht in tausend Stücke zerbrochen ist. Ich hatte keine Möglichkeit, früher anzurufen.«

»Du brauchst dich nicht zu entschuldigen, wenn das alles ist, was passiert ist«, sagte Janine mit der gleichen hoffnungslosen Stimme.

»Ich könnte ja noch für 'n Moment vorbeikommen«, meinte er.

»Nein, ich hab schon Schminke auf dem Gesicht, und außerdem willst du ja nicht wirklich«, sagte sie.

Sie war den Tränen nahe. Duane überlegte, was er sagen könnte, um sie vom Weinen abzuhalten, aber irgendwie war ihm die Puste ausgegangen.

»Vielleicht können wir uns an diesem Wochenende wieder mal davonstehlen«, sagte er.

»Du willst ja nicht wirklich«, wiederholte Janine in tonloser Verzweiflung. Dann legte sie auf.

23

Duane blieb einen Moment beim Telefon stehen und fragte sich, weshalb er Janine davon zu überzeugen versucht hatte, daß das, was wirklich wahr war, nicht wahr sei. Sie war eine Expertin darin, den Hörer so aufzulegen, daß er mit einem Maximum an Schuldgefühlen zurückblieb, aber das war ein Trick, den sie schon zu oft angewandt hatte. Er hatte kein allzu schlechtes Gewissen, und er wußte, daß sich Janines Verzweiflung bis zum Morgen wieder gelegt haben und sie fuchsteufelswild sein würde.

Es war schon viel zu spät, um noch ins Howlers zu fahren, aber er hatte auch keine rechte Lust, schon heimzufahren. Daher steckte er noch eine Münze in den Apparat und rief zu Hause an.

»Ja bitte?« knurrte Minerva.

»Ich bin's nur«, sagte Duane.

»Ich schau mir gerade einen Film an. Was gibt's?« Minerva konnte es nicht leiden, wenn jemand »nur so« anrief oder wenn überhaupt jemand anrief, während sie vor dem Fernseher saß.

»Ist Karla zu Hause?« fragte Duane.

»Nein, hab sie nicht gesehn«, knurrte Minerva.

»Muß ein verdammt guter Film sein«, sagte Duane.

»Einer mit Woody Allen, ich lach mich jedesmal krumm, wenn ich den Mann nur seh«, meinte sie und wurde etwas zugänglicher. »Der braucht nur ein paar Schritte zu gehen, und mich haut's vor Lachen vom Hocker.«

»Wenn Karla auftaucht, dann sag ihr, ich bin noch zum Angeln gefahren«, sagte Duane.

»Wird gemacht. Wiedersehn«, sagte Minerva und legte auf.

»Wer wohl noch alles einfach auflegen würde, wenn ich anrufe«, brummte Duane.

Er fuhr los in Richtung See, stellte aber bald fest, daß er keine Köder dabei hatte. Also drehte er wieder um und fuhr zum Kwik-Sack. Sonny saß hinter der Kasse und sah sich in seinem kleinen Sony eine Talk-Show an. Er blickte auf und lächelte, aber er machte einen deprimierten Eindruck.

Duane ging zu einem der Regale und nahm sich eine Packung Mettwurst, etwas Käse, ein Glas Mixed Pickles und einen Laib Brot. So konnte er als Nachtimbiß ein Mettwurst-Brot mit Pickles und Käse essen und den Rest als Köder verwenden. Ein guter Köder war das nicht, aber er war auch kein sehr ernsthafter Angler – gerade eben ernsthaft genug, um ein schlechtes Gewissen zu bekommen, wenn er ganz ohne Köder angelte.

»Wir hätten heute abend beinahe unseren Star-Pionier verloren«, erzählte Duane.

»Was ist passiert?«

»Old Man Balt ist aus seinem Wagen gefallen und in den Straßengraben gerollt«, sagte Duane, »er war aber nicht verletzt.«

»Ich glaube, ich verlier meinen Verstand«, sagte Sonny.

»Wieso? Du bist doch nicht im Ölgeschäft«, sagte Duane. Er wollte witzig sein, aber Sonny meinte es ernst.

»Ich habe diese Aussetzer immer häufiger«, sagte er. »Vor einer Stunde hatte ich wieder einen. Ich habe angefangen, eine Rechnung einzutippen, und dann einfach vergessen, was ich gerade tat. Toots wollte 'n paar Sandwiches für das Mädchen kaufen, das er aufgelesen hatte, und da habe ich einfach total vergessen, wie man die Registrierkasse bedient. Toots mußte sich schließlich seine Sachen selbst zusammenaddieren.«

»Du bist wahrscheinlich nur 'n bißchen verschroben – wie Minerva«, meinte Duane, »du kannst's eben nicht leiden, wenn dich jemand beim Fernsehen stört.«

»Mich stört's überhaupt nicht, wenn mich jemand stört«, entgegnete Sonny, »aber mein Hirn hat manchmal 'ne Störung. Dann ist einfach nur noch weiße Mattscheibe.«

Er sah wirklich verstört aus. Duane sagte es ihm nicht, aber dieser verstörte Blick gefiel ihm im Grunde besser als der Ausdruck höflicher Gleichgültigkeit, den Sonny bisher die meiste Zeit seines Lebens auf dem Gesicht hatte.

»Versuch doch mal, die paar Fressalien einzutippen«, schlug Duane vor.

Sonny starrte einen Moment auf die Registrierkasse, dann tippte er Duanes Einkäufe fehlerlos ein.

»Normalerweise habe ich nicht zwei Aussetzer am selben Abend«, sagte Sonny. »Aber ich hatte schon einmal zwei in einer Woche. Letzte Woche hatte ich sogar drei oder vier. Vielleicht hab ich einen Gehirntumor.«

»Also jetzt klingst du wirklich wie Minerva«, sagte Duane. »Ich glaube nicht, daß du einen Gehirntumor hast, und ich hoffe, daß du nicht den Verstand verlierst, bevor die Hundertjahrfeier vorbei ist, weil wir noch 'ne Menge zu organisieren haben.«

»Ich muß oft an Sam und Billy denken«, sagte Sonny.

Sam war ein Mann, der Sonny in seiner Jugend sehr geholfen hatte, und Billy war ein einfach gestrickter Junge, der für Sam gearbeitet hatte. Sam war Sonnys Idol und Sonny wiederum Billys Idol gewesen. Aber Sam und auch Billy waren seit dreißig Jahren tot.

»Ich wünschte, ich könnte die beiden irgendwie in die Feierlichkeiten einbringen«, sagte Sonny. »Sam hat schließlich mal so ungefähr die ganze Stadt in Schuß gehalten. Vielleicht könnte man darüber eine Szene oder so was bringen.«

»Es sind nicht mehr allzu viele übrig, die sich an die zwei noch erinnern«, sagte Duane und dachte bei sich, daß die meisten unter den Zuschauern mit einer Szene über »Sam the Lion«, wie ihn damals alle nannten, sogar noch weniger anzufangen wüßten als mit den bereits eingeplanten. Die Leute hatten wohl mal von Adam und Eva gehört und wußten auch so ungefähr, wer Ben Franklin war, aber Figuren aus der Gegend, die noch dazu schon so lange tot waren, waren bei fast ebenso vielen aus der Erinnerung verschwunden wie Texasville. Selbst Duane konnte sich nicht mehr deutlich an Sam und Billy erinnern.

»Ich find's einfach schrecklich, wenn die in Vergessenheit geraten«, meinte Sonny.

»Die meisten Leute geraten doch in Vergessenheit«, sagte Duane.

Ihm wurde auf einmal klar, was Sonnys Problem war: Er hatte sich selbst die meiste Zeit seines Lebens vergessen. Erst jetzt, wo sein Verstand allmählich herumzugeistern begann, erinnerte er sich wieder daran, daß er noch lebte.

»Sam und Billy haben hier gelebt«, sagte Sonny. »Sie waren ein

Teil dieses Ortes. Adam und Eva haben nicht hier gelebt. Ben Franklin hat nicht hier gelebt. Ich finde, in dem Festspiel sollte es mehr um Leute gehen, die etwas für unseren Landkreis getan haben.«

Es hatte monatelanger Diskussionen bedurft, um das Festspiel auf halbwegs sichere Beine zu stellen – das Letzte, was Duane wollte, war, daß es nun wieder in sich zusammenfiel, bevor sie überhaupt mit den Proben begonnen hatten.

»Ich will einfach nur, daß das Ganze wenigstens so viel Festspielcharakter hat, daß es den Leuten Spaß macht, es anzusehen«, meinte Duane. »Ich werde jetzt mal nachsehen, ob die Barsche anbeißen.«

Sonny gab Duane sein Wechselgeld heraus und drehte sich ohne weiteren Kommentar wieder zu seinem Fernseher um.

24

Shorty haßte Angeltouren. Es machte ihm keinen Spaß, im Pickup zurückzubleiben und sich Sorgen zu machen, Duane könnte vielleicht nie mehr zurückkommen, und es machte ihm auch keinen Spaß, ringsum von Wasser umgeben in irgendwelchen Booten herumzufahren. Wasser konnte er überhaupt nicht leiden. Es war so schwierig, darin irgend etwas zu jagen. Einmal war er aus dem Boot gesprungen, um eine Schildkröte zu jagen, und war prompt untergegangen. Die Schildkröte war auch weg. Dann tauchte eine andere Schildkröte auf, und er versuchte, diese zu jagen, aber da war auch die wieder weg. Diese verdammten Schildkröten taten nichts anderes als ständig auf- und wieder abzutauchen. Als er versuchte, sie anzubellen, wäre er beinahe ertrunken, so viel Wasser schluckte er dabei. Dann verlor er das Boot aus dem Blick und mußte den ganzen Weg zum Ufer schwimmen, und das war so anstrengend, daß er vor Erschöpfung beinahe umfiel.

Als er sah, daß sie sich dem See näherten, begann er unglücklich zu winseln. Und das wiederum haßte Duane.

»Das Letzte, was ich nach einem Tag wie diesem gebrauchen kann, ist dein verdammtes Winseln, Shorty«, sagte er.

In Wirklichkeit war der Tag nicht auffällig stressiger gewesen als die meisten anderen Tage. Immer wenn er dachte, er hätte nun jede mögliche Variante von Streß erlebt, tauchte irgendwo schon wieder die nächste auf. Die Folge davon war, daß die Aussicht, eine Nacht lang in seinem Boot im ruhigen, wenn auch etwas moorig riechenden Schoß des Lake Kickapoo dahinzutreiben, für ihn etwas ungeheuer Beruhigendes hatte. Er brauchte nichts anderes zu tun, als Brote mit Mettwurst und Käse zu essen, den Mond zu beobachten und gelegentlich ein neues Mettwurststückchen an seinen Angelhaken zu stecken, damit die Schildkröten etwas zu knabbern hatten.

Diese Aussicht beflügelte ihn, und er sauste zwischen den dunklen Mesquite-Bäumen dahin, während er an einem belegten Brot kaute, das er sich direkt vor Shortys Nase mit einer Hand zusammengelegt hatte. Als Trostpreis gab er Shorty ein Pickle, das dieser sofort verschlang.

Da eine Quelle versiegt war, hatte der See Niedrigwasser und roch nach Schlamm. Ein Waschbär hatte gerade eine Miesmuschel geknackt und schlürfte sie auf dem Bootssteg aus, als Duane zum Wasser herabgefahren kam. Shorty war eingeschlafen und bemerkte den Waschbär nicht, der sofort wegrannte.

Duane trug sein Angelzeug und die kleine Tüte mit Verpflegung zum Boot hinunter, warf den Outborder an und war bald draußen in der Mitte des Sees. Am Ufer reihten sich kleine Häuschen, viele hatten ein Positionslicht über der Garage oder dem Steg. Die Lichter am entgegengesetzten Ende des Sees in mehreren Meilen Entfernung wirkten so fern wie Sterne.

Duane hatte beschlossen, daß es zu anstrengend war, auch nur so zu tun, als würde er angeln. Es stellte den Motor ab, aß noch ein Mettwurstbrot und ließ das Angeln bleiben. Für eine Stunde nickte er ein, aber er hatte einen schweren Traum, in dem er versuchte, irgendwo mit Janine in einem Hotel abzusteigen. Dieser Traum riß ihn aus dem Schlaf. Es erschien ihm entspannender, einfach im Boot zu liegen und die Sterne zu betrachten.

Die ganze Nacht trieb er so auf dem See herum und nickte hie und da ein. Nicht lange vor der Dämmerung hörte er einen Wagen kommen, sah, wie er sich am Nordufer des Sees entlangbewegte und seine Scheinwerfer über das Wasser schwenkten. Dann fuhr der Wagen zu einem Steg hinunter, und die Scheinwerfer erloschen. Duane kam zu dem Schluß, daß es wahrscheinlich einfach Teenager waren, die nach einem lauschigen Plätzchen suchten, um das zu tun, was er beinahe mit Suzie Nolan getan hätte. Wenn es Einbrecher gewesen wären, die in eines der Strandhäuser einbrechen wollten, dann hätten sie nicht gewartet, bis es fast Tag war.

Er legte sich in seinem Boot zurück und beobachtete, wie sich das graue Dämmerlicht allmählich über das Wasser breitete. Der Himmel war vollkommen klar, und bald verwandelte sich der Horizont in feuriges Gold, als ob gleich hinter den Hügeln eine Schmiede stünde.

Duane belegte sich gerade noch eine weitere Brotscheibe, als er ein sanftes Geräusch im Wasser vernahm, ein leises Plätschern. Er sah sich nach allen Seiten um, weil er dachte, die Fische würden springen, und da sah er eine Frau direkt auf sein Boot zuschwimmen. Selbst ein Marsmensch hätte ihn nicht stärker erschrecken können. Die Frau war eine kräftige Schwimmerin. Sie trug eine Schwimmbrille und eine Badekappe und hatte offensichtlich das Boot nicht bemerkt. Sie schwamm mitten durch den See, der an dieser Stelle nicht ganz eine halbe Meile breit war.

Duane vermutete, daß es irgendein Mädchen aus Wichita war, das für ein Schwimmteam oder etwas Ähnliches trainierte. Als es so aussah, als würde sie das Boot rammen, wollte er schon rufen, aber dann sah er, daß sie fünf oder sechs Fuß entfernt an ihm vorbeischwimmen würde, und er sagte nichts.

Als die Schwimmerin gerade den Bug des Bootes passierte, sah oder fühlte sie es und hielt inne. Wahrscheinlich war sie genauso erschrocken wie er.

»Tag«, rief Duane. »Ich wollte Ihnen keine Angst machen.«

»Ich habe keine Angst«, sagte die Frau. »Ich hatte nur gedacht, ich hätte diesen See ganz für mich.«

Sie schob sich die Brille hoch, und da erkannte Duane, daß es Jacy war. Ein schwarzer Mercedes, der gleiche, der an der Ampel an ihm vorbeigefahren war, parkte an dem Steg unterhalb des alten Seehauses der Farrows, das – soviel er wußte – seit dem Tod von Lois und Gene, Jacys Eltern, ungenutzt dastand.

Das Boot war an sie herangetrieben. Sie tat zwei Schwimmstöße, bis sie die Bordwand erreicht hatte.

»Kenne ich Sie nicht von irgendwoher?« fragte sie und sah ihn sich genau an.

»Jacy, ich bin Duane Moore«, sagte er. »Wir sind eine Zeitlang zusammen auf die High School gegangen.«

»Duane?!« rief sie und lächelte. »Mein Gott, was für ein Ort, um einem früheren Freund über den Weg zu laufen. Lebst du jetzt in diesem Boot, oder was ist los?«

»Nein, ich ziehe mich nur ab und zu in eines zurück, wenn ich deprimiert bin«, sagte Duane.

»Ich hab gehört, du bist reich geworden«, sagte Jacy. »Was deprimiert dich dann?«

»Nichts Ernstes«, sagte er, weil ihm einfiel, welchen Verlust sie erlitten hatte.

»Bist du wirklich reich geworden?« fragte sie.

»Ja, ganz schön sogar«, sagte er.

Duane hatte sich oft gefragt, wie sehr sich Jacy wohl verändert hatte, aber da sie eine Schwimmbrille auf der Stirn hatte und ihr Haar unter einer Kappe verborgen war, konnte er lediglich feststellen, daß sie immer noch die großen blauen Augen hatte, die ihn einmal so magnetisch angezogen hatten. Seine Erinnerungen an das flirtige Mädchen, das sie einmal gewesen war, halfen ihm nicht viel weiter bei dem Versuch, sich ein Bild von dieser Frau zu machen, die nun aus dem braunen See zu ihm heraufblickte. Die Schwimmbrille hatte Abdrücke auf ihrem Gesicht hinterlassen. Ihm fiel wieder ein, wie eitel sie gewesen war und wie sie ihr Gesicht oder ihren Körper nach dem geringsten Makel abzusuchen pflegte. Sie bekam leicht blaue Flecken, und obwohl sie für sportliche Ringkämpfe ebenso zu haben war wie für wüste Prügeleien, hatte sie ihn immer wild beschimpft, wenn auch nur der kleinste blaue Fleck dabei herauskam.

Während er sie so betrachtete, kam er sich ein wenig albern vor – die ganzen Jahre über hatte er sich vorgestellt, daß sie immer noch die schönste Frau der Welt war, und dabei vergessen, daß eben diese Jahre möglicherweise wesentlich destruktiver mit ihr umgegangen waren, als er es jemals getan hatte. Obwohl sie immer noch ziemlich gut aussah, war sie nicht mehr die überwältigende Schönheit, als die sie in seiner Phantasie erschienen war, und er kam sich dämlich vor, daß er dieses Bild so lange aufrechterhalten hatte.

»Wolltest du die ganze Strecke durch den See und wieder zurück schwimmen?« fragte er.

»Klar. Ich habe lange Zeit am Mittelmeer gelebt, und da habe ich mich ans Schwimmen im freien Wasser gewöhnt. Das ist auch so ziemlich das Beste, was ich hier tun kann.«

»Ich fahre hin und wieder an Los Dolores vorbei«, bemerkte er beiläufig. »Ich habe oft daran gedacht, einmal anzuläuten, seit ich hörte, daß du wieder da bist.«

»Wieso hast du's nicht gemacht?« fragte sie.

»Ich muß selber die ganze Nacht in einem Boot hocken, um wenigstens ab und zu mal für mich allein zu sein«, sagte er. »Da hab ich Hemmungen, anderen auf den Wecker zu fallen.«

»Ein sehr reifer Zug von dir«, sagte Jacy. »Wenn du bei mir geläutet hättest, wäre ich wahrscheinlich grob geworden.«

Sie schien sich gerade wieder in Richtung auf das schlammige Südufer abstoßen zu wollen, aber dann entdeckte sie das offene Glas mit den Mixed Pickles in seiner Hand. Sie griff hinein, nahm ein Stück und steckte es sich in den Mund.

»Das Privileg einer einstigen Freundin«, sagte sie kauend und schmunzelte. Dann zog sie sich wieder ihre Brille vor die Augen.

»Ich hoffe, das Mittelmeer stinkt nicht so schlimm wie dieser Froschweiher«, meinte Duane. In der leichten Morgenbrise roch das Wasser besonders froschig.

»Och, das Mittelmeer ist total verdreckt«, sagte Jacy. »Aber es ist offenes Meer.«

Sie sah durch ihre Schwimmbrille zu ihm hinauf.

»Hast du nicht eine große Familie?« fragte sie.

»Und ob«, sagte Duane. »Genau das hat mich dazu getrieben, meine Nächte in einem Motorboot zu verbringen.«

Jacy stieß sich ab und machte ein, zwei träge Schwimmstöße auf dem Rücken.

»Warst nicht du derjenige, mit dem ich mal zum Nacktbaden gegangen bin?« fragte sie.

»Nein, das war Lester«, sagte er.

»Aber ich war jedenfalls deine Esther Williams, stimmt's?« fragte sie. Dann streckte sie sich im Wasser, hob ihre Arme hoch über ihren Kopf, legte die Hände zu einer Spitze aneinander und machte eine Rolle rückwärts à la Esther Williams, so daß ihre langen weißen Beine einen Moment lang steil in den Himmel ragten. Als sie auftauchte, war sie wieder dicht am Boot.

»Läute doch mal bei Gelegenheit an, Duane«, sagte sie, »ich würde gerne was über deine Familie hören.« Und damit drehte sie um und schwamm in gleichmäßigen Zügen davon.

25

Als Duane morgens um halb sieben, fischlos, wieder heimfuhr, fand er das Haus in hellem Aufruhr. Karla wanderte in der Küche auf und ab, hatte in jeder Hand ein Telefon und versuchte, mit sich überstürzenden Ereignissen Schritt zu halten.

Minerva hatte sich am Küchentisch breit gemacht und studierte mit betont großer Sorgfalt die Stellungsangebote.

Nellie saß ihr schluchzend gegenüber und hatte Barbette auf dem Schoß. Barbette heulte ebenfalls.

Aus der Speisekammer war ein Kreischen und Scheppern zu hören – das konnte nur Little Mike sein. Duane nahm Barbette in seine Arme, die daraufhin sofort ruhig war, und ging zur Speisekammer, um Little Mike zu befreien, der mit einer Suppenkonserve gegen die verschlossene Tür getrommelt hatte. Sobald ihn Duane freigelassen hatte, rannte er nach draußen in die Rasendisteln, setzte sich mitten hinein und brüllte von neuem los. Er war nackt.

»Dickie ist nicht nach Ruidoso gefahren«, sagte Karla und hielt einen Moment lang den Hörer des einen Telefons zu.

Das hatte Duane sich schon gedacht, da der Pickup, den er seinem Sohn geliehen hatte, in der »Auffahrtsallee« parkte und so aussah, als wäre er gerade von einer Spritztour durch die Mongolei zurückgekehrt. Dickie war der einzige Mensch, den Duane kannte, der einen nagelneuen Pickup in nur wenigen Stunden in ein Wrack verwandeln konnte.

»Ist er im Knast, ist er tot, oder was?« fragte Duane, während er Barbette in seinen Armen wiegte.

»Nein – verheiratet!« sagte Karla. »Er und Billie Anne sind schon seit drei Wochen heimlich verheiratet und haben's nicht mal uns gesagt. Billie Annes Mutter hat einen Nervenzusammenbruch bekommen, als sie es erfuhr.«

»Da wird sie nicht die einzige sein«, meinte Duane und dachte an Suzie und Jenny. »Die Psychiater werden ganz schön was zu tun haben.«

»Du auch. Du mußt die Zwillinge abholen«, sagte Karla. »Ich telefoniere gerade mit dem Leiter des Ferienlagers. Sie wurden rausgeschmissen, ganz wie du's vorausgesagt hast.«

»Und weshalb flennst *du*?« fragte Duane Nellie. Der Gedanke, daß Dickie verheiratet war, ganz gleich, wie lange das dauern würde, war für ihn fast eine Erleichterung, und er hätte sich ohnehin selbst in seinen wildesten Träumen niemals vorstellen können, daß die Zwillinge die volle vorgesehene Zeit in einem kirchlichen Ferienlager aushalten würden.

»Ihr Verlobter hat sie enttäuscht«, sagte Minerva. »Ich such mir einen neuen Job. Ein Haushalt wie dieser ist kein Ort für eine alte Dame mit Magenkrebs.«

»Ich dachte, du hättest einen Gehirntumor«, sagte Duane. »Magenkrebs hattest du doch letztes Jahr.«

»So oder so ist das hier jedenfalls nicht der richtige Ort für eine Frau, die so krank ist wie ich, ganz egal, was ich habe«, sagte Minerva gereizt. Sie nahm ihre Krankheiten tödlich ernst und konnte es nicht leiden, wenn man sich über sie lustig machte, nur weil sie noch an keiner davon gestorben war.

Karla legte beide Handtelefone auf und schaltete sie sofort ab.

»Hörst du jetzt mit diesem Heulen auf?« sagte sie zu Nellie. »Joe Coombs hatte nie vor, dir untreu zu werden. Nach dem fünfundzwanzigsten Bierchen wird er eben blind und kann nicht mehr eine Frau von 'ner andern unterscheiden.«

»Was hat er denn getan?« fragte Duane.

»Er hat versucht, Billie Anne zu küssen, meine eigene Schwägerin«, jammerte Nellie.

»Er hat dir doch tausendmal versichert, daß er dachte, das wärst du gewesen«, sagte Karla. »Er ist total am Boden zerstört, aber wenn du die Verlobung lösen willst, dann ist das deine Sache.«

Little Mike kam wieder hereingewatschelt – ein Bild des Jammers: Sieben oder acht Stachelkletten steckten in jedem seiner dicken Beinchen. Er versuchte, auf den Schoß seiner Mutter zu klettern, aber Nellie hielt ihn mit ausgestreckten Armen von sich fort, und so drehte er sich wankend zu Minerva um, die ihn am Arm auffing und ihm mit steifen Fingern die Kletten aus der Haut zog, bevor sie sich wieder in die Durchsuchung der Stellenanzeigen vertiefte.

»Was haben die Zwillinge ausgefressen?« fragte Duane.

»Julie hat nackt für Polaroids posiert, und Jack ist im Klo ins Gebälk hochgeklettert und hat einen Ziegel in eine der Toiletten fallen lassen«, sagte Karla. »Vermutlich ist die Kloschüssel zu Bruch gegangen, und es hat wohl 'ne ganz schöne Überschwemmung gegeben. Sie sagten, sie wären dir sehr verbunden, wenn du kommen und sie noch vor dem Mittagessen abholen könntest.«

»Wer hat die Polaroids gemacht?« fragte Duane.

»Ein Sechstkläßler aus Nocoma«, sagte Karla. »Und wo warst du die ganze Nacht, während ich hier fast wahnsinnig geworden bin?«

»Ich habe Minerva gesagt, sie möchte dir ausrichten, daß ich zum Angeln gegangen bin«, sagte Duane.

Karla warf Minerva einen strengen Blick zu, aber die ließ sich davon nicht beeindrucken.

»Wenn mich die Leute bei meinen Filmen unterbrechen, passiert's schon mal, daß ich ihre Alibis vergesse«, brummte sie.

»Joe hätte merken können, daß es Billie Anne war, wenn er hingesehen hätte, weil sie 'n ganzes Stück größer ist als ich«, schluchzte Nellie.

»Und was ist aus Junior geworden?« erkundigte sich Duane weiter. »Hat er sich jemals wieder beruhigt?«

»Der schläft in einem der Gästezimmer«, sagte Karla. »Er hat sich so sehr beruhigt, daß seine Beine nicht mehr funktioniert haben. Wir mußten ihn ins Haus tragen.«

»Von wegen ruhig, der war sternhagelvoll«, bemerkte Minerva.

»Ich glaube, er möchte hier für 'ne Weile unterkriechen, bis er bei sich zu Hause wieder klar Schiff machen kann«, meinte Karla.

»Und wo sind die Jungvermählten?« fragte Duane.

»Die sind auf Flitterwochen nach Bowie gefahren«, sagte Nellie, die immer noch in düsterer Stimmung war. »Ich komm nie zu Flitterwochen.«

»Was, nach Bowie?« fragte Duane. Das war eine kleine, ziemlich unspektakuläre Stadt, etwa fünfzig Meilen weit entfernt, als Ziel von Flitterwochen ein nicht gerade reizvoller Ort.

»Du hast schon jede Menge Flitterwochen gehabt«, erinnerte Karla sie. »Du hast jedesmal welche, wenn du wieder einem neuen Knaben über den Weg läufst.«

»Ich hab auf meinen Flitterwochen Tbc bekommen«, sagte Minerva. Das verschlug allen die Sprache. Es war der erste Hinweis darauf, daß Minerva jemals verheiratet gewesen war.

Nachdem sie so viel verraten hatte, verstummte Minerva und verweigerte jede weitere Auskunft.

»Sag uns doch wenigstens, welche Augenfarbe er hatte«, sagte Karla, als Duane aus der Küche gegangen war.

Er legte Barbette in ihre Wiege und sah zu Junior Nolan hinein, der in einem der zahlreichen Gästezimmer lag; sein Kopf hing über den Rand des Bettes herunter. Für den Fall, daß er sich übergeben müßte, wenn er aufwachte, hatte Karla vorsorglich einen Eimer unter seinen Kopf geschoben.

Duane rasierte sich und ging in den Garten, um mit Karla zu reden, die nun intensiv mit ihren Tomaten beschäftigt war. Gerade als er hinaustrat, kam Bobby Lee angefahren – zweifellos hatte Nellie ihn herbeordert. Wenn sie eine Schulter zum Ausweinen brauchte, so war das meistens die von Bobby Lee.

»Arme kleine Nellie, sie klingt total fertig«, sagte der jetzt, als er zu ihnen herübergekommen war. Duane und Karla blieben einhellig ungerührt.

»Na, hast du deinen Bohrkopf aus dem Loch herausbekommen?«

Bobby Lee sah ihn verständnislos an, als wüßte er nicht mehr, was mit Worten wie »Bohrkopf« und »Loch« gemeint war.

»Oh, *das* Ding meinst du«, sagte er dann und ging ohne weitere Erklärungen ins Haus.

»Tomaten gelten in manchen Ländern als Obst«, sagte Karla in einem Ton, den sie gerne annahm, wenn sie wütend war.

»Und was soll ich dagegen tun?« fragte Duane.

»Das wirst du schon erfahren, wenn du die Scheidungsunterlagen bekommst«, sagte Karla – eine Lieblingsbemerkung von ihr. Sie warf eine grüne Tomate nach ihm. Diese traf ihn aber nicht und rollte Shorty vor die Füße, der sie mit ernster Aufmerksamkeit betrachtete.

»Machen wir einen Ausflug, bevor du noch tiefer in der Tinte sitzt, als du's jetzt schon tust«, meinte Karla.

»O. k., wenn die Fahrt nicht nach Bowie geht«, sagte Duane.

»Sie sind doch nur nach Bowie gefahren, weil es dort ein Café gibt, in dem sie eine Bratensauce machen, auf die Dickie scharf ist«, meinte Karla.

Duane hatte den Eindruck, daß Karla sich lediglich von ihrer Intuition leiten ließ und über keine harten Fakten verfügte. So oder so war er dazu aufgelegt, mit dem Feuer zu spielen. »Rate mal, wer heute morgen durch den Lake Kickapoo geschwommen kam, als ich beim Angeln war«, sagte er.

»Bei dem Glück, das du gewöhnlich hast, vermutlich Priscilla Presley«, sagte Karla.

»Nein, Jacy«, sagte er. »Sie ist so etwas wie eine Langstreckenschwimmerin. Sie schwann durch den ganzen See.«

»Die Leute sagen, sie sei ganz schön alt geworden«, sagte Karla. »Ich würde sie gerne mal kennenlernen. Ich glaube, sie ist ein interessanter Typ.«

Jetzt sahen sie noch einen Pickup näherkommen. Er gehörte

Joe Coombs, der versuchen wollte, sich mit Nellie wieder auszusöhnen.

»O nein!« sagte Karla. »Was ist, wenn Joe und Bobby Lee eine Schlägerei anfangen?«

»Dann wird Joe gewinnen«, meinte Duane. »Bobby Lee könnte nicht mal Little Mike eine Ohrfeige geben, außer er überrascht ihn.«

Joe, der ungewöhnlich saubergeschrubbt aussah, parkte seinen Pickup, winkte ihnen steif zu und verschwand eilig im Haus. In weiser Voraussicht hatte er sich mit einer Schachtel Kirschen mit Schokoladenüberzug, Nellies Lieblingssüßigkeiten, bewaffnet.

»Vielleicht sollten wir wieder anfangen, in die Kirche zu gehen«, meinte Karla.

»Wieso wieder?« fragte Duane. »Ich kann mich nicht entsinnen, daß wir jemals in die Kirche gegangen wären.«

»Sind wir auch nicht, aber wir haben die Kinder ein paarmal in die Sonntagsschule zum Religionsunterricht geschickt«, sagte Karla.

»Ich dachte, du hast gesagt, Religion sei nur etwas für Feiglinge«, sagte Duane.

Karla blickte nachdenklich vor sich hin und meinte: »Das ist sie auch. Aber vielleicht komme ich mir ja feige vor. Ich bin fast bereit, mich auf diesen magischen Zirkus einzulassen.«

»Ich nicht«, sagte Duane.

»Sieh nur zu, daß sie dir diese schmutzigen Polaroids geben, wenn du zu dem Lager fährst«, sagte Karla. »Und ich möchte, daß du den Zwillingen auf der Rückfahrt gehörig ins Gewissen redest.«

»Ich habe denen, seit sie auf die Welt kamen, pausenlos ins Gewissen geredet«, erinnerte Duane sie, aber Karla, die sichtlich verging vor Neugier, was Bobby Lee und Joe Coombs einander wohl zu sagen hatten, war bereits auf dem Weg ins Haus.

26

Duane pfiff nach Shorty, und zwanzig Minuten später lag er mit Suzie Nolan im Bett, ein klein wenig enttäuscht. Von den zwanzig Minuten waren fünfzehn mit der Fahrt zu ihrem Haus draufgegangen. Als er ankam, war sie gerade im Waschraum und hatte eine Maschine angestellt. Die Geräusche, die die Waschmaschine dabei machte, das Rütteln und Schäumen, kamen ihm wie Sexgeräusche vor.

Was dann zwischen ihm und Suzie passierte, war wie ein gieriger Schluck, aber es war nicht ganz so erregend, wie es gewesen wäre, wenn sie diesen Schluck draußen vor dem Krankenhaus im Wagen hätten nehmen können. Dieser schnelle Schluck war keinesfalls langweilig, aber Duane konnte hinterher den Gedanken an die Folgen nicht ganz verdrängen.

Suzie liebte es, an ihren eigenen Brustwarzen zu spielen, und spielte weiter an ihnen, während er über die verschiedenen möglichen Folgen sinnierte.

»Es hat sich in der ganzen Stadt herumgesprochen, daß Dickie Billie Anne geheiratet hat«, sagte Suzie, der die Glut der Lust noch die Wangen rötete. »Dickie, diese kleine Ratte, hat mir gesagt, er würde mit diesem Mädchen Schluß machen.«

Dann rollte sie sich in seine Arme, bekam einen traurigen Zug um den Mund und begann zu schluchzen. In seiner Eile, in ihr Bett zu kommen, hatte Duane für kurze Zeit vergessen, daß sie in seinen Sohn verliebt war.

Während sie sich ausheulte, mußte er an Jacy denken. Statt zu Suzie zu kommen, hätte er auch nach Los Dolores hinunterfahren und dort an der Tür läuten können. Das hätte zwar nicht zu einem Schluck Instant-Sex geführt, aber er hätte zumindest die Möglichkeit gehabt, sich die Frau, über die er sich so lange so viele Gedanken gemacht hatte, näher zu betrachten und sich mit ihr zu unterhalten.

Schlechtes Timing, dachte er. Nur wenige Stunden bevor Jacy in sein Leben zurückgeschwommen war, hatte Suzie sein Verlangen erweckt.

Und dieses Verlangen war geradezu zwingend gewesen. Die Tatsache, daß es nicht ganz bis zur Erfüllung gekommen war, fiel nicht sehr ins Gewicht. Er und Suzie waren eben noch nicht soweit.

In seinen kurzen Minuten mit Jacy war kein wirkliches Verlangen geweckt worden – nur Sympathie und eine gewisse Neugier. Das Bild von ihr, das er die Jahre hindurch in sich getragen hatte, war das Bild eines Mädchens gewesen – eines Mädchens, an das jetzt nur noch wenig erinnerte. Jacys Flirten war wie ein Teil von ihr gewesen – und auch an diesem Morgen hatte er einen Hauch davon verspürt, als sie ihn gefragt hatte, ob sie seine Esther Williams gewesen sei. Aber es war eben nur ein Hauch gewesen – eine Gewohnheit, die ihre Kraft verloren hatte.

»Ich weiß nicht, warum ich auch nur eins von alledem mache, was ich so mache«, sagte Suzie, setzte sich auf und trocknete sich die Augen am Bettlaken. »Junior könnte hereinplatzen und uns erschießen«, fügte sie hinzu.

»Junior schläft in einem meiner Gästezimmer gerade einen mächtigen Rausch aus«, beruhigte sie Duane.

Suzie beobachtete ihn mit feierlichem Ernst, wähend er sich seine Socken anzog. Er kam sich dabei idiotisch vor. Alle Frauen schienen zu glauben, ihn aufmerksam beobachten zu müssen, während er sich nach einem Liebesakt die Socken anzog – das war bereits so häufig vorgekommen, daß er sich immer wieder vorgenommen hatte, seine Socken anzubehalten – schließlich störten sie ja nicht bei der Sache –, aber jedesmal vergaß er es dann.

»Ich muß nach Bridgeport fahren und die Zwillinge abholen«, sagte er. »Sie wurden aus dem Kirchenlager rausgeschmissen.«

Suzie kuschelte sich in die Kissen zurück. Sie war wieder guter Laune – ihm beim Anziehen seiner Socken zuzusehen, hatte offensichtlich ihre Lebensgeister wieder geweckt. Ihre Finger wanderten zurück zu ihren Brustwarzen.

»Ich denke, ich werde einfach hier im Bett bleiben und an dich denken müssen, Duane«, sagte sie.

»Denk aber auch ab und zu an die Hundertjahrfeier«, sagte er.

»Wir müssen diese Alkohol-Lizenz heute abend in der Stadtratssitzung durchboxen, bevor G. G. seine Leute mobilisiert.«

»Wie schön, daß ich mich darauf freuen kann, dich heute abend zu sehen«, sagte Suzie. »Ich habe die letzten fünf Jahre meines Lebens nichts gehabt, worauf ich mich freuen konnte. Jenny hat ihr Softball, aber ich war nie besonders gut in irgendwelchen Spielen.«

»In manchen Spielen bist du große Klasse«, sagte Duane.

Suzie warf ihm ein strahlendes Lächeln zu und ließ träge ihre Hand über ihren Körper wandern. Als er sich zu ihr herabbeugte, um ihr einen Abschiedskuß zu geben, schnappte sie seine Hand und biß heftig hinein. »Fahr vorsichtig, Sweety«, sagte sie.

27

Bevor er nach Bridgeport aufbrach, schaute Duane noch kurz in seinem Büro vorbei, um nachzusehen, ob vielleicht irgendwelche Schecks hereingeflattert waren.

»Ja, zweiundzwanzigtausend«, verkündete Ruth. »Das wird uns die Gerichtsvollzieher aber auch nicht lange vom Leib halten. Wenn Sie Bankrott machen, was wird dann aus meiner Rente?«

»Lieber will ich für den Rest meines Lebens vierundzwanzig Stunden pro Tag Straßengräben graben, als dich auch nur einen Penny verlieren zu sehen, Ruth«, sagte Duane.

Eddie Belt war auch im Büro und high wie ein Drachen am Himmel. Daß er high war, konnte Duane an der Art erkennen, wie er lachte.

»Ich bin froh, daß du so nobel bist«, sagte Eddie.

»Wenn Sie alle Drogensüchtigen feuern würden, die für Sie arbeiten, dann würden Sie vielleicht nicht Bankrott machen«, meinte Ruth.

An Eddie und Bobby Lee ließ sie nie ein gutes Haar, obwohl beide ihr Bestes taten, um sich bei ihr beliebt zu machen.

Duane steckte den Zweiundzwanzigtausend-Dollar-Scheck in seine Brusttasche.

»Wenn wir in normalen Zeiten leben würden, ginge es mir blendend«, sagte er.

»Zeiten sind weder normal noch unnormal«, sagte Ruth. »Zeiten sind neutral.«

»Ich bin auch ein Neutrum«, sagte Eddie Belt. »Ich mußte einfach schon zu lange ohne Sex auskommen.«

»Wieso? Du bist doch noch mit Jerri verheiratet, oder nicht?« fragte Duane.

»Ich nehm's an, aber wir reden jetzt nicht von Sklaverei«, sagte Eddie.

»Was Sie für Witze reißen, verrät ja eine ganze Menge über Sie«, bemerkte Ruth, »das wird Ihnen jeder Psychiater bestätigen.«

»*Mir* wird keiner von diesen Quarkärschen was bestätigen, weil ich um die einen großen Bogen mache«, sagte Eddie Belt. Er war bekannt für seine jähen Stimmungsumschwünge, und ein solcher Umschwung fand gerade vor ihren Augen statt und ließ ihn aus höchster Höhe in tiefste Depression abstürzen.

»Sein Stimmungsbarometer fällt«, sagte Ruth, »scheuchen Sie ihn zur Arbeit, Duane.«

Duane zog Eddie in das strahlende Sonnenlicht hinaus, weil er hoffte, daß ihm das vielleicht helfen würde. Eddie bei einem seiner Stimmungsabstürze zu erleben, war etwa so nervenaufreibend, wie mitanzusehen, wie jemand aus einem Flugzeug fällt. Man konnte so wenig tun, um zu helfen.

Eddie stand in der Sonne und starrte hoffnungslos auf seine Fußspitzen.

»Weshalb starrst du deine Fußspitzen an, wenn du down bist?« fragte Duane.

»Wenn du down bist, ist es scheißegal, was du anstarrst«, sagte Eddie.

»Du hast doch wenigstens einen guten Job«, meinte Duane in dem Versuch, den Mann irgendwie aufzuheitern.

»Nur bis du Bankrott machst – dann werd ich wahrscheinlich vor die Hunde gehen«, sagte Eddie.

Duane ließ ihn in der Sonne stehen. Er brachte den Scheck zur Bank und gab ihn Lester, dessen Haare so aussahen, als wäre vor kurzem eine Ladung Strom durch sie hindurchgefahren.

»Vielleicht geh ich heute nachmittag wieder ins Krankenhaus zurück«, meinte Lester. »Ich fühl mich ziemlich schwach auf den Beinen.«

»Iß was Ordentliches zu Mittag«, schlug Duane vor.

»Ich glaube, die Wirtschaftsprüfer kommen heute«, sagte Lester. »Vielleicht wollen die, daß die Bank von irgend 'ner anderen geschluckt wird, Chase Manhattan oder so.«

Duane nahm einen weiteren Anlauf, irgend etwas Erheiterndes zu sagen.

»Diese Typen liegen wahrscheinlich in Newport Beach, Kalifornien, am Strand«, meinte er.

Dann fuhr er zum Dairy Queen, um sich für unterwegs einen Milkshake zu kaufen. Der Zufall wollte es, daß er in der Drive-in-Schlange direkt hinter Jenny Marlow zu stehen kam. Sie sprang sofort aus ihrem Wagen und ging, an einem Eis leckend, auf ihn zu.

»Na, wohin geht die Reise?« fragte sie. Sie trug immer noch ihren knalligen Lidschatten.

Duane fragte sich, weshalb ausgerechnet Jenny vor ihm in der Schlange stehen mußte.

»Nach Bridgeport, um die Zwillinge abzuholen«, sagte er.

Ihre Augen – oder war es ihr Lidschatten? – schienen ihn zu hypnotisieren, jedenfalls wollte ihm einfach keine Lüge einfallen.

»Ich park mal eben meinen Schlitten und komm mit dir«, sagte Jenny. »Ich muß einfach mal aus dieser elenden Stadt rauskommen.«

»Schlechte Neuigkeiten für dich, Shorty«, sagte Duane, während er auf seinen Milkshake wartete. Jenny parkte ihren Wagen. Shorty sah schuldbewußt aus.

»Ist nicht persönlich gemeint«, sagte Duane, zog Shorty aus dem Wagen und verfrachtete ihn nach hinten. Shorty machte ein völlig verzweifeltes Gesicht und versuchte zu zeigen, wie sehr er sich schämte, indem er unter den Ersatzreifen kroch.

Obwohl Shorty nun fort war, blieb etwas von ihm in der Fahrerkabine zurück – nämlich Hundehaare, die als blauer Film den Beifahrersitz fast gänzlich überzogen.

»Mir geht's so mies, daß es mir nicht mal was ausmacht, in Hundehaaren zu sitzen«, sagte Jenny, als sie eingestiegen war und schon mittendrin saß. »Ich glaube, wenn es einen Preis für die unglücklichste Stadt der Welt gäbe, dann könnte Thalia sich bewerben«, sagte Duane, bemüht, eine Unterhaltung anzufangen.

»Da würden wir nicht gewinnen«, sagte Jenny. »Gewinnen würde wahrscheinlich dieser Ort in Kolumbien, der von einer Schlammflut verschüttet wurde.« Jenny hielt ihre Hand aus dem Fenster und ließ sich den Fahrtwind durch die Finger strömen. Besonders unglücklich sah sie nicht aus. Im Gegenteil, sie sah ziemlich keß aus.

»Dein Sohn ist ein kleiner Stinker«, sagte sie. »Soll ich mal erzählen, wie er mich verführt und mein Leben ruiniert hat?«

»Ich weiß nicht, ob ich mir das anhören will«, meinte Duane. »Ich habe heute schon eine ganze Latte schlechter Neuigkeiten gehört.«

»Noch eine mehr wird dich auch nicht umbringen«, sagte Jenny.

»Es ist auch nur ein einziger Tropfen, der das Faß zum Überlaufen bringt«, sagte Duane.

Jenny ließ ihre Hand weiterhin aus dem Wagenfenster hängen. Sie lächelte mysteriös – vielleicht in Erinnerung an den Moment, als ihr Leben gerade ruiniert wurde.

»Du hast wirklich den Nagel auf den Kopf getroffen, als du diesen Jungen Dickie genannt hast, oder hast du damals gar nicht daran gedacht, daß ›dick‹ Schwanz heißt?« sagte Jenny. »Einmal hat er sich nach einem Softballmatch einfach an mich herangemacht und meine Hand in seine Hose gesteckt. Wußtest du eigentlich, daß er sich die Hosentaschen unten aufschneidet, damit er an seinem Ding spielen kann?«

Duane nickte. Diese Eigenart von Dickie war in der Familie allgemein bekannt. Minerva ließ sich oft darüber aus, obwohl sie so tat, als sei ihr ein Rätsel, was das zu bedeuten hatte.

Wegen seiner Vorliebe für solche Jeans ohne Taschen hatte Dickie in seiner Jugend schätzungsweise hundert Schlüsselbunde verloren. Obwohl er es liebte, wenn er hineingreifen und an sich fummeln konnte, vergaß er immer, daß solche taschenlosen Jeans auch ihre Nachteile hatten.

»Er hat einfach meine Hand in seine Hosentasche gesteckt«, sagte Jenny. »Das fühlte sich an, als würdest du ein kleines heißes Rohr anfassen.«

»Eigentlich möchte ich mir das nicht unbedingt anhören«, sagte Duane.

Er begann sich zu fragen, was die Zwillinge wohl von ihm denken würden, wenn er mit Jenny in ihrem Ferienlager auftauchte, und was Karla von ihm denken würde, sobald man ihr davon berichtete. Er fragte sich auch, worüber sie alle sich auf der Rückfahrt unterhalten könnten.

Es wurde ihm klar, daß er da Sachen hörte, die er sich aus dem Mund von ehrbaren verheirateten Kleinstadtehefrauen nicht hätte anhören müssen. Er kam zu dem Schluß, daß Ruth Popper schwachsinnig sein mußte, wenn sie nicht erkannte, wie abnorm die Zeiten waren. Ruth selbst war keineswegs normal, und es war bestimmt nicht normal, daß eine der besten Softballspielerinnen von Texas ihm erzählte, wie sie den Schwanz seines Sohnes in der Hand gehalten hatte.

»Ich persönlich finde, dieser Zirkus mit der sexuellen Befreiung ist zu weit gegangen«, meinte Duane.

»Dickie hat das drei- oder viermal gemacht, bevor ich mit ihm geschlafen habe«, sagte Jenny. »Egal wo, ist er einfach auf mich zugekommen und hat sich meine Hand in die Hose gesteckt. Dann bin ich schließlich neugierig geworden, und das hat dann im Handumdrehen mein Leben ruiniert.«

»Lester war darüber bestimmt auch nicht gerade glücklich«, sagte Duane. »Vielleicht hätte ich Dickie zum Militär schicken sollen oder so was.«

»Lester ist doch naiv«, sagte Jenny. »Der war nie schnell von Begriff. Er hat fast zehn Jahre gebraucht, bis er meine Klitoris gefunden hat, und da war's mir bereits egal. Aber er ist ein guter Vater. Jeder hat eben auch seine guten Seiten, nicht?«

»Nein, G. G. nicht«, sagte Duane. »Er wird wegen der Sache mit dem Bier Stunk machen.«

»Es könnte sein, daß ich schwanger bin«, meinte Jenny. »Aber vielleicht sind's auch nur die Sorgen und der Streß.«

Sie fuhren gerade durch Post-Oak Country, das Land der Pfahleichen, und kamen an einem kleinen Rastplatz vorbei. Ein älteres Ehepaar saß im Schatten einer mächtigen Pfahleiche an einem der kleinen Betontische; die beiden nahmen ihr Mittagessen zu sich. Ein alter Pickup mit einem angekuppelten Airstream-Wohnanhänger parkte in der Nähe. Das alte Paar hatte nur ein bescheidenes Mahl, das aus nichts als Käse und Crackers bestand, aber sie winkten freundlich, als Duane zu ihnen hinübersah. Sie waren sauber gekleidet und machten einen fröhlichen Eindruck. Man sah ihnen an, daß sie ihren Lebensabend genossen, friedlich in Amerika herumgondelten und an hübschen kleinen Rastplätzen Käse und Crackers aßen. Duane beneidete sie so sehr, daß er einen Augenblick dachte, er müßte gleich losheulen. Es sah ganz so aus, als würde er seinen eigenen Lebensabend mit dem Versuch verbringen müssen, alle seine Enkelkinder ausfindig zu machen, die seine Sprößlinge im Land verstreut hatten und von denen vielleicht eines sogar im Bauch der Frau heranwuchs, die gerade neben ihm saß.

Noch dazu hatte er das dumme Gefühl, daß sein Lebensabend bereits begonnen hatte.

»Wäre es Lesters oder Dickies Kind?« fragte er, weil ihm einfiel, daß Lester gesagt hatte, er und Jenny würden nicht mehr miteinander schlafen.

»Oh, Dickies natürlich«, sagte Jenny. »Ich habe Lester gesagt, daß ich nicht mehr sein Ventil sein will. Aber er ist ein guter Vater.«

»Ich glaube, daß er überhaupt kein Ventil hat«, fügte sie ein paar Minuten später hinzu. »Manchmal habe ich ein schlechtes Gewissen, aber meistens denke ich, daß jeder sich selbst der nächste ist. Weißt du, was ich meine?«

»Klar, natürlich«, sagte Duane.

28

Das kirchliche Ferienlager lag am Westufer eines großen braunen Sees, ähnlich demjenigen, in dem Jacy Farrow früher an diesem Tage auf sein Boot zugeschwommen war.

Nachdem er eineinhalb Stunden mit Jenny durch die Landschaft gefahren war, begann Duane allmählich immer mehr Sympathie für Jacy zu empfinden. Wenn sie auch traurig war, so trug sie ihren Kummer doch mit einer gewissen Würde, was man von Jenny nicht gerade behaupten konnte. Sie gab deutlich zu verstehen, daß sie eine reuelose Sünderin war, die vorhatte, weiter zu sündigen, aber sie schien sich jetzt, da sie sich mit den Folgen ihres Verhaltens konfrontiert sah, trotzdem selbst zu bedauern.

Die Zwillinge waren ebenfalls reuelose Sünder. Es war nicht schwer, sie zu finden, da sie, inmitten ihrer um sie herum aufgetürmten Habseligkeiten, direkt vor dem Eingang des Ferienlagers hockten. Zwei große Teenager-Jungen standen drinnen hinter dem Tor, sie sollten wohl aufpassen, daß die Zwillinge nicht versuchten, heimlich durch das Tor zurückzuschlüpfen.

Als er gerade aussteigen und seine Sprößlinge zur Rede stellen wollte, griff Jenny nach seiner Hand. Sie sah ganz zaghaft aus – zum ersten Mal, seit sie losgefahren waren.

»Ich bin nicht so wild, wie ich klinge, Duane«, sagte sie. »Ich rede tolles Zeug daher, aber ich weiß nicht, ob das Spiel, das ich spiele, auch so toll ist. Was ist, wenn ich tatsächlich von Dickie schwanger bin?«

Innerhalb von wenigen Minuten schien ihre ganze Keßheit verflogen zu sein.

»Tja, dann müssen wir eben damit fertig werden«, meinte er. Ihm lag das Wort »Abtreibung« auf der Zunge, aber er sprach es nicht aus. Jenny machte ein ebenso elendes Gesicht wie Shorty, als er unter den Reifen zu kriechen versuchte.

»Karla und ich könnten es adoptieren und zu Nellies Brut stecken«, sagte er.

»Wenn's ein Junge ist, möchte ich's vielleicht selbst aufziehen«, meinte Jenny. »Ich wollte immer schon mal einen kleinen

Lockenkopf haben. Ob man mich wohl aus dem Softballteam werfen wird?«

Duane ließ sie über ihre Zukunft sinnieren und ging zu den Zwillingen hinüber. Julie machte ein betrübtes Gesicht, aber Jack hatte sein strahlendes Lächeln aufgesetzt, als hätte er gerade irgendeinen Preis bekommen.

»Ich sterbe vor Hunger«, sagte er, »ein Schweinefraß ist das, was die einem in dem Lager vorsetzen. Können wir unterwegs anhalten und einen Hamburger bekommen?«

»Du wirst ein paar Monate auf Brot und Wasser gesetzt«, sagte Duane. »Weshalb hast du diesen Ziegel in die Kloschüssel fallen lassen?«

»Och, das war ein reines Versehen, ich wollte ihn auf den kleinen Knirps fallen lassen, der gerade am Kacken war, aber er ist zu schnell ausgewichen.«

»Gott sei Dank ist er ausgewichen«, sagte Duane, »sonst hättest du einen Schädel statt einer Kloschüssel zertrümmert.«

»Überhaupt versteh ich nicht, weshalb du uns hierher geschickt hast«, sagte Julie. »Das sind alles Jesus-Freaks hier.«

In Wirklichkeit war Duane dagegen gewesen, sie ins Ferienlager zu schicken – das Ganze war Karlas Idee gewesen.

»Eure Mutter dachte, es sei nicht verkehrt, wenn ihr etwas über die Bibel lernt«, sagte er und mußte über die Absurdität eines solchen Wunsches für die Zwillinge lächeln.

Als Julie sah, daß er nicht ernsthaft böse war, schenkte sie ihm ein Lächeln von so reiner Schönheit, daß er dahinschmolz. Er schmolz immer dahin, wenn Julie ihn anlächelte. Er fand, daß sie das hübscheste kleine Mädchen war, das er je gesehen hatte, und das Bewußtsein, daß sie sein Kind war, tröstete ihn über so manche Unliebsamkeit des Daseins hinweg.

»Ich hab ja bloß einem kleinen Jungen aus Nocona erlaubt, 'n paar Fotos von mir zu machen, während ich Pipi mach«, sagte Julie mit einem fröhlichen Schwung in ihrer Kinderstimme. »Was is'n daran so schlimm?« Während er nach einer Antwort auf ihre Frage rang, fügte sie noch hinzu: »Du und Mom, ihr steigt doch auch nackt in den Whirlpool, oder!«

»Wir haben uns aber dafür gerächt, daß man uns rausgeschmissen hat«, sagte Jack, denn es ärgerte ihn, daß es seiner Schwester so mühelos gelungen war, Duane sanft zu stimmen. »Willste wissen, was wir gemacht haben?«

»Ihr seid wahrscheinlich die ganze Nacht durch die Zelte gekrochen und habt den Leuten Ziegel auf den Kopf fallen lassen«, sagte Duane.

»Quatsch, wir haben den Priestern LSD in die Hafergrütze getan«, sagte Jack. »Jetzt wandern alle Priester mit Halluzinationen in der Birne durch die Gegend und sehen den Teufel und so was vor sich.«

»Wer hat euch das LSD gegeben?« wollte Duane wissen.

»Niemand«, sagte Jack stolz. »Ich hab's von Dickie geklaut.«

»Wollt ihr heiraten, du und Mrs. Marlow?« fragte Julie.

»Natürlich nicht« sagte Duane, »sie hat einfach Lust auf einen kleinen Ausflug gehabt.«

»Wir sind nur gute Freunde«, fügte er hinzu, aber an den Blicken, die die Zwillinge austauschten, konnte er ablesen, daß keines von ihnen ihm glaubte.

»Du solltest mal reinfahren und die Priester sehen«, meinte Jack. »Das ist echt komisch. Manche von ihnen kugeln sich auf dem Boden.«

»Nur weil wir zu lachen angefangen haben, haben sie uns auf die Straße gesetzt«, sagte Julie. »Ich finde das nicht sehr nett. Irgendein alter geiler Bock hätte vorbeikommen und uns belästigen können.«

»Du hast nichts als Sex im Kopf«, meinte Jack. »Du bildest dir ein, alle Welt möchte dich belästigen.«

»Ich wünsch mir, daß dich mal wer belästigt«, sagte Julie. »Ich wünsch mir, daß sie dich grün und blau schlagen, bis du kotzt.«

»Fahren wir jetzt heim«, sagte Duane. »Eure Mutter will bestimmt ein paar Takte mit euch reden.«

»Ich will hinten drin mit Shorty sitzen«, sagte Julie.

»Ich auch«, sagte Jack.

»Es ist ein langer Weg bis nach Hause«, meinte Duane, »da werdet ihr ganz schön viel Staub in die Augen bekommen.«

»Ist mir egal«, sagte Julie. »Immerhin noch besser, als vorn mit dir und deiner Geliebten fahren zu müssen.«

»Mrs. Marlow ist nicht meine Geliebte«, sagte Duane, aber er ließ sie während der Fahrt trotzdem hinten sitzen.

29

Später an diesem Nachmittag ging Duane, während alle ausgeflogen waren, in den Garten zum Whirlpool und feuerte mit seiner 44er Magnum dreißig bis vierzig Schuß auf die Hundehütte. Minerva, Nellie und die Kinder waren nach Wichita Falls gefahren, um sich ein Doppelhaus anzusehen, in dem Billie Anne und Dickie ihr Eheleben zu beginnen hofften.

Früher am Tage hatte Karla die Zwillinge davon zu überzeugen versucht, daß ihr Verhalten im Ferienlager einfach eine Schande gewesen sei, aber die Zwillinge lehnten es schlicht ab, sich ihrer Argumentation anzuschließen.

»Ich finde, es ist eine Schande, daß unsere eigenen Eltern versuchen uns loszuwerden, indem sie uns in ein bescheuertes Lager voller Jesus-Freaks schicken«, sagte Julie.

»Überhaupt werden wir für ein paar Tage abhauen«, gab Jack seiner Mutter bekannt. »Wie würde es dir gefallen, wenn wir auf den Kinderstrich gehen?«

»Ihr wißt ja nicht mal, was Babys auf dem Kinderstrich machen«, sagte Karla. »Zumindest wär's besser, wenn ihr's nicht wüßtet, falls ihr zufällig wissen solltet, was gut für euch ist.«

Duane hatte einmal eine Fernsehsendung über Zen gesehen. An diese Sendung erinnerte er sich oft, wenn er auf die Hundehütte schoß. Was er am Zen beeindruckend fand, war die Konzentration, die die Zen-Meister aufzubringen verstanden. Dank dieser beachtlichen Konzentration waren sie in der Lage, Dinge zu sehen, die ein normales, an einen normalen Verstand gekoppeltes Auge nicht sehen konnte – z. B. den Flug von Revolverkugeln.

Da niemand da war, in dessen Gegenwart er sich hätte albern vorkommen können, versuchte Duane, die Konzentration eines Zen-Meisters zu erreichen und dem Flug der Kugeln zu folgen, die er abfeuerte. Die Hundehütte war keine fünfzehn Meter weit entfernt, daher mußte er sehr genau hinsehen. Ein- oder zweimal glaubte er, er hätte eine Kugel gesehen, kurz bevor sie die Planke erreicht hatte, auf die er zielte.

Der schwere Revolver schmerzte in seiner Hand, aber es war die Sache wert, sich so unbeobachtet, wie er gerade war, in dieser Konzentrationsübung zu versuchen. Er wußte nicht viel von östlichen Religionen, aber er war sicher, daß das Steigern seiner Konzentrationsfähigkeit viele Vorteile hatte. Hätte er damit schon früher begonnen, dann hätte er jetzt wahrscheinlich nicht halb so viele Schwierigkeiten, seien es finanzielle oder andere, am Hals. Mit einer höheren Konzentrationsfähigkeit hätte er bestimmte Fehler vermeiden können, etwa, sich Millionen von Dollars zu leihen, nur weil der Ölpreis zufällig gerade anstieg, als ihm diese Dollars angeboten wurden.

Ein anderer chronischer Fehler von ihm, den er mit etwas mehr Konzentration vermeiden könnte, war seine Angewohnheit, mit Frauen, die er besser in Ruhe gelassen hätte, ins Bett zu gehen, nur weil sie ihm zufällig über den Weg liefen.

Als er das Schießen leid war, legte er den Revolver weg und fuhr zu Janine. Es drängte ihn nicht gerade danach, sie zu sehen, aber er hatte auch keine Lust, sich eine ganze Stadtratssitzung lang mit Schuldgefühlen wegen Janine in ihrem Negligé herumzuplagen. Daß er mit ihr Schluß machen mußte, wußte er, und er probte mehrere Reden für diesen Anlaß, während er in die Stadt fuhr.

Er wollte in seiner Rede ihrer beider edle Gesinnung hervorheben. Er hoffte, Janine davon überzeugen zu können, daß eine Trennung unter bürgerlichen Gesichtspunkten das einzig Vernünftige und Anständige wäre. Da sie, seit sie volljährig war, ununterbrochen in der Landkreisverwaltung gearbeitet hatte, betrachtete sich Janine ohnehin als bürgerliche Vernunft und Anständigkeit in Person.

Duane zweifelte allerdings daran, daß dieses Argument bei ihr ziehen würde, und wenn es das nicht tat, dann war er bereit zu lügen und ihr zu erzählen, die Ärzte hätten ihm gesagt, er würde höchstwahrscheinlich einen Herzinfarkt bekommen, wenn er nicht ein weniger aufreibendes Leben führte. In Wirklichkeit war er an die fünfzehn Jahre lang nicht mehr beim Arzt gewesen, aber es gab ja schließlich viele, die einen Herzinfarkt bekamen und daran starben.

Zu seiner Überraschung war Janine nicht zu Hause. Das einzige Lebenszeichen von ihr war eine Dose Sauerkraut, die ungeöffnet neben einem Kochtopf auf dem Herd stand. Offensichtlich hatte sie vor, Sauerkraut zu Mittag zu essen.

Daß sie nicht da war, ärgerte ihn ein wenig. Er hatte das Gefühl, genügend Entschlossenheit aufgebracht zu haben, um mit ihr Schluß zu machen, und nun würde sie ungenutzt wieder verpuffen.

Außerdem wußte er nun nicht, was er mit der Dreiviertelstunde anfangen sollte, die er dafür angesetzt hatte, seine Argumente vorzubringen und sich Janines Antworten anzuhören, die zweifellos alles andere als kühl ausfallen würden. Es war nicht Janines Art, ihn – oder irgend jemand anderen – ungeschoren davonkommen zu lassen.

Angesichts der Tatsache, daß sie nicht zu Hause war, kam er sich irgendwie albern vor. Er fuhr zu seinem Büro hinüber, um nachzusehen, ob Ruth irgendwelche wichtigen Nachrichten hinterlassen hatte, und da sah er Janine zu seinem großen Erstaunen mit Lester Marlow auf dem Tennisplatz.

Wie praktisch jeder in der Stadt hatte Janine während des Ölbooms ein paar Tennisstunden genommen. Lester hatte auch ein paar genommen, aber man konnte von keinem der beiden behaupten, daß er das Spiel beherrschte. Lester war einfach für jegliche Art von Spiel unbegabt, und Janine hatte schon immer zu der Sorte Mädchen gehört, die selten jemanden dazu bringen konnten, mit ihr zu spielen, oder zumindest dann nicht, wenn es um etwas anderes als Sexspiele ging.

Duane wurde klar, daß genau diese Eigenschaft von ihr etwas damit zu tun hatte, daß er sich auf eine Romanze mit ihr eingelassen hatte. Hoffnungslosigkeit hatte ihn noch nie kaltgelassen – und Janine wirkte, selbst wenn sie einen gewissen Stolz zur Schau trug und nicht wenige Liebhaber hatte, irgendwie hoffnungslos.

Dort auf dem Tennisplatz bot sie nun für ihn einen erstaunlichen Anblick, denn sie wirkte absolut nicht hoffnungslos. Sie hatte ein aufreizendes Tennis-Outfit an, das er noch nie bei ihr gesehen hatte, kaute Kaugummi und schoß in ausgelassener Stimmung Bälle über Lesters Kopf, als würde sie Softball spielen und Trefferpunkte sammeln.

Lester schien so lebendig wie schon seit Monaten nicht und fischte die Bälle beschwingt wieder aus dem staubigen Gestrüpp heraus.

Duane war so überrascht, daß er nur winkte und weiterfuhr. Die Nachrichten konnten auch bis morgen warten.

Er fuhr zum Dairy Queen – und dort wartete eine noch größere Überraschung auf ihn: Jacys schwarzer Mercedes parkte direkt zwischen Karlas weißem BMW und Dickies neuem Super-Jeep. Durch das große Fenster des DQ bot sich ihm ein vollkommen ungewohntes Bild: Seine gesamte Familie saß allem Anschein nach einträchtig zusammen beim Essen.

Noch überraschender war, daß Jacy neben Karla saß und die kleine Barbette auf ihrem Schoß hatte. Jacy und Karla schienen unbeschwert miteinander zu plaudern.

Der Anblick, wie sie da alle beisammensaßen, versetzte Duane einen solchen Schock, daß er sich einsam und fremd vorkam. Am liebsten wäre er kurz winkend wieder abgefahren, wie eben am Tennisplatz, aber er hatte bereits seinen Wagen geparkt und war, für alle sichtbar, ausgestiegen. Shorty hatte seine Pfoten auf die Ablage gestellt und betrachtete die kuriose Gesellschaft. Jack zeigte Shorty den langen Finger. Dann hielt er ein von Käse- und Jalapeño-Sauce triefendes Nachostück in die Höhe, damit Shorty den Versuch machen würde, durch die Windschutzscheibe zu springen. Shorty hatte das Prinzip von Glas nie so ganz begriffen, und Jack schaffte es oft, ihn mit irgend etwas zu locken, so daß er gegen Glastüren rannte und sich den Schädel anschlug.

Duane ging hinein und verweilte immerhin lange genug an der Theke, um sich einen Cheeseburger zu bestellen. Aber Jacy und Karla nahmen keinerlei Notiz von ihm – sie schienen vollkommen in ihre Unterhaltung vertieft. Überhaupt nahm auch sonst niemand von ihm Notiz – außer Nellie, die ihn so bezaubernd anlächelte, wie es Julie an diesem Morgen getan hatte.

Nellie trug ein weißes Kleid und sah wunderhübsch und dazu auch noch nett aus. Es faszinierte Duane, daß jedes seiner Kinder in bestimmten Momenten wie das netteste und auch hübscheste Kind der Welt wirken, aber schon zehn Minuten später den Eindruck geradezu ungeheuerlicher Selbstsucht erwecken konnte. Nellie zeigte sich momentan von ihrer besten Seite. Sie fütterte Little Mike so ruhig und geschickt, wie jede junge Mutter es an ihrer Stelle hätte tun können, mit einem Bananen-Split.

Dickie und Billie Anne knutschten und kicherten miteinander. Um sich zu amüsieren, fütterten sie sich mit der Zunge Jalapeños von Mund zu Mund. Die Zwillinge schlürften Maltshakes und bedienten sich nach Belieben von einem Berg Cheeseburger, Pommes, Nachos, Steakstreifen, Tacos und anderer Köstlichkeiten. Jack bewarf gelegentlich Little Mike mit Tacoteigstücken.

Es war die Flautezeit zwischen Mittag- und Abendessen, und so hatten sie, abgesehen von John Cecil, der hinten in einer Tischnische saß, das DQ ganz für sich. John war vor Jahren wegen angeblicher Homosexualität von seinem Lehrerposten gefeuert worden, hatte sich aber hartnäckig geweigert, die Stadt zu verlassen. Statt dessen hatte er einen der beiden Lebensmittelläden der Stadt gekauft, sich ins Zeug gelegt und es schließlich zu einigem Wohlstand gebracht. Er hielt seinen Laden sauber in Ordnung, gewährte denen, die gerade knapp bei Kasse waren, unbegrenzten Kredit und war am Ende wieder ein beliebter Mann in der Stadt geworden. Als eingeschworener Fitneß-Anhänger lief er jeden Tag seine Runden, und zwar schon lange bevor sich das Laufen zur Massenhysterie des Jogging entwikkelte. Duane sah ihn ab und zu in der Ohio Street herumstreunen, auf Wichitas mieser kleiner »sündiger Meile«, die jedoch nur zwei Häuserblocks weit reichte. Bei solchen Gelegenheiten sah John sehr einsam aus, wie er so in die verschiedenen Bars hineinspähte und hoffte, dort einem ähnlich einsamen Rekruten aus dem nahen Luftwaffenstützpunkt zu begegnen.

Das Personal des Dairy Queen, das seine Pflicht fürs erste getan hatte, schielte hinter Stapeln von Maltshakebechern zu

Jacy herüber. Gierig gafften sie sie an – eine lebende Legende, die plötzlich wieder mitten unter ihnen aufgetaucht war. Sie hatte ihr langes Haar ausgekämmt – es war länger, wenn auch nicht blonder als das Haar, das Duane noch aus der High-School-Zeit in Erinnerung hatte. Sie trug ein T-Shirt und Joggingshorts. Er sah, wie sie ihre Hand auf Karlas Arm legte, während sie irgendeine Bemerkung machte. Daraufhin lachten Karla und Jacy, und beide blickten ihn an.

Er nahm sich von einem der leeren Tische einen Stuhl und trug ihn zu ihnen hinüber. Jacy gab Barbette mehrere schmatzende Küsse auf den Hals, und Barbette krähte.

»Ich habe gerade deinen ganzen allersüßesten Zucker gestohlen, Großpapa«, sagte Jacy, als sich Duane setzte.

Duane streckte einen Finger nach Barbette aus, worauf sie einen Moment weiterkrähte, aber seinen Finger nicht weiter beachtete.

»Is ganz ganz feiner Zucker«, sagte er.

»Rate mal, was ich getan habe, Duane«, sagte Karla. Ihm war, als leuchte etwas Schadenfrohes in ihrem Blick auf.

»Mein ganzes Leben lang habe ich mich jedesmal geirrt, wenn ich geraten habe«, sagte Duane.

»Siehste?« sagte Karla zu Jacy. »Da ist wieder diese Sturheit, von der du gerade gesprochen hast. Duane läuft mit Scheuklappen durch die Gegend. Er ist einfach nicht bereit, mal ein Risiko einzugehen.«

Minerva hörte kurz auf, an ihrem T-bone-Steak zu kauen, um ihn in Schutz zu nehmen.

»Ein Mann, der so 'ne Bande wie die hier zuwege bringt, ist allerdings das eine oder andere Risiko eingegangen«, sagte sie.

»Da hat sie recht«, bemerkte Jacy und blickte in die Runde. Sie hielt Barbette auf ihrem Schoß und aß ein paar Happen von ihrem Taco-Salat.

»Er riskiert was, ohne es zu merken. Er würde bestimmt kein Risiko eingehen, wenn er es irgendwie vermeiden könnte«, meinte Karla.

»Mom hat uns ein Haus gekauft«, sagte Dickie. Er und Billie Anne hatten aufgehört zu knutschen.

»Ja, ich hab mich aufgerafft und dieses Doppelhaus gekauft«, sagte Karla. »Dickie und Billie Anne können auf der einen Seite einziehen, und wenn Joe und Nellie heiraten, können sie auf der anderen einziehen. Das spart uns eine Menge Miete.«

»Wieviel hat denn dieses Doppelhaus gekostet, das uns so viel Geld spart?« fragte Duane.

»Nur sechzigtausend«, sagte Karla.

»Mom hat echt 'n guten Riecher, wenn's um günstige Geschäfte geht«, sagte Dickie.

»Ich weiß, ich wünschte nur, ich hätte einen ähnlich guten Riecher, wenn's um's Geld-Auftreiben geht«, sagte Duane. Er fühlte sich stark beobachtet. Einmal blickte er flüchtig zu Jacy hinüber und sah, daß sie ihn beobachtete. Ihr Blick war nicht unfreundlich und auch nicht amüsiert, er war einfach sachlich. Währenddessen beobachtete Karla ihn, wie er Jacy anblickte, und das schien sie zu amüsieren. Er fragte sich, wie sich die beiden wohl kennengelernt hatten, aber er hatte das Gefühl, daß er sie lieber nicht danach fragen sollte.

Es fiel ihm nicht gerade leicht, damit klarzukommen, daß er nach so vielen Jahren wieder neben Jacy saß. Sie trug kein Make-up und schien sich nicht darum zu scheren, wie sie aussah, und das war etwas, was er in ihren High-School-Jahren nie für möglich gehalten hätte.

»Ist es toll, ein Fimstar zu sein?« wollte Julie wissen.

»Nicht besonders«, meinte Jacy. »Außer du bist ein größerer Star, als ich es war.«

»Ich glaube, ich will einer werden«, sagte Jack. »Ich will kein Ölmillionär werden.«

»Ihr Kinder könntet alle Filmstars werden«, sagte Jacy. »Ich habe noch nie so gutaussehende Kinder auf einem Haufen gesehen wie euch, und ich habe selbst welche, die toll aussehen.«

»Du solltest deine Mädchen mal nach Hause bringen«, meinte Karla. »Sie könnten bei uns wohnen, wenn sie dir auf die Nerven gehen.«

Wieder blickte Jacy Duane in der gleichen sachlichen Weise an.

»Es ist umgekehrt«, sagte sie. »Ich gehe *ihnen* auf die Nerven.«

Sie nahm eine Papierserviette und wischte sich den Mund ab. »Sie sind sehr kritisch, meine Mädchen«, sagte sie.

»Wie viele Mädchen haben Sie denn?« fragte Julie. Es war offensichtlich, daß Jacy sie faszinierte.

»Zwei. Eins in deinem Alter und eins in Nellies Alter.«

»Mädchen können richtig ekelhaft werden«, meinte Karla. »Ich glaube nicht, daß sie verstehen, was ihre Mütter durchmachen.«

»Ich bin überhaupt nicht ekelhaft«, sagte Julie.

Nellie strahlte alle mit ihrem strahlenden Lächeln an. Wenn sie ihre nette Phase hatte, sah sie so bildschön aus, daß den Männern heiß und kalt wurde. Duane brauchte sie nur anzusehen, wie sie in diesem Moment aussah, und er verstand, weshalb die Männer sich auf den ersten Blick in sie verknallten und ihr innerhalb einer Viertelstunde einen Antrag machten.

Sie war außerdem immer ein sehr liebevolles Mädchen gewesen. Er erinnerte sich, wie herrlich es war, wenn sie aus dem Haus gerannt und in seine Arme gesprungen kam und ihm einen Kuß gab, als sie noch ein kleines Mädchen war. An heißen Tagen saß sie oft hinten im Garten auf einem Schaukelpferd und wartete darauf, daß er sie mit einem Gartenschlauch bespritzte. Wenn die kalte Dusche sie dann traf, zitterte sie am ganzen Leib und schüttelte sich vor Kälte. Wenn Karla Nellie die Haare wusch, pflegte sie das Kind in einen ihrer riesigen Frottee-Bademäntel zu wickeln und sie als kleines pudelnasses Etwas auf Duanes Schoß zu setzen. Dann saß Nellie still und reglos wie ein Vogel in den Bademantel gekuschelt da. Duane konnte sich noch daran erinnern, wie ihre Haare rochen, wenn sie naß waren. Damals schien sie der Inbegriff der Unschuld zu sein, und manchmal war das noch heute so. Nur hatte sie es sich überraschend zur Gewohnheit gemacht, mit allen Männern ins Bett zu gehen, die ihr nach einer Viertelstunde einen Antrag machten, und einen hohen Prozentsatz von ihnen auch noch zu heiraten.

»Meine Mädchen sind richtige kleine Europäerinnen«, sagte Jacy. »Ich weiß nicht, was sie von Thalia halten würden. Ich kann sie kaum dazu bewegen, auch nur nach New York mitzukommen.«

Barbette blickte Jacy an und gab kleine einladende Laute von sich. Sie wollte, daß Jacy noch mehr Zucker stibitzte. Jacy hielt sie hoch über ihren Kopf und drehte sie spielerisch hin und her, dann ließ sie sie sanft wieder so weit zu sich herunter, daß sie ihren Hals mit Küssen bedecken konnte. Barbette lachte selig.

»Nun, das war die gesamte Zuckerration für heute, du wirst dich also bis morgen gedulden müssen, Großpapa«, sagte Jacy, während sie ihm das Baby hinüberreichte.

Dann stand sie auf, öffnete ihre Handtasche und begann zerknüllte Dollarscheine aus einem winzigen Kleingeldbeutel herauszufummeln.

»Nein, laß nur, ich werde bezahlen«, sagte Karla. »Ich mußte schließlich diese ganze Horde ernähren.«

»Danke«, sagte Jacy. »Komm morgen früh zu mir raus, Karla. Ich zeig dir das Haus, und dann können wir noch ein paar unserer Aufzeichnungen vergleichen.«

»Aufzeichnungen worüber?« fragte Duane. Die so plötzlich aufblühende Freundschaft zwischen Jacy und Karla ärgerte ihn ein wenig.

»Über dich, Honey pie, über wen denn sonst?« antwortete Jacy und ruffelte ihm leicht durch die Haare, als sie im Hinausgehen an ihm vorbeikam.

»Ich will wissen, wie du in der High School warst, und Jacy will wissen, wie du dich danach entwickelt hast«, sagte Karla.

»Sag ihr bloß nicht, wie ich mich entwickelt habe, das wird sie nur deprimieren«, meinte Duane.

»Tschüß Kinder«, sagte Jacy. »Ich hoffe, ich seh euch bald wieder.«

Unterdessen hatte Minerva fein säuberlich die letzte Faser Speck von ihrem T-bone-Steak abgesäbelt. Als sie aufblickte, sah sie gerade noch, wie Jacy abfuhr. »Die futtern zu viel Spaghetti in Italien«, meinte sie. »Das Mädel hat zugenommen. Sie war dünn wie 'ne Bohnenstange, als sie auf der High School war, stimmts, Duane?«

»Ja, ziemlich dünn«, erwiderte Duane gereizt.

30

Innerhalb einer Woche waren Karla und Jacy engste Freundinnen geworden. Duane war irritiert, und Junior Nolan, der sich in einem der Gästezimmer der Moores häuslich niedergelassen hatte, ging's nicht anders.

»Wo steckt Karla?« fragte er immer wieder traurig, während er mit einem Glas Wodka in der Hand, in das er zur Tarnung einen Schuß Vitamin-Gemüse-Saft gespritzt hatte, von Zimmer zu Zimmer wanderte.

Juniors Verhalten wurde zusehends undurchschaubarer. Er hatte eine von Duanes alten Kojoten-Pfeifen gefunden, hockte stundenlang zwischen den Felsen unterhalb des Hauses und versuchte, Kojoten anzulocken. Einmal kam ein Skunk, aber keine Kojoten ließen sich blicken. An dem Tag, als Junior vorhatte, Dickie zu erschießen, hatte er seinen Hut verloren, und so hatte die sengende Sonne seine Hautfarbe in ein Erdbeerrot verwandelt, aber trotzdem hielt er mit der Kojoten-Pfeife fünf oder sechs Stunden täglich Wache. Er kehrte nur ins Haus zurück, um sich Nachschub an Wodka zu holen oder nach Karla zu fragen.

Gegen sieben Uhr morgens saß Karla bereits in ihrem Wagen und war unterwegs nach Los Dolores. Die gewaltige Sendung von Hundertjahrfeier-Buttons, -T-Shirts, -Aschenbechern und -Schirmmützen wäre beinahe an den Absender zurückgeschickt worden, weil Karla wegen all ihrer Besuche bei Jacy keine Zeit hatte, nach Wichita Falls zu fahren und die Sendung entgegenzunehmen.

Ihre Vergeßlichkeit in dieser Hinsicht regte Duane ziemlich auf, weil er genau wußte, daß die Hundertjahrfeier ohne einen beträchtlichen Verkauf von Souvenirs wahrscheinlich Tausende von Dollars Verlust machen würde. Auch Buster Lickle würde es nicht anders ergehen, der mit dem Landkreis einen Vertrag über fünfzig Prozent der Ausschankkonzessionen abgeschlossen hatte.

»Du könntest ja Jacy nach Wichita mitnehmen«, schlug Duane

vor, als er und Karla tatsächlich zufällig einmal zur gleichen Zeit zu Hause waren.

»Nein, sie ist zu sensibel. In der Gegend herumzufahren, würde Erinnerungen in ihr wachrufen.«

»Welche Erinnerungen könnte es denn in ihr wachrufen, wenn sie nach Wichita Falls fährt?« fragte Duane. »Daß Wichita sonderlich stark an Italien erinnert, möchte ich bezweifeln.«

»Es könnte sie an traurige Geschichten erinnern, die sie in der SMU erlebt hatte«, sagte Karla. »Sie ist wirklich sensibel. Ihre Gedanken wandern unheimlich schnell vor und zurück.«

»Die Southern Methodist University ist doch in Dallas«, sagte Duane und drehte den Thermostat an ihrem Wasserbett ein wenig niedriger.

»Duane, hör auf, das Wasserbett kälter zu stellen«, sagte Karla. Sie lag auf dem Bett und las in einer alten *Playgirl*-Ausgabe. Für den Fall, daß sie nachts aufwachte und es ihr langweilig war, hatte sie immer einen Stapel davon am Bett.

»Wieso? Es ist doch fast Sommer«, sagte er. »Selbst im Februar brauchen wir es nicht so warm. Ich glaube, ich habe deshalb nicht die geringste Energie, weil sie, wenn ich nachts auf diesem Bett liege, einfach verkocht.«

»Wenn ein Wasserbett über Nacht abkühlt, kann es dir die ganze Wärme aus dem Körper ziehen, und dann bist du am Morgen tot«, sagte Karla. »Wegen Hypothermie, Unterkühlung.«

»Wenn du wegen dieser Hypothermie derart paranoid bist, weshalb müssen wir dann überhaupt ein Wasserbett haben?« fragte Duane.

Karla antwortete nicht sofort. Sie hatte es sich angewöhnt, Höschen zu tragen, die beinahe noch knapper waren als Nellies Bikinis – sie bestanden aus nichts als einem Bindfaden mit einem Fleckchen grüner Seide über der Möse.

»Wasserbetten sind gut für die Haltung«, erinnerte sie ihn.

»Lieber eine schlechte Haltung haben als mit dem Gefühl aufwachen, du wärst abgekocht«, meinte Duane.

Als er am nächsten Tag nach Hause kam, fand er Karla und Jacy mit Drinks in der Hand heulend am Pool vor. Beiden rannen

Tränen an den Gesichtern herab. Einen Augenblick sahen ihn vier nasse Augen an. Keine der beiden Frauen sagte ein Wort. Duane hatte vorgehabt, ein paar Runden zu schwimmen, aber er entschloß sich, wieder ins Haus zu gehen.

Am Nachmittag fuhr er häufig zu Aunt Jimmie's Lounge hinüber, aber allzu oft parkten nun der schwarze Mercedes und der weiße BMW davor. Dann fuhr er einfach weiter.

Allmählich bekam er das Gefühl, daß es überhaupt keinen Ort mehr gab, wohin er sich flüchten und wo er es sich ungestört gutgehen lassen konnte. Wenn er in sein Büro fuhr, gab ihm Ruth Popper das Gefühl, er sei ein Eindringling. Wenn er nach Hause fuhr, kam Junior von den Felsen herauf und wollte, daß er ihm beibrachte, wie man Kojoten anlockt. Wenn er in eine Bar in Wichita Falls fuhr, stellte ihn Luthie Sawyer, der nach dem Scheitern seines Plans, »OPEC zu bombardieren«, an die Flasche geraten war, und faselte darüber, wie schrecklich es sei, Bankrott zu machen. Wenn er zu den Tennisplätzen fuhr, kreuzten Lester und Janine – die nun offiziell ein Liebespaar waren – auf und wollten, daß er ihnen beibrachte, wie man eine Rückhand schlägt. Wenn er zu Suzie fuhr, platzten ihre Kinder herein, und er mußte herumhocken und so tun, als käme er nur vorbei, um gesellschaftliche Kontakte zu pflegen. Wenn er zu seinen Bohranlagen fuhr, beschwerten sich Bobby Lee oder Eddie Belt über irgendwas oder forderten eine Gehaltserhöhung oder fingen an, ihm derbe Stories aus ihrem Liebesleben zu erzählen.

Häufig nützte es nicht mal was, wenn er einfach mit dem Pickup herumfuhr, weil ihn dann Bobby Lee oder Eddie über den CB-Funk riefen und ihm dieselben derben Stories über ihr Liebesleben erzählten.

Und wenn er ins Dairy Queen fuhr, mußte er sich mit Jenny Marlow abgeben. Sie schien sich den ganzen Tag lang damit zu beschäftigen, im Wagen herumzufahren und Ausschau zu halten, ob jemand im Dairy Queen aufkreuzte, mit dem sie Lust hatte, sich zu unterhalten. Und wenn sie Duane erwischt hatte, erinnerte sie ihn unablässig daran, daß sein ältester Sohn ein paar ziemlich üble Angewohnheiten hatte.

Wenn er sich zu sehr verfolgt fühlte, blieb ihm nichts anderes übrig, als zum See hinauszufahren und sich in seinem Boot treiben zu lassen – aber es war ein sehr heißer Frühling, und bei dreißig bis fünfunddreißig Grad Hitze ohne Schatten in einem Boot dahinzutreiben, war nicht gerade ein Vergnügen. Trotzdem griff er gelegentlich darauf zurück. Manchmal zog er sich nur die Schuhe aus, ließ sich in voller Montur über Bord gleiten und legte sich dann mit über die Augen gezogener Schirmmütze ins Boot, während die Sonne seine triefenden Kleider trocknete.

In solchen Mußestunden rätselte er dann, was Karla und Jacy den ganzen Tag über zu reden fanden. Sicher hatten sie längst aufgehört, ihre »Aufzeichnungen« über ihn zu vergleichen. Die Zeit, als er Jacy den Hof machte, hatte er immer als einen der Höhepunkte seines Lebens betrachtet, aber wenn er versuchte, sich diese Zeit noch einmal durch den Kopf gehen zu lassen und sich zu vergegenwärtigen, was diese Zeit so besonders gemacht hatte, stellte er fest, daß er sich im Grunde nicht mehr an vieles erinnern konnte. Er erinnerte sich noch ziemlich deutlich daran, wie er mit ihr an dem Abend, als er sie als Kapitän der Footballmannschaft zur ›Homecoming Queen‹, der Königin des Sportfestes, gekrönt hatte, auf dem Spielfeld gestanden hatte. Sie hatten sich geküßt, und die Band hatte den High-School-Song gespielt. Manche der Bandmitglieder und mehr als einer der Footballspieler hatten vor Rührung geweint, aber er hatte nicht geweint und Jacy auch nicht. Sie fanden das albern. Das war im vorletzten Jahr ihrer Schulzeit gewesen, und sie hielten sich damals bereits für etwas zehnmal Besseres als den Rest der Kinder in der High School.

Wann er sich dann in Jacy verliebt hatte, wußte er nicht mehr so genau, aber es mußte irgendwann geschehen sein, weil sie ihr ganzes letztes Schuljahr hindurch fest miteinander liiert waren und weil er Sonny Crawford ein Auge ausgeschlagen hatte, nur weil dieser es gewagt hatte, im darauffolgenden Sommer, während er selbst in Odessa auf einem Ölfeld arbeitete, eine Weile mit ihr auszugehen. Ihm fiel wieder ein, daß er ihretwegen geweint hatte, als er von Thalia mit dem Bus zum Grundausbildungslager der Marineinfanterie abfuhr, und er erinnerte sich vage, daß er eines Nachts versucht hatte, sie von Korea aus anzurufen. Sie hatte damals in einem Studentinnenheim der SMU gewohnt. Der Anruf war erfolglos gewesen, und er hatte nie herausbekommen, ob er nur das falsche Studentinnenheim erwischt hatte, oder ob Jacy einfach nicht mit ihm sprechen wollte.

Aber er konnte sich an keine Einzelheit der eigentlichen Romanze erinnern, ein Umstand, der ein leichtes Schuldgefühl und eine sonderbare Unruhe in ihm weckte. Er konnte sich nicht mehr daran erinnern, wie sie sich geküßt oder geliebt oder unterhalten oder getroffen hatten, obwohl er sich zu erinnern glaubte, daß sie während eines Ausflugs im letzten Schuljahr miteinander ins Bett gegangen waren. Er hatte ihre Beziehung immer für sehr bedeutsam gehalten – immerhin hatte sie Sonny ein Auge gekostet –, und es war beunruhigend, daß er sich an nichts von alledem mehr erinnern konnte, außer an einen rührseligen Augenblick auf einem Footballfeld, den sie damals beide lächerlich gefunden hatten.

Eines Nachts, als Karla mit Junior Nolan Erbarmen hatte und ihm draußen auf der Terrasse ein Steak briet, stöberte Duane in der Abstellkammer herum, bis er ein paar seiner High School-Jahrbücher fand. Er nahm sie mit ins Schlafzimmer und blätterte sie durch in der Hoffnung, daß sie all dies wieder lebendig machen würden. Da war er in seinem Football-Dress und an einer anderen Stelle in einem Sportmantel, den er sich gekauft hatte, als er zum »Bestaussehenden Jungen« gewählt worden war.

Und da war Jacy als »Hübschestes Mädchen«. Es gab sogar Fotos von ihnen beiden beim besagten Homecoming-Spiel: eines, auf dem sie in einem weißen Cabrio um das Spielfeld fuhr, und eines, auf dem er auf dem Feld mit seinem Helm in der einen und einem riesigen Blumenstrauß in der anderen Hand auf sie wartete, und ein drittes von ihrem Kuß. Dieses Foto war jedoch fast völlig zugeschwärzt, weil Jacy es sich dafür ausgesucht hatte, sich in seinem Jahrbuch zu verewigen. »Für den süßesten Mann der Welt. Ich werd dich immer lieben!!!« hatte sie daraufgeschrieben.

Die Jahrbücher gaben nicht das her, was er sich von ihnen erhofft hatte, und nachdem er zwei, drei Minuten lang darin herumgeblättert hatte, ließ er sie aufs Bett fallen, lehnte sich zurück und schaltete den Sportkanal ein. Connors und McEnroe beschossen sich mit lang durchgezogenen knallharten Vorhandschlägen, wobei Connors jedesmal, wenn er den Ball traf, hörbar grunzte. Dieses Grunzen erinnerte Duane an Janine, die trotz ihres Bemühens, in jeder Lebenslage ladylike zu sein, kurz bevor sie kam, eine Serie ähnlicher Grunzlaute ausstieß.

Die Grunzer bedeuteten, daß es wieder einmal funktioniert hatte, zumindest aus Janines Sicht. Ihm selbst waren allmählich Zweifel gekommen, ob irgend etwas auf diesem Gebiet aus seiner Sicht überhaupt noch funktionieren würde, aber die Versager-Marge war nicht scharf abzugrenzen und machte ihm daher nicht sonderlich viele Sorgen.

Janine hatte seit jener Nacht, in der er sie von der Notaufnahme aus angerufen hatte, kaum mit ihm gesprochen. Jeden Tag konnte man sie heiter ihrem Job im Gericht nachgehen oder mit Lester Tennis spielen sehen, der dank ihrer Fürsorge merklich ruhiger geworden war.

Duane hatte zwei heftige Diskussionen über das Thema Lester und Janine mit Jenny Marlow gehabt, die der Liebesaffäre zwischen den beiden tolerant – ja sogar beinahe begeistert – gegenüberstand.

»Ich hoffe nur, daß sie noch so lange andauert, bis ich mich von ihm scheiden lassen kann«, meinte sie. »Du kannst dir nicht vorstellen, wie schwer es ist, einen Ehemann dazu zu kriegen, dich nicht mehr zu lieben, wenn er dich unbedingt lieben *will*. Ich weiß nicht, wie viele Male ich in den letzten fünf Jahren Lester das Herz brechen mußte. Wenn Herzen aus Porzellan wären, dann würde seines inzwischen nur noch aus lauter kleingemahlenen Glassplittern bestehen.«

Während er Connors und McEnroe zusah, kam Karla ins Schlafzimmer zurück. Sie war voll angezogen, aber tropfnaß.

»Ich weiß nicht, ob das gutgehen wird, wenn Junior weiter hier wohnt«, bemerkte sie. »Es hat alles ganz platonisch angefangen, aber ich weiß nicht, ob Junior es schafft, es dabei zu belassen.«

»Warum sollte er das nicht schaffen?«

»Er hat mich gerade in den Swimmingpool geworfen«, sagte

Karla. »Er sagte, er wollte immer schon mal versuchen, es unter Wasser zu tun. Da habe ich ihm gesagt, daß es mir eigentlich platonisch ganz gut gefällt, aber er hat mich mißverstanden.«

»Wie kann er das denn mißverstehen?« fragte Duane, als Karla sich ihr triefendes T-Shirt von der Haut pellte.

»Junior denkt, ›platonisch‹ sei 'ne Bezeichnung für einen dieser kleinen japanischen, exotisch klingenden Pickups«, sagte sie. »Er dachte, ich hätte gemeint, wir sollten zusammen durchbrennen.«

»Wo ist er jetzt?»

»Er schwimmt noch im Kreis rum. Er ist so besoffen, daß er denkt, ich wär noch im Pool.«

Sie verschwand im Badezimmer und tauchte eine Minute später wieder in einem purpurroten Bademantel auf.

»Was treibt eigentlich Suzie Nolan den ganzen Tag?« fragte sie.

Duane schwieg und tat, als würde er sich auf das Tennis-Match konzentrieren.

»He, Duane, bist du sauer auf mich, oder was ist los?«

»Nein«, sagte er.

»Suzie müßte doch eigentlich neugierig werden, weshalb Junior jetzt hier draußen wohnt«, sagte Karla.

»Nicht alle sind von Neugier besessen«, sagte Duane. Soweit er es beurteilen konnte, interessierte es Suzie wenig, wo Junior steckte.

»Aber Frauen sind gewöhnlich sehr neugierig darauf zu erfahren, was ihre Männer – oder sogar ihre Ex-Männer – so treiben«, sagte Karla.

»Wir könnten sie ja anrufen und ihr sagen, daß er hier in unserem Pool herumschwimmt und hofft, daß du mit ihm in einem japanischen Pickup durchbrennst«, schlug Duane vor.

»Ich hab da irgendwas munkeln hören, daß du in sie verliebt bist«, sagte Karla.

»Da muß wohl was Falsches gemunkelt worden sein, Honey«, sagte Duane scheinbar unbeteiligt.

»Jedesmal wenn du mich Honey nennst, ist irgendwas im Busch«, sagte Karla.

Duane ging hinaus, um nach Junior zu sehen. Er wollte nicht, daß er ertrank, und zum Glück war Junior auch nichts passiert. Er hockte mit seiner Kojoten-Pfeife auf dem Sprungbrett. Trotz vielen Übens war er immer noch kein Virtuose auf diesem Instrument. Alles, was er in diesem Moment hervorbrachte, war eine Art Gesprudel, und zwar so schwach, daß Shorty, der in ein paar Fuß Entfernung schlief, nicht einmal seinen Kopf hob.

»Ich hab 'ne Kröte angelockt«, sagte Junior. »Hast sie gesehn?«

Tatsächlich saß eine stattliche Kröte am Swimmingpool. Während Duane sie beobachtete, bequemte sie sich zu einem trägen Sprung in das spärliche Gras.

»Schwupp, weg ist sie«, sagte Junior. »Wo ist Karla?«

»Sie sagte mir, sie hätte Kopfweh«, sagte Duane.

»Kann ich mir denken«, sagte Junior. »Alle Frauen bekommen Kopfweh, sobald ich mich in sie verliebe.«

»Das würd ich nicht persönlich nehmen«, sagte Duane. »In meinem Dunstkreis hat auch mehr als eine Kopfweh.«

»Ich werd nie wirklich in eine andere als Suzie verliebt sein«, sagte Junior. »Suzie bedeutet alles für mich. Ich denke immer noch, daß sie irgendwann aufkreuzt und mir sagt, ich soll nach Hause kommen, aber das ist wohl nur 'n frommer Wunsch.«

Juniors Gesichtsausdruck machte Duane traurig. Noch am selben Morgen hatte er Suzie hitzige zwanzig Minuten lang besucht. Was er Karla gesagt hatte, stimmte. Er war nicht in Suzie verliebt. Sie hatten beide einfach nur gerade ein sehr glückliches Intermezzo mit einem hohen Maß an sexueller Übereinstimmung. Es gab keinen Grund zu der Annahme, daß dies von Dauer sein würde. Es war durchaus möglich, daß Suzie eines Tages Junior vermissen und ihn einfach nach Hause zurückrufen würde. Das wäre Duane am liebsten gewesen, selbst wenn es das Ende eines erregenden Intermezzos bedeutete.

Junior kroch von dem Sprungbrett herunter, ließ sich in einen Liegestuhl fallen und schlief ein.

Duane kehrte ins Haus zurück, wo Karla in seinem Jahrbuch blätterte. Sie hatte es auf der Seite mit den Homecoming-Fotos aufgeschlagen und las, was Jacy quer über das Bild von ihr und ihm geschrieben hatte.

»Tja, sie hat dich dann doch nicht für immer geliebt, oder, Duane?« meinte Karla.

»Nein«, sagte er.

Dann klappte Karla das Album zu. »Duane, bist du traurig?« fragte sie.

»Ich glaub schon«, sagte er.

»Weshalb denn? Mir kannst du's ruhig sagen. Ich bin deine Frau«, meinte Karla.

Duane spürte einen Anflug von Kopfschmerzen. Er ging ins Bad und spritzte sich eine Weile kaltes Wasser auf die Stirn. Er hielt einen Waschlappen unter kaltes Wasser und bedeckte damit, als er wieder auf dem Bett lag, seine Stirn.

»Es ist viel besser, wenn Mann und Frau einander sagen, warum sie glücklich oder traurig sind«, meinte Karla.

»Also«, sagte Duane und kam nicht weiter. Er mußte an Junior denken. Während er ihm zunächst leid getan hatte, begann er ihn nun zu beneiden. Junior hatte weniger als eine Minute gebraucht, um in dem Liegestuhl einzuschlafen. Vielleicht befand er sich jetzt bereits mitten in einem schönen Traum. Er mochte von seinen Jahren des Wohlstandes träumen, als sich zwei Drittel der Quellen, die er anbohrte, als fündig herausgestellt hatten. Oder er mochte von noch früheren Jahren träumen, als seine leidenschaftliche junge Frau ihn noch begehrt hatte. Sobald er eingeschlafen war, war die Traurigkeit aus seinen Zügen verschwunden, und er hatte ganz friedlich und gelassen ausgesehen.

Duane wünschte, er selbst könnte ebenso leicht Frieden finden. Seine eigenen Träume handelten von Bankbesprechungen oder von rätselhaften, aber totalen Zusammenbrüchen einer seiner Bohranlagen. Seine Träume ließen ihn meist noch müder als vorher zurück.

»Du siehst selbst nicht gerade glücklich aus«, sagte er zu Karla.

»Bin ich auch nicht, weil man mir beigebracht hat, daß es die Pflicht einer Frau ist, ihren Mann glücklich zu machen, und du liegst da mit einem Waschlappen auf dem Kopf und machst ein so trauriges Gesicht wie ein Basset«, sagte Karla.

»*So* traurig bin ich nun auch wieder nicht«, sagte Duane. »Ich fühl mich nur ein bißchen elend.«

»Ist es, weil ich sechzigtausend für ein Doppelhaus ausgegeben habe, das wir uns nicht leisten können?« fragte sie. »Ich dachte doch nur, daß es nett wäre, wenn die Kinder einigermaßen anständige vier Wände für ihre Ehe hätten.«

»Es wäre noch netter, wenn die Kinder mal einigermaßen lange verheiratet bleiben könnten«, sagte Duane.

»Glaubst du, wir haben sie falsch erzogen?« fragte Karla.

Duane versuchte sich an die Zeit zu erinnern, als sie Dickie und Nellie großgezogen hatten, bevor die Zwillinge geboren wurden. Ihm schien, als hätten sie all das gemacht, was man von Eltern erwartete. Sie hatten die Kinder sonntags zum Religionsunterricht geschickt, hatten sie bei den häuslichen Arbeiten zupacken lassen, hatten sie für besonders ungezogenes Benehmen vermöbelt und sie ordentlich gelobt, wenn sie brav gewesen waren. Offensichtlich hatte ihre Aufmerksamkeit jedoch irgendwann nachgelassen, aber er war zu müde, um zu überlegen, wann das genau war, und seine Kopfschmerzen wollten auch nicht besser werden.

»Es macht mich nervös, wenn du mir keine Antwort gibst, Duane«, sagte Karla.

»Ich habe Kopfweh«, sagte Duane. »Wenn ich Kopfweh habe, fallen mir nicht viele Antworten ein.«

»Ich krieg jedesmal Schuldgefühle, wenn du dieses Kopfweh bekommst«, sagte Karla. »Du bist bestimmt meinetwegen so gestreßt.«

»Schieb's auf die OPEC-Länder«, meinte Duane. »Das ist einfacher, und wir können uns schlafen legen.«

Karla schlüpfte aus dem Bett, zog ihr Nachthemd an und kam wieder ins Bett. Dann griff sie nach der Fernbedienung, probierte eine Minute lang alle Kanäle durch und stellte den Fernseher aus.

»Karla, hör auf, dir Sorgen zu machen«, sagte Duane. »Die Kopfschmerzen sind ja nicht so schlimm, und sie sind nicht deine Schuld.«

»Ich hatte wirklich nicht vorgehabt, heute dieses ganze Geld auszugeben«, sagte Karla. »Ich glaube, es wäre besser gewesen, wenn wir nie reich geworden wären. Ich habe einmal angefangen, das Geld zu verschleudern, und nun kann ich nicht mehr damit aufhören. Jedesmal wenn ich nach Dallas fahre, denke ich, ich werde mir ein Kleid kaufen, und dann kaufe ich mir zehn.«

»Es ist nicht wegen der Kleider, es ist wegen der Bohrtürme«, sagte er. »Tausend Kleider kosten nicht so viel wie eines von diesen Scheißdingern.«

»Jacy ist wirklich interessiert an dir«, meinte Karla. »Sie wünschte, glaube ich, manchmal, sie wäre einfach hiergeblieben und hätte dich geheiratet.«

Duane glaubte keine Minute, daß Jacy irgend etwas in dieser Richtung dachte. Seine Neugier war angestachelt, aber er konnte an Karlas Augen ablesen, daß bereits eine Frage von seiner Seite einen manischen Redefluß in Gang setzen würde, der sich stundenlang über ihn ergießen könnte. Er beschloß, ihn nicht in Gang zu setzen.

»Du hast mir immer noch nicht gesagt, weshalb du traurig bist«, erinnerte ihn Karla.

Duane konnte sich nicht entsinnen, ob er es denn überhaupt je gewußt hatte. Seine Erinnerung an dem Abend wollte nicht weiter zurückwandern als bis zu dem Moment, wo er sich kaltes Wasser auf die Stirn gespritzt hatte. Der Waschlappen war auch nicht mehr kalt. Er wünschte, er hätte mehr kaltes Wasser, aber er hatte keine Lust, aufzustehen und es sich zu holen.

»Ich war nicht traurig wie ein Basset«, sagte er und hoffte, seine Frau damit zu beruhigen.

»Nein, aber du kriegst irgendwie ein ganz schön langes Gesicht, wenn du richtig deprimiert bist«, sagte Karla.

Ohne daß er sie darum gebeten hatte, stand sie auf, ging in die Küche und kehrte mit einer großen Schüssel voll Eis und Wasser zurück. Dann tränkte sie den Waschlappen in dem eiskalten Wasser, wrang ihn aus und gab ihn ihm wieder. Er war sehr kalt.

»Danke«, sagte er. Er dachte noch darüber nach, weshalb er traurig war. »Ich glaube, ich möchte einfach nur ein vernünftiges Leben führen. Findest du, daß das hier ein vernünftiges Leben ist?«

Karla hatte eine winzige Leselampe angeschaltet und blätterte in einem *Playgirl.*

»Allzu vernünftig ist es vielleicht nicht, aber wir wissen zumindest, was der Unterschied zwischen einer platonischen Beziehung und einem japanischen Pickup ist«, meinte sie.

31

Bald wurde es Duane fast unmöglich, Thalia zu verlassen, ohne daß Jenny Marlow ihn abfing und fragte, ob sie mitfahren könnte, ganz gleich, wohin er fuhr. Vier Straßen führten aus der Stadt heraus, und seine Versuche, auf einer davon auszubrechen, wurden zu einem »Mensch-ärgere-dich-nicht«-Spiel, das Jenny fast immer gewann. Sie schien nichts anderes zu tun zu haben, als ihm im Hinterhalt aufzulauern.

Wenn er nach Norden in Richtung Rising Star fuhr, winkte sie ihn gewöhnlich an Aunt Jimmie's Lounge von der Fahrbahn. Wenn er versuchte, nach Süden durchzubrechen, erwischte sie ihn bei Sonnys Autowaschanlage. Wenn er nach Westen fuhr, fing sie ihn am Dairy Queen ab. Und wenn er versuchte, nach Wichita Falls zu flüchten, schoß sie aus der Seitenstraße hinter dem Lebensmittelladen hervor und hupte so lange, bis er rechts heranfuhr.

Natürlich hätte er auch über die kleine Asphaltstraße hinter dem Friedhof entwischen können, die ein paar Meilen außerhalb der Stadt in eine der größeren Verbindungsstraßen mündete, aber er war es seit Jahren gewohnt, ganz nach Belieben aus der Stadt herauszufahren, weshalb er immer vergaß, an Jenny zu denken, bis sie hinter ihm herangeröhrt kam und zu hupen begann.

Nicht, daß Jenny auf einen Flirt aus gewesen wäre – nichts schien ihr ferner zu liegen. Was ihre Gedanken am meisten beschäftigte, war ihr neuer Posten als Regisseurin des Hundertjahrfeier-Festspiels, ein Job, der in Ermangelung eines Profis nun ihr zugefallen war.

Der Mann aus Brooklyn, den man als Kandidaten für die Regie des Festspiels ins Auge gefaßt hatte, hatte nicht gerade den Erwartungen entsprochen, aber das war im Grunde nicht seine Schuld. Er hieß Sally Balducci, und Duane hatte gegen erheblichen Widerstand schließlich das Komitee überreden können, ihn zu einem Gespräch herzubestellen.

»Ich habe noch nie von einem Mann gehört, der Sally heißt«, meinte Jenny. »Ich hoffe, er ist kein Transvestit.«

»Und wenn er einer ist, dann hoffe ich, daß er clever genug ist, G. G. zu bluffen«, sagte Duane.

Sally Balducci war eindeutig kein Transvestit, so viel stand bald fest. Er war ein kurzgewachsener, dicker Mann mit buschigen grauen Locken und erschien in grünem Sportsakko, breiter, weißer, nachlässig geknoteter Krawatte. Als er aus der kleinen Zubringermaschine ausstieg, die ihn von Dallas hergebracht hatte, hielt er sich mit beiden Händen die Ohren und stöhnte. Anscheinend hatte in dem Kleinflugzeug der Druckausgleich nicht so richtig funktioniert.

Während er auf sein Gepäck wartete, wirbelte Sally Balducci durch das kleine Flughafengebäude und heulte. Er brabbelte in einem fremden Dialekt vor sich hin, so daß den paar ältlichen Matronen, die mit ihm geflogen waren, angst und bange wurde. Gelegentlich stöhnte er laut auf und bearbeitete die Wand der Halle mit Fußtritten.

Zu Duanes Entsetzen schien der Flug Sally stocktaub gemacht zu haben. Während der Fahrt nach Thalia hieb er sich in der Hoffnung, dadurch sein Gehör wiederzuerlangen, unausgesetzt mit dem Handballen gegen den Kopf. Aber es wollte nicht gelingen. Mit tieftrauriger Miene betrachtete er die wenigen staubigen Gebäude, aus denen die Stadt bestand.

Duane nahm ihn mit nach Hause und verabreichte ihm zuerst einmal zwei oder drei von Karlas 1-l-Wodka-Tonics, worauf er aber leider einschlief. Alle Versuche, ihn wieder aufzuwecken, schlugen fehl. Genau wie Junior ein paar Nächte davor, schlief Sally fast die ganze Nacht hindurch in einem Gartenstuhl am Swimmingpool.

So versäumte er die Komitee-Versammlung, auf der er Rede

und Antwort stehen sollte, was G. G. Rawley Gelegenheit gab, allen Anwesenden eine fünfzehnminütige Moralpredigt über die Unzuverlässigkeit von romhörigen Katholiken zu halten.

Kurz vor Morgengrauen wachte Sally auf und sah sich mit Minerva ein Sumoringer-Match an. Seine Taubheit ging nicht vorüber, obwohl Minerva, skeptisch wie sie war, behauptete, daß er ausgezeichnet hören könne.

»Der Mann kann sogar einen Regenwurm kriechen hören«, meinte sie. »Er *will* einfach nicht hören können. Denn wenn er's könnte, dann muß er hier vielleicht den ganzen Sommer damit zubringen, dieses dämliche Festspiel auf die Bühne zu bringen.«

Das war allerdings nicht sehr wahrscheinlich, denn das Komitee hatte sich gegen den Mann verschworen. In einer zwanzigminütigen Rumpfsitzung, die in Sonnys Waschsalon abgehalten wurde, stimmte man dafür, Jenny zur Regisseurin des Festspiels zu machen. Währenddessen saß Sally schmollend in Duanes Pickup, in dem es ihm heißer und heißer wurde. Aus Mitleid fuhr Duane ihn nach Dallas, damit er nicht noch einmal die Zubringermaschine nehmen mußte. Jenny fuhr mit. Sie hatte das Skript des Festspiels dabei, aber Sally war so mieser Stimmung, daß er sich weigerte, auch nur einen Blick darauf zu werfen. Kaum waren sie am Flughafen angekommen, stürzte er zur Bar.

Auf der Rückfahrt nahm sich Jenny das Skript vor und begann über die Besetzung der Rollen zu grübeln. Alle wußten nur zu gut, daß das Fest mit Siebenmeilenstiefeln auf sie zu kam. In jedem Winkel des Landkreises sprossen Bärte in männlichen Gesichtern – auch in dem von Duane.

»Bitte sag, daß du den Adam spielst«, flehte Jenny ihn an. »Wenn du den Adam spielst, dann gibt mir das schon einigen Auftrieb. Das ist eine der besten Rollen.«

Duane hatte bereits zugesagt, George Washington zu spielen. Der Gedanke, Adam zu spielen, reizte ihn überhaupt nicht. »Ich habe mir bereits einen Bart wachsen lassen«, gab er ihr zu bedenken. »Ich glaube nicht, daß Adam einen Bart hatte.«

Er bildete sich einiges ein auf seinen Bart, der dichter und seidiger war als so mancher der Bärte, die um ihn herum gehegt und gepflegt wurden. Bobby Lee wie Eddie Belt hatten nur kümmerliche Gewächse vorzuweisen, mit denen sie aussahen, als wären sie einem drittklassigen Horrorfilm entsprungen.

Allgemein erweckte die Bart-Verordnung ängstliches Unbehagen. Man hatte einen Wassertrog auf den Rasen vor dem Gerichtsgebäude schleppen lassen, aber bisher war noch niemand untergetaucht worden. Duanes künftiger Schwiegersohn Joe Coombs war ein ziemlich sicherer Kandidat, da er immer noch alle ein, zwei Tage, bevor er noch ganz wach war, aus dem Bett taumelte und sich seinen neuen Bart wieder abrasierte.

»Weshalb überredest du nicht Dickie dazu, Adam zu spielen?« schlug Duane vor. »Er glaubt doch, er *sei* Adam.«

»Wie kommst du auf die Idee, ich würde noch ein einziges Wort mit dieser kleinen Ratte reden?«

Duane fiel wieder ein, daß auch Suzie Nolan Dickie eine kleine Ratte genannt hatte. Er selbst hatte diese kleine Ratte schon einige Zeit nicht gesehen. Offensichtlich befanden er und Billie Anne sich gerade im siebten Himmel. Karla hatte Billie Anne täglich mindestens eine Stunde an der Leitung und ließ sich versichern, daß ihr Baby gut versorgt sei. Wenn Duane ihr einen Vortrag über aufdringliche Schwiegermütter hielt, die sich immer einmischen müssen, trafen ihn eiskalte Blicke.

»Er ist immerhin mein eigenes Kind, also brauche ich wohl nicht aufzuhören, mich für ihn zu interessieren, nur weil er ein Mädchen geheiratet hat, das wir kaum kennen«, sagte Karla. »Es könnte ja sein, daß sie von Fleischvergiftung oder so was keine Ahnung hat.«

»Von Fleischvergiftung?« staunte Duane. »Nach all den Drogen und Medikamenten, die das Kind sich bereits reingezogen hat, kann ihm doch ein kleines bißchen Fleischvergiftung kaum was ausmachen.«

Unterdessen schien die Fahrt nach Hause kein Ende zu nehmen. Duane ging die Frage durch den Kopf, ob es nicht noch jemand anderen in der Stadt gab, mit dem Jenny ebenso gern durch die Gegend fahren würde wie mit ihm.

Es war nicht so, daß er sie nicht mochte. Sie machte ihn sogar ziemlich neugierig – mit einer der Ex-Freundinnen seines Sohnes kam er immerhin recht gut aus; vielleicht könnte er mit einer anderen von ihm auch gut auskommen. Aber genau wie Karla konnte auch Jenny reden wie ein Wasserfall, und anders als bei seiner Frau brauchte er nicht einmal ein Wort zu sagen, um die Flut zu entfesseln: Sie ergoß sich, sobald Jenny sich auf den Beifahrersitz setzte, über einen schläfrigen Shorty, der sich so sehr an Jenny gewöhnt hatte, daß er einschlief, sobald sie den Mund aufmachte.

»Es ist auf jeden Fall gut, daß Lester sich verknallt hat«, sagte Jenny. »Ich hätte nie die Energie, dieses Festspiel zu leiten, wenn ich ihm weiterhin dreimal täglich das Herz brechen müßte.«

»Für Lester ist das auch ein ganz schönes Glück«, bemerkte Duane.

Jenny sah einen Moment lang ziemlich verdutzt aus, als wäre ihr gar nicht richtig klargewesen, daß es für Lester möglicherweise nicht die reine Freude war, wenn ihm dreimal täglich das Herz gebrochen wurde.

»Meinst du, Jacy würde eventuell einverstanden sein, in dem Festspiel mitzumachen?« fragte sie. »Sie gäbe eine gute Eva ab.«

Duane sagte nichts, aber Shorty hob einen Moment lang ein rotes Augenlid.

»Vielleicht würde es Karla nichts ausmachen, sie mal zu fragen«, sagte Jenny vorsichtig. »Ich hätte nie den Mumm, sie selbst zu fragen.«

»Du kannst ja Karla mal fragen«, meinte er. Er hatte keine Ahnung, nach welchem Protokoll Karlas Freundschaft zu Jacy ablief. Karla äußerte keine Einzelheiten über das, was sie zusammen trieben. Wenn sie Jacy überhaupt mal erwähnte, waren ihre Andeutungen meist ziemlich rätselhaft.

»Jacy war nur mit Franzosen verheiratet«, sagte sie einmal. »Alle ihre Ehemänner waren Franzosen.«

Duane wartete gespannt, aber es folgten keine weiteren Einzelheiten.

»Ihre Kinder sprechen perfekt Englisch«, sagte sie ein andermal. »Da drüben lernen die Kinder 'ne Menge Sprachen.«

Jenny Marlow las mit dem Bleistift in der Hand das Texasville-Skript durch. »Ich befürchte, ich kriege Angstzustände«, meinte sie. »Ich hätte nie gedacht, daß man mich zur Regisseurin des ganzen Festspiels machen würde.«

»Duane, wenn ich dir die Rolle von George Washington erlasse, würdest du dann einen der beiden Mr. Browns in der Texasville-Szene spielen?« fragte sie nach einer Weile.

»Welcher wäre ich? Der, der sich zu Tode gesoffen hat, oder der mit den Klapperschlangen?« fragte er.

»Ed Brown, der mit den Klapperschlangen«, sagte Jenny. »Es gibt da diese Legende, wonach er die Schlangen nachts mit sich herumzutragen pflegte. Er soll sie sich um die Arme und sogar um den Hals geschlungen und dann gesungen haben, während die Schlangen klapperten und zischten – und zwar so ungefähr im Rhythmus eines Cha-cha-cha, sagt man.«

»Die Story kannte ich noch gar nicht«, sagte Duane. »Im Rhythmus eines Cha-cha-cha?«

»Ja, eines Cha-cha-cha«, sagte Jenny. »Ich glaube, das muß ich noch reinbringen. Eine solche Szene gäbe wirklich was her, selbst wenn wir nur kleine harmlose Blindschleichen verwenden.«

32

Ein paar Tage später befand sich Duane wieder auf der Straße nach Dallas. Es war eine zweistündige Fahrt und nicht gerade seine Lieblingsstrecke. Diesmal wurde er von Karla und Sonny begleitet. Karla war mitgekommen, um sie bei Laune zu halten, aber in Wirklichkeit war keiner von ihnen guter Laune. Sonny hatte seinen bislang besorgniserregendsten Aussetzer gehabt, und sie fuhren ihn nach Dallas zu einem Neurologen.

Am Sonntag davor hatte er das Kwick-Sack in der Nacht verlassen und war verschwunden. Kunden kamen in den Laden und standen wartend herum, weil sie dachten, er sei nur auf die Toilette oder kurz zu seinem Hotel hinübergegangen, um etwas zu holen, was er vergessen hatte.

Aber eine Stunde verging, und Sonny tauchte nicht wieder auf.

Einige Ölarbeiter machten sich in dem kleinen Mikrowellenherd selbst ihre Hot dogs oder Hawaii-Toasts, ließen eine Handvoll Scheine und Kleingeld an der Kasse und fuhren zu ihren Bohranlagen zurück. Das Kwick-Sack machte in den frühen Morgenstunden einen guten Umsatz: Bald häufte sich so viel Geld auf dem Tresen, daß die Arbeiter eine Tüte holen mußten, um es zu verstauen.

Dann kam Bobby Lee in den Laden und rastete sofort aus. Er rastete immer gleich aus, wenn irgend etwas nicht ganz so war wie sonst. Auf der Stelle schaltete er in seinem Pickup den CB-Funk ein und weckte Duane.

»Ich glaube, libysche Terroristen haben Sonny Crawford gekidnappt«, sagte er.

Duane sprang aus dem Bett. Bobby Lee hatte eine Art, seine paranoidesten Vermutungen in einem ruhigen, vernünftig klingenden Ton vorzubringen, der sie – zumindest für einige Minuten – völlig plausibel erscheinen ließ. Duane war bereits fast ganz angezogen, bevor ihm klar wurde, wie unwahrscheinlich es war, daß sich libysche Terroristen ausgerechnet das Kwick-Sack als Ziel eines Anschlags ausgesucht hatten.

»Im Fernsehen hieß es, sie hätten uns ein paar Terrorkommandos ins Land geschickt«, erinnerte ihn Bobby Lee, als Duane sich über Funk noch einmal meldete, um seine Zweifel zu äußern.

»Aber es hieß nicht, daß sie sie nach Thalia geschickt hätten«, meinte Duane.

»Aber wir waren immerhin mal ein Jahr lang der Landkreis, der in Texas das meiste Öl produzierte«, sagte Bobby. »Da könnte es doch sein, daß sie uns als Bedrohung des Persischen Golds betrachten.«

»Des Persischen *Golfs*«, verbesserte ihn Duane und wünschte, er wäre nicht so rasch in seine Kleider gefahren.

Karla knipste ihr kleines Bettlicht an und begann im *Playgirl* zu lesen.

»Der Persische Golf ist die Gegend, aus der das schwarze Gold kommt«, sagte Duane.

»Ist doch egal, jedenfalls haben sie ihn geschnappt«, sagte Bobby Lee. »Vielleicht verstecken sie sich im Schulhaus.«

Duane schaltete den CB ab. »Bobby Lee glaubt, libysche Terroristen hätten sich Sonny geschnappt«, berichtete er Karla.

»Ich möchte wissen, wo die nur so viele Pin-up-Jungs mit Riesenschwänzen finden«, sagte Karla. »So viele große Dinger gibt's hierzulande nicht.«

»Hast du nicht gehört, was ich gesagt habe?« fragte Duane.

»Bobby Lee gehört der Hals umgedreht dafür, daß er mich aufgeweckt hat«, sagte Karla. »Nun kann ich mir mit meinen Phantasien wieder die ganze Nacht um die Ohren schlagen.«

»Dann komm doch mit in die Stadt und dreh ihn ihm um«, schlug Duane vor. »Vielleicht helf ich dir sogar dabei.«

Karla beschloß, ihn beim Wort zu nehmen, worauf es Shorty so sehr mit der Angst bekam, daß Duane fünf Minuten brauchte, um ihn einzufangen. Shorty war es nicht gewohnt, daß Karla auf ihre mitternächtlichen Ausflüge mitkam. Nach Shortys Ansicht war Karla eine Art bittere Medizin. Er schlüpfte unter Minervas Buick und blieb dort hocken, bis Duane ihn mit einem Besen darunter herausschob.

»Du könntest den kleinen Scheißer doch einfach hierlassen«, meinte Karla, nachdem Duane Shorty eingefangen und hinten in den Pickup geworfen hatte. »Diesem Hund bist du treuer ergeben als mir«, fügte sie hinzu.

»Das stimmt nicht«, sagte er.

Im gleichen Augenblick setzten sieben Kojoten vor ihnen über die Straße. Shorty sprang aus dem fahrenden Pickup, um sie zu verfolgen. Entsetzt trat Duane auf die Bremse.

»Freßt ihn, Kojoten!« rief Karla aus dem Fenster.

Kurz darauf kam Shorty atemlos zurückgetrabt.

»Siehst du, nicht mal Kojoten mögen ihn fressen«, sagte Karla.

»Das war ja ein ganzes Rudel Kojoten«, bemerkte sie eine oder zwei Meilen später. »Offenbar sind wir hier draußen umringt von Kojoten.«

»Das macht mir angst, Duane«, fuhr sie fort, als sie oben auf einem Hügel angekommen waren. Thalia lag nur eine Meile weit entfernt, eine kleine, friedliche Ansammlung von Lichtern unter dem tiefen schwarzen Himmel.

»Kojoten tun dir nichts«, beruhigte er sie.

»Aber sie könnten Little Mike verschleppen und ihn wie Mowgli aufziehen«, meinte Karla.

»Wie wen?« fragte Duane. Immer häufiger waren ihm die Bemerkungen seiner Frau völlig unverständlich.

»Mowgli, der aus dem *Dschungelbuch*-Film«, sagte Karla. »Wir haben ihn doch mit den Zwillingen angesehen.«

»Ich nicht«, sagte Duane. »Du mußt mit einem deiner Liebhaber hingegangen sein.«

Karla betrachtete die friedvollen Lichter von Thalia.

»Nachts ist es eine hübsche kleine Stadt, findest du nicht?« meinte sie.

»Was war denn nun mit diesem Film, in den du deinen Freund mitgenommen hast?« fragte Duane.

»Darin ging's um einen kleinen Jungen, der von Kojoten aufgezogen wurde«, sagte Karla, »Walt Disney, verstehst du.«

»Ich hatte keine Ahnung, daß Walt Disney von Kojoten aufgezogen wurde«, sagte er.

Er fuhr an seinem Ölfeld mit den hoch aufragenden, kostspieligen Bohrtürmen vorüber. Ein Ölfeld wäre für einen Terroristen kein schlechter Ort, um jemanden zu verstecken, aber alles, was er hier entdeckte, war ein fetter Hase, der neben ein paar Rohren an einem Grashalm mümmelte.

Als sie beim Kwick-Sack ankamen, standen die Hälfte aller Ölarbeiter des Landkreises, mit ihren Rotwildbüchsen oder 44er Magnums bewaffnet, davor herum. Einige der Jagdgewehre waren mit nachtstarken Zielfernrohren ausgerüstet, und ihre Besitzer zielten damit übungshalber auf entfernte Telefonmasten. Es war klar, daß sich die Terroristen, sofern welche in der Nähe waren, die falsche Stadt ausgesucht hatten.

Bobby Lee saß auf der Heckklappe seines Pickups und diskutierte in einem so vernünftigen Tonfall, daß es einen wahnsinnig machen konnte, über das persische schwarze Gold.

Toots Burns, der Sheriff, kam im selben Moment wie Duane und Karla angefahren. Entsetzen stand ihm ins Gesicht geschrieben.

»Was ist passiert, ist irgendein Krieg ausgebrochen?« fragte er.

»Libysche Terroristen«, antwortete Bobby Lee ruhig.

»Quatsch, es ist kein Krieg ausgebrochen – Bobby Lee hat nur durchgedreht«, sagte Karla und ließ ihre Finger wie einen Propeller über ihrem Kopf kreisen. Bobby Lee machte ein beleidigtes Gesicht. Karla ging ins Kwick-Sack und holte sich einen Kaffee. Duane folgte ihr in den Laden, weil er hoffte, irgendeine Nachricht von Sonny zu finden, die seine Abwesenheit erklären könnte. Angesichts der Stimmung, die hier vorherrschte, hätte selbst eine längere Nachricht ohne weiteres übersehen werden können.

Aber auch Duane fand nichts. Er nahm sich einen Kaffee und trat wieder nach draußen. Es war eine warme, wunderschöne Frühlingsnacht, die Morgendämmerung war nicht mehr weit. Toots Burns versuchte nervös, dic Menge dazu zu bringen, ihre Waffen wieder einzustecken.

»Eine dieser Kanonen könnte losgehen, und wir wollen zu dieser Stunde die Leute doch nicht aus dem Schlaf reißen«, sagte er. Toots hatte als Sheriff nie sonderlich viel Autorität gehabt. Am liebsten parkte er seinen Streifenwagen vor dem Gericht und trank ein Bier nach dem anderen, bis er einschlief. Und wenn er einmal eingeschlafen war, konnte eine ganze Armee vorbeimarschieren, ohne daß er es gemerkt hätte.

Irgendwie war es Bobby Lee, der mit größter Ruhe den größten Unsinn verbreitete, gelungen, die aufgeregte Menge von seinem Hirngespinst zu überzeugen.

»Überall könnten schmierige kleine Wichser herumschleichen«, meinte ein Ölarbeiter.

Duane, der keineswegs überzeugt war, machte einen Spaziergang zum Gerichtsgebäude hinüber. Shorty begleitete ihn. Karla saß im Pickup und trank Kaffee. Duane ging einmal um den Platz herum und schlenderte, nachdem er kein Zeichen von Libyern entdeckt hatte, wieder zum Kwick-Sack zurück.

»Die Stadt ist immer noch ganz die alte«, stellte er fest.

Da stiegen die Ölarbeiter wieder in ihre Pickups und fuhren mit verärgerten Gesichtern einzeln oder paarweise ab. Manche hatten sichtlich auf eine Gelegenheit gehofft, ihren paramilitärischen Fähigkeiten den letzten Schliff zu geben.

»Es ist deprimierend, einfach wieder an die Arbeit zu gehen und nicht mal einen Schuß abzufeuern«, meinte einer.

»Wir könnten ja einen auf Bobby Lee abfeuern«, schlug ein anderer vor. »Er war es doch, der uns heiß gemacht hat.«

»War ja nur so 'ne Theorie«, gab Bobby Lee zu. Ganz plötzlich fiel ihm ein, daß es höchste Zeit für ihn war, zu frühstücken.

»Ich wünschte, dein Bart würde schneller wachsen«, meinte Karla, bevor er abfuhr.

»Wieso?« wollte Bobby Lee wissen. Er machte ein gequältes Gesicht.

»Weil du mit Bart wie ein schwachsinniger Idiot aussiehst«, sagte Karla.

»Du bist aber auch nie mal nett zu mir«, sagte Bobby Lee.

Karla und Duane gingen zu dem alten Hotel hinüber, das Sonny als seine Wohnung benutzte. Er bewohnte darin ein kleines Apartment – das aus nicht viel mehr als einem Zimmer bestand. Sie dachten, er könnte vielleicht aus irgendeinem Grund einen längeren Spaziergang gemacht haben. Früher hatte er ausgedehnte Fußmärsche geliebt.

Aber er war nicht in seinem Zimmer im Hotel. Es gab darin nicht viel zu sehen, nur ein Bett, einen Stuhl und einen kleinen Spieltisch. Der Kartentisch war übersät mit Broschüren und Aktienangeboten für die Kleinunternehmen, in die Sonny investierte. Duane blätterte in einigen Prospekten. Es schienen recht ungewöhnliche Firmen zu sein. Eine stellte Ohrenschützer her und eine andere eine Maschine, die Eier der Größe nach sortierte. Er warf einen Blick in einen dritten Prospekt – darin wurde beschrieben, wie man Hühnerscheiße in Methan verwandeln und damit die Welt der Zukunft mit Treibstoff versorgen kann. Auf dem Tischchen stand neben Stapeln von Schecks auch eine alte Addiermaschine – alles war ziemlich verstaubt. Inzwischen war die Sonne längst aufgegangen.

»Duane, komm mal hierher«, rief Karla plötzlich von einem der oberen Stockwerke.

Er fand sie am Fenster in einem kleinen Raum im Dachgeschoß. Sie starrte über die Dächer des Waschsalons und eines Eisenwarengeschäfts in Richtung des Gefängnisses.

Von hier aus konnte man in das verfallene Gemäuer des alten Kinos blicken. Das Filmtheater hatte in den frühen fünfziger Jahren seine Pforten geschlossen – ein Opfer der zurückgehenden Geschäfte. Einige Jahre später brannte es während eines heftigen Gewitters nieder. Nur das Vordach mit der Anzeigetafel, ein Stück des Balkons, die Kinokasse und die steinerne Außenmauer waren noch stehengeblieben. Die alte Frau, der das Kino gehörte, starb, bevor sie in den Genuß der Brandversicherungssumme für das Gebäude kam. Ein paar Jahre lang versuchten ihre Kinder, das verbliebene Gemäuer zu verkaufen – jedoch ohne Erfolg. Dann hatte Sonny schließlich das Ganze für 2000 Dollar gekauft. Zunächst sprach er davon, es wieder aufzubauen und als Film-Theater wieder zu eröffnen, aber er tat es nie. Die Steinmauer, das Vordach und die Kasse hielten weiter dem Schicksal stand, alles wurde jedoch mit den Jahren immer baufälliger. Schließlich überredete der Stadtrat Sonny dazu, die Mauer abzureißen – sie war inzwischen so wacklig geworden, daß sie von einem Sturm hätte umgeweht werden und jemanden erschlagen können. Also riß er sie ab und versuchte die Steine zu verkaufen, jedoch ohne Erfolg, obwohl Karla aus reiner Freundschaft ein paar davon erstanden hatte. Jetzt waren nur noch das Vordach, das Kassenhäuschen und ein kleines Stück des Balkons übrig.

Duane war überrascht, als er sah, daß Karla weinte. Er blickte aus dem Fenster und entdeckte Sonny: Er saß auf dem Balkonrest auf einem der beiden Sitze, die nicht verbrannt waren; unter ihm war nichts außer den verkohlten Überresten des einstigen Saalparketts und über ihm nichts als der blaue Morgenhimmel.

»Ich könnte ewig so weiter heulen, wenn ich sehe, wie er dort sitzt«, sagte Karla. »Das macht mich so traurig, daß ich nur immer so weiter heulen möchte.«

Sie gingen aus dem Hotel und um die Ecke zum Film-Theater hinüber. Die Tür neben dem kleinen Kassenhäuschen hatte seit mindestens zwanzig Jahren offengestanden.

»Hey, Luke, komm, gehen wir frühstücken«, rief Duane und trat durch die Tür in das Innere des Gemäuers. Manchmal verwendete auch er Karlas Kosenamen für Sonny.

Im Nu kam Sonny herunter. Er machte ein sehr verlegenes Gesicht.

»O Gott, nein«, rief er erschrocken. »Paßt denn niemand auf's Kwick-Sack auf?«

»Ich glaube, Toots ist da«, sagte Duane.

Karla zögerte einen Moment, dann trat sie zu ihm und schloß ihn fest in die Arme.

»Ich mach mir wegen dir solche Sorgen, daß selbst mir überhaupt nichts mehr zu reden einfällt«, sagte sie mit tränenerstickter Stimme.

Dann löste sie sich aus der Umarmung, setzte sich auf den Randstein und brach in Tränen aus.

»Und gegen Bobby Lee war ich auch zu hart, und jetzt komm ich mir schrecklich vor«, sagte sie. »Was hast du denn da oben gemacht?«

»Ich hab mir Filme angesehen, ich war im Kino«, sagte Sonny. »Ich meine, ich habe mir eingebildet, ich würde mir Filme ansehen. Aber ich kann mich nicht daran erinnern, das Kwick-Sack verlassen zu haben. Vielleicht bin ich irgendwie so 'ne Art Schlafwandler.«

»Komm, gehn wir was frühstücken, dann fühlen wir uns alle besser«, meinte Duane. Er wartete, bis Karla zu weinen aufgehört hatte, und half ihr auf.

»Bobby Lee hat gemeint, libysche Terroristen hätten dich geschnappt«, sagte er, um irgend etwas zu sagen.

Sonny sah deprimiert aus.

»Bald wird's die ganze Stadt wissen«, meinte er traurig. »Die Leute werden glauben, bei mir ist 'ne Schraube locker. Ich fürchte, da wird's mit dem Geschäft im Kwick-Sack abwärtsgehen.«

»Letzte Nacht ging's jedenfalls nicht abwärts«, sagte Duane. »Du hast gut fünfundsiebzig Dollar verdient, während du dir diesen Film angesehen hast.«

»Ich habe zu Bobby Lee gesagt, er sähe wie ein schwachsinniger Idiot aus«, sagte Karla. »Jetzt hab ich schreckliche Schuldgefühle.«

»Wir können ihn zum Frühstück einladen, vielleicht wird er

dir dann ja verzeihen«, meinte Duane. »Aber ganz sicher bin ich mir da nicht. Bobby Lee denkt nämlich gerne von sich, er sähe gut aus.«

Zum Glück war Genevieve Morgan, die in der Frühschicht im Kwick-Sack arbeitete, bereits angekommen und wischte gerade den Boden auf. Genevieve hatte viele Jahre lang das Café der Stadt betrieben, aber in den siebziger Jahren unmittelbar vor dem Ölboom hatte sie Pleite gemacht. Ihr Mann war bei einem Bootsunglück auf dem Lake Kickapoo ertrunken. Sonny hatte ihr über die Jahre in mehreren von seinen kleinen Unternehmen Arbeit gegeben. Sie hatte seinen Waschsalon geleitet und sich auch um seinen Videoshop gekümmert. Manche glaubten, Sonny hätte das Kwick-Sack in der Hauptsache deshalb aufgemacht, um eine Möglichkeit zu haben, Genevieve anzustellen.

»Ich möchte wissen, ob sie schon gehört hat, daß ich nicht da war«, sagte Sonny, als sie vorüberfuhren.

Bobby Lee saß in düsterer Stimmung mit einer Flasche Bier vor dem Fernseher. Seine Frau Carolyn arbeitete als Dispatcher in einer Fernfahrerspedition in Wichita Falls und war bereits fort.

»Es tut mir leid, daß ich gesagt habe, du sähst wie ein schwachsinniger Idiot aus«, sagte Karla, als Bobby Lee in den Pickup kletterte. »Ich hab mir solche Sorgen gemacht, da ist mir das so rausgerutscht.«

»Ach, Quatsch«, sagte Bobby Lee, der in seiner Eitelkeit tief verletzt war. »Wenn ein libyscher Terrorist *mich* geschnappt hätte, würdest du garantiert das Lösegeld für mich nicht zahlen, selbst wenn's nur dreißig Cents wären.«

»Aber natürlich würde ich das tun, Sweety«, sagte Karla und gab ihm ein paar Küsse auf den Nacken.

»Ich glaube, für mich würde niemand Lösegeld zahlen«, sagte Bobby. »In dieser Stadt hat mich nie jemand gemocht.«

»Hör endlich auf mit deinen Terroristen«, sagte Duane. »Es gibt hier im Umkreis von fünftausend Meilen keinen Terroristen.«

»Einer sitzt hier direkt in diesem Pickup, und du bist mit ihm verheiratet«, sagte Bobby Lee. »Karla Moore ist 'ne Terroristin.

Die terrorisiert einen mit Worten. Das macht sie jedesmal, wenn ich in ihre Nähe komme.«

»Das könnte auch einfach bedeuten, daß ich dich attraktiv finde«, meinte Karla, während sie Bobby Lee weiter umarmte und küßte.

»Nein, das bedeutet, daß du gemein bist und ich dein Opfer bin«, sagte Bobby Lee. »Ich bin immer ein Opfer gewesen.«

»Ich glaube, ich habe gesagt, du wärst ein schwachsinniger Idiot, weil's noch dunkel war und ich's nicht richtig erkennen konnte«, sagte Karla. »Jetzt, bei Licht besehen, siehst du aus wie ein ganz stinknormaler Idiot.«

»Ich wünschte, ich wäre mit einem silbernen Löffel im Mund geboren«, sagte Bobby Lee. »Dann müßte ich nicht für den Ehemann einer Terroristin arbeiten.«

»Vergiß es«, sagte Karla. »Du bist eben mit einem von diesen Plastiklöffeln im Mund geboren, wie man sie im Flugzeug bekommt, um seinen Kaffee umzurühren.«

Duane sah, daß Sonny diese Unterhaltung nervös machte, obwohl Karla und Bobby Lee immer in diesem Ton miteinander redeten. Bobby Lees kleine Stimmungstiefs brachten Karla immer in Hochstimmung.

Die Fahrt von Bobby Lees Haus zum Dairy Queen dauerte nicht lange, aber Karla und Bobby wollten nicht aufhören, sich gegenseitig zu hänseln, und Sonny sah immer nervöser aus. Je nervöser er wurde, desto stärker ging Duane ihre Unterhaltung auf die Nerven.

»Ihr treibt mich noch zum Wahnsinn«, sagte er.

»Der Film, den ich mir angesehen habe, hieß *The Burning Hills* – ›Hügel in Flammen‹«, sagte Sonny. »Natalie Wood und Tab Hunter spielten darin mit.«

»Natalie Wood ... was für ein Jammer, daß sie ertrunken ist«, sagte Karla.

An jenem Nachmittag nahm sich Sonny eine Brechstange und brach das kleine Balkonstück aus der Mauer des Filmtheaters. Der Balkon war so locker aufgehängt, daß Sonny nur eine Stunde brauchte, bis er mit dieser Arbeit fertig war.

33

Der Termin mit dem Neurologen war auf Karlas Drängen vereinbart worden. Duane gab ihr Rückendeckung, und Sonny sträubte sich nicht dagegen. Aber es widerstrebte ihm, über das, was passiert war, zu reden. Zwei Einladungen zum Abendessen hatte er ausgeschlagen, nur damit er nicht darüber reden müßte. Sie hatten sich den Namen eines Neurologen geben lassen und einen Termin vereinbart. Als sie bei Sonny vorfuhren, um ihn abzuholen, stieg er in den BMW ein, aber er machte nicht gerade einen bereitwilligen Eindruck.

»Daß du den Balkon abgerissen hast, heißt noch nicht, daß du wieder ganz auf dem Damm bist«, bemerkte Duane.

»Siehst du eigentlich ganze Filme in deinem Kopf, oder wie läuft das?« fragte Karla.

Sonny dachte über die Frage nach – sie schien ihn zu interessieren.

»Ich hab einen großen Teil von *The Burning Hills* gesehen«, sagte er. »Es ist so, als hätte ich einen Videorecorder in meinem Gehirn«, meinte er ein paar Meilen später und kicherte traurig.

»War's denn ein guter Film?« fragte Karla. Seit jenem Morgen, als sie Sonny auf dem Balkon entdeckt hatte, schwankten ihre Stimmungen. Sie hatte mehrere Weinkrämpfe gehabt und verbrachte immer mehr Zeit mit Jacy.

Sie hatte auch aufgehört, T-Shirts mit aufgedruckten Sprüchen zu tragen, und trug nun statt dessen schlichte schwarze T-Shirts.

Sonny fiel zu den *Burning Hills* nichts ein. Er sagte nichts. Die Straße nach Dallas schien endlos. Alle drei verfielen in Schweigen und fuhren in düsterer Stimmung dahin. Als sie in den Stadtverkehr von Dallas gerieten, schien die Fahrt gar kein Ende mehr zu nehmen.

»Mach mal das Radio an, Duane«, sagte Karla. »Stell den Verkehrsfunk ein. Wir wollen schließlich in keine Verkehrsstaus geraten.«

»Wie nennst du dann das hier?« fragte Duane. Sie befanden sich eine oder zwei Meilen stadteinwärts hinter dem Flughafen von Dallas und kamen, Stoßstange an Stoßstange, nur im Schrittempo voran. Die Skyline von Dallas, noch etwa fünfzehn Meilen entfernt, war klar zu sehen. Wie die Berge von Colorado wirkte die Stadtsilhouette greifbar nahe und doch noch weit entfernt. Zwanzig Minuten später schien sie noch ebenso weit entfernt zu sein.

Die Undurchdringlichkeit des Verkehrs machte Sonny nervös.

»Ich wünschte, ich würde euch nicht all diese Schwierigkeiten machen«, seufzte er. »Ich hasse es, jemandem Schwierigkeiten zu machen.«

»Jeder macht doch irgend jemandem Schwierigkeiten«, beruhigte ihn Karla. »Wenn du niemandem Schwierigkeiten machst, dann könntest du genausogut tot sein. Sieh das doch mal von dieser Seite.«

»Sieh das bloß nicht von dieser Seite«, sagte Duane. Er wollte nicht, daß Sonny dachte, er könnte genausogut tot sein. »Sieh das Ganze einfach als einen gemütlichen Ausflug mit zwei alten Freunden nach Dallas.«

»Ich mache Duane jeden Tag Schwierigkeiten«, sagte Karla.

»Und das Unfaire dabei ist«, sagte Duane, »daß es unilateral ist.«

»Ich weiß nicht mal, was das Wort bedeutet«, sagte Karla.

»Es bedeutet, daß ich dir meinerseits nie Schwierigkeiten mache«, sagte Duane.

»Und ob du mir welche machst!« widersprach Karla. »Ich bin innerlich schon ganz zerrissen, weil du mir nie erzählst, was du mit deinen Freundinnen machst.«

»Da gibt's wenig zu erzählen«, meinte Duane grinsend. »Ich mach nur ganz simple Sachen mit ihnen.«

Auf die Beziehungen mit Suzie Nolan traf dies gewiß zu. Suzie schien bei weitem lockerer zu sein als die meisten Leute in Thalia – oder vielleicht sogar als die meisten Menschen überhaupt. Daher war das, was sie miteinander taten, viel unkomplizierter, als es mit anderen Freundinnen gewesen war. Ihre Lust aufeinander ließ, so drängend sie auch war, keinen Kater zurück und brachte keinerlei Komplikationen mit sich, was fast zu schön klang, um wahr zu sein, oder zumindest zu schön, um wahr zu bleiben. Aber bisher zumindest war es wahr geblieben.

»Wisch dir dieses geile Grinsen vom Gesicht, oder ich spring aus dem Wagen«, sagte Karla.

Angesichts der Möglichkeit, Karla könnte aus dem Wagen und auf eine dicht befahrene Stadtautobahn springen, machte Sonny ein entsetztes Gesicht.

»Ich mach doch nur Spaß«, sagte Karla schnell. »Ich spring schon nicht aus dem Wagen.«

Sonnys Untersuchung dauerte vier Stunden. Die meiste Zeit davon verbrachten Duane und Karla in dem BMW und hörten Willie-Nelson-Cassetten. Karla besaß eine größere Sammlung davon. Duane mochte Willie Nelsons Art zu singen sehr, aber nach ein paar Stunden begann er sich nach dem Klang einer anderen Stimme zu sehnen – und sei es die von Karla oder gar die von Jenny Marlow.

»Hast du eigentlich keine anderen Tapes?« fragte er.

»Ich möchte niemand anderen als Willie hören, wenn ich deprimiert bin«, sagte Karla.

»Weshalb bist du denn deprimiert?« fragte Duane. »Es ist doch Sonny, der krank ist, nicht du.«

»Er versteht uns nicht so recht«, sagte Karla. »Er dachte wirklich, ich würde aus dem Wagen springen, nur weil du in Suzie Nolan verknallt bist.«

»Ich bin nicht in Suzie Nolan verknallt«, entgegnete er.

»Zugegeben, sie ist 'ne Nummer besser als Janine«, sagte Karla.

Duane sagte nichts darauf.

»Du könntest es ruhig zugeben«, sagte Karla. »Ich würde es dir nicht verübeln.«

Duane lachte.

»Wieso? Hältst du mich vielleicht für eine Lügnerin?« fragte Karla. »Ich verspreche dir feierlich, daß ich's dir nicht verübeln werde. Neugier kann einen Menschen zum Wahnsinn treiben.«

»Worauf bist du denn neugierig?« fragte er.

»Auf die Sexspiele, die du mit deinen Freundinnen treibst«, sagte Karla. »Es verunsichert mich, wenn du's mir nicht sagst.«

»Hör nur weiter deinen Willie«, sagte Duane. »Ich halte nichts davon, über mein Privatleben zu reden.«

»Wahrscheinlich machst du mit ihnen viel mehr, als du jemals mit mir machst«, sagte Karla. »Außerdem ist sie eine jüngere Frau. Es verunsichert mich, wenn du mit jüngeren Frauen schläfst.«

»Arthur ist an die fünfzehn Jahre jünger als ich«, stellte Duane fest. »Außerdem ist er in Yale gewesen. Er kann wahrscheinlich Sachen, von denen ich nicht mal gehört habe.«

»Und ob! – Aber er will sie nicht mit mir machen«, sagte Karla und machte ein bedrücktes Gesicht.

»Weshalb nicht?« wunderte sich Duane.

»Weil er sie mit Knaben machen will«, sagte Karla. »Arthur war ein großer Schuß in den Ofen. Eine Weile sah es so aus, als wäre er normal, aber dann hat sich herausgestellt, daß dem nicht so ist.«

Das heiterte Duanes Stimmung sofort auf.

»Ein Traum zerronnen, zehn neue gewonnen«, sagte er nicht unfreundlich.

»Ich gewinne nicht mal zwei pro Jahr«, sagte Karla. »Und nun hast du eine jüngere Frau, und wer weiß, wie weit die Sache gehen wird!«

»Suzie Nolan ist keine zwei Jahre jünger als du«, betonte er.

Karla sah ziemlich deprimiert aus. »Ich wußte, ich würde ein Geständnis aus dir herauskitzeln«, sagte sie. »Ich kann ihr keinen Vorwurf machen, daß sie scharf auf dich ist. Junior ist eine totale Niete. Er behauptet, er hätte vor zwei Jahren eine Kopfschmerztablette genommen und sei seit dieser Zeit impotent.«

»Worüber unterhältst du dich mit Jacy eigentlich den ganzen Tag?« fragte Duane in der Hoffnung, auf ein anderes Thema zu kommen

»Auch wenn du der letzte Mensch auf Erden wärst, würde ich dir's nicht sagen«, sagte Karla. »Zwei Jahre jünger ist 'ne ganze Menge jünger, wenn du auf die Siebenundvierzig zugehst.«

»Du warst immer die bestaussehende Frau der Stadt, und das bist du immer noch«, sagte Duane überzeugt.

»Das wäre ich nicht gewesen, wenn Jacy hier geblieben wäre«, entgegnete Karla. »Ich habe eine bessere Haut, aber sie hat diese tollen Wangenknochen. Aber Nellie und Julie werden beide noch besser aussehen als ich. Ich bin wenigstens die Mutter von gutaussehenden Töchtern.«

»Wieso wenigstens?« fragte Duane. »In deinem Leben ist doch alles in Butter.«

»Alles bis auf meine Liebhaber und meinen Ehemann«, sagte Karla. »Immer wenn ich Schwierigkeiten am Hals hatte, war ein Mann die Ursache. Ich könnte versuchen, Feministin zu werden, aber wahrscheinlich ist's zu spät für mich, das noch zu lernen.«

»Mach dich nicht verrückt mit dem Gedanken, ich würde alle möglichen perversen Sachen machen«, beruhigte sie Duane. »Ich habe in meinem ganzen Leben nicht einmal was Perverses gemacht.«

»Ich weiß, du bist hundert Prozent stinknormal«, sagte Karla. »Das ist ja der Grund, weshalb ich mir Liebhaber zugelegt habe. Man lebt nur einmal. Ich dachte mir, irgend jemand muß doch was können, was du nicht kannst, aber die Wahrheit ist: Es gibt Männer, die noch weniger können als du, Duane.«

»Schwer zu glauben«, meinte er.

»Männer sind bescheuert«, fügte Karla hinzu und drehte die Cassette um.

Die letzte Stunde schien sich wie eine ganze Woche hinzuziehen. Duane fragte sich, ob Willie Nelson jemals vier Stunden lang vor einer Arztpraxis herumsitzen mußte und was für Bänder er sich wohl anhörte, wenn er sowas überhaupt tat.

Zweimal bot er Karla an, einen Einkaufsbummel zu machen, weil er das Gefühl hatte, dieser Tag würde nie zu Ende gehen. Aber sie lehnte sein Angebot achselzuckend ab.

»Ich hasse Einkaufsbummel«, sagte sie. »Daß ich jährlich fast 'ne Million dabei auf den Putz haue, heißt nicht, daß mir das Spaß macht.«

»Weshalb tust du's dann?« fragte er überrascht. Sie schien es ernst zu meinen.

»Keine Ahnung«, sagte sie. »Meinst du, wir sollten einen Eheberater aufsuchen? Es ist keine gute Idee, die Dinge zu lange schief laufen zu lassen.«

»Ich wußte gar nicht, daß sie schief laufen«, sagte Duane. »Ich finde, es verläuft doch alles schnurgerade. Ab und zu gibt's mal eine Unebenheit, aber das ist auch alles.«

»Von wegen! Als ich Sonny auf dem Balkon sitzen sah, hat's mir das Herz gebrochen«, sagte Karla. »Und dann erkannte ich, daß mir nicht erst das das Herz gebrochen hat. Es war bereits gebrochen. Du hast's mir gebrochen. Als ich ihn sah, habe ich nur erkannt, daß mein Herz nicht mehr ganz war.«

Duane sah sie an. Ihr Blick, in dem es gewöhnlich teuflisch blitzte, war leer – ein Zeichen echter Depression. Er kam zu dem Schluß, daß die Lage vielleicht ernster war, als er gedacht hatte.

»Vielleicht hörst du zu viele Willie-Nelson-Cassetten«, meinte er.

Karla nahm das Band aus dem Cassetten-Recorder und warf es aus dem Fenster. Dann packte sie den Schuhkarton, der ihre ganzen achtundsiebzig Willie-Nelson-Cassetten enthielt, und warf ihn ebenfalls aus dem Fenster. Sie öffnete das Handschuhfach und fand weitere fünf, sechs Cassetten. Sofort flogen auch diese aus dem Wagen.

Duane sagte kein Wort. Karla auch nicht. Zwei Arbeiter von einer Baustelle direkt an derselben Straße kamen vorbeigeschlendert. Der Gehweg vor der Arztpraxis war übersät mit Cassetten. Die Zimmerleute tranken aus Styroporbechern Kaffee. Neugierig beäugten sie die Bänder. Beide waren schmächtige junge Kerle mit ziemlichen Halunkengesichtern. Sie hockten sich nieder und begannen die Cassetten aufmerksam zu untersuchen. Sie schienen sich auszukennen – ganz wie Karla. Sorgfältig prüften sie die Liste der Songs auf jeder Cassette. In aller Ruhe diskutierten sie miteinander über das eine oder andere Band. Ein- oder zweimal schielten sie nach dem BMW um festzustellen, ob zwischen diesem und den Bändern irgendein Zusammenhang bestand. Karla hatte ihre dunkelste Sonnenbrille aufgesetzt. Diese machte sie völlig undurchschaubar, während sie den beiden jungen Arbeitern zusah, wie sie zwischen den Cassetten herumstocherten. Aber sie ließen sich bei ihrer geruhsamen Untersuchung nicht stören. Dann begann einer von ihnen einen Stapel von Bändern zusammenzustellen, die er behalten wollte.

»Hast du eigentlich vor, hier hocken zu bleiben und sie fünfundachtzig Willie-Nelson-Cassetten mitnehmen zu lassen?« fragte Duane. Allmählich wurde er ärgerlich.

»Wieso nicht?« fragte Karla.

»Ich finde, du solltest selbst mal einen Neurologen aufsuchen«, sagte Duane. Er stieg aus dem Wagen und begann die Cassetten einzusammeln. Die jungen Bauarbeiter machten ein erschrockenes Gesicht und ließen sofort von ihrem Fund ab. Einer von ihnen warf Karla einen jugendlich zweideutigen Blick zu, als sie sich entfernten.

Duane schichtete die Cassetten in den Schuhkarton und brachte ihn in den Wagen zurück. Zehn bis fünfzehn Cassetten mußten in einer Art Pyramide obendrauf gestapelt werden.

Während er sich hinter das Steuer setzte, warf Karla die Schachtel samt Cassetten wieder aus dem Fenster. Dann stieg sie aus und ging in der Richtung davon, in der die Bauarbeiter verschwunden waren. Bevor sie die Baustelle erreicht hatte, kam Sonny aus der Arztpraxis heraus und setzte sich auf den Rücksitz des Wagens. Dann bemerkte er all die Willie-Nelson-Cassetten auf dem Bürgersteig.

»Sind das Karlas Bänder?« fragte er.

»Sie waren es«, sagte Duane. »Ich hab den Eindruck, sie mag sie nicht mehr.«

»Das sind 'ne ganze Menge Bänder«, meinte Sonny mit einiger Anspannung in der Stimme.

»Ja, einmal habe ich sie aufgesammelt, aber ich werde das nicht noch ein zweites Mal tun«, sagte Duane.

»Ich glaube, ich könnte nicht verheiratet sein«, sagte Sonny. »Spannungen regen mich zu sehr auf.«

»Dann kannst du dich auf 'ne ziemlich anstrengende Rückfahrt gefaßt machen«, sagte Duane.

Er sah Karla mit dem jungen Arbeiter, der sie angelächelt hatte, den Bürgersteig entlang zurückkommen. Er startete den BMW, stieß ein Stück zurück, fuhr den niedrigen Randstein hoch und begann auf der Stelle, wo die Cassetten verstreut lagen, vor- und zurückzusetzen. Die Cassetten knackten wie Muschelschalen. Als er das Gefühl hatte, er hätte die meisten von ihnen zerknackt, fuhr er wieder vom Bürgersteig herunter und stellte den Wagen ab.

Karla und der junge Bauarbeiter waren stehen geblieben, um die Aktion zu beobachten. Dann drehte sich der Mann um und ging davon. Karla schlenderte auf den Wagen zu.

»Was wird sie jetzt machen?« fragte Sonny ängstlich.

Duane gab keine Antwort.

»Ich hätte euch nie all diese Schwierigkeiten machen dürfen«, sagte Sonny. »Ich dachte, ihr wärt ein glückliches Paar.«

Karla hockte sich mitten in die zermalmten Cassetten. Sie untersuchte sie in der gleichen seelenruhigen Art, wie die Arbeiter es getan hatten. Dann fischte sie sich drei Bänder heraus, stieg in den Wagen und lächelte Duane ins Gesicht.

»Das war wirklich kindisch von dir, Duane«, sagte sie. »Abgesehen davon hast du die drei besten nicht erwischt.«

Duane fuhr sofort los. Sie kamen an dem halunkengesichtigen jungen Arbeiter vorüber, dem der Schrecken noch ins Gesicht geschrieben stand.

»Der kann wahrscheinlich auch keinen Müllschlucker installieren«, sagte Duane.

»Wenn dir Richie dermaßen auf den Geist gegangen ist, dann hättest du damals einen Ton sagen müssen«, sagte Karla und lächelte ziemlich munter.

Sie waren bereits beim Flughafen, als Duane einfiel, daß Sonny bei einem Nervenarzt gewesen war. Im Norden sah man, wie silberne Stufen am Himmel, acht oder zehn Linienjets im Landeanflug herabschweben.

»Gib etwas mehr Gas, Duane«, sagte Karla.

»Warum?«

»Eine von diesen Maschinen könnte direkt vor unserer Nase landen«, sagte sie. »Ich konnte noch nie Straßen ausstehen, die direkt unter den Flugzeugen hindurchführen.«

Sie redete noch weiter, aber eine DC-10 schwebte direkt über ihnen herab, und in dem Getöse gingen ihre Worte unter. Die Maschine erinnerte Duane an einen Elefanten. Der BMW wurde von Luftwirbeln geschüttelt. Karla schloß die Augen und verbarg ihr Gesicht in ihren Armen.

»Das war auch wieder kindisch von dir, Duane«, sagte sie, als sie den Flughafen hinter sich hatten.

»Nein, das war Zufall«, sagte Duane. »Ich glaube nicht, daß Sonny jemals wieder mit uns mitfahren möchte.«

»Ich möchte auch nicht mehr mit uns mitfahren«, sagte Karla. »Falls es so was wie ein ›uns‹ überhaupt gibt.«

Sie sah Sonny an, der kreideweiß vor Anspannung war.

»Was war denn nun kaputt in deinem Kopf, Luke?« fragte sie.

»Der Doktor hat 'ne Menge Tests gemacht«, sagte Sonny. »Bevor die Resultate eintreffen, kann man nichts sagen. Es gibt 'ne ganze Menge, was bei mir nicht stimmen könnte.«

»Und es gibt 'ne ganze Menge, was bei Duane nicht stimmt«, sagte Karla.

34

Als Duane am nächsten Morgen aufwachte, fühlte er sich überraschend optimistisch. In letzter Zeit war die Niedergeschlagenheit einfach ein Teil seiner Alltagsroutine gewesen, wie das Rasieren. Aber an diesem Morgen stellte sie sich nicht ein.

Er nahm seine 44er mit zum Whirlpool hinaus, aber er feuerte diesmal nicht auf die Hundehütte. Er stieg auch gar nicht in den Whirlpool, sondern setzte sich einfach in einen Liegestuhl und sah sich den Sonnenaufgang an. Die Ebenen unterhalb seines Hauses erstrahlten in kurzer Pracht, während das Sonnenlicht wie ein goldener Nebel durch das braune Wildgestrüpp und die niedrigen Mesquitebüsche hindurchsickerte.

Er fühlte sich so wohl, daß er zu dem Schluß kam, er müsse während der vergangenen paar Monate irgendwie verrückt gewesen sein. Nur ein Verrückter würde gute Munition hernehmen und auf eine Hundehütte verfeuern, und wenn diese Hundehütte zehnmal wie ein Grenzfort aussah.

Shorty lag auf dem Beckenrand des Whirlpools. Das Sonnenlicht verwandelte ihn in einen Flecken goldenen Lichts, aus dem eine Hundezunge heraushing.

Duane hatte eine halbe Stunde Frieden, an deren Ende die Ebenen unterhalb des Hügels wieder genauso häßlich aussahen wie gewöhnlich. Minerva kam heraus und reichte ihm eine Tasse Kaffee. Aus ihrem Gesicht sprach Mißfallen.

»Was ist los mit dir?« fragte Duane.

»Ich bin nicht damit einverstanden, daß Junior Nolan hier wohnt«, sagte sie. »Das bedeutet, daß ich für ein hungriges Maul mehr kochen muß.«

»Nellie heiratet in drei Wochen«, erinnerte Duane sie. »Das gleicht sich dann aus.«

»*Wenn* sie heiratet«, meinte Minerva skeptisch.

»Wir haben bereits die Kirche gemietet und den Geistlichen angeheuert«, erinnerte Duane sie.

»Ich glaube, Junior Nolan führt was im Schilde«, sagte Minerva.

»Karla meint, er sei vor allen Dingen fast immer deprimiert«, sagte Duane.

»Es geht nicht um Karla«, sagte Minerva, »sondern um Nellie. Auf die hat er's abgesehen. Sie ist ein zartbesaitetes Mädchen, und ich hab sie schrecklich gern. Außerdem habe ich schon schlimmere Mütter kennengelernt. Sie hat nur ein einziges Problem.«

»Und das wäre?«

»Faulheit. Sie legt sich lieber hin, statt aufzustehen. Sie verbringt den halben Tag in der Horizontalen, und das zieht eben die Männer an.«

Nach dieser freundlichen Bemerkung ging sie zurück ins Haus und wurde keine zwei Minuten später von Karla abgelöst, die ans Telefon ging, das am Beckenrand stand, und es zu Duane hinüberbrachte.

»Es ist deine nächste Geliebte«, sagte sie, als sie ihm den Apparat reichte.

»Wer ist denn meine nächste Geliebte?« fragte er.

»Du brauchst nur den Hörer abzuheben«, sagte Karla.

Er hob ihn ab und lauschte zehn Minuten lang Jenny Marlows Geplapper. Ab und zu hielt er den Hörer in die Luft, damit auch Karla zuhören konnte. Jenny war wegen des Festspiels in Panik.

In weniger als einer Woche würden die Proben beginnen. Sie müsse ihn dringend treffen. Eine Million Dinge seien zu besprechen. Sie hofften immer noch, das Jacy Eva spielen würde, aber noch kein Mensch habe sie gefragt. Glaubte er, Karla könnte sie fragen? Oder Sonny? Oder er selbst?

»Fährst du heute irgendwohin?« fragte Jenny dann konkreter. »Ich dachte, ich könnte mit dir mitfahren, wenn du irgendwohin fährst. Ich habe zu Hause einen Schwangerschaftstest gemacht, und er war positiv.«

»Little Mike hat ziemlich hohes Fieber«, sagte Duane. »Wir warten gerade auf einen Anruf von seinem Arzt. Ich werde versuchen, mich morgen wieder in die Festspielplanung einzuschalten.«

Der Gedanke an ein krankes Kind machte Jenny verlegen, und sie legte auf.

»Du bist vielleicht ein geschickter Lügner«, meinte Karla.

»Ich versuche eben in allem gut zu sein, was ich mache«, gab Duane grinsend zurück. »Außerdem könnte er ja wirklich Fieber haben, wie du weißt.« Little Mike war in der Tat anfällig für Höhenfieber.

»Es hebt immer kolossal deine Laune zu wissen, daß ich dich zum Kotzen finde, nicht?« meinte Karla, selbst gutgelaunt.

»Möchtest du nicht Jacy fragen, ob sie im Festspiel die Eva spielen will?« fragte er.

»Nein«, sagte Karla.

Shorty kam angetrabt und versuchte seine Nase zwischen ihre Schenkel zu bohren.

»Minerva sagt, Junior sei hinter Nellie und nicht hinter dir her«, bemerkte Duane.

»Das stimmt«, sagte Karla. »Es ist ein Wunder, daß ich mir noch keine Kugel in den Kopf geschossen habe. Ich habe einen Ehemann, der ein geschickter Lügner ist, einen Hausgast, der meine Tochter ficken will, und einen Hund, der zu bekloppt ist zu wissen, daß er mit seiner Nase nichts in der Möse einer Dame zu suchen hat.«

Sie kippte etwas Kaffee auf Shorty, um ihn abzulenken. Er tropfte auf den Beckenrand, und Shorty leckte ihn selig auf.

»Und wohin fährst du heute *wirklich*?« fragte Karla.

»Nach Odessa«, sagte Duane. »Mir ist gerade eine Idee gekommen. Ich werde die Bohranlagen verkaufen.«

»Wir hätten alle zum Neurologen gehen sollen, wenn du solche Ideen hast«, meinte Karla. »Kein Aas wird diese Dinger kaufen. Du hast vergessen, daß der Boom vorbei ist.«

»Zwölf Millionen sind doch nur zwei Ziffern und ein paar Nullen«, meinte Duane. »Ich habe es satt, mich von ein paar Nullen lahmlegen zu lassen. Ich werde die Schuldzinsen drosseln, egal auf welche Weise.«

»Bankrott-Machen würde sie zum Beispiel drosseln«, schlug Karla vor.

»Ja, aber ich habe keinen Bock, Bankrott zu machen«, sagte Duane. »Ich habe mich nicht so ins Zeug gelegt, nur um dann Bankrott zu machen.«

»Ich denke, ich werde in nächster Zeit nicht viel Geld ausgeben«, sagte Karla und ließ ihre Blicke über die Felder schweifen. »Jetzt, wo mir klargeworden ist, daß ich nur an gebrochenem Herzen leide, ist das ja nicht mehr nötig.«

»Weshalb trägst du nur noch unbedruckte T-Shirts?« fragte er.

»Weil mein Herz gebrochen ist und ich nichts mehr zu sagen habe«, sagte Karla.

»Sieh zu, daß du Junior hinauskomplimentieren kannst«, meinte Duane. »Unangenehme Situationen haben nun mal die Tendenz, immer nur unangenehmer zu werden, besonders dann, wenn Nellie etwas damit zu tun hat.«

»Wenn ich ihn nach Hause zurückschicke, wirst du nie deine neue Freundin zu Gesicht bekommen«, erinnerte Karla ihn.

»Schick ihn trotzdem zurück«, sagte Duane.

Er rief Shorty und jagte in die Stadt in der Hoffnung, ein wenig Bargeld aufzutreiben und wieder unterwegs zu sein, bevor Jenny Marlow auf der Bildfläche erschien.

Er fand Ruth im Büro vor. Sie hatte sich gerade ihren Jogginganzug angezogen und machte hinter dem Schreibtisch Stretching-Übungen.

»Auf dem Anrufbeantworter sind drei Nachrichten von Janine«, sagte Ruth.

»Ich hab's wahnsinnig eilig«, wehrte Duane ab. »Sagen Sie ihr, ich sei nach Houston gefahren, wenn sie nochmal anruft.«

»Und wo fahren Sie wirklich hin?«

»Nach Odessa«, sagte Duane.

»Sie klang verzweifelt«, meinte Ruth. »Ich weiß nicht, ob sie den heutigen Tag überlebt.«

»Sie wird ihn überleben«, sagte Duane.

»Ich hätte nicht gedacht, daß Sie so einer sind, der eine verzweifelte Frau in der Tinte sitzen läßt«, sagte Ruth und blickte ihn streng an.

Duane verschwand in seinem Büro und rief Janine an, die tatsächlich verzweifelt klang.

»Ich glaube, ich bin von Lester schwanger«, sagte sie in einer dünnen, zitternden Stimme.

Duane seufzte.

»Irgendwer muß sich in diesem Land mit Fruchtbarkeitspillen eine goldene Nase verdienen«, meinte er, während er sich ein Katastrophen-Szenario ausmalte, in dem Jenny von Dickie schwanger war, Janine von Lester, Nellie entweder von Joe, Junior oder Bobby Lee und Suzie Nolan entweder von Dickie oder von ihm selbst.

Der Umstand, daß für die beiden letzteren Fälle noch keine Vermutungen oder gar Bestätigungen vorlagen, ließ auch nur wenig Grund zu Hoffnung.

»Ich wünschte, es wäre von dir«, sagte Janine.

»Ich wünschte, es wäre von niemandem«, entgegnete Duane.

»Nun will sich diese dämliche Jenny nicht mal von ihm scheiden lassen«, sagte Janine weiter. »Sie sagt, sie selbst sei auch schwanger, aber Lester sagt, das sei unmöglich. Wann kannst du bei mir vorbeikommen?«

»Das muß bis heute abend nach der Versammlung warten«, sagte Duane. »Ich muß jetzt sofort nach Odessa fahren. Halt die Ohren steif. Davon geht ja nicht gleich die Welt unter.«

»Kommst du ganz bestimmt?« fragte Janine.

»Sicher, ich werde kommen«, sagte Duane.

Ruth joggte im Vorzimmer auf der Stelle. Sie hatte sich bereits tüchtig ins Schwitzen gebracht.

»Ob Sie diesen dämlichen Hund wohl einmal zu Hause lassen?« meinte sie.

»Dieser Hund ist das einzige Wesen, das mich wirklich liebt«, entgegnete Duane.

35

In der Befürchtung, Jenny könnte ihm auflauern, brach er auf, um fluchtartig die Stadt zu verlassen. Aber als er am Dairy Queen vorüberkam, sah er, daß Jacys schwarzer Mercedes davor parkte. Wahrscheinlich wartete sie auf Karla. Die beiden trafen sich fast jeden Morgen.

Einem Impuls folgend, hielt er an und ging hinein.

Jacy saß bei einer Tasse Kaffee und einer Zeitung in einer der hinteren Nischen. Sie hatte offensichtlich gerade im See geschwommen – jedenfalls war ihr Haar naß. Sie hatte ein Handtuch um die Schultern und strich gelegentlich mit den Fingern durch ihre nassen Haarspitzen.

»Tag, wie geht's?« grüßte Duane.

Jacy blickte auf, aber sie machte kein freundliches Gesicht. Ihre Schwimmbrille hatte dünne Abdrücke hinterlassen.

»Zieh Leine, Duane«, sagte sie. »Ich kann dich nicht mehr ab.«

»Wieso denn nicht?« fragte er verblüfft.

»Weil ich finde, daß du dich wie ein Pferdearsch benimmst«, sagte sie und blickte ihn aus kalten blauen Augen an.

»Möglicherweise bin ich gar nicht so mies wie das Bild, das man von mir gemalt hat, falls Karla es gemalt haben sollte«, meinte er.

»Du bist sogar noch mieser«, sagte Jacy. »Karla liebt dich immer noch. Sie findet nicht mal, daß du ein Pferdearsch bist. Ich bin ganz allein zu diesem Urteil gekommen.«

»Hast du Lust, im Festspiel die Eva zu spielen?« lenkte er ab.

»Eva?« fragte sie, völlig überrascht.

»Die Regisseurin hat mich gebeten, dich zu fragen«, sagte er.

Jacy stand auf und warf etwas Kleingeld auf den Tisch. Sie trug ein T-Shirt und Joggingshorts, dazu ihr Handtuch.

»Wahrscheinlich spielst du den Adam, habe ich recht?« fragte sie.

»Nicht unbedingt«, sagte er. »Die Rolle des Adam ist noch nicht besetzt.«

Jacy ging um ihn herum, und Duane folgte ihr nach draußen. Sie ging zu ihrem Wagen.

»Also zumindest habe ich gefragt«, sagte er. »Ruf Jenny Marlow an, wenn du interessiert bist. Sie führt Regie im Festspiel.«

Jacy sah amüsiert aus. »Was? Dieses kleine verrückte Ding, das mit Lester verheiratet ist?« fragte sie. »Die und eine Regisseurin?«

»Es ist ja nur ein kleines Festspiel in einer Rodeoarena«, sagte er.

Mit einem deprimierten Gefühl stieg er in seinen Pickup. Zu seiner Überraschung schlenderte sie zu seinem Wagen herüber und steckte ihren Kopf herein. Shorty, der normalerweise angegriffen hätte, legte seinen Kopf zwischen die Pfoten und wand sich mit kleinen unterwürfigen Bewegungen.

»Hallo, Hündchen«, begrüßte Jacy ihn. »Wohin fährst du, Duane?«

»Ich muß nach Odessa«, sagte er. »Es ist die übelste Stadt auf Erden.«

Jacy griff in den Wagen und kraulte Shorty zwischen den Ohren. Sie machte kein feindseliges Gesicht mehr. Duane kam sich ziemlich einsam vor.

»Vielleicht würd's ja Spaß machen, mir die übelste Stadt auf Erden anzusehen«, meinte Jacy. »Ich habe schon einige gesehen, die es mit der übelsten bestimmt aufnehmen könnten.«

»Dann komm mit«, sagte Duane.

Jacy stützte die Ellbogen auf das heruntergedrehte Wagenfenster. Sie schien es mit ihrer Entscheidung nicht eilig zu haben. Duane fühlte sich nicht ganz so entspannt. Ihm war, als könnten jeden Moment Karla oder Jenny Marlow aufkreuzen.

»Los, schwing dich in den Wagen«, drängte er. »Die Landschaft ist nicht umwerfend, aber wir könnten uns immerhin ein bißchen unterhalten.«

Ohne Hast musterte Jacy eingehend das Wageninnere. Dabei

blieb ihr der weißliche Teppich von Hundehaaren nicht verborgen.

»Weißt du was? Fahren wir mit meinem«, schlug sie vor. »Wenn du willst, kannst du den Kleinen ja mitnehmen. Mein Wagen ist genauso verdreckt, aber er ist bequemer.«

Duane überlegte, was es für Folgen haben würde, wenn er seinen Pickup den ganzen Tag vor dem Dairy Queen geparkt stehenließe, wo er der Reihe nach von Karla, Jenny, Suzie und Janine – und ganz zu schweigen von Bobby Lee, Eddie Belt, Lester Marlow und diversen anderen – gesehen würde.

»Weißt du was«, meinte er, »fahr hinter mir her bis nach Olney runter. Das sind nur fünfzehn Meilen. Dort laß ich meinen Pickup stehen. Bei mir arbeitet nämlich so ein paranoider Kerl. Wenn der meinen Pickup sieht und mich nicht finden kann, wird er das Gerücht verbreiten, ich sei von libyschen Terroristen gekidnappt worden oder so was. Bis wir zurück sind, wird er bereits die National Guard alarmiert haben.«

Jacy kraulte wieder Shorty zwischen den Ohren. »Ich glaube nicht, daß das der Grund ist, weshalb du deinen Pickup verstekken willst, Duane«, sagte sie und warf ihm einen skeptischen, beinahe zornigen Blick zu.

Dann kehrte sie zu ihrem Mercedes zurück und stieg ein. Er dachte, er hätte sie nun vertrieben, und war sich einen Moment lang unschlüssig, ob er darüber froh oder traurig sein sollte.

Als er auf den Highway fuhr, stand der Mercedes immer noch vor dem Dairy Queen. Aber noch ehe er fünf Meilen zurückgelegt hatte, sah er einen schwarzen Wagen in seinem Rückspiegel. Sofort stieg seine Stimmung – und er wußte, daß er froh darüber war, daß er sie nicht vertrieben hatte.

»Du zeigst dich besser von deiner besten Seite, Shorty«, sagte er streng.

Schuldbewußt winselte Shorty bei dem Gedanken an all die schlimmen Dinge, die er anrichten könnte.

36

»Du fährst«, meinte Jacy. »Ich möchte ein kurzes Nickerchen machen.«

Sie hatten nebeneinander auf dem Parkplatz eines Lebensmittelladens in Olney geparkt.

»Bist du sicher, daß es dir nichts ausmacht, wenn ich den Hund mitnehme?« fragte Duane.

Dann sah er, daß das Innere des Mercedes ein ziemlicher Saustall war. Die Bodenmatten waren übersät mit alten Modezeitschriften, leeren Joghurtbechern und kleinen gelben Schachteln, die einmal Filme enthalten hatten.

»Nimm den Kleinen ruhig mit«, sagte Jacy. »Ich studiere gerne Leute und ihre Tiere.«

Sie hatte aber offensichtlich kein Bedürfnis, mit ihren Studien sofort zu beginnen, denn sie machte es sich auf dem Rücksitz bequem, rollte ihr Handtuch zu einem Kopfkissen zusammen und schlief tief und fest fast drei Stunden lang. Gelegentlich hörte Duane, wie sie sich bewegte, aber nur ihre Lage veränderte. Er war bereits bei den sandigen Hügeln östlich von Big Spring angekommen, als sie sich mit noch ziemlich verschlafenem Gesicht aufsetzte.

»Such uns eine Stadt, Duane«, sagte sie. »Ich muß mal Pipi machen.«

Er machte in Big Spring halt, um zu tanken. Als Jacy von der Toilette zurückkam, blieb sie einen Moment stehen und blickte zu den bleichen, kahlen Hügeln hinüber. Dann öffnete sie beide Türen und schnippte mit ihren Fingern nach Shorty, worauf er sich seelenruhig vom Beifahrersitz erhob und nach hinten kroch. Feiner Sand wehte durch die Luft.

»Sag mal, ist Odessa etwa noch häßlicher als das hier?« fragte Jacy. »Ich kann's kaum glauben. Weshalb fährst du eigentlich dorthin?«

»Ich habe Schulden«, sagte Duane.

»Ich weiß, zwölf Millionen«, sagte Jacy. »Karla hat's mir gesagt.«

»In Odessa ist ein Mann, der mir aus der Patsche helfen könnte, wenn er überhaupt da ist«, sagte Duane. »Dein Vater hat ihn sicher gekannt.«

Jacy warf sich zurück gegen die Tür. Ihre Haare waren ein wirres blondes Knäuel, und sie machte einen kraftlosen Eindruck. Die Landschaft war übersät von Ölpumpen. Stellenweise sah selbst das spärliche Gras so aus, als sei es verschmiert mit Öl.

»Du hast recht, es wird noch häßlicher«, sagte Jacy. »Vielleicht bist du doch glaubwürdiger, als ich dachte.«

»Eigentlich nicht«, meinte Duane.

Als sie nach Odessa hineinfuhren, kamen sie an einem großen Motel vorbei. Es hieß Oilpatch Inn, »Rasthaus zum Ölflecken«, und hatte als Zeichen einen Bohrturm aus Neonstäben.

»Hast du länger mit diesem Mann zu tun, den mein Daddy kannte?« fragte Jacy.

»Wenn er da ist, könnte es so ein, zwei Stunden dauern.«

»Dann möchte ich mir, glaube ich, ein Motelzimmer nehmen«, sagte Jacy. »Auf einen Sandsturm hatte ich mich nun wirklich nicht eingestellt.

»Oh, das ist noch kein Sandsturm«, sagte Duane. »Das ist nur eine leichte Brise.«

»Ich habe kein Geld bei mir, aber wenn du mir ein Motelzimmer besorgst, werde ich's dir zurückzahlen«, sagte Jacy. »Ich denke, mehr brauche ich von dieser Stadt nicht zu sehen.«

Duane mietete ihr ein Zimmer im Oilpatch Inn. Sie bestand darauf, Shorty bei sich zu behalten.

»Er könnte dir auf den Wecker gehen«, warnte Duane sie. »Wenn ich zu lange fortbleibe, kann er ganz schön durchdrehen.«

Zum ersten Mal auf der Fahrt lächelte Jacy. »Hast du Angst, ich würde dir deinen Hund ausspannen, Honey pie?« fragte sie.

»Nun, die Gefahr ist ziemlich groß«, meinte Duane. Er lächelte, und Jacy lächelte zurück. Sie gab ihm mit ihrem Sandalenfuß einen sanften Tritt.

»Wenn du's hinkriegen könntest, daß ich mich wieder in dich verliebe, würdest du nicht so viel Zeit mit Geschäften in häßlichen Städten verschwenden müssen, hab' ich recht?« sagte Jacy.

»Ich könnte dir vielleicht das Vermögen von meinem Daddy zur Verfügung stellen.«

»Aber du warst nie in mich verliebt«, sagte Duane, »sondern ich war in dich verliebt, und das war auf der High School.«

Jacy blickte nachdenklich vor sich hin. »Da ist was dran, Duane«, sagte sie. »Warst du wahnsinnig in mich verliebt?«

»Wahnsinnig«, sagte er.

»Hättest du mir auf der Stelle zwölf Millionen gegeben, wenn du sie damals gehabt hättest?« fragte sie.

»Auf der Stelle«, sagte Duane.

Trotz ihres ausgedehnten Nickerchens wirkte Jacy müde.

»Ich glaube, ich konnte einmal so manchen Jungen ganz wahnsinnig verliebt machen«, meinte sie und blickte nachdenklich in den wehenden Sand. »Ich hoffe, du bleibst nicht zu lange weg. Das hier ist genau die Art von Gegend, die mich so richtig depressiv machen könnte.«

»Mehr als zwei Stunden werde ich nicht fortbleiben«, sagte Duane.

Jacy suchte sich zwei oder drei von den auf dem Wagenboden verstreuten Zeitschriften aus, nahm ihm den Zimmerschlüssel aus der Hand und blickte wieder mit finsterer Miene in den durch die Luft wirbelnden Sand.

»Los, Hündchen, komm«, rief sie. »Wir gehen da zusammen rein.«

Shorty sprang aus dem Wagen und trottete dicht an ihren Fersen mit, drehte sich allerdings noch einmal um und blickte Duane schuldbewußt an, bevor er Jacy in das Motel hinein folgte.

37

Der Mann, den Duane in Odessa treffen wollte, hieß C. L. Sime. Dieser C. L. war ein schon jetzt legendärer »wildcatter«, einer jener Abenteurer, die mit nahezu untrüglichem Instinkt an den unwahrscheinlichsten Orten nach Öl bohrten und auch fündig wurden. Anders als die meisten Männer dieses Schlages zeigte er kein Interesse an seiner eigenen Legende. Er war mit allen Größen des Ölbusiness – mit Doc Joiner, H. L. Hunt, Getty, Glenn McCarthy und wie sie alle hießen – in Berührung gekommen. Hunderte von Reportern hatten sich an seine Fersen geheftet und waren alle enttäuscht worden. C. L. Sime liebte das einsame Leben des »wildcatters«, lange Reden liebte er dagegen nicht.

»Ja, ich habe Hunt gekannt«, oder »ja, ich habe Sid Richardson gekannt«, war alles, was ihm über die Lippen kam.

Die Reporter warteten geduldig, aber C. L. wurde nicht redseliger. Er verbrachte seine Tage rauchend und Kaffee schlürfend in einem kleinen Café in der Innenstadt von Odessa und führte seine Geschäfte von einer Telefonzelle im Busdepot auf der anderen Straßenseite aus. Er kleidete sich wie ein Cowboy im Ruhestand, hustete ununterbrochen und fuhr einen verrosteten GMC-Pickup mit ein paar Rohrschlüsseln auf dem Beifahrersitz.

Gelegentlich pflegte er für einige Monate zu verschwinden. Nur durch sorgfältige Lektüre der *Railroad Commission reports* – des offiziellen Anzeigers der Ölbranche von Texas – konnte man mitverfolgen, was er so trieb. Er war Partner bei der allerersten Vergabe der Off-shore-Ausbeutungsrechte gewesen. Bereits fünf Jahre bevor der Boom begann, war er in Alberta gewesen. Die größeren Ölgesellschaften beschäftigten eigens Leute zu dem Zweck, sein Treiben auszukundschaften – zwei Kundschafter waren umgekommen, als sie versuchten, seinem Buschflugzeug auf seinem ersten Erkundungsflug zum Northslope durch einen Schneesturm zu folgen.

Niemand wußte, wieviel Geld er besaß, aber er besaß eine Menge – Milliarden, behaupteten manche. Ein Reporter aus Houston hatte einmal ausgerechnet, daß er mehr als zweitausend Bankkonten besaß, die meisten davon weit über Texas verstreut in Kleinstadtbanken von Laredo bis Dalhart.

Duane kannte ihn bereits seit fünfzehn Jahren und hatte wegen einiger kleiner Geschäfte mit ihm zu tun gehabt. Obwohl sich alle ihre Begegnungen ganz auf das Geschäftliche beschränkt hatten, hatte er doch das Gefühl, daß C. L. ihn mochte. Glücklicherweise waren ihre kleinen Geschäfte lukrativ gewesen. Im

Laufe der Jahre hatte er C. L. möglicherweise dazu verholfen, sein Nettovermögen um ein paar hunderttausend Dollar zu vermehren.

Mr. Sime war gerade im Busdepot und telefonierte. Duane wartete auf dem Gehweg, bis er sein Ferngespräch beendet hatte und herauskam.

»Tag, Mr. Sime, wie geht's?« sagte Duane.

»Hallo, mein Sohn«, begrüßte C. L. ihn. Er klang nicht gerade begeistert, aber das war normal.

Ohne den durch die Luft fegenden Sand zu beachten, überquerten sie zusammen die Straße.

»Hast du noch all deine eigenen Zähne, mein Sohn?« erkundigte sich der Alte, als sie im Café saßen.

»Alle bis auf zwei«, sagte Duane.

»Paß gut auf deine Zähne auf«, sagte C. L. »Ich hab's nicht getan, und nu hab ich diese verdammten Brücken, und die sind das reine Elend. Da kommt dir dieser verdammte Sand drunter. Ich hab mir angewöhnt, draußen auf der Straße keinen Ton mehr zu sagen. Das ist die einzige Möglichkeit, meine Zähne von diesem Sand frei zu halten.«

»Es macht sich bezahlt, ein bißchen mehr für Zahnärzte auszugeben«, fügte er hinzu, als eine kränkelnde und deprimiert dreinschauende Bedienung ihnen ihren Kaffee brachte.

»Ich werd's mir merken«, sagte Duane.

Der alte Mann nahm seinen verwitterten Cowboyhut ab und hängte ihn an einen hölzernen Hutrechen. Sein dünnes graues Haar lag flach an seinem Kopf an, der mit Sommersprossen übersät war, wo die Haare ihn nicht bedeckten.

»Wolln Sie wissen, warum er so reich ist? Weil er seit 1941 keinem in diesem Restaurant auch nur einen Cent Trinkgeld gegeben hat – auch mir nicht«, bemerkte die alte Kellnerin.

»Wer hat Sie denn um Ihre Meinung gebeten?« fragte C. L., ohne die Frau oder seinen Kaffee anzusehen. Er blickte zum Fenster hinaus auf die sandige Straße.

»Niemand, aber wir leben in einem freien Land«, sagte die Kellnerin.

»Ich gebe einfach deshalb kein Trinkgeld, weil ich diesen

Kaffee nicht ausstehen kann«, sagte C. L. »Überhaupt habe ich Sie nicht angestellt, also ist's nicht meine Sache, Ihr Gehalt zu zahlen.«

»Wenn Sie diesen Kaffee nicht ausstehen können, weshalb schmeißen Sie dann Ihren Laden nicht woanders?« fragte die Bedienung. Sie war dünn wie ein Brett. Ihre Nylonstrümpfe waren heruntergerutscht.

»Ich tu's deshalb nicht, weil das Telefon hier direkt auf der anderen Straßenseite ist. Außerdem mag ich die Stimmung hier.« Er grinste, als hätte er das Gefühl, damit einen entscheidenden Treffer gelandet zu haben, aber die Alte befand sich bereits auf halbem Weg in die Küche und hatte die Bemerkung vielleicht gar nicht mehr gehört.

»Ich könnt mich mit dieser alten Zicke kaum noch mehr rumzanken, wenn ich mit ihr verheiratet wär«, sagte C. L.

Er angelte sich einen Zahnstocher aus der Brusttasche und begann in seinen Zähnen zu stochern. Dann blickte er Duane an. Seine Augen waren von einem wäßrigen Grau und gaben ihm eigentlich kein besonders gewitztes Aussehen.

»Mr. Sime, ich möchte Ihnen einen halben Anteil an meinen Tiefbohranlagen verkaufen«, eröffnete Duane ihm. »Ich glaube, die einzige Möglichkeit, durch diese Rezession durchzukommen, ist die, sich aufs Flachöl zu konzentrieren.«

Der Alte starrte unverwandt zum Fenster hinaus, so als könnte er sich am Anblick der Innenstadt von Odessa nicht satt sehen, obwohl er bereits an die siebzig Jahre Zeit gehabt hatte, sie sich in aller Ausführlichkeit zu betrachten.

»Oh, an Ausrüstung bin ich nicht interessiert, mein Sohn«, sagte C. L. »Mich interessiert nur die Produktion.«

»Bei dem Geschäft würde auch ganz schön viel Produktion rausspringen«, sagte Duane.

Der Alte dachte eine Minute nach. »Ein komischer Zeitpunkt, um mit Bohranlagen hausieren zu gehen«, bemerkte er. »Diese Stadt hier ist im Augenblick so was wie'n Parkplatz für Bohranlagen. Wahrscheinlich wird man bald anfangen müssen, sie drüben in Midland zu parken. In Odessa stehen schon fast so viele abgestellte Anlagen rum, wie die Stadt überhaupt fassen kann.«

Er hielt einen Moment inne, offensichtlich dachte er über das sechsundzwanzig Meilen weiter östlich gelegene Midland nach.

»Midland war früher mal eine hübsche Stadt«, sagte er. Es klang fast so, als glaubte er, sich für den Niedergang der Nachbarkommune entschuldigen zu müssen. »Aber heute wimmelt's da nur so vor Krawattenärschen. Ich hab nie kapiert, was der Clou an den Krawatten sein soll, außer daß dich dann leichter jemand aufhängen kann. Ich hab keine Ahnung, weshalb ein Kerl scharf drauf sein sollte, daß man ihn leichter aufhängen kann.«

»Ist mir auch ein Rätsel«, meinte Duane.

Dann schwieg der Alte mehrere Minuten lang. Er nahm einen Schluck Kaffee und verzog sein Gesicht.

»Das hier ist der widerlichste Kaffee in West Texas«, sagte er.

»Er ist nicht besonders gut«, gab Duane zu.

»Ich habe daran gedacht, mal nach Norwegen zu gehen«, sagte Mr. Sime dann. »Oben in Norwegen ziehen die ganz schön was an Produktion auf, aber ich weiß nicht, ob ich wirklich gehen soll. Dort geht's ziemlich sozialistisch zu.«

Duane schlürfte den gräßlichen Kaffee, der wie aus Linoleumraspeln aufgebrüht schmeckte. Er wartete. Es bestand absolut kein Grund, weshalb ihm C. L. helfen sollte, da mindestens tausend andere Leute genausoviel Anspruch darauf hatten, daß er sich über sie den Kopf zerbrach – und er zerbrach sich ohnehin nicht gerade oft den Kopf über andere Leute. Und doch war Duane weiter ganz hoffnungsvoll. Er hatte das Gefühl, daß die Sache nicht allzu schlecht stand.

»Du mußt mich verdammt schlecht kennen, sonst würdest du nicht in so einem Sandsturm herkommen und hoffen, ich würde mich auf irgendeinen Blödsinn einlassen«, sagte C. L.

»Wenn wir die Talsohle erreicht haben, werden ein paar Leute noch im Ölgeschäft drin sein und eine Menge Leute nicht«, sagte Duane. »Ich möchte einer von denen sein, die dann immer noch dabei sind. Ich denke, wir werden's noch erleben, daß es mit dem Öl wieder aufwärtsgeht, und wenn's soweit ist, dann wäre ein Anteil an meiner Produktion keine schlechte Sache.«

»Ich habe bereits einen hübschen Haufen Geld«, bemerkte C. L.

»Das weiß ich, aber zuviel hat man nie davon«, sagte Duane.

»Wenigstens bist du kein Krawattenarsch«, bemerkte der Alte. »Ich glaube nicht, daß du eines Tages in Midland enden wirst. Ja, das war mal 'ne hübsche kleine Stadt. – Hast du irgendwas Schriftliches mitgebracht?« fragte er dann.

Duane hatte tatsächlich ein paar Tage zuvor ein schriftliches Angebot aufgesetzt. Dieses Angebot sowie seine Produktionsaufstellungen der letzten fünf Jahre hatte er in einem Umschlag dabei.

»Es ist eine Lüge, daß ich Geschäfte auf Papierservietten geschmiert habe«, sagte der Alte plötzlich sehr aufgebracht. »In meinem ganzen Leben hab ich nie was auf 'ne Serviette geschrieben. Auf 'ne Serviette könntest du sowieso nicht viel schreiben, selbst wenn du wolltest. Die saugt zu schnell die Tinte auf. Selbst wenn du was geschrieben hättest, könntest du dann nicht mehr lesen, *was* du geschrieben hast.«

»Mein Angebot ist nicht auf eine Serviette geschrieben«, versicherte ihm Duane.

»Nun, dann reich den Wisch mal rüber«, sagte C. L. »Ich hab die Schnauze voll von dem Servietten-Gequatsche.«

Duane reichte ihm den Umschlag. Der Alte öffnete ihn vorsichtig und blickte hinein.

»Ich sehe, du hast das Zeug getippt«, stellte er fest. »Das ist gut. Die Leute sagen, ich würde Geschäfte auf Briefumschläge schreiben. Das ist noch so eine fette Lüge. Dieser Quark von Servietten und Umschlägen geht mir langsam auf den Geist. Auf diese Art läßt sich kein Ölgeschäft führen.«

»Ganz meine Meinung«, sagte Duane.

»Ich denke, ich werde doch nach Norwegen raufgehen und zusehen, wie ich mit diesem Sozialismus klarkomme«, meinte der Alte. »Die machen gute Produktion dort. Wie du das da zusammengetippt hast, gefällt mir. Ich werd's mir durchsehen und dich anrufen, wenn ich zurückkomme.«

»Danke, Mr. Sime«, sagte Duane.

38

Jacy kam in ein Badetuch gewickelt an die Tür des Motelzimmers. Sie hatte ihr Haar über dem Kopf hochgesteckt, und der Fernseher lief. In dem Zimmer standen zwei Betten – auf einem lag Shorty ausgestreckt und betrachtete aufmerksam eine Spielshow. Jacy ging zum Fernsehgerät zurück und stellte den Ton leise.

»Ich hatte ihn auf voller Lautstärke, um den Wind zu übertönen«, sagte sie.

Ein Zimmerservice-Tablett mit einem Hawaii-Toast und einem Glas Milch darauf stand auf dem Boden an ihrem Bett.

Jacy ging wieder ins Bett und stellte sich das Tablett auf den Schoß.

»Ich denke, mit einem Hawaii-Toast kann man selbst in Odessa nichts falsch machen«, meinte sie. »Hast du deinen Deal abgeschlossen?«

»Abgelehnt hat man ihn jedenfalls nicht«, sagte Duane. »Ich kann mir zumindest zwei, drei Wochen lang Hoffnungen machen. Das ist auch schon was.«

»Ja«, sagte Jacy mit stockender Stimme. Sie starrte auf den Toast in ihrer Hand und legte ihn zurück auf das Tablett. Dann starrte sie in den Fernseher und runzelte dabei leicht die Stirn, als ob sie versuchte, sich auf etwas Bestimmtes zu konzentrieren.

Duane war verunsichert. Er hatte das Gefühl, daß er irgendwas Falsches gesagt hatte. Jacy nahm wieder ihren Toast in die Hand und biß lustlos hinein. Sie kaute so langsam, als ob selbst für diese kleine Anstrengung mehr Energie nötig war, als sie noch aufbringen konnte. Aber dann schien ihr Appetit doch wiederzukommen, denn sie aß die Hälfte des Toasts und trank die ganze Milch aus. »Möchtest du die andere Hälfte?« fragte sie.

Duane schüttelte den Kopf.

»Hier Kleiner«, sagte Jacy und schob Shorty die andere Hälfte hin. Niemals schüchtern, wenn es um's Fressen ging, verschlang Shorty sie in einem Stück. Jacy bot Duane das Stückchen Essiggurke auf ihrem Teller an.

»Damit könnte ich dir dieses Gürkchen wiedergeben, das ich dir auf deinem Boot gestohlen habe«, sagte sie. »Wer hätte gedacht, daß sich so bald eine Gelegenheit dazu bieten würde?«

»Ich nicht«, sagte Duane.

Dann wandte Jacy ihre Aufmerksamkeit dem Fernseher zu. Ein pummeliges junges Ehepaar hatte gerade ein Motorboot, einen neuen Variant, einen Geschirrspülautomaten und eine Eßzimmereinrichtung gewonnen. Sie strahlten vor Glück. Die junge Ehefrau hatte die Lippen knallig rot geschminkt.

»Glaubst du, die sind glücklich?« fragte Jacy.

Duane blickte in den Fernseher. Das junge Paar schien geradezu in Ekstase zu geraten. Die pummelige junge Frau sagte immer wieder: »Ich kann's nicht glauben, ich kann's einfach nicht glauben.« Der Gastgeber, ein geschniegelter Mann um die Sechzig, bot ihnen an, ihre Familien zu grüßen, was sie ziemlich schüchtern taten.

»Die haben gerade einen Haufen Zeug gewonnen«, sagte Duane, »eigentlich könnten sie glücklich sein.«

»Die Eßzimmereinrichtung ist reiner Müll, aber glaubst du, daß sie das wissen?« fragte Jacy.

Duane sah wieder auf die Mattscheibe.

»Irgendwie sieht sie wie unsere Eßzimmereinrichtung aus«, meinte er. »Oder wie unsere Frühstückszimmereinrichtung. Ich vergesse immer, daß wir ein Eßzimmer haben. Wir benutzen es nur zwei Mal im Jahr.«

»An Weihnachten und am Thanksgiving-Tag?« fragte Jacy.

Duane nickte.

»Meinst du, die haben ein nettes Familienleben?« fragte Jacy.

Duane war in Gedanken wieder in dem Café mit C. L. Er stellte sich vor, wie der Alte nun vielleicht da saß und sein Angebot durchlas und ab und zu innehielt, um sich mit der Bedienung zu zanken. Insgeheim hoffte er, C. L. würde das, was er las, so sehr gefallen, daß er anrufen und ihm die Anleihe sogar noch vor seiner Abreise nach Norwegen geben würde. Schließlich hatte Duane ihm ein Viertel seiner Produktion von fünf Jahren angeboten. Das mußte einem Milliardär doch eigentlich sehr fair vorkommen.

Während er also versuchte, über halb Odessa hinweg C. L. Simes Gedanken zu lesen, fiel es ihm schwer, das Familienleben des strahlenden jungen Ehepaars zu analysieren, das gerade das Motorboot gewonnen hatte.

»Sie könnte eine gute Köchin sein«, sagte er auf's Geratewohl.

»Du strengst dich ja überhaupt nicht an«, meinte Jacy. »Die beiden interessieren dich kein bißchen. Ich glaube nicht, daß sie eine gute Köchin ist. Ich wette, die fressen die Hälfte der Zeit Tiefkühlpizzas. Für mich sehen die wie gewaltige Pizzafresser aus.«

»Ich stecke zu tief in Schulden, als daß mich irgend etwas interessieren könnte außer der Frage, wie ich da wieder herauskomme«, gab Duane zu.

»Karla ist da anderer Ansicht«, sagte Jacy. »Sie glaubt, du wirst etwa alle fünf Minuten flachgelegt und gebumst. Ist das so?«

»Quatsch«, sagte Duane.

Jacy folgte immer noch gespannt der Spielshow. »Über diese Ehepärchen muß ich immer staunen«, sagte sie. »Sie sehen beknackt aus, aber vielleicht sind sie im Bett große Klasse. Ich habe selbst schon beknackt aussehende Männer gehabt, die im Bett große Klasse waren.«

Shorty erhob sich und begann die Krümel des Hawaii-Toasts vom Bettüberzug zu lecken.

»Meinst du, die macht's ihm mit dem Mund?« fragte Jacy, die immer noch in den Fernseher schaute.

Duane fand es schon anstrengend, sich das junge Paar, das gerade all die feinen Sachen gewonnen hatte, auch nur nackt vorzustellen – von oralem Sex oder überhaupt irgendeiner Art von Sex ganz zu schweigen. Sie hatten sich ihre feinsten Sonntagskleider angezogen – im Fall des jungen Mannes war das ein grüner Anzug –, und der Sprung von ihren Sonntagskleidern zu oralem Sex war für seine Phantasie einfach zu groß.

»Ich hab keine Ahnung, was die so machen«, gab er zu.

Jacy machte ein amüsiertes Gesicht. »Du hast aber wirklich eine langweilige Einstellung zum Fernsehen«, meinte sie. »Was ist denn der Gag an der ganzen Sache, wenn man nicht mal ein paar Spekulationen über das Sexualleben der Leute in Spielshows anstellt?«

»Ich seh mir fast nie Spielshows an«, sagte Duane.

»Das merkt man«, sagte Jacy. Sie stieg aus dem Bett, sammelte ihr T-Shirt und ihre Jogging-Shorts auf und verschwand im Bad. Sie zog die Tür zu und kam eine Minute später angezogen wieder heraus. Sie griff hinter den Fernsehapparat und schaltete ihn aus, ohne noch einmal einen Blick hineinzuwerfen.

»Wenn ich noch ein anderes Ehepaar sehe, werde ich nur wieder neugierig, und dann mußt du hier rumsitzen und Däumchen drehen«, sagte sie. »Komm, Kleiner, ich glaube, wir müssen jetzt unser Heim fern der Heimat verlassen.«

Als sie im Mercedes saß, schnallte sie sich sorgfältig an und drückte die Türverriegelung herunter. Dann lehnte sie sich gegen die verriegelte Tür und kickte sich die Sandalen von den Füßen.

»Steckst du so tief in Schulden, daß es dir was ausmachen würde, mir die Füße zu massieren?« fragte sie.

»Nö, das nicht«, sagte Duane. Er massierte erst einen Fuß und dann den anderen. Bald kamen sie durch Midland mit seiner kleinen Ansammlung von Wolkenkratzern, die in eine Dunstglocke von Staub gehüllt waren. Sie wirkten so einsam und verlassen wie die paar Anhalter, an denen sie vorüberkamen.

»Du solltest dir mehr Spielshows ansehen«, sagte Jacy. »In Spielshows bekommst du eine Menge glücklicher Leute zu sehen.«

»Das ist etwas, was ich noch nicht versucht habe: selbst bei einer Spielshow mitzumachen«, sagte Duane.

»Du würdest ja doch nur verlieren«, sagte Jacy. »Du bist nicht aufgeschlossen genug. Viele Leute denken, die Soap Operas wären deshalb ein solcher Erfolg, weil sie dem wirklichen Leben so ähnlich sind, aber das ist Quatsch. Soap operas sind erfolgreich, weil sie dem wirklichen Leben *nicht* sehr ähnlich sind. Spielshows sind wie das richtige Leben. Du gewinnst Dinge, die im Moment großartig aussehen, sich aber dann als Müll herausstellen, und du verlierst Dinge, die du besser für immer behalten hättest, nur weil du unglücklich bist.«

Sie griff nach hinten, holte sich ihr Handtuch, rollte es zu einem Kopfkissen und war bald eingeschlafen.

Während er durch Big Spring und über das graue Land westlich von Abilene zurückfuhr, blickte Duane hin und wieder zu Jacy hinüber. Im Schlaf wirkten manche Leute auf einmal friedlich und sahen jünger aus. Bei Karla war das so. Egal, was für einen harten Tag sie hinter sich hatte, egal, wie sehr er angefüllt war mit Gebrüll, Tränen und Schrecken, der Schlaf gab ihr ihre Schönheit wieder – und auch ihre Jugend. Wenn sie schlief, konnte man Karla für eine Frau von Ende Zwanzig halten.

Bei Jacy war genau das Gegenteil der Fall. Je tiefer sie in Schlummer versank, desto mehr machte sich ihre Traurigkeit auf ihrem Gesicht breit. Sie schlief auch nicht ruhig. Gelegentlich zuckte sie und gab Laute von sich, die wie ein Grunzen klangen. Die Fassung, die sie sonst bewahrte, war bald verschwunden. Ihr Körper sank in sich zusammen; ihr Kinn fiel herunter.

Duane hörte bald auf, sie zu betrachten – es kam ihm ungehörig vor. Er fühlte sich deprimiert – weniger weil Jacy sich so verändert hatte, als vielmehr weil überhaupt alles sich veränderte.

Wann sie aufwachte, bemerkte er nicht, aber als er irgendwann zufällig zu ihr hinüberblickte, begegnete er ihrem Blick. Sie sah ihn mit großen, schweren Augen an. Nun, da sie wieder aufgewacht war, war ihre Würde wiederhergestellt. Sie hatte sich nicht die Mühe gemacht, sich aufzurichten, aber ihr Blick war ruhig, ja sogar ein wenig amüsiert.

»Also in der Fußmassage bist du ziemlich gut, aber daß du alle fünf Minunten flach gelegt und gebumst wirst, glaube ich nicht«, sagte sie. »Verheiratete Leute glauben immer, daß es ihrem Partner besser geht, als es tatsächlich der Fall ist.«

»Du warst auch verheiratet, habe ich gehört«, sagte Duane. »Wie ist es dir denn gegangen?«

Jacy schmunzelte. »Mir ist es sehr gut gegangen«, sagte sie.

39

»Sag mal, hängst du wirklich sehr an diesem Hund?« fragte Jacy, als sie auf dem Parkplatz des Supermarkts neben seinem Pickup einparkten.

Die Frage überraschte Duane.

»Er ist mein Hund«, sagte er. »Oder ich bin seine Bezugsperson, wie man will.« Shorty saß auf dem Rücksitz und sah noch mehr als sonst aus, als wäre er betrunken. Es war nicht auf den ersten Blick ersichtlich, warum man an einem Wesen wie ihm hängen sollte.

»Es tut mir wirklich leid, aber ich glaube, ich habe ihn dir ausgespannt, obwohl ich mir geschworen hatte, es nicht zu tun«, sagte Jacy. »Ich glaube, er würde sofort mit mir gehen.«

»Nun, möglich wär's«, sagte Duane, obwohl Untreue bisher das letzte gewesen wäre, dessen er Shorty beschuldigt hätte.

»Vielleicht ist's an der Zeit, daß ihr beiden mal eine Trennung auf Probe versucht«, sagte Jacy. Sie kämmte sich, wenn auch ohne viel Energie, ihr Haar.

»Heißt das, du möchtest ihn haben?« fragte Duane. »Du möchtest tatsächlich Shorty haben?«

»Irgendwie ja«, sagte Jacy schmunzelnd.

»Er ist wahrscheinlich das meistgehaßte Tier in ganz Hardtop County«, gab Duane zu bedenken. »Er wird mehr gehaßt als jedes Wesen in dieser Gegend – inklusive Menschen.«

»Vielleicht wird er nur mißverstanden«, sagte Jacy. »Vielleicht braucht er einfach die Liebe einer Frau.«

Duane wurde klar, daß sie Shorty wirklich haben wollte. Zuerst hatte er angenommen, daß sie nur Spaß machte. Er blickte so verständnislos drein, daß Jacy lachen mußte.

»Mann, er ist doch nicht Hitler, er ist nur ein Hund«, sagte sie. »Ich bin zu allein, Duane. Ich muß endlich versuchen, wieder irgendein lebendes Wesen in mein Leben zu lassen, selbst wenn's nur dein alter, vergammelter Köter ist. Sag mir nur, was ich ihm zu fressen geben soll – ich möchte seine Verdauung nicht durcheinanderbringen.«

»Shortys Verdauung?« fragte Duane mit wachsender Verblüffung.

Shorty hatte Stücke von menschlichen Ellbogen, eine breite Palette von Hundefuttersorten, ferner überfahrenes Straßenaas und sonstige Abfälle gefressen. Aber niemandem war der Gedanke gekommen, daß man auf seine Verdauung achten müsse.

»Gib ihm tote Stinktiere«, sagte er. »Oder kleingehackte Felsbrocken oder was auch immer – er frißt so gut wie alles.«

»Ich kann ihn also haben?« fragte Jacy.

»Ja, wenn du ihn wirklich möchtest«, sagte Duane, obwohl ihm das alles im Grunde viel zu schnell ging.

»Oh, danke«, sagte Jacy. »Ich will's einfach mal mit einem Lebensgefährten versuchen und sehen, was dabei herauskommt. Anderenfalls ist die Chance groß, daß ich den Rest meines Lebens völlig allein verbringen werde.«

»Und mit einem menschlichen Lebensgefährten würdest du's nicht versuchen wollen?« fragte Duane.

Duane stieg aus. Er hatte das Gefühl, daß die Unterhaltung irgendwie noch nicht beendet war, aber er wußte nicht, wie er sie beenden sollte.

»Danke, daß du mir den Hund überläßt«, sagte Jacy. »Und danke, daß du mir die häßlichste Stadt der Welt gezeigt hast.«

»Ich bin froh, daß du mitkommen konntest«, sagte er. »Obwohl wir immer noch nicht viel mehr voneinander erfahren haben.«

Jacy schwang sich hinter das Steuer.

»Halten wir uns nicht *damit* auf«, sagte sie. »Ich hasse es, über die Vergangenheit zu reden, und nicht nur deshalb, weil Benny umgekommen ist. Und wenn's einen Menschen gibt, mit dem ich ganz und gar nicht über die Vergangenheit reden möchte, dann ist's mein erster Geliebter.«

Sie blickte ihn mit jäher Feindseligkeit an, und kleine rote Flecken wurden auf ihren blassen Wangen sichtbar.

»Tut mir leid«, sagte Duane. »Das war nur so'n Spruch. Hätt ich mir lieber schenken sollen.«

Jacy umklammerte das Steuer ihres Mercedes. Er konnte sehen, wie sich ihre Hände immer mehr verkrampften.

Duane wußte nicht so recht, was er Falsches gesagt hatte oder was er sagen könnte, um den Fehler wieder gut zu machen. Er kam sich ziemlich idiotisch vor.

»Ich freue mich wirklich, daß du mit mir mitgekommen bist«, sagte er schließlich.

Jacy warf ihm einen gereizten Blick zu, dann entspannte sie sich wieder und lehnte sich in ihrem Sitz zurück.

»Ja«, sagte sie. »Dieses Motelzimmer hat mir gefallen. Je länger ich in Europa lebte, desto amerikanischer habe ich mich gefühlt. In einem solchen Motelzimmer zu sein, war super. Das Zimmer war ganz schön amerikanisch.«

Sie ließ den Motor an. Shorty war hellwach – Duane war nicht so sicher, ob er nicht doch noch versuchen würde, aus dem Fenster zu springen, sobald er erkannte, daß eine bedeutende Veränderung in seinem Leben bevorstand.

Um Shorty klarzumachen, wie bedeutend diese war, ging er zu seinem Pickup hinüber und öffnete die Wagentür.

»Hey, sag dieser Frau, daß ich die Eva spielen werde«, rief Jacy. »Ich muß aufhören, mich so sehr abzukapseln. Den Sündenfall der Menschheit zu verursachen, das ist vielleicht genau die Herausforderung, die ich brauche.«

»Sie wird begeistert sein, wenn sie das hört«, sagte Duane.

Jacy blickte ihn einen Moment an und fuhr dann ohne Hast davon. Duane war sich nicht sicher, was dieser Blick bedeutete. Der Mercedes steuerte auf die Straße zu, drehte dann langsam um und kam wieder zu ihm zurück. Anscheinend hat sie sich die Sache mit Shorty noch einmal überlegt, dachte Duane.

Aber Jacy fuhr nur einmal im Kreis herum und kam langsam an ihm und seinem Pickup, dessen Wagentür noch immer offen stand, vorbei.

»Hey, ich bin dir nicht böse, Honey pie«, sagte sie und lächelte.

Dann beschleunigte sie und bog in den Highway ein. Duane wartete darauf, daß Shorty aus dem Wagen geflogen kam. Bald würde er auf seinen kurzen Beinchen zurückgerast kommen. Aber nach einer Minute war der Mercedes nur noch ein winziger Punkt – und kein heranpreschender Shorty ließ sich blicken.

»Shorty, du bist sogar zu dämlich, um zu kapieren, was überhaupt passiert«, brummte Duane vor sich hin, und doch rechnete er auf der ganzen Strecke nach Thalia damit, daß er seinen Hund zu ihm zurücklaufen sehen würde.

40

Angesichts dieser neuen Situation fiel es Duane schwer, sich auf die Hundertjahrfeier-Versammlung zu konzentrieren. Die meiste Zeit überlegte er, was Jacy und Shorty wohl gerade machten. Mehrmals verlor er den Faden, worauf Suzie und Jenny ihm besorgte Blicke zuwarfen. In diesen Momenten war er genauso geistesabwesend wie Sonny während seiner Blackouts.

Bei Sonny war zum Glück nichts von seinem Problem zu merken, und er leitete einen Großteil der Sitzung selbst. Wenige der zu klärenden Punkte mußten lange diskutiert werden. Jenny, die nun offiziell die Mutter der Kompanie war, hatte Leute aufzutreiben, um die Eintrittskarten zu verkaufen, an Konzessionsständen den Ausschank zu betreiben, Programme zu drukken, den Müll einzusammeln und dergleichen mehr, und sie lieferte einen trockenen Bericht von ihren Bemühungen, Freiwillige zu rekrutieren.

Während alledem lächelte Suzie ihr geheimnisvolles, ungewöhnlich fesselndes Lächeln. Duane kam zu dem Schluß, daß sie auf diese Art lächelte, weil sie im Unterschied zu fast allen anderen Menschen, die er kannte, aus irgendeinem Grund das Leben leichtnahm.

Er stellte fest, daß es ihn aufregte, wenn Suzie über Dickie redete, und das tat sie nicht selten. Gerade wenn Duane zu dem Schluß kommen wollte, daß er sich in Suzie zu verlieben begann – und zwar deshalb, weil sie, wie er fand, eine so ungewöhnlich gute sexuelle Beziehung hatten –, pflegte sie wie zufällig eine Unterhaltung darüber anzufangen, was für ein toller Hecht Dikkie doch war. Duane merkte, daß er sie immer leidenschaftlicher begehrte. Suzie schien sehr empfänglich dafür zu sein, und doch wurde ihm immer deutlicher bewußt, daß sie ihn als eine Art Schmusetier betrachtete. Wenn sie dagegen über Dickie sprach, so schien ihr dabei das Wasser im Mund zusammenzulaufen.

»Diese Billie Anne hat wahrscheinlich keine Ahnung, was für einen tollen Hecht sie sich da geangelt hat«, meinte Suzie. »Sie ist noch nicht alt genug, um das zu wissen. Du solltest stolz auf dich sein, Duane, daß du einen solchen Sohn hast.«

Dies wurde geäußert, während Duane sich wieder seine Socken anzog – er verstieß immer noch gegen seinen Vorsatz, sie in den betreffenden Situationen anzubehalten.

»Ich glaub, ich bin auch stolz«, sagte er, obwohl er in Wirklichkeit leicht frustriert war. Schon öfter hatte er sie fragen wollen, was Dickie eigentlich so Besonderes mit ihr machte, aber immer besann er sich anders und verdrängte diese Frage. Wenn er selbst es noch nicht gemacht oder nicht so gut gemacht hatte, dann war es vielleicht besser, wenn er nicht wußte, was es war.

Wenn er doch gefragt hätte, dann hätte Suzie es ihm zweifellos gesagt. Sie war zwar ein stilles Wasser, aber nicht verschwiegen und würde ihre eigenen sexuellen Verhaltensweisen so unbekümmert beschreiben, als berichte sie von einem Basketballspiel auf der High School. Sie betrachtete ihren Körper mit großer Selbstgefälligkeit und widmete ihm sorgfältige, aber nicht übertriebene Pflege. Sie sah ihn als ein praktisches Spielzeug an und spielte häufig mit ihm. Sie liebte es, kleine Schläfchen zu halten – ihre »gähnigen« Phasen nannte sie sie – und ließ, wenn sie aufwachte, ihre Hand noch ein wenig nach unten wandern, um sich eine kleine Streicheleinheit zu gönnen. Duane hatte den Eindruck, daß sie den größten Teil des Tages mit sanfter Masturbation verbrachte, einer Beschäftigung, die häufig unterbrochen, aber genauso häufig wiederaufgenommen wurde. In ihrem geheimnisvollen Lächeln war beträchtliche Faul- und Bequemlichkeit enthalten – Suzie war immer gewillt, sich einfach zurückzulehnen und auszuruhen, und gewöhnlich auch gewillt, jemanden mit ihr tun zu lassen, was sie gerade selbst mit sich getan hatte.

»Dieser Dickie«, schwärmte sie häufig, »diese kleine Ratte ist einfach ein Goldschatz.«

Duane fragte sich wiederholt während der Versammlung, was

sein Sohn wohl zu bieten hatte, das die Frauen dazu brachte, mit einem solchen Appetit von ihm zu reden.

Pfarrer G. G. Rawley hatte sich während der letzten zwei Sitzungen in düsteres Schweigen gehüllt. Duane wußte, daß das ein taktisches Schweigen war. G. G. wartete einfach ab. Er war dazu übergegangen, seine Bibel in die Versammlungen mitzubringen. Wenn ein Vorschlag aufkam, der für ihn eine versteckte Verletzung der Heiligen Schrift zu enthalten schien, pflegte er mit schwerem Zeigefinger auf die Bibel zu klopfen. Hie und da schlug er sie auch mal auf, spitzte seine Lippen und tat so, als lese er das Gebot durch, das gerade gebrochen worden war. Er wurde eine Art schweigender Schiedsrichter, der im stillen moralische Frei- und Strafstöße – besonders aber Strafstöße – verteilte. Seine Haltung wurde immer herablassender. Wenn die Zeit reif sei, würde die Mannschaft des Herrn die Mannschaft der Sünder mit einigen wenigen niederschmetternden Volltreffern vernichten.

Der letzte Punkt der Tagesordnung an diesem Abend war die Wahl eines Zimmermanns, der die Nachbildung von Texasville auf der Grünanlage vor dem Gericht errichten sollte. Sie sollte Old Texasville genannt werden, damit auch jeder verstand, was gemeint war.

»Was der Gottlose errichtet, kann stets vom Blitzschlag getroffen werden«, bemerkte G. G. »Und wenn's nicht nach Gewitter aussieht, kann es auch von Brechstangen und ein, zwei Vorschlaghämmern getroffen werden.«

Duane erwachte aus seiner Träumerei über das, was Jacy und Shorty gerade tun mochten, und stellte fest, daß das Komitee dabei war, den Zuschlag für den Bau von Old Texasville niemand anderem als Richie Hill zu geben, dem einzigen Zimmermann in der Stadt, den er nicht ausstehen konnte.

»Ich halte nicht viel von Richies Arbeit«, sagte er. »Er kann nicht mal einen Müllschlucker richtig einbauen.«

Die anderen machten betretene Gesichter.

»Aber Duane«, wunderte sich Jenny, »wir haben doch gerade dafür gestimmt, ihm den Auftrag zu geben. Wir dachten, du würdest dich der Stimme enthalten.«

Duane kam sich albern vor. Er hatte die Abstimmung nicht einmal bemerkt. Wenn er nun versuchen würde, Richie den Auftrag wieder abzuringen, würde jeder wissen, daß der Zimmermann einmal eine Affäre mit seiner Frau hatte.

»Es ist schwer, einem Mann zu vertrauen, der keinen Müllschlucker installieren kann«, sagte er obenhin und ließ es dabei bewenden.

Er war bereits auf halbem Wege nach Hause, als ihm wieder einfiel, daß Janine glaubte, sie sei schwanger. Er hatte ihr versprochen, daß er noch vorbeikommen würde. Also machte er auf der Straße kehrt und fuhr nach Thalia zurück. Ohne Shorty vorne auf dem Beifahrersitz kam ihm der Pickup sonderbar leicht vor – ja sogar ein wenig aus dem Gleichgewicht geraten, obwohl Shorty keine dreißig Pfund wog.

Ihm wurde bewußt, daß er Shortys Abwesenheit schon bald Karla und den Kindern erklären müßte. Er hatte keine Ahnung, was er sagen sollte. Noch vor wenigen Stunden hatte er gedacht, daß keine zehn Pferde ihm Shorty entreißen könnten. Daß Shorty so sehr an ihm hing, sorgte für eine Menge Gesprächsstoff in Thalia – und das seit Jahren. Daß er nun von ihm abgefallen war, würde zweifellos für ebensoviel Gesprächsstoff sorgen. Duane fühlte sich wie vor den Kopf geschlagen. Alles in allem war das ein erstaunlicheres Ereignis als die Ölflaute. Logisch denkende Menschen wußten, daß es mit dem Öl immer bergab gehen konnte, und zwar schon allein deshalb, weil immer die Möglichkeit bestand, daß irgendwo in irgendeinem Land, in dem bis dahin niemand auf die Idee gekommen war, nach Öl zu suchen, ein komischer alter Kauz wie C. L. Sime eine Milliarde Tonnen davon entdecken könnte.

Aber Shorty war, seit er als kurzbeinige, fette Welpe das Licht der Welt erblickt hatte, nie von seiner Seite gewichen. Er schien dazu geboren zu sein, seine Bezugsperson zu vergöttern, und der Zufall wollte es, daß Duane diese Person wurde. Und doch war er nun einfach davongetrottelt. Jacy brauchte nicht einmal zu bitten und zu betteln. Shorty war einfach ins andere Lager übergewechselt.

Er stand vor einem Rätsel.

»Es ist bekloppt, eine Beziehung mit einem Hund einzugehen«, sagte Duane, als er vor Janines Haus vorfuhr.

Wenige Minuten später fand er, daß sich diese Bemerkung noch beträchtlich erweitern ließ. Es war ebenfalls bekloppt, eine Beziehung mit einem Menschen einzugehen, der sich von Lester schwängern ließ, obwohl Lester nicht nur verheiratet, sondern dazu noch in zweiundsiebzig Fällen wegen Bankbetrugs angezeigt war.

Janine, die im Dairy Queen so selbstsicher und auf dem Tennisplatz so aufreizend gewesen war, war aller Wind aus den Segeln genommen, aller Glanz war aus ihren Augen verschwunden, aller Appetit war ihr vergangen. Sie war eine einzige Entzugserscheinung, zu schwach, um ihm auch nur die Tür zu öffnen. Er fand sie auf ihrem Bett liegend, bedeckt von einem Wust von nassen Kleenextüchern. Die Schachteln von ein paar Schwangerschaftstests aus der Apotheke lagen im Papierkorb. Der Erfinder der Schwangerschaftstests mußte mindestens ebenso reich sein, wie der Erfinder von Fruchtbarkeitsmitteln, dachte Duane bei sich.

»Es gibt keine Hoffnung, und es wird nie wieder Hoffnung geben«, sagte Janine in ihrer tonlosesten, gebrochensten Stimme.

»Doch, es gibt eine Hoffnung«, sagte Duane. »Ich kann mir weit Schlimmeres vorstellen, als von Lester schwanger zu sein. Deine Familie hätte in einem Tornado umgekommen sein können.«

»Aber meine ist doch schon in einem Autounfall umgekommen«, sagte Janine.

Duane kam sich wie ein Idiot vor, weil er daran nicht gedacht hatte, bevor er den Mund aufmachte. Bei dem Anblick einer Frau in totaler Verzweiflung verlor er immer die Nerven, und dann redete er dummes Zeug. Das war ein gängiges Problem, denn so gut wie jede Frau, die er kannte, ganz gleich, wie fröhlich sie auch aussah, stand nur ein, zwei Schritte weit vom Abgrund totaler Verzweiflung entfernt.

»Ich werde nie eine Familie haben«, fuhr Janine fort. Sie schien aus der Trostlosigkeit ihrer eigenen Lage Kraft zu schöpfen. »Ich werde nie auch nur eins von den Dingen bekommen, die ich mir wünsche – und dich schon gar nicht.«

»Ich dachte, du bist jetzt in Lester verliebt«, sagte Duane.

»Nein, wir treffen uns nur gelegentlich«, sagte Janine. »Ich hasse diesen baumlangen, potthäßlichen Sack wie die Pest, weil er mich und seine Frau gleichzeitig schwanger gemacht hat.«

»Ich glaube nicht, daß er seine Frau schwanger gemacht hat«, sagte Duane. »Was das betrifft, hat er wahrscheinlich die Wahrheit gesagt.«

»Wer hat sie denn dann schwanger gemacht – ein Storch vielleicht?« giftete Janine ihn an, fegte die nassen Kleenextücher von ihrem Schoß und setzte sich auf.

»Ich denke, Dickie könnte sie schwanger gemacht haben«, sagte Duane.

Janine dachte eingehend über diese Möglichkeit nach.

»Ja, wahrscheinlich er, ich habe ganz vergessen, daß die 'ne Affäre hatten«, sagte Janine.

»Ich glaube, bei denen war schon ein bißchen mehr im Spiel«, sagte er.

»Nein, das ist nur 'ne Affäre, solange sich keiner richtig gebunden fühlt«, stellte Janine dogmatisch fest. »Dickie ist zum Anbeißen, zugegeben – aber er hat einfach keinen Anstand. Ich bin überrascht, daß du deine Kinder nicht besser erzogen hast, Duane.«

»Ich bin selbst überrascht«, sagte Duane. »Möchtest du eine Abtreibung machen lassen?«

»Ganz bestimmt nicht«, fauchte Janine ihn an. »Eher freß ich das Gras von den Wiesen und lebe in Schande, als daß ich dieses kleine lockenköpfige Baby hergebe, das ich bekommen werde.«

»Lockenköpfig?« fragte Duane. Weder Lester noch Janine konnten als lockenköpfig bezeichnet werden.

»Na ja, so sieht er eben in meinen Träumen vom Glück aus«, sagte Janine.

»Was denkt Lester von dieser Entwicklung der Dinge?« fragte Duane weiter.

»Er denkt, ich werde eine wirklich gute Mutter abgeben«, berichtete Janine stolz. »Er meint, er könnte einen PR-Menschen engagieren, um die Sache dem Landkreis zu erklären, damit ich die nächste Wahl nicht verliere.«

Duane fragte sich, ob er selbst irgendeine Art Gehirnschaden hatte. Seit mehreren Monaten kam es ihm so vor, als ob die Bürger von Thalia nur noch Schwachsinn daherredeten. Auf jede noch so abwegige, hirnrissige Bemerkung folgte gewöhnlich eine noch hirnrissigere. Wer hatte schon jemals etwas davon gehört, daß man eine PR-Firma engagieren könnte, um den Posten einer Landkreis- oder Kreistagsabgeordneten zu sichern?

»Lester sagt, heutzutage kommt's überall nur aufs Image an«, sagte Janine. »Er sagt, ein guter PR-Mann kann die Dinge in ein positives Licht rücken. Auch mein Psychotherapeut meint, es sei gut, positiv zu denken.«

Sie riß ein Päckchen Kaugummi auf, wovon sie immer einen großen Vorrat griffbereit hatte, und steckte sich zwei Plättchen in den Mund.

»Lester meint, es könnte sich strafmildernd auswirken, wenn er nachweisen kann, daß er eine Mange familiärer Verantwortung am Hals hat«, sagte sie.

»Könnte sein«, meinte Duane.

Zu seiner Überraschung rückte Janine zu ihm herüber und kuschelte sich in seinen Schoß.

»Ich fühl mich jetzt so, als wären wir einfach gute Freunde, also sei schön brav«, sagte sie, wobei sie mit ihrem Finger streng auf seine empfindlichste Stelle klopfte, um zu verdeutlichen, was sie meinte.

»Ich bin ja brav«, versicherte Duane ihr.

Dann legte sie ihren Kopf zurück an seine Brust und lag mehrere Minuten lang still da – außer dem Mahlen ihrer Kiefer und dem Knallen des Kaugummis war kein Laut zu hören. Duane glaubte einen Augenblick, sie wäre eingeschlafen, aber als er sich vorbeugte, sah er, daß ihre Augen nicht nur weit offen waren, sondern auch strahlten. Das verzweifelte, von Kleenextüchern zugedeckte Geschöpf war verschwunden, und eine junge Frau in der Blüte einer beginnenden Schwangerschaft war an seine Stelle getreten. Totale Verzweiflung war möglicherweise auch jetzt nur zwei Schritte weit von ihr entfernt, aber in manchen Fällen war die totale Verzweiflung eben auch nur zwei Schritte breit.

»Meine Titten fühlen sich schon dicker an«, sagte Janine in einem sanften, seligen Tonfall. »Ich bin froh, daß du da bist – wie schön, wenn ein Mann da ist, der brav bleibt.«

Duane hielt sie eine Weile in seinen Armen, während er sich darüber wunderte, wie wechselhaft Frauen sein konnten. Ihm schien, als sei er immer derselbe gewesen – er würde ein ganzes Jahrzehnt brauchen, um sich so sehr zu verändern, wie eine Frau sich innerhalb weniger Minuten verändern konnte.

»In Wirklichkeit haßt du Lester gar nicht so sehr, stimmt's?« fragte er.

»Nö«, sagte Janine heiter. »Das hab ich nur so gesagt. Sagst du nie solche Dinge?«

Duane antwortete nicht. Nun, da sie wie eine Luftblase aus den Tiefen totaler Verzweiflung zu heiterem Gleichmut aufgestiegen war, waren seine eigenen Gedanken zu Shorty zurückgewandert, der seine erste Nacht in seinem neuen Zuhause verbrachte. Duane fragte sich, ob er wohl Heimweh hatte.

Janine klopfte noch einmal mit dem Finger gegen seinen Hosenschlitz – diesmal jedoch sanfter, um zu sehen, ob er immer noch brav war.

»Ich denke, ich kann mich auf dich verlassen«, sagte sie und war sichtlich ein wenig überrascht über sein tadelloses Benehmen. »Glaubst du, ich werde gefeuert?«

»Ich bezweifle es«, sagte Duane. So wie die Dinge im Moment lagen, war es wenig wahrscheinlich, daß sich irgend jemand allzu sehr darüber empören würde, daß die Landkreis-Abgeordnete ein uneheliches Kind erwartete.

»Könntest du mir bitte etwas Geld borgen, damit ich einen Zaun um mein Haus ziehen lassen kann?« fragte Janine. »Wenn's ein Junge ist, dann wird er sich sonst im Nu draußen auf der Straße herumtreiben.«

»Das läßt sich wohl arrangieren«, sagte Duane. »Und wenn es ein Mädchen ist, was wird das dann machen?«

»Was kleine Mädchen eben so machen, natürlich«, sagte Janine, während sie ein neues Stück Kaugummi auswickelte. Es war offensichtlich, daß die Tatsache ihrer Schwangerschaft sie nun nicht mehr deprimierte. Ja, er hatte sie nie zuvor derart glücklich erlebt, und sie hatte selten so gut ausgesehen wie jetzt.

»Es wird etwas sein, was mir gehört«, sagte sie nachdenklich. »Ich wollte immer einmal etwas haben, was mir gehört.«

Duane versuchte, diese Bemerkung gegen seine zwanzig abenteuerlichen Jahre der Elternschaft abzuwägen. Nur selten, und dann nur für flüchtige Augenblicke, hatte er das Gefühl gehabt, daß seine Kinder ihm gehörten – jedenfalls nicht so, wie Janine es zu meinen schien. Natürlich hatte er den Samen produziert, der auf das Ei traf, das sie dann formte, aber ansonsten waren sie ihm seit ihrer Geburt wie kleine Fremde vorgekommen, die weder ihm noch Karla, sondern sich selbst gehörten. Natürlich kamen sie ihm ab und zu sehr nahe, und er stellte dann fest, daß er sie heiß und innig liebte; aber zu anderen Zeiten entfernten sich ihre Bahnen von ihm, und was er dann empfand, war hauptsächlich die Distanz zwischen sich und ihnen, wenn sie wie menschliche Kometen in Texas herumrasten und einen ganzen Schwanz von Krisen hinter sich herzogen.

Aber weshalb sollte er solche Dinge Janine erzählen? Bei ihr konnte es ja anders laufen. Es konnte völlig anders laufen.

»Duane, bist du sauer, weil wir jetzt nur gute Freunde sein werden?« fragte Janine und berührte ihn zum dritten Mal zwischen den Beinen. Sie schien ein neues Vertrauen in ihre Begehrtheit zu haben und verspürte den Drang, sie noch eingehender zu testen.

»Och, ich werd's überleben«, sagte Duane und versuchte sich auf dem schmalen Grat zwischen Heiterkeit und Bedrücktheit zu bewegen, wie es die Frage zu verlangen schien.

»Wir werden trotzdem noch eine Menge Sachen zusammen machen«, versicherte sie ihm. »Du mußt mir zum Beispiel helfen, Namen zu finden. Namen für Jungs vor allem. Wenn's ein Mädchen wird, hab ich schon einen Namen.«

»Und der wäre?« fragte Duane.

»Danielle«, sagte Janine. »Findest du nicht, daß das ein toller Name ist?«

»Doch, wirklich toll«, sagte Duane.

41

Während er nach Hause fuhr, dachte Duane an nichts anderes als daran, wie herrlich es wäre, sich einfach nur noch ins Bett zu legen. Er war so müde, daß er sogar die Vorstellung herrlich fand, sich in ein riesiges Wasserbett zu legen. Aber als er ankam, fand er sein Haus in greller Beleuchtung und heillosem Durcheinander vor. Ja, sogar in seinem Garten herrschte grelle Beleuchtung und heilloses Durcheinander.

Nur Minerva, die am Küchentisch den *National Enquirer* studierte, schien nicht durcheinander zu sein.

»Little Mike ist auf die Parabolantenne geklettert«, sagte sie schlicht. »Ich habe noch nie ein Kind in seinem Alter gesehen, das klettern kann wie er. Der wird wahrscheinlich schon den Mount Rushmore hochklettern, bevor er ganz trocken hinter den Ohren ist.«

»Ist das nicht der mit den Präsidentengesichtern?« fragte Duane. »Weshalb sollte er denn dort hochklettern wollen?«

»Weshalb sollte er auf eine Satellitenschüssel klettern wollen?« gab Minerva zurück.

Wie dem auch sei, Little Mike thronte hoch oben mitten auf dem Parabolteller der Satellitenantenne und krähte sein Lieblingswort: »Ball.«

Karla stand mit böser Miene auf einem Küchenstuhl und versprach Generalamnestie, wenn er nur wieder herunterklettern würde.

»Nun versuch's du mal«, sagte Karla zu Duane. »Ich stehe schon so lange auf diesem Stuhl, daß mir schwindlig wird.«

Duane stieg auf den Stuhl und mußte feststellen, daß Little Mike sich ein gutes Stück außerhalb seiner Reichweite befand.

»Wo steckt Julie?« fragte Duane. »Für sie würde er runterkommen.«

Little Mike liebte Julie heiß und innig und hätte auf der Stelle alles getan, was sie befahl. Er war aber auch fähig, Dinge zu tun, die sie nicht befahl, wie zum Beispiel ihr ins Gesicht zu spucken. Little Mike betrachtete das Spucken als einen Liebesbeweis und war immer entsetzt, daß Julie ihn gegen irgendein Möbelstück kickte, wenn er sie mit Spucke einsprühte.

»Ich habe keine Ahnung, wo die Zwillinge stecken«, sagte Karla. »Ich glaube, sie sind abgehauen. Sie sagten, der Laden hier würde ihnen zu verrückt werden, was ja auch stimmt.«

»Ich werde dir deinen kleinen Arsch versohlen, wenn du jetzt nicht sofort herunterkommst«, schrie sie zu Little Mike hinauf. Die Amnestie-Taktik hatte sie offenbar aufgegeben.

»Wo ist Nellie?« fragte Duane. »Sie ist seine Mutter, laß sie ihn doch runterholen.«

»Das geht nicht. Nellie ist bei Joe Coombs drüben und erklärt ihm, weshalb sie nicht mehr mit ihm verlobt sein will«, sagte Karla.

Da vernahm Duane ein Schluchzen vom Swimmingpool her und sah Billie Annes lange, dünne Gestalt auf einer blauen Luftmatratze in der Mitte des Beckens treiben. Sie schluchzte laut.

»Was ist denn mit der los?« fragte er.

»Dickie hat ihre ganze neue Einrichtung mit einem Wagenheber zu Klump gehauen«, erklärte Karla. »An Tagen wie diesen solltest du mich nicht allein lassen, Duane. Ich bring's nicht mal mehr fertig, mich zu besaufen. Je schneller ich mir den Wodka reinkippe, desto schneller passieren Dinge, die mich wieder stocknüchtern machen.«

»So unbedeutende Dinge wie eine in die Brüche gegangene Verlobung und eine in die Brüche gegangene Ehe?« fragte Duane.

»Ja, und zu Bruch geschlagene Möbel«, fügte Karla hinzu. »Außerdem mach ich mir wegen Junior wirklich Sorgen. Die Bank hat ihn heute aufgefordert, seine Schulden zurückzuzahlen.«

»Was? Sie haben ihn aufgefordert, seine Schulden zu zahlen?« fragte Duane entsetzt.

Das war ein echter Schocker. Jedermann wußte, daß Junior hoch verschuldet war, aber niemand hatte erwartet, daß die Bank zu dieser Maßnahme greifen würde. Selbst er hatte nicht erwartet, daß es so weit kommen würde, und wenn es um Bankangelegenheiten ging, hielt er sich für einen Skeptiker. Er hatte gedacht, daß Junior sich schon irgendwie durchjonglieren würde, daß er vielleicht seine Ranch oder seine Ölgesellschaft, aber nicht gleich alles verlieren würde.

»Wieviel haben sie denn zurückverlangt?« fragte er.

»Alles«, sagte Karla. »Junior war einfach fix und fertig.«

Duane ging zum Pool hinüber und mußte sich in einen Gartenstuhl setzen. Er fühlte sich auf einmal ganz schwach auf den Beinen.

»Wenn sie ihn dazu aufgefordert haben, dann können sie das mit mir auch machen«, sagte er. »Wo ist Junior jetzt?«

»Er hat sich ein Lasso aus seinem Pickup geholt und ist den Hügel hinuntergestiegen«, sagte Karla. »Vielleicht hat er sich inzwischen erhängt.«

»Wieso hast du ihn nicht aufgehalten?«

Karla ließ sich in den Gartenstuhl neben ihm fallen. Sie wirkte ebenfalls etwas schwach auf den Beinen.

»Ich kann mich nicht um alles kümmern, Duane«, sagte sie. »Ich hatte vor, die Streß hot line anzurufen, und da habe ich die Sache mit Junior vergessen, bis es zu spät war.«

Wie auf ein Stichwort begann Billie Anne wieder zu schreien und zu kreischen. Hektisch mit den Armen schlagend, paddelte sie auf ihrer blauen Luftmatratze im Swimmingpool im Kreis herum.

»Vielleicht ist das das Ende der Welt«, meinte Karla. »Denkst du, Jesus würde uns helfen, wenn wir unser Leben wieder ihm widmen würden?«

»Nein«, sagte Duane. »Außerdem habe ich ihm meines noch nie gewidmet.«

»Stimmt, du hast nie auch nur den Versuch gemacht, religiös zu sein«, sagte Karla. »Kein Wunder, daß uns schlimme Sachen passieren.«

»Die meisten davon passieren, weil's zuviel Öl auf dem Markt gibt«, bemerkte Duane. »Das hat nichts mit Religion zu tun.«

»Glaubst du eigentlich, daß das Öl tatsächlich von zermatschten Dinosauriern kommt?«

»Ja, es ist fossiler Brennstoff«, sagte Duane. »Da wurde noch mehr zermatscht als nur Dinosaurier. Auch Farne und Pflanzen und so.«

»Wer hätte gedacht, daß es dermaßen viele zermatschte Dinosaurier unter Saudi-Arabien gab, daß die den Markt einfach so kaputtmachen konnten«, meinte Karla. Sie schien nachdenklich, geradezu philosophisch gestimmt zu sein.

»Warum hat Dickie die Möbel zertrümmert?« fragte Duane.

»Er hat Billie Anne mit einem Mann am Telefon erwischt«, sagte Karla. »Sie behauptet, es sei der Mann vom Geschirrspülerkundendienst gewesen, aber da habe ich meine Zweifel, denn der Geschirrspülautomat war brandneu.«

Da kam Little Mike herangewatschelt. Er war ohne fremde Hilfe wieder von der Parabolantenne heruntergeklettert.

»Ball«, rief er fröhlich.

Karla packte ihn am Arm und verpaßte ihm ein paar herzhafte Schläge auf den Hosenboden. Little Mikes fröhlicher Blick wich einem Ausdruck von Entsetzen und gebrochenem Herzen. Er begann zu jammern. Bevor er davonlaufen konnte, fing ihn Duane ab und setzte ihn sich auf den Schoß. Ausnahmsweise tat ihm sein Enkel leid. Er hatte lediglich Unterhaltung gesucht, und dafür hatte man ihn bestraft.

»Laß ihn in Ruhe«, sagte Duane. »Er weiß doch nicht, daß er was Schlimmes getan hat.«

»Er verdient an die hundert Schläge auf den Hintern«, sagte Karla, obwohl sie selbst zu bereuen schien, daß sie ihm welche verabreicht hatte.

Little Mike vergrub sein Gesicht in Duanes Hemd und schluchzte. Dann fing auch Karla aus Schuldbewußtsein an zu schluchzen. Billie Anne schluchzte immer noch im Swimmingpool, und sicher saß auch Junior Nolan irgendwo unten auf den Wiesen und schluchzte, falls er nicht bereits tot an einem Mesquitebaum hing. Duane wollte selbst losheulen, aber er fühlte sich zu erschöpft. Die Emotion war vorhanden, aber die Muskelkraft, die er zum Weinen gebraucht hätte, schien geschwunden zu sein.

Little Mike hatte sich als erster wieder gefaßt. Der Anblick seiner weinenden Großmutter erstaunte ihn so sehr, daß er seinen Kummer vergaß und mit ausgestrecktem Finger auf sie zeigte.

»Ball?« sagte er in fragendem Ton.

Duane reichte ihn zu Karla hinüber, damit sich die beiden wieder versöhnen konnten.

»Ich habe mit Jacy gesprochen«, sagte Karla. »Sie sagt, Shorty sei ein wunderbarer Gefährte. Ich nehme an, sie war wirklich einsam und hat es nicht gewußt.«

»Glaube ich auch«, sagte Duane.

»Duane, es war echt lieb von dir, daß du ihr deinen Hund überlassen hast«, sagte Karla, während sie sich die Augen trocknete.

Gerührt davon, wie sie das gesagt hatte, und voller Sehnsucht nach Shorty begann Duane zu weinen.

42

Vor lauter Sorge um Junior konnten weder Duane noch Karla schlafen.

»Ich sollte ihn suchen gehen«, sagte Duane mehrmals, während sie hellwach auf dem Wasserbett lagen.

»Er liegt wahrscheinlich einfach unter einem Baum und pennt«, meinte Karla. »Ich wette, zum Frühstück kreuzt er wieder auf. Er mag nämlich Minervas Biscuits.«

»Wieso will Nellie Joe eigentlich nicht heiraten?« fragte er.

»Sie könnte jemanden kennengelernt haben, den sie noch lieber mag«, sagte Karla. »Das ist der einzige Grund, den Nellie jemals hatte, jemanden nicht zu heiraten.«

Nachdem er eine Stunde lang schlaflos gegen die Decke gestarrt hatte, stand Duane auf und zog sich an.

»Ich werde ihn suchen gehen«, sagte er. »Nachsehen kostet ja nichts.«

Karla stand ebenfalls auf.

»Das ist doch nicht nötig«, sagte er.

»Ich komm trotzdem mit«, sagte Karla. »Ich mag nicht mit meinen Gedanken allein bleiben.«

Sie stiegen in seinen Pickup und fuhren durch die Felder unterhalb des Hauses. Zahlreiche kleine Löschwege zogen sich durch den lichten Mesquitewald. Keiner von beiden hatte auch nur den kleinsten Funken Hoffnung, Junior zu finden. Das Feld umfaßte mehr als zehn Quadratkilometer. Wenn Junior nicht zufällig an einer der Straßen schlief, hatte ihre Unternehmung wenig Aussicht auf Erfolg.

»Mit welchen Gedanken wolltest du nicht allein sein?« fragte Duane.

»Ich mag mit keinem von den Gedanken, die mir durch den Kopf gehen, auch nur fünf Minuten lang allein sein«, sagte Karla.

»Noch ist doch niemand gestorben, soweit wir wissen«, sagte Duane. »Wo Leben ist, da ist auch Hoffnung.«

»Ach was! Die Lage ist inzwischen so verkorkst«, entgegnete Karla, »daß ich bezweifle, ob mein Leben je wieder entkorkst sein wird.«

»Die Dinge brauchen viel länger dazu, sich zu entwirren, als sich zu verwickeln«, fügte sie hinzu.

»Vielleicht wachsen wenigstens die Zwillinge zu perfekten Menschen heran«, sagte er.

Karla lachte. »Jetzt ist bei dir aber wirklich 'ne Schraube locker, Duane«, meinte sie.

»Wieso? Sie könnten doch anständige Ehen schließen und Anwälte werden und sich ein feines Leben machen«, meinte er. »Wenn sie nur das täten, dann wäre für uns Eltern doch schon einiges gewonnen.«

»Das werden sie aber nicht tun«, sagte Karla, »sondern sie werden Kriminelle, und für uns ist nichts gewonnen. Wir wissen ja nicht mal, wo die beiden im Moment stecken. Wir sollten nach ihnen suchen statt nach Junior. Der ist schließlich ein erwachsener Mann.«

Duane konnte sich nicht zu der Überzeugung durchringen, daß die Zwillinge irgendwie in Gefahr waren, ganz gleich, wo sie sich gerade befanden.

»Ich muß etwas mit Dickie unternehmen«, sagte er. »Man kann nicht zulassen, daß er Möbel und was weiß ich noch alles zertrümmert.«

»Er ist eben eifersüchtig, ganz wie ich«, sagte Karla.

»Du zertrümmerst aber keine Möbel«, sagte Duane, während er seine Frau betrachtete. Seit sie Sonny Crawford auf dem Balkon hatte sitzen sehen, wirkte sie viel zu niedergeschlagen für seinen Geschmack.

»Der große Knall könnte noch kommen – jeden Tag«, sagte Karla, wenn auch ohne großen Nachdruck.

Nach zwei fruchtlosen Touren durch das Gelände gaben sie auf. Junior war nicht auf der Straße. Auf der Rückfahrt nach Hause mußten sie einmal bremsen, weil zwei Opossums über die Straße schnürten. Dieser Anblick schien Karla aufzuheitern.

»Ich finde es niedlich, wie sie mit dem Hinterteil wackeln«, sagte sie. »Könnten wir jetzt, wo Shorty fort ist, nicht ein Opossum als Haustier haben?«

»Geben wir ihm noch ein paar Tage«, meinte Duane. »Vielleicht kann Jacy Shortys schlechte Angewohnheiten nicht leiden.«

Karla lachte. »Du kannst nicht glauben, daß er einfach davongelaufen ist und dich verlassen hat, stimmt's?« sagte sie. »Finde dich besser damit ab, Duane. Dein treuer Hund war überhaupt nicht treu.«

Dann krochen sie zurück ins Bett, und Duane hatte einen grauenhaften Traum, in dem Shorty auf dem Footballfeld an den Torpfosten hängend gefunden wurde. Taumelnd stand er auf und stellte fest, daß es bereits dämmerte. Er beschloß, sich auf ein kleines Nickerchen in den Whirlpool zu setzen, aber dann roch er Biscuits und ging zuerst in die Küche.

»Ist Junior irgendwann heimgekommen?« erkundigte er sich.

»Nein, und ich hoffe, er wird's auch nicht tun«, sagte Minerva. »Er ist nur noch ein hungriges Maul mehr im Haus.«

»Du solltest ein wenig Mitgefühl zeigen«, schimpfte Duane. »Der Mann hat gerade alles verloren, wofür er fünfundvierzig Jahre lang geschuftet hat.«

Minerva verzog verächtlich den Mund.

»Er ist unten am Fuß des Hügels und versucht just in diesem Moment, eine Ölpumpe mit dem Lasso zu bändigen«, sagte sie. »Nichts hindert ihn daran, ein zweites Mal ein Vermögen zu machen. Und Sie, Duane, hindert auch nichts daran. Mein eigener Daddy hat dreimal pleite gemacht. Junior bringt's zu nichts, wenn er den ganzen Tag nur herumhockt und nach Kojoten pfeift.«

Duane ging nach draußen und sah Junior, wie er um die nächstgelegene Ölpumpe herumtänzelte, deren hoch- und niederschwingenden Pumpenarm er tatsächlich mit dem Lasso zu bändigen versuchte.

Für den Fall, daß Junior am Verhungern war, nahm sich Duane vier oder fünf Biscuits und stieg den Abhang hinunter. Junior war es gelungen, das obere Ende des Pumpenarms einzufangen. Er stemmte seine Absätze in die Erde, als ob er einen Ochsen am Seil hätte, aber die Pumpe war kräftiger als ein Ochse. Sie riß ihn prompt zu Boden.

»Früher war ich mal ein ziemlich guter Vieheinfänger«, sagte er, als Duane ihm die Biscuits reichte. »Ich könnte 'n paar Rodeos gewinnen. Ich könnte einen neuen Anfang machen.«

»Mach das bloß nicht«, sagte Duane. »Du bist zu alt fürs Rodeo. Du brichst dir nur sämtliche Knochen.«

Junior überlegte. Sein Gesicht sah schrecklich aus. Verschiedene Schichten Sonnenbrand pellten unterschiedlich schnell ab. Er sah aus wie eine Schlange, die sich gerade häutete.

»Ich denke, ich sollte wieder zu mir nach Hause gehen«, sagte er. »Ich kann dir und Karla nicht ewig auf der Tasche liegen. Außerdem kann mich Minerva nicht leiden. Sie sagt, ich sei nur ein zu stopfendes Maul mehr im Haus.«

»Minerva ist eben nicht allzu tolerant«, sagte Duane.

»Hast du jemals eine tolerante Frau gekannt?« fragte Junior. »Wenn ja, dann hast du mehr Glück gehabt als ich. Ich hab noch keine kennengelernt.«

Duane dachte, daß Suzie, Juniors Frau, tolerant war, aber er sagte nichts. Sie begannen den Hügel hinaufzusteigen. Auf halber Höhe machte Junior schlapp und setzte sich auf einen Stein.

»Das ist ein grausamer Ort zum Leben«, sagte er. »Grausam und häßlich. Ich war bei der Marine. Es wäre besser gewesen, ich hätte im Südpazifik einen auf ›Unerlaubtes Entfernen von der Truppe‹ gemacht und wäre nicht mehr zurückgekommen.«

Junior sah aus, als sei er mit seinen Kräften am Ende. Duane fand, daß man sich ernste Sorgen um ihn machen mußte. Als sie am Haus ankamen, nahm er Karla beiseite und ließ sich von ihr in die Hand versprechen, den Mann im Auge zu behalten.

»Ich denke, ich kann Suzie dazu überreden, daß sie ihn wieder aufnimmt«, sagte er. »Ich finde, ich sollte es versuchen – sonst könnten wir Junior tatsächlich noch verlieren.«

»In Fort Worth gibt's einen Markt für Longhorn-Rinder«, sagte Karla. »Da könnte ich mit ihm hinfahren.«

»Nimm ihn mit, aber laß ihn bloß nicht anfangen mit zu bieten«, meinte Duane. »Er hat nichts mehr, womit er bieten könnte.«

Er fuhr in sein Büro und saß eine Stunde allein da. Ruth war zu ihrem Morgenlauf aufgebrochen. Als sie zurückkehrte, merkte sie, daß er im dunklen Zimmer saß. Sie streckte ihren Kopf zur Tür herein und sah ihn scharf an.

»Das ist doch nicht Ihre Art, so rumzugrübeln«, sagte sie.

»Ich habe in den letzten sechs Monaten nichts anderes getan, als zu grübeln«, bemerkte er. »Es gibt hier ja nichts anderes zu tun, als herumzugrübeln.«

»Es paßt nicht zu Ihnen, nur dazusitzen und zu grübeln«, sagte Ruth. »Gehen Sie sich um eine der Bohranlagen kümmern. Machen Sie sich für die Firma nützlich. Die vierte Anlage steht einfach still und ist nicht in Betrieb.«

»Wieso?« stutzte Duane. »Was ist mit Abilene los?«

Abilene war der alte Bohrleiter des vierten Rigs. Einst hatte er für Jacys Vater gearbeitet und war der Liebhaber ihrer Mutter gewesen – Duane hatte sogar in seiner Crew gearbeitet, als er auf der High School war. Mit Abilene war immer schwer auszukommen gewesen. Er war eingebildet, humorlos und streitsüchtig.

»Abilene ist nicht erschienen«, sagte Ruth. »Er hat wahrscheinlich eine neue Freundin gefunden. Sie hören besser auf zu grübeln und gehen zur Arbeit, oder dieser Laden wird wie ein Stein im Wasser versinken.«

»Tiefer sinken kann er nicht mehr, er ruht bereits auf dem Grund«, bemerkte Duane.

»Wo ist Shorty?« fragte Ruth.

»Der ist zu Jacy umgezogen«, sagte Duane. Er war nicht in Stimmung, darüber zu reden.

»Ich würde keinen Hund haben wollen; sie sind den Menschen zu ähnlich«, sagte Ruth. »Wie geht's Jacy?«

»Ich denke, der geht's recht gut«, sagte Duane.

»Vielleicht können Sie das doch nicht so ganz beurteilen«, meinte Ruth. »Sie haben die meiste Zeit Ihres Lebens mit Karla zusammengelebt. Karla ist wie 'ne Boje im Wasser, die kommt immer wieder hoch. Es gibt nicht viele, die so viel Schwung haben.«

»Ich mag Karla«, fügte sie dann hinzu. »Sie können sich glücklich schätzen, daß sie Sie geheiratet hat.«

»Das dürfte die einzige von meinen Taten sein, die du gutheißt«, sagte Duane.

»Nein, ich finde es auch nett von Ihnen, daß Sie Jacy Ihren Hund gegeben haben«, sagte sie.

Sie trat ans Fenster und zog die Jalousien hoch. Das Sonnenlicht, das nun ins Büro flutete, war so grell, daß Duane seine Sonnenbrille aufsetzte.

»Sie halten dieses Büro zu duster«, bemerkte Ruth. »Kein Wunder, daß Sie ins Grübeln verfallen. Das Sonnenlicht hilft Ihnen, heiter und gelassen zu bleiben.«

»Woher kommt's dann, daß es hier so viele traurige Leute gibt?« fragte Duane. »An Sonnenlicht herrscht hier gewiß kein Mangel.«

Ruth blickte aus dem Fenster auf die staubigen Tennisplätze hinaus. »Manchmal steckt die Traurigkeit einfach in den Leuten drin«, sagte sie. »Sehn Sie sich Sonny an. Er war schon traurig, als er noch ein Teenager war, und er ist nie davon losgekommen.«

»Ich weiß nicht, was er bei dem Hirndoktor herausgefunden hat«, sagte Duane. »Sonny geht mir aus dem Weg. Ich bekomme ihn nur auf den Versammlungen zu Gesicht.«

»Ich würde Ihnen auch aus dem Weg gehen, wenn ich Sonny wäre«, sagte Ruth. »Sie sind erfolgreich, und er ist es nicht.«

»Wie meinen Sie das? Ich bin total pleite, und er besitzt vier lukrative Unternehmen«, sagte Duane. »Vielleicht nicht Exxon oder Mobil Oil, aber sie werfen was ab. Ich bin derjenige, der traurig sein müßte.«

»Manche Leute können eben in allem eine Niederlage sehen«, bemerkte Ruth. »Sie sind da einfach anders, Duane.«

Dann schwiegen sie eine Weile. Manchmal machte es Duane rasend, daß niemand auch nur die geringste Veränderung in seinen eigenen Verhältnissen wahrzunehmen schien. Seelenruhig betrachteten sie ihn weiterhin als den erfolgreichsten Mann in der Stadt, obwohl in seinem Privatleben die verrücktesten Dinge passierten, seine Kinder unkontrollierbar waren und sein Unternehmen am Randc des Ruins stand.

»Vielleicht sehe auch ich der Niederlage direkt ins Auge«, sagte er in dem Versuch, Ruth dazu zu zwingen, anzuerkennen, daß er nicht unzerstörbar war.

Aber Ruth ignorierte diesen Versuch. Sie ging sich duschen, und schon bald hörte er sie an ihren mysteriösen Briefen weitertippen.

Duane nahm ein gelbes Notizblatt aus seinem Schreibtisch und wollte eine Liste von all den Dingen aufstellen, die er an diesem Tag zu erledigen hatte. Karla hatte irgendwo gelesen, daß es gut sei, sich Listen zu machen von Dingen, die man im Laufe eines Tages zu erledigen hatte. Sie selbst schrieb solche Listen auf kleine gelbe Zettel. Manche heftete sie auf den Beckenrand des Whirlpools. In der Sonne schmolz jedoch der kleine selbstklebende Streifen von der Rückseite des Notizblatts im Nu – und so wehten diese Listen fort in den Garten und wurden zur Beute für Ameisen und Käfer. Andere klebte sie an den Kühlschrank und wieder andere an das Armaturenbrett des BMWs. Für Duane blieb unklar, ob sie jemals irgendwelche Dinge auf diesen Listen auch erledigte, aber sie erzeugte mit ihnen zumindest einen Eindruck von Effektivität, um den er sie beneidete.

Er starrte auf seinen Zettel und notierte: (1) Abilenes Bohranlage checken. (2) Suzie Nolan. (3) Dickie.

Nachdem er diese vielversprechende Liste von Verpflichtungen eine Weile eingehend geprüft hatte, strich er »Dickie« wieder durch und setzte stattdessen »Jacy«. Ihm fiel nichts ein, was er der Liste noch hinzufügen könnte, und es kam ihm albern vor, eine Liste von nur drei zu erledigenden Punkten mit sich herumzutragen, daher zerknüllte er sie und warf sie in den Papierkorb. Dann stand er auf und machte Anstalten, das Büro zu verlassen – und war bereits ganz bis zu seinem Pickup gegangen, bevor ihm die Existenz der Liste unheimlich zu werden begann. Ruth und Karla waren beide Spioninnen. Der einen wie der anderen war es zuzutrauen, daß sie in dem Papierkorb ein zusammengeknülltes Stück Papier entdeckten und wieder entknüllten. Natürlich wußten beide bereits, daß er mit Jacy auf immer freundlicherem Fuße verkehrte, und beide schienen nichts dagegen zu haben. Was sie von seinen Beziehungen zu Suzie Nolan wußten, war schon fraglicher – er hatte im Grunde noch nichts zugegeben, aber auch nichts eindeutig abgestritten. Er hatte sie im unklaren gelassen, oder er bildete sich zumindest gerne ein, daß das der Fall war. Wenn aber Karla oder Ruth den Zettel aus dem Papierkorb fischten und die Namen der zwei Frauen entdeckten, so könnten sie gewisse Schlüsse ziehen. Und wahrscheinlich würden es auch noch die richtigen Schlüsse sein.

Nachdem er eine Minute unschlüssig bei seinem Pickup gestanden hatte, ging er zurück und brachte die Liste wieder an sich. »Hab was vergessen«, murmelte er unbeholfen, um Ruth sein plötzliches Wiedererscheinen zu erklären.

»Schon gut, Duane«, sagte Ruth. »Niemand wird es Ihnen übelnehmen, wenn Sie auf Nummer Sicher gehen wollen.«

43

Als er durch die Stadt fuhr, fielen ihm vor dem Kwick-Sack zwei Fahrräder auf, die ihm bekannt vorkamen. Er hielt an und ging in den Laden. Genevieve wischte gerade den Boden auf.

»Du hast nicht zufällig irgendwelche Zwillinge hier in der Nähe gesehen?« fragte er.

Genevieve grinste. Sie war schon immer in der Lage gewesen, das Leben von der komischen Seite zu sehen, was ein Glück war, weil das ihre über weite Strecken bitter gewesen war.

»Gerade eben habe ich noch ein Pärchen gesehen, das sich im Lagerraum Videos ansah«, sagte sie. »Sie essen Schokoeis am Stiel zum Frühstück.«

Duane sah in den Lagerraum. Tatsächlich saßen die Zwillinge dort auf ihren Schlafsäcken und sahen sich in einem kleinen Fernsehgerät, das auf ein paar Kartons mit Chili-Konserven stand, Rockmusikvideos an. Bevor sie von zu Hause aufgebrochen waren, hatten sie sich Punkfrisuren zurechtgestylt. Sie trugen Sonnenbrillen auf der Nase. Es war ihnen gelungen, den Lagerraum in ein kleines, aber gut ausgestattetes Apartment zu verwandeln. Unter den modernen Annehmlichkeiten, die es enthielt, befanden sich der brandneue CD-Spieler ihrer Mutter und eine Umhängetasche voller Compact-Discs.

»Hallo«, sagte Duane.

Die Zwillinge starrten ihn hinter ihren dunklen Sonnenbrillengläsern an. Obwohl ihr Haar verschiedenfarbige Tönungen bekommen hatte, waren sie ihm nie so zwillingshaft vorgekommen wie jetzt. Ihre Gesichter waren vollkommen ausdruckslos.

»Ich hoffe, Bobby Lee platzt hier nicht herein«, sagte Duane. »Der bekäme sicher einen Herzinfarkt. Er würde denken, ihr wärt libysche Terroristen.«

»Bobby Lee werden wir kein Haar krümmen«, sagte Jack. »Er steht nicht auf unserer Liste.«

»Wer steht denn auf eurer Liste?« fragte Duane.

»Die Betreffenden werden's schon merken, wenn wir zuschlagen«, sagte Julie.

Duane setzte sich auf eine Palette mit Spülmittel-Flaschen. »Ihr scheint euch hier ja fast häuslich eingerichtet zu haben.«

»Wir werden hier wohnen«, erklärte Julie. »Das ist interessanter als zu Hause zu wohnen. Onkel Sonny meint, wir können im Hotel duschen, wenn wir uns dreckig machen.«

»Ich wüßte nicht, was interessanter sein könnte, als in unserem Haus zu wohnen«, meinte Duane. »Das Leben in unserem Haus bietet doch pro Minute eine Aufregung. Letzte Nacht zum Beispiel waren gleich drei Leute verschwunden.«

Die Zwillinge hielten diese Bemerkung keiner Antwort für würdig. Sie wandten sich wieder dem Video zu.

Duane sah keine Veranlassung, den Versuch zu machen, sie wieder mit nach Hause zu schleppen. Der Lagerraum machte den Eindruck einer friedlichen Umgebung; beinahe beneidete er sie, daß sie ihn als erste entdeckt hatten.

»Es würde euch nicht weh tun, wenn ihr eure Mutter mal anruft«, sagte er.

»Sie würde uns nur zusammenscheißen und versuchen, uns dazu rumzukriegen, daß wir ihr die CDs wieder zurückbringen«, sagte Jack.

»Ich denke, sie macht sich mehr Sorgen um eure Sicherheit als um die CDs«, meinte Duane.

»Sie kann uns ja finden, wenn sie wirklich die Augen aufmacht«, sagte Julie. »Unsere Fahrräder stehen direkt vor der Tür.«

»Okay«, sagte Duane. »Aber steht Genevieve oder Sonny trotzdem nicht im Weg herum.«

»Wir werden ihm abends helfen«, sagte Jack. »Er vergißt manchmal, wie man die Kasse bedient, aber keine Bange, wir lassen nicht zu, daß er ausgeraubt wird.«

»Vielleicht komm ich ab und zu mal auf einen Sprung vorbei«, sagte Duane.

Dann fuhr er zu Suzie Nolan. Suzie lag im Garten in einer Hängematte, die Junior für sie geknüpft hatte. Sie hatte immer noch ihr blaues Négligé an und blätterte in einem dicken Taschenbuchwälzer mit dem Titel *Isle of Passion* – »Insel der Leidenschaft«.

»Dickie kam gestern abend vorbei«, sagte sie und gähnte gutgelaunt. »Ich habe ihm gesagt, daß es auch höchste Zeit war, daß er vorbeikam, diese kleine Ratte.«

Duane war sich nicht sicher gewesen, was er mit Suzie genau vorhatte. Die Nachricht von Dickie machte ihn noch unsicherer. Er zog sich einen Gartenstuhl heran.

»Ich sollte mich anziehen und nach Wichita fahren«, sagte Suzie. »Die Kinder stehen beide im Tennis im Finale. Aber sie sind ja immer irgendwo im Finale, und immer gewinnen sie. Meinst du, ich bin eine schlechte Mutter, weil ich keine Lust habe hinzufahren?«

»Ja«, sagte Duane. Er war Suzie gegenüber irgendwie gereizt. Seine Kritik schien Suzie jedoch nichts auszumachen. Sie steckte ihre Nagelfeile als Lesezeichen in das dicke Taschenbuch und streichelte sich müßig an der einen oder anderen Stelle.

»Irgendwie wünschte ich, du würdest Junior wieder zurückkommen lassen«, sagte er. »Er ist in einer ziemlich schlechten Verfassung, und die Sache mit der Rückzahlung seiner Kredite hat ihn auch nicht gerade aufgeheitert.«

»Ich bin in allem schlecht«, sagte Suzie. »Als Ehefrau genauso wie als Mutter.«

Duane gab keinen Kommentar dazu ab.

»Nach einer Nacht mit Dickie gibt's nichts Herrlicheres, als einfach in einer Hängematte zu liegen«, sagte Suzie.

Die Einsicht, daß sie eine schlechte Ehefrau und Mutter war, machte ihr offensichtlich nicht sehr zu schaffen. Duane wußte, daß er in einer schwachen Position war, da er selbst dazu beigetragen hatte, daß ihre Bilanz als Ehefrau gewisse Mängel aufwies.

»Ich mache mir wegen Junior wirklich Sorgen«, sagte er. »Ich denke, er wird nicht durchkommen, wenn er nicht ein bißchen mehr Unterstützung bekommt.«

»Er könnte sich eine Freundin anlachen, wenn er nur wieder anfangen würde, öfter seinen Hut aufzusetzen, damit sein Sonnenbrand sich nicht immer abpellt«, sagte Suzie. »Ich denke, wenn's zum Schlimmsten kommt, kann ich mir einen Job nehmen«, meinte sie. »Ich kann als Angestellte in einer Drogerie oder sowas arbeiten. Aber ich möchte nicht, daß Junior wieder nach Hause kommt.«

»Hast du ihn denn überhaupt kein bißchen gern?« fragte Duane. Er selbst mochte Junior gern. Suzie schien nahezu jeden anderen in ihrem Leben gern zu haben. Er fand es traurig, daß sie ausgerechnet ihrem eigenen glücklosen Ehemann gegenüber so hartherzig war. Er fragte sich, ob er wirklich irgend etwas von den Frauen verstand.

»Ich bin seit einundzwanzig Jahren mit ihm verheiratet«, sagte Suzie. »Er ist, soweit ich mich erinnern kann, nur fünf Mal glücklich gewesen. Du weißt, wie ich bin, Duane. Ich bin ein glücklicher Typ. Es ist nicht gut für einen glücklichen Menschen, wenn ihm ständig von einem unglücklichen Menschen die Stimmung vermiest wird. Jetzt, wo ich nur Dickie und dich sehe, bin ich sehr viel glücklicher als in den Jahren, die ich mit Junior zusammengelebt habe. Ich glaube, ich kann nicht mehr zurück und wieder anders sein.«

Duane wußte nichts darauf zu antworten. Nach nur wenigen Wochen war auch ihm klargeworden, daß Juniors Niedergeschlagenheit ziemlich bedrückend sein konnte. Es war nicht schwer, sich vorzustellen, daß einundzwanzig Jahre mit ihm so bedrückend werden konnten, daß man sich wünschte, ihn nie mehr wiederzusehen.

Suzie nahm seine Hand und hielt sie sich an den Busen, aber es war keine leidenschaftliche, sondern einfach eine freundschaftliche Geste.

»Er will nie nur Händchen halten«, sagte sie. »Er mag nicht einfach dasitzen und sich gegenseitig berühren.«

Duane wußte, daß sie Junior meinte. Er rückte etwas näher an die Hängematte, um bequemer zu sitzen.

Wenige Augenblicke später bemerkte er, daß Suzie mit seiner Hand an ihrer Brust eingeschlafen war. Eine Weile blieb er neben ihr sitzen. Der Garten lag im Schatten einer prächtigen Platane. Suzie liebte Vögel, und eine Spottdrossel und ein Blauhäher saßen in einem der Vogelhäuser und schimpften sich an. Dann strich die Spottdrossel ab und setzte sich auf die Wäscheleine.

Da besann sich Duane wieder auf seine untätige Bohranlage und Abilene, seinen abtrünnigen Bohrmeister. Sanft zog er seine Hand zurück. Als er aufstand, schlug Suzie die Augen auf und warf ihm eine Kußhand zu, bevor sie wieder in ihren Schlummer zurücksank.

44

Kaum war er wieder rückwärts aus der Einfahrt zu Suzies Haus herausgefahren, als Jenny Marlow hupend hinter ihm herangerast kam. Sie parkte neben ihm und saß wie der Blitz in seinem Pickup.

»Du hast mich vernachlässigt«, sagte sie und kaute geräuschvoll an ihrem Kaugummi. »Du solltest mich besser nicht vernachlässigen.«

»Und weshalb nicht?« fragte Duane. Er fühlte sich selbst bedrückt. Ihm schien, daß sein Leben ein fürchterliches Durcheinander von Verpflichtungen geworden war. Es gab Leute, die es sogar begrüßten, wenn sie vernachlässigt wurden, wie zum Beispiel die Zwillinge, und es gab Leute, die er nicht vernachlässigen durfte, wie zum Beispiel Jenny, und es gab Leute dazwischen, die gelegentlich Aufmerksamkeit verlangten und zu anderen Zeiten vernachlässigt werden wollten. Karla war ein gutes Beispiel für diese Zwischenlage, und seine Ölgesellschaft war ein noch besseres Beispiel für jene Kategorie von Leuten oder Dingen, die Aufmerksamkeit verlangten und vernachlässigt wurden.

»Wenn du mich in meiner Notlage vernachlässigst, werde ich verrückt werden, und dann hast du niemanden, der das Festspiel inszeniert«, sagte Jenny.

Duane nahm sie mit ins Dairy Queen und spendierte ihr einen Kaffee. Er war zu dem Schluß gekommen, daß er lange einsame Ausflüge mit Jenny lieber vermeiden wollte.

»Lester hat jedem in der Stadt erzählt, mein Baby sei nicht von ihm«, sagte Jenny. »Meinst du, er hat wirklich Janine gebumst?«

»Ich hoffe, daß er es war«, sagte Duane aufrichtig. »Ich hoffe, daß es nicht jemand anderer war, den ich kenne.«

In diesem Moment kam ein weißer Lincoln zum Dairy Queen herangeröhrt, und Abilene stieg hinter seinem Steuer hervor. Er kleidete sich immer noch so, wie er es mit dreißig Jahren getan hatte: stark getönte Sonnenbrille, sauber gebügelte Gabardinehosen und Cowboyhemd mit Perlmuttknöpfen. Sein Haar war etwas licht geworden, und die unbarmherzige Sonne hatte ihm verschiedene Hautkrebse eingetragen, aber Abilene ignorierte seine eigenen Mängel selbstbewußt.

Das Mädchen, das auf der anderen Seite aus dem Lincoln ausstieg, sah ein oder zwei Jahre jünger aus als Nellie. In letzter Zeit hatte Abilene es auf Bauerntöchter abgesehen, die gerade erst angefangen hatten, als Sekretärinnen in Wichita Falls oder Lawton zu arbeiten. Er entdeckte sie in obskuren Discos überall in Texhoma – einer Gegend im Norden, wo der Red River durch Nord-Texas und den südlichen Teil von Oklahoma floß. Die Bauernmädchen neigten zur Vollbusigkeit und trugen so viel Make-up, daß einem die Augen weh taten.

Die, die er jetzt dabei hatte, war groß und sah verängstigt aus. Sie faßte Abilene fest an der Hand, als sie eintraten. Nervös stand sie mit ihm an der Kasse und beäugte die Tageskarte, die auf eine Schiefertafel gekritzelt stand. Zwischen einem Cheeseburger, einer mexikanischen Platte und einem gebratenen Hähnchensteak wählen zu müssen, schien sie genauso zu verunsichern, als hätte sie in einem eleganten Etablissement in Dallas eine französisch abgefaßte Speisekarte vor sich.

Duane tat das Mädchen leid, und er sah sich nicht um, als sie hinter seinem Stuhl vorbeikamen, obwohl er große Lust hatte, Abilene wegen unerlaubter Entfernung vom Arbeitsplatz auf der Stelle zu feuern.

Nur Sekunden später kamen Janine, Charlene und Lavelle herein, die eine frühe Kaffeepause machten. Duane wünschte sich sehnlichst, er wäre nicht ins Dairy Queen gekommen. Er wollte weder auf Abilene losgehen, solange dessen verschreckte Zufallsbekanntschaft dabei war, noch mit den Damen aus dem Gericht tratschen. Seit ihrer Psychotherapie hielt Janine eine Menge von Blickkontakt. Jedesmal wenn sie und Duane sich zufällig in der Öffentlichkeit am gleichen Ort befanden, erwartete sie eine wahre Blickkontaktorgie und pflegte bittere Kritik zu äußern, wenn sie sie nicht bekam. Sie saß auch nicht weit entfernt. Der Raum hatte sich so rasch gefüllt, daß das Gerichtstrio gezwungen war, sich an den Nebentisch zu setzen.

Er war auch nicht sonderlich dazu aufgelegt, Jenny anzusehen. Sie trug statt blauem Lidschatten jetzt eine Farbe, die sie als

»Champagner« bezeichnete und die zu ihrem neuen Lippenstift paßte.

»Nun werden sie ganz schön die Ohren spitzen«, sagte Jenny und meinte die Riege aus dem Gericht. »Jedes Wort, das wir reden, wird in der ganzen Stadt die Runde machen.«

»Jedes Wort, das überhaupt irgend jemand irgendwo redet, macht doch die Runde in der ganzen Stadt«, sagte Duane.

»Hey, Mädels«, sagte er, denn er hatte das Gefühl, daß er die Frauen aus dem Gericht kaum noch länger ignorieren konnte.

»Ich hörte, ein Fassadenkletterer wird während der Hundertjahrfeier unser Gerichtshaus von außen besteigen«, sagte Charlene Duggs. Charlene übernahm häufig die Aufgabe, betretenes Schweigen zu brechen, wofür Duane ihr dankbar war. Fast jeder andere in der Stadt schaffte es eher, Momente peinlichen Schweigens noch peinlicher zu machen.

»O ja, er ist ein hübscher kleiner Fassadenkletterer«, sagte Jenny. »Er wohnt in Megargel.«

»Besteigt er auch Menschen oder nur Gebäude?« fragte Lavelle mit frechem Grinsen. »Wenn er so hübsch ist, würde ich ihn gerne dazu bringen, daß er auch mich besteigt.«

Unterdessen sah Janine unverwandt Duane an und war fest entschlossen, zumindest für einen kurzen Moment Blickkontakt zwischen ihnen herzustellen. Duane fügte sich. Aus der Art, wie sie die Stirn runzelte, schloß er, daß sie ihm etwas mitzuteilen versuchte, obwohl er keine Ahnung hatte, was es war.

Zu seiner Erleichterung sah er in dem Moment Bobby Lees Pickup vom Highway geschossen und in einer Staubwolke wenige Zentimeter vor den Fensterscheiben des Dairy Queen zum Stehen kommen. Bobby Lee fuhr, als wäre er ein Reiter in einem alten Cowboyfilm. Er stieß seinen Pickup mit quietschenden Reifen zurück bis direkt an die Außenwand des Saloons.

»Eines Tages rutscht diesem kleinen Trottel noch mal der Fuß vom Bremspedal ab, und er wird direkt durch dieses Dairy Queen hindurchschießen, als wäre es aus Dachpappe«, sagte Lavelle. »Und ich bin dann wahrscheinlich diejenige, die dabei in einen Fettflecken verwandelt wird.«

Im nächsten Moment kam der kleine Trottel mit seinem gewohnten Elan hereinstolziert. Kürzlich war er in ein Westerngeschäft gegangen, um sich einen Cowboyhut zu kaufen, den er während der Hundertjahrfeier tragen wollte – aber in einem Anfall von Leichtsinn hatte er sich statt dessen einen turmhohen und weit ausladenden mexikanischen Sombrero gekauft. Sein Bart war immer noch reichlich stoppelig. Mit dem Sombrero und den Stoppeln sah er so komisch aus, daß Duane jedesmal in lautes Lachen ausbrach, wenn er ihn sah.

Auch jetzt brach er sofort in Lachen aus. Er schätzte Bobby Lee unter anderem deshalb, weil er ihn nur anzuschauen brauchte, um sich wieder daran zu erinnern, daß das Leben auch seine komischen Seiten hatte.

»Wenn es einen Wettbewerb für den häßlichsten Bart gibt, dann werden Sie bestimmt gewinnen, ohne sich überhaupt anzustrengen«, sagte Lavelle frech Bobby Lee ins Gesicht.

»Wenn Sie so weiterreden, werde ich Sie nicht zur Präsidentin meines Fanclubs machen«, sagte Bobby Lee heiter, während er sich einen Stuhl heranzog.

Duane wußte, daß Eddie Belt nicht weit sein konnte, wenn Bobby Lee auftauchte. Und tatsächlich – ehe Bobby Lees Kaffee noch so weit abgekühlt war, daß er ihn trinken konnte, trat prompt Eddie ein. Er hatte es aufgegeben, sich einen Vollbart stehenzulassen, und versuchte es statt dessen mit einem wild geschwungenen Schnauzer.

»Die können einen doch nicht untertauchen, wenn man einen großen geschwungenen Schnauzbart hat, oder?« fragte er Duane verschiedentlich.

Eddie empfand Bobby Lees Sombrero irgendwie als Provokation. Als seriöser Ölmann verachtete er Cowboy-Kostümierungen – und Mexikaner-Kostümierungen nicht weniger. Es wimmelte im ganzen Landkreis vor Cowboyhüten, aber Eddie trug immer noch seine ölverschmierte Schirmmütze.

»Wenn ich dich in diesem Sombrero sehe, möchte ich kotzen«, ließ er Bobby Lee wissen.

»Dies ist ein freies Land – tu dir also keinen Zwang an«, erwiderte Bobby Lee. Er schien ungewöhnlich guter Laune zu sein.

»Wenn du in einem Pancho-Villa-Film wärst, wärst du der *peon*, der das Pferd hält, während der *jefe* in den Saloon geht und sich mit Tequila besäuft«, meinte Eddie.

Selbst diese Beleidigung konnte den friedlichen Bobby Lee nicht aus der Reserve locken. Ein seliges Lächeln lag auf seinem Gesicht.

»Hat Abilene gekündigt, oder was ist los?« fragte er, während er zu dem Paar in der hinteren Sitznische hinüberblickte.

»Ich kann nur für ihn hoffen, daß dieses Mädchen reich ist und ihn heiraten möchte«, sagte Duane. »Ab morgen wird er nämlich keinen Job mehr haben.«

An diesem Punkt brach zur allgemeinen Überraschung die Unterhaltung ab. Duane dachte kurz daran, noch einmal die unterhaltsame Frage auf den Tisch zu bringen, ob Frauen mehr Sex brauchen als Männer – schließlich war fast die ganze Originalbesetzung versammelt –, aber er ließ es dann doch. Er erinnerte sich daran, daß Junior Nolan derjenige gewesen war, der damals diese Frage gestellt hatte. Und was war inzwischen aus Junior geworden? Ein bankrotter Mann, dessen Frau sich nicht mehr mit seiner Trübsal abgeben wollte und dessen wundervolle Kinder nun ihre Sportwettkämpfe gewinnen mußten, ohne daß ein Elternteil ihnen zusah. Es schien nicht die rechte Zeit oder nicht der rechte Ort zu sein – oder beides nicht.

Außerdem bemerkte er jedesmal, wenn er aufblickte, daß ihn alle an seinem Tisch sowie die drei Frauen am Gerichtstisch ansahen. Sie sahen sofort weg, wenn er aufblickte – außer Charlene Duggs, die nicht so zu tun versuchte, als hätte sie ihn nicht angesehen. Charlene sah ihn mit einem Blick an, der so etwas wie Mitgefühl ausdrückte. Die anderen machten, bevor sie wegschauten, erwartungsvolle Gesichter. Sie wollten, daß er eine schlüpfrige Unterhaltung in Gang brachte. Sie wollten, daß er Witze über Bobby Lees Hut oder über Eddie Belts kleinen Zimtzwiebackschnauzer machte.

Wie er die Sache sah, wollten sie vor allem, daß er irgend etwas tat, um ihnen die Langeweile oder Furcht zu nehmen, mit der sie alle lebten. Sie waren nicht wählerisch. Sie würden alles mitmachen, aber sie wollten, daß er es war, der etwas unternahm.

Duane verspürte den dumpfen Drang, ihnen diesen Wunsch nicht zu erfüllen. Weshalb sollte er immer den Anfang machen? Sollte doch Janine einmal etwas anderes tun, als Blickkontakt zu pflegen. Sollte doch Jenny einmal etwas anderes tun, als andere mit ihren Unsicherheiten zu behelligen.

Er schwieg entschlossen und genoß das Gefühl, ein Spielverderber zu sein. Er steckte tiefer in Schulden als irgend jemand anderer in der Stadt. Seine Kinder stifteten mehr Chaos als die Kinder von irgend jemand anderem. Seine Frau warf mehr Geld zum Fenster hinaus als die Frau von irgend jemand anderem. Seine Angestellten waren mindestens so faul und unfähig wie die Angestellten von allen anderen. Weshalb sollte er eigentlich bei all den Sorgen, die er hatte, auch noch jeden, der ins Dairy Queen hereingestolpert kam, mit einer angeregten Unterhaltung bedienen? Er war nicht der Vorsitzende des Stadtrats oder der Zeremonienmeister des Dairy Queen.

Er beschloß, kein Wort zu sagen und einen der anderen zu zwingen, wenigstens einen Funken Initiative zu zeigen. Es war bereits schlimm genug, daß er der Vorsitzende des Hundertjahrfeier-Komitees war und zur Verantwortung gezogen werden würde, wenn die glorreiche Feier als Fiasko enden würde – wovon schließlich auszugehen war. Nur ein einziges Mal wollte er nicht derjenige sein, der den ersten Schritt machte.

Das Schweigen zog sich in die Länge. Bobby Lee und Eddie Belt, die gewöhnlich auf der Stelle Streit begannen, wenn sie zufällig zur gleichen Zeit in sein Büro kamen, schienen die Sprache verloren zu haben. Bobby Lee grinste idiotisch unter seinem Sombrero hervor. Duane fiel ein, daß Nellie mit Joe Coombs Schluß gemacht hatte. Er versuchte, die unangenehmen Gedanken zu verdrängen, die in seinem Kopf auftauchten. Nellie war doch nicht etwa schwach geworden, nachdem sie Bobby Lee, seit sie vierzehn wurde, fast täglich widerstanden hatte?!

Das Schweigen legte sich wie eine Winterwolke über das Dairy Queen. Jenny zückte einen Spiegel und studierte sorgfältig ihr neues Make-up. Die Frauen aus dem Gericht machten stoische Gesichter wie Leute, die sich gerade zur Beerdigung von jemandem begaben, den sie kaum gekannt hatten.

Nur Abilene, eitel und selbstsicher, wie er war, zeigte sich unbeeindruckt von Duanes Weigerung, Leben in die Bude zu bringen. Bald beendete er seine Mahlzeit und schlenderte mit seiner Sonnenbrille auf der Nase und einem Zahnstocher im Mund hinaus. Sein molliges, unglücklich dreinschauendes Mädchen folgte ihm. Abilene würdigte Duane kaum eines Blickes. Dann stiegen er und seine Freundin in den Lincoln und fuhren ab.

»Er hat ihr nicht mal die Tür aufgehalten«, bemerkte Lavelle, aber die Bemerkung konnte nicht viel feministischen Zorn entfachen. Keiner hatte von Abilene erwartet, daß er aufmerksam sein würde.

»Ich zweifle auch nicht daran, daß er sie ihren Cheeseburger selbst hat zahlen lassen«, fügte Lavelle hinzu. »Mir wird schlecht bei dem Gedanken, daß es Männer gibt, die einem nicht mal einen bescheuerten Cheeseburger ausgeben wollen.«

»Er hat schon immer ein loses Maul, aber einen fest verschnürten Geldbeutel gehabt«, sagte Duane, weil er fand, daß Lavelle zumindest ein kleines bißchen Hilfe verdient hatte.

Dann sah er durch das Fenster einen großen blauen Pickup vom Highway abbiegen und fühlte sich auf der Stelle erleichtert. Karla war mit ihrem Supernova unterwegs. Er merkte, wie plötzlich ein Gefühl der Bewunderung – vielleicht war es auch Liebe – für seine Frau in ihm aufstieg. Karla hatte gewiß ihre Fehler, aber wenn sie aufkreuzte, pflegte jedenfalls irgend etwas zu passieren. Sie war weiß Gott nicht abgeneigt, Unterhaltungen oder auch Streit anzufangen.

Der Supernova kreiste, von allen beobachtet, langsam um das Dairy Queen. Alle reckten ein wenig die Hälse. Karla musterte die Gruppe, um zu sehen, ob sich jemand darunter befand, dem sie besonders freundlich – oder auch feindlich – gesonnen war. In der nächsten Minute würde sie hereinkommen, bereit, sich mit einem Kaffee auf Touren zu bringen und Stimmung zu machen. Die Damen vom Gericht holten ihre Spiegel hervor und begutachteten sich.

Zur allgemeinen Verwunderung kam Karla nicht herein. Nachdem sie das Gebäude umrundet hatte, entfernte sie sich ein kleines Stück weit in die entgegengesetzte Richtung, dann setzte sie behende und gekonnt zurück und bremste ein paar Zentimeter vor der hinteren Stoßstange von Bobby Lees Pickup. Wie der Blitz sprang sie aus dem Supernova und verschwand aus dem Blickfeld.

Duane warf einen Blick zu dem eben noch so glücklichen Bobby Lee hinüber und bemerkte, daß er gar kein glückliches Gesicht mehr machte. Er war unter seinem Stoppelbart kreidebleich geworden.

»Was macht sie mit deinem Pickup?« fragte er Bobby Lee.

»Ich kann nur hoffen, daß das gutgeht«, sagte Bobby Lee. »Ich hoffe nur, daß das alles gut ausgehen wird.«

Da tauchte Karla wieder auf und griff in Bobby Lees Pickup, um den Gang herauszunehmen. Dann klopfte sie ans Fenster des Dairy Queen. Alle Blicke richteten sich auf sie. Karla zeigte Bobby Lee den langen Finger.

Dann sprang Karla in ihren Supernova, gab Gas und zog Bobby Lees verdreckten kleinen Pickup wie einen Welpen an der Leine hinter sich her.

Als Karla auf die asphaltierte Straße aufsetzte, sprang der kleine Datsun ein, zwei Fuß hoch in die Luft und landete auf der Seite. Karla gab immer noch mehr Gas. Schauer von Funken stoben nach allen Seiten, als sie den kleinen Pickup auf den Highway hinaufzog.

Duane kam zu dem Schluß, daß die unangenehmen Gedanken, die im Zusammenhang mit Bobby Lee und Nellie in seinem Kopf aufgetaucht waren, wahrscheinlich ihre Berechtigung gehabt hatten.

Von allen Zuschauern schien Eddie Belt der Anblick eines Pickups, der auf einen Highway gezerrt wurde, am meisten aus der Fassung zu bringen.

»Oh, Scheiße, nun seht doch, was dieses Weib da macht!« rief er.

Zur allgemeinen Verblüffung griff er nach dem Zuckerstreuer, warf seinen Kopf zurück und schüttete sich einen dicken Strahl Zucker direkt in den Mund.

Duane konnte nicht mehr an sich halten und lachte lauthals los. Er stellte fest, daß er seine Frau doch noch liebte. Wer sonst brachte es fertig, Eddie Belt so sehr zu erschrecken, daß er anfing, Zucker direkt aus dem Streuer zu trinken?

45

Jenny Marlow fand als erste die Sprache wieder.

»Wozu machst du *das* denn?« fragte sie Eddie. Eddie wischte sich Zuckerkrümel von den Lippen und nahm einen Schluck Wasser.

»Ich dachte, ich würde gleich umkippen«, sagte er. »Als ich diesen armen kleinen Pickup sah, wurde mir ganz komisch. Sie hat das kleine Ding hinter sich hergezogen wie ein Ferkel zur Schlachtbank.«

Allmählich wurde ihm das, was er gerade getan hatte, peinlich. Alle, die eben noch Duane angestarrt hatten, starrten nun ihn an.

»Es war, als ob ich gleich einen Schock bekäme, versteht ihr«, sagte er. »Ich hab mich plötzlich ganz schwammig gefühlt. Zukker ist das beste Mittel gegen einen Schock, heißt es. Er geht direkt in die Blutbahn.«

Bobby Lee schien selbst einen Schock zu haben, aber keinen so schlimmen, daß es ihn freute zu sehen, wie Eddie alle Aufmerksamkeit auf sich zog.

»Dabei war's nicht mal dein Pickup«, sagte er. »Es war mein verdammter Pickup. Wenn sie deinen Pickup fortgeschleift hätte, wärst du wohl auf der Stelle gestorben, was?«

»Könnte sein«, gab Eddie zu, der zu geschwächt war, um ihm diese Bemerkung übelzunehmen.

Duane stand auf und sah aus dem Fenster. Karla schleifte den Pickup mitten durch die Stadt. Pkws und Laster flüchteten an den Straßenrand, deren Fahrer es bei diesem seltsamen Schauspiel wohl mit der Angst bekamen.

»Außerdem ist das der einzige Pickup, den ich habe«, sagte Bobby Lee, dessen Stimmung noch tiefer sank.

»Ich möchte wissen, weshalb sie so wütend auf dich ist«, sagte Duane.

»Ich hab keine Ahnung«, erwiderte Bobby Lee. »Sie ist einfach eine von den Frauen, die immer irgend etwas finden, was sie rasend macht.«

»Du meinst, wie deine Frau Carolyn?« fragte Duane. Carolyn war bekannt als eine temperamentvolle Frau, und die gleichen Leute, die sie als temperamentvolle Frau kannten, kannten Bobby Lee als einen zügellosen Mann. Die meisten Leute fanden, daß Carolyn gut daran getan hatte, ihn die letzten zwölf Jahre mehr oder weniger in Handschellen gehalten zu haben.

»Ja, Carolyn ist auch eine von der Sorte«, bestätigte Bobby Lee. »Jede Frau in dieser dämlichen Stadt ist von der Sorte, die immer was findet, was sie rasend macht.«

Er schaute immer deprimierter unter seinem Sombrero hervor.

»Die mähen dich einfach nieder, als ob du Gras wärst«, fügte er hinzu.

»Das stimmt«, meinte Eddie Belt, womit er seinem Kollegen seit Jahren zum ersten Mal zustimmte.

»Das Ganze hat doch nichts mit Nellie zu tun, oder?« fragte Duane.

»Doch, weil wir heiraten werden«, sagte Bobby Lee mit tonloser Stimme.

Duane mußte lachen. Das war genau das, was er erwartet hatte.

»Ich finde, was diese Stadt braucht, ist eine dieser Anzeigetafeln, wie sie sie in der Börse haben«, sagte er. »Nur sollte sie statt der Aktienkurse einfach laufend den neuesten Stand über die anstehenden Scheidungen und Schwangerschaften angeben und wer mit wem verheiratet ist oder wer wen zu heiraten vorhat. Wir könnten sie auf dem Rasen vor dem Gericht aufstellen und irgendeinem Kind einen hübschen Sommerferienjob geben, der darin bestünde, täglich die Namen auszuwechseln.«

»Was, einen Sommerferienjob?« fragte Charlene. »Einen Dauerjob das ganze Jahr hindurch hast du wohl gemeint.«

»Stimmt«, nickte Duane, »sie müßte ständig berichtigt werden. Sonst würden nach ein, zwei Monaten eine ganze Menge

Frauen nicht mal mehr wissen, wie ihr Familienname momentan lautet.«

»Duane, also manchmal hast du ganz schön blöde Ideen«, sagte Janine und stand auf. »Ich werde meinen Familiennamen nicht ändern, selbst wenn ich fünfzigmal heirate.«

»Da mach dir mal keine Sorgen, im ganzen Universum gibt's keine fünfzig Männer, die so hirnverbrannt sind, dich zu heiraten«, bemerkte Eddie, dessen alte Verbitterung ab und zu noch einmal aufflackerte.

Janine schien das zu amüsieren. »Zu viel Zucker verursacht einen irreparablen Hirnschaden«, sagte sie, während sie an ihm vorbeiging.

»Ich hatte den Eindruck, du und Nellie, ihr wärt bereits beide verheiratet«, sagte Duane zu Bobby Lee.

»Stimmt, aber nichts dauert ewig«, antwortete Bobby Lee.

»Gut, daß du auf diesem Standpunkt stehst, wenn du Nellie heiratest«, meinte Duane. »Bei Nellie hält nämlich nichts viel länger als einen Monat.«

»Es stimmt sowieso nicht, was er sagt«, bemerkte Lavelle. »Der Tod dauert schon ewig.«

Sie richtete ihren Finger wie eine kleine Pistole auf Bobby Lee, zielte genau zwischen seine Augen und sagte: »Peng!«

Charlene grüßte sie alle mit einem freundlichen Lächeln und folgte dann ihren Freundinnen nach draußen.

46

Duane fuhr Bobby Lee ins Büro und ließ ihn bei Ruth zurück.

»Wieso überlassen Sie ihn mir?« fragte Ruth. »Ich hab was Besseres zu tun, als mich um Männer zu kümmern, die Sombreros tragen.«

»Ich weiß, aber Karla hat ihm seinen Pickup geklaut«, sagte Duane. »Ich habe nichts anderes für ihn zu tun.«

»Gehen Sie in Duanes Büro und legen Sie sich schlafen«, befahl Ruth. »Da drin ist's dunkel.«

Bobby Lee, der wie benommen schien, ging folgsam in das Büro und schloß die Tür.

»Dürfte ich dich damit belästigen, Abilenes Stunden zusammenzurechnen und mir einen Scheck über das zu geben, was wir ihm schulden?« fragte Duane. »Ich kann ihn nicht mehr länger ertragen.«

»Und wer leitet dann seine Anlage?« fragte Ruth.

»Ich«, sagte Duane. »Das ist besser, als dazusitzen und zu grübeln.«

Er fand in einem Schrank einen Overall und zog ihn sich über. Ruth sah ihn an, als sähe er aus wie ein Wanderbursch, aber sie hielt ihren Mund.

Auf seinem Weg zu der Bohranlage kam er an Los Dolores vorbei. Er hatte mit dem Gedanken gespielt, anzuhalten und Shorty seine Aufwartung zu machen, aber dann sah er Dickies Pickup davor parken und entschied sich dafür, nicht anzuhalten. Dickies Wagen dort stehen zu sehen, war für ihn weder ein großer Schock noch eine besondere Überraschung.

Kurz nachdem er an dem Haus vorbeigefahren war, bemerkte er eine winzige Staubwolke in seinem Rückspiegel. Ein kleiner blauer Pfeil raste auf der Straße hinter ihm her. Duane hielt an und öffnete die Wagentür. Im nächsten Moment kam Shorty angeschossen und sprang ihm auf den Schoß. Er schien außer sich vor Freude, wieder zurück zu sein.

»Es hatte dir kein Mensch befohlen, daß du abhauen sollst«, sagte Duane, aber Shorty hörte nicht zu. Er lag auf seinem Rücken und wand sich, wobei er dem bereits vorhandenen Teppich aus Hundehaaren noch ein paar hundert weitere hinzufügte. Dann blickte er Duane schuldbewußt an, als ob er erwartete, ein paar Schläge mit dem Arbeitshandschuh verpaßt zu bekommen.

»Laß es gut sein, Shorty«, sagte Duane. »Es können schlimmere Dinge passieren, als dich zu verlieren.«

Als er sich der Förderanlage näherte, hörte er das vertraute Geräusch von Schüssen. Die Ölarbeiter, die glücklich waren, achtfünfzig pro Stunde für's Herumbummeln zu kassieren, schossen mit ihren 22ern auf Bierdosen. Als Duane aufkreuzte, verging ihnen ihre Heiterkeit.

Er hielt sie den ganzen Tag lang ständig beschäftigt. Gegen sechs Uhr kam Abilene angefahren. Shorty haßte Abilene und begann zu knurren. Duane stieg gerade eben weit genug von der Ölplattform herab, um Abilene seinen Scheck reichen zu können.

»Dein Dienst ist damit beendet«, sagte er.

Abilene warf ihm einen verächtlichen Blick zu und sagte: »Du wirst sowieso ein bankrottes Arschloch sein, bevor der Sommer vorüber ist.«

Duane begab sich wieder zurück an die Arbeit. Er fühlte sich wohl. Er hatte noch nicht vergessen, wie man arbeitete, und auf der Bohranlage zu sein war mal was anderes, als im Büro herumzusitzen und sich zu bemühen, Ruth nicht auf die Nerven zu fallen.

Als er an Los Dolores vorbei wieder in die Stadt zurückfuhr, begann Shorty zu winseln und ein unglückliches Gesicht zu machen. Er ging sogar so weit, Duane am Bein zu kratzen. Duane hielt an und machte die Wagentür auf. In der nächsten Sekunde war Shorty draußen. Dann trottete er zurück zum Haus.

»Vielleicht geht sie irgendwann wieder nach Europa zurück, und was würde dann aus dir werden?« rief Duane ihm hinterher, aber Shorty drehte sich nicht um. Als er in der Stadt war, machte Duane am Kwick-Sack halt, um sich ein Sixpack Bier zu kaufen. Außerdem wollte er einmal nach den Zwillingen sehen. Er erwartete, einen von ihnen die Kasse bedienen zu sehen, aber statt dessen saß Sonny an seinem alten Platz und sah fern. Duane warf einen Blick in den Lagerraum, aber weder die Zwillinge noch ihre Habseligkeiten waren dort zu finden.

»Ist Karla gekommen und hat sie abgeholt?« fragte er.

»Jacy ist gekommen und hat sie abgeholt«, sagte Sonny.

Darüber mußte Duane erst einmal eine Minute nachdenken.

»Na, da kann sie sich auf ein paar lustige Spielchen gefaßt machen«, sagte er.

»Es sind doch sehr nette Kinder«, meinte Sonny. »Sie haben einfach nur lauter Unfug im Kopf.«

»Unfug plus einen gewissen Hang zu mörderischen Spielen«,

sagte Duane, obwohl es ihm immer guttat, wenn jemand seinen Kindern Komplimente machte.

»Wir haben heute für ungefähr vierhundert Dollar Hundertjahrfeier-Souvenirs verkauft«, sagte Sonny. »Vielleicht wird das Ganze am Ende doch noch ein Erfolg.«

Er redete in einem heiteren Ton, aber er sah dabei niedergeschlagen aus. Duane hatte ihn bewußt nicht gefragt, wie er sich fühle, aber dann überlegte er sich, daß auch alle anderen die Frage nach Sonnys Gesundheitszustand wahrscheinlich behutsam angingen und daß Sonny das möglicherweise deprimierend fand.

»Was macht dein Kopf?« fragte er.

»Naja, ich habe ein paar Pillen verpaßt bekommen«, antwortete Sonny.

»Und wirken sie?«

»O ja«, sagte Sonny. »Ich sehe keine Filme mehr in der Luft und habe in der letzten Zeit meinen Wagen nicht mehr verloren. Ich denke, das ist schon eine Besserung.«

»Sehr überzeugt scheinst du nicht zu sein«, meinte Duane.

»Nein«, bestätigte Sonny. »Durch die Pillen fühle ich mich so, als hätte ich Fusseln im Kopf. So 'ne Art warme Fusseln. Das ist kein dolles Gefühl.«

»Was soll überhaupt mit deinem Kopf nicht stimmen?« fragte Duane.

Sonny kicherte: »Er degeneriert wohl ganz einfach«, sagte er. »Der Neurologe wollte es erst mit den Fussel-Pillen versuchen, bevor er zu drastischeren Mitteln greift. Ich würde lieber wieder Filme in der Luft sehen«, meinte er dann.

»Hast du in der letzten Zeit irgendwelche guten gesehen?« fragte Duane.

Sonny grinste. »Letzte Woche habe ich *To Kill a Mockingbird* gesehen – 'n ganz guter Film. Seit ich angefangen habe, die Fussel-Pillen zu nehmen, habe ich keinen mehr gesehen.«

»Vielleicht solltest du die Pillen absetzen, bis wir die Hundertjahrfeier überstanden haben«, sagte Duane. »Sobald es losgeht, werden wir alle unseren Grips beisammenhalten müssen.«

»Ich glaube, mein Grips lebt schon irgendwo in anderen Gefilden«, sagte Sonny.

Dann fuhr Duane weiter nach Hause. Mit Sonny zu reden war deprimierend. Das war im Grunde immer so gewesen, schon auf der High School. Er schien in jungen Jahren zu der Überzeugung gelangt zu sein, daß er nie bekommen würde, was er sich wirklich wünschte, obwohl Duane meinte, daß er das meiste von dem, was er sich wünschte, durchaus hätte bekommen können, wenn er sich nur ein bißchen mehr Mühe gegeben hätte. Vielleicht nicht Jacy – aber es gab ja noch eine ganze Welt von anderen Dingen, die man sich wünschen konnte, inklusive eine Menge anderer begehrenswerter und interessanter Frauen.

Aber Sonny hatte sich mit einer Autowaschanlage, einem Kwick-Sack, einem Waschsalon und einem Hotel zufriedengegeben, das nur drei Wochen pro Jahr in Betrieb war. Was Frauen anbetraf, so hatte er sich, nachdem Ruth ihn verlassen hatte, mit noch weniger zufriedengegeben. Er hatte sich nicht einmal von Karla in Versuchung führen lassen, und Karla führte zu ihrem Zeitvertreib die meisten Männer in Versuchung.

Manchmal hatte Duane mit Karla darüber gesprochen, ob sie nicht einmal versuchen könnten, Sonny mit einer Frau zu verkuppeln, die für ihn eine gute Ehefrau oder wenigstens eine nette Bekanntschaft für gelegentliche Treffs sein könnte, aber sie kamen nie so richtig damit zu Rande.

»Luke ist schwer zu helfen«, sagte Karla. »Vielleicht sollten wir uns besser um unseren eigenen Kram kümmern. Wenn ich es nicht schaffe, daß er sich in mich verliebt, dann wüßte ich nicht, wie eine andere das schaffen sollte.«

»Du bist nicht die einzige Art von Frau, in die man sich verlieben kann«, ließ Duane sie wissen.

»Nein, aber die beste«, entgegnete Karla lachend.

Insgeheim gab Duane ihr recht. Er war selbst mindestens fünfzehn Jahre lang ziemlich stark in sie verliebt gewesen. Allein ihre Energie war ein beständiges Wunder. Selten hatte er Karla erschöpft gesehen. Bis Ruth anfing, für ihn zu arbeiten, hatte Karla den Laden geschmissen, war Aushilfslehrerin in der High School, Coach von mehreren Little League-Mannschaften, Sekretärin des Rodeovereins gewesen und hatte daneben noch die ganze Nacht hindurch getanzt, wann immer sie ihn oder jemand anderen dazu bewegen konnte, mit ihr in eine Disco zu gehen.

Als ihm wieder einfiel, mit welch durchschlagendem Erfolg sie Bobby Lees Pickup an diesem Morgen abgeschleppt hatte, spürte er plötzlich das Verlangen, sie zu sehen, und trat aufs Gas. Keine war so wie Karla.

Als er nach Hause kam, sah er Bobby Lees Pickup, der immer noch im Schlepptau des Supernova hing und immer noch auf der Seite lag. Karla hatte sich offensichtlich damit begnügt, ihn nach Hause zu schleppen. Sie hatte ihn nicht in Brand gesteckt oder mit Hilfe ihres kleinen Rasentraktors den Abhang hinuntergerollt oder irgend etwas ähnlich Drastisches unternommen.

Aber er konnte den BMW nicht finden – sondern nur den Supernova und Minervas Buick.

Er begab sich in die Küche, wo er zum Glück ein Stück Zwiebel-Steak auf dem Herd und einen Topf Pinto-Bohnen fand. Vielleicht waren alle in eine Disco gegangen. Er setzte sich an den Küchentisch und blätterte müßig durch einen dicken Stapel Rechnungen, während er das Steak und dazu eine riesige Schale Bohnen mit Jalapeño-Pfeffer verzehrte.

Während er noch beim Essen war, kam Minerva herein.

»Wer hat Ihnen denn aufgetragen, einen Overall anzuziehen und zu arbeiten?« wunderte sie sich.

»Ich bin selbst auf die Idee gekommen«, sagte er.

»Dafür sind Sie doch schon viel zu lange ein Büromensch gewesen«, meinte Minerva. »In diesem Overall sehen Sie einfach zu albern aus.«

»Das bin ich also? Ein Büromensch?« sagte er. »Kein Wunder, daß ich so hoch verschuldet bin.«

Minerva musterte eine Minute den Alkoholvorrat und entschied sich dann für einen Cuervo Gold. Sie schenkte sich ein ganzes Eisteeglas voll ein.

»Manche tun Eis in ihren Tequila, aber ich nicht«, bemerkte Minerva. »Im Eis gibt's diese kleinen Amöbenviecher.«

»Wo steckt eigentlich die ganze Bande?« fragte Duane.

»Sie bleiben die Nacht über bei Jacy«, sagte Minerva.

Duane hätte sich beinahe an seinen Bohnen verschluckt. »Alle?« fragte er.

»Alle, außer mir«, sagte Minerva. »Ich dachte, ich bleibe lieber hier, weil Karla nicht sicher war, ob Jacy das richtige Kabelprogramm reinkriegt.«

»Bleiben sie nur über Nacht dort?« fragte er.

»Kann ich nicht sagen«, meinte Minerva. »Sie können ja im Kalender nachsehen, ob drinsteht, wann sie zurückkommen.«

Karla hatte in der Küche einen dicken Kalender an die Wand gehängt. Für jeden Tag war so viel Platz wie auf einer Postkarte. Sie hielt viel davon, ihre Pläne aufzuschreiben, aber auch andere Dinge.

»Manchmal sind es eher so 'ne Art Hoffnungen, die ich da aufschreibe«, hatte sie einmal gemeint, als Duane gerade ängstlich einen Eintrag angestarrt hatte, der lautete: »Duane kräftig in den Arsch beißen.«

»Weshalb sollte es so 'ne Art Hoffnung sein, mir in den Arsch zu beißen?« hatte er gefragt.

»Es könnte dich in Fahrt bringen«, sagte Karla. »Früher hast du jedesmal einen Steifen bekommen, wenn ich dir in den Hintern gebissen habe. Erinnerst du dich?«

Und ob sich Duane erinnerte. Wenn sie zum Angriff ansetzte, hatte er Karla früher unglaublich sexy gefunden. Er liebte die Art, wie ihre Augen blitzten und wie sich ihre Lippen bewegten, wenn sie ihn unter Beschuß nahm und die Liste aller seiner Mängel herunterrasselte. Er liebte das immer noch, aber seitdem waren Jahre vergangen, und einige der angenehmeren Begleiterscheinungen hatten sich verflüchtigt.

Karla ermunterte auch die Kinder, ihre Pläne auf dem Kalender zu vermerken, denn ihre Theorie dabei war, daß sie sie dann im Notfall leichter finden könnte. Sie hatte versucht, mit dem Kalendertraining zu beginnen, als Dickie und Nellie noch Teenager waren, aber das Ganze hatte nicht gut funktioniert.

Dickie gefiel die Idee mit dem Kalender, aber seine Einträge hatten seine Mutter oft in Angst und Schrecken versetzt. Seine allererste Eintragung lautete: »Mädels bumsen gehn.« Viele seiner Pläne schienen voll krimineller Energie zu sein. Einmal hatte er geschrieben: »Einen Brand legen gehn.« Oder er schrieb zum Beispiel: »Pinkys Scheiß-Fresse einschlagen.« Pinky war kurze Zeit ein Freund von ihm gewesen. Immer mußte Karla Seiten aus den Kalendern herausreißen und neue kaufen aus Furcht, Dikkies Einträge könnten in Strafverfahren gegen ihn verwendet werden.

Nellies Einträge waren ungefährlicher, aber auch langweiliger. Ihr Lieblingseintrag war: »Tanzen gehn«, aber gleich an zweiter Stelle rangierte: »Ein Nickerchen machen.«

Duane trat zum Kalender und sah nach, ob ihm zu entnehmen war, wie lange seine Familie bei Jacy zu bleiben gedachte. Er vermißte schon jetzt die kleine Barbette.

Der Eintrag für diesen Tag war kurz. Am Morgen hatte Karla notiert: »Bobby Lee so weit kriegen, daß er wünschte, er wäre tot.«

Später am Tag war sie von dem blauen Leuchtschreiber zu dunkelrotem Lippenstift übergewechselt und hatte geschrieben: »Adiós, sayonara, goodbye!«

Duane beschloß, dies nicht allzu ernst zu nehmen. »Adiós, sayonara, goodbye!« war ein Zitat aus einem Hillbilly-Song, und das konnte bedeuten, daß Karla wieder guter Laune war.

»Sie müssen sich diese Klamotten ausziehen, sonst kann ich sie nicht waschen«, sagte Minerva.

»Hast du vor, sie jetzt auf der Stelle zu waschen?« fragte er.

»Sobald diese Schmiere antrocknet, ist's schwer, sie wieder rauszukriegen«, sagte sie.

Duane fand ein Stück Eiercreme-Torte im Kühlschrank.

»Könnte ich vielleicht noch dieses Stück Torte essen, bevor ich mich ausziehen muß?« fragte er.

»Büromenschen, die losziehen und zu arbeiten versuchen, machen sich nur selbst was vor«, meinte Minerva. »Es ist nicht gut für Sie, so zu tun, als wär'n Sie noch jung. Sie sind nicht mehr jung.«

Duane setzte sich und aß seinen Kuchen. Er spürte, daß er nicht gerade Minervas Segen hatte, aber wenn er mit dem Essen wartete, bis er den Segen einer Frau dazu hatte, würde er rasch verhungern. Als er aufgegessen hatte, ließ er seine dreckigen

Arbeitskleider neben die Waschmaschine fallen und ging hinaus zum Whirlpool. Es war eine herrliche Nacht, der dunkle Himmel war übersät mit funkelnden Sternen.

Zu seiner Überraschung fand er Bobby Lee ausgestreckt neben dem Pool liegen. Leere Bierdosen waren sorgfältig in einem Kreis um den Rand des Whirlpools herumgestellt. Duane mußte über sie hinwegsteigen, um in das Becken zu gelangen. Bobby Lee hatte die Augen geöffnet, aber es war nicht zu erkennen, ob er Duanes Anwesenheit bemerkte.

»Bobby, du bist ganz schön bezecht, oder?« fragte er.

»Volle Pulle ha-hart am Wind«, lallte Bobby Lee. »Verdammt, v'leicht noch voller als volle Pulle. V'leicht sind's hunnert volle Pullen voll.«

Duane lehnte sich eine Weile entspannt zurück. Weit in der Ferne sah er die Lichter eines Autos aufblitzen. Fünf Minuten später steuerte ein Wagen auf den Hügel zu und fuhr zum Haus herauf.

»Karla versucht, unsre Liebe zu zerstören, die von Nellie und mir, aber das wird sie nich schaffen«, erzählte Bobby Lee. »Ich bin ein zäher Hund. 's ist schwer, mich hinterm Ofen hervorzulocken.«

»Ich werd's ihr ausrichten«, sagte Duane, während er aus dem Becken stieg.

»Sieh nur zu, daß du nicht in eines dieser Becken rollst und absäufst«, sagte er sicherheitshalber, bevor er ins Haus ging. »Du bist so besoffen, daß du vielleicht nicht mal merkst, daß du auf dem Wasser treibst.«

»Volle Pulle ha-hart am Wind«, lallte Bobby Lee selig.

Duane warf einen Blick in Barbettes Wiege, aber sie lag nicht drin.

Dafür lag Karla, als er ins Schlafzimmer kam, in ihrem Bett. Sie hatte ein altes *Playgirl* auf dem Schoß, aber sie las nicht darin.

»Es scheint wohl so, als wenn Jacy nicht nur meinen Hund, sondern auch noch unsere Kinder hat«, sagte er und lächelte.

»Ja, sie liebt diese Blagen einfach«, sagte Karla. »Ich finde, es tut ihr gut, ein paar Kinder um sich zu haben.«

»Und was hat dich zurückgetrieben?« fragte er.

Karla blickte ein wenig traurig zu ihm auf. Sie schien wieder gedämpfter Stimmung zu sein. »Ich wollte bleiben, aber mir hat mein Ehemann so sehr gefehlt«, sagte sie.

Duane legte sich zu ihr und nahm sie in die Arme. »Du hast mir auch sehr gefehlt«, sagte er.

47

Am nächsten Morgen beschloß Duane, sich einmal ernsthaft mit Dickie zu unterhalten. Er saß auf dem Rand des Schwimmbekkens und besprach die Angelegenheit mit Karla. Bobby Lee war in einem der vielen Gästezimmer verschwunden, und niemand hatte die Kraft, nach ihm zu suchen.

»Wenn er wieder herauskommt, dann rede ihm seine Idee aus, Carolyn zu verlassen«, sagte Duane. »Ich mag Carolyn gern.«

»Ich mag sie auch gern«, sagte Karla. »Ein Grund mehr, etwas zu tun, damit sie nicht ihr ganzes Leben mit Bobby Lee verbringen muß.«

»Mensch, irgendwer muß doch auch mal mit demjenigen zusammenbleiben, mit dem er verheiratet ist«, meinte Duane.

»Und weshalb?« fragte Karla.

»Ich weiß nicht, weshalb«, gestand Duane. »Es scheint einfach irgendwie angemessen zu sein.«

»O.k., du kannst dein ganzes Leben lang mit mir zusammenbleiben«, sagte Karla und blies in ihren heißen Kaffee.

»Jacy sagt, Dickie sei einer der süßesten Jungs, die sie je kennengelernt hat«, fügte sie hinzu.

»Wie hat sie's denn fertiggebracht, ihn kennenzulernen?«

»Er verkauft ihr Marihuana«, sagte Karla. »Bereits in der Woche, in der sie zurückkam, hat er damit angefangen und uns nie ein Wort davon gesagt, daß er sie kennt, diese kleine Ratte.«

Karla hatte eine kleine Falte auf der Stirn und sah unglücklich aus. Duane machte das traurig. Letzte Nacht waren sie eine Stunde lang glücklich – und beinahe wieder verliebt – gewesen. Beide waren sie in heiterer Stimmung aufgewacht. Aber schon jetzt zeigte sich, daß sich diese Heiterkeit schwer aufrechterhalten ließ.

»Weshalb bist du deprimiert?« fragte er.

Karla zuckte mit den Schultern. »Weil ich nun weiß, was Sache ist«, sagte sie.

»Und was ist das?«

»Die Männer fürchten sich vor mir«, sagte Karla. »Das ist ganz klar. Es gefällt ihnen nicht, daß ich clever bin.«

Sie hielt inne und runzelte immer noch die Stirn.

»Scheiße, es gefällt ihnen nicht mal, daß ich gut aussehe«, sagte sie dann. »Das heißt, es gefällt ihnen schon, aber es macht ihnen auch angst. Ich weiß nicht, was ihnen mehr angst macht, daß ich gut aussehe oder daß ich clever bin.«

»Bei dir stimmt jedenfalls beides«, sagte er.

»Ich weiß, aber die Sache ist eben die, daß die Männer sich so verhalten, als wären sie scharf auf mich, aber dann laufen sie doch davon«, sagte Karla.

Duane beugte sich zu ihr hinüber und begann sie im Nacken zu massieren. Ihre Muskeln waren hart wie eine Trommel.

»Mir macht's keine Angst, daß du clever bist und gut aussiehst«, sagte er. »Mir gefällt das.«

Karla lehnte ihren Kopf gegen seine Hand.

»Stimmt, Duane«, meinte sie. »Du bist der einzige, dem das keine Angst macht. Darum habe ich dich geheiratet, und darum bin ich immer noch da.«

Er massierte ihr den Nacken, bis sich die Muskeln etwas entspannten, dann zog er sich an und fuhr nach Wichita Falls, um Dickie zu treffen.

Dickie lag ohne Hemd auf der Couch und las in einem Band der *World Book Encyclopedia*.

»Was liest du denn da?« fragte Duane.

»Etwas über Italien«, sagte Dickie. »Ich überlege, dorthin zu ziehen.«

»Wieso, gibt's hier nicht genügend Dope für deinen Geschmack?« fragte Duane. Er fühlte, wie ihm die Wut hochkam. Das war unvernünftig, und er versuchte, sich zu bändigen. Es war kein Verbrechen, etwas über Italien nachzulesen oder dorthin ziehen zu wollen, und doch verspürte er den Drang, den Jungen zu packen und zu schütteln.

»Es hat nichts mit Dope zu tun. Ich muß lediglich von Billie Anne fortkommen«, sagte Dickie, ohne aufzublicken.

»Du hast sie doch gerade erst geheiratet«, erinnerte ihn Duane.

»Das war das Bescheuertste, was ich je getan habe«, sagte Dickie.

Duane fühlte seine Wut noch schneller aufsteigen. Es war, als wenn er zu schnell zu viel Bier in ein Glas gegossen hätte. Wenn er nicht sofort etwas unternahm, würde es überschäumen. Er mußte so schnell wie möglich etwas davon abtrinken.

Im nächsten Moment schlug er Dickie das Buch aus der Hand und schleuderte ihn von der Couch. Der Junge machte ein verdutztes Gesicht, sprang aber rasch wieder auf – so rasch, daß Duane das Gleichgewicht verlor. Er ließ einen Schwinger los, ging dabei aber selbst zu Boden. Dickie hatte als erster zugeschlagen. Als Duane wieder hochkam, rang Dickie mit ihm, und es gelang ihm irgendwie, ihn zur Fliegentür hinauszuschleudern. Als er im Garten gelandet war, wurde Duane bewußt, daß er sich mit seinem eigenen Sohn prügelte – und nicht nur das, sondern, daß er auch noch dabei war zu verlieren. Er versuchte ihn mit zwei Schwingern zu treffen, aber beide gingen daneben. Dickie war zu schnell. Duane fühlte sich erschöpft, obwohl der Kampf noch nicht länger als eine Minute gedauert hatte. Er blickte Dickie an und sah, daß der Junge weinte, obwohl er immer noch seine Fäuste ballte.

»Hör auf, Daddy«, schluchzte Dickie, »bitte, hör auf.«

»Eine gute Idee«, sagte Duane keuchend. »Ich denke, ich höre besser auf.«

Sein Zorn war verraucht, und er empfand ein tiefes, niederschmetterndes Gefühl der Scham. Er hatte seinen eigenen Sohn angegriffen und noch dazu ohne Grund – oder zumindest ohne ersichtlichen Grund.

»Dickie, es tut mir leid«, sagte er. »Es gab absolut keinen Grund dafür, daß ich mich so aufgeführt habe. Tut mir wirklich leid.«

Er ging zurück ins Haus und setzte sich auf die Couch. Daß er sich entschuldigt hatte, half auch nicht viel. Er hatte das Gefühl, daß er sich selbst nicht länger trauen konnte. Noch nie in seinem Leben hatte er etwas so Bestürzendes getan. Noch nie zuvor hatte er eines seiner eigenen Kinder tätlich angegriffen. Er zitterte am ganzen Leib und hatte das Gefühl, ihm würde gleich übel werden.

»Du bist ja weiß wie'n Bettlaken, Daddy«, sagte Dickie. »Bist du krank, oder was ist los?«

Duane wußte nicht, was er sagen sollte. Was *war* los mit ihm?

»Ich hab dir doch nicht weh getan, oder?« fragte Dickie.

»Nein, ich fühl mich nur ein bißchen mulmig«, sagte Duane.

»Ich bring dir ein Dr. Pepper«, meinte Dickie. »Das wird deinen Magen wieder beruhigen.«

Während Dickie das Getränk holen ging, blickte sich Duane in dem Zimmer um und fand, daß die Einrichtung nicht den Eindruck machte, als sei sie zertrümmert worden. Im Grunde sah das Haus eher ordentlich aus. Mit besorgter und nervöser Miene kam Dickie wieder herein und reichte ihm das Dr. Pepper.

»Ich dachte, du hättest die ganze Einrichtung mit einem Kreuzschlüssel zertrümmert«, sagte Duane.

»Wer hat dir denn das erzählt?« fragte Dickie.

»Das hat Billie Anne deiner Mutter erzählt«, sagte Duane.

»Die lügt, sobald sie den Mund aufmacht«, sagte er und schüttelte den Kopf. »Wenn ich auch nur versucht hätte, das Haus mit einem Kreuzschlüssel zu betreten, dann hätte die bereits fünf- oder sechsmal auf mich geschossen, bevor ich mich hätte rühren können. Ich habe lediglich gegen einen Gartenstuhl getreten und mir dabei den Zehnagel abgebrochen.«

Duane fühlte sich nicht nur schuldig, sondern kam sich obendrein albern vor. Nicht nur, daß er sein eigenes Kind angegriffen hatte – er hatte außerdem noch das Schlimmste von ihm gedacht. Daß Billie Anne möglicherweise gelogen hatte, war ihm nie in den Sinn gekommen.

»Nun, dann muß ich mich noch einmal bei dir entschuldigen«, sagte er. »Ich hätte wissen müssen, daß du so etwas nicht tun würdest.«

»Im Lügen ist sie gut«, sagte Dickie. »Die kann jeden an der

Nase rumführen. Auch mich hat sie an der Nase rumgeführt, sonst säße ich nicht hier. Ich habe inzwischen sogar Angst davor, mit ihr im selben Bett zu liegen. Die ganze Nacht hält sie eine geladene Knarre in der Hand. Mrs. d'Olonne meint, ich sollte einfach abhauen. Sie sagt, das ist das einzige, was du tun kannst, wenn du mit jemandem zusammenlebst, vor dem du Angst hast. Sie hat selbst schon vor ein paar Männern abhauen müssen.«

»Mrs. wer?« fragte Duane.

»Mrs. d'Olonne«, wiederholte Dickie. »Ich denke, so spricht man das aus. Sie ist wirklich 'ne nette Lady.«

»Ich rede von Jacy«, fügte er hinzu, als er sah, daß sein Vater immer noch verständnislos dreinschaute. »Sie meint, ich könnte in ihrem Haus in Italien wohnen, wenn ich will.«

Dickie grinste schüchtern.

»Ich glaube, sie will mich mit einer ihrer Töchter verkuppeln«, sagte er.

Duane hatte aufgehört zu zittern, aber er fühlte sich schwach.

»Hast du wirklich mal was mit Mrs. d'Olonne gehabt?« wollte Dickie dann wissen. Es schien ihn brennend zu interessieren.

»Klar, hab ich«, sagte Duane. »Auf der High School sind wir zusammengewesen.«

»Sie hat mir Fotos von ihren Töchtern gezeigt«, sagte Dickie. »Die älteste ist genau in meinem Alter.«

»Hübsch?« fragte Duane.

»Ist gar kein Ausdruck«, sagte er. »Sie sieht schlicht und einfach wundervoll aus.«

Duane stand auf und hob das *World Book* vom Boden auf, das er durch das Zimmer gefeuert hatte.

»Italien klingt nicht schlecht«, sagte er. »Du bist jung. Du solltest dich aufmachen und dich in der Welt umsehen. Du brauchst ja das Öl nicht zu deinem ganzen Lebensinhalt zu machen.«

»Aber du hast's doch zu deinem gemacht«, meinte Dickie.

»Ja, dahinter hört meine Welt auf, aber so muß es ja bei dir nicht sein«, sagte Duane. »Abgesehen davon wurde ich in den Krieg geschickt, als ich in deinem Alter war. Aber das ist was anderes. Ich konnt's mir nicht aussuchen, und ich wünschte mir nichts sehnlicher, als mit heiler Haut wieder hierher zurückzukommen.«

Eine Weile saßen sie da und schwiegen.

»Weshalb verbreitet Billie Anne Lügen?« fragte Duane dann.

»Es macht ihr einfach Spaß«, sagte Dickie. »Außerdem glaubt sie ihre eigenen Lügen noch. Die wird sich ganz schön in die Hose machen, wenn sie herausfindet, daß ich Mrs. Marlow schwanger gemacht habe.«

»Hast du Mrs. Marlow denn wiedergesehen?« fragte Duane.

»Nein, nur Mrs. Nolan«, sagte Dickie. »Mit Mrs. Nolan ist es weniger verkrampft.«

»Es ist wirklich nicht sehr clever, mit so vielen Frauen auf einmal was anzufangen«, gab Duane zu bedenken.

»Genau das sagt auch Mrs. d'Olonne«, sagte Dickie. »Ich werde versuchen, mich eine Weile an Mrs. Nolan zu halten.«

»Weiß Jacy, daß Mrs. Marlow schwanger ist?«

»Klar, ich sag ihr alles«, sagte Dickie. »Sie gibt echt gute Ratschläge.«

Duane fand es erstaunlich, daß sein wildestes Kind, das weder Karla noch er selbst auch nur ansatzweise unter Kontrolle hatten, seit mehreren Monaten eifrig von Jacy Ratschläge annahm.

»Was, meint sie, sollst du wegen dem Baby unternehmen?« fragte er.

»Abwarten und sehen, ob es mir oder Mr. Marlow ähnlich sieht«, sagte Dickie. »Sie sagt, bei Verheirateten kannst du dich nicht darauf verlassen, daß sie über ihr Sexualleben die Wahrheit sagen. Sie sagt, selbst wenn sie behaupten, daß sie's niemals tun, tun sie's wahrscheinlich hin und wieder doch.«

Duane saß auf der Couch, lutschte an einem Eiswürfel und stellte fest, daß er es angenehm fand, mit Dickie zusammen zu sein. Dieser Umstand allein war bereits ein Wunder. Seitdem Dickie in Jacks Alter war, waren sie oft miteinander zum Jagen oder Angeln gegangen, und es war selten angenehm gewesen, mit ihm zusammen zu sein.

»Wann würdest du nach Italien gehen?« fragte er ihn.

»Weiß ich noch nicht«, sagte Dickie. »Mrs. d'Olonne meint, ich könnte in Los Dolores wohnen, solange ich mich noch nicht entschlossen habe. Sie möchte nicht, daß ich hier bleibe und mich von Billie Anne über den Haufen schießen lasse.«

»Würde dieses Mädchen tatsächlich jemanden über den Haufen schießen?« fragte Duane.

»In Arizona hat sie in einem einzigen Fight gleich zwei Leute über den Haufen geschossen«, sagte Dickie. »Ihren Freund und dessen neue Freundin. Draufgegangen sind sie dabei nicht, es waren nur Fleischwunden, aber sie befanden sich in einem fahrenden Wagen, als sie zu ballern begann.«

»Hast du deiner Mutter davon erzählt?«

»Nein, Billie Anne hat mir die Zeitungsausschnitte darüber erst gestern gezeigt«, sagte Dickie. »Die Sache wurde nie gerichtlich verfolgt. Ich glaube, drüben in Arizona geht's ganz schön wild zu.«

»Komm, zieh dir ein Hemd an und pack dein Rasierzeug zusammen«, sagte Duane.

»Und wo soll ich hingehen?«

»Du kommst mit nach Hause, bis wir in alledem etwas klarer sehen«, sagte Duane. »Wenn du dann nach Italien gehen oder nach Los Dolores umziehen möchtest, ist's in Ordnung.«

Fünf Minuten später waren sie bereits im Wagen und unterwegs nach Thalia.

48

Zu Hause trafen sie Bobby Lee in düsterer Stimmung in der Küche an, damit beschäftigt, sich ein paar Rühreier zu machen.

»Mann, du hast den Speck verbrutzeln lassen«, stellte Duane fest.

»Das kommt daher, weil Karlas verdammter Herd so kompliziert ist, daß man schon einen Ingenieur brauchte, um sich nur Speck darauf zu braten«, sagte Bobby Lee. »Tag, Dickie.«

»Wo steckt Minerva?« fragte Duane.

»Sie ist zu Jacy umgezogen«, sagte Bobby Lee. »Wie alle anderen auch. Ich wünschte, sie würde auch mich einladen.«

Bobby Lee schien geweint zu haben. In seinem dürren, struppigen Bart schimmerten Tränen.

»Hat dir Nellie bereits das Herz gebrochen?« fragte Duane.

»Ja«, sagte Bobby Lee. »Nun will sie diese Woche doch nicht mit mir abhauen.«

»Wieso nicht?« fragte Duane.

»Jacy bringt ihr bei, wie man Pesto macht«, sagte Bobby Lee.

»Was ist das denn?«

Bobby zuckte mit den Schultern. »Spaghetti.«

»Das sind nicht Spaghetti, das ist Pasta«, sagte Dickie.

»Und seit wann bist du 'n Ital-jener?« fragte Bobby Lee.

In wenigen Sekunden waren die Rühreier ebenso schwarz wie der Speck. Verlegen schwang Bobby Lee die Bratpfanne vom Herd und rannte zur Tür. Dann schleuderte er die schwarzen, qualmenden Eier hinaus in Richtung Schwimmbecken.

»Wir haben übrigens einen perfekt funktionierenden Müllschlucker«, ließ ihn Duane wissen. Diesen hatte Richie nicht installiert, dafür hatte er gesorgt.

»Ich dachte, Shorty könnte das Zeug fressen«, sagte Bobby Lee dümmlich.

»Shorty lebt aber bei Jacy«, informierte ihn Duane.

»Verdammt noch mal, anscheinend tut das inzwischen jeder«, knurrte Bobby Lee. »Wir werden alle noch krepieren, wenn wir nicht jemanden herbekommen, der mit diesem gottverdammten Herd umgehen kann.«

»Ich kann damit umgehen«, sagte Dickie. »Setzt euch, und ich mach euch was zum Frühstück.«

Bobby Lee durchschnüffelte den Kühlschrank, bis er ein Himbeereis am Stiel fand; unglücklich lutschte er daran, während Dickie rasch noch einmal Speck und Rühreier briet.

Duane fand am Küchenschrank eine Nachricht von Karla, daß sie zu Jacy gefahren sei und ihn auf der Festspielprobe sehen würde. Es kam ihm alles so sonderbar vor: Innerhalb von zwei Tagen war seine gesamte Familie, inklusive seiner Haushälterin und seinem Hund, nach Los Dolores verschwunden. Sorgen machte ihm das eigentlich nicht. Vielleicht war es sogar das beste. Es kam nur so überraschend, das war alles.

»Nellie sagte, sie würde Köchin lernen und Küchenchefin in einem Restaurant werden«, erzählte Bobby Lee.

Diese Neuigkeit kam ebenfalls überraschend. Bisher hatte es Nellie in ihrem Leben nur selten fertiggebracht, sich auch nur eine Schale Müsli zuzubereiten, ohne daß dabei etwas schiefging.

»Mrs. d'Olonne macht's Spaß, den Leuten das Kochen beizubringen«, sagte Dickie.

»Dann hoffe ich, daß sie's auch Carolyn beibringt«, sagte Bobby Lee. »Selbst ein Schwein würde sich den Magen verderben, wenn es Carolyns Gebrutzel lange fressen müßte, und ich freß es schon seit zwölf Jahren.«

»Was hat dich überhaupt auf den Gedanken gebracht, Nellie würde mit dir abhauen?« fragte Duane dann.

»Das war immer schon mein Traum«, sagte Bobby Lee und bekam rote Augen.

»Nicht heulen, nicht heulen!« rief Dickie aufgeregt.

»Wieso nicht, mein Leben ist ruiniert«, sagte Bobby Lee.

Anstatt zu weinen, genehmigte er sich noch ein Himbeereis als Dessert.

»Wenn Little Mike zurückkommt und herausfindet, daß du sein ganzes Stieleis aufgegessen hast, weiß ich nicht, was wir mit ihm tun sollen«, sagte Duane.

Dickie verschwand für eine Minute aus der Küche und kehrte mit zwei Pistolen, einer 357er Magnum und einer kleinen automatischen 22er zurück. Dann setzte er sich an den Küchentisch und lud sie. Bobby Lee wirkte besorgt.

»Weshalb lädst du die Kanonen, steht ein Drogenkrieg bevor?« fragte er.

»Nein, aber Billie Anne könnte jeden Moment hier aufkreuzen«, antwortete Dickie. »Da möchte ich auf alles gefaßt sein.«

»Wenn du so viel Muffensausen vor ihr hast, weshalb hast du sie dann, verdammt noch mal, geheiratet?« fragte Duane.

»Mir war eben langweilig«, meinte Dickie. »Hier wird's allmählich einfach zu langweilig. Die Hälfte der Leute in Thalia hat wahrscheinlich geheiratet, weil's ihnen langweilig war.«

»Oder weil sie geil waren«, meinte Bobby Lee.

»Wenn's mir langweilig wird, kaufe ich mir lediglich zweistöckige Hundehütten«, bemerkte Duane.

Darauf wußte niemand etwas zu sagen. Dickie drehte gelangweilt an der Trommel der 357er Magnum. Bobby Lee starrte ziemlich ängstlich auf die Waffe.

»Wenn diese Kanone zufällig losginge, könnte sie jemandem ein ganz schön großes Loch in den Bauch machen«, bemerkte er.

Dann entdeckte er einen winzigen Krümel Grün auf seinem Teller und stieß ihn mit seiner Gabel umher.

»Was hast du denn in diese Eier reingetan?« fragte er. »Sie haben irgendwie anders geschmeckt. Gut, aber anders.«

»Nur 'n paar Kräuter«, sagte Dickie.

»Kräuter!?« rief Bobby Lee mit ängstlicher Miene. »Weshalb hast du Kräuter in meine Eier getan? Ich mag nur einfache normale Eier.«

»Ich hatte den Eindruck, die hier haben dir geschmeckt«, sagte Dickie. »Du hast sie bis zum letzten Bissen aufgegessen.«

»Schon, aber ich mag keinen Fraß aus anderen Staaten«, sagte Bobby Lee. »Ich mag nur waschechtes Texas-Essen.«

»In Texas wachsen auch Kräuter«, sagte Dickie.

»Hier in der Gegend habe ich nie auch nur ein einziges wachsen sehen«, erwiderte Bobby Lee. Er schien der Panik nahe zu sein.

»Ich träume schlecht, wenn ich irgendwas esse, das nicht aus Texas stammt«, sagte er. »Ich wette, heute nacht träum ich irgendwas Schreckliches. Ihr Drogendealer seid doch alle gleich. Euch ist's egal, was ihr den Leuten ins Essen mischt.«

»Nun beruhige dich wieder«, sagte Dickie. »Du wirst dich wunderbar fühlen.«

»Noch besser wär es, wenn du zur Arbeit gingest«, meinte Duane. »Wenn du den ganzen Tag arbeitest, wirst du zu erschöpft sein, um überhaupt irgendwas zu träumen.«

Dann blickte er Dickie an, der sehr jung aussah. Der Junge trug sein eigenes Macho-Image normalerweise so erfolgreich zur Schau, daß es selbst Duane getäuscht hatte. Wie er jetzt so am Tisch saß, sah er aus wie ein netter, schüchterner Teenager.

»Gehn wir, ich bin fertig«, sagte Dickie. »Wenn Billie Anne

mir bis zu den Bohranlagen nachläuft und mir ans Leder will, dann gibt's dort wenigstens Zeugen.«

»Weshalb will Nellie bloß auf einmal Chefin in einem Restaurant werden?« fragte Bobby Lee. »Sie hat doch nie den geringsten Ehrgeiz gehabt. Ich hab all diese Jahre gebraucht, um sie dazu zu bringen, mit mir abzuhauen.«

»Geh an die Arbeit und hör auf zu grübeln«, riet ihm Duane.

»Ich grübel aber gern«, sagte Bobby Lee. »Was gibt's hier denn sonst zu tun, als zu grübeln und sich selbst zu bemitleiden?«

»Nun, zum Beispiel gibt's eine Hundertjahrfeier auf die Beine zu stellen«, sagte Duane. »Und heute abend beginnen die Proben.«

49

Um sechs Uhr abends, als die Festspielproben in der Rodeoarena beginnen sollten, stand die Sommersonne noch in ihrem teuflischsten Winkel. Am Nachmittag war eine Höchsttemperatur von 42° registriert worden, und das Thermometer war noch nicht stark gesunken.

Nur ein einziger Wagen parkte auf dem riesigen kiesübersäten Parkplatz hinter der Arena, als Duane ankam. Er gehörte Lester Marlow, der mit Anzug und Krawatte darin saß. Er hatte mit dem Gesicht zur Sonne geparkt. Duane parkte neben ihm ein, aber nicht mit dem Gesicht zur Sonne. Er stieg aus und ging um den Wagen herum, um ein paar Worte mit Lester zu reden, der so schwitzte, wie man eben schwitzt, wenn man einen Anzug anhat und die Sonne mit 42° Celsius direkt auf einen niederbrennt. Er sah aus, als sei ihm ziemlich heiß.

»Wenn ich den Mund aufmache und guten Tag sage, könnte es passieren, daß ich in meinem eigenen Schweiß ertrinke«, sagte er.

»Dreh doch deinen Wagen um«, schlug Duane vor. »Dann wird's dir nicht mehr so heiß sein. Oder noch besser: Steig aus, und wir setzen uns in den Schatten.«

Ihm kam der Gedanke, daß Lester vielleicht nicht in zweiundsiebzig Fällen wegen Bankbetrugs angeklagt worden wäre, wenn er genug gesunden Menschenverstand besäße, nicht mit dem Gesicht zur Sonne zu parken oder sogar sein Jackett und seine Krawatte abzulegen.

Lester stieg aus, vor Schweiß triefend, als hätte er mehrere Minuten im Wasser gelegen. Selbst seine Schuhe schienen durchnäßt zu sein. Er war ein wenig wacklig auf den Beinen, aber er schaffte doch noch den Weg bis in den Schatten der überdachten Haupttribüne.

»Ich bin so früh gekommen, weil ich hoffte, ich könnte Jenny alleine sprechen«, sagte Lester. »Meine Mutter behauptet, Jenny sei schwanger.«

Lesters Mutter war eine Terroristin vorgerückten Alters, die die Angewohnheit hatte, jedem, den sie kannte – und Lester ganz besonders – auf die Nerven zu gehen. Zum Glück verbrachte sie die meiste Zeit auf Weltreisen, aber sobald sie wieder nach Wichita Falls zurückkehrte, nahm sie ihre terroristischen Angewohnheiten wieder auf.

»Ich wußte gar nicht, daß deine Mutter wieder zurück ist«, sagte Duane.

»Heute am späten Nachmittag ist sie zurückgekommen«, sagte Lester. »Diesmal ist sie bei den Pyramiden gewesen.«

»Und? Haben sie ihr gefallen?« erkundigte sich Duane. Karla machte gelegentlich starke Propaganda für eine Reise zu den Pyramiden.

»Hat sie nicht gesagt«, sagte Lester. »Mama arbeitet wie der Blitz. Sie war erst zwanzig Minuten zu Hause, als sie anrief, um mir zu sagen, daß Jenny schwanger ist.«

»Nun, du bist schließlich mit ihr verheiratet«, sagte Duane. »Vielleicht ist sie von dir schwanger.«

»Wohl kaum«, sagte Lester.

Duane wartete. Selbst diese Feststellung klang für ihn schon besser als Jennys viele Bemerkungen zu diesem Thema.

»Das ist sehr unwahrscheinlich«, sagte Lester. »Es wäre fast ein Wunder, wenn's von mir wäre.«

»Wieso wäre es ein Wunder, wenn du mit deiner eigenen Frau

schläfst?« fragte Duane, der auf einmal doch ein bißchen Hoffnung schöpfte.

»Wir finden selten Zeit dazu«, sagte Lester, während er seinen Hals reckte, um den Highway zu beobachten. Er schien zu erwarten, daß jeden Moment Hunderte von Autos ankämen.

»Du brauchst dich nicht zu entschuldigen, meine Frau schläft gewöhnlich auch nicht mit mir«, sagte Duane und hatte sofort ein leicht schlechtes Gewissen, daß er das gesagt hatte. In seinem und Karlas Fall war die Lage nicht so eindeutig. Auf beiden Seiten gab es immer mal wieder Phasen der Zurückhaltung, die aber auch wieder zu Ende gingen – und dann erneut aufkamen.

»Ich glaube, wir haben vor ein paar Monaten ein-, zweimal Sex miteinander gehabt«, sagte Lester. »Die Sonntage nehmen hier einfach kein Ende.«

»Millionen von Frauen werden wahrscheinlich am Sonntagnachmittag gebumst«, fügte er hinzu. »Will Dickie Jenny nun heiraten, oder was ist los?«

»Dickie versucht im Moment erst mal, seine eigene Ehe lebend zu überstehen«, sagte Duane.

Lester wischte sich ununterbrochen mit seinem Taschentuch das Gesicht, obwohl das Taschentuch bereits so naß wie ein Geschirrspültuch war.

»Niemand schert sich mehr drum, wer von wem schwanger ist«, sagte er. »Das einzige, woran die Leute denken, ist doch, wie sie sich davor drücken können, ihren Banker zu bezahlen.«

»Nun werde nicht zynisch, ja«, sagte Duane.

»Zynisch ist nicht das richtige Wort«, sagte Lester. »Verzweifelt ist das richtige Wort.«

In diesem Moment kam Jenny angebraust und stellte ihren agen ab. Wie der Blitz war sie ausgestiegen. Der Anblick der beiden im Schatten sitzenden Männer schien sie ungeheuer aufzuregen.

»Hört bloß auf, euch das Maul über mich zu zerreißen«, sagte sie, während sie eine Schultertasche mit ihrem Skript aus dem Wagen zerrte. So gut wie jeder im Landkreis hatte eine oder zwei kleine Szenen zu dem Skript beigesteuert, so daß es inzwischen enorm angeschwollen war.

»Du hättest mir lieber helfen sollen, dieses Skript zu kürzen«, sagte Jenny zu Duane. »Es ist hundertmal zu lang. Dieses Festspiel wird eine Katastrophe.«

Duane hatte ein paarmal den Versuch gemacht, die Skripts durchzulesen, sich aber jedesmal rasch geschlagen gegeben. Nie gelangte er über die Gettysburg-Rede hinaus, die irgendwie in die Geschichte des Hardtop County Eingang gefunden hatte. Sonny Crawford spielte Abraham Lincoln.

Zu seinem und Lesters Schrecken brach Jenny plötzlich in Tränen aus. Sie stand unter dem Tribünenvordach und schluchzte.

»Vielleicht wird's ja gar keine Katastrophe«, meinte Duane beruhigend.

Lester schien von dem Anblick seiner weinenden Frau gerührt. Rasch sprang er auf und legte einen Arm um sie.

»Faß mich nicht an, du bist verschwitzt wie ein Schwein«, schrie Jenny, aber als Lester sich wieder entfernen wollte, klammerte sie sich fest an ihn und schluchzte noch lauter.

Dreißig Sekunden später hörte sie zu schluchzen auf und machte wieder ein heiteres Gesicht.

»Ich bin im Augenblick sehr empfindlich«, sagte sie. »Daran solltet ihr beide denken.«

»Wir werden daran denken, Honey«, sagte Lester. »Gehen wir. Ist wieder alles gut?«

»Kommt, checken wir die Lautsprecheranlage durch«, sagte Jenny. Eine Träne tropfte noch von ihrer Lippe, aber sie war wieder ganz in ihrem Element.

Während Duane unten in der Arena vor dem Mikrophon stand und sich ziemlich albern dabei vorkam, immer wieder »Test ..., Test ...« und »one, two ...; one, two, three ...« zu sagen und je nach den Handzeichen, die ihm Jenny und Lester von den gegenüberliegenden offenen Zuschauerreihen aus gaben, den Lautstärkeregler hoch- oder herunterzudrehen, begannen allmählich die Wagen auf dem Parkplatz einzutrudeln. Bald hatte sich fast die Hälfte aller Einwohner des Landkreises aus den Wagen ergossen. Im Nu strömten ein paar hundert Leute in die Arena, die danach fieberten, ihre Schauspielerkarriere zu beginnen. Sie standen in Gruppen in der strahlenden Spätnachmittagssonne beieinander und warteten darauf, daß ihnen irgend jemand sagte, was sie tun sollten.

Duane war schon bald in den Massen untergegangen und vergessen, obwohl er immer noch mannhaft am Mikrophon ausharrte und sogar gelegentlich »Test, Test...« rief, um sich selbst davon zu überzeugen, daß er etwas Nützliches tat.

Während er immer noch »Test, Test...« sagte, sah er, wie Jacys Mercedes und Karlas BMW gemeinsam vorfuhren und seine gesamte Familie bis hin zu Little Mike, Barbette und Shorty ausspuckten. Dickie steuerte geradewegs auf eine Gruppe junger verheirateter Frauen zu, die in dem Festspiel nur in einer Tanzszene mitmachten. Ihre Ehemänner waren alle Cowboys und wegen der Cowboy-und-Indianer-Szene gekommen. Die Cowboys waren allesamt schüchtern. Sie lungerten bei den Aufspringschleusen herum und rollten ihre Lassos auf und ein.

Karla und Jacy sahen aus, als kämen sie gerade von einem Einkaufsbummel. Beide trugen lässige weiße Hosen und schwarze ärmellose T-Shirts. Jacy, die Barbette auf dem Arm hatte, trug außerdem eine große weiße Schirmmütze. Sie kam herübergeschlendert und reichte Duane das Baby.

»Du kannst jetzt aufhören, ›Test, Test...‹ zu rufen, Duane«, sagte sie. »Das Mikrophon funktioniert doch eindeutig super.«

»Hey, Duane«, grüßte Karla. »Wie lebt sich's so, wenn einen keine Menschenseele zu Hause erwartet?«

»Es waren sogar zwei Menschenseelen bei mir zu Hause, Bobby Lee und Dickie«, sagte Duane.

Karla lachte. »Ich glaube nicht, daß Bobby Lee überhaupt eine ganze Seele hat«, sagte sie.

»Dickie hat übrigens kein Mobiliar zertrümmert«, berichtete er.

»Ich weiß, er hat nur eine verlogene Schlampe geheiratet«, sagte Karla.

»Und eine, die zwei Leute über den Haufen geschossen hat«, sagte Duane.

Bevor sie über diese Situation noch weiter diskutieren konnten, kam Jenny angelaufen. Ihre Nervosität war verflogen. Der Anblick einer Menschenmenge, in die es Ordnung zu bringen galt, hatte in ihr den Drang erweckt, die Situation in die Hand zu nehmen – jenen Drang, der sie auch dazu gebracht hatte, jahrelang Tausende von Ausschankständen, Gebäckverkäufen, Wohltätigkeitsausflügen, Softballturnieren, Nachtfahrten, Halbzeitshows, Seniorentrips und Gemeindepicknicks zu organisieren.

»Tag, Jacy, ich bin Jenny«, sagte sie und gab Jacy flüchtig die Hand. »Wir sind wirklich froh, daß Sie sich entschlossen haben, die Eva zu spielen, und ich dachte mir, wir könnten Sie vielleicht auch noch dazu bewegen, am Ende der Show ein Kirchenlied zu singen – das stell ich mir schön vor.«

»Warum nicht?« sagte Jacy tolerant. »Ein Lied hat noch nie jemandem geschadet.«

Duane lehnte sich mit dem Rücken an den Zaun und ließ Barbette sich damit amüsieren, ihre nackten Füße in das kitzelige Gras zu tauchen. Sie gluckste vor Freude, daß sie ihren Großvater wiedersah. Jacy und Karla setzten sich links und rechts neben ihn. Beide waren in bester Stimmung. Alle sahen mit Verwunderung zu, wie Jenny mit müheloser Effizienz Ordnung in die ständig anwachsende Masse von Ölarbeitern, Bauern, Cowboys, Händlern, Hausfrauen, Rentnern und Kindern brachte. Sie hatte sich ein blaues Megaphon angeschafft und zögerte nicht, es einzusetzen. Sie brauchte nur einen Blick auf jemanden zu werfen, und schon hatte sie entschieden, in welche Szene oder Gruppe er passen würde.

»Okay, Jungs, ihr seid die britischen Rotröcke«, rief sie, und teilte eine faul herumlungernde Gruppe von High-School-Jungen in zwei Hälften auf. »Ihr stellt euch dort an den Aufspringschleusen auf. Der Rest von euch spielt revolutionäre Patrioten, ihr geht zu den Kälberpferchen hinüber.«

Im Handumdrehen sortierte sie die Cowboys in eine Gruppe von Cowboys und eine Gruppe von Indianern. Eine kleine Clique von Ölarbeitern, angeführt von Bobby Lee, wurde dazu bestimmt, Mexikaner zu spielen, während eine andere Gruppe, geleitet von Eddie Belt, die Rolle der heroischen Verteidiger des Alamo-Klosters zu San Antonio verpaßt bekam.

Ein Trupp von Seniorenbürgern wurde zur schattigen Seite der Arena geschickt, wo sie üben sollten, einen Wagentreck zu mimen. G. G. Rawley gehörte zu dieser Gruppe. Er war nicht begeistert, daß er sich von Jenny Marlow, einem abtrünnigen Schaf aus seiner Herde, Befehle geben lassen mußte.

»Wie sollen wir ein Wagentreck sein, wenn's überhaupt keine Planwagen gibt?« fragte er.

»Oh, G. G., nehmen Sie einfach einen Pickup, oder tun Sie so, als würden Sie ein Lagerfeuer machen oder nach einer Wasserstelle suchen oder so was«, sagte Jenny.

»Duane, wirst du nun den Adam spielen?« fragte Karla.

Duane hatte sich unter Jennys unablässigem Drängen eigentlich bereit erklärt, Adam zu spielen, aber jetzt kamen ihm doch Bedenken.

»Ich glaube, ich sollte es nicht tun«, sagte er.

»Wieso denn nicht?« fragte Jacy.

Einen konkreten Grund hatte Duane nicht. Es widerstrebte ihm einfach, Adam zu spielen.

»Ich würde in einer Badehose bescheuert aussehen«, sagte er.

»Wer hat denn gesagt, daß du eine Badehose anziehst?« fragte Jacy. »Adam hatte nur ein Feigenblatt.«

»Eine Badehose ist das mindeste, was ich haben muß«, sagte Duane.

»Wahrscheinlich möchte er auch noch seinen Bademantel tragen«, sagte Karla. »Das ist so ein prüder alter Sack, daß er sich sogar hinter verschlossener Tür auszieht.«

Jacy lachte. »Als ich ihn kannte, war er nicht prüde«, sagte sie.

Karla mußte ebenfalls lachen. »Ich nehme an, du hast ihn in seinen besten Jahren gehabt«, sagte sie.

Duane fühlte sich nicht so ganz wohl in seiner Haut. Er wußte, daß die Frauen ihn nur auf den Arm nahmen. Gewöhnlich störte es ihn nicht, wenn man ihn auf den Arm nahm, aber das war anders, wenn Karla und Jacy es taten. Sie hatten beide Schirmmützen auf, und er wußte, daß sie ihn hinter ihren Schirmen beobachteten. Diese beiden Frauen waren ihm ein Rätsel. Ein gewaltiges Rätsel. Zwischen ihnen zu sitzen und sich dabei ganz entspannt zu fühlen war nicht leicht. Die Atmosphäre schien ihm immer wie elektrisch geladen, wenn sie beide in seiner Nähe waren.

Währenddessen schrie Jenny Marlow durch ihr Megaphon und korrigierte die Positionen der einen oder anderen Gruppe.

»Dort lang! Dort hin!« schrie sie dem Wagentreck der Seniorenbürger zu. »Ihr seid in Missouri und Kentucky geboren, also würdet ihr doch nicht von Westen kommen.«

Bobby Lee kam herangewankt und hockte sich in den Schatten seines Sombreros.

»Geh rüber, wo du hingehörst, du bist Santa Anna«, sagte Karla.

»Dort, wo ich hingehöre, ist's zu heiß«, sagte Bobby Lee.

»Jacy, das ist General Santa Anna«, stellte Duane ihn vor.

»Tag, General«, sagte Jacy. »Irgendwie siehst du süß aus.«

Das Kompliment heiterte Bobby Lee sofort auf.

»Ich wollte gar nicht Santa Anna spielen«, versicherte er ihr eifrig. »Ich bin schon unbeliebt genug. Ich wollte Daniel Boone sein.«

Er warf neidische Blicke zu Dickie hinüber, der immer noch mit den Cowboyfrauen flirtete.

»Ich wünschte, ich hätte so viel Glück wie Dickie«, sagte Bobby Lee. »Der schafft alles, und ich habe noch nie im Leben was geschafft.«

»Wenn du so viel Glück hättest wie Dickie, dann wärst du mit so vielen Mösen geschlagen, daß du draufgehen würdest«, belehrte ihn Karla.

Es war Vollmond. Der Mond ging im Osten auf, wo die Planwagenleute lustlos herumhingen und so taten, als würden sie Lagerfeuer machen. Der Mond leuchtete orange, als er aufging, wurde aber schon bald golden, dann weiß. Duane zeigte ihn Barbette – er konnte sich nicht erinnern, daß er dem Kind jemals zuvor den Mond gezeigt hätte. Barbette war wie gebannt. Sie lag in Duanes Schoß und betrachtete schweigend den Mond.

Zum Auftakt der Proben führte Willis Ray, der cleverste Junge der High School, die Lichtershow vor, die die Schöpfung darstellen sollte. Herumwirbelnde Disco-Lichter warfen Regenbogenfarben auf den dunkler werdenden Himmel.

Dann folgte ein kurzer Durchlauf des Programms. Widerstrebend erhob sich Duane, als Jenny Adam und Eva aufrief. Die

Sache ging ihm immer noch gegen den Strich, aber er wollte keine Szene machen. Karla und Jacy schubsten ihn zu der Stelle, die Jenny als Garten Eden bestimmt hatte.

»Okay, wir werden den Baum mit der verbotenen Frucht genau zwischen euch stellen«, erklärte Jenny. »Wenn du aufwachst, Duane, dann halte dir die Seite, damit jeder weiß, daß dir eine Rippe fehlt.«

»Mir fehlt ein ganzes Stück Hirn, sonst würde ich diesen Quatsch nicht mitmachen«, sagte Duane, aber Jenny war bereits davongestoben, um damit zu beginnen, die revolutionären Patrioten in Position zu bringen.

»Mach doch nicht alles schlecht, das wird eine großartige Sache«, sagte Jacy. Glücklicher und schöner hatte sie seit ihrer Rückkehr nicht ausgesehen. Ihr hinreißendes Aussehen verwirrte Duane etwas. Er hatte gedacht, ihre Schönheit sei vergangen und nur in seiner tief verborgenen Erinnerung noch intakt; aber nun erstand sie vor seinen Augen wieder und entsprach genau dem Bild, das er sich in seiner Phantasie bewahrt hatte.

Sie hängte sich bei ihm ein.

»Erinnerst du dich noch daran, wie ich die Homecoming Queen auf unserem High-School-Sportfest war, Duane?« fragte sie in sanfterem Ton als sonst.

»Aber sicher«, sagte er.

»Ich wette, du hättest nie gedacht, daß wir dreißig Jahre später einmal als Adam und Eva hier stehen würden«, sagte sie.

»Genau, das hätte ich nie gedacht, Jacy«, sagte er.

»Irgendwie fühle ich mich so, als wären wir sie wirklich«, sagte Jacy. »Ich habe das Gefühl, als wären wir Adam und Eva dieser Stadt.«

Bevor sie noch mehr sagen konnten, kam Jenny zurück. Er hatte auch später keine Gelegenheit mehr, mit Jacy zu reden. Das meiste von dem, was sich dann abspielte, beobachtete er von seinem Platz am Zaun aus mit der schlafenden Barbette in seinen Armen.

Janine, Charlene Duggs und Lavelle waren dazu auserkoren worden, die Nationalhymne zu singen. Während sie sich räusperten und ein paar hohe Töne anzustimmen versuchten, zog Karla Jenny zur Seite.

»Weshalb singen das nicht alle Frauen?« fragte Karla sie. »Alle Frauen im ganzen Festspiel?«

»Das könnte zu feministisch wirken«, sagte Jenny. »Da könnten die Männer anfangen, Steine oder so was nach uns zu werfen.«

»Mich kotzt die Nationalhymne an«, bemerkte Ruth Popper, die gerade in ihrem Jogginganzug eingetroffen war.

»Mich auch«, sagte Jacy. »Singen wir doch die *Battle Hymn of the Republic*. Das ist auch patriotisch, und es ist ein besseres Lied.«

»Okay, okay, solange es patriotisch ist«, sagte Jenny und griff zu ihrem Megaphon. »Alle Frauen und Mädchen hierher. Alle Frauen und Mädchen bitte.«

Die Frauen drängten sich zum Mikrophon. Manche bewegten sich sehr langsam, ein paar junge Mädchen kamen gerannt. Die Frauen der Cowboys rissen sich von Dickie los. Auch Nellie, die sich von mehreren jungen Ölarbeitern umschwärmen ließ, kam herübergeschlendert. Sogar Minerva, die skeptisch auf einem der billigen Plätze gesessen hatte, begab sich in die Arena und befreite damit Little Mike, woraufhin dieser sofort zu den Aufspringschleusen hinüber rannte und auf eines der Gatter zu klettern begann.

Jenny ordnete die Frauen in einem Reigen um die ganze Arena herum an – mit Jacy, Karla und den drei Damen vom Gericht in der Mitte. Die High-School-Band, die das ganze Hin und Her nicht sonderlich ernst genommen hatte, stürzte sich in die Klänge der *Battle Hymn of Republic*, und alle Frauen des Landkreises, ob klein oder groß, jung oder alt, schwach oder kräftig, hübsch oder schlicht, fingen an zu singen.

Duane war an diesem Abend mehrfach von seinen Gefühlen nahezu überwältigt worden. Das war so gewesen, als Jacy sich bei ihm einhakte, aber auch, als er Barbette den Vollmond zeigte.

Als er nun so auf dem Boden saß und dem Singen der Frauen lauschte, schwollen die Gefühle in seiner Brust plötzlich zu einer ungeheuren Rührung an. Etwas tropfte auf seine Hand, und er bemerkte, daß er weinte. Das war das zweite Mal in zwei Tagen, daß er weinte. Er genierte sich, obwohl Barbette schlief und niemand ihn beobachtete. Allen Problemen, den vergangenen, gegenwärtigen und kommenden, zum Trotz war er zutiefst glücklich darüber, dort zu sein, wo er war.

Das Singen der Frauen berührte ihn tief. Er wünschte, sie würden immer so weitersingen. Ihr Singen gab ihm ein eigenartiges Gefühl des Friedens, und er wollte, daß es anhielt.

Dann fühlte er, während er sich noch von seinen Emotionen treiben ließ, etwas Kaltes seine Hand berühren. Es war Shortys Nase. Shorty bohrte seinen Kopf unter Duanes Arm und versuchte, sich so eng wie möglich an ihn zu schmiegen. Duane kraulte ihn am Kopf.

Das Singen hörte auf, und die langwierige Probe schleppte sich weiter. Sonny las als Abraham Lincoln die Gettysburg-Rede. Die um Alamo kämpfenden Armeen von Texanern und Mexikanern mimten Feuergefechte. Die Pseudo-Indianer jagten hinter Büffeln her – in diesem Fall hinter Shorty, der sich aus keiner Hatz heraushalten konnte. Der Wagentreck der Seniorenbürger rumpelte durch die Arena. Infanteristen – oder »Doughboys«, wie man sie damals nannte – rückten in den Ersten Weltkrieg aus, Ölboomer bohrten nach Öl, Cowboys schwangen Lassos, und schließlich führten die High-School-Abgänger des Jahrgangs '65 noch einmal ihren grandiosen Sieg in den State Finals der Klasse A auf, der das letzte herausragende historische Ereignis im Landkreis bildete – abgesehen von der Ölübersättigung, die man jedoch diskret zu übergehen beschlossen hatte. Nun wäre es an Jacy gewesen, das abschließende Lied zu singen, aber man hatte es noch nicht ausgesucht, und so konnte es nicht geprobt werden. Dann begannen die Leute allmählich zu ihren Wagen zurückzuschlendern, viele blieben jedoch noch plaudernd in der Arena stehen und genossen die abendliche Kühle.

Währenddessen gab sich Duane in aller Ruhe einer Welt der Gefühle und Erinnerungen hin. Die Leute lächelten und ließen ihn in Frieden, aber nicht, weil sie merkten, daß das Singen ihn so tief bewegt hatten, sondern weil sie das schlafende Kind in seinen Armen sahen und es nicht aufwecken wollten. Die Wogen der Gefühle glätteten sich allmählich, aber er genoß es, so friedlich mit seiner Enkeltochter dazusitzen und zu spüren, wie der Sturm in ihm sich legte.

Auf einmal winkte eine Hand vor seinen Augen hin und her. Es war die von Karla.

»Bist du, während du da gesessen hast, verrückt geworden?« fragte sie.

»Immer versuchst du mich zu dem Geständnis zu bringen, ich sei verrückt«, sagte Duane. »Ich glaube nicht, daß ich verrückt bin.«

»Dann gib Nellie das Baby und laß uns heimfahren«, sagte Karla.

»He, du, laß uns abfahren«, rief Jacy laut.

Eine Sekunde dachte Duane, sie meinte ihn, aber dann sah er, daß sie nach Little Mike rief, der in Kreisen über das Spielfeld spazierte. Sofort rannte er zur anderen Ecke der Arena. Ebenso schnell rannte Jacy ihm hinterher. Little Mike balancierte bereits auf dem obersten Balken des Zauns und war nahe daran, in die Kälberpferche zu fallen, aber Jacy erwischte ihn gerade noch. Wie nebenbei holte sie ihn vom Zaun herunter, so als ob sie es die ganze Zeit so geplant hätte.

Minerva kicherte. »Endlich hat er einen ebenbürtigen Gegner gefunden«, sagte sie.

Little Mike schien zu fühlen, daß er sich in der Hand einer Macht befand, die keinen Widerstand duldete. Als Jacy ihn absetzte, zockelte er so folgsam hinter ihr her, wie es Shorty getan hatte.

Shorty, der mit seinem Kopf auf Duanes Bein gedöst hatte, wachte plötzlich auf, blickte sich in seiner gewohnt benebelten Art um und trottete sofort hinter Jacy und Little Mike her.

Nellie, die sich wieder in einer Phase strahlender Schönheit befand, kam herüber und nahm ihr Baby an sich.

Bald war nur noch Karla bei Duane. Wieder wedelte sie mit der Hand vor seinen Augen.

»Was denkst du denn so, wenn du nicht verrückt bist?« fragte sie.

»Um die Gedanken eines anderen Menschen zu erfahren, muß man mindestens einen Penny bieten«, sagte er.

»Zu teuer, Duane, sag sie mir doch kostenlos«, sagte Karla.

»Ich dachte gerade, es wäre herrlich, wenn wir was Ordentliches zu essen kriegen würden«, sagte er. »Hast du Lust, ins Howlers zu fahren?«

»Okay, aber ich werde Sonny fragen, ob er mitkommt«, meinte Karla. »Wenn er besser essen würde, würde er vielleicht nicht seinen Verstand verlieren.«

»Laß ihn in Ruhe«, sagte Duane. »Vielleicht wär das Leben sogar leichter für Sonny, wenn er einen anderen Verstand hätte.«

50

Karla fragte Sonny trotzdem, aber Sonny lehnte ab, ins Howlers oder überhaupt irgendwohin zu fahren. Er wies höflich darauf hin, daß es für ihn beinahe an der Zeit sei, seine Schicht im Kwick-Sack anzutreten.

»Genevieve würde es nichts ausmachen, wenn du zu spät kämst«, sagte Karla. »Wahrscheinlich braucht sie die Überstunden.«

Aber Sonny wollte nicht mit ihnen kommen, und das bedrückte Karla.

»Zu nichts, was ich ihm vorschlage, hat er Lust«, sagte sie während einer trübsinnigen Fahrt nach Wichita Falls. »Der *ist* vielleicht stur!«

»Er ist eben nicht mit dir verheiratet wie ich«, sagte Duane. »Er schuldet dir keinen totalen Gehorsam.«

»Ach, fick dir ins Knie«, sagte Karla.

»Ich wollte ja nur einen Witz machen«, sagte Duane.

»Du kannst gar nicht witzig sein, Duane«, sagte Karla.

Duane sagte nichts mehr, und sie fuhren schweigend weiter. Das Howlers war ein Ort, an dem Leute dazu neigten, sich rüpelhaft zu benehmen und dann laut zu werden. Wenn man gehört werden wollte, mußte man sich oft selbst rüpelhaft benehmen. Karla benahm sich hier oft so rüpelhaft, daß man sie durch das ganze Restaurant hörte, aber an diesem Abend war das nicht der Fall. Duane aß sein Steak, und sie ließ ihres unangerührt. Sie starrte mit leerem Blick vor sich hin.

Da schlängelte sich Luthie Sawyer im Schlepptau seiner großen drahtigen Frau an ihrem Tisch vorbei. Er war schwer betrunken.

»Luthie, wenn du OPEC bombardieren willst, dann beeil dich bitte etwas«, rief ihm Duane zu. »Diese Ölschwemme wird langsam 'ne ziemlich ernste Sache.«

Luthie war zu benebelt, um zu antworten. Als er und seine Frau hinausgingen, kamen Bobby Lee und Carolyn herein. Sie steuerten mit angespannten Gesichtern auf einen Tisch zu. Obwohl Duane und Karla nur die Hälfte eines Vierer-Tischs belegt hatten, schlugen sie Bobby Lee und Carolyn nicht vor, sich zu ihnen zu setzen. Carolyn hatte pechschwarzes Haar und – im Augenblick zumindest – eine dazu passende Miene aufgesetzt.

»Ich vermute, sie versuchen sich wieder zusammenzuraufen«, sagte Duane, um Karla die Möglichkeit zu geben zu antworten.

Aber Karla zeigte kein Interesse am Eheleben von Carolyn und Bobby Lee, obwohl sie sonst dafür bekannt war, stundenlang darüber zu spekulieren.

»Ich hätte Sonny vor Jahren zu einer Liebesaffäre mit mir bewegen sollen«, sagte sie.

»Was hat dich davon abgehalten?« fragte Duane.

Karlas Blick war eisiger als das Eis in ihrem Eistee.

»Du wirst's wahrscheinlich nicht glauben, Duane, aber ich gehöre nicht zu jener Sorte von Frauen, die hergeht und einem Kerl einfach an den Pimmel faßt«, sagte sie.

Duane gab die Unterhaltung auf. Die Gäste des Howlers benahmen sich immer rüpelhafter und wurden immer lauter. Als sie zu Ende gegessen hatten, konnte Duane sich nicht mehr daran erinnern, weshalb er Lust auf ein ordentliches Essen gehabt hatte. Gerade hatte er eines verschlungen, aber Karlas Schweigsamkeit schlug ihm so auf den Magen, daß er das Gefühl hatte, es würde ihm gleich wieder hochkommen. Nur eine Stunde zuvor in der Rodeoarena war sie noch guter Laune gewesen.

Als sie wieder draußen auf dem Parkplatz waren und Duane

gerade in den Wagen steigen wollte, flog die Tür des Restaurants auf, und ein Mann taumelte heraus. Duane drehte sich um und erkannte ihn – es war ein Bohrer aus Duncan, Oklahoma. Duane nahm an, daß er lediglich betrunken war, aber als er bereits mit einem Bein im BMW war, sah er, wie dem Mann die Beine versagten. Wie ein erlegter Vogel sackte er keine zehn Fuß von ihm entfernt zusammen. Duane dachte, er hätte einen Herzanfall, und trat zu ihm. Der Bohrer, er hieß Buddy, richtete sich auf, blickte sich ein-, zweimal um, dann rollte er sich in fötaler Stellung zusammen und schlief auf dem Kies ein. Duane packte ihn an den Armen und zerrte ihn in die Nähe des Gebäudes, wo er wenigstens nicht überfahren würde.

Dann hörte er einen Wagen starten, wandte sich um und sah, daß es der BMW war.

»Adioś, sayonara, goodbye, Duane!« sang Karla.

»Das ist ein alter Hut!« schrie er. »Komm sofort zurück.«

Aber Karla war schon bald außer Sicht.

Duane setzte sich in Bobby Lees Pickup, bis dieser mit Carolyn herauskam. Carolyn war auch nicht besserer Stimmung als Karla, aber sie nahmen ihn mit bis zu seinem Haus. Von Karla war nichts zu sehen.

51

Am nächsten Morgen erwachte Duane in einem Haus, das ihm sehr leer vorkam. Dickie hatte, obwohl er erst gestern wieder zurückgekommen war, die Nacht nicht dort verbracht. Karla war ausgeflogen. Es sah so aus, als hätte er 1200 m^2 eines unbezahlten Hauses ganz für sich allein.

Dann fiel ihm, während er sich Rühreier briet, Junior Nolan ein, der, zumindest als er ihn zuletzt zu Gesicht bekommen hatte, noch hier wohnte. Er machte sich auf die Suche nach Junior und fand ihn mit einer Packung Cheerios neben sich auf dem Boden in einem entlegenen Gästezimmer sitzen. Er hatte eine Handvoll Cheerios in der hohlen Hand und war dabei, sie trocken wie Popcorn zu essen, während er sich im Fernsehen die *Sesamstraße* ansah.

»Tag Junior, wie wär's mit ein paar Eiern?« fragte Duane. »Außerdem habe ich auch ziemlich gute Wurst.«

»Nein, danke, Duane«, sagte Junior. »Ich mach 'ne Diät.«

»Wieso das denn?« fragte Duane. Er fand, daß der Mann bereits wie ein Überlebender eines Marathons um die ganze Welt ausah.

»Eigentlich ist's keine Diät, sondern 'ne Fastenaktion – du weißt schon, wenn du für irgend 'ne Sache hungerst.«

»Und für welche Sache hungerst du?« fragte Duane.

»Für die Öl-Sache«, sagte Junior. »Ich hungere für ein Embargo gegen ausländisches Öl. Und wenn das nicht wirkt, dann werde ich ein paar von diesen Rocksängern mobilisieren und sie dazu bringen, ein Oil-Aid-Konzert zu geben, um verhungernden Ölleuten zu helfen.«

»Gandhi hat gefastet«, fuhr Junior fort. »Ich denke, dann kann ich das auch tun.«

Juniors beeindruckende Vertrautheit mit der Weltgeschichte überraschte Duane ein wenig.

»Junior, wir merken kaum was davon, daß du im Haus bist«, sagte er. »Wir bekommen dich tagelang nicht zu Gesicht. Du könntest hier hocken und verhungern, und kein Mensch würde es merken. Damit würdest du kein Ölembargo erreichen, sondern wärst einfach tot.«

»Stimmt, aber ich hab ja noch nicht richtig angefangen zu hungern«, sagte Junior. »Ich üb erstmal mit Cheerios. Sobald die Hundertjahrfeier beginnt, werd ich auf der Grünanlage vor dem Gericht ein Zelt aufstellen und dort fasten. Vielleicht bekomme ich sogar 'ne landesweit ausgestrahlte Fernseh-Reportage.«

»Ich weiß nicht, ob deine Hungeraktion so gut zu den Hundertjahrfeier-Veranstaltungen paßt«, gab Duane zu bedenken. »Wenn die Touristen dich sehen, könnte sie das so deprimieren, daß sie nicht dableiben, um T-Shirts zu kaufen.«

Das Geschäft im T-Shirt-und-Souvenir-Shop hatte vielversprechend angefangen, aber nach einem oder zwei Tagen war der Absatz auf ein enttäuschendes Niveau zurückgegangen. Der anfängliche Run war von einheimischen Käufern ausgelöst worden, die auf diese Weise billige Geburtstagsgeschenke ergatterten. Einige wenige, die zufällig durch Thalia kamen – hauptsächlich weil sie zu faul waren, aufmerksam die Landkarte zu studieren – hielten an und gingen in den Souvenir-Laden hinein, aber die meisten von ihnen wollten nur nach dem Weg fragen.

Junior folgte Duane in die Küche und verzehrte griesgrämig mehrere Eier und etwas Wurst. Duane fiel ein Stein vom Herzen. Der Mann zeigte einen gesegneten Appetit und würde die Idee einer Fastenaktion vielleicht schon bald vergessen haben.

»Verdammt, sind wir hier denn die einzigen im Haus?« fragte Junior, als er sich der gähnenden Leere bewußt wurde.

»Nö, die haben nur alle was zu erledigen«, sagte Duane. Er wollte sich nicht die Mühe machen und erklären müssen, weshalb seine ganze Familie bei Jacy eingezogen war.

Er ging in den Garten und versuchte die sündhaft teure Rasensprengeranlage anzustellen, die nicht weniger kompliziert war als der Küchenherd. Widerwillig hatte er der Anschaffung der Anlage zugestimmt, aber inzwischen war sein Interesse daran gewachsen.

Er versuchte sich einzureden, daß die Abwesenheit seiner Familie nur einer vorübergehenden Laune entsprang, aber irgend etwas sagte ihm, daß das Ganze kein Scherz war. Er wollte seine Familie zurückhaben und studierte leicht verzweifelt die Armaturen der Rasensprengeranlage. Wenn man sie nur richtig in Gang bringen konnte, würde vielleicht über Nacht ein weicher grüner Rasen sprießen – bei ausreichender Feuchtigkeit wuchsen die Rasenflächen von Thalia im Sommer so rasch, daß die meisten Leute die meiste Zeit nichts anderes taten, als sie zu mähen.

Er war sicher, daß zumindest Karla einem hübschen grünen Rasen nicht lange widerstehen könnte, und wenn er nur Karla dazu bewegen könnte, in mehr oder weniger regelmäßigen Abständen zurückzukommen, würden die anderen schon folgen.

Endlich gelang es ihm, den Rasensprenger in Gang zu bringen, und er fuhr in die Stadt. Er wünschte, er könnte sich auf der Fahrt mit Shorty unterhalten oder ihn auch nur betrachten.

Er sollte Eddie Belt und einigen anderen Freiwilligen helfen, Hundertjahrfeier-Flaggen über die Hauptstraße zu spannen, aber keine Freiwilligen waren zur Stelle, und so fuhr er in sein Büro und saß eine Weile schweigend da.

Ein Blick in die *Oil News* war auch nicht gerade ermutigend. Es wurde so wenig gebohrt, daß er mit einem einzigen Blick nicht nur die Haupttrends, sondern überhaupt alle Trends erfassen konnte. Er fragte sich, ob der legendäre C. L. Sime schon aus Norwegen zurück oder ob er überhaupt hingefahren war. Er hatte das unangenehme Gefühl, daß die Begeisterung des Alten über sein sauber getipptes Angebot geschwunden sein könnte und daß aus Odessa keine Millionen kommen würden.

Dieses Gefühl machte ihn unruhig, und so stieg er in seinen Pickup und fuhr zu Suzie Nolan, aber schon von ferne sah er Dickies Pickup vor ihrem Haus parken. Duane machte auf der Stelle kehrt und fuhr enttäuscht zurück nach Thalia. Nichts führte an der Tatsache vorbei, daß es Spaß machte, mit Suzie Nolan ins Bett zu gehen. Obwohl er Dickie durchaus wohlgesonnen war, kam es ihm ein wenig unfair vor, daß ein Einundzwanzigjähriger einen so hohen Prozentsatz von dem Spaß bekommen sollte, der in Thalia zu haben war.

Das Dairy Queen war menschenleer, aber auf der Kreuzung vor dem Gericht drängten sich die Menschen. Als Duane parkte, sah er einen Körper auf dem Gehweg liegen. Bobby Lee stand über den Körper gebeugt und fächelte ihm mit seinem Sombrero Luft zu. Währenddessen standen Ruth und Jenny, die der daliegende Körper offensichtlich nicht zu kümmern schien, oben auf Hochleitern und versuchten eine Hundertjahrfeier-Flagge zwischen zwei Lichtmasten zu befestigen.

Duane ging über die Straße und sah, daß es Lester war, der da lag. Janine saß neben ihm auf dem Pflaster, kaute Kaugummi und hielt seine Hand. Toots Burns, der Sheriff, war ebenfalls anwesend.

Toots, der zeitlebens Junggeselle gewesen war, hatte kürzlich die Wählerschaft damit verblüfft, daß er die kleine Ausreißerin geheiratet hatte, die sich nach Thalia verirrt und geglaubt hatte, sie wäre in Georgia.

Lester hatte die Augen offen, aber er rührte sich nicht.

»Lester hat versucht, Selbstmord zu machen«, erklärte Bobby Lee in dem gleichen sachlichen Ton, in dem er die Ankunft libyscher Terroristen verkündet hatte.

»Hat er nicht, Sie können's nicht beweisen, also halten Sie die Klappe«, sagte Janine.

Bobby Lee, der ein vielversprechendes blaues Auge hatte, sah unglücklich aus. Jeder Angriff gegen eine seiner Äußerungen brachte sofort sein Selbstvertrauen ins Wanken.

»Jedenfalls hat er einen Kopfsprung von der Hochleiter gemacht«, meinte er.

»Er ist von der Leiter gefallen«, sagte Janine.

Jenny, Lesters Frau, befestigte mit Janines Hilfe eine Flagge direkt über dem Kopf ihres Gatten.

»Er ist wahrscheinlich heruntergefallen«, sagte sie. »Ich glaube nicht, daß er 'n Kopfsprung machen kann.«

Duane hockte sich neben Lester nieder, der sich aus der Kontroverse über seinen kürzlichen Fall höflich heraushielt.

»Na, wie geht's?« fragte Duane. »Wie fühlst du dich?«

»Ich würde gerne in die Ruhezelle zurückgehen«, sagte Lester. »Sonny ist den Krankenwagen holen gegangen.«

»Wie konnte es denn passieren, daß du von der Leiter gefallen bist?« erkundigte sich Duane.

»Ich dachte daran, daß ich da oben auf diesem Brett mit dem Wasser unter mir sitzen muß, und ehe ich mich versah, war ich heruntergefallen«, sagte Lester.

Mit echtem Gemeinschaftssinn hatte sich Lester bereit erklärt, die unbeliebteste Aufgabe der ganzen Hundertjahrfeier zu übernehmen. Er sollte den ganzen Tag in einem Käfig über einem Wassertrog sitzen. Für einen Vierteldollar konnten die Leute Bälle gegen eine Klappe werfen, und wenn sie sie trafen, dafür sorgen, daß Lester ins Wasser fiel. Als Bankpräsident gab er ein Opfer ab, bei dem nach allgemeiner Auffassung am ehesten davon auszugehen war, daß die Vierteldollar-Stücke reichlich fließen würden. Alle Leute, die kurz vorm Bankrott standen, konnten ihre Frustration abbauen, indem sie versuchten, den Bankpräsidenten ins Wasser zu werfen.

»Ich mag nur in geheizten Swimmingpools schwimmen«, sagte Lester.

»Dieser Krankenwagen wird wohl gar nicht erst losfahren«, sagte Janine heiter. Sie schien dieser Zwischenfall zu amüsieren.

»Ich könnte ja auch zu Fuß zum Ruheraum gehen«, meinte Lester. »Das ist ja nur drei Straßen weiter.«

»Kommt nicht in Frage«, sagte Bobby Lee. »Du könntest dir das Genick gebrochen haben.«

Duane forderte Lester auf, einmal seine Finger zu bewegen und ein Bein zu heben. Lester bewegte nicht nur seine Finger, sondern tat, als tippe er wie wild auf einem Computer herum.

»Sein Genick ist nicht gebrochen«, meinte Duane. »Laß ihn zu Fuß gehen, wenn er es will.«

Lester erhob sich und wanderte Hand in Hand mit Janine die Straße hinunter.

Jenny Marlow hatte Schwierigkeiten, die Flagge straffzuziehen. Sie stieg von der Leiter herab, und Duane stieg hinauf, um den Rest zu erledigen. Auf der anderen Straßenseite beobachtete Ruth von ihrem hohen Sitz auf der Leiter kritisch seine Bemühungen. So sehr sich Duane auch anstrengte, die Flagge hing immer noch schlaff herunter. Die Menge sah zu und sparte nicht mit Ratschlägen. Einhellig war man der Meinung, daß es ein sehr schlaffes Banner war und die Durchreisenden nicht ermuntern würde, anzuhalten, Souvenirs zu kaufen und sich zu amüsieren.

»Wenn ich eine so schlaff herunterhängende Fahne sähe, würde ich Gas geben und weiterdüsen«, meinte ein alter Mann.

»Sie wird ja auch nicht lange dort hängen«, meinte ein anderer Oldtimer. »Der erste Laster, der mit 'ner Bohranlage drauf hier durchkommt, wird sie voll niederreißen. Sie hängt zu niedrig.«

Duane hielt inne und blickte auf die Menge hinunter. Es war, so schien ihm, ein typisch undankbarer Thalia-Haufen.

»Jeder, der glaubt, er kann's besser, ist herzlich willkommen weiterzumachen«, sagte er.

Da kam Eddie Belt, der für diese Arbeit eigentlich verantwortlich war, angefahren und parkte seinen Wagen.

»Habt ihr beiden diese Flagge immer noch nicht oben?« fragte er betont lässig.

Duane hörte auf zu arbeiten. Er kletterte auf der Leiter ein paar Stufen höher bis zur Spitze, setzte sich und winkte zu Ruth hinüber, sie möge ein Gleiches tun. Ruth kletterte ebenfalls höher hinauf und setzte sich ebenfalls rittlings auf die Leiterspitze.

»Wenn man unsere Arbeit nicht schätzt, weshalb sollten wir dann arbeiten?« fragte er mit einem Blick zu Ruth hinüber, die mit unergründlicher Miene auf ihrer Leiter thronte. Sie ließ durch nichts erkennen, daß sie mit seinem Gefühl sympathisierte. Vielleicht hatte sie auch nur eine Verschnaufpause eingelegt.

Vom Gipfel der Leiter aus konnte Duane bis zu den fernen Ausläufern der Stadt blicken. Keine Autos waren in Sicht, keine Touristen, die verärgert wieder umkehrten. Auf der anderen Straßenseite legte Richie Hill letzte Hand an die Nachbildung von Old Texasville an. Er strich gerade die brandneue Holzbaracke mit einem Farbton, der »Antique Gray« hieß. Buster Lickle hatte diesen Farbton ausgesucht, da er, wie er sagte, demjenigen der authentischen Bretter von Texasville sehr nahe kam, die er entdeckt hatte.

»Mit so 'nem Scheiß muß man nun seinen Tag zubringen«, stellte Eddie Belt fest, obwohl er recht glücklich zu sein schien, den seinen auf so angenehme Art zuzubringen.

»Duane wird allmählich ganz schön zickig«, bemerkte Jenny gegenüber der Menge. »Ich kann nicht mehr den Mund aufmachen, ohne daß ich seine Gefühle verletze.«

»Geschieht ihm ganz recht. Meine Gefühle hat er 'ne Million mal verletzt«, sagte Bobby Lee.

Da glaubte Duane ein vertrautes Fahrzeug in hoher Geschwindigkeit von Osten näherkommen zu sehen. Kaum eine Minute später schlängelte Karla ihren BMW durch die Menge und bremste direkt unter der Flagge. Ihre Laune schien sich verbessert zu haben.

»Mama hat 'ne Krise«, rief sie zu Duane hinauf. »Ich denke, ich fahre besser für ein paar Tage zu ihr hinaus und sehe zu, ob ich sie beruhigen kann.«

Karlas Mutter lebte in Pecos, Texas, weit im Westen.

»Sie hat doch pausenlos Krisen, seit ich deine Familie kenne«, rief Duane herunter. »Was hat sie denn nun wieder angestellt? Mord, Brandstiftung, Vergewaltigung oder was?«

»Sehr witzig, Duane«, bemerkte Karla, während sie ihre Sonnenbrille abnahm. »Wenn du dich fragst, weshalb ich nicht mehr zu Hause bin, dann erinnere dich nur mal an solche Witze. – Aber was machst du überhaupt da oben?«

»Im Moment nur dasitzen«, sagte er. »Vielleicht werde ich ein Hochleitersitzer. Und was hat deine Mami wirklich angestellt?«

Die Menge interessierte sich nicht für ihren Familienstreit und begann sich zu zerstreuen. Nur Bobby Lee, Eddie und Jenny blieben noch in der Nähe.

»Sie hat Casey zum Teufel gejagt«, sagte Karla. Casey war der langjährige unterdrückte Freund ihrer Mutter.

»Ach du Schreck«, entfuhr es Duane.

»Genau«, sagte Karla. »Wenn ich nicht zu ihr fahre und die Sache wieder flicke, könnte sie beschließen, bei uns einzuziehen. Ich glaube nicht, daß wir wollen, daß das passiert.«

»Du bist ja nicht da, weshalb sollte es dich also stören?« fragte Duane.

Karla mußte lachen und meinte: »Du vermißt wohl eine Sklavin in deiner Umgebung, stimmt's?«

Duane mußte ebenfalls lachen.

»Wenn ich eine Sklavin hätte, würde ich sie sicher vermissen, wenn sie abhauen würde«, sagte er. »Ich weiß nur nicht, wie eine Sklavin aussieht.«

»Männer haben eben keine Ahnung, was Sklaverei bedeutet«, sagte Jenny. Duane spürte deutlich, daß sie die ganze Zeit darauf brannte, sich in die Diskussion einzumischen.

»Denen ist doch gar nicht bewußt, was wir schon an einem stinknormalen Alltag alles für sie tun«, fuhr sie fort. »Und wenn, dann merken sie's nur zufällig. Sie brauchen nicht mal darum zu bitten. Wir tun die unmöglichsten Dinge für sie, als ob's nur recht und billig wäre.«

»Und ob! – Zum Beispiel Gift in den Eistee mixen oder das ganze Geld rausschmeißen, nachdem wir uns den Arsch aufgerissen haben, um es ranzuschaffen«, bemerkte Bobby Lee. »Oder Haare in der Badewanne lassen.«

Karla blickte ihn an und grinste.

»Ach Gott, was für ein empfindliches Seelchen! Regen dich vielleicht Haare in der Badewanne auf?«

»Aber sicher! Ich könnte kotzen, wenn ich ein Büschel nasse Haare in der Badewanne sehe.«

»Stören dich nur Schamhaare oder jede Art von Haaren?« fragte Karla. »Das ist eine offizielle Anfrage von Karla Moore.«

»Einfach Haare generell«, sagte Bobby Lee. »Widerliche alte Haare.«

»Woher hast du denn das blaue Auge?« fragte sie dann.

Bobby Lee, der kurz vor einem Anfall gewesen war, beruhigte sich wieder und fuhr in seinem sachlichen Tonfall fort: »Du wirst's wahrscheinlich nicht glauben, aber ein fetter glitschiger Ochsenfrosch ist von einem Baum gesprungen und direkt in meinem Auge gelandet«, sagte er.

Karla mußte lachen.

»Ganz schön schlagfertig, was?« sagte sie.

»Natürliche Auslese«, sagte Bobby Lee.

Eddie Belt lachte sarkastisch.

Da begann Ruth mit der Flagge auf- und abzuwedeln und rief: »Entweder bringen wir das hier zu Ende, oder wir machen uns woanders nützlich.«

»Das Ding muß nur noch ein bißchen höher hängen«, sagte Jenny Marlow, während sie die schlaff durchhängende Flagge betrachtete.

»Bye, bye, Duane«, rief Karla zu ihrem Mann hinauf und wollte aufbrechen.

»Bye, bye, Karla, und gute Reise«, sagte Duane.

»Gerate bloß nicht in alle möglichen unangenehmen Situationen, die dir schaden könnten, während ich weg bin«, sagte Karla.

»Vielleicht bleibe ich die ganze Zeit hier auf der Hochleiter sitzen«, sagte Duane. »Ein friedliches Plätzchen ist das hier oben, und ich kann beobachten, wie sich die Dürrezone ausbreitet.«

Karla blies ihm einen sanften Handkuß zu. Duane schmatzte ihr ein Küßchen zurück. Eine Minute später war der BMW in westlicher Richtung verschwunden.

52

Sonny war zum Krankenhaus geeilt, um den Krankenwagen zu holen, aber unterwegs hatte er vergessen, weshalb er den Krankenwagen brauchte. Er saß im Wartezimmer des Krankenhauses und war sehr verlegen, als Lester und Janine hereinkamen. Sobald sie Lester im Ruheraum einquartiert hatte, kehrte Janine zurück und meldete es Duane, der sich inzwischen mächtig ins Zeug gelegt und die Flagge so straff gezurrt hatte, daß sie nicht mehr das geringste Anzeichen von Schlaffheit aufwies.

»Sonny ist einfach nicht mehr der alte«, meinte Janine.

»Was ist, wenn er die Gettysburg-Rede vergißt?« fragte Jenny. »Das könnte uns das ganze Festspiel ruinieren.«

Duane wußte, daß er wegen Sonny etwas unternehmen sollte, aber es ging ihm irgendwie gegen den Strich. Er wußte nicht, *was* er wegen Sonny unternehmen sollte, und er wollte auch nicht derjenige sein, der etwas wegen ihm unternehmen mußte.

Zu seiner Überraschung kam ihm Ruth Popper zu Hilfe.

»Zerbrechen Sie sich darüber mal nicht den Kopf, Duane«, sagte sie. »Es gibt keinen Grund, weshalb Sie in dieser Stadt *alles* machen sollten. Los, machen Sie sich einen schönen Tag.«

Just in diesem Moment bemerkten alle, daß auf der Rasenfläche vor dem Gericht eine Schlägerei im Gange war. Der bartlose Joe Coombs hatte dort angehalten, um in der Telefonzelle an der Straßenecke zu telefonieren. Bobby Lee und Eddie Belt, die keinerlei Interesse zeigten, zur Arbeit zu gehen, hatten beschlossen, das neue Untertauchgesetz auf der Stelle in Kraft treten zu lassen. Sie stürzten sich auf Joe und versuchten ihn in die Pferdetränke zu tauchen, so wie es das besagte Gesetz für bartlose Männer vorschrieb.

Aber Joe Coombs erwies sich als harter Brocken. Er hatte

zwar keinen Bart, aber dafür beträchtliche Muskeln. Schon bald war klar, daß Bobby und Eddie von Glück sagen konnten, wenn sie es schafften, ihn unterzutauchen.

Ein paar Ölarbeiter, die gerade auf der Durchfahrt waren, hielten an und sahen zu.

»Seht ihr: die Fahne ist oben«, rief Duane den Ölarbeitern zu. Er war stolz auf sein handwerkliches Geschick, aber die Arbeiter ignorierten die Flagge, saßen da und sahen dem Kampf zu.

»Hilf uns, Duane«, schrie Bobby Lee. »Dieser Kerl verstößt gegen das Gesetz.«

Joe Coombs hielt Eddie Belt mit dem Fuß auf dem Boden nieder und schmiß Bobby Lee in die Pferdetränke. Dann schwang er Eddie in die Höhe und warf ihn ebenfalls hinein. Die Ölarbeiter applaudierten und hupten. Dann schlenderte Joe über die Straße und erledigte seinen Anruf.

»Dieser kleine Joe Coombs ist ganz schön stark«, sagte Janine mit fröhlichem Strahlen in den Augen.

Bobby und Eddie kletterten aus der Pferdetränke. Sie wirkten gedemütigt bis auf die Knochen.

»Er hält sich nicht an die Spielregeln«, sagte Bobby Lee. »Er sollte der Untergetauchte sein und nicht der Untertaucher.«

»Wessen Idee war es eigentlich, dieses blöde Gesetz zu machen?« fragte Eddie. »Das wird uns jetzt ewig anhaften. Wir könnten genausogut nach Lubbock umziehen.«

»Ich zieh auch nach Lubbock um«, erklärte Bobby Lee. »Auf der Stelle fang ich an zu packen.«

»Wenn's nicht zuviel verlangt ist, dann schaut auf eurem Weg nach Westen doch noch kurz auf der Bohranlage nach, ob alles in Ordnung ist«, sagte Duane.

Ohne irgendwelche Versprechungen zu machen, fuhren die beiden Männer los.

Duane fuhr zu seiner Bohranlage und arbeitete den ganzen Tag. Es war heiß, aber er war lieber außerhalb der Stadt als in der Stadt.

Die Festspielprobe an diesem Abend verlief im Vergleich zur ersten Probe ziemlich lustlos. Der Reiz des Neuen war so rasch verflogen, daß nur noch etwa halb so viele Leute überhaupt erschienen.

Jenny hatte ein paar Veränderungen im Skript vorgenommen. Duane sollte in seiner Rolle als George Washington nun doch keinen Silberdollar quer über die Arena werfen. Das war aufgrund des Risikos, der Silberdollar könnte jemanden treffen und verletzen, gestrichen worden. Statt dessen sollte Duane nun in einem Boot den eisigen Delaware überqueren. Duane wies darauf hin, daß die staubige Arena nicht gerade an einen eisigen Fluß erinnerte.

»Und selbst wenn, wie käme ich dann von einer Seite zur anderen?« fragte er.

»Och, Duane, du kannst dich einfach in ein Motorboot setzen«, meinte Jenny. »Jemand kann es mit einem Pickup um die Arena herumschleppen. Nimm doch nicht alles so wörtlich, laß doch mal ein wenig deine Phantasie spielen.«

»Das tu ich ja«, versicherte ihr Duane. »Ich kann mir genau vorstellen, wie verdammt beknackt ich aussehen werde, wenn ich in einem Motorboot um's Stadion herum geschleppt werde.«

»Hör auf, dich zu beschweren, Duane«, sagte Jacy. »Ich mußte in einem Film schon Sachen machen, die noch viel beknackter waren als das.«

Sie war gerade zur rechten Zeit gekommen und brachte seinen Hund und seine Kinder mit. Sie setzte sich ins Gras und studierte ein Gesangbuch. Barbette strampelte auf einer Decke zu ihren Füßen. Little Mike veranstaltete eine wahre Kletterorgie, er kletterte immer wieder über den Zaun und zurück.

»Allzu heiter siehst du nicht aus, Honey pie«, sagte Jacy, als Duane sich neben sie setzte. »Komm nach der Probe zum Abendessen vorbei. Nellie macht Pasta. Wir werden uns einen Film ansehen oder so.«

Duane war ihr dankbar für diese Einladung. In ein leeres Haus zurückkehren und Junior Nolan beim Üben seiner Kojotenlockrufe zuhören zu müssen war keine angenehme Vorstellung. Aber der Gedanke, zu Jacy zu fahren, ließ ihn zögern. Daher gab er nicht sofort eine Antwort. Jacy blätterte weiter in ihrem

Liederbuch und summte dabei vor sich hin. Als sie ihn wieder ansah, schien sie sich über irgend etwas zu amüsieren.

»Zermarter dir nicht dein Hirn, Sweety«, sagte sie. »Wenn du heute abend keinen Bock auf Gesellschaft hast, dann vergiß es.«

»Nein, ich möchte ja kommen«, sagte er rasch.

»Ich mach dich wohl nervös, stimmt's?« fragte sie.

»Na ja, ich hab mir angewöhnt, nicht aufdringlich sein zu wollen«, sagte er.

»Wer eingeladen ist, drängt sich ja nicht auf«, meinte Jacy. »Und wenn, dann wär's ja hauptsächlich deine eigene Familie, der du dich aufdrängst. Du bist einen Schuß zu feinfühlig. Wir werden doch nur Pasta essen und uns einen Film ansehen.«

»Ich dachte, man kann überhaupt nicht feinfühlig genug sein«, meinte Duane. »Also, um wieviel Uhr ist das Abendessen?«

»Ich weiß nicht, Duane, jetzt habe ich das Gefühl, ich hätte dir was aufgezwungen«, sagte Jacy. »Wenn du einfach frei heraus ja gesagt hättest, wäre es schön gewesen, aber jetzt werde *ich* nervös. Vielleicht würdest du ja wich nur stören.«

Duane war wütend über sich selbst. Er hatte sich ohne jeden Grund gewunden und eine ganz unkomplizierte Einladung kompliziert gemacht. Sie hätte zumindest unkompliziert sein können, aber sie hatte etwas mit Jacy zü tun, und seine Gefühle ihr gegenüber waren eben nicht unkompliziert. Verliebt war er zwar nicht in sie, aber nicht verliebt zu sein und unkomplizierte Gefühle zu haben waren zwei verschiedene Dinge.

»Ich hab den Eindruck, wir müssen uns auf das Ganze noch ein bißchen besser vorbereiten«, sagte Jacy und machte ein leicht deprimiertes Gesicht.

»Nein, überhaupt nicht«, sagte er. »Als du mich gefragt hast, hat mich das nur einen Moment lang verlegen gemacht. Das war albern. Ich möchte wirklich gern zum Essen kommen.«

»Ich glaube, das hängt zum Teil damit zusammen, daß du mit meiner Familie besser zu Rande kommst, als ich es jemals gekonnt habe«, fügte er hinzu. »Ich habe das Gefühl, ich sollte mich da besser raushalten.«

»Mit Kindern von anderen Leuten hat man's leicht«, sagte

Jacy. »Man ist nicht für sie verantwortlich, also kann man ganz locker sein.«

Einen Augenblick sah sie ihn prüfend an.

Dann sagte sie: »Ich habe eine Idee! Tun wir so, als wäre diese Unterhaltung nur eine Bühnenprobe gewesen. Wir haben einfach geprobt, wie wir einander wieder näher kommen nach dreißig Jahren.«

Sie blickte ihn an und klappte ihr Gesangbuch zu.

»Einladung – die Zweite«, sagte sie. »Du siehst nicht gerade heiter aus, Honey pie. Komm zum Abendessen. Nellie macht Pasta. Wir werden uns einen Film oder so was ansehen.«

»Super«, sagte Duane. »Ich helf dir beim Tischdecken.«

53

Shorty fuhr um des alten Brauches willen in Duanes Pickup nach Los Dolores mit. Aber anstatt sich auf dem Beifahrersitz einzurollen und sich das Fell zu lecken, stand Shorty aufrecht, die Pfoten auf die Handschuhablage gestützt, und beobachtete den Mercedes direkt vor ihnen. Die Straße nach Los Dolores war zum Teil nicht asphaltiert, so daß der Mercedes in Staubwolken verschwand, worauf Shorty sofort zu winseln anfing.

Julie war ebenfalls mit ihm mitgefahren. Wenn Shorty zu winseln begann, gab sie ihm einen Klaps auf den Kopf.

»Halt die Schnauze, du Drecksvieh«, sagte sie. Sie gab ihm noch ein paar Klapse mehr, aber Shorty winselte weiter.

»Hup mal, damit ich bei den anderen mitfahren kann«, sagte Julie. »Ich hasse es, mit einem Dreckshund zu fahren.«

»Sei nicht so ungeduldig«, sagte Duane, erleichtert zu sehen, daß Julie unter Jacys Führung nicht vollkommen zum Engel geworden war.

»Ich nehme an, du spielst jetzt auch die große Küchenchefin, wie deine Schwester«, sagte er.

»Überhaupt nicht«, sagte Julie. »Jack und ich mischen gerade eine Platte ab.«

»Ihr mischt eine Platte ab?« sagte Duane. »Wo denn?«

»Direkt im Haus«, sagte Julie. »Da gibt's jede Menge Equipment.«

»Was für einen Song nehmt ihr denn auf?« fragte Duane verblüfft.

»Ach, nur so 'n Song eben«, sagte Julie.

»Punk oder Country-and-Western?« fragte er.

»Mann, Punk natürlich«, kicherte Julie. »Jack und ich haben ihn geschrieben.«

»Das ist ja 'ne tolle Neuigkeit«, sagte Duane. »Vielleicht werdet ihr beide schon bald steinreiche Songwriter sein. Dann könnt ihr ja für mich sorgen, wenn ich alt bin.«

Julie gelang es schließlich, Shorty auf den Wagenboden hinunterzuschubsen, dann hielt sie ihn mit ihren Füßen unten.

»Sing den Song doch mal«, schlug Duane vor.

»Nö, er könnte dich schockieren«, meinte Julie.

»Bis vor wenigen Tagen habe ich mit dir und Jack und Nellie und eurer Mutter unter einem Dach gelebt«, sagte er. »Mich kann nichts mehr schockieren.«

»Der Song heißt *Vaseline*«, sagte Julie. »Darin geht's ums Kommen.«

»Julie, ihr habt tatsächlich die einzige Kombination entdeckt, die mich schockieren könnte«, sagte Duane.

»Ich hab dich ja gewarnt«, sagte Julie.

»Mit wem bist du denn ›gekommen‹?« fragte Duane. »*Das* ist der Punkt, der mich daran schockiert.«

»Mann, Daddy, das Lied handelt nur vom Wichsen«, sagte Julie. »Das ist alles.«

»Dann bin ich ja beruhigt«, sagte Duane.

Als sie Los Dolores erreichten, verspürte Duane wieder jenes Zögern. Er fühlte sich sonderbar gehemmt, das Haus zu betreten. Ihm war, als würde er eine Welt betreten, in die er nicht hineingehörte.

Offensichtlich war er aber der einzige, der dieses Gefühl hatte. Dickies Pickup stand auch da, und Dickie selbst befand sich in der riesigen Küche und drehte sich gerade einen Joint. Little Mike spazierte, in seiner eigenen Sprache vor sich hin singend, durch die Gegend. Jacy setzte Barbette auf den Küchentisch. Die Kleine strampelte mit ihren Beinchen und blickte feierlich ihren Onkel an.

»Schau dich nur um, Duane«, sagte Jacy. »Ich werde Nellie helfen, mit dem Abendessen in Gang zu kommen.«

Duane wanderte durch das Haus und wunderte sich über die große Menge Bücher, die es enthielt. In einem Raum nach dem anderen fand er Bücherregale, die vom Boden bis zur Decke angefüllt waren mit Büchern. Auf den Gängen und Fluren reihten sich ebenfalls Bücher – zu Tausenden. Duane hätte nie gedacht, daß einem Menschen etwas daran liegen könnte, so viele Bücher zu besitzen.

Dann entdeckte er Minerva in einer Kammer mit einem riesigen Fernsehgerät und Tausenden von weiteren Büchern. Minerva sah sich ein Baseballspiel an. Auf dem Fernseher stand das Foto des jungen Steve McQueen – vielleicht war das Gerücht, er sei einmal durch Thalia gekommen, am Ende doch wahr gewesen. Auf dem Schreibtisch standen noch mehrere andere gerahmte Fotos – alle von wunderschönen Frauen, die ihm irgendwie bekannt vorkamen.

»Kein schlechtes Haus«, sagte er.

»Ja, man hat einen echt guten Empfang hier«, sagte Minerva.

»Und wenn man das Fernsehen leid ist, findet man immer was zu lesen«, sagte Duane.

»Ich fände es schrecklich, wenn ich all diese Bücher lesen müßte«, bemerkte Minerva. »Dabei könnten einem ja die Augen ausfallen.«

Duane wanderte durch einen langen von Büchern gesäumten Flur. Hinter einer Tür vernahm er gedämpft Musik. Er klopfte an, und Jack öffnete. Jack trug eine dunkle Sonnenbrille mit einer straßbesetzten Fassung und sehr wuchtige Kopfhörer, die an die von Testpiloten erinnerten. Nun, wo die Tür offenstand, klang die Musik nicht mehr gedämpft. Der Raum war angefüllt mit teuer aussehendem Sound-Equipment, dazwischen mehrere Gitarren und ein kleines Klavier.

Julie tanzte mit einem Gesangmikrophon in der Hand herum.

»Was gibt's? Wir sind am Arbeiten«, sagte Jack gereizt.

»Überhaupt nichts, es sei denn, das Abendessen ist fertig«, sagte Duane.

»Ich hoffe, es ist fertig; ich sterbe vor Hunger«, sagte Jack und schlug ihm die Tür vor der Nase zu.

Duane schlenderte nach draußen. Dort fand er eine hübsche Terrasse und einen großen Swimmingpool. Er hatte seine Schüchternheit immer noch nicht überwunden. Er war da, aber er fühlte sich übergangen. Er machte sich wieder auf den Weg zurück in die Küche, aber da kam er zufällig am Küchenfenster vorbei. Jacy und Dickie saßen am Tisch und rauchten ihren Joint zu Ende. Dickie redete ziemlich aufgeregt, und Jacy schien ihm zuzuhören. Nellie machte sich am Herd zu schaffen, und Minerva schnitt Tomaten in Scheiben.

Eine solche Szene wäre für ihn noch vor ein paar Wochen, ja sogar vor ein paar Tagen unvorstellbar gewesen. Und nun war sie nicht nur vorstellbar, sondern sichtbar. Was er sich aber nicht vorstellen konnte, war er selbst in ihrer Mitte.

Nach einer Weile kam Nellie heraus und deckte den Tisch.

»Mrs. d'Olonne möchte hier draußen essen«, sagte sie. »Ist dir das recht?«

»Natürlich«, sagte Duane.

Nellie holte die Pasta, Minerva brachte die Tomaten heraus und verzog sich wieder zu ihrem Baseballspiel. Die Zwillinge erschienen und füllten sich ihre Teller. Dann kam Dickie heraus, füllte sich ebenfalls einen Teller und verschwand damit im Haus. Jacy kam und brachte eine Flasche Wein. Sie blieb hinter Duanes Stuhl stehen, legte eine Hand auf seine Schulter und füllte sein Weinglas.

»Nimm einen Schluck Vino«, sagte sie. »Vielleicht bist du dann nicht mehr so nervös.«

»Er ist immer nervös«, bemerkte Jack, während er fachmännisch Spaghetti um seine Gabel drehte.

»Wer kann ihm das übelnehmen, wenn er mit einem Kind wie dir unterm selben Dach leben muß«, sagte Jacy. »Mit einem Kind, das Vaseline klaut.«

Jack grinste sie breit an, so als wäre er stolz, als Vaselinedieb etikettiert zu werden.

»Er klaut Vaseline?« fragte Duane. »Wozu?«

»Als Hilfsmittel für autoerotische Praktiken, darf man annehmen«, sagte Jacy.

»Oh«, entfuhr es Duane.

»Das hast du doch gewußt«, sagte Julie. »Ich hab dir doch von unserem Song erzählt.«

»Ich hatte wohl gehofft, du hättest nur Spaß gemacht«, sagte Duane mit einem Seitenblick auf Jacy.

»Iß deine Fettucini, Duane«, sagte Jacy. »Laß Tante Jacy sich um diese Kinder kümmern.«

Sie griff über den Tisch und ruffelte Jack durch die Haare.

»Ein bißchen Vaseline in Ehren wird niemand verwehren, nicht wahr?« sagte Jacy.

»Ich werd's dir ersetzen, wenn unser Song in die Charts kommt«, sagte Jack.

»Ich denke darüber nach, diese Kinder mit nach Italien zu nehmen, wenn ich zurückgehe«, sagte Jacy. »Ich könnte richtige kleine Römer aus ihnen machen. So wie es aussieht, fehlt dazu nicht mehr viel. Ich werde ihnen Hondas anschaffen und sie dann auf einer Piazza aussetzen.«

»Ich hoffe, du fährst nicht schon vor der Hundertjahrfeier zurück«, sagte Duane.

»Warum nicht? Würde Adam dann etwa seine Eva vermissen?« fragte Jacy.

»Ja, und abgesehen davon würde das ganze Fest zusammenkrachen«, sagte er.

Little Mike wurde unruhig. Jacy bot ihm einen Bissen Pasta an. Aber Little Mike schüttelte den Kopf.

»Okay«, sagte Jacy, »dann eben nicht!« Und sie aß den Bissen selbst.

Little Mike bereute seine Entscheidung und streckte bettelnd seine Hand nach der Pasta aus. Jacy gab ihm einen Happen. Nachdem er ihn sich hatte schmecken lassen, drehte er sich um und setzte sich rittlings auf Shorty, der in der Nähe schlummerte. Prompt warf Shorty ihn auf den Rücken. Little Mike begann zu plärren. Da packte Jack ihn an den Beinen und ließ ihn über dem Swimmingpool baumeln.

»Hör auf zu plärren«, sagte Jack. »Sonst laß ich dich fallen.«

Little Mike hörte auf zu plärren.

»Er weiß, daß ich's ernst meine«, sagte Jack.

»Du bist vielleicht ein Grobian«, sagte Julie. »Er ist doch noch ein Baby. Wegen dir könnte er wasserscheu werden und nie schwimmen lernen.«

»Wen kümmert's, ob er schwimmen lernt?« fragte Jack.

»Und was wäre, wenn er aus einem Motorboot fällt?« fragte Julie.

»Was wäre, wenn du in ein Scheißebecken fällst?« fragte Jack.

»Was wäre, wenn du in 'ner Tonne Kotze ersäufst?« fragte Julie.

Jacy schenkte Duane Wein nach.

»Du wirkst schon etwas weniger nervös«, meinte sie. »Wahrscheinlich beruhigen dich die vertrauten Geräusche des Gezänks deiner eigenen Kinder, stimmt's?«

»Wahrscheinlich«, sagte Duane.

»Geht wieder an die Arbeit an eurem Mir-kommt's-Song, Kinder«, sagte Jacy. »Laßt euren Vater und mich etwas in Frieden. Und bringt euren Neffen bitte zurück zu seiner Mutter.«

Jack schleppte Little Mike an den Fußgelenken zurück ins Haus. Bald danach kam Nellie heraus und räumte die Teller ab.

»Das war aber lecker, Honey«, sagte Duane.

Nellie lächelte über das Kompliment, aber sie schien ein wenig bedrückt zu sein.

»Ich glaube, mit der hast du so deine Probleme«, sagte Jacy dann.

»Ich dachte, ich hätte mit allen Probleme«, sagte Duane.

»Komm irgendwann einmal meine Mädchen kennenlernen«, sagte Jacy. »Dann werde ich dir ein paar Probleme zeigen.«

Ihre Bemerkung schien sie zu deprimieren.

»Wie hast du Nellie nur so rasch das Kochen beigebracht?« fragte Duane.

»Das Kochen habe ich ihr nicht beigebracht, ich habe ihr nur beigebracht, wie man Fettucini zubereitet«, sagte Jacy bedrückt. »Gehen wir hinein und sehen wir uns einen Film an.«

Sie gingen ins Haus und über einen Flur, der sie an dem kleinen

Fernsehraum vorbeiführte. Sowohl Minerva als auch Dickie waren jetzt in das Baseballspiel vertieft.

»Das hier ist das Schlafzimmer«, sagte Jacy und führte ihn in ein geräumiges Zimmer. Sie zog an der Südseite einige Vorhänge beiseite, lange Glasschiebetüren kamen zum Vorschein, die sie jetzt aufschob. Der Rand des Felsabhangs war nur ein paar Fuß weit von den Türen entfernt. Darunter erstreckten sich die Ebenen bis weit in den Süden. Duane trat einen Moment hinaus. Im Südwesten konnte er eine seiner eigenen Bohranlagen mit den funkelnden Lichtern darauf erkennen.

»Ist das deine?« fragte Jacy.

»Heute ist sie noch meine«, sagte Duane. »Was nächste Woche ist, weiß ich nicht.«

Dann machte Jacy Licht und begann einen Stapel Videocassetten an ihrem Bett durchzusehen. Allgemein hatte das Haus einen sehr gepflegten Eindruck gemacht – von ihrem Schlafzimmer konnte man das jedoch nicht sagen. Das Bett war überladen mit Zeitschriften und Videocassetten, und daneben scharten sich mehrere Weingläser.

»Diesen Saustall darfst du nicht beachten«, sagte Jacy. »Hast du Lust, *Paris, Texas* anzuschauen?«

»Alles, wozu du Lust hast«, sagte Duane.

»Alles, wozu ich Lust habe«, wiederholte Jacy. »Ich denke, ich muß erst darüber nachdenken, wozu ich am meisten Lust habe. Entschuldige mich einen Augenblick.«

Sie verschwand im Bad und kam eine Minute später in einem Kimono und mit einer Haarbürste in der Hand zurück. Sie steckte die Cassette in den Videorecorder, ließ sich auf dem Bett nieder und ordnete eine bunte Reihe von Kissen.

Duane stand verlegen im Türrahmen.

Jacy sah ihn ziemlich unfreundlich an.

»Hast du vor, dir den Film im Stehen anzuschauen?« fragte sie.

»Eigentlich nicht«, sagte er.

»Dann zieh dir die Schuhe aus und mach's dir bequem.«

Er tat wie befohlen und setzte sich auf's Bett. Jacy reichte ihm einen Schluck Wein. Eine Weile später, als der Film bereits lief, reichte sie ihm ihren Fuß zum Massieren.

»Worauf ich am meisten Lust habe, ist eine Fußmassage«, sagte sie.

Darüber hinaus sagte sie nichts während des Films. Einmal ging sie aus dem Zimmer und kehrte mit einer weiteren Flasche Wein zurück. Von Zeit zu Zeit legte sie ihren Fuß auf Duanes Schoß, um ihn massieren zu lassen. Manche Teile des Films interessierten ihn, manche nicht. Er war nicht mehr nervös und begann nun müde zu werden. Ein- oder zweimal nickte er ein. Obwohl sie schweigsam war, schien Jacy hellwach zu sein. Duane versuchte sich zusammenzureißen, aber es fiel ihm immer schwerer. Er versank immer tiefer in seine Müdigkeit. Als der Film zu Ende war, zog Jacy ihre Füße von Duanes Schoß zurück. Sie griff nach einer Fernbedienung und klickte den Fernseher aus.

»Sie hätten den Film ›*Houston, Germany*‹ nennen sollen«, meinte sie. Duane gähnte. Er war so müde, daß er dachte, er müßte auf Socken nach Hause fahren.

»Bist du wirklich so müde, wie du aussiehst?« erkundigte sich Jacy. Sie schien nun nicht mehr unfreundlich zu sein.

»Ich bin sehr müde«, sagte er.

»Direkt auf der anderen Seite des Flurs ist ein leeres Schlafzimmer«, sagte Jacy. »Meinst du, du schaffst's noch so weit?«

»Wenn ich mir nicht die Stiefel anziehen muß, schaff ich's vielleicht«, sagte er.

Das Schlafzimmer kam ihm riesig vor. Es war riesig, wenn auch nicht riesiger als seins und Karlas.

»Es ist idiotisch, die Schlafzimmer so riesig zu bauen«, sagte er. »Wenn man hundemüde ist, hat man doch keine Lust, erst noch zehn Minuten zu Fuß gehen zu müssen, nur um ins Bett zu kommen.«

Dennoch erhob er sich.

»Da ist was dran«, sagte Jacy. »Ich persönlich würde nicht so ein riesiges Schlafzimmer haben wollen.«

Er bückte sich und angelte nach seinen Stiefeln. Jacy durchsuchte wieder ihren Videostapel.

»Hast du vor, dir noch einen Film anzusehen?« fragte er. Er war so müde, daß er sich nur schwer vorstellen konnte, daß es irgend jemanden auf der Welt gab, der nicht müde war.

»Klar«, sagte Jacy.

Duane humpelte hinüber zu der bezeichneten Tür. Ein ausscherendes Ölrohr hatte ihn an diesem Nachmittag an der Hüfte gestreift. Zunächst hatte er gemeint, es sei nur ein leichter Schlag gewesen, aber nun fühlte er Schmerzen an der Seite.

»Wahrscheinlich könnte ich doch noch nach Hause fahren«, sagte er. »Vielleicht werd ich doch wieder putzmunter.«

»Ach was, Duane, geh nur schön über den Flur und leg dich ins Bett«, sagte Jacy. »Es ist nicht nötig, daß du noch mal putzmunter wirst. Normalerweise hätte ich dich ja nicht aus dem Bett geworfen, aber wir müssen Rücksicht auf die Kinder nehmen.«

»Rücksicht auf die Kinder???«

»Ja, auf deine Kinder. Hast du sie vergessen?« fragte sie. »Dickie, Nellie und die Zwillinge.«

»Oh, die«, sagte er, »du meinst die, die Vaseline klauen und Songs darüber schreiben, wie ›es‹ einem ›kommt‹.«

»Das ist doch völlig normal«, sagte Jacy. »Daran ist nichts Schlimmes. Aber sie würden es nicht für normal halten, wenn Daddy die Nacht im Bett mit Tante Jacy verbringt, nur weil er zu faul war, auf die Beine zu kommen.«

»Ich weiß nicht, wie diese Kinder überhaupt noch wissen können, was normal ist«, sagte Duane. »Ich weiß es selbst nicht.«

»Du vielleicht nicht, aber sie schon«, sagte Jacy. »Sie sind noch jung. Normal ist für sie dasselbe wie einfach.«

Er nickte und öffnete die Tür. Jacy stand auf, ging an ihm vorbei und öffnete ihm auf der anderen Seite des Flurs eine Tür.

»Diese hier«, sagte sie. »Komm jetzt. Es sind nur ein paar Schritte.«

Mit seinen Stiefeln in der Hand ging er durch den Flur in das leere Schlafzimmer.

Dann sagte Jacy »Gute Nacht, Honey pie«, und schloß hinter ihm die Tür.

54

Duane erwachte am frühen Morgen und fühlte sich ganz desorientiert. Das Schlafzimmer enthielt wie jeder andere Raum in Los Dolores mit Büchern angefüllte Bücherregale über die ganze Länge der Wände. Durch sein Fenster konnte er die Terrasse und den Swimmingpool sehen. Shorty lag schlummernd auf dem Sprungbrett. Die Sonne stand bereits am Himmel, wie hoch, konnte er nicht sagen, aber er hatte das Gefühl, als hätte er mehrere Stunden verschlafen.

Als er in die Küche ging, war außer Minerva niemand da.

»Wer hat das Spiel gewonnen?« fragte er.

»Was kümmert Sie das denn, Sie interessieren sich doch nicht für Baseball«, sagte Minerva schnippisch.

»Ich wollte ja nur mal sehen, ob meine Stimme funktioniert, Minerva«, sagte er. »Es war nicht ernst gemeint. Ich weiß, daß man mich nicht ernst nehmen kann.«

»Oh, manchmal schon«, sagte sie. Es schien ihr ein wenig leid zu tun, daß sie so schnippisch gewesen war – und ihn womöglich sogar gemaßregelt hatte. Soweit er wußte, waren solche Momente bei Minerva selten.

»Trinken Sie lieber einen Kaffee«, sagte sie. »Sie sehen etwas schwach auf den Beinen aus.«

Duane fühlte sich tatsächlich schwach auf den Beinen. In der Nacht hatte er mehrere Träume gehabt, in denen er an unmöglichsten Orten Karla in die Arme gelaufen war. Einer dieser Orte war der Flughafen von Oklahoma City, wo er nur einmal in seinem Leben gewesen war.

»Jacy ist schon auf und davon«, sagte Minerva. »Weshalb jemand auf die Idee kommen kann, in einem See zu schwimmen, wenn's noch dunkel ist, weiß der Geier. Ich würde in diesem See nicht mal schwimmen, wenn's hellichter Tag wäre.«

»Wie geht's übrigens Junior?« erkundigte sie sich dann.

»Er gedenkt, eine Fastenkur zu machen«, sagte Duane.

»Wahrscheinlich hat er sich 'ne Anorexie geholt«, meinte Minerva.

»Anorexie ist doch nicht ansteckend«, widersprach Duane.

»Sie würden sich wohl auch noch mit einem Baumstumpf streiten«, sagte Minerva. »Natürlich ist das ansteckend. Pferde und Rinder können es übertragen. Wenn Junior immer ein Ölmann geblieben wäre, dann ginge es ihm jetzt blendend.«

Duane überlegte, ob er ihr den Unterschied zwischen Anorexie und Anthrax auseinandersetzen sollte, aber dann beschloß er, es zu lassen. Minerva wirkte zum ersten Mal seit Jahren nahezu freundlich, aber das würde sehr wahrscheinlich nicht so bleiben, wenn man ihre Diagnosen anzweifelte.

Es stellte sich heraus, daß es erst halb sieben Uhr morgens war – also eine noch respektable Zeit. Er zog sich seine Stiefel an und fuhr in die Stadt.

Wie er gehofft hatte, saß Jacy im Dairy Queen beim Frühstück.

»Ich wette, du bist gerade erst aus dem Bett gefallen, stimmt's?« fragte sie.

»Richtig gewettet«, sagte er. »Ich wollte nicht, daß die Kinder auf dumme Gedanken kommen.«

Jacy blickte ihm todernst in die Augen. Sie sah nicht gerade glücklich aus.

»Über die Liebe mag ich keine Witze machen«, sagte sie. »Und heute schon gar nicht.«

»Tut mir leid«, sagte er sofort.

Jacy zuckte mit den Schultern. »Ich weiß, ich habe ein bißchen geflirtet, aber das ist eben so meine Natur.«

Sie überlegte einen Moment, während sie in ihren Kaffee blies.

»Das heißt: eigentlich nur noch ein Überbleibsel meiner Natur«, sagte sie dann. »Der Geist, das Gespenst meiner Natur.«

Wieder einmal hatte ihr lebhaftes Temperament sie verlassen. Während der Probe am Abend zuvor und anschließend während des Essens hatte sie vor Lebensfreude und Esprit geradezu gesprüht. Und sogar danach, als sie ausgestreckt auf dem Bett lag, schien sie noch so voller Energien, daß er sich angesichts seiner eigenen Lustlosigkeit beinahe genierte.

Aber nun war sie selbst lustlos und ausdruckslos. Sie preßte ihre langen Finger gegen die Schläfen, als versuchte sie, einen Druck zu lindern.

»Kopfweh?« fragte er.

Jacy ignorierte diese Frage. »Wann kommt Karla zurück?« fragte sie statt dessen.

»Weiß ich nicht«, sagte Duane. »Heute wahrscheinlich. Normalerweise bleibt sie nicht lange bei ihrer Mutter.«

»Gut«, sagte Jacy. »Hoffentlich heute.«

Plötzlich bekam sie rote Augen, schnappte hastig Tasche und Kamm und sprang auf. »Ich brauch sie«, sagte sie.

Mit den Tränen kämpfend eilte sie aus dem Restaurant. Rasch folgte Duane ihr. Sie stand weinend an ihrem Mercedes und versuchte in ihrem kleinen Täschchen ihre Schlüssel zu finden.

»Das ist vielleicht ein kleines Täschchen«, schluchzte sie. »Warum kann ich nie meine Schlüssel darin finden, wenn ich's mal eilig habe fortzukommen?«

Dann fand sie sie und stieg hastig in den Wagen.

»Kann ich irgend etwas für dich tun?« fragte Duane.

»Nein«, sagte Jacy wütend. »Ich brauche dich nicht, ich brauche Karla.«

Da Duane nicht wußte, was er anderes tun sollte, trat er einen Schritt von dem Wagen zurück.

Jacy fuhr rückwärts aus ihrer Parklücke, aber dann bremste sie nochmals ab. Sie sah ihn durch ihr Wagenfenster an und rief: »Ich glaube, ich habe mein Frühstück nicht bezahlt. Das wäre etwas, was du für mich tun könntest, wenn du willst.«

»Sicher – das mach ich«, sagte Duane.

55

Nachdem er die zwei Frühstücke bezahlt hatte, machte sich Duane auf den Weg zu seinem Büro, aber bevor er dort angekommen war, hielt er noch einmal an. Er saß in seinem Wagen, etwa hundert Meter von den Tennisplätzen entfernt. Die Leute, die vorüberfuhren, winkten zu ihm herüber. Erst nachdem ihm drei oder vier zugewunken hatten, fiel Duane auf, daß er nicht zurückgewunken hatte; das war ihm peinlich. Er fuhr schleunigst zum See und stieg in sein Boot. Er wollte irgendwo sein, wo ihm niemand zuwinken konnte.

Mit einem unguten Gefühl ließ er sich im Boot treiben. Es schien, als nehme sein Leben ziemlich absonderliche Formen an. Sein Familienleben geriet allmählich in beunruhigender Weise aus den Fugen. Durch Jacys unerwartetes Zutun schien sich seine Familie in gewisser Hinsicht ganz gut zu entwickeln – aber er hatte das Gefühl, daß er für sie allmählich unwichtig wurde. Irgendwie hatte Jacy innerhalb von nur einer oder zwei Wochen mit Karla und seiner Familie eine Vertrautheit erreicht, die ihn mehr oder weniger außen vor ließ.

Er kam sich nutzlos und überflüssig vor. Seine Frau und seine einstige Freundin brauchten einander, aber keine von beiden schien ihn zu brauchen.

In ihren lebenslustigen Momenten übertraf Jacy noch die Frau seiner Träume. Ein- oder zweimal hatte er das Gefühl gehabt, daß er drauf und dran war, sich wieder in sie zu verlieben. Wenn sie selbst in ihre blasse, einsame Traurigkeit zurückfiel, verspürte er einen mächtigen Drang, sie in den Arm zu nehmen und zu trösten.

Aber sie hatte ihm ja klargemacht, daß sie von Karla und nicht von ihm getröstet werden wollte.

Er wußte nicht, was er davon halten sollte, aber es brachte ihn aus der Ruhe. Während er sich über den moorigen See treiben ließ, versuchte er sich Karla im Beisammensein mit Jacy vorzustellen. Seine Phantasie führte ihn jedoch nicht weit. Karla war mit einer Menge Frauen befreundet. Duane wurde bewußt, daß er sich nie viele Gedanken darüber gemacht hatte, was sie redeten oder was sie machten, wenn sie zusammen waren. Er vermutete, daß sie durch die Gegend rannten und sich Klamotten kauften oder Bier tranken oder mit jedem, der gerade in Reichweite war, flirteten. Wahrscheinlich unterhielten sie sich über Kinder oder tauschten Beschwerden über die Männer aus.

Der Gedanke ließ ihn nicht los, daß Karla und Jacy vielleicht eine körperliche Beziehung miteinander hatten. Er wußte nicht, weshalb ihm dieser Gedanke kam. Die Oberfläche des Sees war gesprenkelt mit Köpfen von Sumpfschildkröten, hie und da auch von Wasserschildkröten. Der Gedanke, Jacy und Karla könnten ein heimliches Liebesverhältnis miteinander haben, tauchte, schildkrötengleich, unablässig in seinem Kopf auf.

Was wäre, wenn sie sich ineinander verliebten?

Er sagte sich, daß es wahrscheinlich äußerst idiotisch von ihm war, so etwas anzunehmen. Wahrscheinlich passierte nichts dergleichen zwischen Jacy und Karla. Keine drei Wochen zuvor, als sie im Whirlpool saßen, hatte Karla ihm ausdrücklich gesagt, er solle sich über ihr Leben nichts zusammenphantasieren.

»Und wieso nicht?« fragte er.

»Weil du absolut nichts von Frauen verstehst und niemals verstehen wirst«, sagte ihm Karla ins Gesicht. »Wenn du herumrennst und dir irgendwelches Zeug einbildest, wirst du nur Unheil anrichten.«

»Ich glaube, ein paar Dinge weiß ich schon von dir«, sagte er. »Ich bin schließlich zweiundzwanzig Jahre mit dir verheiratet.«

»Ja, ein paar weißt du«, gab Karla zu. »So etwa sechs oder sieben. Allerhöchstens zehn.«

Ihre Stimme klang monoton.

»Wie viele Dinge gibt es denn von einem Menschen zu wissen?« fragte er, aber noch ehe ihm diese Worte ganz über die Lippen gekommen waren, wünschte er bereits, er hätte nichts gesagt.

Karla lachte. »Über dich gibt's nur drei oder vier Dinge zu wissen, aber über mich gibt's 'ne Million Dinge zu wissen«, sagte sie. »Über mich gibt's jeden Tag neue Dinge zu wissen.«

»Dann nenn doch mal ein paar beim Namen«, provozierte er sie.

»Dafür gibt's keine Namen, Duane«, sagte sie. »Es können einfach nur Gefühle sein. Sie sind wie diese kleinen winzigen Pflanzen, über die ich im *Smithsonian*-Magazin gelesen habe und die in zwanzig Jahren nur einmal eine Stunde lang blühen. Solche kleinen Gefühle, die genauso kurz blühen, habe ich auch. Eines dieser Art könnte vielleicht nur ein einziges Mal in unserer ganzen Ehe blühen, und dann würdest du genau da, keine zwei Fuß von mir entfernt, sitzen und es nie bemerken.«

Sie hatte das ziemlich traurig gesagt. Damals hatte Duane diese Bemerkung nicht allzu ernst genommen. Ein Gefühl war schließlich keine Pflanze. Es gab keinen Grund, weshalb es im Laufe einer Ehe nur ein einziges Mal blühen sollte.

Aber nun, wo in seinem Inneren traurige Gefühle von einer Art erblühten, wie er sie bisher nie gekannt hatte, wurde ihm klar, daß Karla nicht unbedingt übertrieben hatte. Er war nicht so verrückt anzunehmen, daß er alles über Karla wußte. In den frustrierenden Jahren, als die sexuelle Beziehung zwischen ihnen abebbte, hatte er sie nach einem nicht allzu aufregenden Liebesakt manchmal im Bett betrachtet und das Gefühl gehabt, neben ihm läge eine fremde Frau, eine Frau, die er überhaupt nicht kannte.

Während er nun inmitten der Schildkröten trieb, fielen ihm ihre Bemerkungen im Whirlpool wieder ein, und er erkannte, daß sie die Situation vielleicht richtig beschrieben hatte. Vielleicht wußte er tatsächlich nur einige wenige einfache Dinge von ihr. Tausende von hochkomplizierten Dingen waren ihm vielleicht weitgehend entgangen.

Er hatte das Gefühl, er hätte innerhalb der letzten Wochen oder Monate das Recht, irgendwelche Urteile abzugeben, fast gänzlich verloren. Egal, was Karla und Jacy machten, er konnte sich kaum eine Kritik erlauben, seitdem er selbst sich gelegentlich mit einer Frau im Bett wiederfand, die die Geliebte seines Sohnes war.

Er war nie davon ausgegangen, daß die Leute wirklich so lebten, wie sie leben wollten, aber er hatte doch über weite Strecken seines Lebens immerhin geglaubt, daß es bestimmte Regeln gab, nach denen sie leben sollten. Und gerade Thalia – eine bescheidene Kleinstadt – müßte doch eigentlich ein Ort sein, wo die Leute – unter Berücksichtigung einer normalen Marge menschlichen Versagens – so lebten, wie sie leben sollten. Wenigstens die Leute in Thalia, weit abseits von den Versuchungen der Großstadt, lebten doch ganz bestimmt nach dem alten Modell – setzten also ihre Familien und Nächsten an erste Stelle und führten ein mehr oder weniger ordentliches, mehr oder weniger verantwortungsvolles Leben.

Aber er kannte fast jeden in Thalia, wußte sogar von fast allen von ihnen mehr, als er wissen wollte – und aus dem, was er wußte, ging klar hervor, daß das alte Modell in tausend Stücke zerbrochen war. Als die Stadt zu Geld gekommen war, hatte das Modell Risse bekommen; nun, da das Geld verschwand, brach es vollends zusammen. Unvernunft und Unverstand wucherten wie Sommerwurz in einem regenreichen Jahr.

Ja, schlimmer noch: die Leute verlangten noch nicht einmal mehr von sich, daß sie vernünftig handelten. Sie scherten sich nicht mehr darum – obwohl manche, die sich ein bißchen besser aufführten als amtliche Irre, aus irgendeinem Grund von ihm, Duane, erwarteten, daß er sich einen klaren Verstand bewahrte, und sogar, daß er sich zum Schiedsrichter ihres Verhaltens machte.

Wenn er versuchte, vorsichtig durchblicken zu lassen, daß er seiner eigenen Erfahrung nicht mehr trauen konnte, weigerten sich die Leute nicht nur, ihm zu glauben, sondern sie weigerten sich schlicht, ihm überhaupt zuzuhören.

Duane blieb zwei Stunden lang auf dem See, wälzte die Dinge in seinem Kopf um und um und machte sich wegen Karla und Jacy Sorgen, ohne daß er genau wußte, worüber er sich eigentlich Sorgen machte. Ihm fiel wieder ein, wie unsicher er sich bei Jacy zu Hause gefühlt hatte. Er wußte nicht, wie er sich Jacy gegenüber verhalten sollte. Wahrscheinlich würde Karla schon bald Jacy immer ähnlicher werden, und dann würde er auch nicht mehr wissen, wie er sich ihr gegenüber verhalten sollte.

Schließlich warf er den Outborder an und fuhr ans Ufer. Allmählich wurde es sehr heiß. In den letzten drei Wochen hatte sich kaum eine Wolke am Himmel gezeigt.

Als er sein Boot ans Ufer zog, traf er auf Genevieve Morgan, die in der Nähe des Anlegeplatzes angelte. Es war ihr freier Tag. Sie hatte ihren alten Plymouth-Variant so nahe wie möglich ans Wasser zurückgesetzt und angelte von der Heckklappe des Wagens aus. Ganz wie Karla hatte Genevieve ein Faible für Wodka-Tonics. Sie verbrachte ihren freien Tag mit Vorliebe damit, zu angeln und sich dabei einen anzutrinken. Sie hatte einen alten Cowboyhut auf, um ihre Augen vor der Sonne zu schützen.

»Ich seh gar keinen Fisch«, wunderte sie sich, als Duane sein Boot vertäute.

»Ich habe nicht geangelt«, sagte Duane. »Ich bin einfach nur so herumgeschippert.«

Genevieve sah ihn ein wenig enttäuscht an, wie ihm schien. Er mochte sie nicht ungern, aber sie waren nie näher miteinander befreundet gewesen. Sie hatte, soweit er sich zurückerinnern konnte, immer für Sonny geschwärmt und hatte Duane vielleicht nie jene Schlägerei verziehen, die Sonny sein Auge gekostet hatte. Sie hatte ihm gegenüber nie viele Worte darüber verloren, aber Duane hatte das Gefühl, daß sie es gerne gesehen hätte, wenn Sonny es zu etwas ganz Großem gebracht hätte, und daß sie ihm, Duane, die Schuld dafür in die Schuhe schob, daß das nicht der Fall war.

»Ich wünschte, ich könnte auch herumschippern«, sagte sie. »Ich konnte mir nie ein Boot leisten. Dan und ich hatten gerade auf ein Boot gespart, als er verunglückte. Sein Sarg war wohl unser Boot.«

Duane schämte sich ein wenig über sich selbst. So viele Leute im Landkreis besaßen Boote, und so hatte er vollkommen vergessen, daß es noch Leute gab, die gerne eines gehabt hätten, sich aber keines leisten konnten.

»Du kannst dir das hier jederzeit ausleihen, Genevieve«, sagte er. »Ich benutze es selten. Steck einfach nur den Zündschlüssel wieder unter den Sitz.«

»Oh, ich könnte kein Boot fahren«, sagte sie. »Ich habe all die Jahre hier vom Ufer aus geangelt.«

Sie blickte über den langgestreckten braunen See.

»Ich vermute, das ist wie mit allem anderen auch«, sagte sie. »Man meint, es gäbe irgendwo noch grünere Wiesen. Ich habe an die tausend Male über diesen See geblickt und mich gefragt, ob ich die großen fangen würde, wenn ich ein Boot hätte und bis in die Mitte hinausfahren könnte oder hinüber ans andere Ufer.«

»Nun, möglich wär's doch«, meinte Duane. »Manche Angler glauben, die Westseite sei besser.«

Genevieve kippte einen Schluck Wodka mit Grapefruitsaft hinunter.

»Wenn ich einen großen Fisch fangen würde, wäre ich so aufgeregt, daß ich wahrscheinlich ins Wasser fallen und ertrinken würde«, sagte sie. »Ich halte mich lieber an die kleinen.«

»Du kannst trotzdem gerne das Boot benutzen«, sagte Duane.

»Das ist nett von dir, Duane«, sagte sie.

»Soll ich dir zeigen, wie man damit umgeht?«

»Nein danke, Honey«, sagte Genevieve. »Ich bleibe lieber bei meinen Träumen.«

»Wie geht's Sonny?« fragte er dann. »Meinst du, das Medikament hilft?«

Genevieve schüttelte den Kopf. Mehr sagte sie nicht. Duane machte Anstalten, sich wieder in seinen Pickup zu setzen.

»Duane«, sagte Genevieve aber, »sieh nur zu, daß du die Leute dazu bringst, ihn in Ruhe zu lassen. Ich denke, Ruth und ich können uns um ihn kümmern, es sei denn, es wird erheblich schlimmer mit ihm. Er ist einfach vergeßlich. Er wird niemandem etwas zuleide tun. Es wäre schrecklich, wenn irgend jemand beschließen würde, ihn in eine Klapsmühle zu schicken.«

Duane hatte an eine solche Möglichkeit noch nie gedacht. Es machte ihm angst, daß Genevieve die Vermutung äußerte, Sonny könnte verrückt werden. Sicher hatte noch nie jemand diese Möglichkeit auch nur erwogen. Dafür war Sonny immer noch zu sehr Herr seiner selbst.

»Es macht wirklich nichts, wenn er vergißt, wie man die Registraturkasse bedient«, meinte Genevieve. »Er soll nur in der Stadt bleiben. In einem Krankenhaus würde er eingehen.«

»Ich glaube nicht, daß es soweit kommt«, sagte Duane.

Er zögerte einen Moment für den Fall, daß sie ihm noch etwas anderes über Sonny sagen wollte. Wahrscheinlich stand sie Sonny so nahe, wie ihm überhaupt jemand nahestehen konnte.

Aber Genevieve hatte nichts Weiteres zu sagen. Sie saß einfach da und blickte ihn an.

»An welche Träume willst du dich halten, Genevieve?« fragte er schließlich etwas unsicher. Es war die persönlichste Unterhaltung, die er je mit dieser Frau gehabt hatte.

»Einfach den Traum, daß es irgendwo da draußen auf dem See einen großen Fisch gibt, den ich fangen könnte«, sagte sie. »Ich würde ihn in den Variant hineinzerren und ihn in die Stadt fahren und dort parken. Alle Männer würden an der Tankstelle anhalten und rumstehen und rüberkommen und den Fisch anschauen.«

Dann fuhr Duane zurück in die Stadt. Unterwegs überholten ihn fünf Pickups. Alle fuhren mit so hoher Geschwindigkeit, daß er sich so vorkam, als würde er sich nicht von der Stelle bewegen, und alle hatten HARDTOP COUNTY HUNDERTJAHRFEIER-Aufkleber auf ihren Wagen.

Er hatte den Eindruck, als hätte der Landkreis nur ganze hundert Jahre gebraucht, um vollkommen verrückt und auch vollkommen traurig zu werden.

56

Als er ins Haus trat, sah er sich mit einem Anblick, der ihn überhaupt nicht begeisterte, konfrontiert: Jeanette Burr, seine Schwiegermutter, saß am Küchentisch und starrte Casey, ihren Freund fortgeschrittenen Alters, an. Jeanette war selbst bereits Mitte Siebzig und damit nur um wenige Monate weniger fortgeschrittenen Alters, aber sie bezeichnete Casey als Mann fortgeschrittenen Alters und sich selbst als eine Dame in späten mittleren Jahren.

Casey, ein pensionierter Hauptpostangestellter, starrte zurück. Er und Jeanette schienen in ein Spiel auf Leben und Tod vertieft. Eine 22er Pistole und ein Satz Spielkarten lagen vor ihnen auf dem Tisch.

»Tag, Leute«, sagte Duane und bemühte sich, etwas Enthusiasmus in seine Stimme zu legen.

Jeanette drehte sich nicht mal zu ihm um.

»Du klingst ja nicht sehr erfreut, uns zu sehen«, stellte sie fest.

»Nun, du bist immerhin bewaffnet und ich nicht«, erwiderte Duane. »Ich weiß nicht, ob ich erfreut bin, dich zu sehen, oder nicht.«

»Mit deinen Geschäften steht es offenbar nicht so rosig«, sagte Jeanette. »Oder woher kommt es sonst, daß meine Tochter und all meine Enkelkinder irgendwo anders hingezogen sind?«

»Sie sind eben rastlose Zeitgenossen«, sagte Duane.

Junior Nolan saß rittlings auf einem Küchenhocker und beobachtete amüsiert die Szene.

»Wozu ist die Pistole?« fragte Duane.

»Wir werden jetzt jeder 'ne Karte ziehen«, sagte Jeanette. »Wer die höchste Karte hat, darf den anderen erschießen.«

»Und weshalb?« fragte Duane.

»Weil wir uns hassen wie die Pest«, sagte Jeanette.

»Hassen tu ich sie nicht«, meinte Casey. »Ich verachte sie nur.« Duane packte die Pistole, ging hinaus und warf sie fort, so weit er konnte, und das war so weit, daß sie über dem Rand des Felsrückens im Abgrund verschwand.

»Wenn du Casey erschießen willst, dann hättest du zu Hause bleiben sollen«, ließ er Jeanette wissen. »Ich will keine Schießerei in diesem Haus.«

»Das war ausgerechnet meine Samstagabend-Spezialwaffe«, sagte Jeanette. Sie war von seiner Maßnahme sichtlich schokkiert. »Nun kann einfach jeder X-Beliebige hereinkommen und mich vergewaltigen, wann immer er will.«

»Wer das täte, würde anschließend sofort wünschen, er hätte es nicht getan«, sagte Casey.

»Halt deine häßliche Klappe«, sagte Jeanette.

Duane spürte üble Kopfschmerzen aufkommen. Dann hörte er einen Pickup nahen und drehte sich hoffnungsvoll um, weil er dachte, es wäre vielleicht Bobby Lee. Jeanette hatte eine unerklärliche Schwäche für Bobby Lee.

Statt dessen sah er Billie Anne heranrollen. Dieser Anblick brachte ihn in Rage, und seine Kopfschmerzen wurden schlimmer. Er trat vor die Türe, ging um den Pickup herum und zerrte Billie Anne ohne Umstände aus dem Wagen.

Billie Anne machte ein verwundertes Gesicht.

»Ich bin gekommen, um mich für all meine Lügen und so zu entschuldigen«, sagte sie.

»Gut, wir alle müssen hin und wieder einmal das Richtige

tun«, sagte Duane. Auf dem Sitz lagen drei Pistolen, eine weitere lag im Handschuhfach. Er ergriff sie allesamt, lief damit zum Rand des Abhangs und warf sie hinunter.

Billie Anne brach in Tränen aus.

»Was du da weggeworfen hast, sind Sammlerstücke im Wert von über tausend Dollar, und ich sagte doch, ich wollte mich entschuldigen«, heulte sie.

»Du hättest dir's vielleicht ja noch anders überlegt«, sagte Duane. »Du hättest vielleicht geschossen und dich erst danach entschuldigt. Ich habe an diesem Vormittag bereits eine Schießerei unterbinden müssen, und ich bin nicht in der Stimmung, ein Risiko einzugehen.«

Dann riß er das Magazin aus dem Gewehr in Billie Annes Gewehrhalterung und warf es ebenfalls über den Felsrand.

Anschließend ging er ins Haus, rasierte sich, legte sich für eine Stunde in die Badewanne und hielt sich einen Packen Eis an die Schläfen. Sein Kopf fühlte sich an wie mit Sand gefüllt, und zwar so festgestampftem Sand, daß sein Herz es kaum schaffte, Blut durch ihn hindurchzupumpen. Als das heiße Wasser in der Wanne abkühlte, ließ er mehr heißes Wasser einlaufen und lauschte, ob er Schüsse hörte. Billie Anne konnte ja noch ein anderes Magazin haben, oder Jeanette konnte Junior dessen Winchester geklaut haben, die sicher irgendwo im Haus war.

Als er sich schließlich ein wenig besser im Kopf fühlte, zog er sich an und ging in die Küche, um eine Schale Cornflakes zu sich zu nehmen. Jeanette, Casey, Junior und Billie Anne spielten Poker um Zahnstocher. Sie lachten und scherzten und waren fröhlich wie Feldlerchen. Das brachte Duane fast ebenso sehr in Rage, wie er es vorher gewesen war, als sie sich gegenseitig über den Haufen schießen wollten. Konnten die denn gar nichts eine ganze Stunde lang durchhalten, noch nicht mal ihr verrücktes Benehmen? Ihre Ausgelassenheit brachte seine Kopfschmerzen beinahe wieder zum Ausbruch. Er hatte Lust, hinauszugehen und ein paar Schüsse auf die Hundehütte abzugeben, aber selbst diese Freude wurde ihm verwehrt, denn nachdem er fünf Waffen fortgeworfen hatte, konnte er es sich nicht leisten, dabei erwischt zu werden, daß er sich selbst mit einer Waffe vergnügte.

Jeanette, eine mörderische Pokerspielerin, gewann alle Zahnstocher, aber Junior, Casey und Billie Anne schien das nicht zu stören.

»Wer ist eigentlich dieses Mädchen, bei dem meine Tochter und alle meine Enkelkinder jetzt wohnen?« fragte Jeanette. »Ist das irgend eine alte Freundin von dir oder was?«

»Das geht dich einen feuchten Dreck an«, antwortete Duane. Er war nicht dazu aufgelegt, sich mit Jeanette abzugeben, und er war sehr verärgert über Karla, daß sie sie angeschleppt und ihm aufgehalst hatte.

»Reiß mir nicht gleich den Kopf aus, war ja nur 'ne Frage«, sagte Jeanette. »Kein Wunder, daß es keiner aus deiner Familie aushalten kann, mit dir zu leben.«

»Nun halt aber die Klappe und sei nett zu Duane«, sagte Casey nervös.

»Halt du doch die Klappe, dich hat er ja nicht beleidigt«, sagte Jeanette.

»Das nicht, aber es ist sein Haus«, sagte Casey. »Er läßt uns abtransportieren, wenn wir uns nicht anständig aufführen.«

»Ich laß mir von einem Seniorenbürger fortgeschrittenen Alters nichts befehlen«, ließ Jeanette ihn wissen. »Also was ist? Willst du nun eine Karte oder nicht?«

»Vier Karten«, sagte Casey resigniert.

Duane kaute an seinen Cornflakes. Dabei ließ er Billie Anne nicht aus den Augen, die sich nun jedoch vorsichtig verhielt. Sie sah nicht wie ein Mädchen aus, das einfach angefahren käme und gleich um sich schießen würde, und doch war sie die einzige ihm bekannte Person, vor der Dickie sich erklärtermaßen fürchtete. An diesem Vormittag sah sie schüchtern und deprimiert aus. Duane hatte das Gefühl, daß es vielleicht übertrieben von ihm war, alle vier Waffen den Abhang hinunterzuwerfen. Andererseits ließ das bloße Vorhandensein von vier Handfeuerwaffen und einem automatischen Gewehr in einem einzigen Pickup mit Sicherheit auf einen Hang zur Gewalttätigkeit schließen.

»Sag Dickie, daß es mir wirklich leid tut, daß ich all diese Lügen über ihn erzählt habe, er hätte Möbel zertrümmert und so was«, sagte Billie Anne, als sie an die Küchentheke kam, um sich

Kaffee nachzuschenken. »Ich wünschte, er käme einfach wieder zurück.«

Da läutete das Telefon. Duane hoffte, daß es Karla wäre, für die er sich ein paar wohlüberlegte Worte zurechtgelegt hatte. Aber wie sich herausstellte, war es Bobby Lee.

»Duane? Bist du's?« fragte Bobby Lee. Telefongespräche pflegte er vorsichtig zu beginnen.

»Ja, ich bin's, Duane«, sagte Duane. »Und wer könntest du wohl sein?«

Aber sofort bereute er diesen Versuch, einen Scherz zu machen, denn Bobby Lee fühlte sich zurückgestoßen und verstummte. Bobby Lee neigte zu plötzlichen drastischen Verlusten seines Selbstvertrauens, und in solchen Momenten mußte man ihn wie ein rohes Ei behandeln.

»Entschuldige, war nicht so gemeint«, sagte Duane. »Ich weiß doch, wer du bist. Was gibt's?«

»Ich glaube, wir sind auf diesen Mississippi gestoßen«, verkündete Bobby Lee.

»Wirklich?« sagte Duane.

»Ich glaube, wir haben dies Scheißding getroffen«, bestätigte Bobby Lee.

Diese Nachricht war, wenn sie wahr sein sollte, ein Hammer. Ein Mississippi war eine ertragreiche Ölsandschicht. Und was noch besser war: die Quelle, die Bobby Lee anzubohren hatte, befand sich auf einem Grund, dessen Eigentümer Duane war. Im Laufe der Jahre hatte er darauf vier Quellen gebohrt in der Hoffnung, er würde auf den Mississippi stoßen. Alle waren jedoch trocken gewesen. Wenn er eine Anlage übrig hatte, machte er jedoch immer wieder einmal einen neuen Versuch. Wenn sie tatsächlich auf den Mississippi gestoßen waren, so könnte dies direkte Folgen für sein Überleben haben. Eine gute Quelle in einem solchen Sand konnte hundert Barrel pro Tag produzieren – vielleicht sogar noch mehr.

»Ich hoffe, du hast nicht nur wieder mal eines deiner Hirngespinste«, sagte er. »Ich bin heute nicht in der Stimmung für Hirngespinste.«

»Ich glaube, wir sind auf dies Scheißding gestoßen«, wiederholte Bobby Lee in dem gleichen vertrauenerweckenden Ton, in dem er verkündet hatte, daß libysche Terroristen vermutlich einen Anschlag auf Thalia verüben würden.

»Ich bin sofort draußen«, sagte Duane und hängte ein.

57

Bobby Lee hatte nicht gelogen. Gegen Mitte des Nachmittags war Duane überzeugt, daß er auf eine der besten Ölquellen seines Lebens gestoßen war. Sein einziger Gedanke war, Rohre einzusenken und die Quelle an die Pumpe zu legen. Obwohl Bobby Lee ganz der alte Melancholiker blieb, war Duane schier aus dem Häuschen.

Nun war er derjenige, der anfing, Hirngespinste zu weben – Hirngespinste über die Aussicht, nicht Bankrott machen zu müssen, schuldenfrei zu sein, ja sogar wieder Gewinne zu machen. Was wäre, wenn die Quelle zweihundert Barrel pro Tag förderte, wie es durchaus möglich schien? Was, wenn er rasch noch zwei oder drei weitere Quellen in den Mississippi stechen könnte, jetzt, wo er wußte, wo dieser war? Sein Hirn spuckte den ganzen Nachmittag lang wie eine Registrierkasse Zahlenreihen aus und multiplizierte zweihundert, vierhundert, sechshundert mit dem gegenwärtigen Preis pro Barrel Öl. Dann multiplizierte er dies mit dreihundertfünfundsechzig, der Anzahl Tage pro Jahr, um sich selbst davon zu überzeugen, daß er eine grobe Schätzung in der Hand hatte, wann er außer Gefahr sein könnte.

Die Festspielprobe, Jacy und Karla, Jeanette und Casey – alle hatte er völlig vergessen. Er schickte Bobby Lee los, um einen Teil der Crew von einer anderen Quelle abzuziehen, damit die Leute schneller arbeiten konnten.

Trotz allem sagte er sich: Jetzt nur die Ruhe bewahren. Er erinnerte sich an all die guten Quellen, mit denen er fündig geworden war und die eine oder zwei Wochen lang ausgesehen hatten, als könnten sie einen zum Millionär machen, aber dann schon innerhalb eines Monats versiegt waren. Er sagte sich, daß eine pessimistische Haltung die einzig realistische Haltung war. Öl war unberechenbar. Die neue Quelle sah großartig aus, aber sie konnte ihn immer noch enttäuschen. Das hatten schon viele Quellen getan.

Seine Versuche, die eigenen Hoffnungen im Zaum zu halten, blieben absolut erfolglos. Die vergangenen Monate der Untätigkeit, Depression und Hoffnungslosigkeit machten die neue Quelle noch verführerischer. Er konnte nicht anders als zu glauben, daß sie alle seine Probleme lösen würde, obwohl er wußte, daß diese Hoffnung in höchstem Maße unrealistisch war.

Um Mitternacht war er immer noch an der Quelle und wartete auf das Eintreffen der Mitternachtsschicht, als er die Lichter eines Autos durch die Mesquitegebüsche flackern sah. Bobby Lee hockte in der Nähe herum. Obwohl er Anspruch auf eine Prämie hatte, weil er die herrliche Quelle gefunden hatte, schien er noch trübseliger zu sein als gewöhnlich.

»Da kommt deine Frau, um dich an den Ohren nach Hause zu schleifen«, sagte Bobby Lee.

»Es könnte auch *deine* Frau sein«, entgegnete Duane. »Dir werden ja angeblich hin und wieder die Ohren langgezogen, oder irre ich mich?«

»Es ist ein Wunder, daß mir überhaupt noch ein Ohr geblieben ist«, sagte Bobby.

»Wenn mich diese Quelle aus den roten Zahlen reißt, bekommst du einen so fetten Bonus, daß du dir ein Flugzeug kaufen und jeden Freitag ab nach Louisiana zur Rennbahn fliegen kannst«, versprach Duane.

»Da würde ich abstürzen«, sagte Bobby Lee. »Abstürzen würde ich, und das wär's dann. Dann wären alle traurig, daß sie mein Leben lang immer so mies zu mir gewesen sind – besonders Karla und Carolyn.«

In der nächsten Minute kam Karla angefahren, Jacy saß mit in ihrem Wagen. Duane stieg von der Bohrplattform und ging zu den Damen hinüber. Bobby Lee, der sich aus keinem Drama heraushalten konnte, schlurfte hinter ihm her.

»Aus dem Affentanz zu schließen, den du aufführst, muß es ja eine gute Quelle sein«, meinte Karla. »Mama mochte die Art, wie du sie heute rausgeekelt hast, überhaupt nicht. Das wird sie dir für den Rest ihres Lebens übelnehmen, verstehst du?«

»Rausgeekelt habe ich sie nicht«, sagte Duane. »Ich habe ihr nur gesagt, daß sie sich um ihren eigenen Scheißdreck kümmern soll.«

»Das ist immerhin meine Mutter, von der du da redest, kapiert?« sagte Karla. »Sie hat gesagt, du hättest sie wie einen Kriegsverbrecher behandelt.«

»Nun, sie war immerhin drauf und dran, Casey abzuknallen, als ich dazukam«, sagte Duane.

»Mama ist wirklich sehr empfindlich«, sagte Karla in dem unnachgiebigen Tonfall, den sie immer annahm, wenn sie die Absicht hatte, jemandem eine Entschuldigung abzuringen.

»Alle Mädels sind empfindlich, die alten wie die jungen«, bemerkte Bobby Lee in einem Ton abgeklärter Besonnenheit.

Jacy hatte ein Bein auf der Handschuhablage und hörte aus einem Walkman Musik, aber nach einer Weile stieg sie aus dem Wagen und ließ den Walkman auf den Sitz fallen. Sie hatte ein T-Shirt, Joggingshorts und Joggingschuhe an. Sie schlenderte zur Bohranlage hinüber und stieg auf die Plattform hinauf. Alle Ölarbeiter hielten wie versteinert inne.

»Hey, setz dir einen Schutzhelm auf«, rief Duane.

Jacy trat in den Geräteschuppen und fand einen.

»Ich wußte selbst, daß man das macht«, sagte sie. »Ich bin schließlich im Ölbusiness aufgewachsen.«

»Mama wird nicht fortgehen, bevor du dich entschuldigst, Duane«, sagte Karla.

»Dann werde *ich* fortgehen«, erwiderte Duane.

»Sag ihr, daß du wegen des drohenden Bankrotts total mit den Nerven am Ende warst«, sagte Karla. »Das wird genügen.«

»Keinen Pfurz werde ich ihr sagen«, sagte er. »Ich habe nicht vor, mich bei Jeanette dafür zu entschuldigen, daß ich sie abgehalten habe, ihren eigenen Freund über den Haufen zu schießen.«

»Ich glaube, sie wollte ihm nur ein bißchen angst machen«, sagte Karla.

Jacy saß am Rand der Plattform und ließ ihre Beine herabbaumeln. Obwohl sie mit dem Rücken zu ihnen saß, waren die Ölarbeiter immer noch wie zu Eis erstarrt. Statt die Auseinandersetzung mit Karla fortzusetzen, ging Duane zum Bohrturm hinüber und blickte zu Jacy hinauf.

»Eine herrliche Nacht«, sagte Jacy. »Mein Daddy hat mich manchmal zu den Anlagen hinaus mitgenommen. Er war ein toller Mann.«

»Ich weiß, ich habe für ihn gearbeitet«, sagte Duane. »Und doch hat er nicht gewollt, daß ich dich heirate.«

»Stimmt, und ich hab's auch nicht getan«, sagte Jacy. »In mancher Hinsicht war ich eine folgsame Tochter. Außerdem war ich viel zu versnobt, um dich zu heiraten.«

Duane spürte, daß Karla ihn ansah. Sie ließ unablässig eine Welle psychischen Drucks gegen seinen Nacken branden. Aber er beschloß, sie zu ignorieren.

»Du bist nicht zur Festspielprobe erschienen«, sagte Jacy. »Ich hatte meinen Adam nicht, um mit ihm zu üben, und alle deine Frauen sind zu dem Schluß gekommen, daß du ein neues Mädchen aufgerissen hast und mit ihm durchgebrannt bist. Sie hängen ganz schön an dir.«

»Wahrscheinlich«, sagte Duane.

»Hast du denn ein neues Mädchen aufgerissen?« fragte Jacy.

»Nö«, sagte er.

»Bist du auf der Suche nach einem?« fragte sie weiter.

»Nein«, sagte Duane.

Dann stand Jacy auf, brachte den Schutzhelm in den Geräteschuppen zurück, winkte den Arbeitern zu und schlenderte die Stufen hinunter.

»Mit einem von diesen Hüten auf dem Kopf siehst du sehr attraktiv aus«, bemerkte Duane.

Jacy blieb stehen und sah ihm einen Moment in die Augen.

»Ich war schon lange nicht mehr attraktiv, Duane«, sagte sie dann. »Irgendwas bin ich schon, aber nicht attraktiv. Paß nur auf, daß dir deine neue Ölquelle nicht dein Urteilsvermögen versaut.«

Sie schlenderte an ihm vorbei und setzte sich zurück in den BMW.

Duane war ein wenig vor den Kopf geschlagen. Er fühlte, daß er etwas Albernes gesagt und sofort dafür eine Ohrfeige bekommen hatte. Karla gab ihm für ähnliche Bemerkungen ständig Ohrfeigen, aber wenn Jacy es tat, wirkte es schlimmer.

Duane trat zu Bobby Lee hinüber, der mißtrauisch die Frauen im Wagen beäugte. Die Frauen waren verstummt, jede machte sich ihre eigenen Gedanken.

»Was soll ich Mama ausrichten?« fragte Karla dann und blickte ihm scharf in die Augen.

»Wenn du dich vor deiner eigenen Mama fürchtest, weshalb hast du sie dann mit ins Haus gebracht?« fragte Duane.

»Ich möchte mich vor all diesen Leuten nicht streiten«, sagte Karla. »Warum können wir nicht wenigstens ein Mal einfach zivilisiert miteinander diskutieren?«

»Wir diskutieren doch zivilisiert miteinander«, sagte er. »Ich habe nicht gebrüllt. Ich habe kein lautes Wort gesagt.«

»Wußtest du, daß er so ein sturer Bock ist, als du ihn geheiratet hast?« fragte Jacy.

Karla gab keine Antwort. Schweigend starrte sie Duane an. Bobby Lee fand ihr Schweigen nervenaufreibend. Er begann unruhig zu werden und meinte: »Ich habe einen Sechzehnstundentag hinter mir, ich denke, ich werde jetzt nach Hause fahren.«

»Morgen kommst du besser zu den Proben«, sagte Jacy zu Duane. »Jenny flippt aus, wenn du's nicht tust. Heute hat sich kaum jemand blicken lassen.«

»Ich werde versuchen zu kommen«, sagte Duane. Er wollte sich bei Jacy entschuldigen, daß er sie attraktiv genannt hatte, aber vor Karla konnte er das schlecht tun.

»Ich habe einen Sechzehnstundentag hinter mir, es wird Zeit, daß ich mich in meinen Pickup schwinge und nach Hause fahre«, sagte Bobby Lee noch einmal, aber er tat keinen Schritt in Richtung zu seinem Pickup, der nur zehn Schritte weit entfernt stand.

»Wieso mußt du dich andauernd einmischen, Bobby Lee?« fragte Karla.

»Mich einmischen – in was?« fragte Bobby. »Ich steh doch nur rum, um mir eine Überstunde rauszuschinden.«

»Du könntest ganz was anderes rausschinden, was dir gar nicht lieb wäre, wenn du mich weiter provozierst«, sagte Karla.

»Übrigens – deinem Hund geht's gut, falls du dir Sorgen machst«, sagte Jacy.

»Welchem Hund?« fragte Duane. »Ich habe keinen Hund. Wenn ich einen hätte, dann würde er bei mir leben und mir helfen, ein normales Leben zu führen.«

Jacy grinste. Sie schien ihm seine unglückliche Bemerkung verziehen zu haben.

»Wenn ich du wäre, würde ich das mit einem normalen Leben vergessen«, sagte sie.

»Kann ich nicht«, sagte Duane. »Ich bin nicht dafür geschaffen, irgendein anderes Leben zu führen.«

»Wie schlimm für dich, Honey pie«, sagte Jacy, als Karla bereits anfuhr.

»Du kennst ein paar ganz schön furchteinflößende Frauen«, meinte Bobby Lee, während er zusah, wie sich die Hecklichter zwischen den Mesquitestämmen entfernten.

Duane antwortete nicht sofort. Das Adrenalin, das ihm den ganzen Tag lang Energie zum Arbeiten gegeben hatte, begann allmählich zu versiegen. Er fühlte sich ein wenig erschöpft.

»Weshalb sind sie überhaupt hergekommen?« fragte Bobby Lee dann. »Und weshalb hacken sie immer auf mir rum?«

»Ich dachte, du wolltest nach Hause fahren«, meinte Duane.

58

Als Duane auf der abschließenden Versammlung des Hundertjahrfeier-Komitees erschien, witterte er sofort, daß Ärger in der Luft lag. Die Ursache auszumachen, war nicht schwer. An einer der Wände aufgereiht saßen G. G. Rawley und vier seiner Diakone. Die Hilfsgeistlichen waren alle Weizenbauern aus dem nördlichen Teil des Landkreises. Zwei von ihnen waren Grußbekanntschaften von Duane. Die Dürre hatte ihrer letzten Ernte ganz schön zu schaffen gemacht, und das Wenige an Weizen, das gewachsen war, war von einer Reihe verheerender Hagelstürme vernichtet worden, die im Mai und Juni über dem Land niedergegangen waren. Alles in allem machten sie einen ziemlich trübsinnigen Eindruck.

G. G. wirkte jedoch keineswegs trübsinnig. Er sah frisch gewaschen, kerngesund und kampfbereit aus.

»Hallo Leute«, sagte Duane. Das gesamte Komitee war anwesend – inklusive Old Man Balt, der sich eine leere Crisco-schmalz-Dose als Spucknapf für seinen Kautabaksaft zugelegt hatte, was eine Verbesserung gegenüber der kleinen Tomatensaft-Dose darstellte, die er benutzt hatte, bevor er aus dem Wagen fiel.

Insgesamt schien das Komitee von der Anwesenheit der Weizenbauern keine Notiz zu nehmen. Sonny wirkte angespannt wie immer, seitdem sein Kopf ihn ab und zu im Stich ließ. Suzie Nolan gähnte mehrmals – sie war offenbar drauf und dran, nach Hause zu fahren und ein Nickerchen zu machen. Jenny kritzelte letzte Veränderungen in ihr Festspielskript. Ralph Rolfe war in eine Broschüre über Nubische Ziegen vertieft.

Trotz seines Bemühens, durch die neue Ölquelle nicht zum unrealistischen Optimisten zu werden, fühlte sich Duane sehr optimistisch. Eine gute Ölquelle wirkte stets anregend auf seine Stimmungslage. Wenn es zu einer Konfrontation kommen mußte, so war er bereit.

»G. G., dies ist eine offizielle Komitee-Sitzung«, sagte er. »Normalerweise lassen wir keine Besucher zu.«

»Duane, Sie werden in der Hölle enden«, antwortete G. G. »Sie sollten an Ihre unsterbliche Seele denken, die an einem Spieß schmoren wird, wenn Sie nicht einen anderen Ton anschlagen.«

Alle witterten Kampf und blickten von allem auf, womit sie gerade beschäftigt waren.

»An einem Spieß wird überhaupt nichts geschmort«, bemerkte Suzie. »Geschmort wird in einem Schmortopf.«

G. G. ignorierte dieses technische Detail.

»Der Teufel kann eine Seele so schnell schmoren wie ihr und ich ein Stück Speck«, informierte er die Anwesenden gutgelaunt.

»Wie dem auch sei«, sagte Duane, »wir müssen diese Versammlungen unter Ausschluß der Öffentlichkeit abhalten, oder wir werden in Kürze die ganze Stadt hier versammelt haben.«

»Betrachten Sie die Sache einmal so, mein Sohn«, sagte G. G. »Sie haben Ihr Komitee, und ich habe meines und das des Herrn. Wir sind das byelo-baptistische Boykott-Komitee, und wir werden alles boykottieren, was uns unter die Augen kommt, es sei denn, Sie ziehen diese Alkoholstände zurück.«

»Der Stadtrat hat einstimmig dafür votiert, den Verkauf von Bier während der Feierlichkeiten zu genehmigen«, sagte Duane. »Der Stadtrat spricht stellvertretend für die Menschen dieser Stadt.«

»Nein, er spricht nur für die Törichten«, sagte G. G. »Mein Komitee spricht für die anständigen Leute, und wir raten Ihnen, diesen Akt der Unmoral zu unterbinden und von ihm abzulassen.«

Duane lachte. In seiner unrealistisch optimistischen Stimmung fand er die Situation schlicht komisch. »Wir können nichts unterbinden und von nichts ablassen, weil wir noch gar nichts getan haben«, sagte er.

»Ich habe nicht vor, hier herumzusitzen und mir einen Haufen Haarspaltereien anzuhören«, entgegnete G. G. »Unsere Position ist einfach. Wenn Sie auf dieser Grünanlage vor dem Gericht Alkoholika verkaufen, werden wir eine Besenbrigade aufstellen.«

»Eine was?« fragte Buster Lickle, der die Diskussion aufmerksam verfolgt hatte.

»Wir gedenken, uns gegen Laster und Sünde mit Besen zu bewaffnen«, erläuterte G. G. »Wann immer wir einen Trinker erwischen, der gerade zur Flasche greifen will, werden wir ihm das Gift mit einem Besen aus der Hand schlagen. Diejenigen, die aufsässig werden, werden verhaftet. Die Alkohol-Aufsichtsbehörde hat versprochen, uns eine Reihe gut ausgebildeter Vollzugsagenten zu schicken, um die Verhaftungen vorzunehmen.«

»Können wir die Versammlung nicht zur Geschäftsordnung rufen?« fragte Sonny. »Wir haben noch nicht zur Geschäftsordnung gerufen.«

»Wozu diese Mühe?« fragte Duane. »Wir können rufen, bis

wir heiser sind, und es wird doch keine Ordnung herrschen.«

Sonny machte ein gequältes Gesicht. Er legte größten Wert auf die pedantische Einhaltung eines korrekten parlamentarischen Ablaufs.

»Hiermit rufe ich die Sitzung zur Geschäftsordnung«, sagte Duane. Er wollte nichts tun, was bei Sonny einen neuen Aussetzer auslösen könnte.

»Ich beantrage, daß alle Nichtmitglieder sofort aus dieser Sitzung entfernt werden«, sagte Suzie Nolan mit erstaunlicher Trockenheit. Alle blickten sie verblüfft an. Suzie hatte sich aus ihrem schlummerähnlichen Zustand in einen Zustand heller Empörung hineingesteigert. Ihre Augen leuchteten, und ihre Wangen glühten. Duane war nicht allzu überrascht – er wußte, daß sie zu erstaunlichen Verwandlungen fähig war, und G. G. Rawley wußte es offensichtlich auch, denn er starrte sie mit bitterer Intensität an.

»Auch du bist eine, deren Seele über kurz oder lang brutzeln wird wie Speck«, meinte er.

Angesichts der Blicke, die die beiden wechselten, fragte sich Duane, ob Suzie und G. G. einmal ein Verhältnis miteinander gehabt hatten. Der Umstand, daß letzterer vier bierernste Weizenbauern in die Versammlung mitgebracht hatte, konnte allein wohl kaum dieses Maß an Animosität erklären, das sie nun an den Tag legte.

»Ich unterstütze diesen Antrag«, sagte Ralph Rolfe. Als Viehzüchter hatte er eine seit Generationen gehegte Aversion gegen alle Bauern, egal von welcher Sparte.

»Halt, wartet doch einen Moment«, fuhr Duane dazwischen. »Es gibt keinen Grund, unhöflich zu sein und diese Gentlemen rauszuwerfen.«

Obwohl er sich als erster zu fragen hatte, mit welchem Recht die Weizenbauern anwesend waren, hatte er allmählich ein gewisses Mitgefühl für die Männer entwickelt, die allesamt vor dem Bankrott standen und die die Kontroverse, die um sie herum wütete, lediglich verlegen machte.

»Du hast selbst gesagt, daß wir keine Besucher zulassen«, sagte Jenny.

»Normalerweise lassen wir ja auch keine zu, aber diese Männer sind nun einmal hier und haben einiges auf sich genommen«, sagte Duane.

»G. G. hat ihnen das aufgebürdet, nicht wir«, entgegnete Suzie. »Ich finde, wir sollten ihn ebenfalls rauswerfen.«

»Ein Antrag wurde gestellt und unterstützt«, stellte Sonny sachlich fest. »Wir müssen darüber abstimmen.«

»Halt, warte einen Moment«, sagte Duane. Allmählich packte ihn die Wut. »Wir sind doch hier nicht bei der Einwanderungsbehörde oder so was. Wir können ja wohl so höflich sein, diese Männer hier ein paar Minuten dabeisitzen zu lassen.«

»Du hast nur eine Stimme, Duane«, sagte Suzie. Mit immer noch funkelnden Blicken sah sie ihn zornig an. Duane fand sie ungeheuer anziehend und fragte sich, welche Schwachstelle in seinem Charakter ihn dazu brachte, zornige Frauen so anziehend zu finden.

»Hör mal zu«, rief Duane. »Dieses Komitee hat bekanntlich drei oder vier Monate lang debattiert, bevor über die einzelnen Dinge abgestimmt wurde. Nur weil du aus der Haut gefahren bist und einen Antrag eingebracht hast, müssen wir noch keine Ungehörigkeit begehen.«

»Aber du wolltest sie doch selbst vor die Tür setzen«, erinnerte ihn Jenny. »Sei konsequent, Duane.«

»Ich beantrage, den Antrag zurückzustellen«, sagte Duane. Jennys Faible für konsequentes Verhalten regte ihn ebenfalls auf.

Einen Moment lang schwiegen alle betreten.

»Ich glaube nicht, daß sich ein Antrag, der bereits unterstützt wurde, zurückstellen läßt«, sagte Sonny.

»Aber ich habe es soeben getan«, sagte Duane.

Einer der Weizenbauern lächelte. Dann lächelte noch einer. Das muntere Treiben kommunaler Aktivitäten begann sie zu amüsieren.

»Ich habe einen anderen Entschluß gefaßt«, sagte Duane. »Wir werden das Bier verschenken, nicht verkaufen. Ich werde als Beitrag zur Hundertjahrfeier aus eigener Tasche ein paar tausend Kisten kaufen. Auf diese Weise werden wir uns mit der Frage, ob der Verkauf legal oder illegal ist, gar nicht erst herumschlagen müssen, und G. G. kann meinetwegen in den See springen und sich ersäufen.«

»Von wegen! Ich werde die Texas Rangers zu Hilfe rufen«, entgegnete G. G. »Wenn ihr Möchtegernpolitiker beabsichtigt, die Öffentlichkeit mit Freibier in Versuchung zu führen, dann ist es an der Zeit, daß die Rangers dazwischenfahren und ein paar Schädel einschlagen.«

»Hiermit ist die Versammlung vertagt«, verkündete Duane plötzlich. Diese Äußerung versetzte alle in Erstaunen. Duane war sogar selbst ein wenig überrascht, als er sich das sagen hörte, aber er bereute es nicht. Er meinte es ernst. Die Versammlung war zur Farce geworden, von niemandem bekam er Unterstützung, die ganze Hundertjahrfeier war eine einzige Farce, er vermißte seine Familie, und er hatte von der ganzen Sache die Nase voll.

»Du kannst uns nicht schon wieder vertagen, wir sind gerade erst angekommen«, sagte Jenny. »Wir haben noch über eine Menge wichtiger Dinge zu diskutieren.«

»Nein, haben wir nicht«, sagte Duane. »Nichts davon ist wichtig.«

Er stand auf und ging hinaus – und ließ einen Raum voller verblüffter Leute hinter sich zurück. Er ging zu seinem Wagen, fuhr um den Block und parkte ihn hinter dem Postamt. Dann lief er schnell zum Gerichtsgebäude zurück und spähte um die Ecke, um zuzusehen, wie das Komitee herauskam. Jenny Marlow führte die Meute an. Im Nu saß sie in ihrem Wagen und war wie der Blitz abgefahren – zweifellos, um sofort die Kunde von seiner Abtrünnigkeit zu verbreiten. Die anderen zockelten hinterher. Die Weizenbauern schlurften zu ihren Pickups und fuhren ohne Eile zu ihren geschundenen Feldern zurück. Sonny brach zum Kwick-Sack und Ralph Rolfe in Richtung seiner Ranch auf.

Als letzte kamen, wie Duane gehofft hatte, Suzie Nolan und Old Man Balt heraus, dessen treue Tochter Beulah wie gewöhnlich auf ihn wartete. Suzie half dem Alten den Gehweg entlang und wartete, bis er seine Crisco-Dose auf dem Gerichtsrasen ausgeleert hatte. Sobald er im Wagen saß, entführte ihn Beulah unverzüglich zu irgendeiner Fernsehshow, die gleich beginnen würde.

Duane konnte nicht feststellen, ob Suzie noch wütend war, aber sie hatte es offensichtlich nicht eilig. Bevor sie in ihren Wagen stieg, kickte sie sich die Schuhe von den Füßen. In Schuhen Auto fahren, oder überhaupt Schuhe zu tragen, war nicht ihre Sache.

Als er sah, wie sie sich die Schuhe auszog, kam Duane eine Idee. Er blickte sich nach allen Seiten um und konnte keine Menschenseele außer Suzie sehen. Der Platz und die Stadt wirkten wie ausgestorben, da an diesem Abend auf dem städtischen Baseballfeld zwei entscheidende Nachwuchsliga-Spiele der Little League ausgetragen wurden. Sein Sohn Jack spielte in einem davon mit, seine Tochter Julie in dem anderen. Eigentlich hatte er vor, noch dorthin zu fahren, aber nun hatte er Dringlicheres zu tun.

Rasch schlüpfte er aus seinen Stiefeln und Hosen. Normalerweise brauchte Suzie drei bis vier Minuten, bis sie ihren Wagenschlüssel gefunden, sich gekämmt und den Wagen angelassen hatte. Mit Hose und Stiefeln in der Hand sah er ihr bei diesen drei Handgriffen zu. Als sie den Wagen anließ, sprang Duane auf Zehenspitzen hinüber und versteckte sich hinter einer der Zedern auf der Grünanlage.

Die Verkehrsampel hatte keinen Verkehr zu stoppen, aber sie tat immer trotzdem Dienst und sprang abwechselnd von Rot auf Grün und wieder zurück. An dieser Stelle mußte Suzie vorbeikommen. Sie hatte den Wagen angelassen, war aber noch nicht vom Bordstein heruntergefahren. In aller Ruhe kämmte sie sich das Haar. Die Ampel schaltete auf Rot. Duane wurde ärgerlich. Wenn sie nur aufgehört hätte, sich zu kämmen, und losgefahren wäre, hätte sie sofort an der Ampel halten müssen. Aber sie kämmte sich noch immer. Er wartete und erinnerte sich, wie wild er sie in jener Nacht auf dem Krankenhausparkplatz begehrt hatte. Dann schaltete die Ampel auf Grün um, und sein Mut sank, denn Suzie war angefahren. Sicher würde sie gleich durchstarten und ihn mit seinem alten und seinem neuen Begehren einfach stehenlassen. Natürlich könnte er ihr nach Hause hinterherfahren, aber das war nicht dasselbe.

Dann fiel Suzie irgend etwas herunter – ihr Kamm, ein Ohrclip? –, und sie bückte sich, um es vom Wagenboden aufzuheben. Sie fand es, und in diesem Moment schaltete die Ampel wieder auf Rot. Langsam fuhr Suzie vor. Als sie zum Stehen kam, war Duane mit einem Sprung auf der Fahrerseite an ihrem Wagenfenster. Suzie blickte auf. Sie schien nicht im geringsten überrascht, ihn mitten im Zentrum von Thalia mit Stiefeln und Hose in der Hand unter der Verkehrsampel stehen zu sehen.

»Hey, du Ratte«, rief sie und schaltete auf Parkstellung. Duane warf seine Stiefel und Hosen auf den Rücksitz und küßte sie. Ihre Küsse waren so flink und drängend wie damals vor dem Krankenhaus. Er überlegte, ob er wieder versuchen sollte, durch das Fenster einzusteigen, was dem Ganzen die Krone aufgesetzt hätte, aber er beschloß, sich reif wie ein Erwachsener zu verhalten und sich auch mit 98 % zufrieden zu geben. Die Straßen waren völlig leer. Er öffnete die Wagentür und war immer noch nicht sicher, wie sich die Dinge entwickeln würden. Er war ganz genauso erregt wie beim ersten Mal, aber einen Augenblick lang fühlte er seine Zuversicht wanken. Autos stellten einen immerhin vor gewisse logistische Probleme.

Suzie hatte dagegen nichts von ihrem Selbstvertrauen verloren – auf diesem Gebiet schien sie keine Zweifel zu kennen.

»Setz dich auf den Sitz, Blödmann«, sagte sie mit einem Grinsen. »Wir brauchen's doch nicht so zu machen, als wenn wir verheiratet wären.«

Sie rutschte, so weit sie konnte, seitlich unter dem Steuerrad heraus. Duane stieg ein und setzte sich so, daß seine Beine zur gegenüberliegenden Wagentür zeigten. Es waren lange Beine, und die gegenüberliegende Tür war nicht gerade weit weg, aber Suzie setzte sich sofort rittlings auf ihn. Die Leidenschaft, die so viele Leute gehemmt und verlegen machte, verlieh ihr dagegen eine besondere Anmut.

»So herum kann ich die Straße beobachten«, sagte sie, während sie ihn unter sich zurechtrückte.

»Vielleicht müssen wir uns beeilen«, meinte Duane. »Vielleicht müssen wir einen Geschwindigkeitsrekord aufstellen.« Er fühlte sich so, als würde er dies mit Leichtigkeit schaffen, obwohl ihm auch in höchstem Maße bewußt war, wie absonderlich das war, was sie da taten. Die Stadt wirkte heller erleuchtet als vorhin, während er sich im Schatten des Gerichtsgebäudes versteckte.

Suzie lächelte. Sie knöpfte sein Hemd auf. Dann lehnte sie sich zurück und berührte sich an den Brüsten.

»Das müssen wir überhaupt nicht«, beruhigte sie ihn. »Wir können uns ruhig Zeit lassen. Keine Menschenseele ist zu sehen.«

59

Die Ereignisse gaben Suzie recht. Der Verkehrsfluß durch die Innenstadt von Thalia setzte großzügigerweise fünf Minuten lang aus, länger, als Duane brauchte, und danach sogar noch eine Weile. Suzie federte auf und nieder – und dies mit einer Entschiedenheit, die sich im Nu als unwiderstehlich erwies.

Obwohl, wie sie gesagt hatte, keine Menschenseele zu sehen war, hatte möglicherweise auch der Umstand, daß er praktisch unter der Verkehrsampel im Mittelpunkt von Thalia in einen zutiefst erregenden Geschlechtsakt verwickelt war, die Dinge beschleunigt. Nur Sekunden nachdem er einen herrlichen Orgasmus gehabt hatte, begann sich Duane zu wundern, weshalb er sie nicht gebeten hatte, hinter das Postamt zu fahren, wo es dunkel war. Das wäre ein hervorragendes Plätzchen gewesen, wie ihm erst zu spät einfiel. Bald kam Suzie ebenfalls, was aber nicht bedeutete, daß sie nun gesättigt war. Der erste Orgasmus diente ihr oft lediglich dazu, ihr Interesse noch mehr zu steigern. Sofern sie überhaupt eine Pause einlegte, tat sie es nur, um zu überlegen, welches Spielchen ihr als nächstes Spaß machen könnte. Sie liebte es, in aller Ruhe ihre Entscheidung zu treffen, die verschiedenen Möglichkeiten einen Augenblick in Gedanken durchzuspielen und sich dann für ein bestimmtes Spiel zu entscheiden, manchmal auch nur, um es schon im nächsten Moment wieder zugunsten eines anderen abzubrechen. Die Vorsicht spielte dabei – wie überhaupt in ihrem Leben – keine Rolle: sie schien das Gefühl zu haben, daß ihr die jeweils benötigte Zeit rechtmäßig zustand. Sie hatte nicht die Absicht, im Eiltempo von einem Vergnügen zum nächsten zu hasten.

Duane fand eine solche Geruhsamkeit begreiflich, wenn sie miteinander im Bett waren, aber er fand sie weniger begreiflich, wenn sie direkt unter taghellen Straßenlampen an einem öffentlichen Verkehrsknotenpunkt parkten.

»Fahren wir doch hinüber hinter das Postamt, wo es dunkel ist«, schlug er vor.

»Nein«, sagte Suzie. Sie saß ziemlich fest auf seinen Schenkeln und kniff ihn leicht mit ihren inneren Muskeln, um ihrem Standpunkt Nachdruck zu verleihen.

»Warum nicht?« fragte er. »Dann brauchen wir uns nicht um den Verkehr zu sorgen.«

»Verkehr?« fragte sie. »Es ist doch kein Wagen in Sicht.«

»Ich weiß, aber früher oder später könnte einer vorbeikommen«, sagte er.

»Aber ich möchte dich sehen können«, sagte Suzie. »Unter der Straßenbeleuchtung sieht dein Körper anders aus – irgendwie wie ein Gespenst. Das ist echt interessant.«

»Ja, und es wird auch echt interessant werden für jeden, der vorbeikommt«, sagte Duane. »Und wenn Karla vorbeifährt, werde ich ein Gespenst *sein*.«

Suzie beeindruckte dies jedoch nicht. »Vielleicht sind's auch nur Fremde«, sagte sie gleichgültig. »Leute, die einfach durchfahren. Die werden uns nicht mal kennen. Hast du noch nie wissen wollen, was für ein Gefühl es ist, wenn Leute zuschauen?«

»Nein«, sagte Duane wahrheitsgemäß. »Es würde überhaupt kein Gefühl sein, wenn Leute zuschauen, weil ich mich dann zu sehr genieren würde, als daß ich irgend etwas zuwege brächte.«

Dann sah er weit hinter ihnen Lichter – Lastwagenscheinwerfer, vermutete er.

»Da kommt jemand«, sagte er. »Wir müssen verduften.«

Er versuchte, unter ihr herauszuschlüpfen, aber Suzie hielt ihn noch fester mit ihren inneren Muskeln. Sie lächelte und kitzelte ihre Brustwarzen.

»Ganz schön scharf, dieses Gefühl, zu wissen, daß jemand kommt, findest du nicht?« sagte sie.

»Nein«, sagte Duane. »Ein peinliches Gefühl ist das. Ich kann keine scharfen Gefühle genießen, wenn ich mich geniere.«

»Vielleicht könntest du es lernen«, schlug Suzie vor.

»Ich glaube nicht, daß ich es noch lernen kann, bevor dieser Laster hier ist«, sagte er.

»Du könntest es wenigstens versuchen«, meinte Suzie. »Männer wollen nie mal was anderes versuchen.«

Unterdessen war der Lastwagen nur noch eine Viertelmeile weit entfernt. Duane gelang es, unter das Lenkrad zu greifen und die Warnblinkanlage einzuschalten. Wenn der Laster ins Schleudern käme und sie in der Stellung, in der sie sich gerade befanden, tötete, wäre das für die Stadt ein schwerer Schock. Sie selbst würden tot sein, und die Seriosität des Hundertjahrfeier-Komitees wäre für immer zerstört.

Suzie versuchte weiter ihn festzuhalten. Das Dröhnen des herannahenden Lasters erregte sie sogar noch, während es Duane zu Eis erstarren ließ. Seine Erektion ließ so rasch nach, daß Suzie ihn selbst mit ihrem Klammergriff nicht in sich halten konnte.

Als der Lastwagenfahrer die Warnblinkanlage sah, schwenkte er gelassen rechts an ihnen vorbei. An der Ampel trat der Fahrer eine Sekunde auf die Bremsen, blickte kurz nach Osten und Westen und röhrte weiter nach Wichita Falls. Für die Insassen des Wagens hatte er überhaupt keinen Blick, obwohl einer der Insassen gerade in dem Moment kam, als der andere nicht mehr in ihm – besser gesagt, in ihr – saß.

Der Umstand, daß sie gerade in einem Augenblick einen Orgasmus bekam, als er sich zurückzog, schien Suzies Lust nicht im geringsten zu mindern. Sie griff sich seine Hand und stopfte sie unter sich, während sie sich in Ekstase zurücklehnte.

Nun waren die Straßen wieder leer. Duane entkrampfte sich ein wenig. Suzie war eine ungewöhnliche Frau, das mußte er zugeben. Obwohl er sich in dieser Situation nicht gerade wohl in seiner Haut fühlte, hätte er sie doch nicht missen wollen.

Nun richtete sie sich wieder auf und drapierte einen Arm quer über den Sitz. Sie rutschte auf seinen Beinen entlang zurück, streichelte ihm leicht über den Bauch und befingerte sein Instrumentarium.

»Bedaure sehr«, sagte er in der Annahme, daß noch mehr von ihm erwartet wurde.

»Wieso?« fragte Suzie. »Es ist doch niedlich, wenn das Ding so schlaff ist.«

Sie rutschte noch weiter über seine Beine zurück, bis sie mit dem Rücken an der Beifahrertür lehnte. Dann hockte sie sich auf ihre Schenkel.

»Steck mir deinen großen Zeh rein«, sagte sie.

»Nein«, wehrte Duane ab. Er war entsetzt. Gerade hatte er wieder ein paar heranbrausende Scheinwerfer entdeckt.

»Ich bin echt naß«, sagte Suzie. »Steck deinen Zeh rein.«

»Da kommt schon wieder ein Lastwagen«, sagte er.

»Ich weiß«, sagte Suzie. »Ich liebe diesen Sound, wenn sie durch die Stadt geröhrt kommen.«

Duane kam zu dem Schluß, daß sie interessant, aber verrückt war. Er hielt seine Füße zurück.

»Ich habe meine Socken an«, sagte er. »Es wird nicht gehen.«

Sofort griff Suzie nach unten und riß eine Socke von seinem Fuß.

»Und was ist nun deine Ausrede?« fragte sie.

»Warum willst du, daß ich's auch noch mit meinem alten muffigen Fuß mache?« fragte Duane, während der Laster heranröhrte.

»Um zu sehen, ob's ein interessantes Gefühl ist«, erwiderte Suzie. »Hör auf, dämliche Fragen zu stellen.«

»Ich glaube, ich kann's nicht. Mein Fuß ist eingeschlafen«, sagte Duane, sich an einen Strohhalm klammernd.

»Dickie kann's schon«, sagte Suzie. »Der hat keine Angst. Er ist der einzige in dieser Stadt, der noch irgendwie Phantasie hat.«

»Das freut mich zu hören«, sagte Duane. »Aber noch lieber würde ich es auf der Rückseite des Postamts hören. Was wäre, wenn dieser Lastwagenfahrer mich mit meinem Zeh in dir sehen und den Verstand verlieren würde? Er könnte direkt durch das

Haus-und-Garten-Center donnern – und ich frage dich, wo wir dann die Ersatzteile für unseren Rasenmäher herbekommen sollen?«

Suzie hockte immer noch mehr oder weniger über seinen Beinen grätschend auf ihren Schenkeln, als der Laster herankam. Diesmal bremste der Fahrer umsichtig an der Ampel ab. Der schwere Motor wummerte einige Sekunden lang neben ihnen, dann setzte sich der Laster wieder in Bewegung. Der zweite Fahrer zeigte auch nicht mehr Interesse an dem Wagen oder seinen Insassen als der erste.

»Wenn ich dich hinter das Postamt fahren lasse, wirst du's dann versuchen?« fragte Suzie.

»Ich weiß nicht«, sagte Duane. »Möglich wär's. Ich möchte mich nicht festlegen.«

»Was, glaubst du, werde ich dir tun – deinen blöden Zeh zum Abfaulen bringen?« fragte Suzie. Sie schien sich langsam zu ärgern.

»Nein, natürlich nicht«, sagte Duane.

»Du hast mir deinen Finger reingesteckt«, sagte Suzie. »Du hast mir deinen Pimmel reingesteckt. Weshalb also nicht deinen Zeh?«

»Laß uns doch mal sehen, wie sich's hinter dem Postamt leben läßt«, sagte Duane. Er befreite seine Beine und schob sich hinter das Steuer. Er wartete darauf, daß sich Suzie setzte, aber sie setzte sich nicht. Sie blieb in der Hocke.

»Bis zum Postamt ist's ja nicht weit«, meinte sie.

Duane ließ den Motor an.

60

In der sicheren Dunkelheit hinter der Post ließ sich Duane verwegen auf eine Reihe weiterer Spiele ein. Suzie ließ deutlich durchblicken, daß sie ihn als Feigling betrachtete, aber sie ließ sich durch seine Feigheit nicht davon abhalten, ihre Interessen weiter durchzusetzen.

Als sie zufrieden war, wollte er wissen, ob G. G. Rawley auch einmal an einem ihrer Spielchen partizipiert hatte.

»Darauf kannst du Gift nehmen«, sagte sie. »Er war der erste Mann, mit dem ich Junior jemals untreu geworden bin. Es passierte im Religionsunterrichtsraum der Sonntagsschule. Er hatte mich dort hingelotst, weil ich ihm angeblich beim Stimmen dieses alten Klaviers helfen sollte, das sie dort benutzen.«

»Ist das der Grund, weshalb du eine solche Wut auf ihn hast?« fragte Duane.

»Ich habe deshalb eine solche Wut auf ihn, weil er es nie woanders als im Sonntagsschulzimmer machen wollte«, sagte Suzie. »Er hätte zu mir nach Hause kommen können, oder wir hätten in ein Motel gehen können. Mit der Zeit hatte ich es satt, daß ich immer versuchen mußte, es mir auf der Klavierbank bequem zu machen.«

»Es gibt aber doch noch den Fußboden als Ausweichmöglichkeit«, bemerkte Duane. Nun, wo er im Dunkeln war, machte es ihm Spaß, sich mit Suzie über Sex zu unterhalten.

»G. G. hat Gicht«, sagte Suzie. »Mich über die Bank zu beugen, ist alles, was er fertigbringt.«

»Aber das war auch nicht übel«, fügte sie hinzu. »Ich hab so laut geschrien, daß ich ihn mehrere Male zu Tode erschreckt habe. Es mit einem Priester zu machen ist echt aufregend. Wahrscheinlich deshalb, weil sie es nicht dürfen. Auf alle Fälle ist's um Längen schärfer, als es mit dem eigenen Ehemann zu machen.«

»Den alten Junior kannst du wohl nicht dazu kriegen, allzu viele Spiele zu spielen, wie?« fragte Duane.

Suzie blickte aus dem Fenster. Ihr Gesichtsausdruck änderte sich – einen Augenblick sah es so aus, als könnte sie zu weinen anfangen.

»Nein«, sagte sie. »Junior bekommt schon Schiß, wenn du von einem Spiel auch nur etwas erwähnst.«

Duane erkannte, daß er einen wunden Punkt getroffen hatte. Es tat ihm leid, daß er gefragt hatte.

»Das war das Traurige an unserer Ehe«, sagte Suzie. »Ich hätte ihn sehr glücklich machen können, wenn er mich gelassen hätte. Aber er hat's mich einfach nie machen lassen.«

Sie seufzte und kam wieder zurück in seine Arme.

»Wir haben phantastische Kinder«, sagte sie. »Immer gewinnen sie – überall. Ich denke, wir hätten eine wirklich phantastische Ehe gehabt, wenn Junior nicht so ängstlich gewesen wäre. Alles vergebliche Liebesmüh, Verschwendung – so kommt es mir vor. Ich denke, er wollte nicht glücklich sein. Wieso sollte eigentlich jemand nicht glücklich sein wollen, Duane?«

»Keine Ahnung«, sagte Duane. Er dachte an Sonny, der nie glücklich gewesen war. Er selbst war zwar auch oft traurig gewesen, aber er war auch unendlich glücklich gewesen. Sonny nicht. Er hatte sich darauf konzentriert, sich stets irgendwo in der Mitte zwischen Sieg und Niederlage zu halten. Aber nun starrte ihm trotz eines gut geplanten Lebens dennoch die Niederlage ins Gesicht.

»Juniors Mutter ist auch niemals glücklich gewesen«, bemerkte Suzie. »Sie hatte ein wirklich schweres Leben. Ich vermute, Junior hatte Schuldgefühle bei dem Gedanken, selbst glücklich zu sein, während seine Mutter es nie war.«

»Ich will dir sagen, wer glücklich ist: Dickie«, sagte sie. »Du solltest stolz auf dich sein, daß du einen so phantastischen Jungen großgezogen hast. Ich brauche ihn nur kommen zu sehen, und schon steigt meine Stimmung. Das ist eine großartige Gabe, wenn jemand nur aufzutauchen braucht, und schon geht's einem besser.«

Duane war bewußt, daß sie seinem Sohn ein schönes Kompliment gemacht hatte. Aber er mußte gerade an Junior, ihren Mann, denken, wie nervös er vor ein paar Wochen im Dairy Queen die Frage gestellt hatte, ob Frauen Sex mehr brauchen als Männer. Das hatte ganz schön traurig geklungen. Junior hatte sich schwer geplagt und hatte es zu Wohlstand gebracht. Er hatte alles getan, was man ihm eingebläut hatte: hart arbeiten, sparen, vorwärtskommen. Dann hatte ihm die Wirtschaftslage einen Strich durch die Rechnung gemacht, und sein Wohlstand war ihm unter der Hand zerronnen. Und in all jener Zeit, in den fetten und in den mageren Jahren, wurde er zu Hause ständig von einer phantastischen Frau überfordert, die rein zufällig einfach viel mehr Spaß an Sex hatte als er.

»Woran denkst du?« fragte Suzie.

»Ich kann mir einfach nicht helfen, aber Junior tut mir leid«, sagte er.

»Ach, weißt du«, sagte Suzie. »Junior gefällt es, sich selbst leid zu tun. Vielleicht macht es euch Männern überhaupt Freude, euch selbst zu bemitleiden. Ich halte mich an Dickie, solange ich kann. Er bemitleidet sich nicht selbst. Dickie liebt das Leben.«

»Ich muß jetzt losfahren«, sagte sie dann. »Die Kinder werden jeden Moment vom Schwimmen heimkommen.«

Duane stieg in seinen Pickup und fuhr hinter ihr her um das Gerichtsgebäude. Beide kamen bei Rot an die Ampel, unter der sie so interessante zehn Minuten verbracht hatten. Duane war ein wenig traurig. Er – besser gesagt: sie beide – würden dies nicht noch einmal tun, nicht an dieser Stelle, nicht auf diese Art. Ein kurzer, aber erregender Teil seines Lebens lag hinter ihm.

Suzie hatte wieder zu ihrer guten Laune gefunden. Sie war überhaupt nicht traurig. Sie grinste und blies ihm einen Handkuß zu.

»Ich hoffe natürlich, daß dir dein Zeh nicht abfault, Duane«, rief sie zu ihm herüber, als die Ampel umschaltete.

61

Es war noch früh am Abend, und so fuhr Duane zum Baseballfeld hinaus. Er sah Julie mit zwei ihrer Freundinnen am Eisstand herumhängen. Jack stand auf dem Feld in der Position des Pitchers. Duane parkte und ging zu der kleinen Sektion der unüberdachten Billig-Plätze hinüber. Viele Zuschauer waren anwesend, aber nur wenige machten von diesen Sitzgelegenheiten Gebrauch. Sie fuhren ihre Pkws und Pickups bis dicht an den Spielfeldzaun heran und saßen biertrinkend und klönend in ihren Wagen.

Jacy saß in einer der unteren Reihen dieses Tribünenteils, an ihrer Seite döste Shorty. Daß Shorty in der Zuschauertribüne schlief, war bereits an sich ein beachtliches Ereignis. Er durfte nämlich bei Duane nie den Pickup verlassen, wenn gespielt wurde, weil er herumrannte und die Leute biß. Manchmal biß er sogar Kinder; oder er rannte, vom Spiel erregt, auf das Baseballfeld hinaus und biß die Spieler.

Jacy hatte nicht nur Shorty, sondern auch Little Mike bei sich, der mit nackten Füßen hinter dem Fangnetz im Staub herumspazierte und vergnügt vor sich hin plapperte. Als er seinen Großvater bemerkte, kam er lächelnd herbeigelaufen. Duane hob ihn in die Tribüne hinauf.

»Es wird höchste Zeit, daß du dich blicken läßt«, sagte Jacy. »Dein Sohn bringt hier gerade eine Serie von Superwürfen, die keiner kriegen kann.«

Jack war wirklich ein außergewöhnlich junger Pitcher. Er legte auf dem Spielfeld ein tödliches, kaltes, rücksichtsloses Verhalten an den Tag und feuerte einen knallharten Ball nach dem anderen genau über die Markierung. Er hatte kein Vertrauen in seine Feldspieler und zog es vor, möglichst viele Schlagmänner von vornherein auszuspielen.

»Wie viele hat er bis jetzt ausgespielt?« fragte Duane.

»So gut wie alle«, berichtete Jacy. »Ein paar haben den Ball fallen lassen, und einer oder zwei mußten nach technischen Fehlern raus.«

»Ich hätte nicht in der Haut dessen stecken wollen, der die Fehler gemacht hat«, sagte Duane. »Jack vergißt so etwas nicht.«

Shorty schlug die Augen auf und blickte Duane schuldbewußt an. Aber Duane ignorierte ihn einfach.

»Sei doch nicht so hartherzig«, sagte Jacy. »Streichel doch deinen alten Hund ein bißchen.«

Duane hämmerte Shorty ein paarmal mit der Faust zwischen die Augen. Sofort schaute Shorty nicht mehr schuldbewußt drein, sondern machte ein freudiges Gesicht.

»*Streicheln* habe ich gesagt, nicht das Hirn einschlagen«, sagte Jacy.

»Das schadet ihm nichts«, sagte Duane. »Shorty braucht ja sein Hirn gar nicht.«

Jacy wirkte ganz entspannt. Sie rutschte näher zu ihm heran, musterte ihn neugierig, sie zog die Nase kraus und schnupperte.

»Was hast du getrieben, Duane?« fragte sie. »Du riechst so komisch.«

Sofort überkam Duane ein nervöses Zucken. Er hatte nicht erwartet, daß er Jacy am Spielfeld finden würde. Er sagte sich, daß er lieber nach Hause hätte weiterfahren sollen – selbst wenn Jack in diesem Spiel Pitcher war. Er fand nicht, daß er irgendwie besonders roch, aber unter Jacys Blicken wurde ihm wieder sehr deutlich bewußt, was er getrieben hatte, bevor er zu dem Baseballfeld gekommen war.

»Ich komme von einer Versammlung«, sagte er. »Ich glaube, die müssen heute das ganze Gericht mit irgendeinem Zeug desinfiziert haben – um es für die Massen in Schuß zu bringen.«

Jacy hob eine Augenbraue und meinte: »Wer's glaubt wird selig.«

Jetzt schwang sich ein fetter Junge einem heranschießenden Ball entgegen und beförderte ihn mit einem flachen Roller zur Linksfeldseite neben Jacks Position. Jack stürzte sich darauf und feuerte ihn mit mörderischem Schwung dem 1. Baseman entgegen. Der Ball sprang dem 1. Baseman aus dem Handschuh und segelte wie ein flacher Feldeinwurf zum 2. Baseman hinüber. Dieser angelte sich ihn, ließ ihn aber fallen und kickte bei dem Versuch, ihn wieder aufzuheben, in die falsche Richtung, während der Dicke sich schwerfällig auf der Außenlinie entlangschleppte. Jack hechtete hinüber, schnappte sich mit bloßen Händen den dahinkullernden Ball und jagte den kleinen Dicken zum 1. Base. Der 1. Baseman bettelte um einen nächsten Wurf, aber Jack ignorierte ihn. Es wurde klar, daß der kleine Dicke bereits einen zu großen Vorsprung hatte. Nur noch ein halber Schritt, und er würde in Sicherheit sein. Statt den Ball zu werfen, warf sich Jack nun selbst nach vorne. Wie beim Football hechtete er mit der Schulter voran dem fetten Jungen gegen die Beine und schubste ihn von der Außenlinie. Jack schlug, mit dem Ball immer noch in seinen Händen, als erster auf und gelangte über die Base-Markierung. Die Autos hupten wie wild, die Leute brüllten, der gegnerische Mannschaftsleiter kam protestierend quer über das Spielfeld gerannt.

»Weiter so, Jack!« brüllte Jacy und vergaß die Frage, wonach

Duane roch. Sie sprang auf und applaudierte. Shorty sprang ebenfalls auf und kläffte. Dank der Pickuphupen, die jetzt allesamt aufröhrten, machte diese kleine Ansammlung von Leuten einen so gewaltigen Lärm wie eine große Menschenmenge.

Der Schiedsrichter nahm den Dicken nicht nur in Schutz, sondern schrieb ihm auch den Punkt gut. Jacks Mannschaftsleiter protestierte. Die Menge brüllte. Mehrere empörte Mütter, die Jack schon häufig zu solchen Tricks hatten greifen sehen, stürzten auf das Spielfeld und verlangten für ihn einen Platzverweis. So weit wollte der Schiedsrichter doch nicht gehen, aber die Mütter bestanden darauf.

»Buuh«, schrie Jacy, »kill den Schiedsrichter.«

»Halt den Mund«, sagte Duane. »Jack könnte dich hören.«

»Er soll mich ja hören!« sagte Jacy. »Fandest du's nicht herrlich, wie raffiniert er diesen Jungen angerempelt hat?«

»Das hier ist Baseball und nicht Football«, sagte Duane.

»Ich hätte nie gedacht, daß du mal ein solcher Schlappschwanz werden würdest, Duane«, bemerkte Jacy.

Jack, der immer noch den Ball hatte, kehrte in aller Ruhe zu seiner Position zurück, so als würde er die Verwarnung akzeptieren. Aber Duane wußte, was wirklich im Busch war. Jack wirkte immer ganz ruhig, bevor er etwas Unverzeihliches anstellte. Er ließ den Schiedsrichter nicht aus den Augen und wartete, bis er ihm den Rücken zukehrte.

»Tu das nicht, Jack!« schrie Duane und sprang auf. »Du versaust dir doch dein Superspiel!«

Der Schiedsrichter drehte sich um und versuchte die Herde der Mütter vom Feld zu treiben, und im selben Moment traf Jack ihn mit dem Ball genau zwischen die Schulterblätter.

»Jetzt reicht's, du bist raus aus dem Spiel«, schrie der Schiedsrichter.

Da drehte Jack sich um und warf seinen Handschuh so hoch er konnte in die Luft. Er kam oben auf dem Fangnetz zu liegen und blieb dort hängen. Dann ging Jack gemächlich vom Spielfeld, stieg auf die Tribüne hinauf und setzte sich neben Jacy, die ihn fest umarmte und ihm einen Kuß gab.

»Du warst einfach großartig«, sagte sie.

»Das war nicht sehr intelligent, deinen Handschuh auf das Fangnetz zu werfen«, sagte Duane.

»Ich werde ihn nicht mehr brauchen«, meinte Jack. »Ich werde nie mehr pitchen.«

»Mach dich doch nicht lächerlich«, sagte Duane.

Jacy warf ihm einen feindseligen Blick zu.

»Ich hoffe, du bist nicht auch einer von diesen Vätern, die darauf bestehen, daß ihre Kinder Sport treiben, egal, ob sie wollen oder nicht«, sagte sie.

»Nein, das ist seine Sache«, sagte Duane.

»Nun, er hat gerade gesagt, daß er nie mehr pitchen will«, sagte Jacy.

»Ich würde schon wieder pitchen, wenn sie mir nicht mein Spiel versaut hätten«, sagte Jack.

»Sie haben es doch nicht versaut«, sagte Duane.

»Natürlich, der Dicke ist bis zum 2. Base gekommen«, sagte Jack.

»Aber er hat keinen Treffer gegen dich geschafft«, sagte Duane. »Er ist nur durch einen technischen Fehler ans Base gekommen. Das zählt nicht.«

»Es zählt eben doch, wenn jemand das Base erreicht«, entgegnete Jack. »Diesem 1. Baseman sollte man die Kehle durchschneiden.«

»Mann«, rief Duane. »Das ist hier nur die Little League – da muß man doch nicht jedem, der einen Fehler macht, gleich die Kehle durchschneiden.«

»Ich meine ja nicht deswegen«, sagte Jack. »Sondern weil er geil ist wie ein Karnickel. Er läßt vor jedem x-beliebigen Mädchen, das ihn drum bittet, gleich die Hosen runter.«

»Und du etwa nicht?« fragte Duane.

»Igitt, natürlich nicht«, sagte Jack. »Ich laß nur für die absoluten Spitzenmädels die Hosen runter.«

»Was wäre denn ein absolutes Spitzenmädel?« fragte Jacy.

»Das, das am tollsten aussieht«, sagte Jack, als wäre es das Selbstverständlichste der Welt.

»Wäre ich ein absolutes Spitzenmädel, wenn ich noch ein Mädchen wäre?« fragte Jacy.

»Na klar«, antwortete Jack.

»Diesem Schiedsrichter gehört auf fünfzig verschiedene Arten die Kehle durchgeschnitten«, fügte er dann hinzu.

»Du mußt lernen, dich zu beherrschen«, sagte Duane. »Was ist, wenn deine Mannschaft verliert, weil man dich vom Platz geworfen hat?«

»Sei nicht albern«, sagte Jack. »Wir sind 26:0 in Führung.« Er stand auf und schlenderte davon.

»Wahrscheinlich geht er ein paar absolute Spitzenmädels suchen«, meinte Jacy.

Inzwischen versuchte Little Mike von der Tribüne herabzuklettern. Da die Stufen fast so hoch wie er selbst waren, kam er nur langsam vorwärts, aber er schaffte es trotzdem.

»Wo steckt Karla?« fragte Duane.

»Ich glaube, sie ist nach Hause gefahren, um ihre Mutter zusammenzuscheißen«, sagte Jacy. »Fühlst du dich etwa einsam ohne sie?«

»Stell dir vor: ja«, sagte Duane.

»Bist du böse auf mich, weil ich deine Familie gekidnappt habe?« fragte sie.

»Ach was, nein«, sagte Duane. »Sie machen sowieso alle, was sie wollen. Wenn sie alle bei dir wohnen wollen, dann soll's mir recht sein. Ich habe sowieso kein Mittel, sie davon abzuhalten.«

»Aber ein bißchen vermißt du sie schon, oder?«

»Ein bißchen ja«, gab er zu.

»Dann wirst du wohl 'ne Weile leiden müssen«, sagte sie. »Ich werde Karla und die Zwillinge gleich nach der Feier mit nach Europa nehmen.«

Das war ein Schock – ein solcher Schock, daß er sie nur entgeistert anstarren konnte.

»Für immer?« fragte er. Wenn er an die letzten paar Wochen dachte, kam ihm das nicht ausgeschlossen vor.

»Natürlich nicht für immer«, sagte Jacy. »Nur für ein paar Wochen. Es wird ihnen guttun, ein bißchen was von Europa zu sehen. Abgesehen davon brauche ich sie, damit sie mir helfen, mich wieder dort einzugewöhnen.«

»Du scheinst dich selber bestrafen zu wollen«, sagte er. »Mit den Zwillingen zu reisen ist die schlimmste Tortur, die ich je durchgemacht habe.«

»Für dich vielleicht«, sagte Jacy. »Ich bin nicht so unflexibel wie du.«

»Ich bin überhaupt nicht unflexibel«, sagte er.

»Von wegen! Du bist so unflexibel wie ein straff gespannter Draht.«

Währenddessen hatte Little Mike den Boden erreicht. Er klatschte sich kurz Beifall für diese Leistung und begann am Spielfeldrand am Fanggitter hochzuklettern. Er konnte seine Zehen durch die Gittermaschen stecken.

»Ich nehme vielleicht auch Dickie nach Europa mit«, sagte Jacy. »Ich möchte, daß er meine Töchter kennenlernt.«

»Nimm ihn mit«, sagte Duane. »Wenn er noch länger hierbleibt, wird seine Frau ihn wahrscheinlich über den Haufen schießen. Oder wenn nicht seine eigene Frau, dann der Mann irgendeiner anderen Frau.«

»Vielleicht wird er sich in eine von meinen Töchtern verlieben«, meinte Jacy. »Vielleicht werden sie heiraten. Du und ich, wir könnten womöglich gemeinsame Enkel bekommen.«

Duane verließ die Tribüne und zerrte Little Mike von dem Fanggitter herunter, bevor er zu hoch und außer Reichweite war. Little Mike machte ein betrübtes Gesicht, aber er tat keinen Mucks.

»Ich glaube nicht, daß du Dickie verstehst«, meinte Jacy dann. »Dickie hat einen unwiderstehlichen Charme. Wenn mir nach Liebe zumute wäre, würde ich meine Töchter nicht an ihn ranlassen. Dann würde ich ihn für mich selbst behalten. Der Junge ist ein Jahrhundert-Mann.«

»Das denken die Bullen auch«, sagte Duane. »Die sind froh, daß es in hundert Jahren nur einen solchen Typ gibt.«

»Du stehst nicht so hundertprozentig auf der Seite deiner Kinder, hab ich recht?« fragte Jacy. »Du bist jedenfalls ziemlich geizig mit deinem Lob. Du hast nicht mal Jack angespornt, als er diesen Jungen angerempelt hat.«

»Er hätte ihn nicht wie beim Football anfallen dürfen«, meinte

Duane. »Wenn die Footballsaison anfängt, dann kann er soviel rempeln, wie er will.«

»Das ist kein Argument«, sagte Jacy. »Deine Kinder sind großartig. Du solltest sie anfeuern, ihnen zujubeln, ganz egal, was passiert.«

»Weshalb ist dir nicht nach Liebe zumute?« fragte er.

Jacy machte ein amüsiertes Gesicht.

»Was kümmert dich das?« fragte sie. »Wenn mir danach zumute wäre, dann würde ich Dickie wollen und nicht seinen Alten. Dickie hat mehr Drive als fünf von allen Männern, die ich kenne, zusammengenommen. Und außerdem hat er unheimlich süße Augen.«

»Soweit ich das beurteilen kann, ist er möglicherweise sogar vollkommen«, sagte Duane. »Ich habe mich nur gefragt, weshalb dir nicht nach Liebe zumute ist.«

Jacy blickte nachdenklich vor sich hin. Auf dem Spielfeld kämpfte Jacks Mannschaft um den Sieg. Der dicke Junge von eben war inzwischen aufgrund eines weiteren Feld-Fehlers bis zum 3. Base vorgerückt.

Jacy musterte Duane einen Moment, dann langte sie hinüber und griff sich Little Mike.

»Ich werde dir nicht sagen weshalb, Duane«, sagte sie. »Wenn du noch was von deiner Frau sehen möchtest, dann solltest du besser nach Hause eilen, solange das noch möglich ist.«

»Werden die Zwillinge mit dir nach Hause fahren?« fragte er.

»Natürlich werden sie mit mir nach Hause fahren«, sagte Jacy.

Er blieb in den Rängen stehen und sah ihnen hinterher. Julie kam herüber und hakte sich bei Jacy unter. Jack konnte Duane zuerst nirgends entdecken. Aber dann sah er ihn. Er lag auf dem Dach eines Pickup. Als Shorty unter ihm vorbeikam, bombardierte er ihn mit Erdbeereis. Shorty kläffte und versuchte sich das rote Eis aus den Augen zu lecken. Dann sprang Jack von dem Pickup herunter und begann ihn zu jagen.

Duane wartete, bis die Spielzeit zu Ende war, und konnte mehrere Mitglieder beider Mannschaften dazu überreden, Bälle gegen das Fanggitter zu werfen, bis es ihnen schließlich gelang, Jacks Handschuh herunterzuholen. Der dicke Junge, der es bis zum 3. Base geschafft hatte, fing ihn auf, als er herunterfiel.

62

Als Duane seine Küche betrat, saßen dort Minerva, Jeanette und Casey beim Blackjack-Spielen.

»Was für eine Überraschung!« sagte er. »Ich dachte, du wärst mit dem Rest der Bande ausgeflogen.«

»Wenn man unheilbaren Magenkrebs hat, dann möchte man mit Menschen seines Alters zusammensein«, bemerkte sie, ohne von den Karten aufzublicken.

»*Ich* bin *nicht* in Ihrem Alter, sondern Casey«, erinnerte Jeanette sie.

»Ich dachte, du hättest einen unheilbaren Hirntumor«, sagte Duane.

»Wenn ich einmal nicht mehr sein werde, dann wird's Ihnen noch mal leid tun, daß Sie sich über mich lustig gemacht haben«, sagte Minerva.

»Ist Karla hier?« fragte er.

»Ja, sie ist mit mir zurückgefahren«, sagte Minerva. »Ihre mickrige kleine Karre ist auseinandergefallen.«

Casey schien zu schmollen. Er war ein schlechter Verlierer, und er war gerade dabei zu verlieren.

»Ich wünschte, ich wäre jetzt in Pecos, Texas«, knurrte er. »Seit ich mich von dir habe hierher lotsen lassen, habe ich nichts anderes getan, als beim Kartenspiel zu verlieren.«

»Du hast dich nicht von mir hierher lotsen lassen«, sagte Jeanette, »sondern von Karla. Ich habe ihr gesagt, sie hätte dich dort vermodern lassen sollen, wo du warst.«

»Am liebsten würde ich noch heute abend zurückfahren«, sagte Casey.

»Dann hau doch ab«, sagte Jeanette. »Fahr per Autostop. Wir brauchen hier keinen, der ewig sauer ist.«

Duane ging ins Schlafzimmer. Karla wirkte eher gutgelaunt, fläzte sich auf dem Bett und sah sich einen James-Bond-Film an.

»Was für eine Überraschung!« sagte Duane.

»Duane, versuch bitte nicht witzig zu sein, ich schau mir gerade einen Film an«, sagte Karla.

»Ich habe Juniors Pickup gar nicht gesehen«, sagte er. »Ist er am Ende doch wieder nach Hause gefahren?«

»Du bist aber wirklich nicht auf dem neuesten Stand«, sagte Karla. »Er ist mit Billie Anne nach Ruidoso durchgebrannt. Dickie ist selig. Er hat bereits die Scheidungspapiere eingereicht, denn jetzt hat er ja einen Scheidungsgrund, weil sie ihn verlassen hat.«

»Sie könnte aber zurückkommen, wenn's mit Junior nicht läuft«, meinte Duane.

»Wieso sollte es mit Junior nicht laufen?« fragte Karla. »Junior ist ein süßer Kerl. Nicht jeder muß so ein Macho sein wie du.«

»Ich glaube nicht, daß ich ein Macho bin«, sagte er.

»Das habe ich früher auch nicht geglaubt, aber Jacy hat mir all deine Probleme erklärt«, sagte Karla.

Duane fühlte, wie ihm die Wut kam.

»Ich wünschte, sie hätte sie lieber mir erklärt«, sagte er. »Ich habe sie gerade beim Baseballspiel getroffen.«

»Hat Jack irgendwas Schlimmes angestellt?« fragte Karla.

»Ja«, sagte er und wartete, aber Karla fragte nicht, was es war. Sie schaute weiter zu, wie ungemein weltmännisch Roger Moore dreinschaute. Er befand sich gerade in einer Skihütte irgendwo in den Alpen.

Karla schien eine neue Frisur zu haben. Ihr Haar war kürzer geschnitten. Sie wirkte jünger. Ihre wundervolle Haut sah noch schöner aus. Je länger Duane sie betrachtete, desto verwirrter wurde er. Sie war nur wenige Tage fort gewesen, aber sie sah irgendwie noch viel besser aus als vorher – und als sie fortging, hatte sie bereits sehr gut ausgesehen.

»Du siehst gut aus«, sagte er.

Karla blickte ihn an, hob nur eine Augenbraue und wandte sich wieder dem Film zu.

»Weshalb mußte ausgerechnet Jacy dir meine Probleme erklären?« fragte er. »Sie hat mich dreißig Jahre lang nicht gesehen. Du hast mich zweiundzwanzig Jahre täglich gesehen. Weshalb hast nicht du ihr meine Probleme erklärt?«

»Duane, sie hat in Europa gelebt, nun sei nicht so unflexibel«, sagte Karla.

Keine Stunde zuvor hatte Jacy ihn beschuldigt, er sei unflexibel.

»Ich bin eben unflexibel«, sagte er. »Ich kann nichts dafür. Ich habe keine Ahnung, was hier eigentlich gespielt wird. Sie meint, sie würde dich und die Zwillinge mit nach Europa nehmen. Und vielleicht Dickie auch. Ich kapier wirklich nicht, was hier los ist.«

»Nellie möchte auch mit«, informierte ihn Karla.

»Weshalb komme ich eigentlich nicht auch gleich mit?« fragte Duane. »Ich war noch nie in Europa. Vielleicht hätte ich auch Lust, dahin zu fahren.«

»Ach – um deine Ölquelle gleich wieder im Stich zu lassen, wo du nun endlich eine gefunden hast?« sagte Karla.

Da hatte sie recht. Seine Mississippi-Quelle wollte er nicht im Stich lassen. Er wollte sogar noch eine weitere Bohrung ansetzen. Aber um sich weiter streiten zu können, beschloß er, dies nicht zu erwähnen.

»Wenn man nichts anderes zu tun braucht, als in Europa zu leben, um die Probleme anderer Leute zu verstehen, dann möchte ich auch dahin fahren«, sagte er. »Ich kapier überhaupt nichts mehr. Alle spielen hier total verrückt. Du brauchst nur bis drei zu zählen, schon hauen die Leute einfach miteinander ab. Ein einziger Kuß, und schon sind sie auf und davon.«

»So ist nun mal das Leben, Duane«, sagte Karla. »Sprich leiser, sonst weckst du das Baby auf.«

Duane hatte aber keine Lust, leiser zu sprechen. Er hatte große Lust, laut zu brüllen. Die Tatsache, daß Billie Anne mit Junior durchgebrannt war, war der Tropfen, der das Faß zum Überlaufen brachte. Vielleicht würde sich dadurch Dickies Problem lösen, und das von Suzie ebenfalls, aber auch das war ihm egal – es brachte trotzdem das Faß zum Überlaufen. Alle spielten total verrückt. Keiner hatte noch irgendwelche Hemmungen. Er selbst hatte gerade mit einer verheirateten Frau mitten im Stadtzentrum von Thalia gevögelt.

Er hatte große Lust, irgend etwas durch die Gegend zu feuern. Er sah sich im Zimmer um, und sein Blick fiel auf sein Ledernilpferd. Karla hatte es in Dallas für das neue Haus gekauft. Es saß vor einem ledernen Ohrensessel, der eigentlich für ihn bestimmt war. Das Nilpferd war als Fußbank gedacht. Er konnte in dem Ledersessel sitzen, der zig-Tausende gekostet hatte, und seine Füße auf das Nilpferd legen, das nur um die Achtzehnhundert gekostet hatte. Er hatte aber nie in diesem Sessel gesessen, geschweige denn seine Füße auf das Nilpferd gelegt.

Er packte das Nilpferd und schleuderte es gegen die Glastüren, bevor er bemerkte, daß sie offen waren. Das Nilpferd segelte, ohne Schaden anzurichten, hinaus und landete beim Whirlpool.

Karla hob wieder eine Augenbraue.

»Duane, du machst mir wirklich Sorgen«, sagte sie. »Du hattest überhaupt keinen Grund, das Nilpferd hinauszuschmeißen.«

»Das weiß ich«, sagte er. »Ich habe es einfach aus überhaupt keinem Grund hinausgeschmissen.«

Er ging in die Halle hinunter und warf einen Blick zu seiner Enkeltochter hinein. Zu seiner Überraschung war sie wach. Sie lag in ihrer Wiege, hatte die Augen weit geöffnet, brabbelte und krähte vor sich hin. Sie war auch glücklich, ihn zu sehen, und so begann sie laut krähend mit den Beinchen zu strampeln und mit den Armen zu winken. Duane nahm sie hoch und ging mit ihr ins Freie. Barbette hörte auf zu krähen und blickte staunend in die Sterne. Duane setzte sich an den Pool, und innerhalb von ein, zwei Minuten schlief sie ein. Schon bald fühlte sich Duane ruhiger. Er hörte ein paar Kojoten kichern. Anscheinend feierten sie gerade unterhalb des Felsrückens eine Party.

Als er sich erhob, um Barbette wieder ins Haus zu bringen, fiel sein Blick auf das Nilpferd. Er wollte es nicht ungeschoren davonkommen lassen und schoß es wie einen Football in den Swimmingpool.

»Ich begreife nicht, was zwischen dir und Jacy abläuft«, sagte er, als er wieder ins Schlafzimmer zurückkam.

»Das ist auch gut so, denn es ist nicht dein Bier«, sagte Karla ohne Aggressivität.

»Laß uns zu einem Psychiater gehen«, meinte sie dann.

»Wieso das denn?« fragte er.

»Weil's mal was Neues ist«, sagte Karla. »Nie machen wir mal was Neues. Eine Ehe kann sich totlaufen, wenn der Mann und die Frau nie mal was Neues ausprobieren.«

»Ich bin dabei Bankrott zu machen«, sagte Duane, »das ist doch was Neues. Und du bist gerade zu einer meiner Exfreundinnen gezogen. Zählt das vielleicht als was Neues?«

»Nein, weil es dich verspannt macht«, sagte Karla, »und Verspannung ist bei dir nichts Neues.«

»Okay, okay«, sagte Duane. »Ich werde alles tun, um dich zu überzeugen, daß ich willens bin, etwas Neues auszuprobieren.«

»Duane, das ist wirklich süß von dir, daß du einverstanden bist«, meinte Karla.

63

Prompt vereinbarte Karla einen Termin bei einem Psychotherapeuten in Fort Worth. Unglücklicherweise war das erste Treffen an einem Montagmorgen angesetzt, ausgerechnet an dem Tag, an dem die offizielle Eröffnung der Hundertjahrfeier geplant war. Aber der Termin war um acht Uhr morgens, und die Eröffnungsfeier begann erst um zwölf Uhr mittags, daher konnten sie leicht noch rechtzeitig wieder zurück sein. Die erste Veranstaltung war ein Minimarathon, der an Aunt Jimmie's Lounge starten und an der Verkehrsampel im Stadtzentrum enden sollte. Duane sollte den Siegern die Preisbänder verleihen.

In der Nacht hatte er von Jacy geträumt. In dem Traum war er ein Versager gewesen. Er war mit Jacy irgendwo hingefahren, und seinem Pickup war das Benzin ausgegangen. Jacy war nicht wütend gewesen. Sie hatte verständnisvoll gelächelt. Aber als er aufwachte, fühlte er sich immer noch wie ein Versager. Er beschloß, weder Karla noch dem Psychotherapeuten etwas von dem Traum zu erzählen. Sie würden ihm dann nur einreden, er würde sich wieder in Jacy verlieben, und er glaubte nicht, daß das der Fall war, obwohl sein Traum in ihm ein ziemlich bedrückendes Gefühl hinterließ.

»Ich frage mich, worüber er wohl mit uns reden möchte?« sagte Karla, als sie in der düsteren Tiefgarage unter dem Gebäude parkten, in dem der Psychiater seine Praxis hatte.

»Ich hasse Tiefgaragen«, meinte Duane.

»Duane, finde doch nicht ständig etwas auszusetzen«, sagte Karla.

»Aber eine Menge Leute werden in diesen Großstadt-Tiefgaragen ausgeraubt«, sagte Duane.

»Es gibt kein Gesetz, das dir verbietet, oben an der Straße zu parken.«

»Natürlich gibt's eines«, widersprach Duane. »Auf jedem Verkehrsschild in der Innenstadt von Fort Worth steht ›Parken verboten‹.«

»Ich hoffe, du wirst dem Therapeuten sagen, daß du es nicht lassen kannst, immer zu übertreiben.«

»Ich werde es ihm schon sagen – falls wir in seiner Praxis nicht ausgeraubt werden.«

Sie wurden aber nicht ausgeraubt oder auch nur beachtet.

»Ich hoffe, wir müssen nicht unser Sexualleben beschreiben«, meinte Karla. »Ich möchte meines jedenfalls nicht beschreiben.«

»Das ist ja ganz was Neues«, staunte Duane. »Früher hast du es sogar die ganze Zeit auf T-Shirts beschrieben.«

»Duane, das habe ich nicht«, sagte Karla.

Wie sich herausstellte, war ihr Psychotherapeut ein sympathischer, gutaussehender junger Spanier namens Carillo. Daß er Spanier war, überraschte Duane. Er hatte stets den Eindruck gehabt, die meisten Psychiater seien Juden. Karla war ebenfalls überrascht, wenn auch hauptsächlich darüber, wie jung der Mann war.

»Haben Sie Ihr Psychiatrie-Studium schon lange hinter sich?« fragte sie ihn.

Dr. Carillo lachte in sich hinein und meinte: »Wir sind hier, um über Sie zu reden«, sagte er. »Wir sind nicht hier, um über mich zu reden. Mr. Moore, ich finde es hochinteressant, daß Sie einen dichten Vollbart tragen.«

»Also, den trage ich deshalb, weil heute die Hundertjahrfeier unseres Landkreises beginnt«, erklärte er. »Wir sollen alle wie Pioniere aussehen. Jeder Mann, der sich keinen Bart hat wachsen lassen, kann in die Pferdetränke getaucht werden, wenn die Leute, die ihn erwischen, stark genug sind, ihn unterzutauchen.«

»Haben Sie Angst, Sie könnten ertrinken?« fragte Dr. Carillo, während er etwas auf seinen Block kritzelte.

»Nein«, sagte Duane. »Ich habe keine große Angst, untergetaucht zu werden. Aber ich bin der Vorsitzende des Hundertjahrfeier-Komitees, deshalb konnte ich mich eigentlich schlecht weigern, mir einen Bart wachsen zu lassen. Sonst hätte nämlich jeder gesagt, ich sei kein Patriot.«

»Ein Bart kann eine Maske sein«, sagte Dr. Carillo geheimnisvoll. »Bei einem dichten Vollbart wie Ihrem fällt es den Leuten schwerer, Ihre Gefühle zu erkennen.«

»Ich habe ihn mir doch nur wegen der Feier wachsen lassen«, sagte Duane. »Ich mag Bärte nicht. Sie kitzeln zu sehr.«

»Sie sind achtundvierzig Jahre alt?«

»Richtig.«

»Bärte können ein Symbol der Männlichkeit sein«, sagte Dr. Carillo. »Männer, die sich nicht mehr so recht jung fühlen, lassen sich manchmal einen wachsen. Wenn sie an ihrer Potenz zweifeln, lassen sie sich einen hübschen Bart stehen, um sich wieder sicherer zu fühlen. Wissen Sie, ein hübscher Bart sieht einfach männlich aus.«

Duane schwieg. Er hatte bereits klar und deutlich gesagt, daß er sich den Bart wegen der Hundertjahrfeier hatte wachsen lassen, und er sah keinen Grund, dies noch einmal zu wiederholen.

»Er hat einen der prächtigsten Bärte im ganzen Landkreis«, sagte Karla in dem Versuch, ihm zu Hilfe zu kommen. »'ne Menge von den Männern dort sehen im Vergleich zu ihm einfach mickrig aus.«

Dr. Carillo schien außerordentlich gut gelaunt zu sein. Er stellte keine weiteren Fragen mehr über den Bart und saß einfach da und strahlte sie an. Schweigen breitete sich aus. Dr. Carillo schien es mit den Fragen nicht eilig zu haben. Er saß einfach hinter seinem Schreibtisch und lächelte.

Duane sah Karla an. Sie war schon früher bei Psychotherapeuten gewesen und mußte eigentlich wissen, wie man sich da verhalten sollte. Vielleicht sollten sie reden, ihre Probleme beschreiben, um Rat fragen.

Aber Karla schien sich auch nicht sicher zu sein. Sie sagte kein Wort. Minuten vergingen – vielleicht vier oder fünf. Duane blickte immer wieder auf seine Uhr. Ihm war, als würden ganze Stunden vergehen, aber in Wirklichkeit hatte das Schweigen nur wenige Minuten gedauert.

»Leute, ihr seid nicht gerade kooperativ«, meinte Dr. Carillo dann. »Ich denke, wir müssen uns die Sache mit dem Bart etwas eingehender betrachten. Oft sieht es so aus, als hätten die Dinge ganz simple Ursachen. Wir glauben, wir tun sie aus einem ganz simplen Grund. Aber dahinter lauert der wahre Grund. Möglicherweise wollen wir den wahren Grund vor uns selbst nicht zugeben. Möglicherweise wollen wir diesen Grund vor uns selbst tarnen, weil uns dabei nicht so ganz wohl in unserer Haut ist.«

»Ja, das ist wahr«, sagte Karla, dankbar für jede x-beliebige Äußerung.

»Dieser Bart könnte Ihnen vielleicht helfen, Ihre wahren Gefühle vor Ihrer Frau zu tarnen«, sagte Dr. Carillo. »Das ist eine Verwendungsmöglichkeit einer Maske. Aber dann erwähnen Sie diese Feier. Sie sagen, Sie hätten sich wegen dieser Hundertjahrfeier einen Bart wachsen lassen. Aber denken Sie einmal in Ruhe nach, Mr. Moore. Die Hundertjahrfeier hat Ihnen vielleicht nur einen Vorwand geliefert. Wenn Sie keinen Bart gewollt hätten, dann hätten Sie sich nur wegen eines kleinen bißchen Gruppenzwanges keinen wachsen lassen müssen. Was ist überhaupt schon dabei, so ein kleines bißchen untergetaucht zu werden? In dieser Hitze müßten wir alle in eine Pferdetränke springen. Das ist eine billige Art, sich abzukühlen. Wenn also die Feier nur ein Vorwand war, dann sollten wir uns fragen, weshalb Sie sich nun wirklich den Bart haben wachsen lassen.«

»Ich habe mir den Bart wegen der Hundertjahrfeier wachsen lassen«, sagte Duane, »und nur deswegen.«

»Jetzt kann ich Aggression aus Ihrer Stimme hören«, meinte Dr. Carillo. »Vielleicht kommen wir jetzt einen Schritt weiter. Es gefällt Ihnen nicht, daß ich diese Frage stelle. Sie möchten den wahren Grund, weshalb Sie sich den Bart haben wachsen lassen, nicht enthüllen.«

»Ich habe Ihnen den wahren Grund genannt«, sagte Duane.

»Weshalb klingen Sie dann so aggressiv?«

»Weil Sie mir nicht glauben wollen«, sagte Duane. »Ich habe es Ihnen mehrere Male gesagt, aber Sie glauben mir nicht. Ich habe mir diesen verdammten Bart nicht wachsen lassen, weil ich etwa impotent wäre. Ich bin seit Jahren immer wieder einmal impotent gewesen. Den Bart habe ich mir wegen der Hundertjahrfeier wachsen lassen.«

Dr. Carillo strahlte weiter.

»Ich denke, was diese Impotenz betrifft, so lügen Sie«, sagte Dr. Carillo. »Für mich sehen Sie wie ein männlicher Mann aus. Sie haben einen feinen Bart, und das ist bereits an sich ein Zeichen von Männlichkeit. Wahrscheinlich versuchen Sie einfach, mich abzulenken. Als Psychotherapeut habe ich mit vielen Patienten zu tun, die mich abzulenken versuchen. Ein Patient könnte z. B. einfach so ganz nebenbei seine Impotenz zugeben, um mich davon abzuhalten, ihn weiter zu fragen, was ihm in Wirklichkeit zu schaffen macht.«

»Seine Impotenz macht in Wirklichkeit *mir* zu schaffen«, bemerkte Karla. Sie wurde es allmählich leid, daß sie in der Diskussion übergangen wurde.

»An sich würde mich das ja nicht stören«, fuhr sie fort, »nur höre ich überall in der Stadt, daß er Freundinnen hat, und von denen behauptet nie eine, er sei bei ihnen impotent.«

»Immer schön einer nach dem anderen«, sagte Dr. Carillo. »Ich fange gerade erst an, mit Mr. Moore ein paar Fortschritte zu machen. Die Damen werden sich noch gedulden müssen.«

»Welche Damen?« fragte Karla. »Ich bin die einzige Frau hier.«

»Dann seien Sie still, Frau!« sagte Dr. Carillo. »Es ist sehr wichtig, daß ich die wahren Gefühle Ihres Gatten entdecke. Reden Sie nicht dazwischen, wenn der Arzt spricht.«

»Und was ist mit *meinen* wahren Gefühlen?« fragte Karla. »Um meine zu entdecken, brauchen Sie nicht erst eine Stunde lang herumzubohren. Ich könnte Ihnen meine wahren Gefühle in etwa zwei Minuten nennen.«

»Fahren Sie fort, Mr. Moore«, sagte Dr. Carillo ruhig. »Ignorieren Sie sie einfach. Also: Sagen Sie über diese Impotenz nicht doch die Unwahrheit?«

»Nein«, sagte Duane.

»Außerdem sollte er mich besser nicht ignorieren«, mischte sich Karla wieder ein. »Ich bin seine Ehefrau. Wir sind hierher gekommen, um uns gemeinsam behandeln zu lassen, und Sie haben bisher nichts anderes getan, als ihm idiotische Fragen über seinen Bart zu stellen. Mich haben Sie noch nicht einmal angesehen.«

»Halten Sie die Klappe, Sie hysterische Ziege«, sagte Dr. Carillo – und plötzlich sprang er auf, packte seinen Papierkorb und schleuderte dessen Inhalt wild durch das Zimmer. Er schien eine ganze Menge Orangen gegessen zu haben. Viele fein säuberlich abgepellte Orangenschalen verteilten sich über den Boden.

»Ich – hysterisch? Ich sitze hier ganz ruhig und rühr mich nicht vom Fleck«, sagte Karla.

»Aber Sie gehorchen nicht!« sagte Dr. Carillo. »Man sollte Sie in eine Zwangsjacke stecken und mit Beruhigungsmitteln vollpumpen. Die Beruhigungsmittel würden Sie schon wieder zur Raison bringen.«

Dann begann er die Schubladen aus seinem Schreibtisch herauszuzerren und ihren Inhalt durch das Zimmer flattern zu lassen. Akten und Karteikarten mischten sich unter die Orangenschalen auf dem Teppich.

»Wenn ich eine Zwangsjacke hätte, würde ich sie Ihnen mit meinen eigenen Händen anlegen«, tobte Dr. Carillo. »Mit meinen eigenen Händen würde ich Sie mit Beruhigungsmitteln niederspritzen. Dann würden wir schon sehen, wie es Ihnen als seelisches und körperliches Wrack gefallen würde.«

Duane und Karla sahen sich an.

»Was soll's! – Einer zerronnen, zehn neue gewonnen«, sagte Karla. »Komm, laß uns nach Hause fahren.«

Duane sah auf seine Uhr. Sie hatten erst die Hälfte ihrer Therapiestunde abgesessen, aber jetzt war sichtlich nicht der geeignete Moment, dies in Geld umzurechnen. Dr. Carillo raste nämlich zu seinem Aktenschrank, zerrte eine Rollschublade auf und begann Aktenordner in die Luft zu schleudern.

»Was meinst du: Gehen eigentlich auch Psychiater zum Psychiater?« fragte Karla, während sie wieder aus Fort Worth herausfuhren. Dr. Carillo war so sehr damit beschäftigt, seine Ordner durch das Zimmer zu schleudern, daß er offenbar nicht bemerkt hatte, daß sie gegangen waren. Er schien die Absicht zu haben, jeden Ordner einzeln durch die Luft segeln zu lassen.

»Ich weiß nicht, warum, aber ich fühle mich jetzt besser«, sagte Duane.

»Ich nicht«, sagte Karla. »Es ist unfair, wenn du dich besser fühlst. Wieso denn eigentlich?«

»Weil wir wieder aus dieser Garage herausgekommen sind, ohne daß man uns ausgeraubt hat.«

»O Mann, es ist doch hellichter Tag«, sagte Karla.

Sie studierte einen Fragebogen, den Dr. Carillo ihnen zu Beginn des Interviews in die Hand gedrückt hatte. Sie sollten ihn bis zur nächsten Sitzung ausfüllen.

»Hier ist eine Frage über die Häufigkeit des Geschlechtsverkehrs«, sagte Karla.

»Beantworte sie nicht«, sagte Duane. »Wir gehen sowieso nicht mehr hin.«

»Ich weiß, aber allein beim Lesen dieser Fragen bekomme ich Depressionen«, sagte Karla. »Ich war wirklich guter Laune heute morgen, aber jetzt weiß ich überhaupt nicht mehr, wohin ich mich wenden soll.«

»Du brauchst dich ja auch nirgendwo hinzuwenden«, meinte Duane. »Gleich fängt die Hundertjahrfeier an, und wenn die zu Ende ist, wirst du mit Jacy nach Europa fahren. Bis du zurück bist, werden die Dinge vielleicht schon wieder ganz anders aussehen.«

»Aber du wirst nicht ganz anders sein«, sagte Karla. »Du kannst überhaupt nicht ganz anders sein. Du kannst dich ja nicht mal ein *bißchen* ändern.«

»Also, du aber auch nicht«, sagte Duane. »Wozu sollen wir uns denn so sehr ändern? Ich liebe dich immer noch.«

Er nahm ihre Hand. Sofort begann Karla zu weinen.

»Warum weinst du?« fragte er. »Was ist denn so Schlimmes passiert?«

»Diesen Fragebogen zu lesen ist wirklich deprimierend«, sagte sie mit stockender Stimme. »Ich wette, jeder, den wir kennen, könnte normalere Antworten geben als wir. Sogar Bobby Lee ist wahrscheinlich normaler. Ich bekomme allmählich das Gefühl, als wären wir Monster, aber als wir geheiratet haben, waren wir doch genauso normal wie alle anderen.«

Duane packte den Fragebogen und warf ihn aus dem Wagenfenster. Ein frischer Südwind wehte. Die Blätter wirbelten hoch in die Luft.

»Wir sind immer noch so normal wie alle anderen«, sagte Duane, obwohl er wußte, daß er unmöglich beurteilen konnte, wie normal eigentlich andere Leute waren.

»Duane, du hättest deswegen nicht gleich die Umwelt verschmutzen dürfen«, sagte Karla.

64

Noch bevor sie wieder die Landkreisgrenze des Hardtop County überquert hatten, begann der Verkehr dichter zu werden. Die Hauptverkehrsader durch Thalia – kaum mehr als eine Verbindungsstraße zwischen Farmen und Supermärkten – war vollständig mit Pickups und Pkws verstopft. Als sie an Aunt Jimmie's Lounge vorüberkamen, sahen sie mehrere Minimarathon-Läufer, die Lockerungsübungen machten und sich warmliefen.

Neben der Straße war eine große Hinweistafel aufgestellt worden, ein nach Norden weisender Pfeil mit der Aufschrift: URSPRÜNGLICHER STANDORT VON TEXASVILLE – ERSTE STADT IN HARDTOP COUNTY – 100 METER. Der Pfeil zeigte auf ein ödes, leeres Feld, aber Buster Lickle war bereits an Ort und Stelle und zeigte gerade ein paar staunenden Bauern die Originalbretter, die er entdeckt hatte.

Ruth Popper stand am Straßenrand und machte Dehnungsübungen. Sie hatte sich mit einer Sandschutzbrille ausgerüstet – und das war eine kluge Maßnahme, denn der Südwind hatte inzwischen aufgefrischt und wehte eine beachtliche Menge Flugsand über die Straße.

Lester, der nur gelegentlich joggte, hatte sich ebenfalls zum Minimarathon gemeldet. Während Janine ihm vom Wagen aus hinter hochgedrehten Scheiben zusah – sie konnte den Staub noch nie ausstehen –, drehte er eine Joggingrunde nach der anderen um Aunt Jimmie's Lounge.

John Cecil, der wahrscheinlich die einzige ernstzunehmende Konkurrenz für Ruth war, sah in seinem blauen Joggingdreß ungemein sportlich aus. Er machte ebenfalls Lockerungsübungen. Karla winkte ihm zu, und er schenkte ihr ein rasches Lächeln.

»John tut mir leid«, sagte sie. »Ich glaube, als Schwuler hat man's in Thalia nicht gerade leicht. Ich wünschte, er könnte einen festen Freund finden.«

»Vielleicht möchte er keinen haben«, meinte Duane.

Karla dachte über diese Möglichkeit nach. »Nun, er fände es doch vielleicht schön, wenn ihn zu Hause eine nette kleine Person erwartete«, sagte sie, »jemand, mit dem er abends zusammen fernsehen kann.«

»Wir könnten ihm ja Minerva ausleihen«, sagte Duane.

»Nur, wenn wir dazu auch gleich die Satellitenschüssel ausleihen«, sagte Karla. »Minerva könnte einen Gehirntumor bekommen, wenn sie das normale Fernsehprogramm anschauen müßte.«

Sie folgten der Autoschlange der Pickups und Pkws nach Thalia hinein. Der Platz in der Stadtmitte war bereits voller Menschen.

»Ich vermute, die sind gekommen, um sich den Gouverneur anzuhören«, meinte Duane. Laut Programm sollte der Gouverneur kurz nach Mittag eintreffen, um dem Landkreis zu seinem hundertsten Geburtstag zu gratulieren.

»Nein, ihnen ist wahrscheinlich zu Ohren gekommen, daß du Freibier ausgibst«, sagte Karla. »Du hättest dich nicht von G. G. ins Bockshorn jagen lassen sollen, Duane. Du hättest das Bier ganz normal verkaufen lassen sollen, und wenn ihm das nicht gepaßt hätte, dann wär's sein Bier gewesen.«

»Er hat mich nicht ins Bockshorn gejagt«, widersprach Duane. »Ich hatte es nur satt, mich noch länger darüber herumzustreiten.«

»Also hat er dich *doch* ins Bockshorn gejagt«, sagte Karla. »Das macht mich eifersüchtig. Ihm gelingt das und mir nicht.«

»Warum wolltest du mich denn jetzt ins Bockshorn jagen?« fragte Duane.

»Darüber möchte ich jetzt nicht mehr reden«, sagte Karla. »Wir sind den ganzen Weg nach Fort Worth gefahren, um darüber zu reden, und statt dessen haben wir bloß erlebt, daß ein mexikanischer Psychoheini seine eigene Praxis demoliert hat. Ich geb's auf und werde von jetzt ab einfach nur noch das tun, was mir paßt.«

»Ich dachte, du tust bereits nur das, was dir paßt«, sagte Duane.

»Warum hast du dir diesen Bart wachsen lassen, Duane?« fragte sie plötzlich, während sie sich im Schrittempo auf die Menschenmenge zubewegten und hofften, einen Parkplatz zu entdecken.

»Du weißt ganz genau, warum ich ihn mir habe wachsen lassen«, knurrte er. »Ich habe ihn mir wegen dieser verdammten Hundertjahrfeier wachsen lassen, wegen der wir jetzt in einem Stau stecken.«

»Jacy sagt, du würdest dich selbst nicht sehr gut kennen«, sagte Karla. Sie lächelte und winkte verschiedenen ihrer Bekannten zu.

Duane winkte ebenfalls, aber mit sinkendem Mut.

»Ich glaube, du und Jacy, ihr habt nichts anderes zu tun, als über mich zu reden«, sagte er. Er hoffte, sie würde dies bestreiten und statt dessen beschreiben, was sie beide tatsächlich taten, aber Karla tat, als hätte sie seine letzten Worte nicht gehört.

»Ich habe mir diesen verdammten Bart wegen der Hundertjahrfeier wachsen lassen«, wiederholte er noch einmal, aber er erwartete nicht mehr, daß ihm noch irgend jemand – nicht einmal Karla – das glaubte.

Drei Häuserblocks hinter dem Hauptplatz fanden sie endlich eine Parklücke. Karla hatte ihr Cowgirl-Kostüm im Wagen dabei. Sie sollten mit dem Wagentreck in die Stadt einreiten, der bereits seit zwei Tagen durch das Land rumpelte und rechtzeitig in Thalia eintreffen sollte, um an diesem Nachmittag die Parade anführen zu können. Der Wagentreck bestand aus fünf oder sechs Planwagen und allen, die Lust hatten, auf ihrem Pferd daneben mitzureiten.

Als Karla die vielen Leute sah, stieg ihre Stimmung.

»Ich werde schon ganz aufgeregt«, sagte sie. »Das sind ja 'ne Menge mehr Leute als bei einem Rodeo. Phantastisch – all diese Leute überall auf den Straßen.«

Sobald Duane den Wagen geparkt hatte, ergriff sie ihr Cowgirl-Kostüm und ging einfach in das nächstgelegene Haus hinein, um es sich anzuziehen. Duane war entsetzt. Das nächstgelegene Haus gehörte, wie es der Zufall wollte, einem seltsamen Ehepaar, das mitten in der Nacht mit seinem fetten Hund Spaziergänge machte. Weder Karla noch sonst jemand kannte sie näher.

Drei Minuten später kam Karla wieder herausgesprungen und warf ihre anderen Kleider auf den Rücksitz.

»Diese Leute mögen es vielleicht nicht, daß du einfach in ihr Haus hereinplatzt«, sagte Duane.

»Ich habe mir ihre Hochzeitsfotos angesehen«, berichtete Karla.

»Wieso?« fragte er. »Wie kannst du einfach zu irgendwelchen Leuten ins Haus hineinspazieren und dir ihre Hochzeitsfotos ansehen?«

»Das war meine einzige Chance«, sagte Karla. »Anscheinend hatten sie eine wirklich hübsche Hochzeit.«

Duane hatte sich einen Cowboyhut gekauft, und das war alles, womit er sich zu kostümieren gedachte.

Gemeinsam schlenderten sie zum Gericht hinüber. »Ich finde, Richie hat echt tolle Arbeit geleistet mit seinem Bau von Old Texasville«, sagte Karla.

65

Auf massiven Druck von Duanes Seite hin hatten sich Bobby Lee und Eddie Belt bereit erklärt, Mrs. Brown und Mr. Brown, die Gründer des Landkreises, darzustellen. Diese Rollen verlangten von ihnen, den ganzen Tag vor der Nachbildung von Texasville zu sitzen und das Freibier auszuschenken, das Duane bestellt hatte. Wenn es einen Angriff seitens der Byelo-Baptisten geben sollte, würden sie diejenigen sein, die ihn abbekämen.

Bobby und Eddie hatten Becher voll Bier in den Händen, aber keine Byelo-Baptisten griffen an. Die größte Menschenmenge drängte sich drüben an einer anderen Ecke des Platzes.

»Tag, wie geht's?« begrüßte Duane die beiden. »Irgendwelche Schwierigkeiten mit G. G. gehabt?«

»Nö«, sagte Bobby Lee, »dem machen schlimmere Sünder als wir zu schaffen.«

»Wenn du der Barkeeper bist, dann mach mir einen Red Dog, bitte«, sagte Karla.

»Das kann ich erst, wenn ihr mir Tomatensauce bringt«, sagte Bobby Lee.

Old Man Balt saß in seiner ehrenvollen Funktion als ältester Bürger des Landkreises unter dem schattigsten Baum auf dem Rasen. Er hatte ein strahlend weißes, gebügeltes Hemd an und einen riesengroßen Hut auf dem Kopf. Mehrere Leute umlagerten ihn mit Fotoapparaten, um ihn abzulichten.

»Was macht denn diese Menschentraube da drüben an der Straßenecke?« fragte Duane.

»Die begaffen Junior und Billie Anne«, erklärte Bobby Lee. »Die machen nämlich einen Hungerstreik, um ihre Forderungen durchzusetzen.«

»Was fordern sie denn?« fragte Karla.

»Ich weiß nicht, ob sie das überhaupt selbst wissen«, sagte Bobby Lee.

»Klar wissen sie das«, sagte Eddie Belt. »Er hungert für ein Ölembargo, und Billie Anne hungert dafür, daß sie schuldlos geschieden wird.«

Duane drängte sich durch die Menge nach vorn. Junior und Billie Anne hatten ein kleines Zelt aufgestellt und saßen, für alle sichtbar Händchen haltend, auf Gartenstühlen davor. G. G. Rawley begaffte sie ebenfalls.

»Diese Sünder haben eine Matratze dort in dem Zelt«, empörte er sich, sobald er Duane entdeckt hatte. »Wer hat gesagt, daß die ein Zelt mit einer Matratze aufstellen dürfen?«

»Ich nicht«, sagte Duane.

»Wir befinden uns im Hungerstreik«, erklärte Junior. »Wir haben die Matratze nur für den Fall mitgebracht, daß wir zu schwach werden, um noch aufrecht sitzen zu können.«

Billie Anne starrte G. G. an. Sie schien nicht mehr ganz nüchtern zu sein.

»Du alter Sack«, sagte sie. »Laß uns doch in Ruhe, damit wir in Frieden hungern können.«

G. G. starrte Duane an und sagte: »Sorgen Sie dafür, daß sie dieses verdammte Zelt wieder abbauen.«

»Verpiß dich, oder ich schieß dich über den Haufen«, zischte Billie Anne. »Zwei Leute habe ich schon abgeknallt, und du wärst der dritte.«

Wie viele Leute nahm sie den historischen Charakter des Festes zum Anlaß, Pistolenhalfter mit Pistolen zu tragen – und diese sahen nicht gerade wie Spielzeugpistolen aus.

»In früheren Zeiten hätte man Leute, die sich aufführen wie ihr, gesteinigt«, sagte G. G. Er machte dabei ein Gesicht, als hätte er größte Lust, sie mit seinen eigenen Händen zu steinigen. Duane trat zurück. Er beschloß, so zu tun, als wäre er lediglich ein Zaungast der Veranstaltungen. Eigentlich müßte es Spaß machen, einfach so durch die Straßen zu bummeln, zwei Bierchen zu trinken und sich mit Bewohnern aus entlegenen Landesteilen zu unterhalten, mit Leuten, die man in der Stadt selten zu Gesicht bekam.

An der Südseite des Platzes waren mehrere kränklich aussehende professionelle Schauspieler damit beschäftigt, ein kleines Riesenrad und ein oder zwei andere Karussells aufzubauen. Ein paar Leute stellten lange Tische auf, um darauf die ersten von vielen Runden von Grillgerichten zu servieren. Der Wind hatte weiter zugenommen, und vielen Männern wehten ihre neuen Stetsons von den Köpfen und segelten durch die Luft. Männer, die noch selten irgend etwas gejagt hatten, jagten nun auf der Grünanlage vor dem Gericht brandneue Hüte.

Normalerweise schenkte in Thalia niemand dem Wind besondere Beachtung. Normalerweise wehte er ohnehin ständig und war wie Leitungswasser entweder heiß oder kalt. Aber der Wind, der in diesem Moment wehte, schien doch ungewöhnlich stark zu sein. Das Zelt, das Junior und Billie Anne für ihren Hungerstreik aufgestellt hatten, begann zu flattern. Es war nicht besonders sicher verankert, und es sah so aus, als könnte der Wind es losreißen. Der Wind war sogar so stark, daß er die ganze Menschenmenge fortzublasen drohte. Allmählich begannen sich die Leute daher schutzsuchend zur Nordseite des Gerichtsgebäudes zurücktreiben zu lassen.

Bobby Lee und Eddie Belt bekamen allmählich ebenfalls ihre Schwierigkeiten. Plötzlich blies der Wind mehrere hohe Stapel Bierbecher von den Tischen. Die Bierbecher rollten durch die Gegend. Neue Stapelpackungen platzten auf, und ganze Haufen von Bierbechern flogen über die Straße. Bobby Lee und Eddie Belt arbeiteten fieberhaft und konnten einige noch fangen, aber viele entwischten ihnen.

Duane blieb stehen und wollte gerade einen Stapel Becher einfangen, der direkt hinter ihm angeweht kam, da fiel sein Blick zufällig auf ein riesiges Tumbleweed, einen jener gefürchteten fliegenden Flugstrohbälle, der über die Hauptstraße angeweht kam. Das Tumbleweed hatte fast die Größe eines VW-Käfers und rollte mit beachtlicher Geschwindigkeit durch die Stadt.

Die Tumbleweeds waren hierzulande keineswegs eine Seltenheit. Sie fegten über die knochentrockenen Äcker und ausgedörrten Weiden im Süden der Stadt. Südwinde waren nichts Ungewöhnliches, besonders im August – es waren heiße Winde, die daher wenig willkommen waren. Aber diesei hier schien außer Kontrolle zu geraten. Die Männer hielten ihre Hüte, die Frauen ihre Röcke fest. Der Wind entwickelte sich allmählich zu einem richtigen Sturm.

Duane blickte nach dem Himmel, denn er dachte, sie befänden sich in der Zugrichtung eines spätsommerlichen Orkans. Eine düstere Staubfärbung hing in den niedrigen Luftschichten, aber ansonsten war der Himmel klar.

Das dicke Tumbleweed tollte unter der Ampel durch und dann in Richtung Wichita Falls weiter. Bobby Lee blieb, die Arme voller Bierbecher, stehen und blickte ihm mit beträchtlicher Ehrfurcht hinterher. Beim Anblick des Tumbleweedballs war seine Stimmung sogleich gestiegen.

»Wo steckt Toots?« brüllte er. »Wo ist die Verkehrspolizei?«

»Wozu willst du die denn holen?« fragte Duane verwundert.

»Ich will, daß sie diesem Tumbleweed einen Strafzettel verpassen«, sagte Bobby Lee. »Es übertritt die Geschwindigkeitsbegrenzung in geschlossener Ortschaft, und außerdem hat es ein Rotlicht überfahren.«

Dann wurde ihm sein Sombrero vom Kopf geblasen. Wie ein Vogel glitt er über die Menge dahin. Bobby hielt immer noch die Bierbecher in seinen Armen. Zuerst starrte er sprachlos hinter seinem Sombrero her. Dann ließ er die Becher fallen, setzte sich in Trab und rannte hinter ihm her. Aber da hatte der Sombrero bereits einen enormen Vorsprung. Er landete 100 Meter weiter hinten auf der Straße, aber dann hob ihn der Wind wieder in die Lüfte, und er segelte weiter hinter dem Tumbleweed her. Er flog fast hüfthoch. Duanes neuer Hut wurde ebenfalls fortgeblasen. Hastig griff er nach ihm, aber er griff ins Leere, und da er Cowboyhüte im Grunde sowieso nicht ausstehen konnte, ließ er ihn weiterfliegen.

Als er sich umwandte, sah er gerade noch, wie sich das Zelt von seinen Heringen losriß und auf die Straße glitt. Es klatschte gegen den Feuerwehrwagen, den man für alle Fälle in der Nähe bereitgestellt hatte. Junior und Billie Anne blieben jedoch weiter Händchen haltend auf ihren Gartenstühlen sitzen.

Der Wind, der so heiß war wie die Auspuffströme eines Lasters, nahm noch an Heftigkeit zu. Eddie Belt mußte gegen ihn ankämpfen, als er versuchte, bis an Duanes Seite zu gelangen. Er strahlte bis über beide Ohren – wie viele Texaner genoß er die Extreme des Wetters.

»Oh, Mann«, schrie er, »jetzt fängt's wirklich an zu pusten. Fühl doch nur diesen Wind.«

»Ich fühle ihn ja, aber ich wünschte, er würde aufhören«, sagte Duane. »Gleich müßte eigentlich der Gouverneur auftauchen.«

66

Duane begann nach Karla zu suchen. Als er die Barbecuetische erreicht hatte, sah er gerade noch, wie die gesamten Pappteller in einer Windbö davonstoben. Die Leute hinter den Tischen versuchten, wenigstens den Grill selbst zu retten, und konnten dem Schauspiel nur noch zusehen.

Fast die ganze Menschenmasse hatte sich nun auf der Nordseite des Gerichtsgebäudes zusammengekauert, um nicht auch selber fortgeweht zu werden. Karla befand sich nicht unter ihnen, und sie war auch nicht im Gerichtsgebäude zu finden – wahrscheinlich war sie bereits aufgebrochen, um sich dem Wagentreck anzuschließen. Ein wirkliches Bedürfnis, sie zu finden, hatte Duane eigentlich nicht – er wollte sie einfach nur so finden. Er spürte, daß sie in einer sonderbaren Stimmung war, und die Erfahrung hatte ihn gelehrt, daß es besser war, sie in solchen Momenten im Auge zu behalten.

Es war seiner Ansicht nach keine Katastrophenstimmung, aber auch nicht gerade eine gute Stimmung, und das machte ihn irgendwie nervös.

Das war in ihrer Ehe immer so gewesen. Damit er sich ganz entspannen konnte, brauchte er das Bewußtsein, daß Karla nicht mehr schlechter Stimmung war. Da er in ein paar Minuten den Gouverneur des Bundesstaates zu begrüßen hatte, mußte er so entspannt wie möglich sein, und es war unmöglich, ganz entspannt zu sein, wenn er in diesem zunehmenden Sturm nicht wußte, in welcher Verfassung sich Karla gerade befand.

Im Gerichtsgebäude lief er Sonny in die Arme. Als Bürgermeister der Stadt hatte Sonny ebenfalls den Gouverneur zu begrüßen. Sonny gab ein albernes Bild ab. Er hatte sich für die Hundertjahrfeier einen Cowboyhut gekauft, aber da er ein Geizkragen war, hatte er nur zwölf Dollar investiert. Duane hatte nicht den Mut, ihm zu sagen, daß ein 12-Dollar-Cowboyhut schlimmer aussah als überhaupt kein Cowboyhut. Sonny hatte sich außerdem eine billige Westernschleife mit einem falschen Türkisstein als Knoten gekauft. Es war jene Sorte von Bindern, die überall im Westen an den Fernfahrer-Rastplätzen verkauft wurden. Mit diesem Binder und diesem Hut sah Sonny aus wie ein Tourist auf der Durchreise – und das in der Stadt, in der er zeitlebens gelebt hatte!

»Wir gehen besser nach draußen«, sagte Sonny. »In fünf oder zehn Minuten müßten die Marathonläufer hier sein. Wir beide sollen doch das Zielband halten.«

Sie spähten zur Tür hinaus und sahen mehrere weitere Tumbleweeds über den Rasen und die Straße hinunterwehen. Sie waren nicht so groß wie die ersten Tumbleweeds, aber auch sie schossen ziemlich schnell dahin.

»Heute werden die Marathonleute keine Weltrekorde aufstellen«, meinte Duane. Unglücklicherweise lag die Marathonroute der Windrichtung genau entgegengesetzt.

»Ich gehe in den ersten Stock hinauf«, sagte er. Dort gab es einen kleinen Balkon, von dem aus er die Straße überblicken und sehen konnte, wie weit die Marathonläufer noch entfernt waren.

Sonny folgte ihm nach oben. Von dem Balkon aus konnten sie zwanzig Meilen weit nach Norden und mindestens ebenso weit nach Süden sehen. Man brauchte nur ein kleines Stück höher zu steigen, um Thalia als das zu erkennen, was es wirklich war – ein winziges Fleckchen Stadt inmitten einer endlosen, kümmerlich struppigen Ebene.

Mühelos konnte Duane die Marathonläufer ausmachen. Die Straße nach Norden war übersät mit laufenden Punkten.

Zwei Läufer hatten einen großen Vorsprung vor dem Mittelfeld.

»Ich vermute, der Wind hat die Männer von den Jungs getrennt wie die Spreu vom Weizen«, sagte Sonny.

»Ach was«, sagte Duane. »Er hat die Läufer von den Gehern

getrennt, und einer der Läufer ist kein Mann oder Junge. Einer der beiden ist Ruth.«

»Das war doch nur so 'ne Redensart«, sagte Sonny rasch. Da warf Duane zufällig einen Blick nach Süden und hatte sofort alle Redensarten vergessen. Die Landstraße nach Süden war ebenfalls von laufenden Punkten übersät – aber nicht nur die Straße allein. Diese Läufer hier schwärmten auch über die Weiden und Äcker aus. Mehrere hundert hatten bereits die Straßen von Thalia erreicht und fegten über Rasenflächen und prallten gegen Zäune und parkende Pkws.

Die Läufer aus dem Süden waren Tumbleweeds, zu Tausenden und Abertausenden. Der ungewöhnlich heftige Wind hatte sie von der dünnen Erdschicht losgerissen und zusammengeballt – sie galoppierten nach Thalia hinein wie eine Herde von wilden Tieren auf Wanderschaft. Sie sprangen, sie schlidderten, sie rollten über die Autos hinweg und flogen ab und zu auf wie riesige Dornenvögel.

»Mein Gott«, sagte Duane, »das ist ja eine richtige Tumbleweedflutwelle.«

Sonny schien es die Sprache verschlagen zu haben, und Duane konnte es ihm nicht verdenken. Eine stachelige Parade von Tumbleweeds kam durch die Hauptstraße gesprungen, gefolgt und begleitet von weiteren Paraden auf allen anderen Nebenstraßen. Die Tumbleweeds kamen mit einer solchen Geschwindigkeit über die Grünanlage vor dem Gericht gesaust, daß Junior und Billie Anne keine Zeit mehr hatten, zu ihrem Pickup zu flüchten – ihnen blieb nichts anderes übrig, als sich hinter die Matratze zu ducken, die G. G.'s Zorn erregt hatte.

»Sie werden die Marathonläufer von der Straße fegen«, sagte Duane. Im Süden kamen, soweit er blicken konnte, immer mehr Tumbleweeds angerollt. Von einem Ende des Horizonts zum anderen kamen sie daher und bedeckten dicht an dicht die gesamte Ebene wie einst angeblich die Büffelherden.

Springend und hüpfend wie lebendige Wesen rollten die Tumbleweeds in die Stadt. Ein erschrockener Bobby Lee, der atemlos von einer erfolgreichen Verfolgung seines Sombreros zurückkehrte, suchte Zuflucht hinter den Zapfsäulen der Tankstelle. Die Leute auf der Nordseite hinter dem Gerichtshaus sahen mit Entsetzen zu, wie die Tumbleweeds vorbeifegten. Stroh und Gerank schlug, sich ineinander verfilzend, gegen geparkte Autos. Allmählich türmten sich ganze Barrikaden von Tumbleweeds auf – Zäune von Flugstroh, die sich auf der anderen Seite der Wagenreihen aneinanderreihten. Kleine Tumbleweeds von Shortys Größe tobten durch die Stadt. Andere in der Größe von Kühen schlugen in die Barrikaden ein und blieben dort stecken.

Von Norden kamen die Marathonläufer immer noch unaufhaltsam nähergejoggt, wahrscheinlich hatten sie noch nicht bemerkt, was da auf sie zustürmte. Die zwei ersten Läufer befanden sich nun fast auf der Höhe des Ortsschildes an der Stadtgrenze; Schritt um Schritt versuchten sie sich gegenseitig einzuholen.

»Vielleicht ist's gleich wieder vorbei«, meinte Sonny. »Der Wind könnte sich ja wieder legen.«

Duane blickte nach Süden. Der Wind machte keine Anstalten, sich wieder zu legen, und die Tumbleweeds rasten immer noch zu Zehntausenden nach Thalia hinein. Da hörte er ein dröhnendes Geräusch. Ein Punkt, der ein Vogel hätte sein können, aber mehr wie ein Helikopter klang, schwebte über die Marathonläufer hinweg.

»Da kommt der Gouverneur«, schrie Duane. »Wir müssen nach unten.«

Sie rannten die Treppe hinunter und auf die Straße hinaus. Der Marathonlauf sollte genau unter der Verkehrsampel enden. Duane erinnerte sich an den Moment der Seligkeit, den er an dieser Stelle erlebt hatte, aber er hatte keine Zeit, genüßlich in Erinnerungen zu schwelgen – ein Zielband über die Straße zu spannen, wenn Tumbleweeds in der Größe von Volkswagen auf einen zuschossen, war keine leichte Sache, über die kleinen flitzenden Tumbleweedbälle konnten sie hinwegspringen, aber die größeren stellten sie vor Probleme.

Als sie gerade das Band ausspannen wollten, sprang ein Tumbleweed von mäßiger Größe genau zwischen ihnen hindurch und riß Sonny das Band aus den Händen. Duane hielt sich an seinem Ende fest, aber das Tumbleweed, das nicht anhalten wollte, bockte und bäumte sich auf wie ein mit dem Lasso eingefangenes Tier. Schon bald war das Band hoffnungslos verheddert. Sonny versuchte es freizubekommen, aber er verlor dabei seinen 12-Dollar-Hut. Als Duane sah, daß die Sache hoffnungslos war, ließ er sein Ende los, und sofort riß das Tumbleweed das Zielband mit sich die Straße hinunter und hielt auf die Marathonläufer zu.

»Stellen wir uns einfach in einer Linie auf«, sagte Duane. »Wer als erster zwischen uns durchkommt, ist Sieger.«

»Ich glaube nicht, daß sie's schaffen«, sagte Sonny. »Es sieht so aus, als ob sie schon langsamer werden.« Tatsächlich wurden die Marathonläufer wie auch der Helikopter allmählich langsamer. Die widrigen Windverhältnisse schienen sie beinahe auf der Stelle festzuhalten. Die Beine der Marathonläufer bewegten sich weiter auf und nieder, die Rotorblätter des Hubschraubers rotierten weiter, aber beide, Läufer wie Helikopter, kamen nur im Zeitlupentempo vorwärts.

Duane blickte in alle Richtungen und sah eine Phalanx von mindestens fünfzig Tumbleweeds auf sie zujagen. Wich man einem aus, so geriet man nur in die Stoßrichtung eines nächsten. Genau dies passierte Sonny, und sogleich prallte eine mittelgroße Flugstrohkugel mit einer solchen Wucht gegen ihn, daß er sich mit den Beinen darin verfing, als wäre er mitten in das Knäuel hineingesprungen. Als Sonny versuchte, es von seinen Beinen zu zerren, schlug bereits das nächste zu und umschlang ihn. Im Nu kamen noch mehr zu dem Haufen hinzu und bildeten eine richtige Barrikade um Sonny herum. Duane wollte sich schon hinter eine Bank flüchten, aber dann fand er, daß das feige wäre – und so konzentrierte er sich darauf, den Geschossen auszuweichen. Als er sah, wie Sonny sich plagte, mußte er beinahe lachen. Sonny hätte das Opfer in einem Horrorfilm sein können – *Der Mann, den die Killerweeds angriffen* oder *Das Opfer des Killerstrohs*. Bald würde ihn das Flugstroh ganz zudecken, und wenn man ihn schließlich wieder davon befreite, würde man nur noch seine blutleere Leiche vorfinden. Oder die Tumbleweeds würden ihn zu einem der Ihren machen, und er würde dann an windigen Tagen als der wilde Tumbleweedmann oder Präriehexer, ein riesiger Koloß aus Flugstrohranken, die Stadt heimsuchen und schöne Frauen mit seinem dornigen Griff einfangen.

Sonny versuchte sich mit seinem Berg von Tumbleweeds zum Gerichtsgebäude zu schleppen, bevor sich so viele zusammengeballt hatten, daß er sich überhaupt nicht mehr fortbewegen konnte.

Duane fand heraus, daß er den herankommenden Tumbleweeds ausweichen konnte, wenn er sie immer im Auge behielt und immer in Bewegung blieb. Das Ganze erinnerte ihn an ein Footballtraining – bald mußte er nach rechts, bald nach links hechten.

Inzwischen waren die Läufer und der Helikopter im Schritttempo einen Häuserblock weiter in Richtung Kreuzung vorangekommen. Die Läufer, mit Ruth Popper und John Cecil einsam an der Spitze, waren erschöpft, aber noch nicht geschlagen. So viele Tumbleweeds flogen die Straße hinunter, daß auch sie ständig nach rechts oder links ausweichen mußten und daher nur seitlich vorwärtskamen. Und doch wirkten beide nach wie vor fest entschlossen.

Jetzt war der Helikopter nur noch wenige Meter von ihnen entfernt. Duane konnte drei Männer im Cockpit erkennen, einer davon war unzweifelhaft der Gouverneur. Er bemühte sich, gastfreundlich zu sein, und winkte. Da er der einzige war, der den Gouverneur des Bundesstaates Texas begrüßte, kam er sich ein wenig idiotisch vor. Der Helikopter schwebte langsam näher und tiefer herab. Da Duane immer noch den heranfliegenden Tumbleweeds auswich, konnte er ihm nicht seine volle Aufmerksamkeit zuwenden, aber als der Lärm der Rotoren den des Windes zu übertönen begann, blickte er wieder hoch. Der Hubschrauber war nun in gleicher Höhe mit dem Eisenwarengeschäft und nur noch dreißig Fuß vom Boden entfernt. Drinnen saßen zwei Männer und machten ratlose Gesichter, als sie auf die zusammengeduckte Menge und das Chaos von Tumbleweeds herabblickten. Überall wo Autos parkten, hatten sich Wälle von Tumbleweeds gebildet, und die Wälle wuchsen immer höher.

Dann erkannte Duane auch den Piloten. Es war Karlas ehemaliger Freund Randy, der die geniale Gabe hatte, genau dann aufzutauchen, wenn ihn niemand sehen wollte. Er sah so geil aus wie immer, aber die Begleitperson des Gouverneurs, die neben ihm saß, sah ganz und gar nicht geil aus. Jetzt wandte sich der Begleiter an den Gouverneur und gestikulierte verzweifelt. Der Gouverneur machte ein verwirrtes, benommenes Gesicht – und dazu hatte er allen Grund. Von seiner Position aus mußte sich ihm ein seltsamer Anblick bieten – eine Stadt, begraben unter einer Eruption nicht von Lava, sondern von Tumbleweeds.

Ruth und John waren nur noch hundert Meter weit entfernt. Duane versuchte sich auf seine Aufgabe als offizielle Ziellinie zu konzentrieren. Er tat, als hielte er ein Band in die Höhe. Es sah so aus, als würde John gewinnen. Er hatte einen Schritt Vorsprung vor Ruth, aber John hatte noch nie Glück gehabt, und das Pech, das ihn sein Leben lang verfolgt hatte, stürzte nun in Form von vier Tumbleweeds auf ihn ein, die in dichtem Pulk auf ihn zutrieben. Zwei scherten leicht in Ruths Richtung aus, aber es gelang ihr, sie zu überspringen. John Cecil versuchte zwischen den beiden, die es auf ihn abgesehen hatten, hindurchzuschlüpfen, aber er verschätzte sich. Ein Tumbleweed traf je ein Bein. Er stürzte zwar nicht, aber es gelang ihm nur mit Mühe, seine Beine zu heben. Immer noch wollte er sich nicht geschlagen geben und versuchte, die Tumbleweeds mit über die Ziellinie zu schleifen, aber da begannen sich, so als würden sie eine Beute wittern, weitere Tumbleweeds um ihn aufzutürmen. Ruth passierte währenddessen die Ziellinie und flüchtete in Deckung. Duane eilte John zu Hilfe, der nun überhaupt nicht mehr vorwärtskam. Mit vereinten Kräften erreichten sie das Bankgebäude. John war zu sehr außer Atem, um ein Wort herauszubringen.

Über ihnen schwebte der Hubschrauber. Duane winkte hinauf und versuchte Randy per Handzeichen zu verstehen zu geben, daß er im Windschatten hinter dem Bankgebäude landen konnte. Aber Randy ignorierte ihn in seiner üblichen arroganten Art. Jetzt schwebte der Helikopter direkt über der Verkehrsampel. Der Gouverneur und sein Begleiter tuschelten irgend etwas miteinander. Immer noch sprangen Tumbleweeds die Straße hinunter. Sie türmten sich vor jedem Gebäude, das nach Süden hin lag. Manche waren fast bis zum Dach hinauf zugedeckt. Die

Zapfsäulen, hinter denen Bobby Lee kauerte, waren völlig zugedeckt. Unter seinem Sombrero geduckt in einem Iglu aus Tumbleweeds sitzend, war von ihm kaum noch etwas zu sehen.

Der Gouverneur schaute zu Duane herab und machte eine hilflose Handbewegung. Er winkte den Leuten hinter dem Gerichtsgebäude kräftig zu, dann machte der Helikopter einen scharfen Schwenk und entfernte sich mit Kurs nach Norden. Bald war er nur noch ein winziger Punkt in der Ferne.

Duane blickte ihm mit gemischten Gefühlen nach. Schlimm war es schon, daß ihnen auf diese Weise der Gouverneur durch die Lappen ging, aber wer könnte es bedauern, daß ihnen auch Randy durch die Lappen ging? Der Wind hatte jetzt seine maximale Stärke erreicht – sie konnten in dem Staub keine fünf Meter weit sehen. John Cecil hatte den Versuch aufgegeben, seine Beine aus den Tumbleweeds zu befreien, er stand ruhig da und schöpfte Atem. Da rumpelte wieder ein volkswagengroßes Tumbleweed, gefolgt von einer Horde von kleineren, wie eine Glucke mit ihren Küken unter der Ampel hindurch auf sie zu.

Plötzlich erfüllte Duane ein unerklärlicher Stolz auf diesen Ort. Dasselbe Land, das einst den beiden Mr. Browns das Genick gebrochen hatte, hatte nichts von seiner Macht verloren und war immer wieder für eine Überraschung gut. Wieder einmal hatte es seine Stärke bewiesen, indem es einen Gouverneur vertrieben und die Hardtop-County-Hundertjahrfeier vorübergehend zum Erliegen gebracht hatte.

»Ich vermute, der Gouverneur hat unser Wetter nicht gemocht«, sagte er.

»Ich habe ihn sowieso nicht gewählt«, meinte John Cecil dazu.

67

Eine dreiviertel Stunde später hatte sich der Wind gelegt, und die Tumbleweeds hatten sich beruhigt. Die Leute traten wieder aus dem Schutz des Gerichtsgebäudes hervor und besahen sich mit

Schrecken ihre Stadt. Mauern von Tumbleweeds verdeckten jede Ladenfront, jeden Zaun, jede Autoreihe.

Einige Festgäste machten Fotos. Die kleine TV-Crew, die von Wichita Falls entsandt worden war, um den Besuch des Gouverneurs zu filmen, filmte statt dessen die Tumbleweeds. Das Barbecueteam fiel in John Cecils Lebensmittelgeschäft und Sonnys Kwick-Sack ein und kaufte jeden Pappteller der Stadt auf. Aus dem Futtermittellager wurden Heugabeln besorgt, Eingänge und Zufahrten wurden von Tumbleweeds befreit, und schon bald ging die Feier fröhlich weiter. Mit Grilltellern in der Hand wanderten die Leute umher und bestaunten stolz die Tumbleweedmassen.

Alle waren bemerkenswert guter Laune. Eine Hundertjahrfeier konnte jeder Landkreis haben, aber wie viele hatten schon eine Tumbleweedflutwelle gehabt? Junior Nolan und Billie Anne, die sie nur mit einer Matratze als Schutz überlebt hatten, hatten das Gefühl, daß ihr Hungerstreik vielversprechend begonnen hatte.

G. G. Rawley war ebenfalls hocherfreut. Seiner Ansicht nach hatte Gott, der Herr, die Stadt milde, aber unmißverständlich verwarnt. Er war ein guter Esser, konsumierte mehrere Grilltellerportionen und versicherte den Leuten zwischen zwei Bissen, daß sie mit Sicherheit beim nächsten Mal einen wahren Wirbelsturm ernten würden, wenn sie das Fest nicht nüchtern und sittsam gestalteten. Fast jeder war empört darüber, daß der Gouverneur sich nicht die Mühe gemacht hatte abzuwarten, bis der kleine, harmlose Sturm vorüber war. Bobby Lee, der mit einer Motorsäge aus seinem Tumbleweediglu herausgesägt werden mußte, war am meisten empört. Er plädierte dafür, eine Delegation nach Austin zu entsenden und das Kapitol mit Transparenten zu umstellen, auf denen stehen sollte, daß der Gouverneur ein feiger Haufen Hühnerscheiße sei.

Eine durch Toots Burns übermittelte Meldung, daß der Gouverneur nur nach Austin zurückgeeilt sei, um dem Landkreis sofort Katastrophenhilfe zukommen lassen zu können, konnte niemandem Sand in die Augen streuen.

»Wieso Katastrophe?« fragte Eddie Belt. »Das einzig

Schlimme, was passiert ist, ist, daß eine Frau den Marathonlauf gewonnen hat.«

Duane aß eine kleine Grillportion und ging dann zur Bank hinüber. Er hatte Schecks im Wert von etwa zwanzigtausend Dollar Produktionseinnahmen einzuzahlen. Selbst der Anblick von bescheidenen Einzahlungen pflegte Lester Marlow gewöhnlich aufzuheitern, aber diese Einzahlung verfehlte ihre Wirkung. Er saß in seinem Büro und starrte mit leerem Blick auf irgendwelche Computerausdrucke. Sein Haar wirkte zerraufter als je zuvor, und er hatte immer noch seinen Joggingdreß an. Lustlos nahm er die Einzahlung entgegen und legte sie auf seinen Schreibtisch.

»Das sind zwanzigtausend Dollar«, sagte Duane. »Vergiß nicht, daß ich sie dir gegeben habe.«

»Die wird schon jemand finden, wenn ich gegangen bin«, sagte Lester.

»Gegangen? – Wohin denn?«

»Nachdem ich mich umgebracht habe«, sagte Lester. »Die Hundertjahrfeier hat ja nun gut angefangen, ich sehe also keinen Grund, noch länger zu warten.«

»Komm, dann fahr mit mir zur Quelle hinaus«, schlug Duane vor. »Das könnte dich aufheitern.«

Lester war einverstanden, aber er beschloß, sich vorher noch umzuziehen. Während er sich umzog, nahm Duane seine Einzahlung wieder an sich und gab sie einem Schalterangestellten. Alle Bankangestellten trugen zu Ehren des Festes Cowboyhüte. Manche trugen auch Schreckschußpistolen. Als Lester zurückkam, trug er ein Hemd und eine Krawatte, aber auch einen Cowboyhut und eine Schreckschußpistole.

»Draußen an der Quelle brauchst du keine Krawatte«, bemerkte Duane.

»Es gibt mir das Gefühl, daß ich die richtige Entscheidung getroffen habe«, sagte Lester.

Während der letzten zwei Jahre hatte Lester häufig von Selbstmord gesprochen, aber niemals versucht, damit Ernst zu machen. In der Stadt war man seinen Drohungen gegenüber gleichgültig geworden und Duane ebenfalls, aber als er sich Lesters wirre

Haare, seine Schreckschußpistole und seinen düsteren Blick betrachtete, kam er zu dem Schluß, daß Gleichgültigkeit vielleicht fehl am Platze war. Lester könnte wirklich Ernst machen. Vielleicht nahm er sich einfach nur viel Zeit dafür.

Während sie über den Hauptplatz fuhren, überlegte sich Duane im stillen Argumente gegen den Selbstmord. Auf dem Platz sahen sie ein Knäuel von miteinander ringenden Männern. Einen Augenblick lang meinte Duane, zwischen den Byelo-Baptisten und den Säufern sei eine Schlägerei ausgebrochen, aber dann entdeckte er Joe Coombs inmitten des Knäuels und korrigierte seine Meinung. Es handelte sich lediglich um eine Gruppe von Festteilnehmern, die versuchten, den bartlosen kleinen Joe unterzutauchen. Etwa zehn Männer schienen zu versuchen, ihn unter Wasser zu drücken, aber bis jetzt war der kleine Joe noch Herr der Lage.

»Dieser kleine Joe Coombs ist nicht so leicht umzuwerfen«, bemerkte Duane.

Lester beobachtete düster die Szene. Er hatte sich eine kurze Bürste um sein mächtiges Kinn wachsen lassen. Viel war das nicht, aber bisher hatte es ihn vor dem Untergetauchtwerden bewahrt.

»Janine ist glücklich«, sagte er. »Wenigstens einen Menschen habe ich wirklich glücklich gemacht.«

»Das stimmt«, sagte Duane.

»Ich habe fast fünfundzwanzig Jahre mit Jenny gelebt und sie nie auch nur einen Tag lang glücklich gemacht«, fuhr Lester fort. »Ich hätte nie gedacht, daß ich noch den Tag erleben würde, an dem ich wirklich jemanden glücklich machen würde.«

»Aber nun hast du's doch geschafft«, sagte Duane.

»Vielleicht ist das der Grund, weshalb ich mich jetzt umbringen möchte«, sagte Lester. »Ich denke, ich sollte mich umbringen, bevor ich das Ganze wieder zerstöre.«

Duane wollte Lester gerade klarmachen, daß sein Tod Janines neues Glück durchaus zerstören könnte. Er könnte das Leben seiner zwei bezaubernden Töchter ruinieren. Er könnte Jenny über den Rand des Abgrunds stoßen, an dem sie zu leben schien. Er könnte sogar Thalia selbst in den Grundmauern erschüttern.

Leute, die Lester nie sonderlich gemocht hatten, könnten sich wegen seines Selbstmords Vorwürfe machen. Die ganze Stadt könnte in einen emotionalen Niedergang hineinschlittern, der sich mit ihrem wirtschaftlichen Niedergang durchaus würde messen können. Sie würde ja sogar vielleicht in einen hineinschlittern, wenn Lester am Leben blieb.

Keinen dieser Punkte brachte Duane jedoch vor. Je mehr er über Lester und Selbstmord und emotionalen Niedergang nachgrübelte, desto weniger gesprächig fühlte er sich. Schweigend fuhren sie über die heiße, staubige Landstraße dahin. Die Hitze war den ganzen Sommer über so intensiv gewesen, daß sie innerhalb einer Woche allen Saft aus den Mesquiteschoten herausgesengt hatte. In braunen Klumpen hingen sie nun an den Bäumen. Aus der Fernse sah es so aus, als hätte irgend ein Verrückter die Bäume massenweise mit verbrannten Pommes frites dekoriert.

Und doch fühlte Duane seine Lebensgeister steigen, je näher sie der Ölquelle kamen. Irgendwo tief unter den in der Hitze backenden Mesquitebäumen erstreckte sich ein See von einer kostbaren Flüssigkeit, und er hatte bereits ein Rohr, das bis in die Mitte dieses Sees hinabreichte. Sobald die Sammeltanks an Ort und Stelle waren, konnte er den Hahn aufdrehen, und schon würde flüssiges Gold heraufströmen – vielleicht im Wert von Millionen. Wenn es ihm nur gelänge, noch ein paar weitere Rohre in den See hinabzustoßen, dann wären seine Probleme und zumindest ein paar von Lesters Problemen aus der Welt geschafft.

»Das könnte die beste Quelle sein, die ich je gebohrt habe«, sagte er mit zunehmender Erregung, während sie über die verrottete Straße zu dem Ölfeld hinausrumpelten. »Sie könnte vielleicht alle unsere Probleme lösen.«

Lester sah ihn immer noch mit der gleichen düsteren Hoffnungslosigkeit an.

»Hast du heute morgen denn das *Wall Street Journal* nicht gelesen?« fragte er.

»Nein, heute morgen war ich bei einem Psychiater«, sagte Duane.

Er las nie das *Wall Street Journal.* Sonny brachte sein Exemplar jeden Morgen ins Dairy Queen mit und las den versammelten

Ölmännern alles vor, was es über die internationale Öllage oder die Öllage in Texas berichtete. Manchmal stand im *Journal* sogar etwas über die Öllage ihrer Gegend, aber Duane brauchte sich nie die Mühe zu machen, es selbst zu lesen. Wenn er zum Kaffee im Dairy Queen eintraf, waren die Nachrichten, ob gute oder schlechte, bereits in aller Munde.

»Was stand denn heute drin?« fragte er.

»Es stand drin, daß die Saudis die Pipelines aufdrehen«, sagte Lester. »Minister Yamani hat es satt, sich noch länger mit den Briten herumzuärgern. Er sagt, er wird dafür sorgen, daß wir alle auf ihn hören. Er sagt, er wird uns Fünf-Dollar-Öl zeigen, wenn das nötig ist, damit wir ihm endlich zuhören.«

»Dieser Minister Yamani blufft wahrscheinlich nur«, sagte Duane. »Der will sein Öl doch nicht wirklich so billig verscheuern.«

»Könnte er aber schon wollen – nur um seinen Standpunkt zu verdeutlichen«, sagte Lester. »Was ist, wenn er *nicht* blufft? Was ist, *wenn* sie die Pipelines aufdrehen?«

Duane fuhr auf sein Ölfeld und parkte den Wagen. Kein Mensch war zu sehen – nur ein neuer Bohrturm, eine Ölpumpe, die darauf wartete, in Betrieb genommen zu werden. Wie alle Ölfelder dieser Art war es ein häßliches Gelände: das Gras war abgeschürft, die Mesquitebüsche waren mit dem Bulldozer fortgerissen worden. Die Überlaufsümpfe stanken, der Boden war durchweicht und vermodert, es gab nicht ein Fleckchen Schatten, und der Müll, den die Ölarbeiter hinterlassen hatten, war noch nicht fortgeschafft worden.

Hier gab es nichts, an dem sich das Auge freuen konnte. Es handelte sich einfach um einen Viertelhektar ruinierter Erde inmitten einer struppigen Weide. Nur das flüssige Gold, das die neue Pumpe aus der Tiefe herauffördern würde, konnte diese Häßlichkeit wiedergutmachen. Der schwarze Strom aus genau solchen Orten hatte Karla ihr neues Heim geschaffen. Er hatte ihnen während ihrer gesamten Ehe ihre Rechnungen bezahlt – ganz zu schweigen von den Rechnungen der Stadt und den Rechnungen des Staates und den Rechnungen von fast allen, die er kannte.

Aber Fünf-Dollar-Öl? Duane versuchte diesen Gedanken zu verdrängen. Seit Jahren gaben die Saudis und ihre Drohungen Stoff für endlose Gespräche im Dairy Queen. In all dieser Zeit hatte niemand auch nur einen Saudi zu Gesicht bekommen, und die Ölhähne in Arabien waren nicht aufgedreht worden. Für die meisten in ihrer Gegend war die Abkürzung OPEC etwas so Nebulöses wie etwa der Kommunismus. Ihren Drohungen begegnete man mit machohafter Rhetorik – zumindest im Dairy Queen. Manche zweifelten daran, ob die OPEC überhaupt soviel Mumm in den Knochen hatte, aber Duane gehörte auf diesem Gebiet nicht zu den Zweiflern. Milliarden und Abermilliarden Barrels an Reserven trugen seiner Ansicht nach sehr zur Entwicklung von »Mumm in den Knochen« bei. Zu bezweifeln war lediglich, ob das Ganze jemals über Drohungen hinausgehen würde.

Das bezweifelte er zwar immer noch, aber bei Lesters verzweifeltem Blick wurde ihm dennoch mulmig. Das optimistische Gefühl, das sich bereits bei ihm einstellte, wenn er nur in die Nähe der neuen Quelle kam, begann sich zu verflüchtigen. Wenn das Öl auf fünf Dollar pro Barrel absank, dann würde die kostspielige neue Pumpe, die er vor sich sah, wohl nie in Betrieb genommen werden. Sie würde da stehen und ungenutzt vor sich hin rosten. Keiner konnte es sich leisten, Fünf-Dollar-Öl aus dem Boden zu holen. Wenn diese Drohung wahr gemacht würde, dann würde der schwarze See unangetastet bleiben, wo er war, tief in seiner Kalksteinhöhle. Dickie könnte es vielleicht eines Tages heraufholen – oder Dickies Kinder.

Während sie wieder zur Stadt zurückfuhren, zielte Lester gelangweilt mit seiner Spielzeugpistole aus dem Fenster und ließ den Abzug schnappen. Duane wollte ihm gerade sagen, daß er mit seiner Schreckschußpistole ziemlich albern aussah, aber dann sagte er es lieber doch nicht. Bei Lesters gegenwärtiger Stimmung wäre es nicht gut für ihn, wenn er irgendeine andere Art von Pistole in der Hand hätte.

»Ich hab gehört, Karla geht nach Europa, um dort mit Jacy zu leben«, sagte Lester. »Das wird jedenfalls behauptet.«

»Sie macht dort nur Urlaub«, sagte Duane. »In ein paar Wochen wird sie wieder zurück sein.«

»Da habe ich was anderes gehört«, sagte Lester. »Ich glaube, diesmal hast du sie wirklich verloren.«

»Wie kommst du denn darauf?« fragte Duane. »Ich nehme dich hier zu einem Ausflug mit, um dich aufzuheitern, und du erzählst mir, ich würde meine Frau verlieren. Du bist ja ein schöner Freund.«

»Der Ausflug hat mich eben nicht aufgeheitert«, sagte Lester. »Nichts kann mich zur Zeit aufheitern. Meine Frau ist dabei, dir einen Enkel zu gebären, und deine Ex-Geliebte ist dabei, mir ein Kind zu gebären, und wenn ich nicht sehr viel Glück habe, führt mich der Weg geradewegs in den Knast. Womit glaubst du, wird Texas seine Halunken durchfüttern, wenn der Ölpreis auf fünf Dollar pro Barrel abstürzt? Sie werden uns unsere eigenen Fußnägel zu fressen geben, falls sie uns nicht zwingen, uns gegenseitig aufzufressen.«

Dieser Gedanke schien ihn ein wenig aufzuheitern.

»Ich sehe schon die Schlagzeilen vor mir«, sagte Lester. »›Zunahme von Kannibalismus in den Gefängnissen von Texas‹.«

»Vielleicht solltest du aufhören, das *Wall Street Journal* zu lesen«, meinte Duane. »Es bringt nur auf düstere Gedanken.«

Lester lachte. »Düstere Gedanken«, wiederholte er. »Wenn das Öl die 5-Dollar-Grenze erreicht, dann bringt dich das allerdings auf ein paar düstere Gedanken. Wenn das passiert, dann kann ich noch von Glück sagen, wenn ich im Knast bin, weil dieser Ort hier dann ein totales Irrenhaus sein wird. Irgendein Pleitegeier, der alles verloren hat, wofür er sein Leben lang geschuftet hat, wird dann einfach zur Tür hereinkommen und mich über den Haufen schießen. Die Leute werden mit Schaum vorm Mund rumlaufen und anfangen, mitten auf der Straße zu vögeln. Jede Ehe in der Stadt wird in die Brüche gehen. Du solltest froh sein, daß deine Familie nach Europa zieht.«

»Meine Familie zieht nicht nach Europa«, sagte Duane. »Nur Karla und die Zwillinge gehen für ein paar Wochen rüber. Wozu sollte meine Familie ganz nach Europa ziehen? Keiner von ihnen hat jemals europäischen Boden betreten.«

Lester zuckte die Schultern. »Anscheinend hast du nicht die Story gehört, die ich gehört habe«, sagte er.

»Was für eine Story hast du denn gehört?« fragte Duane. Er bemühte sich, ganz neutral zu klingen, aber in Wirklichkeit brannte er vor Neugier. Immerhin war es möglich, daß seine Familie *tatsächlich* nach Europa übersiedelte. Vielleicht würde man ihn erst als letzten davon in Kenntnis setzen.

»Ich habe gehört, Jacy und Karla haben ein Verhältnis miteinander«, sagte Lester. »Sonderlich überrascht hat mich das ja nicht.«

»Hat es nicht?«

»Nein«, sagte Lester. »Beide sind fortschrittliche Frauen. Jede Frau, die fortschrittlich ist, findet Männer früher oder später langweilig.«

»Ich wüßte nicht, weshalb«, sagte Duane. »Wir können doch genauso fortschrittlich sein wie sie.«

»Nein, können wir nicht«, sagte Lester. »Wir sind nicht halb soweit fortgeschritten. Da ist es nur logisch, daß sie früher oder später ihre eigenen Geschlechtsgenossinnen vorziehen.«

Lester richtete sich in seinem Sitz auf und machte ein zusehends fröhlicheres Gesicht. Der Gedanke, wieviel fortschrittlicher Frauen im Vergleich zu Männern waren, schien ihn mächtig zu erheitern.

»Es war gut, daß du mich abgeholt hast«, sagte er. »Wenn du nicht vorbeigekommen wärst, wäre ich inzwischen vielleicht tot. Dieser Ausflug war genau das, was ich brauchte. Hin und wieder blicke ich anscheinend einfach nicht mehr durch.«

Duane bekam plötzlich heftige Kopfschmerzen. Sie befanden sich auf einer asphaltierten Landstraße, und die Sonne strahlte unbarmherzig von ihr ab und schoß wahre Schmerzpfeile direkt in seinen Kopf. Die Fahrt, die Lesters Stimmung gehoben hatte, hatte die seine in den Keller befördert. Es war zum Blindwerden heiß, und Thalia schien weit entrückt, obwohl die Stadt nur zwei Meilen weit entfernt war. Er hatte Lust, auszusteigen und sich unter den nächstbesten schattigen Baum zu legen. Lester konnte ruhig den Pickup nehmen – und dazu gleich noch die ganze Stadt.

»Wer hat dir gesagt, daß Karla und Jacy ein Verhältnis miteinander hätten?« fragte er.

Es klang ganz wie etwas, was auf Bobby Lees Mist gewachsen sein könnte. Wenn er eine seiner verrückten Phasen hatte, liebte Bobby Lee es, die wildesten Lügen über Karla zu verbreiten. Je weiter sie hergeholt waren, desto überzeugender stellte er sie dar, wie im Fall der libyschen Terroristen.

»Keine Ahnung«, sagte Lester. »Seit der letzten Woche oder so redet die ganze Stadt davon. Ich glaube, Sonny hat's mir erzählt.«

Mit finsterer Miene fuhr Duane weiter.

68

Als sie wieder an der Bank angekommen waren, war Lester total aufgedreht. Er stürmte in die Bank, ballerte mit seiner Spielzeugpistole herum und mimte Jesse James. Seine Laune war merklich gestiegen. Duane saß da und beobachtete das Schauspiel durch die hohen Glaswände der Bank. Die Sekretärinnen und Schalterangestellten gerieten bald ebenfalls in Pionierstimmung und begannen mit ihren Knallpistolen auf Lester zurückzuballern.

Duanes Kopfschmerzen waren nicht weniger und seine Ratlosigkeit war noch schlimmer geworden. Er beschloß, nach Hause zu fahren und sich sofort in den Whirlpool zu setzen. Er könnte ein wenig auf die Hundehütte feuern, vielleicht würde das gegen seine Ratlosigkeit helfen. Aber er bezweifelte es. Es machte schon gar keinen Spaß mehr, auf die Hundehütte zu schießen.

Bevor er noch die Ampel passieren konnte, war sein Pickup plötzlich umringt von einer Traube deprimierter Bürger, angeführt von Buster Lickle und Jenny Marlow. Duane hatte sie zwar auf sich zukommen sehen, aber er hatte wie ein Idiot in gesetzestreuer Manier gewartet, bis die Ampel auf Grün schaltete. Er hätte das Gesetz übertreten, bei Rot über die Ampel fahren und der Menge entfliehen wollen.

Als er gerade eingekreist war, kam ihm zu Bewußtsein, daß diese Verkehrsampel inzwischen zu einem Ärgernis, ja zu einer Gefahr geworden war. Er beschloß, daß er in der allernächsten

Stadtratssitzung, sofern er noch eine weitere erleben sollte, dafür plädieren würde, die Ampel zu entfernen. Sollten die Leute, die durch Thalia fahren wollten, im zweiten Jahrhundert der Stadt doch selbst sehen, wie sie zurechtkamen. Er wußte, daß nicht die Verkehrsampel daran schuld war, daß er zufällig unter ihr gevögelt hatte. Er persönlich hatte ja die Absicht gehabt, in der sicheren Dunkelheit hinter dem Postamt zu vögeln, aber die Angst, die er vor, während und nach dem Geschlechtsakt gehabt hatte, saß ihm noch in den Knochen. Daß er jetzt ausgerechnet an der Ampel angehalten hatte, schien dazu beizutragen, seine hämmernden Kopfschmerzen noch zu verstärken.

Die Menge wußte nichts davon, daß ihm der Kopf wie wahnsinnig schmerzte, daß er sich elend fühlte und einfach nach Hause wollte. Er war ihr Pannenhelfer, und es war klar zu erkennen, daß es irgendwo eine Panne gegeben hatte.

»Duane, der Wagentreck ist verlorengegangen!« berichtete Jenny. »Das ist schrecklich. Sie werden nicht rechtzeitig zur Parade hier sein.«

»Wie können die sich denn verirren?« fragte er. »Sie sind doch nur fünfzehn Meilen weit ein und dieselbe Landstraße entlanggefahren.«

»So war's ja geplant«, sagte Buster Lickle. »Aber dann hatte irgendwer die glänzende Idee, eine Abkürzung quer über ein Feld zu machen, wie es die Wagentrecks in alten Zeiten getan haben. Unten am Onion Creek sind sie in die Büsche geraten und konnten nicht mehr zum Highway zurückfinden. Ich glaube, ein oder zwei Planwagen sind umgestürzt. Ich weiß nicht, was wir tun sollen.«

»Dann werden sie doch wohl bis morgen abend zur Stadt zurückfinden«, meinte Duane.

»Aber die Parade ist heute abend!« sagte Jenny. »Es wird uns die ganze Parade versauen, wenn der Wagentreck nicht da ist, um sie anzuführen.« Sie war den Tränen nahe.

»Die ersten Siedler kamen in Planwagen«, bemerkte Buster. »Planwagen sind ein historischer Bestandteil unseres Landkreis-Erbes.«

»Wieso kann eine ganze Horde von Cowboys nicht ihren Weg

über eine Wiese finden?« fragte Duane. Er hatte das Gefühl, als erzählte man ihm nicht die ganze Geschichte.

»Weil sie stockbesoffen sind und Ihre eigene Frau ihnen den Schnaps besorgt hat«, sagte G. G. Er strahlte immer mehr. »Soviel ich gehört habe«, fuhr er selig fort, »liegen alle Wagen mit den Rädern nach oben im Onion Creek, und die Hälfte der Leute ist ertrunken. Gottes Strafe läßt nicht lange auf sich warten.«

»Der Onion Creek ist so trocken wie dieses Straßenpflaster, G. G.«, sagte Duane. »Sie könnten sich alle das Genick gebrochen haben, aber ich bezweifle, daß irgend jemand ertrunken ist.«

»Die Sünde fordert einen hohen Tribut«, verkündete G. G. der umstehenden Menge.

»So tu doch was, Duane!« flehte Jenny ihn an. »Viele von diesen Leuten haben eine weite Reise gemacht, um sich den Wagenzug in der Parade anzusehen.«

»Jetzt ist es halb fünf«, stellte Duane fest. »Die Parade beginnt in zwei Stunden. Wenn die Planwagen noch am Onion Creek unten sind, werden sie's nicht rechtzeitig schaffen. So schnell fährt gerade ein Wagen allein.«

»Aber ein Planwagen auf einem Tieflader könnte noch schneller fahren«, sagte Buster Lickle. »Wir haben gehofft, Sie könnten die Wagen auf ein paar von Ihren Lastern bis zur Stadtgrenze schleppen. Damit wäre der Tag gerettet.«

»Ich dachte, dieses Fest sollte irgendwie authentisch sein«, meinte Duane. »Die Pioniere haben ihre Planwagen nicht auf Tiefladern durch die Gegend geschleppt.«

Er dachte, daß dieses Argument zumindest Buster Lickle beschämen würde. Buster war ein solcher Authentizitäts-Fanatiker, daß er an den alten Brettern, die er gefunden hatte, sogar einen Radio-Carbon-Test vornehmen lassen wollte.

»Kannst du sie nicht einfach holen, Duane?« fragte Jenny. »Wir haben keine Zeit uns herumzustreiten.«

Duane überquerte die Kreuzung, als die Ampel wieder auf Rot stand, und fuhr vor dem Gerichtsgebäude an den Straßenrand. Bobby Lee und Eddie Belt, die wenigstens einen authentischen Rausch hatten, saßen umringt von leeren Bierbechern vor Old

Texasville. Sie schienen ganze Arbeit dabei zu leisten, die Gründer des Landkreises zu verkörpern.

Duane kippte vier Exedrin-Tabletten aus dem Röhrchen, das er immer im Handschuhfach aufbewahrte, und nahm sich ein Bier, um sie hinunterzuspülen.

»Ich denke, wir kommen besser dem Wagentreck zu Hilfe«, sagte er dann. »Es heißt, er sei verlorengegangen.«

»Du weißt doch warum – oder?« sagte Bobby Lee.

»Nein, ich weiß nicht warum«, sagte Duane. »Ich dachte, diese Cowboys wären wenigstens in der Lage, ihren Weg zur Stadt zu finden.«

»Dickie hat eine Portion LSD gegen ein Rennpferd getauscht«, sagte Bobby Lee. »Es war nur alter Stoff, den er seit ein, zwei Jahren herumliegen hatte. Ich vermute aber, das Zeug hat seine Power trotzdem noch nicht verloren.«

»Diese Cowboys sind higher als Drachen am Himmel«, sagte Eddie. »Sie denken, sie wären in Colorado und hätten einen Rocky-Mountain-Höhenrausch.«

»Wozu will Dickie denn ein Rennpferd haben?« fragte Duane. Das war das Rätselhafteste an dieser Nachricht. Dickie hatte sich nie im geringsten für Pferde interessiert.

»Jacy wünschte sich ein Pferd, damit sie und Karla zusammen ausreiten können«, sagte Bobby Lee. »Dickie dachte, das LSD sei wertlos, und so hat er es getauscht und ihr das Pferd gegeben.«

Da kam Shorty mit einer Bierflasche in der Schnauze um die Ecke des Gerichtsgebäudes getrottet. Er ließ die Flasche Duane vor die Füße fallen und versuchte, an seinem Bein hochzuklettern.

»Die Zwillinge sind abgehauen und haben ihn im Stich gelassen«, sagte Bobby Lee.

Duane kraulte Shorty zwischen den Ohren. Er war unwillkürlich froh, ihn zu sehen.

»Los, holen wir den Wagentreck«, sagte er.

69

Sicherheitshalber nahmen sie gleich zwei Sattelschlepper mit. Bobby Lee und Shorty fuhren bei Duane mit. Normalerweise weigerte sich Bobby Lee, in irgendeinem Fahrzeug zu fahren, in dem sich Shorty befand, aber das Festfieber plus etwa vierzig Biere hatten ihn leichtsinnig gemacht.

Kaum hatten sie die Stadt verlassen, da flitzte ein roter Porsche an ihnen vorüber. Dickie saß am Steuer und Suzie Nolan neben ihm. Der Porsche, der mindestens 160 km/h fuhr, war schon bald außer Sicht.

»Wo hat denn der einen Porsche her?« fragte Bobby Lee.

»Keine Ahnung«, sagte Duane. Er spürte, wie Eifersucht in ihm hochkam, aber das Gefühl wurde schon bald von seinen Kopfschmerzen erstickt, die immer noch nicht besser waren. Ihm wurde bewußt, daß er Suzie Nolan lieber mochte, als für sie beide gut war.

»Ich wollte Suzie heiraten, als ich auf der High School war, aber ich war zwei Stufen unter ihr, und sie wollte nicht mal mit mir ausgehen«, sagte Bobby Lee.

»Ich hab den Eindruck, der gesamte Landkreis hat bis zu diesem Augenblick gewartet, um total auszurasten«, sagte Duane.

»Das denkst *du* vielleicht«, sagte Bobby Lee. »Ich bin keinen Funken verrückter, als ich's schon vor fünfzehn Jahren war.«

»Okay, ich geb's zu: du hast früh angefangen«, sagte Duane. »Hast du eigentlich diese Lüge verbreitet, meine Familie würde nach Italien umziehen?«

»Das ist keine Lüge«, sagte Bobby Lee. »Karla sagt, Jacy brauche sie mehr als du.«

»Wer hat dir das gesagt?«

»Karla«, sagte Bobby Lee.

»Oh«, sagte Duane.

»Ich habe sie nicht mal darum gebeten, mir das zu sagen«, fügte Bobby Lee hinzu. »Ich weiß schon viel zuviel über dein Leben.«

»Ich hab ja nicht gesagt, daß ich dir einen Vorwurf mache, oder?« sagte Duane. Er machte ihm tatsächlich keinen Vorwurf. Es war schon immer Karlas Art gewesen, alles, was sie loswerden wollte, einfach dem Nächstbesten anzuvertrauen, der greifbar war, wenn sie gerade Lust hatte, jemandem etwas anzuvertrauen. Offenbar war Bobby Lee da gerade greifbar gewesen.

»Woher weiß sie, wie sehr ich sie brauche?« fragte Duane. »Sie war seit einer Woche nicht zu Hause.«

»Nein, aber sie war zweiundzwanzig Jahre lang zu Hause«, bemerkte Bobby Lee.

»Ich weiß nicht, auf wessen Seite du eigentlich stehst«, sagte Duane.

»Auf Shortys Seite jedenfalls nicht«, versicherte Bobby Lee ihm. Krampfhaft hielt er eine Zange umgriffen für den Fall, daß Shorty versuchte, ihm etwas anzutun, obwohl Shorty während der Fahrt die meiste Zeit versuchte, Duane Hundeküsse zu geben.

Sie fanden den Wagentreck, indem sie einer Fährte von Bierdosen und anderem Abfall ein paar hundert Meter in eine Weide hinein folgten. Tatsächlich waren zwei Planwagen umgestürzt, aber keiner davon befand sich auch nur in der Nähe des Flusses. Zwei oder drei Cowboys standen daneben und sahen ziemlich down aus, die übrigen taumelten durch die Gegend und sahen high aus. Eine Gruppe seliger Cowgirls saßen unter einer Pfahleiche und lackierten sich die Fingernägel. Karla hockte auf dem Rad eines der umgekippten Wagen und redete mit ihrem Appaloosahengst, den sie ihrem Lieblingssänger zu Ehren Willie Nelson nannte. Sie trank aus einer Neiman-Marcus-Thermoskanne Wodka mit Grapefruitsaft. Duane wußte, daß es Wodka und Grapefruitsaft war, weil sie ihm auch einen anbot und er einen Schluck nahm.

»'n ganz schön lahmer Wagentreck, nicht wahr?« meinte sie.

»Ich wünschte, die Leute würden aufhören, mir zu erzählen, daß du nach Italien umziehst, weil ich dich angeblich nicht mehr brauche«, sagte Duane.

»Glaub doch nicht jeden Mist, den du hörst, Duane«, sagte

Karla grinsend. Sie schien bester Laune zu sein und war schöner als alle Cowgirls zusammen.

»Tu ich ja nicht, aber irgend etwas würde ich gerne doch noch glauben können«, sagte Duane.

»Duane, warte lieber bis nach der Hundertjahrfeier, bevor du anfängst, wieder etwas zu glauben«, sagte Karla. »Wir werden noch genügend Energie brauchen, um auch nur das Fest durchzustehen.«

Das war nicht zu bestreiten. Niemand wußte genau, wie die Wagen eigentlich umgekippt waren. Als er die Cowboys, die die Wagen kutschiert hatten, über diesen Unfall näher ausfragte, wurden sie störrisch. Einer von ihnen, ein hünenhafter Cowboy namens Mossy White, schlug vor, Bobby Lee auf der Stelle den Hintern zu versohlen.

»Wieso mir?« fragte Bobby Lee.

»Wieso nicht dir?« fragte Mossy zurück.

»Wir wollen doch jetzt nicht anfangen zu raufen«, beschwichtigte ihn Duane.

»Raufen? – Von wegen!« sagte Mossy. »Zu Brei schlagen könnte ich dieses Arschloch. Das nennen Sie raufen?«

Eddie Belt, der gerade mit dem zweiten Tieflader eingetroffen war, packte Bobby Lee am Kragen und redete auf ihn ein, er solle sich ja nicht auf eine Schlägerei einlassen. »Wir sind drei, und die sind fünfzehn«, gab er ihm zu bedenken.

Duane ignorierte die potentiellen Kampfhandlungen und machte sich daran, die Wagen mit der Winsch wieder aufzurichten. Das dauerte eine Dreiviertelstunde. Dann winschte er zwei davon auf einen Tieflader und zwei andere auf den anderen Tieflader. Keiner half ihm auch nur ein bißchen dabei. Bobby Lee war der Ansicht, daß seine Ehre besudelt worden war. Er blies sich auf wie eine Kröte und versuchte Eddie zur Seite zu schieben, damit er sich auf die Cowboys stürzen konnte. Eddie hatte jedoch keine Lust, sich für die Bemerkung eines anderen zu Brei schlagen zu lassen, und hielt Bobby zurück. Die beiden balgten sich im Unterholz und stritten in gut hörbarem Flüsterton weiter. Der Umstand, daß Karla unausgesetzt über sie lachte, trug auch nicht zur Verbesserung der Lage bei.

Schließlich schwangen sich die Cowboys auf ihre Pferde und ritten in Richtung Stadt davon. Die Cowgirls manikürten ihre Fingernägel zu Ende und machten sich ebenfalls zum Aufbruch bereit. Duane überredete sie, die Pferde zu führen, die vorher die Planwagen gezogen hatten, da die Wagen in der Parade sonst auf der Ladefläche seiner Schlepper gefahren werden müßten, und dieses Schauspiel wäre doch zu wenig authentisch, als daß jemand Lust hätte, es sich anzusehen.

Sobald die Cowboys fort waren, beruhigten sich Bobby Lee und Eddie Belt wieder und halfen Duane, die Wagen sicher auf den Ladeflächen anzuketten.

»Scheiße, ich habe längst nicht genügend Wodka und Grapefruitsaft mitgebracht«, sagte Karla, als sie sich in den Sattel von Willie Nelson, ihrem geliebten Appaloosahengst, schwang und fügte noch hinzu: »Duane, ich hoffe, du wirst nicht das ganze Fest hindurch mit einer so sauren Miene herumlaufen.«

»Könnte aber gut sein«, sagte Duane.

»Wenn du das tust, dann macht das die Sache mit Italien um so attraktiver«, sagte Karla und ritt davon.

70

Während er mit den Planwagen hinten auf seinem Tieflader in die Stadt zurückfuhr, wurden Duanes Kopfschmerzen allmählich noch schlimmer. Seine Kopfschmerzen wurden immer schlimmer, wenn er nervös war, und er war äußerst nervös. Es gab so viele Dinge, die ihn nervös machten, daß er es aufgegeben hatte, sie noch auseinanderzuhalten, aber eine Sache, die ihn immer nervöser machte, je näher sie rückte, war der Umstand, daß er vor dem versammelten Landkreis in der Badehose auftreten sollte. Er bereute es bitter, daß er sich bereit erklärt hatte, Adam zu spielen. Die Kostümprobe war zwar nicht so schlimm gewesen, weil er dabei sein Hemd anbehalten hatte, aber von dem wirklichen Auftritt trennten ihn nur noch wenige Stunden.

»Hast du Schmetterlinge im Magen?« fragte Bobby Lee.

»Wieso fragst du?«

»Du fährst so komisch, wenn du nervös bist«, sagte Bobby Lee, »irgendwie ruppig.«

Abrupt stoppte Duane den Laster, stieg aus und sagte: »Du fährst weiter.«

»Ich wollte dich doch nicht beleidigen«, sagte Bobby Lee, als er hinter dem Steuer saß und sie weiter in Richtung Stadt fuhren.

»Ich gebe dir fünfhundert Dollar, wenn du Adam spielen willst«, sagte Duane.

»Ich seh doch nicht wie Adam aus«, sagte Bobby Lee.

»Woher zum Teufel willst du wissen, wie er ausgesehen hat?« fragte Duane. »Ist er dir jemals über den Weg gelaufen?«

»Nein, aber ich habe sonntags im Religionsunterricht Bilder von ihm gesehen«, sagte Bobby Lee. »Adam war größer als ich. Er hatte ungefähr deine Größe.«

»Fünfhundert schnelle Dollar«, wiederholte Duane ungeduldig. »Denk doch mal an das Geld.«

Bobby Lee lehnte es ab, weiter darüber zu diskutieren. Da kam Duane der Gedanke, Dickie zu fragen, der Geld liebte und keinerlei Schamgefühl hatte, aber Dickie hatten sie gerade in einem neuen Porsche in hoher Geschwindigkeit nach Süden rasen sehen. Er war also nicht greifbar.

Dann rollten sie die Wagen von den Sattelschleppern, und die Gespanne waren gerade noch rechtzeitig zum Beginn der Parade wieder da. Die Cowboys waren inzwischen unruhig geworden und hatten Wahnvorstellungen. Diejenigen, die auch noch während des Festspiels Cowboys bleiben sollten, hielten sich von denen, die Indianer mimen sollten, möglichst fern.

»Vielleicht war dieses LSD am Ende doch verdorben«, spekulierte Eddie Belt. »Manche von den alten Knaben sehen aus, als hätten sie wahre Horrortrips hinter sich.«

Karla, die das schönste Pferd besaß, und Old Man Balt, der älteste Bürger, führten die Parade an. Mr. Balt trug die Old-Glory-Fahne, Karla den Lone Star. Von vielen Nachbarstädten waren Reitclubs gekommen, um das Hardtop County in seinen Bemühungen um die Hundertjahrfeier zu unterstützen – die Parade zog sich mehr als zwei Meilen lang über den Highway nach Wichita hin. Reiterformationen wechselten mit Festwagen ab. Jenny und eine Gruppe von Freiwilligen hatten sich die ganze Nacht um die Ohren geschlagen, um der Dekoration des Gerichtswagens den letzten Schliff zu geben. Janine, Charlene und Lavelle fuhren, mit Krinolinen und Häubchen kostümiert, auf dem Festwagen – sie stellten Bürobedienstete aus der Pionierzeit dar und winkten ausgelassen der riesigen Menschenmenge zu.

Sobald die bedeckten Planwagen von den Tiefladern herabgerollt waren, wurde eine zweite Nachbildung von Texasville, diesmal eine aus Pappmaché, auf einen davon hinaufgehievt. Bobby Lee und Eddie Belt spielten weiterhin die Rollen der beiden Mr. Browns, doch nun mit Unterstützung von Nellie als Belle Brown.

Nellie sah so wundervoll aus, daß die Leute, die die Straße säumten, die ganze Zeit applaudierten, während der Festwagen an ihnen vorüberfuhr. Mehrere Cowboys unterbrachen ihre Horrortrips so lange, daß sie ihr vom Sattel aus Komplimente zurufen konnten. Bobby Lee starrte Nellie mit liebeskummervollen Augen an und drohte jedem Cowboy, der dem Wagen zu nahe kam, mit der erhobenen Faust.

Duane beschloß, die Parade auszusitzen. Er ging zum Kwick-Sack hinunter und kaufte sich bei Genevieve, die der Parade aus einem Liegestuhl vor dem Laden zuschaute, einen Nachschub an Exedrin. »Hinten drin ist noch ein Stuhl«, sagte Genevieve. »Setz dich her und schau einen Moment dem Treiben zu, Duane. Du siehst erschöpft aus.«

Duane holte sich einen Stuhl und plazierte ihn neben sie. Karla und der alte Balt waren bereits vorbeigezogen, aber er war noch rechtzeitig gekommen, um den Festwagen seiner eigenen Ölgesellschaft vorüberziehen zu sehen. Es war ein Festwagen in Form einer Bohranlage, die auf der Ladefläche eines weiteren Lasters aus seinem Fuhrpark aufgebaut war. Turkey Clay und ein kleiner Hilfsarbeiter namens Squirrel standen neben dem Pappmaché-Bohrturm und repräsentierten die Hilfsarbeiter der Region, die es zu etwas gebracht hatten.

Dann kam der Festwagen der Bank samt Lester und seinen Angestellten und Sekretärinnen mit ihren Cowboyhüten und

Spielzeugpistolen, dahinter der Festwagen der High School. Der High-School-Wagen war in den Schulfarben Purpur und Grün geschmückt und trug eine riesige Distel – die Schulblume – aus Kreppapier, die auf einem Herzen prangte. Die bei weitem auffälligste Erscheinung auf dem High-School-Wagen war jedoch Jacy, die sich bereit erklärt hatte, die ›Immerwährende Homecoming Queen‹ darzustellen. Sie war flankiert von vier der Homecoming Queens aus jüngerer Zeit, die aber im Vergleich zu ihr alle bis zur Unscheinbarkeit verblaßten. Jacy trug ein Abendkleid und sah unglaublich glamourös aus. Sie war, zumindest für die Dauer eines Abends, wieder zu jener Frau von mystischer Schönheit geworden, die sie, wie jeder in der Stadt glaubte, in den Jahren gewesen sein mußte, als sie fern in Europa weilte und ein Filmstar war.

Duane, der vergessen hatte, daß sich Jacy bereit erklärt hatte, diese ›Immerwährende Homecoming Queen‹ zu spielen, war sprachlos vor Staunen. Den meisten Zuschauern der Festparade, es waren Hunderte, ging es genauso. Bei Nellie, die ihnen wohlvertraut war, hatten sie begeistert applaudiert und geschrien, aber als der Festwagen mit Jacy vorüberzog, rissen sie nur die Augen auf und verstummten. Dort auf der heißen Straße, auf der Ladefläche eines Lasters, der normalerweise Bohranlagen transportierte, stand eine Kinogöttin, die genauso aussah, wie Kinogöttinnen aussehen mußten. Unter all den Albernheiten aus Krinolinen und Knallpistolen war wenigstens eine Legende der Gegend wirklich lebendig geworden.

Genau in dem Moment, als Duane den zweiten Liegestuhl auseinanderklappte und sich hinsetzen wollte, entdeckte Jacy ihn und trat an den Rand der Ladefläche. Sie mochte vielleicht eine wiederauferstandene Legende sein, aber sie ließ sich von ihrer eigenen Berühmtheit nicht im geringsten beeindrucken.

»He, Duane, komm rauf hier!« rief sie.

Duane machte eine unbeholfen fragende Geste: »Wer, ich?«

»Ja, du, du!« schrie Jacy. »Komm, mach schon!«

Dann trat sie nach vorne und trommelte auf das Dach des Fahrerhauses, bis der Fahrer sich nach ihr umdrehte.

»Halten Sie diesen Wagen an!« rief sie.

Der Fahrer trat so abrupt auf die Bremse, daß zwei der jüngeren Homecoming Queens beinahe heruntergefallen wären.

Duane setzte den Liegestuhl ab. Genevieve warf ihm einen amüsierten Blick zu.

»Dieses Mädchen wird dich nie in Ruhe lassen.«

»Sie ist kein Mädchen mehr«, sagte Duane.

»Je älter wir werden, desto gefährlicher werden wir«, sagte Genevieve. »Du machst dich besser auf die Socken.«

Wieder fiel Duane auf, daß Genevieve ihn nicht besonders mochte. Er trat zu dem Lastwagen hinüber und kletterte hinten auf ihn hinauf.

»Ich weiß nicht, wozu du mich hier oben haben möchtest«, sagte er.

Aber die Menge wußte es. Die Leute begannen ihnen zuzujubeln, feuerten sie an und applaudierten. Jacy führte ihn zu dem Papierherz mit der Distel darin, hängte sich in seinen Arm und winkte der Menge zu, während der Lastwagen sich langsam die Straße hinunter bewegte.

»Was ist eine Homecoming Queen ohne den Captain der Footballmannschaft?« fragte sie ihn. »Sie wäre wie Eva ohne Adam.«

»Erinner mich bloß nicht daran«, sagte Duane. »Diese Adam-und-Eva-Szene müssen wir erst noch über uns ergehen lassen.«

»Was heißt hier ›über uns ergehen lassen‹?« sagte Jacy. Sie lächelte weiter, aber in ihrem Lächeln war ein Anflug von Kälte.

»Ich freu mich auf die Szene«, sagte sie. »Meinst du, ich werde eine gute Eva abgeben?«

»Du wirst super sein«, sagte er. »Ich bin derjenige, um den ich mir Sorgen mache. Ich bin fast krank vor lauter Nervosität.«

»Das glaube ich«, sagte Jacy. »Wenn ich deinen Arm halte, habe ich das Gefühl, als hätte ich ein dickes Drahtseil in der Hand. Es wäre besser, du würdest lernen, dich zu entspannen, Duane. Du bist in einem Alter, wo Männer Herzinfarkte bekommen, wenn sie zu verspannt sind.«

»Ich versuche mich schon den ganzen Tag zu entspannen, aber alles, was hier passiert, macht mich immer noch nervöser«, sagte er.

»Daß du mit mir hier oben stehst, etwa auch?«

»Na klar«, sagte er.

Jacy legte ihren Arm um seine Hüfte und winkte mit ihrer freien Hand der Menge zu. Auf beiden Seiten der Straße applaudierten die Leute und feuerten sie jubelnd an.

»Du solltest es toll finden«, sagte Jacy mit leuchtenden Augen. »Ich finde es toll, und du solltest es auch toll finden. Wenn ich hier oben alleine stehe, wissen die Leute nicht, was sie mit mir anfangen sollen, aber wenn ich mit dir hier stehe, finden uns alle toll. Wir sind so 'ne Art Belohnung für sie, Duane. Das ist für sie wie 'n Liebesroman. Sie denken, daß wir diese ganzen Jahre über miteinander gefickt haben und daß wir wahrscheinlich auch heute abend miteinander ficken werden. Wir bedeuten denen mehr, als wir jemals einander bedeuten könnten. Rührt dich das denn überhaupt nicht? Es *sollte* dich aber rühren!«

»Es verwirrt mich«, sagte Duane, während er auf die Menge herunterblickte, die inzwischen völlig übergeschnappt war. Die Leute hupten und kletterten auf Autodächer.

»Du bist ein Idiot!« sagte Jacy. »Das ist nicht verwirrend. Das ist wundervoll.« Er sah Tränen in ihren Augen, aber sie blinzelte sie fort und lächelte weiter in die Menge.

»Wink doch!« rief sie, »wink ihnen zu.«

Duane winkte. Er winkte weiter, während der Truck langsam dahintuckerte. Allmählich löste sich der verspannte Knoten in seinem Rücken. Ihm war, als könnte er, sogar während er lächelte und winkte, ebenfalls zu weinen anfangen. Jacy hielt ihren Arm immer noch um seine Hüfte gelegt, und er legte einen Arm um die ihre. Die Menge wurde noch wilder. Der Festwagen war fast eingekeilt von den Leuten, die mit Fotoapparaten auf die Straße rannten. Duane winkte weiter. Eine plötzliche Ergriffenheit ertränkte seine Verwirrung und dann seine Kopfschmerzen. Er winkte Freunden, er winkte Fremden zu. Dann bemerkte er an einer bestimmten Stelle verblüfft, daß er gerade seiner eigenen Frau zugewunken hatte. Karla saß auf Willie Nelson, ihrem Appaloosa, mit der Lone-Star-Fahne in einem Steigbügel, und winkte ihnen zu, als sie vorüberglitten. Dann schwenkte sie ihre Fahne und feuerte sie jubelnd an.

»Hey, das ist schon besser«, rief Jacy und schenkte ihm ein Lächeln. »Endlich wirst du lockerer.«

Duane stand neben ihr und winkte bis zum letzten Wagen hin, der fast hundert Meter hinter der Stadtgrenze am fernen Südrand der Stadt parkte.

71

Noch bevor der lange Festzug schließlich durch Thalia hindurchgezockelt war, war Duane elend betrunken. Er saß in einem Liegestuhl hinter Karlas BMW, der im Schatten eines Baumes auf dem Rasen vor Jenny Marlows Haus parkte.

Um ihn herum war das dreißigste Klassentreffen des Jahrgangs 1954 in vollem Gange. Jenny war zwar keine Mitschülerin dieser Klasse gewesen, aber sie war mit Lester verheiratet, und der hatte dazugehört. Sie veranstalteten das Treffen in ihrem Haus, weil es leicht zu erreichen war und weil das Treffen in die knapp eineinhalb Stunden zwischen der Eröffnungsparade und dem Festspiel gezwängt werden mußte.

Karla und Duane haten sich nahezu ein Jahr lang darüber gestritten, ob sie das Klassentreffen in ihrem neuen Haus veranstalten sollten. Duane war dagegen, weil er meinte, daß niemand Lust haben würde, fünf Meilen weit über eine verdreckte, unasphaltierte Straße aus der Stadt herauszufahren, um Klassenkameraden zu treffen, die er ohnehin längst vergessen hatte.

»Gut, aber in Wirklichkeit magst du Menschen nicht, Duane«, hielt ihm Karla vor. »Selbst um Rita Hayworth zu treffen, würdest du keinen Meter von deinem Weg abweichen. Aber andere Leute *mögen* Menschen. Außerdem sind wir hier in Texas. Da braucht man nur vier Minuten, um fünf Meilen zu fahren.«

»Doch, ich mag Menschen«, widersprach Duane. »Ich würde eine weite Strecke fahren, um Rita Hayworth zu treffen.«

Im Laufe des Jahres nahm dieser Streit immer barockere Formen an. Dazu trug unter anderem die Tatsache bei, daß das dreißigste Treffen in Wirklichkeit das zweiunddreißigste Treffen war. Im dreißigsten Jahr hatte man zwar Pläne für ein Klassentreffen geschmiedet, aber wie sich herausstellte, hatten in diesem Jahr etwa 75 Prozent der Klasse beschlossen, sich scheiden zu lassen. Zu so vielen Scheidungen auch noch ein Klassentreffen hinzuzufügen, hätte alles nur noch traumatischer gemacht. So gut wie alle hätten sich entscheiden müssen, ob sie ihre Ex-Männer und Ex-Ehefrauen oder lieber ihre derzeitigen Freunde und Freundinnen mitbringen sollten.

»Mir ist's egal, wer wen mitbringt«, hatte Duane gesagt. »Ich erinnere mich sowieso nur an zwei oder drei von den Leuten, mit denen ich am Schluß in einer Klasse war.«

»Das kommt eben daher, daß du keine Menschen magst«, sagte Karla. »Ich erinnere mich noch an fast jeden, mit dem ich am Schluß in einer Klasse war. Nur bei einem oder zwei von den Jungs wird die Erinnerung ein bißchen verschwommen.«

Bei Duane hatte sofort nach der Parade selbst alles angefangen zu verschwimmen, weil er zuviel Stolichnaya mit Papayajuice getrunken hatte, ein Cocktail, den Karla häufig bei festlichen Anlässen mixte. Er sorgte für einen erheblichen Rausch, wie Duane sehr wohl wußte, aber er war in euphorischer Stimmung und zudem auch sehr erhitzt, und so trank er zwei oder drei Becher von diesem Punsch in der Hoffnung, er würde ihm Kühlung bringen. Karla trank ihn, Jacy trank ihn, Jenny und Lester tranken ihn, viele alte Klassenkameraden, an die er sich nur noch dunkel erinnern konnte, darunter eine große Menge freundlicher Fremder, die gar nicht in ihrer Klasse gewesen sein konnten, tranken ihn ebenfalls.

Duane wußte nicht genau, weshalb man so viele Nichtklassenkameraden zu dem Klassentreffen eingeladen hatte, aber bevor er anfangen konnte, sich allzusehr darüber zu wundern, bemerkte er plötzlich, daß seine Hand heftig von einem rechtmäßigen Klassenkameraden geschüttelt wurde, nämlich von Joe Bob Blanton, dem Sohn des Predigers und ersten Liebhabers von Janine, der sich von Universität zu Universität immer weiter entfernt hatte, bis niemand mehr genau wußte, wo er nun eigentlich lebte.

In diesem Moment wurde ihm klar, daß er, was den Punsch

anbetraf, unvorsichtig gewesen war. Er wußte, daß er betrunken war. Er hatte vorgehabt, die Bremse zu ziehen und nicht zuviel Punsch zu trinken. Schließlich war er der Vorsitzende des Festkomitees; alles, was schiefgehen würde, würde man ihm in die Schuhe schieben. Nun ging er selbst nicht mehr gerade. Er war betrunken, und daran war nichts mehr zu ändern, obwohl in Wirklichkeit Karla schuld daran war. Sie hätte mit dem Stolichnaya nicht so verschwenderisch umzugehen brauchen. Sie hätte nicht einmal Stolichnaya zu nehmen brauchen.

»Duane, es ist großartig, dich zu sehen«, sagte Joe Bob, »wirklich großartig.«

»Ganz meinerseits«, sagte Duane. Er hatte den Eindruck, als hätte sich Joe Bob sehr verändert. Als Junge war er zaundürr gewesen – jetzt war er dicklich. Er hatte einen dünnen kleinen Schnauzbart, dessen Ecken über die Mundwinkel herunterhingen. Es war ein Fu-Manchu-Bart, aber statt eines harten, knochigen Gesichts, wie Fu Manchu es in den Filmen hatte, hatte Joe Bob ein rundes, schwammiges Gesicht. Sein Haar war weitgehend grau, und er trug ein glänzendblaues Jackett und Cordhosen. Seine Schuhe sahen aus wie aus Plastik.

»Wo lebst du jetzt, Bob?« erkundigte sich Duane. Die Tatsache, daß er betrunken war, machte selbst die einfachste Frage zu einer Anstrengung. Er war zwar sofort entschlossen, Joe Bob zu fragen, wo er lebte, aber es schien mehrere Minuten zu dauern, bis er die Worte über die Lippen brachte.

»Oh, ich bin immer noch in Syracuse«, sagte Joe Bob. »Dort lebe ich schon seit zweiundzwanzig Jahren.«

Da gesellte sich Karla zu ihnen. Sie hatte selbst kräftig Stolichnaya mit Papayajuice geschlürft, aber er schien keine Wirkung auf sie zu haben.

»Hey, Sie müssen Joe Bob sein«, sagte sie. »Ich habe eine Menge von Ihnen gehört.«

»Wahrscheinlich nur, daß ich kleine Mädchen belästigt hab«, sagte Joe Bob mit einem sanften Lächeln.

Duane fiel wieder ein, daß er auf Karla wütend war, weil sie seine peinliche Betrunkenheit verursacht hatte.

»Ich wünschte, du würdest endlich aufhören, diesen russischen Wodka zu kaufen«, sagte er. »Ich habe keine Lust, den Kommunisten Geld in den Rachen zu schieben, nur damit ich besoffen werde.«

Karla wedelte ihm mit der Handfläche vor den Augen hin und her, was sie neuerdings tat, wenn sie ihm andeuten wollte, er sei wohl verrückt geworden.

»Im Moment gäb's da mehr über Pädophilie zu reden, als ihr denkt«, sagte Joe Bob.

»Müssen Sie da nicht 'ne Menge Bluttransfusionen bekommen?« fragte Karla.

Joe Bob machte ein leicht erstauntes Gesicht. »Das ist doch Hämophilie«, sagte er. »Das ist was anderes.«

Minerva schnappte zufällig ein Bruchstück der Unterhaltung auf und mischte sich ein: »Mir haben die Ärzte gesagt, daß ich an Nasenbluten sterben würde, aber ich halte mich wacker.«

Sie hatte einen alten Cowboyhut auf dem Kopf, ein Erbstück von ihrem Vater. Er hatte gute Chancen, den Preis für den ›Authentischsten Cowboyhut‹ zu gewinnen, einen der vielen Preise, die ausgesetzt waren.

»Oh, Gott, wie sehr vermisse ich Texas«, seufzte Joe Bob, immer noch lächelnd. »Oft denke ich daran, zurückzukommen.«

»Scheiße, dann komm doch zurück«, meinte Bobby Lee. Er hatte sich ebenfalls zu ihnen gesellt.

»Ja, packen Sie Ihre Sachen und kommen Sie zurück«, sagte Karla. »Wieso wollen Sie in der Fremde langsam dahinsiechen?«

»Ach, um die Wahrheit zu sagen: irgendwie braucht mich die Pädophile Gesellschaft von Syracuse«, sagte Joe Bob. »Ich bin so etwas wie ihr Sprachrohr. Wir geben ein kleines Nachrichtenblatt heraus, und ich bin der Herausgeber. Es heißt *Child's Play.*«

»Nun, es ist doch nett, wenn man gebraucht wird«, sagte Bobby Lee freundschaftlich.

Duane verließ die Gruppe und ließ sich in einen Gartenstuhl fallen. Alles drehte sich in seinem Kopf. Wenn er auch nur einen Moment lang die Augen schloß, wurde ihm schwindelig.

Leuchtende Fussel schienen hinter seinen Augenlidern herumzuschweben.

Während er noch die Augen geschlossen hatte und darauf wartete, daß die Fussel aufhörten, so herumzuwirbeln, stieg ihm auf einmal von seinem Ellbogen her ein Parfum in die Nase. Es roch nicht wie Karlas Parfum und auch nicht wie das von Jacy. Aber als er ein wenig nachdachte, kam er zu dem Schluß, daß es Janines Parfum war. Er schlug die Augen auf und sah tatsächlich Janine neben seinem Stuhl knien.

»Heute habe ich das Geschlecht herausgefunden«, verkündete sie. »Ich werde einen kleinen lockenköpfigen Jungen haben, ganz wie ich's mir immer erträumt habe.«

»Sieh mal einer an«, sagte Duane.

»Du klingst ja kein bißchen beeindruckt«, sagte Janine kaugummikauend. »Das ist genau das, was ich mir mein Leben lang gewünscht habe.«

»Ich bin nur besoffen, sonst würde ich schon beeindruckter klingen«, sagte Duane. »Mir ist heiß geworden, und ich habe zuviel von diesem Punch gesoffen.«

Janine beugte sich näher, um leise reden zu können – er konnte ihren Atem an seinem Ohr fühlen.

»Ich möchte mit dir wieder zusammensein«, flüsterte sie.

Das war eine verblüffende Neuigkeit. »Wieso?« fragte er.

»Lester hat Angst vor Bazillen«, sagte Janine kichernd.

Duane entschloß sich, die Augen zu schließen und diese Neuigkeit erst einmal zu verdauen. Wieder wirbelten die kleinen Fussel eine Weile vor seinen Augen wild durcheinander. Er dachte sie sich als buntschillernde Bazillen, als etwas Lästiges, aber nichts, was einem angst machen konnte. Während sie so durcheinanderwirbelten, fühlte er wieder Janines Atem an seinem Ohr. Sie war so dicht bei ihm, daß er ihr Parfum und ihren Kaugummi riechen konnte.

»Du brauchst dich nicht jetzt gleich zu entscheiden«, flüsterte sie.

Dafür war Duane ihr dankbar. Er wollte gerade seine Augen wieder öffnen, da wechselte das Parfum an seiner Nase plötzlich. Er öffnete seine Augen gerade noch rechtzeitig, um zu sehen, wie

Jenny Marlow sich herabbeugte und ihm einen langen Kuß gab. Duane beschloß, sich bewußtlos zu stellen. Wenn er seine Augen ganz öffnete, müßte er sich vielleicht damit auseinandersetzen, daß Jenny ebenfalls bald einen lockenköpfigen Jungen bekommen würde.

»Er ist eingeschlafen«, sagte Jenny zu irgend jemandem. Dann wich ihr Parfum demjenigen von Karla.

»Wenn ich noch jemals einen Tropfen von diesem russischen Wodka in unserem Haus finden sollte, dann werde ich jeden Tropfen einzeln wegschütten«, sagte er, während er die Augen immer noch geschlossen hielt.

»Duane, du hast mich keinem einzigen von deinen alten Klassenkameraden vorgestellt«, sagte Karla. »Ich finde, das stinkt wirklich zum Himmel.«

Duane schlug die Augen auf und ließ seinen Blick über die Klassenkameraden wandern, die er ihr nicht vorgestellt hatte. Eine lange, schlaksig wirkende Frau in einem grünen Kostüm stand in der Nähe. Sie kam ihm bekannt vor – er meinte, sie sei eine Klassenkameradin gewesen. Auf der High School war sie auch schon lang und schlaksig gewesen – er glaubte sich zu erinnern, daß sie sogar damals schon eine Vorliebe für Grün gehabt hatte. Er bemühte sich angestrengt, sie in seinem Gedächtnis zu lokalisieren, aber sein Gedächtnis war ebenfalls zu betrunken. Er glaubte sich an einen Basketballausflug vor langer Zeit erinnern zu können, auf dem es etwas zwischen ihm und diesem langen, schlaksigen Mädchen gegeben hatte, aus dem eine lange, schlaksige Frau geworden war. Hatten sie nicht auf der Fahrt nach Crowell miteinander hinten im Schulbus gesessen? Hatten sie nicht gefummelt, geknutscht, irgend so was? Er glaubte sich erinnern zu können, daß er sie einmal geküßt hatte und überrascht gewesen war, als sie ihn ebenfalls geküßt hatte.

Aber die Erinnerung war sehr verschwommen, und er konnte keinen Namen mit dieser Frau verbinden. Vielleicht war es Wilma – hatte es nicht irgendwo in ihrer Klasse eine Wilma gegeben? Aber das einzige, woran er sich noch wirklich erinnern konnte, war, wie sexy ihm damals die Basketballuniformen der Mädchen vorgekommen waren. Die Uniformen waren irgendwie seidig oder samtig gewesen, und außerdem saßen sie locker. Es war leicht, eine Hand hineinzuschieben – obwohl allein schon das Streicheln der seidigen Uniformen fast so aufregend war wie das Streicheln der Körper darin.

»Ich glaube, das ist Wilma«, sagte er als Reaktion auf den Vorwurf, den ihm seine Frau gemacht hatte.

»Wilma – und weiter?« fragte Karla.

»Weiß ich nicht«, gestand er. »Ich bin mir nicht mal sicher, ob es Wilma ist.«

»Klar, dich interessieren ja deine alten Klassenkameraden nicht besonders«, sagte Karla. »Du kannst dir nicht mal dreißig Jahre lang ihre Namen merken.«

»Die meisten von ihnen sind fortgezogen«, sagte Duane, obwohl er wußte, daß das eine jämmerliche Ausrede war. Die meisten von ihnen waren überhaupt nicht weit fortgezogen. Eigentlich waren nur Joe Bob und ein, zwei andere aus dem Bundesstaat fortgezogen, fast alle anderen waren nicht weiter als bis zu den Vororten von Fort Worth oder nicht einmal so weit fortgezogen. Mit den meisten von ihnen war er von Anfang bis Ende zur Schule gegangen – zwölf Jahre lang. Es war ihm undenkbar erschienen, daß er ihre Namen jemals vergessen könnte, und doch war das Undenkbare eingetreten. Bis auf ein paar wenige waren alle namenlos geworden. Er beobachtete, wie sie Stolichnaya mit Papayajuice tranken und gegrillte Hühnchen aßen. Sie taten alle ihr Möglichstes, um ausgelassen zu sein, aber keiner von ihnen wirkte wirklich sehr ausgelassen – in Wirklichkeit sah keiner von ihnen auch nur in Maßen glücklich aus.

Jacy plauderte mit Joe Bob und tat ihr Bestes, aber auch sie sah nun nicht mehr glücklich und erregt aus wie auf dem Festwagen der Homecoming Queen. Sie wirkte lustlos, ja melancholisch.

»Dieses Treffen war eine schreckliche Idee«, sagte er. »Alle sehen enttäuscht aus. Niemand sieht erfolgreich aus.«

»Aber sie geben sich wenigstens Mühe«, sagte Karla. »Alle geben sich wirklich ernsthaft Mühe. Du bist der einzige, der einfach dasitzt und eine saure Miene macht.«

»Ich bin nicht sauer«, sagte er, »ich bin besoffen von diesem idiotischen Kommunistenwodka, auf den du so stolz bist.«

»Weshalb hat dir Janine Wells direkt vor allen Leuten am Ohr geleckt?« fragte Karla. »Sie war nicht einmal in eurer Klasse.«

»Wo hat Dickie diesen Porsche her?« fragte Duane zurück, entschlossen, mit einer Gegenfrage zu kontern.

»Den hat ihm Suzie Nolan gekauft«, sagte Karla. »Die beiden sind jetzt richtige Turteltauben.«

»Den hat ihm Suzie gekauft?« fragte er erstaunt. »Ihr Mann mußte einen Offenbarungseid leisten und macht auf dem Rasen vor dem Gericht einen Hungerstreik, und sie kauft Dickie einen Porsche?«

»Ich finde es toll, daß Dickie ältere Frauen liebt«, sagte Karla. »Er ist in dieser Hinsicht nicht so ein Snob wie manche anderen Männer.«

»Dieses Klassentreffen deprimiert mich so, daß ich kotzen könnte«, sagte Duane. »Ich finde es widerlich, wenn die Leute so tun, als wären sie glücklich, wenn ihnen in Wirklichkeit hundeelend ist.«

»Was soll's, jetzt beginnt sowieso gleich das Festspiel«, sagte Karla. Sie trank ihren Drink aus und ging.

Als er sich gerade erheben wollte, trat jemand von hinten an ihn heran und legte ihm sanft eine Hand auf jede seiner Schultern. Er blickte auf und sah Jacy. Sie schien traurig zu sein.

»Zu diesem Klassentreffen zu kommen, war eine schreckliche Idee«, meinte sie. »Es zu veranstalten war eine schreckliche Idee.«

»Ganz meine Meinung«, sagte Duane. »Ich kann mich nicht einmal an ein Zehntel von diesen Leuten erinnern.«

»Das ist nicht der Grund«, sagte Jacy.

»Ich bin betrunken«, sagte Duane. »Man kann nicht von mir erwarten, daß ich verstehe, was der Grund ist.«

»Genau! Um die Erwartungen geht es eben«, sagte Jacy. »Wir können heute fast nichts mehr von dem erwarten, was wir früher hätten haben können, wenn wir ein bißchen klüger gewesen wären oder mehr Mumm gehabt hätten.«

Duane verstand nicht ganz, was sie damit sagen wollte, aber es gefiel ihm, daß Jacy immer noch ihre Hände auf seinen Schultern ruhen ließ.

»Liest du eigentlich Lyrik?« fragte sie.

Er schüttelte den Kopf.

»Kannst du dich noch an Keats erinnern?« fragte sie. »John Cecil hat uns früher immer von ihm in der Klasse vorgelesen.«

»In dieser Klasse war ich zu sehr damit beschäftigt, an dich zu denken«, sagte Duane. »Wenn ich mich auf meinem Stuhl nach unten duckte, konnte ich dir manchmal fast bis zum Hemd hinauf unter den Rock sehen.«

»Vielleicht wäre es besser gewesen, du hättest den Gedichten zugehört, anstatt nur zu versuchen, mir in die Möse zu schauen«, sagte Jacy. »Langfristig betrachtet hätte dir das mehr gebracht.«

»Ich habe nie etwas langfristig betrachtet«, sagte Duane.

»Aber jetzt ist deine lange Frist beinahe um, und du hast weder die Möse, noch das Gedicht«, sagte Jacy. »›When old age shall this generation waste...‹ – ›Wenn diese Jugend dann vom Alter einst geschunden.‹«

»Wie bitte?« fragte er verständnislos.

»›When old age shall this generation waste‹«, wiederholte Jacy. »Das ist ein Vers aus einem der Gedichte, die du dir vor lauter Fixiertheit auf meine Möse nicht die Mühe gemacht hast zu lesen.«

»Es sieht so aus, als sei diese Jugend hier auch vom mittleren Alter schon ganz schön ramponiert worden«, meinte Duane, während er sich unter ihren Klassenkameraden umsah. Diejenigen, die am herbsten enttäuscht aussahen, waren auch die unansehnlichsten. Viele Gesichter sahen arg mitgenommen aus – wie die Gesichter von alternden Preisringern.

»Wir sind noch nicht mal Fünfzig«, sagte er.

»So, wie es aussieht, könnten wir's aber genausogut schon sein«, sagte Jacy.

Dann zog sie ihre Hände von seinen Schultern und schlenderte von dannen.

72

»Heute vormittag hat ein richtiger Sturm geblasen, warum kann sich da heute abend nicht wenigstens eine leichte Brise regen?« fragte Jenny Marlow. Sie hatte ein rotes, seidenes Cowgirlhemd an und sah verschwitzt und verängstigt aus. Gleich sollte die erste Aufführung des Festspiels beginnen.

»Hier gehen eben die Uhren anders«, sagte Duane, was keine großartige Erkenntnis war. Der Vormittagssturm war einer intensiven Backofenhitze gewichen. Obwohl es bereits sieben Uhr abends war, zeigte das Thermometer noch 42°. Die Sonne schien in ihrem Untergehen innezuhalten. Sie blieb dicht über dem Horizont hängen und brachte die Hunderte von Leuten zum Kochen, die sich unter dem Schatten der kleinen überdachten Haupttribüne zusammendrängten und von denen viele bereits fertig gegart aussahen.

Duane hatte immer noch einen leichten Kater vom Papayapunsch. Er hatte keine große Lust zu reden oder auch nur zuzuhören, wovon sich aber niemand stören ließ. Mehrere Leute redeten gleichzeitig auf ihn ein und erwarteten, daß er nicht nur zuhörte, sondern auch sinnvolle Entscheidungen traf.

Old Man Balt war das nächstliegende Thema der Kontroverse. Er saß direkt hinter Duane auf einem mächtigen Rotfuchs namens Dobbs. Als ältester noch lebender Pionier des Hardtop County sollte Mr. Balt gleich das Programm des Abends eröffnen, indem er mit der amerikanischen Stars-and-Stripes-Fahne in der Hand eine Runde um die Arena ritt. Für den alten Mann war das der Augenblick des Ruhmes, auf den er hundert Jahre gewartet hatte. Karla saß neben ihm auf Willie Nelson. Sie sollte mit der Nationalflagge von Texas neben ihm herreiten.

Old Man Balt saß ungerührt und Kautabak kauend auf Dobbs. Im letzten Moment hatte Jenny ihm noch eine Buffalo-Bill-Perücke auf den Kopf gesetzt. Sie hatte Hunderte von Pionierperücken von einem Kostümverleiher in Old Tucson organisiert. Mr. Balts Perücke wurde von einem ausladenden Cowboyhut festgehalten.

Der alte Mann schien bereit zu sein, aber er sagte nicht viel. Hin und wieder beugte er sich über und spuckte Tabaksud aus. Dieses Ausspucken war das, was allen Sorgen machte.

»Daddy spuckt ungefähr alle zwei Minuten aus«, sagte Beulah. »Er kaut und spuckt nun schon neunzig Jahre lang. Er ist das Spucken so sehr gewohnt, daß er wahrscheinlich selbst dann noch alle zwei Minuten ausspucken würde, wenn er gar keinen Tabaksaft im Mund hat.«

»Das ist es ja, was mir angst macht«, sagte Jenny. »Was ist, wenn er sich nach der Seite überbeugt, um zu spucken, und vom Pferd fällt? Da wird er in tausend Stücke zerbrechen.«

»Er ist aus einem fahrenden Wagen gefallen und hat sich keinen einzigen Knochen gebrochen«, erinnerte Duane sie.

»Er kann sich nirgends so recht festhalten«, gab Buster Lickle zu bedenken. »Ihm könnte die Fahne aus der Hand fallen. Wenn die Old Glory gleich am Eröffnungsabend besudelt wird, ist das für uns eine verdammt schlechte Reklame.«

Bobby Lee, ein Spezialist für düstere Visionen, hatte sich zu ihnen gesellt und hörte zu. Allein schon seine Gegenwart machte Duane gereizt.

»Er könnte die Fahne fallen lassen und gar noch draufspukken«, sagte Bobby Lee. »Wenn ein Wort davon durchsickert, wird er keinen Brief vom Präsidenten bekommen.«

»Halt die Klappe und verzieh dich«, sagte Duane. »Ich möchte im Augenblick keine unaufgeforderten Meinungen hören.«

»Wenn du die Hitze nicht vertragen kannst, dann verpiß du dich doch«, sagte Bobby Lee unbeeindruckt.

»Hellzapoppin!« rief plötzlich Old Man Balt. Das war offensichtlich ein Ausdruck, den er vor langer Zeit gelernt hatte.

Um weitere Diskussionen abzuwürgen, kletterte Duane geschwind in die Ansagerkabine hinauf. Sonny war bereits auf dem Posten und testete die Lautsprecheranlage. Die Plätze beiderseits der Arena waren dicht besetzt, und Hunderte von Menschen säumten die Absperrungen oder saßen auf Motorhauben und Dächern von Pickups. Schließlich war die Sonne doch noch untergegangen, aber es war trotzdem nicht merklich kühler geworden.

»Schau dir diese Menschenmenge an«, sagte Sonny. »Noch nie

zuvor hat's in der Stadt so viele Leute auf einem Haufen gegeben.«

Wenigstens diesmal wirkte er wirklich heiter. Auf dem Klassentreffen war er der einzige gewesen, der sich wirklich gut zu amüsieren schien. Er konnte sich an jeden erinnern und hatte sogar ein oder zweimal laut aufgelacht. Es war schon so lange her, seit jemand Sonny hatte laut auflachen hören, daß Duane sogar Karla davon erzählt hatte.

»Das war kein natürliches Lachen, Duane«, meinte Karla aber. »Es war eine Art Lachen, bei dem du am liebsten losheulen möchtest, wenn du den Betreffenden wirklich gut kennst.«

»Ich glaube nicht, daß du Sonny wirklich gut kennst«, sagte Duane. »Ich glaube, niemand kennt ihn wirklich gut.«

»Erzähl mir nicht gerade jetzt davon, sonst werde ich in der Aufführung nicht gut singen«, sagte Karla. »Ich könnte losheulen, wenn ich das höre, und ich kann nicht gut singen, wenn ich kurz vorm Heulen bin.«

»Schau, da ziehen sie los«, rief Sonny plötzlich.

Und tatsächlich – die Fahnen ritten ein. Karla versuchte den Schritt anzugeben und hielt Willie Nelson in einem gemächlichen Gang, aber Old Man Balt hielt nichts von gemächlichen Gangarten. Für den Fall, daß der lethargische Dobbs sich weigerte, überhaupt einen Schritt zu tun, hatte man den Alten mit einer Reitpeitsche ausgerüstet, und mit dieser begann er nun heftig auf Dobbs einzuschlagen, während er ihn gleichzeitig mit den Sporen traktierte.

Dobbs legte sich in einen behäbigen Trott, der Old Man Balt jedoch nicht im geringsten befriedigte. Da versuchte er Dobbs mit der amerikanischen Flagge zu schlagen. Dobbs ignorierte jedoch seine Bemühungen und trottete gemächlich vor sich hin.

Aber Old Man Balt wollte seinen Augenblick des Ruhms nicht in einem langsamen Trott erleben. Er drehte sich im Sattel um, und es gelang ihm, Dobbs mit dem kleinen goldenen Adler auf der Spitze der amerikanischen Flagge in die Flanken zu stechen.

»Uh-ah«, stöhnte Duane auf.

Dieser Stich war denn doch zuviel des Guten – sogar für Dobbs. Er hob seinen Schwanz, furzte hörbar laut und brach in eine Art Sprint aus – vielleicht den ersten, auf den er sich in zehn oder fünfzehn Jahren eingelassen hatte. Die Ungewohntheit einer so geschwinden Bewegung schien ihn noch mehr zu beflügeln – und er sprintete sogar noch schneller. Dem alten Balt wehte im selben Moment der mächtige Hut samt Buffalo-Bill-Perücke vom Kopf. Nach dem Verlust der beiden Requisiten sah er wie kopflos aus, denn der hohe Pionierkragen, mit dem man ihn ausgestattet hatte, verbarg zur Gänze sein kleines runzeliges Haupt.

Karla, die darauf nicht gefaßt gewesen war, mußte Willie Nelson die Sporen geben, um mit Dobbs' wildem Ausfall Schritt zu halten. Am hinteren Ende der Arena begegneten sich die beiden Reiter mit flatternden Fahnen. Old Man Balt schwenkte seine Fahne über seinem Kopf, als würde er einen Kavallerieangriff ausführen.

»Einfach großartig!« rief Sonny. »Sieh dir nur diesen alten Kerl an.«

Die Menge war gleichermaßen beeindruckt. Sie hupten, sprangen auf und feuerten ihn an. Dobbs donnerte nun die Nordseite der Arena entlang – direkt an der Ansagerkabine vorüber. Mehrere Cowboys, die bei den Aufreitschleusen herumlungerten, blickten auf, sahen ihn heranstürmen und begannen sich wie automatisch auf den Zaun hinaufzuschwingen; sie waren so verblüfft, als hätten sie ein Nashorn auf sich losgehen sehen.

Als die beiden Pferde gerade wieder die Arena verlassen wollten, entschloß sich der aufgeregte Dobbs in letzter Sekunde, noch eine zweite Runde zu drehen. Karla mußte den Appaloosa auf seinen Fersen herumreißen, um nicht in voller Breitseite getroffen zu werden.

»Oh, nein, er kippt«, rief Duane, als Old Man Balt auf der gegenüberliegenden Seite der Arena zu seiner zweiten Runde ansetzte.

Tatsächlich – der Sattel kam ins Rutschen. Old Man Balt neigte sich, ungefähr in Zehnuhrstellung, nach links.

»Wo sind die Einfänger?« fragte Sonny. »Sie müssen ihn zu fassen bekommen.«

»Das hier ist kein Rodeo«, sagte Duane. »Hier gibt's keine Einfänger. Außerdem ist er mit Draht am Sattel festgebunden.«

Karla hatte ihre Fahne einem Cowboy in die Hand gedrückt. Sie ritt seitlich an Dobbs heran und überlegte, was sie tun sollte. Old Man Balt war nun bereits in die Neunuhrposition gekippt. Er ragte genau rechtwinklig von der linken Seite des Pferdes parallel zum Boden in die Luft.

Duane schoß aus der Ansagerkabine heraus und begann die Stufen der Tribüne hinunterzurennen. Als er fast unten war, tauchte direkt vor ihm plötzlich ein kleines Kind mit einer Eistüte auf. Duane sprang in einem Satz über das Kind hinweg und prallte dabei hart gegen die Arenaabsperrung. Er raffte sich auf und versuchte über den Zaun zu klettern, aber da spürte er einen scharfen schmerzhaften Stich in seiner Seite. Er blickte durch das Gitter und sah, daß Old Man Balt inzwischen auf die Achtuhrposition abgerutscht war. Wenn er bis auf sechs Uhr abrutschte, würde er mit Sicherheit von Dobbs' mächtigen Hufen zu Staub zerstampft werden.

Duane machte einen neuen Versuch und gelangte über den Zaun, aber als er auf der anderen Seite landete, verspürte er so starke Schmerzen, daß er nicht mehr aufstehen konnte. Zum Glück machte das jedoch nichts; während er über den Zaun kletterte, hatte Dickie seinen Flirt mit einer kleinen Gruppe von Cowboyfrauen noch rechtzeitig unterbrochen und konnte in die Arena hinauslaufen, Dobbs, sein altes Kinderpony einfangen, und zum Stehen bringen. Genau in dem Moment, als das Pferd stehen blieb, sackte Old Man Balt mit dem Kopf nach unten auf die Sechsuhrposition. Duane humpelte hinüber und half Karla, ihn loszubinden. Dickie war es sogar noch gelungen, die amerikanische Flagge zu erwischen und zu verhindern, daß sie in den Dreck fiel. Er stand da, tätschelte Dobbs am Hals und schien nicht einmal besonders beeindruckt zu sein von seiner Leistung, dem ältesten lebenden Einwohner des Landkreises das Leben gerettet zu haben.

»Ich hab einen Adrenalinschock, weil ich beinahe über den Haufen gerannt worden wäre«, sagte Karla. »Bist du deshalb so blaß, Duane? Ist es, weil du Angst gehabt hast, ich könnte mir das Genick brechen?«

»Erstens deswegen, und zweitens, weil ich mir möglicherweise ein oder zwei Rippen gebrochen habe, als ich über diesen Knirps mit der Eistüte gesprungen bin«, sagte Duane.

73

»Ist es nicht eine Ironie des Schicksals, daß du dir ausgerechnet direkt vor unserer Adam-und-Eva-Szene sämtliche Rippen gebrochen hast?« sagte Jacy. »Ich möchte wissen, was ein Psychiater dazu sagen würde.«

»Er würde wahrscheinlich lediglich seinen Papierkorb über seinem Schreibtisch auskippen«, sagte Duane.

Jacy quittierte das mit einem toleranten Lächeln. Sie schien ihn überhaupt amüsant zu finden.

»Der Psychiater muß ja nicht unbedingt ein Mann sein«, meinte sie, »es gibt auch weibliche Psychiater – und sogar gute.«

»Außerdem habe ich mir nicht alle Rippen gebrochen«, sagte Duane. »Ich habe mir nur drei gebrochen.«

»Das ändert nichts an der Ironie, Honey pie«, sagte Jacy.

Duane war sich nie ganz sicher gewesen, was Ironie genau war, aber er sagte nichts. Die beiden saßen in dem kleinen Wartezimmer des Krankenhauses von Thalia und warteten darauf, daß der Arzt zurückkam und Duanes Rippen bandagierte. Der Arzt war rasch vom Festspiel hergeeilt und hatte eine Röntgenaufnahme gemacht, aber dann hatte er zurückrasen und in einer Szene zu Ehren der Pionierärzte ein Pferd mit Wagen um die Arena kutschieren müssen. Jacy hatte immer noch den Body an, den sie als Eva getragen hatte. Statt Karla hatte sie Duane ins Krankenhaus gefahren, weil Karla an der Square-Dance-Aufführung teilnehmen mußte. Jacy dagegen hatte nichts mehr zu tun bis zu dem Moment, wo sie das Schlußlied singen sollte.

»Ich wünschte, wir könnten schwimmen gehen«, sagte Jacy. »Dieser Body ist ganz schön heiß.«

Duane hatte noch die Badehose an, die er als Adam getragen hatte, und hatte sich jetzt ein Hemd über die Schultern geworfen. Die Badehose war mit einem aufgenähten Feigenblatt geschmückt, das beim Gehen auf- und niederwippte. Die Klimaanlage im Wartezimmer schien zusammengebrochen zu sein – es herrschte fast die gleiche Backofenhitze wie draußen. Jacy hatte sich ihr langes Haar über dem Kopf hochgesteckt, aber ihr Nacken war trotzdem von Schweißperlen bedeckt. Auf ihrem Body zeichneten sich unter den Armen und zwischen den Brüsten Schweißflecke ab.

Die Menge war trotz allem von der Paradiesszene begeistert gewesen. Duane hatte kaum mehr zu tun brauchen, als sich seine Seite zu halten und ein verwundertes Gesicht zu machen, während Jacy sich in ihrem Body unter einem kleinen Bäumchen räkelte und so tat, als erhielte sie von einer Schlange aus Gummi Instruktionen zugeflüstert. Dann überredete sie Adam dazu, einen Bissen von einem Apfel zu nehmen, und in diesem Moment kam aus der Lautsprecheranlage ein krachendes Getöse, das Gottes Mißfallen symbolisieren sollte. Dann zogen Adam und Eva Hand in Hand aus dem Paradies und entfernten sich in Richtung der Aufspringschleusen.

Die Menge hatte gekreischt vor Begeisterung und nach einer Zugabe gebrüllt, obwohl hinter den Kälberpferchen bereits die Gruppen der Patrioten und Rothäute in Reih und Glied bereitstanden, um in der amerikanischen Revolution zu kämpfen.

»Du brauchst wirklich nicht in dieser Hitze herumzusitzen und zu warten«, sagte Duane. »Du könntest wieder zurückfahren. Mich kann der Doktor ja mitnehmen, wenn er mich fertig bandagiert hat.«

»Nur weil's Sommer im Garten Eden ist, wird Eva wohl kaum abhauen und Adam im Stich lassen dürfen«, gab Jacy zu bedenken.

Duane wünschte, der Arzt würde sich beeilen. Mit Jacy allein zu sein machte ihn unsicher. Oft befiel ihn eine ähnliche Unsicherheit, wenn er mit Karla allein war, aber bei ihr wußte er wenigstens, weshalb er unsicher war: entweder war Karla nämlich bereits wütend auf ihn oder sie war kurz davor und er brauchte nur die geringste falsche Bewegung zu machen.

Doch Jacy war weder wütend, noch sah es so aus, als sei sie

kurz davor. Sie wirkte freundlich und fürsorglich, ja sogar loyal. Seit einer dreiviertel Stunde wartete sie bereits mit ihm in dem stickigen Raum und war weder ungeduldig noch gereizt.

»Vermutlich sind wir die einzigen im ganzen Krankenhaus«, dachte er laut.

»Ja, und es ist noch dazu voller Betten«, sagte Jacy.

Wieder warf sie ihm ein Lächeln zu, dann lehnte sie sich in die Vinylcouch zurück und gähnte. Eine Weile schloß sie die Augen und schien jeden Moment einzudösen, doch dann schlug sie sie wieder auf und sah ihn durchdringend an.

»Ich möchte nicht, daß du versuchst, mich zu bumsen, Duane«, sagte sie.

»Ich wollte es ja gar nicht versuchen«, protestierte er schnell.

»Du wolltest es nicht tun, nein, aber jedesmal, wenn wir zusammen sind, kriegst du Knoten im Hirn vor lauter Gedanken daran. Wenn du dasitzt und mich in Gedanken bumst, kann ich keine Freude an dir finden und du auch nicht an mir. Wenn du dich einfach entkrampfen würdest in dieser Sache, könnten wir sicher 'ne Menge Spaß miteinander haben.«

»Okay«, sagte Duane.

»Fällt dir dazu nichts Besseres als ›okay‹ ein?« fragte sie.

»Ich glaube, ich weiß nicht, was du besser finden würdest«, sagte er.

»Eine Unterhaltung zum Beispiel – für den Anfang«, antwortete Jacy ziemlich heftig. »Ich habe es satt, immer diejenige zu sein, die eine Unterhaltung anfängt. Jetzt fang zur Abwechslung du mal an. Allen meinen Liebhabern mußte ich gewöhnlich jeden einzelnen Schritt vorsagen, den ich mir von ihnen wünschte. Und wenn du die Männer erst bitten mußt, den Mund aufzumachen, dann ist das genauso deprimierend, laß dir das gesagt sein.«

»Ich glaube, ich habe Angst, ich würde etwas Falsches sagen«, sagte Duane.

»Du redest doch mit jeder anderen Frau im Umkreis von fünfzig Meilen«, entgegnete Jacy. »Aber mit mir willst du nicht reden, weil du Angst hast, du würdest was Falsches sagen. Was wäre denn dabei, wenn du was Falsches sagen würdest? Denkst du vielleicht, ich würde dich für irgendeinen kleinen Lapsus in der Unterhaltung auf ewig verdammen?«

»Ja, das denke ich wohl«, sagte Duane.

Jacy kicherte.

»Du denkst 'ne ganze Menge, das steht fest«, sagte sie. »Aber das sind nicht gerade kühne Gedanken. Zumindest nicht, wenn sie sich um mich drehen. Warum bist du eigentlich so schüchtern vor mir, Duane?«

»Ich fürchte mich irgendwie«, sagte er. »Ich weiß auch nicht genau, warum.«

»Vor Karla fürchtest du dich nicht so.«

»Oh, und ob ich mich vor Karla fürchte«, entgegnete Duane.

»Aber nicht genauso wie vor mir«, sagte Jacy.

»Karla und ich, wir haben miteinander schon eine Menge Fehler überlebt«, sagte er. »Und ich kann mir vorstellen, daß wir noch eine Menge weiterer überleben werden.«

»Genau – und du könntest wahrscheinlich auch ein paar mit mir überleben«, sagte Jacy. »Du *hast* ja sogar schon ein paar mit mir überlebt.«

Duane fühlte sich entsetzlich verunsichert. Wenn er nicht mit Jacy zusammen war, malte er sich manchmal aus, wie er sich ihr sexuell nähern würde, aber sobald er mit ihr zusammen war, wußte er, daß er es nicht tun würde – nicht tun könnte. Jene Schüchternheit, die sie ihm vorgeworfen hatte, überkam ihn tatsächlich und blockierte seine Lust auf sie.

Und doch war er, sobald sie ihn verließ, erfüllt von Sehnsucht und ärgerlich darüber, daß er die Situation falsch angepackt und so eine Chance verpaßt hatte, sich der Frau zu nähern, von der er einmal gedacht hatte, er würde ihr für den Rest seines Lebens nahe bleiben.

Nun schien die Schüchternheit sogar noch zuzunehmen. Seine alberne Verletzung hatte ihm eine herrliche Chance verschafft mit ihr zu reden, aber er redete nicht. Es war nur so eine Art Gestammel. Sogar seine Lust zu reden schien blockiert zu sein.

»Ich glaube, meine Rippen brauchen nicht so dringend bandagiert zu werden«, sagte er, da er nicht wußte, was er sagen sollte. »Vielleicht sollten wir einfach zum Festspiel zurückkehren.«

Jacy hatte bis dahin noch ein ziemlich fröhliches Gesicht gemacht. Aber als er das gesagt hatte, war es aus damit.

»Okay«, seufzte sie niedergeschlagen.

Duane fühlte sich schrecklich elend. Ihm war klar, daß er schlichtweg alles falsch machte.

»Weshalb willst du mir meine Familie wegnehmen?« fragte er. Es war das einzige, was ihm einfiel.

»Weil sie keine Furcht kennen«, sagte Jacy. »Genau das brauche ich. Ich habe gedacht, etwas davon müßten sie von dir haben, aber jetzt bin ich mir nicht mehr so sicher. Vielleicht haben sie das alles von Karla. Du bist jedenfalls nicht furchtlos, das steht fest. Du hast ja sogar Schiß, mit mir hier zusammenzusitzen. Du hast eine Todesangst davor, irgend etwas zu fühlen, was du nicht kontrollieren kannst.«

Dann stand sie auf, aber anstatt das Krankenhaus zu verlassen, schlenderte sie den Flur hinunter und bog irgendwo um eine Ecke. Duane vermutete, sie wollte nur kurz auf die Toilette gehen, aber es vergingen mehrere Minuten, und sie kam nicht wieder.

Dann tauchte in einem schwarzen Frackmantel, mit Zylinder und aufgeklebten Koteletten, der Arzt auf.

»Los, verbinden wir Sie schnell«, sagte er. »Ich muß rechtzeitig wieder zur Szene mit den ›Doughboys‹ zurück sein.«

Duane folgte dem Arzt in die Notaufnahme und ließ sich verbinden. Von Jacy war immer noch nichts zu sehen.

»Zwischen den Cowboys und Indianern hat es eine ordentliche Keilerei gegeben«, berichtete der Arzt. »Bei der Alamo-Szene ging's auch ganz schön hart zu. Ein paar von den Verteidigern wollten sich nicht einfach hinlegen und die Toten mimen. Es würde mich nicht wundern, wenn's noch einen oder zwei Verletzte mehr gäbe, bevor das Ganze zu Ende ist.«

Sobald er mit dem Verbinden fertig war, raste er wieder davon. Duane wanderte durch das leere Krankenhaus, aber er konnte Jacy nicht finden.

Als er ins Freie trat, sah er Shorty, der mit ihnen zur Notaufnahme gefahren war. Shorty wälzte sich mitten auf dem Rasen auf dem Rücken und versuchte sich in den Schwanz zu beißen.

Jacy saß, in ein Handtuch gewickelt, auf der Motorhaube des Mercedes.

»Ich dachte schon, ich hätte dich verloren«, meinte Duane.

»Wieso? Du hast mich doch nie gehabt, wie du selbst einmal betont hast«, entgegnete sie.

»Jetzt gerade, habe ich gemeint«, sagte er.

Jacy blickte ihn kalt an.

»Ich dachte, mein Schweiß würde dich vielleicht abstoßen, daher habe ich mich geduscht«, sagte sie. »Möglicherweise bist du ja einer von jenen Männern, die das Kotzen kriegen, wenn sie eine verschwitzte Achselhöhle oder eine blutige Möse riechen müssen.«

»Überhaupt nicht«, sagte Duane. »Ich habe vor mir selbst das Kotzen gekriegt.«

Jacy hielt mit einer Hand das Handtuch um sich geschlungen und reichte ihm die andere, damit er ihr vom Wagen herunterhelfen konnte. Dann ging sie um den Wagen herum und öffnete die Tür. Weiß schien das Licht aus dem Wageninnern auf ihre Beine.

»Weshalb ist dir nicht nach Liebe zumute?« fragte er.

»Wegen meines Kindes«, antwortete Jacy, und zwar so heftig, daß Shorty sofort aufhörte, sich auf dem Rasen zu kugeln. Er sprang auf die Beine und bellte, als gelte es, einen Einbrecher zu vertreiben. Dann begann er mit steil aufgestelltem Schwanz den Rasenplatz vor dem Krankenhaus zu umschnüren.

»Wegen deines Kindes, das gestorben ist?« fragte Duane.

»Er hieß Benny«, sagte Jacy. »Es freut mich, daß du wenigstens zur Kenntnis genommen hast, daß ich ein Kind hatte, das gestorben ist. Deine Frau ist gleich so zirka zwei Minuten, nachdem ich sie kennengelernt hatte, darauf zu sprechen gekommen. Du hast mehrere Monate dazu gebraucht, aber jetzt hast du's ja endlich doch noch geschafft. Wenn auch nicht gerade in einem günstigen Moment, denn ich muß dieses Lied singen, und wenn ich traurig bin, kann ich nicht singen.«

Das war schon das zweite Mal an diesem Abend, daß sie das sagte.

»Möchtest du, daß ich fahre?« fragte er.

Jacy stand einen Moment schweigend da. Ihr Gesicht war verborgen in der Dunkelheit, ihre Beine standen weiß im Licht. Sie wirkten zu dünn. Als er sie betrachtete, wurde Duane auf einmal traurig.

Dann stieg sie in den Wagen und ließ den Motor an. Sie blickte zu ihm heraus, ihr blasses Gesicht war gerahmt vom Fenster des Wagens. Aus ihrem Blick sprach tiefe Enttäuschung. Duane hatte das Gefühl, daß er entweder irgend etwas total falsch gemacht hatte, oder daß er es nicht geschafft hatte, auch nur das Mindeste richtig zu machen. Er hatte ihr irgend etwas nicht gegeben, was sie dringend gebraucht hatte. Er wollte sie am Losfahren hindern, denn er fürchtete, ihr enttäuschter Blick würde ihn sonst für den Rest seines Lebens verfolgen.

Aber ihm wollte einfach nichts einfallen, was er sagen sollte.

Jacy setzte den Wagen in einem Halbkreis über den Kies zurück und fuhr davon. Shorty jagte ein paar Schritte weit hinter dem Wagen her, dann gab er es auf und kam zu Duane zurückgelaufen.

»Heute abend mache ich keine besonders gute Figur, Shorty«, sagte Duane.

Shorty dachte, er sei gelobt worden, und versuchte, seinem Herrchen am Bein hochzuklettern.

74

Duane dachte, er könne bestimmt eine Mitfahrgelegenheit zurück zum Festspiel finden, aber offensichtlich befanden sich bereits sämtliche Autos der Stadt dort. Normalerweise wäre er sich albern vorgekommen, in einer Badehose mit aufgenähtem Feigenblatt zu Fuß durch die Stadt zu spazieren, aber er war so deprimiert darüber, daß er Jacy enttäuscht hatte, daß er sich über seinen Aufzug keine Gedanken machte.

Als er am Gerichtsgebäude vorbeikam, sah er Billie Anne und Junior. Sie saßen auf ihren Matratzen und rauchten Marihuana. Die Band, die für die Straßentänze angeheuert worden war, machte sich bereits warm. Drüben auf dem kleinen Volksfestplatz spann eine junge Frau mit Hilfe einer Maschine Zuckerwatte am Stiel. Ein magerer alter Mann mit Tätowierungen an beiden Armen testete die Autoscooter.

»Wir erzählen uns gerade unsere Lebensgeschichten«, sagte Billie Anne, als Duane an ihnen vorbeikam. »Ich bin gerade bei meiner fünften Klasse angekommen.«

»Fastet ihr immer noch?« fragte er.

»Nein, wir konnten dem Barbecue nicht widerstehen«, sagte Junior. »Wir fangen vielleicht morgen wieder an.«

Duane machte am Kwick-Sack halt und holte sich Bier auf Kredit. Genevieve sah sich in dem kleinen Fersehgerät hinter dem Tresen gerade die Wiederholung einer Mary-Tyler-Moore-Show an.

»Hast du denn keine Lust, dir das Festspiel anzusehen?« fragte er.

»Wozu? Das ganze Leben an diesem Ort hier ist doch eine einzige Festspielshow«, meinte Genevieve.

Gemächlich spazierte Duane die Straße hinunter zur Arena und schlürfte sein Bier. Überall parkten Autos und Pickups, längs der Straße, auf Rasenflächen, in Ein- und Ausfahrten. Zu Hunderten füllten sie den Parkplatz und ergossen sich bis auf das angrenzende Baseballfeld. Duane war halb betrunken gewesen, als er seinen Pickup geparkt hatte, und war sich nicht sicher, ob er ihn überhaupt wiederfinden konnte. Inzwischen war er zu seinem Truck mit der Abschleppwinsch gelangt, den Turkey Clay gefahren hatte, und blieb stehen, um dahinter zu pinkeln.

Dann sah er Shorty rätselnd vor einem Pickup stehen und erkannte, daß es sein eigener war. Er hinkte hinüber, ließ Shorty einsteigen und kletterte selbst in den Wagen. Er hatte große Lust, nach Hause zu fahren.

Bevor er den Pickup startete, begann Jacy das Abschlußlied zu singen. Ihre volle Stimme schallte über die dunkle Stadt. Als Shorty sie hörte, setzte er seine Pfoten auf die Handschuhablage und starrte aufmerksam umher in der Hoffnung, Jacy zu entdecken.

»Like the faint dawn of the morning,
Like the sweet freshness of dew...«

Wenn Jacy eben noch gefürchtet hatte, vor Traurigkeit nicht singen zu können, so hatte sie sie nur offenbar überwunden. Ihre Stimme strömte aus, über die Menge, die Wagen, die Stadt, die im Dunkeln daliegende Ebene.

Die Anmut ihrer Stimme erfüllte Duane mit mächtigem Stolz, aber dann fiel ihm wieder ihr verletzter Blick ein, und das Gefühl des Stolzes wich einem Gefühl tiefer Verlassenheit.

Er ließ den Pickup an und begann sich durch die Reihen parkender Wagen zu schlängeln. Er hatte keine Lust, noch bis zum Straßentanz, dem Volksfest und allem Drum und Dran zu warten. Er wollte fort.

Als er am Eingang zur Arena vorüberkam, konnte er ganz kurz Jacy sehen, die in einem weißen Kostüm, die Hände an einem Mikrophon, auf dem staubigen Grasboden stand. Eine Schar kleiner Mädchen in japanischen Soldatenuniformen knieten vor der Ziellinie und lauschten ihrem Singen.

Duane fuhr langsam aus der Stadt, während Jacys Stimme hinter ihm verwehte:

»Hope is an action to keep us...«

Noch ehe das Lied endete, war er fast zwei Meilen weit gefahren. Der Staub, den seine Reifen aufwirbelten, leuchtete so weiß wie die Milchstraße. Im Westen zuckten Blitze von Hitzegewittern und leckten mit ihren weißen Schlangenzungen über den Horizont. Schließlich rumpelte er in die Einfahrt zu seinem Haus und parkte unter dem Basketballkorb der Zwillinge.

Als er zur Stadt zurückschaute, konnte er den Kreis der Scheinwerfer über der Rodeoarena und den winzigen bunten Bogen des Jahrmarkt-Riesenrads erkennen. Shorty winselte, er wollte herausgelassen werden. Als sich die Wagentür öffnete, krabbelte er über Duanes Schoß und trottete davon, um das Gelände zu inspizieren.

75

Duane erwachte unter einem Hagel sanfter Schläge. Er schlug die Augen auf und entdeckte, daß seine Familie zurückgekehrt war. Die Schläge waren Little Mikes Werk, der mit einem Plüschhund auf seinen Kopf einschlug.

»So ist's recht«, sagte Karla. »Weck Großpapa auf. Er hat lange genug geschlafen.«

Karla saß mit einem Elvis-T-Shirt bekleidet auf dem Bettrand. Sie schüttete sich einen mächtigen Schuß einer teuren Hautcreme in die Hand und rieb sich damit ihre Wade ein. Barbette lag neben Karla auf dem Bett und nuckelte mit ernster Miene an einem Schnuller.

»Das Make-up von anderen Frau ist immer interessanter als das eigene«, sagte Jacy. Sie machte sich an Karlas riesigem Frisiertisch zu schaffen und experimentierte mit einigen von Karlas unzähligen Lidschatten.

Duane schnappte sich den Plüschhund und warf ihn quer durchs Schlafzimmer.

Little Mike machte ein verdutztes Gesicht. Dann beschloß er, daß das wohl ein Spiel sein mußte, glitt vom Bett herab und ging den Hund wieder holen.

»Tag, Duane«, sagte Karla. »Ich hoffe, du hattest nicht gerade einen süßen Traum.«

Da bemerkte Duane, daß er fast nackt war. Zum Glück hatte sich die Bettdecke mehr oder weniger ausreichend um seine Leibesmitte gewunden. Little Mike kletterte mit dem Plüschhund bewaffnet auf das Bett zurück und begann ihn wieder damit zu schlagen. Hatte Little Mike einmal mit einem Spiel begonnen, so war er wenig geneigt, wieder aufzuhören. Duane schleuderte den Hund wieder durchs Zimmer und hielt Little Mike an beiden Fußknöcheln fest, damit er erkennen würde, daß das Spiel nun aus war. Little Mike fing an zu strampeln und zu quieken.

»Wieso warst du denn nicht beim Tanz, Duane?« fragte Karla.

»Wahrscheinlich deshalb, weil ich ihm im Krankenhaus ganz

schön eingeheizt habe«, sagte Jacy. »Wahrscheinlich hat er sich den ganzen Abend lang mit Schuldgefühlen herumgequält und sich gewünscht, er wüßte, wie man mit Frauen umgeht.«

Da kam Minerva herein und gab Little Mike auf der Stelle mit der Morgenzeitung einen Klaps auf den Po. Er hatte aufgehört zu strampeln und übte sich nun im Weitspucken über den Bettrand hinaus.

»Die mexikanischen Eier sind fertig«, verkündete Minerva lautstark.

»Es war wirklich gut, daß Dickie noch dageblieben ist«, sagte Jacy. »Er ist weit und breit der beste Tänzer in der Stadt.«

»Ja, aber ich schau dabei in die Röhre«, sagte Karla und grinste. »Mit seiner Mutter will der kleine Wichser ja nicht tanzen.«

Sie hatte aufgehört, sich die Waden einzucremen, und wischte sich ihre Hände auf Duanes Bauch ab.

»Was ist? Ist dir heute morgen eine Laus über die Leber gelaufen, Duane?« fragte sie. »Wir dachten, du würdest dich freuen, wenn du hier zur Abwechslung ein bißchen Leben in der Bude siehst.«

»Komm, laß uns frühstücken, ich habe einen Mordshunger«, sagte Jacy.

»Lidschatten kann Gehirntumor verursachen«, bemerkte Minerva.

»Ach Quatsch«, sagte Jacy.

»Ich nehme an, Duane möchte gerne allein vor sich hin schmollen«, sagte Karla. »Ich glaube, er ist nicht gerade hocherfreut, uns zu sehen.«

Sie stand auf und begann vor sich hin summend in kleinen Schritten im Zimmer herumzutanzen.

»Laß ihn doch in Frieden, er ist immer noch dünn besaitet, weil ich ihn so hart angefaßt habe«, sagte Jacy, nahm Barbette in die Arme und ging aus dem Zimmer. Minerva ging ebenfalls. Little Mike grabschte sich die Zeitung, rannte zu dem Plüschhund und verprügelte ihn.

»Was war denn los bei diesem Tanz?« fragte Duane.

Er war sehr froh, daß sie alle – und besonders Karla – wieder zurück waren. Der Klang ihrer Stimme, vertraut, energisch, kompromißlos, gab ihm das Gefühl, daß es doch interessant sein könnte, noch einen weiteren Tag zu leben.

»Jacy hat die ganze Nacht lang mit Dickie getanzt, und ich durfte mich mit jedem besoffenen Sack begnügen, den ich zu fassen bekam«, sagte Karla. Sie hatte sich ihr T-Shirt ausgezogen und ging in Windeseile die anderen durch, die zu Hunderten in ihrem Kleiderschrank hingen.

»Ich muß mir noch ein paar Elvis-T-Shirts zulegen«, sagte sie. »Das hier ist schon fast verblichen.«

»Ich bin auch schon fast verblichen«, sagte Duane in der Hoffnung, ihr Mitgefühl zu erregen.

»Ach was, du wolltest doch immer lieber zu Hause bleiben und dich vor der Welt verkriechen«, entgegnete Karla. »Wenn ich nicht gewesen wäre, wärst du schon längst ein Einsiedler geworden.«

Dann nahm sie ein einfarbig-schwarzes T-Shirt aus dem Schrank und zog es an.

»Trägst du eigentlich nie mehr eins von diesen T-Shirts mit den Sprüchen drauf?« fragte er.

»Erst wenn ich nicht mehr deprimiert bin – wenn ich denn überhaupt irgendwann mal wieder nicht mehr deprimiert bin«, sagte Karla.

»Du wirkst aber gar nicht deprimiert«, sagte Duane.

»Vielleicht kennst du mich nicht mehr allzugut«, entgegnete Karla. »Manchmal leben sich Ehepaare einfach auseinander.«

Sie tänzelte aus dem Schlafzimmer, kam aber sogleich wieder hereingeplatzt und sagte:

»Wenn du ein paar *huevos rancheros* möchtest, dann schwing besser die Hufe. Ich habe ein paar Leute mitgebracht, damit das Haus nicht so düster wirkt.«

»Wen denn zum Beispiel?« fragte er.

»Och, einfach Leute, die nicht wollten, daß der Tanz schon vorbei ist«, sagte Karla. »Bobby Lee zum Beispiel.«

»Bobby Lee, das hätte ich mir denken können«, sagte Duane, »der hat noch nie gewollt, daß irgendein Tanz zu Ende geht.«

Karla setzte sich aufs Bett.

»Ich hätte Bobby Lee wahrscheinlich heiraten können«, meinte sie.

»Jede Frau, die ihm jemals über den Weg gelaufen ist, kann das behaupten«, sagte Duane.

»Ich weiß, aber es ist doch interessant, einmal darüber nachzudenken, wie dein Leben ausgesehen hätte, wenn du einen anderen geheiratet hättest statt den, den du geheiratet hast«, meinte Karla. »Fragst du dich denn nie, wie dein Leben ausgesehen hätte, wenn du Jacy geheiratet hättest?«

»Es hätte ungefähr genauso ausgesehen – bis auf die ein, zwei Monate, bevor wir uns hätten scheiden lassen«, sagte Duane. »Dann hätte ich dich geheiratet, und wir hätten am Ende doch noch hier auf dem Bett gesessen und uns gefragt, was wir als nächstes tun sollen.«

»Verkaufen wir das Haus«, schlug Karla vor. »Eigentlich brauchen wir diesen Zwei-Millionen-Dollar-Mist nicht. Glaubst du, hier in der Umgebung ist noch irgendwer reich genug, um es zu kaufen?«

»Ein paar Anwälte vielleicht«, sagte Duane. »Konkursanwälte. Und wenn sie jetzt noch nicht reich genug sind, dann werden sie's jedenfalls bald sein.«

Da fielen ihm plötzlich seine Schulden wieder ein. Er hatte das dumpfe Gefühl, als sei an diesem Tag ein erheblicher Betrag fällig. Vielleicht war er schon gestern fällig gewesen. Seit mindestens einem Jahr hatte er mehrmals täglich an seine Schulden gedacht. Bis vor wenigen Tagen hatte ihn nichts davon ablenken können. Aber in diesen wenigen Tagen hatte er sie beinahe vergessen. Die Schulden – das einzige in seinem Leben, was ihm wichtig und entscheidend vorgekommen war – kamen ihm auf einmal absolut nicht mehr wichtig und entscheidend vor. »Ich habe ganz vergessen, wie tief wir in Schulden stecken«, sagte er.

»Vielleicht kommt das daher, weil du dabei bist, dich in Jacy zu verlieben«, sagte Karla. »Die Liebe ist das einzige, was einem die Geldsorgen aus dem Kopf schlagen kann.«

»Ich bin nicht dabei, mich in sie zu verlieben«, sagte Duane.

»Sie glaubt es ja auch nicht, aber ich habe schließlich zweiundzwanzig Jahre lang mit dir zusammengelebt«, sagte Karla. »Ich weiß es besser. Und du auch. Du hast nur zuviel Angst, es zuzugeben.«

Duane dachte, daß Jacy möglicherweise wirklich dazu beigetragen hatte, ihn von den Schulden abzulenken. Auch Suzie Nolan hatte dazu beigetragen. Aber sich ablenken zu lassen war nicht ganz dasselbe, wie sich zu verlieben.

»Ich halte mich ja schon davon ab, mich zu verlieben, bevor ich überhaupt damit anfange«, sagte er. »Erst wünsche ich mir, ich könnte mich verlieben, und schon 'ne Minute später bin ich froh, daß ich mich nicht verlieben muß. Dann bekomme ich's nämlich mit der Angst zu tun.«

Karla blickte ihn gedankenversunken an. »Fürs Verlieben bin ich schon zu alt«, sagte Duane. »Ich kann von Glück sagen, daß ich dich habe, weil du mich wenigstens in Schwung hältst.«

Karla grinste. »Diesmal hast du ins Schwarze getroffen«, sagte sie. »Du kannst wirklich von Glück sagen, daß du mich hast.«

»Nur hältst du im Augenblick Jacy in Schwung«, sagte er. »Mich hast du im Leerlauf stehenlassen.«

»Stimmt«, sagte Karla. Sie stand auf und schob die großen Glasschiebetüren auf.

Duane blickte hinaus, und da bot sich ihm ein überraschender Anblick. Toots Burns, der Sheriff, stand beim Whirlpool und versuchte mit seiner Braut, der kleinen Ausreißerin, einen Boogie zu tanzen.

Das Telefon läutete, und Karla nahm den Hörer ab.

»Hey, Tag Ruth«, sagte sie.

Duane erhob sich aus dem Bett und wollte ins Badezimmer fliehen. Bevor er es erreicht hatte, hörte er, wie Karla ein »Ach, du Schreck!« entfuhr.

Sie winkte ihn zu sich heran. An ihrer besorgten Miene konnte er ablesen, daß etwas Schlimmes passiert war.

»Okay«, sagte Karla. »Sehen wir das Ganze von der positiven Seite. Wenigstens sind die kleinen Mädchen nicht verletzt worden. Wir sind sofort da.«

Sie legte auf und sah älter und erschöpfter aus als noch vor wenigen Augenblicken.

»Was hat Dickie diesmal ausgefressen?« fragte er.

»Es war nicht Dickie, sondern Sonny«, sagte Karla. »Er ist gerade mit seinem Wagen mitten durch die Rückfront vom Haus der Stauffers gerast.«

76

»Ich hatte zwei Ehemänner, die verrückt waren«, sagte Jacy, während sie in die Stadt fuhren. »Daß sie verrückt waren, wollte ich nicht wahrhaben, und sie auch nicht. Wir sind von einem Psycho zum andern gerannt und haben versucht, so zu tun, als wäre mit ihnen nur vorübergehend was nicht in Ordnung. Irrtum! An die zwölf Jahre lang habe ich mir jede Minute Sorgen gemacht. Ich hab meine Kinder angelogen, ich hab versucht, ihnen mit normalen Erklärungen zu kommen für das, was ihre Väter so machten.«

»Was haben sie denn so gemacht?« fragte Karla.

Jacy zuckte mit den Schultern. »Selbstzerstörerische Sachen«, sagte sie. »Manchmal sehr einfallsreiche, aber immer selbstzerstörerische. Immer habe ich gehofft, ich würde einmal einem Mann begegnen, der nicht darauf aus ist, sich selbst zu zerstören.«

»Vielleicht war Sonny nur erschöpft, weil er die ganze Nacht hindurch getanzt hat«, meinte Duane.

»Er hat ja nicht die ganze Nacht durchgetanzt«, sagte Karla. »Ich glaube, er hat überhaupt nicht getanzt.«

»Vielleicht hat er einen sitzen gehabt«, sagte Duane. »Seine Hand könnte ihm vom Steuer abgerutscht sein.«

»Er ist verrückt«, sagte Jacy. »Es ist besser, ihr findet euch damit ab. Seine innere Uhr ist im Eimer oder so was. Er glaubt, wir leben im Jahr 1954.«

Das Haus, in das Sonny hineingerast war, war früher einmal Ruth Poppers Haus gewesen. Sie hatte darin über fünfzehn Jahre lang mit ihrem Mann gelebt, der zum Schluß Trainer gewesen war. In jenen Jahren hatte das Haus – ein gewöhnliches kleines Holzhaus – auf der Rückseite einen Garagenanbau mit einem Durchgang zur Küche gehabt.

Aber die Familie Stauffer, die das Haus von Ruth gekauft hatte, bekam immer mehr Zuwachs. Als ihr jüngstes Mädchen zur Welt kam, beschlossen sie, daß sie zusätzliche Zimmer dringender brauchten als eine Garage, und so hatten sie an der Stelle, wo sich früher die Garage befand, zwei kleine Zimmer angebaut.

Und genau in eines dieser Zimmer war Sonny hineingefahren. Zum Glück waren die beiden kleinen Mädchen draußen, als Sonnys Wagen gegen das Haus schmetterte.

»Sonny wird mir nicht ins Gesicht sehen«, sagte Jacy. »Das ist mir schon aufgefallen, als ich zum ersten Mal diesen deprimierenden kleinen Laden betreten habe, um Zeitschriften zu kaufen. Er schaut mir einfach nicht ins Gesicht.«

»Mir gegenüber ist er auch schüchtern«, sagte Karla.

»Das ist keine Schüchternheit«, sagte Jacy. »Ich mag Schüchternheit. Ja, je älter ich werde, desto mehr mag ich sie. Bei Sonny ist das aber etwas anderes. Er möchte immer die goldene Vergangenheit sehen, und wenn ich zu lange herumhänge und in Zeitschriften lese und er mein jetziges Ich betrachten muß, dann geht dabei irgendwie seine ganze Phantasie flöten oder so was.«

»Er hat auch keine sehr guten Zeitschriften«, sagte Bobby Lee. Er saß während der Fahrt neben Jacy auf dem Rücksitz; ihre Nähe machte ihn so nervös, daß er sich gegen die eine Wagentür preßte.

»Drück die Türverriegelung runter, oder du fällst noch raus, so wie du dich dagegenpreßt«, sagte Karla.

»Hör auf, über ihn zu lästern«, sagte Duane. Bobby Lee machte einen zerbrechlichen Eindruck. Ein scharfzüngiges Wort von Karlas Seite würde möglicherweise tiefste Depressionen bei ihm auslösen.

»Weshalb preßt er sich so gegen die Tür?« fragte Karla.

»Weil er ein Angsthase ist«, sagte Jacy.

Bobby Lee akzeptierte diese Charakterisierung ohne Widerspruch.

»Jacy sagt ihm noch schlimmere Dinge ins Gesicht als ich«, sagte Karla.

»Ich finde, die Stadt sollte die Steuern erhöhen«, sagte Bobby Lee.

»Wieso das denn?« fragte Duane.

»Es müssen ein paar mehr Ruhezellen im Krankenhaus gebaut werden«, sagte Bobby Lee. »In der einzigen, die sie dort haben, sitzt schon Lester. Nun braucht Sonny auch eine, und ich könnte jeden Moment ebenfalls eine brauchen.«

»Du bist doch berufstätig«, erinnerte Duane ihn. »Du kannst es dir nicht leisten, in einer Ruhezelle herumzusitzen und Nervenzusammenbrüche zu haben.«

Jacy und Karla lachten.

»Was ist so komisch daran, wenn ich einen Nervenzusammenbruch habe?« wollte Bobby Lee wissen.

»Das ist einfach ein komischer Gedanke«, sagte Karla.

»Wir leben in einer Demokratie, da kann ich einen bekommen, wann's mir paßt«, meinte Bobby Lee. »Und wenn, dann deshalb, weil gemeine Frauen mich dazu getrieben haben.«

Duane fühlte seine Stimmung ein wenig steigen. Es machte Spaß, mit Karla und Jacy durch den Morgen zu fahren und in aller Ruhe über Bobby Lee zu lästern. Auch die Frauen schienen in guter Stimmung zu sein, und Bobby Lee war immerhin noch nicht in Depressionen verfallen, obwohl er sich immer noch gegen die Tür preßte.

Das einzige, was die Stimmung trübte, war der Umstand, daß sie Sonny zu besuchen hatten. Im Nu waren sie in der Stadt. Duane blickte die beiden Frauen flüchtig von der Seite an. Er fragte sich, ob sie das gleiche dachten, was er dachte, nämlich daß es schön wäre, wenn sie es noch hinausschieben könnten, Sonny besuchen zu müssen. Die Frage lag ihm auf der Zunge, aber er hielt sie zurück.

»Fahren wir noch nicht zum Krankenhaus«, sagte da Karla.

»Weshalb nicht?« fragte Duane.

»Duane, du willst doch auch noch nicht hinfahren«, sagte Karla. »Sehen wir uns erst mal an, wieviel Schaden er an dem Haus angerichtet hat.«

Das Haus bot einen ernüchternden Anblick. Eine Menge Schaulustiger, die meisten von ihnen in Pionierkostümen, standen auf der Straße und waren von dem Anblick sichtlich ebenfalls ernüchtert. Es wurde kaum geredet.

Sonnys Wagen saß fest eingebettet in einem der neuen Zimmer, die dort gebaut worden waren, wo einmal die Garage gestanden hatte. Die beiden kleinen Mädchen, die normalerweise in diesen Räumen lebten, verteilten mit strahlenden Gesichtern Limonade an die verkaterten Festteilnehmer in Pionierkleidern, die gekommen waren, um sich den Schaden anzusehen.

Die Eltern, Ed und Josie Stauffer, die die Eisenwarenhandlung führten, machten weniger strahlende Gesichter. Sie saßen mit finsteren Mienen auf Gartenstühlen.

»Wie sieht die Sache von innen aus?« erkundigte sich Duane.

»Ach, da möcht man nicht mal dran denken, so schlimm sieht das aus«, sagte Josie Stauffer. »Sehen Sie sich's selbst an.«

Gerade, als Duane hineinging, kam Shiny Miller mit seinem riesigen Abschlepplaster herangeröhrt. Shinys Spezialität war das Abschleppen von Trucks, Bussen oder anderen Großfahrzeugen. Mit Pkws gab er sich nur selten ab, aber für einen, der in einem Haus feststeckte, war er offensichtlich entschlossen, eine Ausnahme zu machen.

Vorsichtig folgte Bobby Lee Duane ins Haus.

Sonnys Wagen füllte das Schlafzimmer der kleinen Mädchen fast zur Gänze aus. Das Bett war unter seinen Vorderrädern zusammengebrochen. Ein Regal mit Stofftieren war durch das Wagenfenster auf den Vordersitz gefallen. Der Wagen war ein kleines Stück länger als das Zimmer. Seine vordere Stoßstange hatte sich durch die Nordwand gerammt.

»Man braucht schon ein Mordsglück, um hierzulande zu überleben«, stellte Bobby Lee fest.

»Ein Mordsglück«, bestätigte Duane.

»Glaubst du, er wollte nur vorfahren, um Ruth zu besuchen, wie damals, als hier eine Garage stand?« fragte Bobby Lee.

»Keine Ahnung, was er gedacht hat«, sagte Duane.

Plötzlich hörten sie den ohrenbetäubenden Lärm einer schweren Maschine, und das ganze Haus begann zu zittern.

»Au weia«, rief Duane. »Los, halt Shiny auf. Er ist dabei, das Haus aus dem Fundament zu reißen.«

Bevor Bobby Lee einen Schritt tun konnte, kippte direkt vor seiner Nase in der Küche krachend der Kühlschrank um.

»Au, Scheiße!« schrie er.

Als er über den Kühlschrank kroch, schwangen die Schranktüren auf, und alle Gläser und Teller rutschten aus den Regalen und gingen zu Bruch.

»Wieso sagt ihm niemand, daß er aufhören soll?« rief Duane.

Bobby Lee und Duane kletterten über den umgestürzten Küchenschrank. Da schossen mehrere Schubladen aus dem Küchenschrank, und Messer und Gabeln verstreuten sich über das zerbrochene Geschirr. Eine Flut von Lebensmittelkonserven kippte von den Küchenregalen und ergoß sich in die Küche. An einer anrollenden Dose Butterbohnen verstauchte sich Duane den Knöchel.

Zum Glück war es ein kleines Haus, und so konnten sie sich ziemlich schnell ins Freie vorkämpfen. Die meisten Zuschauer waren, nachdem sie innerhalb von vierundzwanzig Stunden eine Tumbleweedflutwelle und ein glänzendes Hundertjahrfeier-Festspiel miterlebt hatten, zu erschlagen, um in heftige Reaktionen auszubrechen, als sie sahen, wie das kleine Haus von einem riesigen Abschlepplaster aus seinen Fundamenten gerissen wurde. Die Stauffers saßen immer noch in ihren Gartenstühlen und sahen wie gelähmt dem Schauspiel zu. Karla und Jacy sprangen auf dem Gehweg auf und ab und schrien etwas zu Shiny hinauf, aber Shiny lächelte aus seinem hohen Führerhaus zu ihnen herab, als ob er glaubte, sie würden ihn dazu anfeuern, munter weiterzuschleppen. Im Lärm seiner riesigen Maschine gingen ihre Rufe unter.

Inzwischen hatte er das Häuschen bereits im rechten Winkel aus seiner ursprünglichen Lage herausgedreht, so daß es nun mit der Vorderseite zu den Hundehütten des Nachbarn zeigte, aus denen zwei winselnde Hühnerhunde das Geschehen aufmerksam beobachteten.

Sonnys Wagen, mit dem der Schlepper verbunden war, hatte sich dagegen noch nicht von seiner Position fortbewegt.

Duane humpelte über den Rasen, und es gelang ihm, an dem Schlepper bis zur Höhe der Fahrerkabine hochzuklettern. Mit seinen gebrochenen Rippen und seinem frischverstauchten Knöchel war das alles, was er tun konnte.

»Hör auf, Shiny!« schrie er. »So läuft's nicht!«

»Ich hab ihn ja auch noch nicht drin in der Mutter«, rief Shiny zurück.

»Nein, ich meine, du schleppst das *Haus* weg!« schrie Duane.

Da steckte Shiny seinen Kopf aus dem Fenster und blickte rückwärts an seiner Schlepptrosse herunter.

»Oh, mein Gott!« sagte er und lockerte sofort die Trosse.

Das halb aus seinen Fundamenten gerissene Haus kippte leicht. Eine Ecke blieb auf dem Boden.

»Was soll ich nun wohl tun, Duane?« fragte Shiny.

Duane betrachtete das gekippte Haus, in dem Sonnys Wagen immer noch fest verankert war. Die Lebensmittelkonserven aus den Küchenregalen kamen zur Haustür herausgerollt.

»Keine Ahnung, Shiny«, sagte er. »Ich denke, wenn ich du wäre, würde ich vielleicht einfach nach Mexiko verduften.«

77

»Ich möchte im Gefängnis wohnen«, sagte Sonny. »Es ist nur eine Straße von meinem Zimmer entfernt, und es ist sauberer als mein Zimmer. An Tagen, wo ich mich gut beieinander fühle, kann ich Toots ja bitten, daß er mich rausläßt.«

Sie saßen im Dairy Queen und beredeten seine Situation. Einige Wiedergutmachungen waren bereits vorgenommen worden. Sonny besaß vier kleine Mietshäuser in Thalia. Er hatte angeboten, den Stauffers eines davon als Ersatz für den ihrem Haus zugefügten Schaden zu geben.

Auf dieses Angebot waren die Stauffers sofort eingegangen. Sie hatten schon begonnen, sich an ihre neue Berühmtheit zu gewöhnen. Eine Menge Leute, die die historischen Aspekte der Hundertjahrfeier inzwischen anödeten, waren herübergeschwankt gekommen, um das Haus zu beäugen, das von einem Plymouth angefahren und anschließend von einem Abschleppwagen aus seinen Fundamenten gerissen worden war. Einige machten Fotos. Josie Stauffer, die flexibler war als ihr Gatte, begann diesen Tag bereits als einen Glückstag zu betrachten. Ihre beiden Töchter waren noch am Leben, und sie hatte gerade ein neues und größeres Haus bekommen.

Ed Stauffer, der etwas pessimistischer war, saß weiterhin in seinem Gartenstuhl und fragte sich, was als nächstes passieren würde.

»Ich bin sicher, daß noch bevor dieser Tag zur Neige geht, ein Blitzschlag aus dem Himmel niederfahren wird«, sagte er mehrmals.

Jacy hatte bei dem Gedanken, Sonny zu sehen, »Zustände« bekommen und war nach Los Dolores zurückgekehrt.

»Ich will ihn einfach nicht sehen«, erklärte sie. »Ich krieg 'ne Gänsehaut, wenn ich in seiner Nähe bin. Das war schon an dem Tag so, als ich ihn heiratete. Ich bekam eine Gänsehaut. Das ist auch der Grund, weshalb wir nie miteinander gefickt haben.«

»Weil er nur ein Auge hat?« fragte Duane.

»Nö, das hat mich nicht gestört«, sagte Jacy, »sondern seine Entschlossenheit, unglücklich zu sein – oder so was. Da kam mir das Frösteln, und das kommt mir auch jetzt.«

Sonny wußte, daß sein Schiffbruch mit dem Wagen Duane und Karla zutiefst deprimierte. Er dachte, sein Entschluß, im Gefängnis zu wohnen, würde ihnen vielleicht gefallen, aber sobald er darauf zu sprechen kam, sah er, daß dem nicht so war.

»Es würde wirklich die Lebensqualität im Knast verbessern, wenn ich dort bleiben würde«, sagte er. »Ich bin ein ziemlich guter Koch. Abgesehen davon wird's den Knastbeamten langweilig, wenn sie Nacht für Nacht alleine dort herumsitzen müssen. Ich könnte mit ihnen Karten spielen. Das könnte sie aufheitern.«

»Was hast du denn in deinem Kopf gesehen, als du in das Haus gerast bist?« wollte Karla wissen.

»Ich habe das Haus nicht gesehen«, erklärte Sonny geduldig. »Früher war da eine Garage. Ruth und ich haben dort hundertmal geparkt, wenn ich sie nach Hause brachte. Ich bin da einfach genauso reingefahren, wie ich es früher gewohnt war.«

»Was für ein Glück, daß diese kleinen Mädchen nicht im Haus waren«, sagte Duane, als ihm das zertrümmerte Bett einfiel.

»Vielleicht kommst du besser zu uns und lebst in unserem Haus«, meinte Karla. »Im Whirlpool zu hocken ist eine echt gute Therapie. Bei mir zumindest wirkt sie.«

Duane sagte nichts, aber er hatte ein ungutes Gefühl bei dem Gedanken, Sonny würde mit ihnen zusammenwohnen. Schließlich hatten sie zwei Enkelkinder zu Hause. Es war zwar unwahrscheinlich, daß er ihnen etwas antun würde, aber es war ebenfalls unwahrscheinlich gewesen, daß er versuchen würde, durch ein Haus zu fahren.

»Oh, nein«, wehrte Sonny ab. »Ich glaube nicht, daß ich in einem Haus leben könnte, in dem so viele Leute wohnen.«

»Ich finde, du solltest besser einen anderen Arzt aufsuchen«, sagte Duane. »Was immer dieser erste dir da verpaßt hat, taugt einfach nichts.«

»Es ist wirklich nichts dabei, im Knast zu wohnen«, sagte Sonny. »Ich würde eine vernünftige Miete zahlen. Das würde dem Landkreis Geld sparen.«

»Aber ein Knast ist kein Krankenhaus«, gab Duane zu bedenken. »Wir würden dich gerne behandelt und geheilt sehen, und du wirst nicht geheilt, wenn du in diesem alten Knast herumsitzt.«

»Und was ist, wenn ich nie mehr geheilt werde?« fragte Sonny in einem anderen Ton. Einen Augenblick klang er beinahe aggressiv.

»Du warst lediglich bei einem einzigen Doktor«, betonte Karla. »Es gibt Ärzte wie Sand am Meer. Der nächste könnte dich vielleicht im Nu heilen.«

Sonny schüttelte den Kopf. Sein vorübergehender Zorn, wenn es überhaupt Zorn gewesen war, war verflogen, und ein niedergeschlagener, trauriger Ausdruck lag nun auf seinem Gesicht.

»Das Gefängnis ist die beste Lösung«, sagte er. »Ich werde es sauber halten und werde beim Kochen helfen. Ich werde sogar meinen Führerschein abgeben, wenn das was hilft. Dadurch könnte ich möglicherweise verhindern, jemanden zu verletzen. Ich muß ja nicht fahren. Alle meine Geschäfte laufen hier ab. Wenn ich nach Wichita Falls muß, könnte ich ja per Anhalter fahren.«

»Wir haben eine Menge Platz in diesem großen Haus«, sagte Karla. »Junior Nolan hat bei uns gewohnt, und wir haben ihn kaum bemerkt.«

Aber sie sagte dies voller Verzweiflung. Sie schien den Tränen nahe.

Zahlreiche Überlebende der ersten Festnacht saßen im Dairy Queen, manche von ihnen so verkatert, daß man den Eindruck hatte, eine zweite Nacht dieser Art könnte sie umbringen.

Sonny stand auf, ließ etwas Kleingeld auf den Tisch klimpern und ging hinaus. Durch das Fenster konnten sie sehen, wie er sich langsam auf der heißen Straße entfernte.

Karla war dabei, ihre Serviette in kleine Stücke zu zerreißen. Es war eine Angewohnheit, die Duane haßte. Zum Teil haßte er sie einfach, weil er sie eben haßte, zum Teil haßte er sie aber auch deshalb, weil Karla dies nur tat, wenn sie sehr wütend oder sehr traurig war.

»Laß das«, sagte er.

Karla zerriß die Serviette weiter in winzige Quadrate.

»Ich hasse dieses Kaff«, sagte sie. »Warum will er nicht in unserem Haus leben?«

»Du gehst doch nach Italien«, erinnerte er sie. »Was würde ich mit ihm anfangen, wenn du weg bist?«

»Er könnte einfach mit Minerva fernsehen«, sagte Karla. »Er könnte, wenn er nicht so ein sturer Bock wäre. Ich möchte nicht, daß er in irgendein weit entferntes Krankenhaus kommt. Hier hat er sein Leben lang gelebt. Ohne ihn wäre die Stadt nicht dieselbe.«

Duane beobachtete, wie sie die Serviette in kleine Fetzchen riß. Er wußte nicht, was er sagen sollte.

»Ich weiß, daß du ihn nicht bei uns haben möchtest«, sagte Karla. »Nicht ein bißchen hast du mich unterstützt.«

»Das hieße doch nur, daß wir auf noch eine Person mehr aufpassen müßten«, meinte Duane. »Es könnte ja sein, daß dir Europa gefällt und du monatelang dort bleibst. Ich kann nicht auf alle aufpassen.«

»Ich möchte nicht, daß er fortgeht«, sagte Karla. »Ich werde ihm draußen bei uns ein Haus bauen. Dann wird er dir nicht auf die Nerven gehen.«

»Er ist doch schon fortgegangen, Honey«, sagte Duane. »Er ist einfach in die Vergangenheit zurückgegangen.«

Karla zerriß den letzten Rest ihrer Serviette.

»Das macht mir nichts aus«, sagte sie. »Das ist nicht so schlimm wie der Gedanke, er würde in einem Krankenhaus zwischen lauter Fremden leben.«

Dann stand sie auf und rannte zur Tür hinaus, um sich im Wagen auszuweinen. Duane beschloß, ihr fünf Minuten Zeit zu lassen, und schlürfte seinen kalten Kaffee aus. Da kam Buster Lickle in einem der Wagen, die für seine Rundfahrten bestimmt waren, schnittig die Straße herangefegt, bereit, die Leute vom Dairy Queen nach Old Texasville zu chauffieren.

Mehrere Gäste starrten feindselig den Wagen an, als ob er an ihren Kopfschmerzen schuld wäre. Keiner ging hinaus, um eine Rundfahrt zu machen, obwohl Buster als Riverboatspieler kostümiert erwartungsvoll in seinem Wagen saß.

78

»Okay, dann laß ihn hier wohnen«, sagte Duane schließlich. »Ich werde bankrott sein und ohnehin nichts zu tun haben. Ich kann den ganzen Tag herumsitzen und auf ihn und Barbette und Little Mike aufpassen.«

Nachdem sie sich ausgeweint hatte, verfiel Karla in ein kaltes Schweigen. Schweigend fuhren sie nach Hause. Zu Hause versuchten sie ein Nickerchen zu machen, aber keiner von beiden konnte schlafen. Karla hatte seit zwanzig Minuten keinen Laut von sich gegeben. Beide lagen sie voll angezogen auf dem Wasserbett und starrten gegen die Decke.

Duane wünschte, sie würde etwas sagen, und sei es etwas Bitteres und Schreckliches. Aber sie tat es nicht. Schließlich kam er zu dem Schluß, daß es weniger nervtötend sein würde, mit Sonny unter einem Dach zu leben, als Karlas Schweigen auch nur zwei Minuten länger zu ertragen.

Auf dem Nachhauseweg hatten sie angehalten, um die Post

abzuholen. Das einzig Interessante darunter war ein kurzer Brief von C. L. Sime aus Odessa, Texas. Duane las den Brief, während er an der Ampel hielt:

Lieber Duane,
da wir schon mehrere Male geschäftlich miteinander zu tun hatten, hoffe ich, daß Sie nichts dagegen haben, wenn ich Sie mit dem Vornamen anrede.

Ich habe Ihr sauber getipptes Angebot gelesen. Es ist ein faires Angebot, aber ich werde nein sagen. Und zwar aus dem Grund, weil ich versuche, mich möglichst nicht mit Bohranlagen und anderer Ausrüstung zu belasten.

In Norwegen wird übrigens ganz ordentlich was produziert. Eine kalte Gegend zwar, aber nicht so schlimm wie Amarillo.

Ihr C. L. Sime

»Es ist grün«, sagte Karla, und das waren für die nächsten zwanzig Minuten ihre letzten Worte gewesen.

Duane stopfte den Brief in seine Tasche. Er konnte sich nicht mehr erinnern, weshalb er jemals geglaubt hatte, daß sein Angebot C. L. Sime wirklich interessieren würde.

»Ich hatte wenigstens ein paar Tage Verschnaufpause von meinen Gedanken an den Bankrott«, sagte er.

Karla sagte nichts.

»Ich glaube, in unserem Sexleben ist der Ofen aus«, sagte sie, nachdem er weich geworden war und angeboten hatte, Sonny bei ihnen wohnen zu lassen.

»Das hast du schon mal gesagt, da hat's auch nicht gestimmt«, erinnerte er sie.

»Sonny ist dein ältester Freund«, sagte Karla.

»Was hat das mit unserem Sexleben zu tun?« fragte Duane.

»Eine ganze Menge«, sagte Karla, aber sie führte diese Behauptung nicht weiter aus.

»Ich hab gesagt, er kann bei uns bleiben«, sagte Duane.

»Ja, aber eine Stunde zu spät«, sagte Karla. »Wenn du mich im Dairy Queen unterstützt hättest, dann könnte er jetzt schon bei uns eingezogen sein.«

»Das hat immer noch nichts mit unserem Sexleben zu tun«, sagte Duane.

»Doch, das hat es schon«, sagte Karla. »Du bist deinem ältesten Freund nicht treu geblieben, und daher werden wir keins mehr haben. Nicht, daß wir eines gehabt hätten! Es stand lediglich im Bereich des Möglichen, daß wir wieder eins haben würden – und das tut es jetzt nicht mehr.«

»Ältester Freund bedeutet nicht bester Freund«, betonte Duane. »Eine Freundschaft kann sich auch abnutzen.«

»Stimmt«, sagte Karla, »genau wie ein Sexleben.«

Duane gab es auf und fuhr in die Stadt. Wenn Karla so wütend war wie jetzt, konnte das tagelang andauern. Er hatte das Gefühl, daß er sein möglichstes versucht hatte – aber seine Bemühungen waren einfach fehlgeschlagen.

Als er am Hauptplatz vorbeikam, sah er, daß der Baseballwurfstand eine Menge Leute angelockt hatte. Lester Marlow saß auf einem Brett über dem Wassertrog. Mindestens zwanzig Leute standen davor Schlange und warteten auf ihre Chance, Bälle gegen die Fallklappe zu schmettern und Lester ins Wasser zu werfen. Offensichtlich hatte bereits jemand die Klappe getroffen, denn Lester war triefend naß.

Duane fuhr weiter und hielt vor seinem Büro. Er wollte mit Ruth reden. Aber nach einem Moment des Zögerns entschied er, daß er noch lieber Suzie Nolan sehen wollte. Vielleicht würde Dickie da sein, aber es war gut möglich, daß er nicht da war.

Zu seiner Erleichterung stand kein Porsche in der Einfahrt. Suzie saß in ihrem Fernsehzimmer und sah sich eine Soap-Opera an. »Hast du Dickie wirklich diesen Porsche gekauft?« fragte Duane.

»Ach, weißt du, ich habe nur meine Unterschrift unter die Rechnung gesetzt«, sagte Suzie. Vergnügt zog sie ihre Nase kraus, als wollte sie damit andeuten, daß ihn das nichts anging.

»Aber warum denn?« fragte Duane.

Suzie lachte.

»Du wüßtest schon, warum, wenn du jemals mit ihm im Bett gewesen wärst«, sagte Suzie. »Diese kleine Ratte ist einfach Spitzenklasse.«

Duane kam zu dem Schluß, daß er doch besser mit Ruth hätte reden sollen. Suzie gab Dickie so unverblümt den Vorzug, daß er sich fehl am Platze vorkam. Seine Stimmung, die ohnehin nicht die beste war, sank noch ein wenig tiefer.

»Duane«, sagte Suzie, »darf ich dich ein bißchen umarmen?«

»Ein bißchen umarmen?« fragte er. »Warum?«

»Weil ich einfach Lust dazu habe«, sagte Suzie. »Du bist ein wirklich süßer Mann, und du siehst zum Sterben traurig aus.«

Duane streckte sich auf der Couch in ihren Armen aus. Es waren sehr behagliche Arme. Mit Janine hatte er sich irgendwie nie bequem hinlegen können. Aber in Suzies Armen fühlte er sich sofort behaglich – ganz egal, wie er zufällig zu liegen kam. Eingelullt durch diese Behaglichkeit, döste er bald ein. Er träumte, er sei in Odessa und unterhalte sich mit C. L. Sime. Es war eine angenehme Unterhaltung. Duane hatte das selige Gefühl, daß Mr. Sime ihm seine Anlagen abkaufen würde.

Als er erwachte, war das selige Gefühl verschwunden. Ihm schien, er hätte viel zu lange geschlafen. Draußen war der Himmel weiß, und das bedeutete, daß die Sonne senkrecht niederbrannte. Es mußte fast schon Mittag sein. Er machte Anstalten, sich zu erheben, aber er war immer noch von Suzies Armen umschlungen, und die hielten ihn nicht weniger behaglich als vorhin. Suzie umarmte ihn nur ein wenig fester, als er versuchte, sich aufzusetzen.

»Schön ruhig bleiben«, sagte sie. »Du bist ein einziges Nervenbündel.«

Duane fügte sich ihrem sanften Befehl. Sie streichelte sein Haar und strich es ihm auf eine Art, die ihr gefiel, hinter seine Ohren. Ihre Berührung war leicht und entspannend – aber nicht nur entspannend. Er fühlte sich schläfrig und erregt zugleich. Ab und zu ließ Suzie ihre Hand in sein Hemd gleiten und streichelte ihn. Duane gefiel die Kombination aus Entspannung und Erregung so sehr, daß er einen Moment lang Lust hatte, sie zu heiraten. Es war seit zwanzig Jahren das erste Mal, daß ihm die Idee durch den Kopf ging, jemanden zu heiraten. Er konnte sich noch schwach daran erinnern, wie verzweifelt er dahinter her gewesen war, Karla zu heiraten. Er hatte das Gefühl gehabt, er würde sterben, wenn sie ihm einen Korb geben würde. Ohne sie konnte er im Leben nicht glücklich werden.

Zum Glück hatte Karla ihn aber geheiratet, und ihr Leben war erregend und glücklich gewesen. Nun kam es ihm weder erregend noch glücklich vor. Er liebte Karla immer noch, aber er konnte sich nicht vorstellen, zwei Stunden lang so in ihren Armen zu liegen. Er konnte sich auch nicht vorstellen, daß ihn ihre Berührung sehr erregen oder sehr entspannen würde. Vielleicht sollten sie sich beide einfach ihre eigenen Wege gehen lassen.

»Würdest du mich jemals heiraten wollen?« fragte er.

Suzie lachte. »Was wird Karla dann machen – sterben?«

»Oh, nein«, sagte Duane. »Karla wird einfach weiterhin Karla sein.«

»Dann wird dich niemand heiraten«, sagte Suzie.

»Karla und ich sind lange Zeit glücklich miteinander gewesen«, sagte Duane. »Aber vielleicht geht uns unser Glück allmählich verloren.«

»Was du brauchst, ist nur eine kleine Muschi, Sweety«, sagte Suzie.

»Nein, was ich brauche, ist ein anderes Leben«, sagte er.

Suzie schüttelte sich ihr Hauskleid von den Schultern. »Eine Muschi ist doch ein anderes Leben«, sagte sie. »Zumindest, wenn es meine ist, die du bekommst.«

Duane verspürte ein unangenehmes Durcheinander von Gefühlen. Die lässige Beiläufigkeit ihrer Vorbereitungen zum Sex erregte ihn, und doch mußte er wegen ihrer Gelassenheit dabei auch an Juniors Angespanntheit denken. Ihm wurde klar, daß er sich Karla gegenüber nicht viel besser benahm, als Junior sich Suzie gegenüber benahm. Es machte ihn traurig, daß seine Frau suggestive T-Shirts tragen mußte – es machte ihn nicht nur traurig, sondern er fühlte sich schuldig. Aber die ungeschönte Wahrheit war nun einmal die, daß er fähig war, seine eigene wunderschöne, vor Temperament sprühende Frau links liegen zu lassen, aber unfähig war, Suzie links liegen zu lassen, die sich nun bereits über ihm befand und ihn unaufhaltsam ihren Wünschen gemäß unter sich zurechtrückte.

»Du hast meine Frage nicht beantwortet«, sagte er, nachdem Suzie ihrem Standpunkt bereits erfolgreich Nachdruck verliehen hatte.

»Welche Frage?« fragte Suzie gähnend.

»Ob du mich heiraten würdest.«

»Unter gewissen Bedingungen, ja«, sagte Suzie.

Die Lust veränderte ihre Augen. Sie waren immer noch groß und braun, aber nach dem Sex blickten sie ihn irgendwie scharfsinniger an als sonst. Wenn er sie dann ansah, hatte er das Gefühl, daß er sie wahrscheinlich unterschätzte und ihre Intelligenz nicht ausreichend würdigte.

Sie war ungewöhnlich selbstzufrieden, und weil das so war, ertappte er sich dabei, sie für eine verträumte Frau ohne Ambitionen zu halten, die außer einer außergewöhnlichen sexuellen Aufgeschlossenheit keine besonderen Kennzeichen hatte. Aber wenn sie ihn nach dem Lieben so ansah, kam er sich hohl und oberflächlich vor. Er kam zu ihr, weil es leicht, unkompliziert und sehr erregend war. Aber ihre Augen überzeugten ihn davon, daß es mit dieser Unkompliziertheit leicht auch mal ein Ende haben konnte.

»Unter welchen Bedingungen?« fragte er.

»Wir müßten warten, bis Dickie ein nettes Mädchen für sich gefunden hat«, sagte Suzie. »Ich möchte auf keinen Fall etwas tun, was Dickie verletzen würde – wie zum Beispiel, seinen Daddy zu heiraten.«

»Wieso heiratest du ihn nicht?« fragte Duane. »Du scheinst ihn doch sehr zu lieben. Ich denke, du wärst wirklich gut für ihn.«

»Ich bin auch sehr gut für ihn«, sagte Suzie. »Es ist ein Kinderspiel, für einen Jungen wie Dickie gut zu sein.«

»Ich weiß nicht, warum du überhaupt mit mir schläfst, wenn er so große Klasse ist«, sagte Duane.

»Weil's mir Spaß macht«, sagte Suzie. »Zwei Dinge brauchen nicht gleich zu sein, um gut zu sein. Außerdem brauchst du mich, und ich wende mich gewöhnlich dorthin, wo ich gebraucht werde.«

»Junior glaubt auch, daß er dich braucht«, erinnerte er sie.

Suzie lächelte und wuschelte ihm durch die Haare.

»Das klingt, als ob du vorhast, dich scheiden zu lassen«, sagte sie. »Aber du wirst dich nicht scheiden lassen, und Junior braucht mich nicht. Auf dieser Matratze zu hocken und zu versuchen, einen Hungerstreik zu machen, ist das Interessanteste, was er in seinem Leben getan hat. Wenn ich ihm weiter aus dem Weg gehe, wird vielleicht doch noch was aus ihm werden!«

»Junior ist ein Süchtiger, und ich war seine Droge«, fügte sie dann hinzu. »Aber ich habe es satt, eine Droge zu sein für einen Mann, der niemals auch nur lächelt. Das macht schon einen großen Unterschied, wenn jemand wenigstens lächelt.«

Duane blickte wieder in ihre intelligenten, geheimnisvollen Augen.

»Du bist die interessanteste Frau in dieser Stadt«, sagte er.

Er meinte es ernst, obwohl er sich, noch während er es sagte, darüber im klaren war, daß er enorme Schwierigkeiten bekäme, wenn Karla ihn das sagen hörte.

Suzie machte ein amüsiertes Gesicht – das Kompliment überwältigte sie nicht gerade. »Du hast lang genug gebraucht, um das herauszufinden«, sagte sie, wobei sie ihm sanft die Brust massierte.

Duane dachte an Dickie, seinen glücklichen Sohn, den Suzie so sehr mochte. Würde einst der Tag kommen, an dem Dickie erkannte, was für eine außergewöhnliche Frau ihn geliebt hatte, als er einundzwanzig war? Wie alt würde er sein, wenn ihm diese Erkenntnis kam? Man konnte es nicht wissen, aber Duane war einen Moment lang traurig zumute bei dem Gedanken, wieviel Reue und vielleicht sogar Sehnsucht seinen Sohn eines Tages in ferner Zukunft erwartete, wenn das Leben trostlos sein und er sich an Suzie Nolan erinnern würde.

Suzie erhob sich von der Couch und bückte sich, um ihr Kleid aufzuheben. Während er ihr zusah, wurde Duane richtig traurig. Körper hatten nach dem Sex immer etwas Trauriges, dachte er. Suzies Körper hatte sich gut gehalten – sie war ein wenig mager an den Beinen, aber einfach hinreißend. Es würde nicht mehr lange dauern, und er würde alt werden – sein eigener Körper würde alt werden, und Karlas und Jacys Körper auch.

Dann stand er auch auf und begann, seine Kleider aufzuheben.

Er dachte, wenn er sich in Bewegung setzte, würde er vielleicht wenigstens nicht noch trauriger werden.

»Dickie könnte lange leben, ohne eine Frau zu finden, die so gut für ihn ist wie du«, sagte er, während er einen Arm um ihre Schultern legte.

Suzie hielt ihr Hauskleid in ihrer Hand. Sie blickte aus dem Fenster auf ihre Vogelfutterplätze und sagte: »Traurig, aber wahr.«

79

Von Suzie aus fuhr Duane zu einem großen Weiher hinaus, an dem er oft geangelt hatte. Aber diesmal angelte er nicht. Suzie hatte ihm drei riesige Tomaten aus ihrem Gemüsegarten und etwas Salz in einer Plastiktüte mitgegeben. Er streute ein Prise Salz auf die Tomaten und aß sie. Dann streckte er sich unter einer großen Eiche aus und machte ein Mittagschläfchen. Als er aufwachte, blieb er noch eine Stunde unter dem Baum sitzen und beobachtete die Schildkrötenköpfe, die in dem braunen Wasser auf- und abtauchten.

Wenn er ins Wasser – selbst in vergleichsweise widerliches Wasser – blickte, gab ihm das normalerweise ein Gefühl des Friedens, aber diesmal hatte es nicht diese Wirkung. Fragen, die ihn schon bei Suzie zu quälen begonnen hatten, quälten ihn auch jetzt. Seine Familie hatte vor, ohne ihn fortzugehen – das war noch nie vorgekommen. Er kam auf die Idee, er könnte sich einfach in ein Flugzeug setzen und noch vor ihnen abhauen. Er wollte immer schon einmal einen Gletscher und einen Regenwald sehen – wenn auch nicht in Begleitung seiner Kinder. Sie würden nur vom Gletscher stürzen oder sich im Regenwald verlaufen.

Er malte sich aus, wie überrascht alle sein würden, wenn er sich einfach in ein Flugzeug setzen und abhauen würde. Dieser Gedanke heiterte ihn ein wenig auf. Die sinkende Sonne nagte an dem Schatten, in dem er saß, und ließ ihn langsam auf die andere

Seite des Baumes wandern. Daher stieg Duane in seinen Pickup und fuhr zurück zur Stadt. Während er so vor sich hin fuhr, wurde ihm bewußt, daß ihm Jack und Julie wirklich fehlten. Sie gingen ihm zwar ständig auf den Geist, aber sie fehlten ihm trotzdem – und Karla auch.

Der Gedanke an Karla machte ihm angst. In den letzten paar Wochen war ihm häufig aufgefallen, daß die meisten Leute in Thalia von ihrem Leben enttäuscht waren. Die sinkenden Ölpreise waren nicht die Ursache dieser Enttäuschung, obwohl sie sie in manchen Fällen zum Vorschein gebracht hatten. In letzter Zeit hatte er allmählich immer mehr Enttäuschung in allen Gesichtern entdeckt, nicht aber – oder nur selten – im Gesicht seiner Frau. Karla pflegte sich mit einer solchen Wucht und Energie zu beklagen, daß er ihre Klagen für bare Münze genommen hatte und davon ausging, daß sie sich über die Dinge beklagte, die sie wirklich störten.

Aber stimmte das denn? Es war möglich, daß er aus Karlas Sicht als Ehemann ein totaler Versager war. Die wenigen Stunden, die er in Suzie Nolans sicherer Umarmung verbracht hatte, hatten irgendwie Selbstzweifel in ihm geweckt. Immerhin war Karla ausgezogen. Sie wohnte jetzt hauptsächlich bei Jacy. War es, weil Jacy sie brauchte? Oder weil sie Jacy brauchte? Oder weil sie sich gegenseitig mehr brauchten, als jede von beiden ihn brauchte?

Er eilte in sein Büro und hoffte, er könnte Ruth fragen, wie sie darüber dachte. Er hatte jedes Vertrauen in seine Fähigkeit, sich selbst zu beurteilen, verloren, aber er hatte noch nicht das Vertrauen in Ruths diesbezügliche Fähigkeit verloren. Ruth wurde nie müde, Urteile über andere Leute – und besonders über ihn – zu fällen.

Als er die Tür zu seinem Büro öffnete, dachte er einen Augenblick, irgend jemand in der Stadt sei gestorben. Ruth hatte die Schutzhülle über ihre Schreibmaschine gezogen. Steif saß sie auf ihrem Stuhl, ihre wenigen Habseligkeiten lagen in einem Pappkarton zu ihren Füßen.

»Was ist passiert?« fragte er und vergaß alles andere. Noch nie hatte er Ruth so traurig gesehen.

»Sie haben heute die Bank geschlossen«, antwortete Ruth. »Ich habe das Telefon abgestellt, damit mich die Anrufer nicht wahnsinnig machen.«

»Ach du Scheiße!« sagte Duane. »Wie hat Lester reagiert?«

»Nun, man hat ihn elfmal hintereinander ins Wasser geschmissen«, sagte Ruth. »Dieser kleine Pitcher von Iowa Park ist gekommen. Die Leute sagen, er soll die Klappe elfmal hintereinander getroffen haben. Daß man Lester nach all diesen Wassertaufen obendrein noch die Bank geschlossen hat, hat ihm wohl den Rest gegeben.«

»Wieso? – Hat er sich umgebracht?« fragte Duane.

»Natürlich nicht«, sagte Ruth. »Er hat sich einfach tropfnaß in seinen Lincoln geschwungen und ist mit einem Affenzahn stadtauswärts davongerast.«

»Die Leute rasen doch immer aus dieser Stadt raus«, sagte Duane. »Sie scheinen zu denken, sie können so schnell rasen, daß sie ihrer Schwerkraft entkommen und in irgendeine andere Umlaufbahn gelangen können. Aber meistens machen sie dann einfach kehrt und kommen wieder zurück.«

»Das ist ja noch gar nicht die traurige Neuigkeit«, sagte Ruth. »Die traurige Nachricht ist die, daß Sonny aus seinem Zimmer im Hotel gesprungen ist.«

»Sein Zimmer war doch nur im ersten Stock«, sagte Duane ängstlich. »Dieser kleine Sturz kann ihn doch nicht umbringen.«

»Es war kein Selbstmordversuch«, sagte Ruth. »Er dachte, er würde auf einen Indianer springen, der ihm sein Pferd stehlen wollte. Er hat sich nur leicht die Knie aufgeschürft und sich das Handgelenk gebrochen.«

»Wenn niemand gestorben ist, weshalb hast du dann gepackt, um fortzugehen?« fragte Duane.

»Weil Sie pleite sind – deshalb«, sagte Ruth. »Sie sind absolut pleite. Sie können es sich nicht leisten, mich zu bezahlen, und es gibt sowieso nichts zu tun. Der Betrieb ist gestorben.«

»Er ist nicht gestorben«, sagte Duane. »Ich habe noch drei Anlagen in Betrieb.«

»Ich weiß nicht, weshalb Sie die Dinge nicht sehen wollen, wie sie sind, Duane«, meinte Ruth. »Sie sind pleite.«

»Als Sie angefangen haben, bei mir zu arbeiten, kostete das Öl um die drei Dollar pro Barrel«, erinnerte Duane sie. »Nun steht es auf sechzehn. Das ist zwar nicht so gut wie dreißig, aber eine ganze Portion besser als drei.«

»Als ich angefangen habe, bei Ihnen zu arbeiten, da hatten Sie nicht zwölf Millionen Dollar Schulden«, entgegnete Ruth. »Und sechzehn ist nur der heutige Preis. Und der sinkt noch viel viel tiefer, bevor er aufhört zu sinken.«

»Okay«, sagte Duane, plötzlich mutlos geworden. »Sie haben gewonnen. Gehen Sie, wenn Sie wollen.«

Er trat in sein dunkles Büro und schob die Blenden hoch. Er hatte sich daran gewöhnt, Ruth tippen zu hören, während er in seinem Büro saß und grübelte. Nun, wo die Schreibmaschine schwieg und keine dickbäuchigen Ölmanager im Zimmer herumstanden – und überhaupt niemand mehr herumstand, nicht einmal Bobby Lee –, war das Büro ein verlassener Ort.

»Sitzen Sie nicht so herum und machen Sie nicht so ein Gesicht«, sagte Ruth. Sie stand im Türrahmen.

»Ich habe nicht geglaubt, daß Sie mich verlassen würden«, sagte er.

Ruth trat in das Zimmer herein und setzte sich in den Sessel, in dem gewöhnlich die dickbäuchigen Ölmanager saßen.

»Ich kann kein Gehalt von Ihnen verlangen, wenn Sie kein Geld haben«, sagte Ruth. »Mein Gewissen läßt das nicht zu. Sie sind sehr gut zu mir gewesen.«

Da fiel Duane ein, daß er sie fragen wollte, was sie von ihm als Ehemann hielt, da er selbst mehr und mehr zu der Überzeugung kam, daß er als Ehemann ein Versager war. Diese Überzeugung begann schwer auf ihm zu lasten, aber es türmten sich in so rascher Folge andere Lasten darüber, daß diese eine allmählich immer weiter darunter zu verschwinden schien.

»Wo ist Sonny jetzt?« fragte er.

»Bei mir zu Hause«, sagte Ruth. »Er wird bei mir wohnen.«

»Ganz schön rasant, dieses Leben«, sagte Duane. »Ich habe nur mal kurz die Stadt verlassen, um ein, zwei Stunden zu angeln, und nun ist die Bank geschlossen, Lester hat die Stadt verlassen, Sonny ist aus einem Fenster gesprungen, und Sie kündigen.«

»Ich werde bleiben, wenn Sie wünschen, daß ich einfach so in der Nähe bleibe, Duane. Aber ich werde kein Gehalt annehmen. Das wäre wirklich nicht richtig.«

»Meinen Sie, ich habe Karla verloren?« fragte er.

Ruth blickte ihn ernst an.

»Möchten Sie sie denn halten?« fragte sie.

»Ich will mich anders ausdrücken«, sagte er seufzend. »Meinen Sie, ich bin ein schlechter Ehemann gewesen?«

»Möchten Sie sie halten?« fragte Ruth wieder.

Duane schüttelte den Kopf. Zu den Leuten, die er auf den Tod nicht ausstehen konnte, gehörten diejenigen, die auf Fragen mit Gegenfragen antworteten. Er wollte Ruth aber nicht sagen, daß sie zu den Leuten gehörte, die er auf den Tod nicht ausstehen konnte. Denn wenn er das tat, könnte sie aufstehen und wirklich gehen, und er sähe sie nie wieder.

»Gut, lassen wir das«, sagte er. »Weshalb ist Sonny bei Ihnen zu Hause? Weshalb glauben Sie, Sie können mit jemandem zusammenleben, der verrückt ist?«

»Er ist ein sehr sanfter Mensch, und er hat mich einmal geliebt«, sagte Ruth. »Ich wäre schon längst unter der Erde, wenn Sonny mich nicht geliebt hätte. Ich denke, es ist meine Pflicht und Schuldigkeit, ihn bei mir aufzunehmen.«

»Sie werden ja schrecklich christlich auf Ihre alten Tage«, meinte Duane. »Zu christlich. Sonnys Zustand wird immer schlimmer. Letzte Woche hat er nur Filme *gesehen*, die nicht da waren. Diese Woche denkt er, er *spielt* in Filmen, die nicht da sind. Die Zeit ist längst vorbei, wo ihm von Laien wie uns noch geholfen werden kann.«

»Das können Sie nicht wissen«, sagte Ruth. Auf ihren Wangen standen Tränen. »Ich wünschte, Sie hätten sein Gesicht gesehen. Er war so furchtbar erschrocken, als er erkannte, daß da kein Film und kein Indianer und kein Pferd war.«

»Was ist, wenn er in Ihrem Trailer wohnt und denkt, er spielt in einem Film, und es wäre *Der Würger von Boston*?« fragte Duane.

Ruth nahm ein Kleenex aus ihrer Tasche und wischte sich die Wangen.

»Lassen Sie mich's doch wenigstens einmal versuchen, Duane«, sagte sie. »Ich bin eine alte Frau. Niemandem würde es was ausmachen, wenn er mich erwürgen würde.«

»Mir würde es was ausmachen«, sagte Duane. »Ich würde ihn umbringen, wenn er Ihnen nur ein Haar krümmt.«

Ruth sah ihn einen Augenblick an. Dann ließ sie mit einer geschäftlich routinierten Geste ihre Handtasche zuschnappen.

»Nun, soweit wird er vielleicht nicht gehen«, sagte sie. Dann stand sie auf und kehrte an ihren Schreibtisch zurück.

Im nächsten Moment hörte er, wie Ruth zu tippen begann. Duane nahm seine Schirmmütze und wollte gehen. Als er aus seinem Büro trat, hielt sie mit dem Tippen inne und wartete, bis er durch ihr Vorzimmer gegangen war. Sie blickte ihn an und lächelte.

»Würden Sie's mit der Frage über Karla noch einmal versuchen?« fragte er.

Ruth tippte weiter. Sie tippte mit furioser Geschwindigkeit. Duane konnte nur mit Mühe dem Drang widerstehen, sich über sie zu beugen und nachzusehen, was sie da tippte.

»Sie hätten von Suzie Nolan die Finger lassen sollen«, sagte Ruth, während sie eine Sekunde innehielt. »Ich habe Ihnen gesagt, Sie sollen die Finger von ihr lassen, aber Sie haben ja nie auf mich gehört. Suzie ist nicht so wie die meisten anderen Frauen hier in der Gegend, und nun haben Sie einen Narren an ihr gefressen. Ich weiß nicht, wo das noch einmal enden wird.«

»Ich habe gefragt, ob Sie glauben, daß ich Karla verloren habe«, sagte Duane.

Wieder tippte Ruth weiter. Sie tippte eine Seite zu Ende, legte sie mit der beschriebenen Seite nach unten auf ihren Tisch und legte hastig ein nächstes Blatt in die Schreibmaschine ein.

»Ich weiß nicht, weshalb Sie mir Fragen stellen, wenn Sie nicht die Absicht haben, mir zuzuhören, wenn ich Ihnen Ratschläge gebe«, sagte sie und begann wieder weiterzutippen.

80

Duane fuhr an der Bank vorbei, um nachzusehen, ob sie tatsächlich geschlossen war, und sah, daß praktisch die ganze Stadt dort versammelt war. Vor der Bank gab es nicht nur einen Verkehrs-, sondern auch einen Menschenstau. Der einzige Parkplatz, den er noch finden konnte, lag mehrere Straßen weit entfernt – neben der Kirche der Byelo-Baptisten. Er bog neben einem Pickup ein, dessen Ladefläche voller Besen war. G. G. Rawley lehnte an der Heckklappe und betrachtete selig die Besen.

»Steigen Sie jetzt etwa ins Besengeschäft ein?« fragte Duane.

»Nein, aber ich habe vor, einen Haufen Sünde wegzufegen – morgen abend fange ich an«, sagte G. G.

»Ich wußte ja gar nicht, daß man die Sünde einfach wegfegen kann«, sagte Duane. »Ich dachte, sie wäre eher so etwas wie ein Fleck, der sich mit keinem Fleckenmittel mehr entfernen läßt.«

»Sie werden noch einmal wünschen, Sie wären nicht so ein Lästermaul geworden«, sagte G. G.

Duane gelang es, sich soweit vorzudrängen, bis er die Bank gut im Blick hatte. Durch die Glaswände konnte man mehrere unbekannte Männer erkennen. Sie schienen all die besorgten Menschen, die sich in Trauben um das Gebäude scharten, nach Möglichkeit zu ignorieren.

Da hörte er einen Wagen so dicht hinter sich auffahren, daß er glaubte, er würde seinen Ellbogen streifen, und als er sich umdrehte, sah er Jacys Mercedes. Jacy, Jack, Julie und Shorty saßen auf den Vordersitzen. Alle außer Shorty trugen Sonnenbrillen. Duane ging um den Wagen herum und setzte sich auf den Rücksitz.

Jacy hatte bereits den Body für die Adam-und-Eva-Szene an, die in einer dreiviertel Stunde beginnen sollte.

»Na, die Bank scheint ja wohl wirklich geschlossen zu sein«, sagte Duane.

»Mama sagt, diese Banktypen haben dich den ganzen Tag lang angerufen«, sagte Julie. »Sie sagt, du wirst nun wie ein Kommunist leben müssen.«

»Nicht wie ein Kommunist, sondern wie ein Guerrilla-Kämpfer im Busch«, sagte Jacy.

»Das wird nicht schwer sein – wie ein Gorilla im Dschungel lebe ich ohnehin schon«, sagte Duane.

»Sie werden uns alles wegnehmen, was uns gehört, sobald sie dich schnappen«, sagte Jack. Er knackte mit seinen Fingerknöcheln, was er immer tat, wenn er zu lange in einem Wagen, Flugzeug oder Kino eingepfercht saß.

»Hör auf, mit deinen Knöcheln zu knacken, Jack«, sagte Duane.

»*Bitte* hör auf, mit deinen Knöcheln zu knacken, Jack«, sagte Jacy und sah dabei Duane an. Daß sie damit an seinen Manieren herumkorrigierte und nicht seinen Sohn zurechtwies, blieb ihm nicht verborgen.

»Mein neues Fahrrad kriegen sie aber nicht«, sagte Jack.

»Meins auch nicht«, sagte Julie. »Komm, kaufen wir uns einen Papagei.«

»Ich hasse Papageien«, sagte Jack. »Der Papagei in dem Zoogeschäft hat mich gebissen, weißt du noch?«

»Das kam daher, weil du was vom Vögeln zu ihm gesagt hast«, sagte Julie. »Vögel hören das Wort ›Vögeln‹ nicht gerne.«

»Ich mag es auch nicht sonderlich gerne hören, Julie«, sagte Jacy. Dann schoß sie mit dem Wagen auf das Rodeogelände und parkte im Schatten der unüberdachten Billigplätze. Sobald sie zum Stehen gekommen war, sprangen die Zwillinge heraus und schlugen Shorty die Tür vor der Nase zu. Sofort sprang er aus dem Fenster und jagte hinter ihnen her.

»Heute abend werden wir wohl keine große Menschenmasse anlocken können«, meinte Duane. »Eine Bank, die dichtmacht, hält die Leute von so was hier ab. Kein Brot, keine Spiele.«

»Von wegen – ganz im Gegenteil!« sagte Jacy. »Je weniger Brot, desto mehr Spiele – so herum läuft das.«

Sie öffnete ein kleines Beauty-case, stellte einen kleinen Spiegel auf die Handschuhablage und studierte ein wenig müde ihr Gesicht. Das Gesicht im Spiegel schien sie jedoch kalt zu lassen, ja sogar leicht anzuwidern, und sie saß eine Weile da und legte die Hände in den Schoß, ohne ihr Make-up zu restaurieren.

»Hast du das mit Sonny gehört?« fragte Duane.

Jacy drehte sich nach ihm um. »Du kannst dich ruhig auf den Vordersitz setzen, wenn du willst«, sagte sie. »Zumindest dann, wenn du mit mir außer über Sonny noch über etwas anderes reden willst.«

Duane stieg nach vorne um. Seine Gedanken kreisten hauptsächlich um die geschlossene Bank. Er fragte sich, von welcher großen städtischen Bank sie übernommen würde.

»Du siehst irgendwie süß aus, wenn du deprimiert bist«, sagte Jacy. »Du hast so was wie einen Armesündercharme. Nur wenn du geil bist, bist du unerträglich.«

»Dickie ist auch geil, und er ist nicht unerträglich«, sagte Duane. »Ihr Weiber seid doch alle unsterblich in ihn verliebt.«

»Klar sind wir das«, sagte Jacy. »Geilheit ist was Süßes bei einem Jungen in seinem Alter. Aber wenn ein Mann in deinem Alter geil ist, dann macht man besser einen großen Bogen um ihn. Das bedeutet nämlich, daß er absolut nichts gelernt hat im Leben.«

»Irgendwas muß ich in achtundvierzig Jahren doch gelernt haben«, sagte Duane, »auch wenn mir nicht sofort einfällt, was.« Jacy nahm einen Lippenstift aus ihrem Beauty-case heraus, dann ließ sie ihn wieder hineinfallen, nahm ein Eyelinerset heraus und begann, sich die Augen zu schminken.

»Wenn du in deiner tiefsten Armesünderphase steckst, habe ich manchmal den Drang, dich zu umarmen, aber wenn ich das tue, dann solltest du das nicht mißverstehen.«

»Ich würde es nicht wagen, vorzugeben, von euch Frauen überhaupt etwas zu verstehen«, sagte Duane.

»Hör auf, von ›euch Frauen‹ zu reden – ich bin die einzige Frau hier«, sagte Jacy scharf.

Sie frischte weiter ihr Make-up auf, während sich die Ränge füllten. Ihre Voraussage bewahrheitete sich. Schon bald waren die Ränge besetzt; die Menge schien sogar noch größer zu sein als am ersten Abend. Mitspieler des Festspiels trieben sich in der Umgebung der unüberdachten Plätze herum und begannen, sich Sombreros oder Sonnenhäubchen aus der Pionierzeit aufzusetzen und Revolvergürtel umzuschnallen.

»Du legst dich ja nicht gerade ins Zeug, Duane«, sagte Jacy. »Du sagst ja keinen Ton. Versuch doch wenigstens einmal, eine Unterhaltung anzufangen.«

»Meinst du, ich habe Karla verloren?« fragte er, plötzlich entschlossen, Jacy die Frage zu stellen, die Ruth ihm nicht hatte beantworten wollen.

»Wieso? Willst du sie denn wirklich halten?« fragte Jacy, während sie sich den Lippenstift abwischte.

»Klar«, sagte Duane. »Das will ich.«

Jacy warf ihm einen verächtlichen Blick zu.

»Ihr Männer möchtet gerne klare Verhältnisse haben, hab ich recht?« sagte Jacy. »Ihr seid scharf auf saubere Lösungen – auf schön solide, die ewig halten. Ich halte Karla. Ich verliere Karla. Keine Grauzonen, keine Ungewißheiten.«

»Es ist eben schön zu wissen, was Sache ist«, sagte Duane.

»Du meinst, es ist schön zu wissen, wer für dich sorgt«, sagte Jacy.

Duane wünschte sich längst, er hätte nicht gefragt.

»Was willst du wirklich wissen, Duane?« fragte Jacy. »Ob Karla und ich uns gegenseitig die Mösen lecken?«

»Davon habe ich nichts gesagt«, sagte Duane.

»Nein, aber nur weil du Schiß hast«, sagte Jacy. »Du hast Angst, du könntest herausfinden, was du wirklich wissen willst, und zwar, ob ich deine Frau verführt habe oder ob sie mich verführt hat oder ganz allgemein, was zwischen den Mösen so abläuft, auf die du scharf bist.«

Sie schloß ihr Beauty-Case und schien einen Augenblick bereit, aus dem Wagen zu steigen.

»Ich wünschte, du würdest nicht aussteigen«, sagte er.

»Wieso?«

»Wenn du jetzt weggehst, wütend wie du bist, werde ich mich hundeelend fühlen«, sagte Duane.

»Du solltest lernen, zwischen Wut und Verachtung zu unterscheiden«, sagte Jacy.

»Wieso Verachtung?« fragte er. »Ich habe doch nur eine Frage gestellt. Ich muß wirklich nicht wissen, was zwischen dir und Karla abläuft.«

»Ich glaube, du fühlst dich wegen irgend etwas schuldig«, sagte Jacy. »Sonst würdest du nicht fragen, ob du deine Frau verloren hast.«

»Also, ich fühle mich nicht schuldiger als in den vergangenen zehn Jahren«, sagte Duane. »Ich bin an einer Menge Sachen schuld, aber ich habe gelernt, eine gewisse Menge Schuld mit mir herumzutragen.«

»Stell dir vor: das kann ich auch«, sagte Jacy. »Als ich verheiratet war, bin ich trotzdem wie verrückt durch die Gegend getobt. Also, Schuldgefühle haben mich wirklich nicht gebremst.«

Nun gingen die Platzscheinwerfer an. Karla und Old Man Balt ritten in die Arena ein und machten sich bereit, die Landesfarben durch das Arenarund zu führen. Der westliche Himmel war immer noch hell, aber der Mercedes lag in tiefem Schatten.

»Es wäre besser, du würdest dich in deine Badehose schwingen, Adam«, sagte Jacy. »Wir müssen gleich da hinausgehen und die menschliche Rasse entspringen lassen.«

»Oh, Scheiße«, fluchte Duane. »Ich habe sie im Pickup gelassen. Wir werden sie holen müssen.«

»Ach was, dann mach deinen Auftritt eben in deiner Unterhose«, sagte Jacy. »Wen kümmert das schon?«

»Mich«, sagte Duane. »Ich werde da nicht in Unterhosen hinaustreten. Das würde ich nie überleben.«

»Es ist interessant, daß ich angefangen habe, dich zu kritisieren«, sagte Jacy. »Karla meint, du seist der ideale Allzweck-Sündenbock, und da hat sie recht. Du hast gerade genug Schuld auf dem Buckel, um einen guten Sündenbock abzugeben, und du siehst nicht so aus, als ob du zäh genug wärst, in einem Streit gefährlich zu werden.«

»Wenn man sich wehrt, dann wird man doch nur noch schlimmer kritisiert«, sagte Duane.

»Vielleicht gefällt's dir, wenn man dich kritisiert«, sagte Jacy. »Vielleicht gibt dir das die Illusion, daß du irgendwie mit dazugehörst oder mit dazugehören könntest.«

»Komm, holen wir jetzt meine Badehose«, sagte Duane. Die Angst, er würde Adam in seiner Unterhose spielen müssen, machte ihn immer nervöser und ließ noch größere Ängste, wie zum Beispiel die Angst vor dem Bankrott oder die Angst, seine Frau zu verlieren, in den Hintergrund treten.

»Du holst sie allein«, sagte Jacy. »Ich muß in der ›Battle Hymn of the Republic‹ mitsingen. Das ist mein Lieblingsteil in der ganzen Show.«

Duane schob sich hinter das Steuer und ließ den Wagen an. Jacy war noch nicht weggegangen. Sie stand direkt an der Wagentür, so dicht, daß er einen Arm um sie hätte legen können. Er blickte zu ihr auf und sah, daß sie ihn beobachtete. Obwohl sie so dicht bei ihm stand, daß er die Hitze ihres Körpers fühlen konnte, lag ihr Gesicht im Schatten. Er konnte ihre Augen nicht sehen.

»Bei dir blicke ich einfach nicht durch, Duane«, sagte sie. »Möglicherweise bist du in Wirklichkeit sehr nett. Du klammerst dich nur ein bißchen zu sehr an das lineare Prinzip oder wie das heißt.«

Duane raste zu seinem Pickup, griff sich seine Badehose heraus und zog sie in der Toilette der Tankstelle an. Als er wieder herauskam, hallten bereits die Strophen der »Battle Hymn« über die schweigende Stadt.

81

»Jemand sollte dieser bescheuerten Band sagen, daß sie aufhören soll, Rumbas zu spielen«, sagte Karla. »Wo sind wir denn hier? In Acapulco vielleicht?«

Duane war froh zu erfahren, daß das, was er tanzen sollte, anscheinend eine Rumba war. Sie befanden sich mitten im Straßentanz – Hunderte von gestiefelten Füßen scharrten über den Asphalt und machten es schwer, die Band zu hören. Nur hin und wieder schnappte Duane einen oder zwei Takte von der Musik auf.

»Ich vermute, die versuchen nur, für etwas Abwechslung zu sorgen«, sagte Duane.

»Dieser kleine Bassist ist echt süß«, sagte Karla. »Er kann bei mir jederzeit für etwas Abwechslung sorgen, wenn er sich einfangen läßt. Einen Bassisten würdest du mir doch nicht übelnehmen, oder, Duane?«

»Nur, wenn er versucht, einen Müllschlucker zu installieren, und das nicht auf die Reihe kriegt«, meinte Duane.

»Also über *die* alte Geschichte müßtest du allmählich hinweggekommen sein, Duane«, sagte Karla. »Die liegt doch schon Jahre zurück.«

»Jenny braucht aber lange, um sich auszuweinen«, bemerkte er. Jenny hockte auf einer Eisbox an einem der Ausschankstände und schluchzte bitterlich. Charlene und Lavelle standen bei ihr und tätschelten ihr hin und wieder den Rücken.

»Ich kann's ihr nicht verübeln«, sagte Karla. »Heute abend war die Show entsetzlich, und obendrein ist auch noch Lester verzweifelt abgehauen.«

Das Festspiel war eine traurige Darbietung gewesen, das ließ sich nicht leugnen. Die Iwo-Jima-Szene mußte gestrichen werden, da die Teenagermädchen, die sich bereit erklärt hatten, die japanischen Soldaten zu spielen, beschlossen hatten, statt dessen zum Rollschuhfahren zu gehen. Der Bürgerkrieg und der 1. Weltkrieg mußten wegen einer furchtbaren Schlägerei zwischen den Verteidigern von Alamo, angeführt von Eddie Belt, und der Santa-Anna-Armee, geführt von Bobby Lee, ausgelassen werden. Eine größere Anzahl von Herumlungernden und Besoffenen war über die Absperrung gesprungen und den Alamo-Leuten zu Hilfe geeilt. Die Armee von General Santa Anna sah sich gezwungen, durch die Einfangpferche zu fliehen, um nicht zu Brei geschlagen zu werden.

»Duane, schwing deine Füße etwas mehr«, befahl Karla.

»Ich wünschte, du würdest wieder nach Hause kommen«, sagte Duane. »Du könntest Jacy ja mitbringen. Wir haben eine Menge Platz.«

»Das würde die Sache für dich vereinfachen, stimmt's?« meinte Karla. »Dann hast du uns beide unterm selben Dach.«

»War ja nur ein Vorschlag«, sagte Duane.

»Warum willst du mich überhaupt wieder zu Hause haben?« fragte Karla. »Wir schlafen nie miteinander, und wir streiten uns die ganze Zeit.«

»Mir fehlt die Komödie«, sagte Duane.

Karlas Ton war neutral gewesen – weder ganz feindselig noch ganz freundlich –, aber als er sagte, ihm würde die Komödie fehlen, mußte sie lächeln.

Ausgerechnet in diesem Moment gab es auf dem Platz vor dem Gericht irgendeinen Aufruhr. Eine Gruppe von mit Besen bewaffneten Männern bewegte sich durch die Menge, gefolgt von einer Gruppe von Männern in Uniform. Die Männer mit den Besen schienen auf die Leute loszugehen. Duane sah, wie G. G. Rawley auf Bobby Lee losging. Ein Bierbecher flog wie ein Sektkorken in die Luft. Bobby Lee machte ein verdutztes Gesicht, aber nur eine Sekunde lang. Dann warf er sich auf G. G., wurde aber sofort von zwei massigen jungen Polizeioffizieren am Kragen gepackt.

»Duane, sie verhaften Bobby Lee«, sagte Karla.

»G. G. hat sich eine Besenbrigade angeheuert«, sagte Duane. »Das ist seine Auffassung davon, wie man die Sünde wegfegen kann. Ich vermute, diese Cops sind von der Alkoholkontrolle. Ich habe sie noch nie gesehen.«

Überall auf dem Platz kam es nun zu kleinen Handgemengen. G. G. und seine Freiwilligen hatten den Vorteil der Überraschung auf ihrer Seite. Die meisten der Biertrinker bemerkten erst, daß die Besenbrigade angriff, als sie eine Dose oder einen Becher Bier an die Lippen setzen wollten. Manche waren zu betrunken, um so richtig zu begreifen, was da eigentlich vorging – und das Ganze war ihnen auch dann noch nicht ganz klar, als ihnen die Dose oder der Becher aus der Hand geschlagen wurde. Diejenigen, die noch klar genug bei Verstand waren, um zu begreifen, was geschah, reagierten meistens mit Gegenwehr und wurden auf der Stelle von einem Duo von Polizisten in die Zange genommen.

Duane eilte Bobby Lee zu Hilfe, den man bereits in einen großen Viehtransporter geschoben hatte, der als vorläufige Arrestzelle diente. Bobby Lee ließ seine Verhaftung jedoch nicht passiv über sich ergehen. Er kickte Dreck und getrocknete Kuhfladen auf die zwei Polizisten, die das Heck des Lasters bewachten.

»Was soll denn das?« fragte Duane. »Sie können doch nicht einfach Leute in einen Viehtransporter werfen, nur weil sie Freibier trinken.«

»Nee, wir buchten sie auch nicht wegen dem Saufen ein«, versicherte ihm ein Polizeioffizier. »Wir buchten sie wegen der Schlägerei ein.«

»Ich habe niemanden geschlagen, bis mir dieser Scheißkerl mein Bier aus der Hand geschlagen hat«, sagte Bobby Lee. »*Er* hat angefangen, weshalb buchtet *ihn* niemand ein?«

»Schon gut, Honey, ich werde mich für dich rächen«, sagte Karla und drehte sich auf dem Absatz um.

Duane war hin- und hergerissen zwischen seinem Wunsch, mit den Polizisten ein vernünftiges Wort zu reden, und einem dumpfen Gefühl, daß er Karla im Auge behalten mußte. Er entschied sich dafür, Karla im Auge zu behalten.

Karla borgte sich aus der erstbesten Eisbox, die sie fand, eine Dose Bier und begann sich an G. G. heranzupirschen.

»Was hast du vor?« fragte Duane.

»Wenn du mit mir Schritt halten kannst, dann wirst du's schon merken«, sagte Karla, während sie sich von hinten an G. G. heranschlich, der von einem stämmigen jungen Cop flankiert war. Der Bulle lächelte freundlich, als er Karla sah.

»Hallöchen, G. G., na, amüsiert man sich?« fragte Karla ihn und legte ihm eine Hand auf die Schulter.

Überrascht drehte sich G. G. um. Im selben Moment packte ihn Karla am Hosenbund. Sie dehnte ihn so weit aus, wie sie konnte, und steckte die geöffnete Bierdose mit der Öffnung nach unten in seine Hose.

G. G. machte einen Luftsprung, als das kalte Bier sich über seine Lenden ergoß.

»Um Gottes willen, gute Frau, warum haben Sie das getan?« fragte der junge Polizist.

»Ich wollte einfach nicht, daß die Haut des Pfarrers heute abend durstig zu Bett gehen muß«, sagte Karla, während sie dem Polizeioffizier ihr gewinnendstes Lächeln schenkte.

»Nehmt sie fest, sie ist eine der schlimmsten Sünderinnen der Stadt«, schrie G. G.

»Nun machen Sie mal einen Punkt, G. G.«, sagte Duane. »Kein Gesetz verbietet Karla, Ihnen Bier in die Hose zu kippen.«

G. G. versuchte sich die Bierdose aus der Hose zu fingern, aber da Karla ihm dabei fest in die Augen sah, bekam er sie nicht zu fassen. Die Dose rutschte in eines seiner Hosenbeine, und das Bier begann ihm am Bein herunterzurinnen und in seinen Schuh zu laufen.

»Bei Gott, es gibt ein Gesetz gegen Erregung öffentlichen Ärgernisses«, sagte G. G.

»Ja, aber ich habe ja kein öffentliches Ärgernis erregt«, sagte Karla. »Ich habe das Bier genau dorthin gekippt, wo es hingehört.«

Damit drehte sie sich um und schlenderte davon.

»Du hättest auch auf diesen Trick kommen können, Duane«, sagte sie, als er sie eingeholt hatte.

Als sie die Straße überquerten, sahen sie, wie Dickie in das Führerhaus des Viehtransporters schlüpfte. Er hatte mit Jacy auf dem Fußweg vor dem alten Kino getanzt.

Bevor die Polizisten, die den Laster bewachten, überhaupt begriffen, was los war, warf Dickie den Lastwagen an und fegte mit ihm um die nächste Ecke. Die Polizisten rannten hinter ihm her, um ihn zu verfolgen, aber sie wurden mühelos abgehängt. Dickie fuhr den Truck ein paar Häuserblocks weit die Straße hinunter und hielt an. Dann sprangen er und etwa ein Dutzend Verhaftete herab und tauchten in einer dunklen Straße unter. Als die Polizisten den Laster erreicht hatten, waren die meisten der Übeltäter bereits wieder zurück in der Menge und tranken Bier.

L. P. Jolly, der örtliche Verkehrspolizist, blieb eine Minute lang bei Karla und Duane stehen und prustete vor Lachen. P. L. war immer noch einer von Dickies leidenschaftlichsten Fans.

»Dieser kleine Wichser hat sie doch glatt wieder mal geleimt«, sagte P. L. »Ich wüßte nicht, was die Stadt ohne ihn anfangen würde.«

82

»Statt ihn kastrieren zu lassen, hätten wir ihm sein Kläfforgan wegoperieren lassen sollen«, sagte Karla. »Wenn er ficken könnte, würde er vielleicht nicht soviel bellen.« Sie sprach von Shorty.

Shorty stand etwa zehn Meter weit entfernt am Ufer des Sees und bellte eine Schildkröte an. Er bellte sie bereits seit zehn Minuten ununterbrochen an, aber die Schildkröte hatte sich die ganze Zeit nicht einen Millimeter von der Stelle gerührt.

»Fahr den Wagen ein Stück zurück«, sagte Karla. »Dein Hund macht mich noch taub.«

Sie saßen in Jacys Mercedes und warteten darauf, daß sie ihr Morgenschwimmen beendete. Die Sonne war erst vor wenigen Minuten aufgegangen. Jacy war so weit draußen auf dem See, daß sie sie nicht mehr sehen konnten.

»Wenigstens konzentriert er sich immer nur auf eine Sache zur Zeit«, sagte Duane zu Shortys Verteidigung. Aber dann setzte er trotzdem den Mercedes ungefähr 100 Meter weit zurück.

»Er denkt, er hätte die Schildkröte gestellt«, sagte Duane. »Er ist schon ein komischer Hund.«

»Ich mag nicht mehr andauernd über deinen Hund reden, Duane«, sagte Karla. »Was meinst du? Wird Sonny irgend jemanden verklagen?«

Duane haßte das Thema Sonny allmählich ebenso sehr, wie Jacy es haßte. Um vier Uhr morgens, als nur noch Jacy und Dickie, Nellie und der kleine Joe Coombs und ein paar andere unverwüstliche Tänzer Boogie tanzten, war er mit Karla zum Kwick-Sack gegangen, um nachzusehen, wie es Sonny ging.

»Ich werde vielleicht die Stadt verklagen«, sagte Sonny sofort, als sie seinen Laden betraten. Er war in der gleichen aggressiven Stimmung wie am Morgen im Dairy Queen.

»Die Stadt ist schuld an all meinen Problemen«, sagte Sonny. »Sie hat mich in den Wahnsinn getrieben und deshalb sollte ich sie verklagen.«

Weder Duane noch Karla wußten, was sie sagen sollten. Beide

lächelten nervös, als ob sie dachten, er hätte einen Witz gemacht. Karla kaufte ein paar Fritos und eine Portion Jalapeño-Dip und begann, die Fritos zu essen.

»Ich hab mein Leben lang hier gelebt«, sagte Sonny. »Wenn ich verrückt bin, dann muß die Stadt mich so weit gebracht haben. Ich glaube, euch hat sie auch so weit gebracht. Ich glaube, wir sind jetzt alle verrückt. Es gibt keinen Menschen mehr in der Stadt, der noch normal ist. Wir sollten alle gemeinsam Strafanzeige gegen die Stadt erstatten und auf 'ne ordentliche Entschädigung klagen.«

»Ich denke nicht, daß ich verrückt bin«, sagte Karla. »Aber ich gebe zu, daß fast jeder andere den Verstand verloren hat.«

»Natürlich bist du verrückt«, sagte Sonny. »Du fährst nach Dallas und schmeißt Tausende zum Fenster hinaus für Dinge, die du nicht brauchst.«

»Das tu ich doch nicht, weil ich verrückt bin, sondern weil ich mich langweile«, sagte Karla.

»Du hast vulgäre Liebhaber, und Duane hat vulgäre Geliebte«, sagte Sonny. »Ihr seid beide schwachsinnig.«

»Ich hätte den Wodka mitbringen sollen«, sagte Karla und machte ein deprimiertes Gesicht.

»Es ist ebenfalls schwachsinnig, sich gleich flaschenweise Wodka reinzukippen, nur weil ich gesagt habe, deine Liebhaber seien vulgär«, sagte Sonny wütend.

Duane hatte Lust, ihm eine reinzuschlagen, aber er ließ es bleiben.

»Junge, du bist vielleicht in einer miesen Stimmung«, sagte Karla. »Ich trinke Wodka, weil ich Wodka mag, das nur zu deiner Information. Und was die vulgären Liebhaber betrifft – manchmal heißt es eben: entweder 'n vulgärer oder gar keiner. Dein Problem ist, daß du dich für gar nichts entscheidest, statt dich wie die anderen auch mit was zufriedenzugeben, was ein bißchen vulgär ist.«

»Aha, verstehe: du denkst, ich sei verrückt geworden, weil ich keine vulgäre Geliebte habe«, sagte Sonny. »Wenn's nach dir ginge, wär also jeder verrückt, der keine idiotischen Kompromisse macht.«

Duane und Karla blickten sich an. Keiner von beiden wußte, was er sagen sollte. Noch nie hatten sie Sonny in einer solchen Stimmung erlebt. Im Hintergrund redete Dr. Ruth im Radio über das Prämenstrualsyndrom. Duane wollte mit halbem Ohr zuhören, damit er Janine ein paar Tips geben konnte, denn sie litt an schlimmen prämenstrualen Verzweiflungszuständen. Aber er konnte nicht richtig zuhören, solange Sonny sich so feindselig und sonderbar aufführte.

»Wir sind alle verrückt, und schuld daran ist das Leben in dieser Stadt«, sagte Sonny. »Sie hat uns unsere geistige Gesundheit gekostet. Wir sollten sie alle gemeinsam verklagen.«

»Aber *wir* sind doch die Stadt«, sagte Duane. »Wenn wir verrückt sind, dann haben wir uns selbst verrückt gemacht. Wir können uns doch unmöglich selbst verklagen.«

»In Wirklichkeit ist nur die Hundertjahrfeier daran schuld«, sagte Sonny. »Vielleicht sollte ich nur das Festkomitee verklagen.«

Die Aggressivität verschwand aus seinem Blick und seiner Stimme, er bekam wieder den alten traurigen Blick und den Ton höflicher Kapitulation.

»Aber du bist doch selbst im Festkomitee«, erinnerte Duane ihn. »Und ich auch.«

»Du bist zwar drin, aber du hast es nie ernst genommen«, sagte Sonny. »Dir ist die Vergangenheit egal. Aber mir ist sie nicht egal. Ich habe angefangen, darüber nachzudenken, und nun kann ich nicht mehr aufhören. Ich dachte, in dieser Hundertjahrfeier würde es wirklich um die Vergangenheit gehen, aber das ist nicht der Fall. Das Ganze ist nur ein fauler Zauber, um die Leute herzulocken und sie dazu zu bringen, Souvenirs zu kaufen. Mit der wirklichen Vergangenheit hat das nichts zu tun.«

»Eine Hundertjahrfeier ist doch vor allen Dingen Unterhaltung«, sagte Karla. »Das ist zwar ziemlich albern, aber kein Grund, um verrückt zu werden.«

»Es hat mich ja auch nicht verrückt gemacht«, sagte Sonny. »Es hat mir nur bewußtgemacht, daß ich immer schon einen Dachschaden hatte, sonst hätte ich hier nicht mein Leben verplempert. Ich hätte gleich nach der High School abhauen sollen.«

»Ich dachte, du liebst Thalia«, sagte Duane. Er war sehr überrascht. Sonny war einer der wenigen Leute, die all die Jahre hindurch immer davon gesprochen hatten, was für ein hübscher Ort Thalia sei. Vier oder fünf Jahre lang war er der Präsident der Handelskammer gewesen.

»Ich habe es einmal geliebt«, sagte Sonny. »Diese Feier hat mich die Stadt hassen gelehrt. Das ist ein weiterer Grund, sie zu verklagen.«

Duane wünschte, sie wären nie ins Kwick-Sack gekommen. Er wußte nicht, was er auf Sonnys Kritik antworten sollte.

»Es ist ein Wunder, daß wir jemals die besten Freunde waren«, meinte Sonny dann und blickte ihn traurig an.

»Wieso?« fragte Duane.

»Du bist der Erfolg der Stadt«, sagte Sonny. »Ich bin die Niete der Stadt. So ist es seit der High School immer gewesen. Es würde einem doch nicht im Traum einfallen, daß ein Gewinner und ein Verlierer jemals die besten Freunde werden könnten.«

Duane wollte Sonny daran erinnern, daß er mehrere gutgehende Unternehmen hatte – ganz zu schweigen von anderem Besitz. Er wollte hervorheben, daß er in so gut wie jedem städtischen Amt gute Dienste geleistet hatte. Er wollte Sonny sagen, daß ihn fast alle in der Stadt achteten – was tatsächlich weitgehend zutraf.

Aber er sagte nichts von alledem. Er wollte dem Kwick-Sack nur noch den Rücken zukehren und nie mehr einen Fuß über seine Schwelle setzen. Karla konnte dort ja einkaufen, wenn sie Lust hatte. Aber für ihn war der Laden gestorben.

»Jacy hat recht, was ihn betrifft«, sagte er zu Karla, als sie zum Hauptplatz zurückbummelten. »Er ist ein Verlierer, und es gefällt ihm, ein Verlierer zu sein.«

Karla sah sehr deprimiert aus, aber sie war nicht deprimiert genug, um Sonny ganz aufzugeben.

»Ihr beiden seid zu hart gegen ihn«, sagte sie.

83

Während sie zusahen, wie die Sonne den Morgennebel über dem braunen See fortbrannte, kam Karla wieder auf das Thema Gewinner und Verlierer zurück.

»Mich könnte man auch als Verlierer betrachten, Duane«, sagte sie. »Im Grunde habe ich es nie sonderlich weit gebracht.«

»Du bist trotzdem kein Verlierer«, sagte Duane.

»Wenn ich einzig und allein deswegen keiner bin, weil ich mit einem Gewinnertypen verheiratet bin, dann bin ich doch ein Verlierer«, sagte Karla.

Duane hatte gute Lust, sie durchzuschütteln.

»Hör auf, dich einen Verlierer zu nennen!« sagte er. »Du bist kein Verlierer. Du bist eine wunderschöne, wundervolle Frau.«

»Wirst du jetzt etwa sauer, Duane?« fragte Karla.

»Ja«, sagte Duane. »Ich möchte nicht, daß du wie Sonny redest.«

»Wenn ich wunderschön und wundervoll bin, woher kommt es dann, daß du mit vulgären Freundinnen statt mit mir schläfst?« fragte Karla, während sie sich die Lippen mit Blistex einrieb, um sich für den bevorstehenden heißen Tag zu wappnen.

Duane seufzte. Was er ebenfalls nicht ausstehen konnte, waren Gespräche darüber, weshalb er mit jemandem ins Bett ging oder nicht.

»Wir sind zweiundzwanzig Jahre miteinander verheiratet«, sagte er. »Nehmen wir einmal an, wir haben in den ersten zehn Jahren zweihundertmal pro Jahr gefickt. Das macht zweitausendmal. Dann weitere fünf Jahre lang vielleicht hundertfünfzigmal pro Jahr. Das sind noch mal siebenhundertfünfzigmal. Ich weiß nicht, wieviel es für die letzten sechs, sieben Jahre ergeben würde, aber es muß nochmal mindestens ein paar hundertmal gewesen sein. Das macht an die dreitausendmal – ohne mitzurechnen, wie oft wir's vor unserer Hochzeit gemacht haben.«

»Wir haben gleich, nachdem wir uns kennenlernten, geheiratet«, erinnerte Karla ihn. »Ich bezweifle, daß wir vor der Hochzeit auch nur fünfzigmal miteinander geschlafen haben.«

»Dann sind's immer noch dreitausendmal«, sagte Duane.

»Es deprimiert mich, in Zahlen über die Liebe zu reden, Duane«, sagte Karla.

»Das mag vielleicht nicht romantisch sein, aber es erklärt, weshalb ich Freundinnen habe«, sagte Duane. »Gestern abend hast du selbst von Abwechslung geredet.«

»Wenn ich davon rede, dann zieh ich normalerweise nur 'ne Show ab«, sagte Karla. »Wenn du davon redest, dann ziehst du wirklich los und machst Ernst damit. Das ist wohl der Unterschied zwischen einem Gewinner und einem Verlierer.«

»Wenn du dich noch ein einziges Mal einen Verlierer nennst, dann erwürg ich dich«, sagte Duane.

»Aber es stimmt doch, du tust's einfach und sprichst nicht darüber«, sagte Karla. »Das ist sogar noch schlimmer.«

»Du siehst die Dinge nie von der positiven Seite«, sage Duane.

»Das ist eine Lüge«, sagte Karla. »Normalerweise sehe ich immer alles von der positiven Seite. Ich habe die meiste Zeit meines Lebens damit verbracht, dich aufzuheitern.«

Das konnte Duane nicht abstreiten.

»Welches ist denn in unserem Fall die positive Seite?« fragte Karla nach einer Minute.

»Dreitausendmal First-Class-Bumsen«, sagte Duane. »Ein besseres Sexualleben kann man wahrscheinlich gar nicht haben.«

»Gib bloß nicht so an, Duane«, sagte Karla, »nicht jedes einzelne davon war ›First Class‹.«

»Die meisten davon schon – aus meiner Sicht zumindest«, sagte Duane, »neunzig Prozent mindestens.«

»Da bleiben immer noch zehn Prozent, die nur so la-la waren«, meinte Karla.

»Die meisten Leute würden sich mit neunzig Prozent zufriedengeben«, sagte Duane. »Wieso bist du so stur?«

»Wie kommst du darauf, ich sei stur?«

»Du wirkst einfach stur«, sagte er. »Ich wünschte, Jacy käme zurück.«

»Klar, weil's dich nervt, wenn ich über Sex rede«, sagte Karla. »Ich bin erst sechsundvierzig, verstehst du. Ich bin noch nicht bereit, einfach aufzuhören.«

»Es hat ja niemand gesagt, daß du aufhören sollst«, sagte Duane.

»Tu ich aber, sonst hätte ich nämlich auch vulgäre Liebhaber«, sagte Karla. »Das mit den dreitausendmal hast du nur gesagt, weil du mir zu verstehen geben wolltest, daß du deine eheliche Pflicht erfüllt hast.«

»Ich sehe das nicht als Pflicht an«, sagte Duane. »Früher habe ich den ganzen Tag lang auf der Bohranlage an dich gedacht. Ich habe mir immer überlegt, was wir miteinander machen könnten, wenn ich heimkomme.«

»Das ist süß, aber jetzt, wo ich sechsundvierzig bin und du nie mehr einen Gedanken an mich verschwendest, hilft mir das auch nicht«, sagte Karla. »Wie stellst du dir denn den Rest unseres Lebens vor?«

»Ich denke, wir lassen's einfach so weiter laufen«, sagte Duane.

»Scheiß drauf«, sagte Karla. »Ich werde nach Europa gehen und ordentlich einen losmachen, und das wird deine Schuld sein, weil du mich geil und unbefriedigt losziehen läßt.«

»Ich wünschte, Jacy käme zurück«, sagte Duane wieder. »Dann müßten wir wenigstens das Thema wechseln.«

»Es ist mein Lieblingsthema«, sagte Karla. »Ich möchte es überhaupt nicht wechseln.«

»Genau – weil's dir Spaß macht, mir das Gefühl zu geben, ich sei ein Ekel«, sagte Duane.

Er fühlte sich nicht nur wie ein Ekel, sondern auch erschöpft und alt und ratlos. Was würden sie *tatsächlich* mit dem Rest ihres gemeinsamen Lebens anfangen? Er hatte keine Ahnung, aber egal, was sie machen würden, sie würden es höchstwahrscheinlich weniger gut machen, als sie es bisher gemacht hatten – und das war eine deprimierende Aussicht.

Auf Karla schien dieses Gespräch die entgegengesetzte Wirkung zu haben, denn sie sah auf einmal jünger, schöner und dynamischer aus. Mit feurigem Blick durchstöberte sie Jacys Cassettensammlung. Manchmal sah man ihr ihr Alter an, aber in diesem Augenblick hätte man sie für dreiunddreißig oder vierunddreißig halten können. Daß sie ab und zu gleich für mehrere

Stunden ihr jugendliches Aussehen zurückerlangen konnte, hatte ihn stets verblüfft. Wie sie das fertigbrachte, war ihm unbegreiflich. Ihn selbst würde mit Sicherheit niemand auch nur eine Sekunde lang für dreiunddreißig halten.

»Du siehst wundervoll aus«, sagte er. »Du siehst einfach zauberhaft aus.«

Karla grinste. »Und doch macht das deinen Pimmel nicht hart – hab ich recht, Duane?« sagte sie. »Schönheit und Intelligenz und Vitalität ist offenbar immer noch nicht genug für dich, Mr. Schwer-zu-befriedigen!«

»Ich bin überhaupt nicht schwer zu befriedigen«, sagte er. »Ich werde einfach nur schneller alt als du. Ich kann nichts dafür.«

»Na ja, schwer einen hochbekommen, ist wahrscheinlich nicht ganz dasselbe wie schwer zu befriedigen sein«, sagte Karla. »Du bist so schnell gealtert, weil du die ganze Zeit schuftest.«

»Es freut mich, daß deine gute Laune wieder zurückgekehrt ist«, sagte er erleichtert.

»Wenn ich jetzt gut aufgelegt bin, heißt das nicht, daß ich's auch bleibe«, sagte sie.

»Karla, das weiß ich.«

»Du denkst wohl, daß eine, die zauberhaft aussieht und intelligent und vital ist, immer alles bekommt, was sie sich wünscht«, sagte Karla. »Das ist im Fernsehen so. Das ist vielleicht eine komische Welt, wenn eine mit meinem Drive nicht bekommt, was sie sich wünscht.«

»Ich denke mir das so wie beim Baseball«, sagte Duane. »Selbst die treffsichersten Spieler können nicht mehr als die dreihundert möglichen Punkte machen.«

»Daß ich nicht lache«, sagte Karla. »Ich möchte mindestens sechshundert machen – wenn nicht gar siebenhundert!«

Sie schob eine Pink-Floyd-Cassette in den Cassettenrecorder.

»Ich hab keine Ahnung, was dir eigentlich wichtig ist, Duane«, sagte Karla. »Wieso macht dir die Frage, ob du bankrott gehst, mehr Sorgen als die, ob ich nach Europa gehe und in Schwierigkeiten geraten könnte?«

»Das macht mir beides gleich schreckliche Sorgen«, sagte

Duane. »Außerdem fällt einem das Denken schwer, wenn die Musik so laut ist«, fügte er hinzu und gähnte.

Dann sahen sie, wie Jacy langsam auf den kleinen Bootssteg zugeschwommen kam und einen Moment an der Leiter verschnaufte, bevor sie sich aus dem Wasser heraufzog. Shorty raste ihr zur Begrüßung entgegen. In Kreisen rannte er auf dem Steg herum.

»Wenn ich versuchen würde, so weit hinauszuschwimmen wie sie, würde ich Krämpfe bekommen und ertrinken«, sagte Karla.

»Glaubst du, sie wird jemals wieder heiraten?« fragte Duane.

»Nein, und ich auch nicht, wenn du sterben würdest«, sagte Karla.

»Doch, du würdest wieder heiraten«, sagte Duane. »Das hoffe ich zumindest.«

»So etwas hoffst du besser nicht«, sagte Karla heftig und warf ihm einen wütenden Blick zu.

»Das ist mir nur so herausgerutscht«, sagte Duane. »Ich habe nie darüber nachgedacht, was du tun könntest, wenn ich sterbe.«

»Nur weil ich einen losmachen will, heißt das noch nicht, daß ich irgendeinen anderen Ehemann haben möchte als dich«, sagte Karla. »Wie kommst du darauf, so etwas zu sagen?«

»Weiß ich nicht«, sagte Duane. »Ich hab keine Ahnung, warum ich das gesagt habe. Ich nehme alles zurück.«

Da kam Jacy mit einem großen blauen Badetuch um die Schultern heranspaziert. Shorty rannte laut bellend vor ihr her.

»Er denkt, er sei meine Polizeieskorte«, sagte Jacy.

Shorty begann wie im Delirium immer um den Mercedes herumzujagen. Jacy blieb auf Karlas Seite am Fenster des Wagens stehen und trocknete sich die Beine ab.

»Duane hat gesagt, er hofft, ich werde wieder heiraten, wenn er stirbt«, informierte Karla sie.

»Das hat er wirklich gesagt?« fragte Jacy, während sie auf den Rücksitz rutschte.

Das Gefühl, Karla neben und Jacy hinter sich zu haben, machte Duane nervös. Er konnte den See an Jacy riechen – den Geruch eines nassen Handtuchs und eines nassen Badeanzugs auf einer nassen Frau. Er sah in den Rückspiegel und begegnete ihrem Blick. Auf diesen Blick hatte sie gewartet. Sie machte ein amüsiertes Gesicht.

Duane verspürte auf einmal den Drang, sie zu küssen. Daß dieses Begehren der nassen Frau auf dem Rücksitz statt der strahlenden Frau auf dem Beifahrersitz galt, kam ihm traurig und sonderbar vor. Jacy fuhr sich mit den Fingern durch ihr nasses Haar.

Ihm fiel wieder ein, daß er sich in Schwierigkeiten befand, weil er eben gesagt hatte, Karla sollte wieder heiraten, falls er stürbe. Er war sich nicht sicher, was die beiden Frauen so schlimm daran fanden, so etwas zu sagen.

»Ich habe doch nur an euer Glück gedacht«, sagte er zu Karla.

Da mußten die beiden Frauen lachen.

Er spürte, daß Jacy ihn wieder durch den Spiegel ansah und darauf wartete, seinem Blick zu begegnen.

84

Auf der Rückfahrt nach Hause teilte ihm Karla vergnügt mit, daß er sich umziehen müsse, weil sie alle drei nun die Hundertjahrfeier-Kunstausstellung begutachten müßten.

»Du mußt dir wenigstens ein Sportsakko anziehen, und es würde dir wirklich nichts schaden, wenn du dir auch 'ne Krawatte umbindest«, meinte sie.

»Ich könnte mir alle Krawatten umbinden, die ich besitze, und das würde mir trotzdem nicht helfen, eine Kunstausstellung zu begutachten«, sagte er. Die Kunstausstellung war die einzige Veranstaltung der Feier, für die er nicht verantwortlich zu sein glaubte. Sie war Jennys Idee gewesen, und Jenny, Karla und Lester sollten die Jury machen.

»Ich weiß, daß Lester abgehauen ist, aber Jenny ist nicht abgehauen«, sagte er. »Weshalb könnt ihr drei sie nicht begutachten?«

»Wir brauchen einen Mann im Team, damit das Urteil ausgewogener ist«, sagte Karla.

»Hör auf zu versuchen, dich überall herauszuhalten, Duane«, sagte Jacy. »Es wird dir nicht weh tun, eine kleine Kunstausstellung zu begutachten.«

»Du weißt doch gar nicht, was mir weh tun könnte«, sagte Duane. Er hatte das Gefühl, daß sie sich über ihn lustig machten.

Zu Hause verzehrten Karla und Jacy ein gewaltiges Frühstück und putschten ihre bereits reichlich vorhandenen Energien noch mehr auf. Duane aß nur eine Schale Cornflakes. Er hatte ein nervöses Gefühl im Magen.

»Sind Sie krank?« erkundigte sich Minerva. Sie selbst bildete sich im Augenblick ein, Magenkrebs zu haben.

»Nein«, sagte Duane.

»Sie sehen aber fix und fertig aus«, bemerkte Minerva.

»Ich bin auch fix und fertig«, sagte Duane. »Die beiden da haben mich fix und fertig gemacht.«

Er deutete mit dem Kopf auf Karla und Jacy, die im Moment zu sehr mit dem Essen beschäftigt waren, um auf ihm herumzuhacken. Er war sich sicher, daß sie sofort wieder damit anfangen würden, sobald sie ihr Mahl beendet hatten.

»Er hat gesagt, er möchte, daß ich wieder heirate, wenn er stirbt«, informierte Karla Minerva zwischen zwei Bissen.

Minerva zuckte mit den Schultern. »Was soll man da schon machen«, sagte sie. »Wenn Sie Magenkrebs haben, dann nehmen die Ihnen den ganzen Magen raus.«

»Die sollten dir lieber nur die Zunge rausnehmen«, sagte Duane.

»Entschuldigung, ich nehm's zurück«, fügte er sofort hinzu, als sich Schweigen um den Tisch ausbereitete. »Ich würde nicht wollen, daß du deine Zunge verlierst.«

»Ihr habt ihn nicht fix und fertig genug gemacht«, sagte Minerva zu Karla. »Stell sich einer einen Mann vor, der so was zu einer sechsundachtzig Jahre alten Frau sagt.«

»Was erwartest du auch von einem, der will, daß ich in derselben Minute, wo er stirbt, wieder heirate?« fragte Karla.

Duane holte sich Barbette und setzte sich auf eine halbe Stunde an den Swimmingpool, während Karla und Jacy sich anzogen. Jacy kam als erste wieder heraus und brachte eine Auswahl an

Krawatten in der Hand mit. Sie hielt ihm zwei oder drei an den Kragen, um zu sehen, wie sie ihm standen.

»Ich will mir keine Krawatte umbinden«, sagte er, »und ich will auch keine Kunstausstellung begutachten.«

»Ich habe das Gefühl, du willst einfach verbiestert vor dich hin schmollen«, sagte Jacy. »Das scheint alles zu sein, was du tust. Aber ich finde das ganz okay. Das trägt nur zu deinem Armesündercharme bei.«

»Warum ist es so schlimm, daß ich gesagt habe, ich möchte, daß Karla wieder heiratet, wenn ich sterbe?« fragte Duane sie.

»Weil das bedeutet, daß es dir nichts ausmachen würde, wenn ein anderer sie vögelt«, sagte Jacy.

»Wenn ich tot wäre, dann *würde* es mir auch nichts mehr ausmachen«, meinte er.

»Die Tatsache, daß du tot wärst, ist dabei total unwichtig«, sagte Jacy. »Nimm diese Krawatte mit den weißen Punkten. Mit der siehst du irgendwie Las-Vegas-mäßig aus.«

»Ich finde diese Krawatte zum Kotzen«, entgegnete Duane. »Die hat mir irgend jemand zu Weihnachten geschenkt. Irgend jemand wie Bobby Lee.«

Barbette begann zu plärren und ihre Arme nach Jacy auszustrecken. Jacy nahm sie hoch, und sofort hörte Barbette auf zu plärren.

»Du bist so verbiestert, daß du sogar dein Enkelkind ganz durcheinander bringst«, sagte Jacy.

Die Kunstausstellung erstreckte sich über den ganzen Gehsteig um das Gerichtsgebäude herum bis hin zum Gehsteig zwischen dem Gericht und dem Gefängnis. Unter Zwang hatte sich Duane die Krawatte mit den weißen Punkten umgebunden.

»Ich bin mir in meinem ganzen Leben noch nicht dämlicher vorgekommen«, flüsterte er mehrmals vor sich hin, während er mit Karla und Jacy an den endlosen Reihen von Ölgemälden entlang wanderte.

»Halt die Klappe, Duane, es ist uns doch egal, ob du dir dämlich vorkommst«, sagte Karla.

Die Leute, die die Bilder gemalt hatten und die er fast alle kannte, standen hinter ihren Leinwänden. Duane war zum Teil äußerst überrascht, wen er so hinter den Leinwänden stehen sah – er hatte nicht erwartet, daß so viele von seinen Nachbarn und Kollegen künstlerische Neigungen hegten. Und doch war deutlich zu sehen, daß sie diese Neigungen nicht nur hegten, sondern mit den Ergebnissen davon auch große Hoffnungen verbanden.

Duane war einmal kurz in einem Kunstmuseum in Fort Worth gewesen. Während dieses Besuchs hatte er jedoch die ganze Zeit versuchen müssen, Jack davon abzuhalten, irgendeines der Kunstwerke zu zerstören. So hatte er so gut wie nichts von der Kunst gesehen, abgesehen von der Skulptur eines Frosches, die Jack seiner Wachsamkeit zum Trotz zerstörte, denn es war ihm irgendwie gelungen, sie von ihrem Sockel zu schlagen. Niemand konnte verstehen, wie er das fertiggebracht hatte, denn die Skulptur wog dreihundert Kilo und Jack damals nur um die dreißig Kilo, aber er hatte es trotzdem geschafft. Duane erwartete, ganze Millionen an Schadenersatz zahlen zu müssen, aber die Verantwortlichen des Museums waren so erleichtert gewesen, daß der Frosch Jack nicht unter sich begraben hatte, daß sie keine Forderungen an Duane stellten.

Während er nun so durch die Ausstellung schlenderte, wurde Duane immer nervöser. Daß er nichts für einen zu Bruch gegangenen Frosch zahlen mußte, war seine einzige Erfahrung mit der Kunstwelt. Wie sollte er also zwischen all den Pickups und Bohrtürmen bei Sonnenuntergang eine Entscheidung treffen? Für ihn sahen die Werke alle mehr oder weniger gleich aus.

Da sah er, wie Junior Nolan ein bestimmtes Bild mit traurigen Augen betrachtete. Duane war nicht wenig überrascht, als er sah, daß es sich dabei um ein Porträt von Dickie mit nacktem Oberkörper auf einer orangefarbenen Couch handelte. Fast noch schneller als Dickie erkannte Duane die Couch. Es war Suzie Nolans Couch, die Couch, auf der sie beide sich noch tags zuvor geliebt hatten. Es mußte Suzies Gemälde sein.

Junior hatte die Couch zweifellos ebenfalls erkannt. Er sah traurig aus, aber so ganz traurig doch nicht. Ein Anflug von Stolz lag in seinem Blick.

»Suzie hätte eine Künstlerin werden können«, sagte Junior ruhig. »Sie hätte einfach alles werden können.«

Duane sah sich das Bild noch einmal an. Er hatte das Gefühl, daß es besser war als die meisten anderen Gemälde der Ausstellung. Da war Dickie in all seiner Jugend und Schönheit, mit einem Anflug von Weichheit in seinem Gesicht, wie sie Duane nur selten gesehen hatte.

Während er das Gemälde betrachtete, kamen Jacy und Karla dazu. Junior lächelte sie an, ohne dabei seinen traurigen Blick zu verlieren. Duane fühlte sich nicht wohl in seiner Haut. Keine der Frauen sagte etwas. Sie standen nur da und betrachteten das Gemälde. Einen Augenblick lang glich der Ausdruck in ihren Gesichtern demjenigen in Dickies Gesicht.

Duane hätte sich das Gemälde am liebsten noch länger angesehen. Am liebsten hätte er es sich alleine angesehen. Daß er es mit Karla und Jacy und Junior ansehen mußte, verunsicherte ihn. Das Gemälde machte ihm bewußt, daß Suzie Dickie sehr liebte. Wieder hatte er das Gefühl, daß er sie falsch eingeschätzt hatte und sie nicht genügend ernst nahm. Und er fragte sich, weshalb sie überhaupt ihn, Duane, in ihr Leben ließ.

Das nächste Bild, zu dem er kam, stammte von Sonny. Duane erinnerte sich, daß Sonny sich früher einmal in der Malerei versucht hatte. Soweit er sich noch erinnern konnte, hatte Sonny meistens Gemälde von Gebäuden um den Hauptplatz herum gemalt. Ein paar davon waren im Drugstore verkauft worden. Ein paar hingen noch in dem alten Hotel, und eines oder zwei befanden sich im Dairy Queen.

Dieses Gemälde war ganz anders. Etwas Ähnliches hatte Duane noch nie gesehen. Zuerst einmal war es viel größer als die meisten anderen Gemälde der Ausstellung. In der einen oberen Ecke leuchtete das Rotlicht einer Ampel über einer leeren Straße. In der anderen Ecke war ein High-School-Jackett zu sehen – jedoch ohne die gewohnten High-School-Initialen und nur mit den Worten »For Thalia« darauf. In einer der unteren Ecken fegte ein Junge mit Schirmmütze die Straße vor dem Eingang des Kinos, und in der anderen beugte sich ein alter Mann in einem leeren Billardzimmer über einen Billardtisch. Die Mitte des Bildes nahm ein Footballfeld ein, umgeben von einer flüchtig hingetupften Menschenmasse in den Zuschauerreihen. Auf der grünen

Spielfläche umarmte ein Footballspieler eine »Homecoming Queen«. Das Gemälde hatte den Titel: »Hometown«. Duane betrachtete es lange und nahm die Einzelheiten in sich auf. Manche davon waren winzig klein. Sogar der Titel eines Films stand auf der Anzeigetafel des Kinos. Er lautete *The Kid from Texas* – ein Film, von dem Duane noch nie gehört hatte.

Ein Stück weit entfernt stand Eddie Belt stolz hinter einem Bild von seinem Hühnerhund Monroe. Duane war sich sehr wohl bewußt, wieviel Eddie von Monroe hielt, denn er redete ständig über ihn. Monroe war ein dürrer Pointer oder Vorstehhund mit großen traurigen Augen und mit Ohren, die von Kojoten und anderen Hunden zu Fetzen zerkaut worden waren. Eddies leidenschaftliche Liebe zu Monroe fand Duane völlig unerklärlich, denn als Hühnerhund hatte Monroe durchaus seine Mängel – der erheblichste davon war die Angewohnheit, jeden Vogel, der Eddies Gewehr zum Opfer fiel, auf der Stelle aufzufressen.

Duane mußte zugeben, daß Eddie mit dem Pinsel eine geschickte Hand hatte. Sein Porträt von Monroe war bei weitem realistischer als irgendeines der anderen Tierporträts in der Ausstellung. Er hatte Monroes ramponierte Ohren perfekt getroffen, dachte Duane, und auch seine großen traurigen Augen und hervorstechenden Rippen.

»Ich hätte nie gedacht, daß ich einen talentierten Künstler unter meinen Arbeitern habe«, sagte er. »Ich dachte, du würdest in der Hauptsache nur Sauereien auf die Rückseite von Briefumschlägen kritzeln.«

Eddie schien sich im stillen über dieses Kompliment zu freuen.

Dann kamen Jacy und Karla herüber und musterten das Porträt von Monroe.

»Der Hund sieht ja aus, als wäre er am Krepieren«, meinte Jacy. »Wenn du ihn ordentlich füttern würdest, würden seine Rippen vielleicht nicht so hervorschauen.«

»Ich füttere ihn ja«, sagte Eddie gereizt. »Hühnerhunde sind einfach von Natur aus dürr.«

»Er erinnert zwar ein bißchen zu sehr an diese Kinder aus Äthiopien«, bemerkte Karla, »aber trotzdem gefällt mir das Bild. Ich denke, ich werde für dieses Bild stimmen.«

»Unter welcher Kategorie?« fragte Duane. Er erwog ebenfalls, für dieses Bild zu stimmen, sowohl aus diplomatischen Gründen als auch deshalb, weil er fand, daß es Monroe wirklich ausgesprochen ähnlich sah.

Es gab nur zwei Kategorien in der Kunstausstellung der Hundertjahrfeier – Porträts und Allgemeines.

»Unter Allgemeines, denke ich«, sagte Karla, »ich denke, Hundebilder müßten unter Allgemeines fallen.«

»Warum können wir ihm nicht den ersten Preis unter den Porträts geben?« fragte Duane.

»Weil es nicht das beste Porträt ist«, sagte Jacy. »Das Porträt von Dickie von dieser Frau da ist bei weitem das beste.«

»Außerdem kannst du nicht hergehen und einem Hundeporträt den ersten Preis geben, wenn es in der Ausstellung auch Porträts von Enkelkindern gibt«, meinte Karla. »All diese Leute mit Enkelkindern würden uns packen und aufhängen, wenn wir einem Porträt von einem Hund den ersten Preis verleihen.«

Duane seufzte. »Da siehst du's, das ist genau das Affentheater, in das du hineingerätst, wenn du anfängst, Kunstausstellungen zu machen«, sagte er.

Schließlich ließen sie Monroe dann doch in der Kategorie Porträts. Suzie erhielt den Ersten Preis, Eddie den Zweiten und ein Milchbauer den Dritten. Der Milchbauer hatte eine erkennbare Darstellung von John Wayne gemalt. Das Blaue Band in der Kategorie Allgemeines ging an ein Gemälde von der Schlacht um Alamo, das Rote an ein Gemälde von einem Kälberfänger und das Weiße an ein Gemälde von einem Bauern auf einem Traktor.

Duane schlug vor, Sonnys Gemälde von der Stadt einen Ehrenpreis zu verleihen, aber alles, was er sich damit einhandelte, waren strenge Blicke von der Seite seiner Jurykolleginnen.

»Es ist krankhaft«, sagte Jacy. »Ich hätte große Lust, mit dem Fuß in das Bild zu treten.«

»Er hat mich nicht mal mit hineingemalt«, sagte Karla. »Wer, glaubt er, ist denn all die Jahre hindurch seine Freundin gewesen? Außerdem ist er gestern abend wirklich brutal zu mir gewesen, als er mir ins Gesicht gesagt hat, ich würde zuviel Wodka trinken und ich hätte vulgäre Liebhaber.«

»Müssen wir die Sachen denn nicht ausschließlich als Kunstwerke beurteilen?« fragte Duane vorsichtig.

»Du hast dich auch nicht schützend vor mich gestellt, als er so brutal war«, sagte Karla.

»Doch, ich war drauf und dran, ihm eine zu scheuern«, sagte Duane, »aber als ich ihm das letzte Mal eine gescheuert habe, habe ich ihm sein Auge ausgeschlagen, weißt du nicht mehr?«

»Nein, weil ich damals noch nicht hier gelebt habe«, sagte Karla frostig. »Es ist interessant, daß du ihn wegen Jacy geschlagen hast, aber wegen mir nicht.«

»Ich wußte ja nicht, daß du das wolltest«, sagte Duane. »Du hast ihn so sehr in Schutz genommen, daß ich dachte, du würdest dich von mir scheiden lassen, wenn ich ihm wegen dir eine scheuern würde.«

»Es gibt gute Gründe und schlechte Gründe, jemanden zu schlagen, Duane«, sagte Karla.

»Mein Gott«, seufzte Duane. Er merkte, wie seine Stimmung auf der Stelle noch weiter in den Keller ging. »Mit euch Weibern zu reden ist so, als ob man an eine Leitung faßt, die unter Strom steht. Nichts kann ich sagen, ohne daß eine von euch mir an die Kehle springt.«

»Duane, sprich nicht im Plural, wenn du nur mit mir redest«, sagte Karla kalt.

Duane hatte im Plural gesprochen, weil er dachte, er würde auch mit Jacy reden. Sie befand sich in Hörweite der Auseinandersetzung, aber sie schien nicht zuzuhören. Ausdruckslos starrte sie auf Suzie Nolans Porträt von Dickie. Während sie das Bild anstarrte, kamen die Zwillinge auf ihren neuen Mountain Bikes herangeprescht und blieben einen Augenblick bei Jacy stehen, um das Gemälde zu betrachten.

»Ich kann nicht erkennen, was an Dickie so scharf sein soll«, meinte Julie.

»Dickie ist eine Kotzfresse«, sagte Jack.

Jacy lächelte und legte einen Augenblick ihre Arme um sie, wobei sie beinahe über ihre Räder gestolpert wäre. Doch bald lösten sich die Zwillinge wieder aus ihrer Umarmung, um weiterzuradeln, und Jacy und Karla entfernten sich.

Karla warf Duane noch einen letzten, eisigen Blick zu, als sie sich in Bewegung setzte, aber sie sagte kein Wort.

85

Duane ging zum Gerichtsgebäude hinüber und setzte sich auf die Stufen vor dem Eingang. Er fühlte sich schrecklich elend. Er hatte noch nie daran gedacht, daß er einmal einen Nervenzusammenbruch bekommen könnte, aber plötzlich hatte er das Gefühl, es könnte doch soweit sein. Er wünschte, er wäre zu Hause und könnte ein paar Stunden lang auf die Hundehütte feuern. Der Krach der schweren Geschosse würde die Welt für eine Weile ausschließen. Er versuchte sich vorzusagen, daß im Grunde nichts besonders Schlimmes passiert war, aber sein Verstand wollte auf sein eigenes gutes Zureden nicht hören. Warum wurde mittlerweile jedes Gespräch, egal mit wem – aber besonders mit Karla – zu einer so ungeheuren Anstrengung?

Sein Zusammenleben mit Karla schien in die Brüche zu gehen. Ein paar Wochen mehr, und sie würden vielleicht nur noch die Scherben einer Ehe vor sich haben. Seine Kinder schienen sich ebenfalls von ihm zu lösen – leicht und lautlos –, die beiden älteren aufgrund ihres Alters, die Zwillinge einfach nur so. Sie zogen sich einfach zurück.

Alles, so schien ihm, war zu viele Male gewaschen worden, war zu dünn geworden, verschlissen. Seine Freundschaften und seine kleinen Affären kamen ihm nun alle traurig und brüchig vor. Früher hatten sie das angenehme und haltbare Gewebe gebildet, aus dem sein Leben bestand. Aber das Gewebe war zu alt geworden, um das Gewicht all der Körper und Personen mit ihren Nöten zu tragen, die sich darauf herumwälzten. An irgendeiner Stelle war es von einem Zehnagel oder Ellbogen durchstoßen worden, und nun zerriß es an allen Ecken und Enden.

Duane hatte das Gefühl, daß die Leute ihn beobachteten. Er wußte nicht, wie er aussah, aber er wollte nicht, daß die Leute ihn anglotzten. Er erhob sich und ging in das Gerichtsgebäude hinein. Er fühlte sich schwach auf den Beinen und durcheinander im Kopf. Da fielen ihm die Amtszimmer im ersten Stock des Gerichts ein. Im Moment tagten die Gerichte nicht. Ein Gerichtssaal könnte vielleicht ein Ort der Zuflucht und des Friedens sein.

Er stützte sich am gewachsten Geländer ab und schleppte sich über die Treppe in den ersten Stock hinauf. Als er oben ankam, hörte er zu seiner Überraschung in einem der Gerichtssäle jemanden auf einer Schreibmaschine tippen. Die Tür war verschlossen, und das Schild »Gericht tagt – Bitte nicht stören!« hing außen davor. Das war sonderbar. Duane wußte ganz genau, daß an diesem Tag kein Gericht tagte. Er öffnete einen Spalt weit die Tür und lugte hinein. Janine Wells saß am Tisch des Gerichtsprotokollanten und tippte auf einer kleinen Reiseschreibmaschine vor sich hin. Lester Marlow hockte mit einer noch wilderen Frisur als gewöhnlich auf einem Schlafsack vor der Geschworenenbank und kritzelte etwas auf ein Amtsformular. Die beiden hörten, wie die Tür aufging, und wandten sich überrascht um.

»Ich bin's nur«, sagte Duane und kam sich idiotisch vor.

»Steh nicht da an der offenen Tür herum, sondern komm rein«, sagte Janine Wells gereizt.

Duane tat wie befohlen.

»Wie ist die Kunstausstellung gelaufen?« fragte Lester in freundlichem Ton.

»Na ja, es ging so«, sagte Duane. »Hast du dich hier etwa die ganze Zeit versteckt? Jenny ist halb wahnsinnig vor Sorgen um dich.«

»Dann ist's schon eine Stufe besser«, sagte Lester. »Wenn ich in ihrer Nähe bin, ist sie zwei Drittel wahnsinnig.«

»Er schreibt ein Buch, und ich tippe es für ihn«, erklärte Janine.

»Ja, meine Autobiographie«, sagte Lester. »Ich dachte, ich schreibe sie einfach gleich im Gerichtssaal. Vielleicht werde ich damit fertig sein, wenn mein Prozeß beginnt. Wenn der Richter mich fragt, ob ich etwas zu meiner Verteidigung zu sagen habe, werde ich den Geschworenen einfach meine Autobiographie vorlesen. Ich denke, sie werden erkennen, daß ich es gut gemeint habe.«

Duane fehlten die Worte. Es sah so aus, als ob Janine und Lester schon seit Wochen in dem Gerichtssaal hausten. Eines von Janines lavendelfarbenen Negligés war über einen Stuhl drapiert, und Lesters Rasierzeug lag auf der Anklagebank. Sie hatten sogar ein Tablett mit einer Kaffeekanne darauf.

»Na ja, ein Gerichtssaal ist wahrscheinlich gar kein übler Ort, um ein Buch zu schreiben.«

»Wenn ich du wäre, würde ich aus der Stadt verduften«, sagte Lester. »Eine Bank von Dallas wird die Bank übernehmen. Diese Banker aus Dallas warten nur noch, bis die Hundertjahrfeier zu Ende ist, um die Sache anzupacken. Da wird deine Sache die erste sein, die sie anpacken.«

Wie strahlend Janine doch aussah, dachte Duane. Sie lächelte Lester auf eine still-verträumte Art an, ganz anders, als sie ihn je angelächelt hatte.

»Möchtest du einen Kaugummi?« fragte sie und streckte ihm ein Päckchen Spearmint hin.

»Oh, nein, danke«, sagte Duane.

»Was suchst du überhaupt hier oben?« fragte Janine.

»Ich hab nach einem Ort gesucht, an dem ich in Ruhe einen Nervenzusammenbruch bekommen kann«, sagte Duane. Er bemerkte, daß er sich mittlerweile einem Nervenzusammenbruch nicht mehr annähernd so nahe fühlte wie noch vor ein paar Minuten.

»Oh, im Ernst?« sagte Janine, obwohl nicht zu verkennen war, daß es ihr in Wirklichkeit egal war, ob er es ernst meinte oder nicht. Sie wollte, daß er wieder ging, damit sie Lesters Autobiographie weitertippen konnte.

Nachdem er ihnen versichert hatte, daß er nicht verraten werde, wo sie sich befanden, ging er wieder die Treppe hinunter. Sein Schwindelgefühl war verschwunden. Auf dem Gehsteig fiel ihm eine Gruppe von Leuten auf, die Suzies mit dem Blauen Band prämiertes Porträt von Dickie betrachteten.

Es hatte kein einziges Wort des Einspruchs gegeben, als das Bild den Ersten Preis bekam. Auch mehrere der Künstler, die ihre Enkelkinder gemalt hatte, standen vor dem Porträt und betrachteten es mit feierlichem Ernst.

»Die Hände hat sie richtig getroffen«, sagte eine ältere Frau. »Das ist nicht leicht. Die Augen gelingen mir, aber es fällt mir wirklich sauschwer, die Hände richtig hinzukriegen.«

Junior Nolan hockte in der Nähe unter einer Eiche und hörte zu, wie die Leute das Porträt von Dickie Moore priesen, das seine Frau gemalt hatte. Neben dem Bild hing das Blaue Band. Junior sah jetzt nicht mehr traurig aus. Er sah einfach nur stolz aus.

86

Auf der Straße lief Duane ausgerechnet dem Menschen in die Arme, den er am wenigsten sehen wollte, nämlich Buster Lickle. Noch bevor Duane in seinen Pickup abtauchen konnte, hatte er ihn erblickt. Er stürzte über die Straße und packte Duane am Arm.

»Duane, wir haben Probleme«, sagte Buster. Sein Gesicht war schweißnaß, und er sah verzweifelt aus.

»Ach, Sie meinen, weil die Bank dichtgemacht hat?« fragte Duane.

»Nein, wegen der Souvenirs!« Buster brüllte fast. »Das Geschäft geht nicht. Die verdammte Vergangenheit läßt sich einfach nicht verkaufen. Wir haben erst vierzig Aschenbecher verkauft, und die verdammte Hundertjahrfeier dauert nur noch einen Tag.«

»Vierzig von wieviel?« fragte Duane nach.

»Vierzig von dreitausend«, sagte Buster. »Wir haben nur hundert T-Shirts verkauft, und alles nur Größe ›Small‹.«

»Sie tun ja so, als ob Sie glauben, ich müßte etwas dagegen unternehmen«, sagte Duane, während er seinen Arm aus Busters verzweifeltem Griff befreite.

»Sie müssen etwas dagegen unternehmen, jawohl!« sagte Buster. »Ich flieg total auf den Arsch bei dieser Hundertjahrfeier. Niemand will Aschenbecher kaufen, und in dieser Hitze kann man die Leute nicht mal mit Rundfahrten locken.«

»Ich wüßte nicht, was ich dagegen tun könnte«, meinte Duane.

»Wenden Sie sich ans Fernsehen«, bettelte Buster. »Bringen Sie einen der Sender in Wichita Falls dazu, Sie auftreten zu lassen.«

»Im Fernsehen auftreten – und was dann?«

»Den Leuten sagen, daß sie ihr glorreiches Erbe mehr lieben sollten«, sagte Buster. »Sagen Sie ihnen, daß die Vergangenheit uns allen gehört und daß sie besser hierher kommen und etwas davon kennenlernen sollen, solange es noch Zeit ist.«

»Die Vergangenheit mag ja uns allen gehören, aber die Aschenbecher und T-Shirts gehören Ihnen«, gab Duane zu bedenken. »Die Stadt hat Ihnen angeboten, sich mit fünfzig Prozent an Ihren Souvenirs zu beteiligen, aber Sie wollten sie ja alle für sich haben.«

»Aber was soll ich mit dreitausend Aschenbechern anfangen?« fragte Buster. »Mit fünftausend T-Shirts? Wir haben Salz- und Pfefferstreuer und Kissen und Untersetzer mit dem Gerichtsgebäude darauf. Was soll ich mit dem ganzen Mist anfangen? Ich kann das Zeug ja nicht zurückgeben.«

»Wenn ich Sie wäre, würde ich anfangen, den Preis für die Vergangenheit um etwa neunzig Prozent zu senken, und zwar schnell«, sagte Duane, während er in seinen Pickup stieg.

Er begann aus seiner Parklücke auszuscheren, aber Buster griff in das Gestänge des Seitenrückspiegels und hielt sich daran fest. Er machte ein verzweifeltes Gesicht – ein Ausdruck, den man in Thalia immer häufiger zu sehen bekam, dachte Duane.

»Treten Sie doch in einer Fernsehshow auf«, flehte Buster. »In einer wenigstens, Duane. Auf Sie hören die Leute. Reden Sie von Alamo und Sam Houston und den Longhornrindern. Und erinnern Sie sie daran, daß der Souvenirshop am letzten Tag der Feier von sieben Uhr morgens bis Mitternacht geöffnet hat.«

»Buster, ich bin aus der Ölbranche«, sagte Duane. »Von Longhornrindern verstehe ich nichts.«

»Reden Sie einfach über dieses glorreiche Erbe«, sagte Buster.

»Mir scheint, es ist so glorreich, daß es uns alle so gut wie verrückt gemacht hat«, sagte Duane. Er wollte losfahren, aber

Buster klammerte sich immer noch an seinen Rückspiegel. Als er ihn schließlich losließ, blieb er mitten auf der heißen Straße stehen und machte ein so verzweifeltes Gesicht, daß Duane schon allein deshalb seine Kopfschmerzen wieder aufkommen spürte.

»Ich weiß nicht, was ich von den Leuten noch halten soll«, jammerte Buster. »Sie kaufen nicht einmal die Schlüsselanhänger. Und Sie wissen doch, daß jeder ab und zu einen neuen Schlüsselanhänger braucht.«

Geschlagen drehte er sich um und ging über die Straße zurück, während er sich mit seinem Hemdärmel sein schweißtriefendes Gesicht abwischte.

87

In der Hoffnung, daß alle wie üblich ausgeflogen sein würden, raste Duane nach Hause. Wenn sie wie üblich ausgeflogen waren, könnte er nämlich eine Weile auf die Hundehütte feuern, ohne daß ihn dabei jemand beobachtete. Die Hundehütte war so häßlich, daß es ihm während der ersten paar Male ganz natürlich vorgekommen war, daß er auf sie schoß. Es konnte nicht viel Schlimmes daran sein, auf eine häßliche Hundehütte zu schießen, und besonders dann nicht, wenn sich keine Hunde in der Hütte befanden.

Als er das Haus betrat, saß seine gesamte Familie mit Ausnahme von Dickie um den Küchentisch versammelt. Alle hatten Filzschreiber in der Hand und leere Blätter vor sich auf dem Tisch. Little Mike saß auf Karlas Schoß und hielt einen Crayola-Stift wie ein Jagdmesser in der Faust. Neben Nellie saß der kleine Joe Coombs. Alle außer Little Mike machten ernste Gesichter. Die Zwillinge hatten ihre gespiegelten Sonnenbrillen auf.

Duane ging seine Ohrenschützer holen, die in einem kleinen Waffenschrank hingen. Er hängte sie sich um den Hals und ging zurück in die Küche. Wenn die Ohrenschützer den Lärm einer 44er Magnum auf ein zivilisiertes Maß dämpfen konnten, dann konnten sie vielleicht auch den Lärm seiner Familie auf ein zivilisiertes Maß dämpfen. Vielleicht konnten sie ihn auch einfach auslöschen.

»Wenn einer auch nur ein einziges gemeines Wort zu mir sagt, dann setze ich mir die Ohrenschützer auf«, sagte er mit einem Blick auf Karla.

»Duane, wir sind doch nur dabei, unsere Voraussagen und Hoffnungen für die nächsten hundert Jahre aufzuschreiben«, sagte Karla. »Morgen wird die Zeitkapsel versiegelt.«

»Meine Hoffnung ist die, daß niemand in den nächsten hundert Jahren ein gemeines Wort zu mir sagt«, sagte Duane, während er sich ein Bier holte. »Eine Voraussage, wie es wirklich sein wird, ist das aber nicht.«

»Der ist in der letzten Zeit ganz schön bissig, findet ihr nicht?« bemerkte Minerva.

Duane bog seine Ohrenschützer auseinander und hielt sie sich einen Finger breit vor die Ohren.

»Nur weiter so«, sagte er. »Sag nur ein gemeines Wort.«

»Duane, wenn du mitmachen und ein Teil der Familie sein willst, dann setz dich und benimm dich anständig«, sagte Karla.

Duane setzte sich und starrte einen Moment in die Spiegelsonnenbrillen der Zwillinge. Er sah vier Konterfeis von sich, eines in jedem der Gläser, aber er konnte keinen Schimmer davon erhaschen, in welcher Stimmung sich die Zwillinge befinden mochten.

»Meine andere Hoffnung ist die, daß ich nie mehr eine Kunstausstellung begutachten muß«, fügte Duane hinzu.

»Duane, sei doch still, du hast deine Sache wirklich gut gemacht«, sagte Karla. »Du hast genauso abgestimmt, wie Jacy und ich es dir gesagt haben.«

»Ich wollte ein Porträt von Linda Lovelace malen, ich finde, sie ist ein Opfer der Pornoindustrie«, meinte Minerva.

»Weshalb hast du's nicht getan?« fragte Duane.

»Diese *Deep Throat*-Serie mit ihr wird nie mehr gezeigt, und nun habe ich vergessen, wie sie aussieht«, sagte Minerva.

»Ich hab vergessen, wie ihr alle ausseht«, bemerkte Duane. »Ihr bleibt ja nicht lange genug zu Haus, daß ich mich erinnern könnte.«

Gerade bei diesen Worten kam Jacy in die Küche. Sie sah aus, als hätte sie gerade geweint. Duane spürte, daß seine Bemerkung sie ärgern könnte – sie könnte vielleicht glauben, er wollte ihr den Vorwurf machen, daß sie ihm seine Familie abspenstig mache. Aber es war nicht zu erkennen, ob sie seine Bemerkung gehört hatte. Sie nahm sich eine Flasche Weißwein aus dem Kühlschrank, ein Glas aus dem Küchenschrank, ließ ein paar Eiswürfel in das Glas fallen und ging wortlos hinaus.

»Ihr kleiner Junge war jünger als ich, als er verunglückt ist«, sagte Jack, sobald Jacy draußen war.

Niemand wußte, was er darauf sagen sollte.

»Ich würde nie verunglücken und dabei draufgehen«, sagte Jack und trat dabei nervös gegen das Tischbein.

»Halt den Mund, es bringt Unglück, darüber zu reden«, fuhr ihn Karla an.

»Gestern hab ich gesehen, wie ein Mann getötet wurde«, bemerkte der kleine Joe Coombs. Joe Coombs' Stimme zu hören, eine Stimme, die im Grunde nur Nellie jemals hörte – und auch sie nicht häufig –, machte alle sprachlos.

»Wer denn? Davon hast du mir nie was gesagt«, sagte Nellie vorwurfsvoll.

»Ein Giftsprühflieger«, sagte Joe – seine Stimme klang verlegen, da jetzt alle Augen auf ihn gerichtet waren. »Sein Flieger ging zu Boden statt in die Höhe. Nach dem Aufprall war er auf der Stelle tot.«

»Davon hast du mir nie was gesagt«, wiederholte Nellie.

»Ich wollte dich nicht aufregen«, stammelte der kleine Joe. »Es stand auch in der Zeitung.«

»Jeder kann doch jederzeit umkommen«, fügte er hinzu und wurde immer nervöser. Alle starrten ihn an.

»Es ist reines Glück oder Pech«, sagte er, »zu jeder Tages- oder Nachtzeit kann's einen erwischen.«

»Halt den Mund, Joe, du gehst mir auf die Nerven«, sagte Karla. »Sprich von was anderem. Wir versuchen alle über freudige Hoffnungen für die Zeitkapsel nachzudenken.«

»Hack nicht auf ihm rum, Mama!« sagte Nellie. »Wenn wir miteinander am Telefon hängen, willst du immer, daß wir mehr reden, und nun ist er den ganzen Weg bis hier heraus gekommen und versucht, sich an der Unterhaltung zu beteiligen, und da sagst du ihm, er soll den Mund halten.«

»Ich hab ja nicht auf ihm rumgehackt«, sagte Karla nun lauter. »Ich möchte nur, daß er den Mund hält, wenn ihm nichts anderes einfällt, als darüber zu reden, wie leicht man zu Tode kommen kann.«

»Ihren kleinen Jungen hat ein Kabel am Drehort gekillt«, meldete sich nun Julie. »Es war nicht vorschriftsmäßig isoliert. Er hat es nur leicht berührt, aber es stand so stark unter Strom, daß er null Chancen hatte.«

Duane bemerkte, daß ihre Lippe zitterte. Im nächsten Moment warf sie sich in seine Arme und weinte so laut, daß Little Mike überrascht aufblickte. Er hatte die ganze Zeit mit seinem Crayolastift auf den Tisch eingestochen.

»Da siehst du, was du angerichtet hast, Joe!« sagte Karla. Auch sie schien den Tränen nahe.

»Es war Jacks Schuld«, sagte Duane, während er Julie beruhigend in seinen Armen wiegte.

Sogar Jack machte nun ein betrübtes Gesicht. Er nahm seine Sonnenbrille ab und schleuderte sie auf den Tisch.

»Ich hätte eben das Kabel nicht berührt«, sagte er. »Ich paß bei solchen Sachen auf.«

Julie unterbrach ihr Schluchzen, um ihn anzubrüllen: »Halt du doch die Schnauze! Du warst noch nie an einem Drehort. Du weißt ja gar nicht, was du da tun würdest.«

Jack ergriff seinen Filzschreiber wie einen Pfeil und zielte auf Little Mike. Wie üblich war es ein Treffer. Der Filzschreiber traf Little Mike mitten auf die Stirn und hinterließ einen blauen Punkt. Verblüfft sperrte Little Mike den Mund auf.

»Mensch, du hättest dem Baby das Auge ausstechen können«, schrie Karla und fuhr von ihrem Stuhl hoch.

»Das war doch nur ’n Filzstift«, sagte Jack.

Julie strampelte sich aus Duanes Armen frei, griff nach der Zuckerdose und streute Jack den ganzen Zucker mitten auf den Kopf.

»Du warst selbst noch nie an einem Drehort!« schrie sie. »Du weißt überhaupt nicht, was du tun würdest. Du könntest in fünf Sekunden tot sein.«

»Du Arschlochfickvisage, du!« brüllte Jack. Er sprang auf und begann auf seine Schwester einzuprügeln, wobei ihm ein Schwall Zucker aus dem Haar regnete, aber dann sah er seine Mutter heranstürmen, drehte sich um und flüchtete zur Hintertür.

Julie ließ sich in Duanes Arme zurückfallen und schluchzte nun noch heftiger.

»Ich versohl dir deinen kleinen Arsch, wenn ich dich erwische!« schrie Karla Jack an, aber anstatt auf ihn loszugehen, brach sie plötzlich in Tränen aus und rannte in der entgegengesetzten Richtung aus der Küche.

»Nie wehrst du dich mal selbst!« schrie Nellie Joe an. »Du läßt dich von Mama einfach mundtot machen! Das macht mich wahnsinnig!«

Joe wurde puterrot und sah aus, als würde auch er gleich losheulen.

»Ich verzieh mich 'ne Weile nach Hause«, stammelte er und rannte zur Hintertür.

»Ich komm mit dir, ich kann in diesem Haus nicht leben, es macht mich wahnsinnig!« sagte Nellie. Sie folgte Joe zur Hintertür hinaus. Da riß sich auch Julie los und rannte hinter ihnen her.

»Wo gehst du hin?« fragte Duane.

»Jack verdreschen, weil er nicht behaupten soll, daß er weiß, was man an einem Drehort tut«, sagte Julie.

»Sie haben ja eine niedliche Familie«, meinte Minerva, als sich die Küche geleert hatte. Little Mike, der zurückgeblieben war, versuchte die Katze mit seinem Crayolastift zu stechen.

»Nur nicht besonders stabil«, fügte sie hinzu.

»Nun, wer ist denn schon besonders stabil?« fragte Duane zurück.

»Ich«, sagte Minerva. »Wenn Sie so oft mit einem blauen Auge davongekommen sind wie ich, dann macht Sie das stabil.«

»Ich glaube, ich bin dieses Jahr noch kein einziges Mal mit einem blauen Auge davongekommen«, bemerkte Duane.

Verstört von all den Tränen und all dem Hin und Her, quengelte Barbette vor sich hin. Duane hob den Filzschreiber auf, den

Jack Little Mike an den Kopf geworfen hatte, steckte die Verschlußkappe darauf und gab ihn Barbette zum Spielen. Sie steckte sich ihn sofort in den Mund.

Duane ging durch die Hintertür hinaus, denn er war besorgt, Jack und Julie könnten sich mit Steinen bewerfen. Sie standen bei den Pickups drüben und zankten sich wie besessen, aber sie brachten sich immerhin nicht gegenseitig in Lebensgefahr. Da kam Shorty und steckte seinen Kopf zwischen Duanes Beine. Wenn die Lage zu angespannt wurde, ging er lieber in Deckung.

Duane ging wieder hinein und wanderte durch sein riesiges Haus. Er dachte bei sich, wie sehr er es haßte. Er wußte, daß er zu Karla hineingehen und versuchen sollte, sie zu trösten, aber er war zu nervös und schob es immer wieder auf. Er wanderte ins Wohnzimmer, in dem unter anderem zwei große Konzertflügel und ein ausgestopfter Kodiakbär standen. Die Flügel standen deshalb dort, weil Karla sich hin und wieder einbildete, die Zwillinge würden Konzertpianisten werden.

Der Kodiakbär ragte bedrohlich aus einer Ecke des Wohnzimmers. Er stand auf seinen Hintertatzen und erreichte eine Höhe von über drei Metern. Er war von einem Autohändler aus Fort Worth erlegt worden. Der Autohändler, der sich Hoffnungen darauf gemacht hatte, Karla zu verführen, hatte ihnen den Kodiakbären etwa um die Zeit, als der Ölboom seinen Höhepunkt erreicht hatte, einmal bei einem Geschäft als Draufgabe gegeben, als sie sich ihre beiden Cadillacs gekauft hatten.

Alle haßten den Kodiakbären, sogar Karla, die später gebeichtet hatte, daß sie ihn nur angenommen hatte, um sich an Arthur, ihrem Innenarchitekten, zu rächen, nachdem er sich auf romantischem Gebiet als so enttäuschend erwiesen hatte.

»Wahrscheinlich kotzt er immer noch bei dem Gedanken, daß ein Kodiakbär in dem kostbaren Livingroom steht, den er entworfen hat«, sagte sie.

»Wie konnte er denn was davon erfahren?«, fragte Duane.

»Ich hab's ihm gesagt. Oder wie soll er es sonst erfahren haben, Duane?« fragte Karla. »Arthur haßt mich jetzt.«

»Nun, du haßt ihn doch auch«, sagte Duane. »Dann seid ihr doch quitt.«

»Trotzdem, am Anfang war er einfach süß«, meinte Karla. »Du würdest dich wundern, wie viele Männer am Anfang süß sind.«

»War ich am Anfang auch süß?« fragte er.

»Nein, du warst erbärmlich, genau wie jetzt auch«, sagte Karla.

Duane setzte sich an einen der großen Konzertflügel und klimperte mit einem Finger »Chopsticks«. Er hatte das Gefühl, daß es herrlich sein mußte, Klavier spielen zu können. Musizieren war vielleicht doch besser, als auf die Hundehütte zu schießen. Seine Musik könnte auch die Welt um ihn herum ausschalten, und er müßte dabei keine Ohrenschützer aufsetzen, unter denen es unangenehm heiß werden konnte.

»Warum zum Teufel spielst du ›Chopsticks‹?« fragte Jacy plötzlich. Sie sah und hörte ihm mit einem Glas Wein in der Hand vom Türrahmen aus zu.

»Einfach so«, sagte Duane und hörte sofort auf.

Jacy kam durch das Wohnzimmer und blieb einen Moment staunend vor dem Kodiakbären stehen. Dann ging sie neben dem Tier in die Hocke und betrachtete es sich genauer.

»Wo ist denn sein Pimmel?« fragte sie dann.

Duane trat zu ihr und betrachtete ebenfalls das Tier. Er hatte dem Kodiakbären oder auch dem Wohnzimmer nie besondere Aufmerksamkeit geschenkt. Dem Bären schienen tatsächlich die Genitalien zu fehlen.

»Kein Pimmel und kein Sack«, stellte Jacy fest. »Ich glaube, deinen Bären hat man zensiert.«

»Er ist nicht mein Bär«, sagte Duane. »Irgendein Autohändler aus Fort Worth hat sich in Karla verknallt und hat ihn uns zu ein paar Cadillacs dazugegeben.«

»Ich hoffe, du hast ihm dafür ordentlich die Fresse vermöbelt«, sagte Jacy. »Erstens sollte er nicht harmlose Bären abknallen, und zweitens sollte er deine Frau nicht belästigen.«

»Ich weiß ja gar nichts davon, daß er sie belästigt hat«, sagte Duane. Er hatte dem Autohändler nicht die Fresse vermöbelt – ja, er war ihm nicht einmal persönlich begegnet.

Dann schlenderte Jacy aus dem Zimmer, und Duane folgte ihr.

Sie ging den Flur hinunter in eines der zahlreichen Gästezimmer. Sie schien darin zu wohnen. Neben dem Bett stand eine Reisetasche, auf dem Fußboden lagen ein Stapel CDs, ein Walkman und ein Haufen Zeitschriften. Im Fernsehen lief gerade eine Spielshow, aber der Ton war abgestellt.

Jacy setzte sich auf das Bett. Sie sah bedrückt aus. Duane blieb im Türrahmen stehen und war sich unschlüssig, ob er ihr, selbst in dieser Entfernung, willkommen war. Aber dann erinnerte er sich, wie sehr ihre Augen die seinen im Rückspiegel gesucht hatten. Er erinnerte sich, daß er sie hatte küssen wollen.

Mit saurer Miene blickte sie zu ihm auf.

»Vergiß es, wenn's *das* ist, woran du denkst«, sagte sie.

Duane sagte nichts. Er wollte wieder gehen.

»Duane«, rief sie, als er sich bereits umgedreht hatte.

Er blickte zurück in ihr Zimmer.

»Könntest du mir nur noch so 'ne Flasche Weißwein bringen?« fragte sie.

Er ging in die Küche und holte sie ihr.

»Tut mir leid, daß ich dich gleich so hart angegangen bin«, sagte sie, als er zurückkam und ihr die Flasche reichte.

»Verglichen mit manchen anderen Angriffen, war das kaum der Rede wert«, meinte er.

Jacy rutschte zur Seite und deutete damit an, daß er sich aufs Bett setzen sollte.

»Tut mir aber trotzdem leid«, sagte sie. »Ich bezweifle, daß du überhaupt an etwas gedacht hast. Du siehst noch elender aus, als ich mich fühle. Aber es hat eben keinen Zweck, wenn du bei mir ankommst und auf Liebe aus bist. Du wirst keine bekommen, und ich möchte auch nicht, daß du versuchst, mir welche zu geben. Ich habe im Augenblick nicht die Kraft, jemanden auf die höfliche Art abzuweisen. Es gibt schon genug, weswegen ich mich schlecht fühle, auch ohne daß ich mit rücksichtsvollen Abweisungen herummanövrieren muß.«

Duane lächelte. »Zerbrich dir darüber nicht den Kopf«, sagte er. »Ich bin Rücksichtslosigkeit gewohnt.«

Jacy lächelt ebenfalls, wenn auch etwas schwächlich. Dann hielt sie sich eine Hand an die Brust und sagte:

»Hier ist eine hohle Stelle. Du glaubst, da sei das Herz einer normalen Frau drin, aber ich glaube das nicht. Ich glaube, da drin sieht's mehr wie in einer Waschmaschine aus. Alles wirbelt im Kreis herum. Manchmal bin ich in einem kalten Langsamwaschgang und an anderen Tagen in einem heißen Schnellwaschgang. Wenn ich die Waschmaschine vorsichtig fülle und immer nur ein Ding auf einmal wasche, dann geht's mir recht gut. Nie bekomme ich den ganzen Kummer rausgewaschen, aber wenn ich vorsichtig bin und die Waschmaschine nicht überlade, werde ich eines Tages mit einem Flecken leben können.«

Sie stand auf, ging um das Bett herum und zog den Vorhang vom Fenster fort. Draußen war es um die 42° heiß – die Landschaft war grauweiß vor Hitze.

»Italien ist nicht der richtige Ort für diese Art Wäsche«, sagte sie, während sie sich wieder zurück aufs Bett setzte. Sie bot ihm einen Schluck Wein an, aber er lehnte kopfschüttelnd ab.

»Wieso nicht? Zu schön?« fragte er.

»Zu einladend«, sagte Jacy. »Da gibt's zuviel, was dich in Versuchung bringt, es zu lieben.«

Sie blickte ihn an – keineswegs böse –, dann sah sie wieder aus dem Fenster.

»Ich will einfach nur meine Klamotten waschen, und dafür bin ich genau an den richtigen Ort gekommen«, sagte sie. »Dieser Ort sieht genauso aus, wie ich mich fühle – dreckig, kahl und öde, heiß und leer. Da gibt's keinen Kontrast zwischen dem, was ich draußen sehe, und dem, was in der Waschmaschine herumwirbelt – und das ist gut so.«

Duane wollte seinen Arm um sie legen, aber dann entschied er sich, es nicht zu tun.

»Geh, kümmere dich ein bißchen um deine Frau«, sagte Jacy. Sie beugte sich über den Bettrand hinab und begann zwischen den CDs herumzuwühlen.

»Trotzdem liebe ich dich«, sagte er, während er aufstand und gehen wollte. Sofort bereute er, daß er das gesagt hatte. Er erwartete eine kalte Antwort oder eine zornige, aber Jacy hatte die Hände voller CDs und sah ihn nur fragend an.

»*Trotzdem* liebst du mich?« fragte sie. »Was heißt das?«

Duane wußte nicht, was er sagen sollte. Ja, was *hatte* er gemeint, als er sich so ausdrückte? Weshalb hatte er das überhaupt gesagt? Er war sich nicht sicher, ob es überhaupt wahr war. Sein Leben war bereits zu kompliziert – in Wirklichkeit wollte er sie nicht lieben, und er wollte auch nicht, daß sie sich in ihn verliebte. Aber die Worte waren ihm nun einmal herausgerutscht.

»Trotzdem liebe ich dich«, sagte Jacy und prüfte nachdenklich diese Äußerung. »*Trotzdem* liebe ich dich. Trotzdem liebe *ich* dich. Trotzdem liebe ich *dich*.«

Duane kam sich zutiefst albern vor, aber er war zumindest erleichtert, daß er sie nicht wütend gemacht hatte.

»Da haben wir ja eine Menge Möglichkeiten zur Auswahl, nicht wahr, Honey pie?« sagte Jacy. »Ich denke, darüber muß ich erst noch eine Weile brüten. Ich bin zu müde, um mich jetzt sofort für eine zu entscheiden.«

Dann stand sie gähnend auf und winkte ihm mit der Hand, er solle nun gehen. Als er gegangen war, schloß sie hinter ihm ab.

88

Duane hatte erwartet, Karla in desolater Stimmung vorzufinden, statt dessen traf er sie in heiterer Stimmung an. Sie saß an ihrem Frisiertisch und schrieb wie wild irgend etwas auf einen Notizzettel. Entmutigt ließ er sich auf das Wasserbett fallen. Warum rannte er eigentlich durch die Gegend und sagte den Frauen, nur weil er sie gern hatte, gleich, daß er sie liebte? Gab es dazwischen nicht einen Unterschied?

»Was ist los mit dir?« fragte Karla.

Duane antwortete nicht. Schweigend ließ er sich eine Weile vom Wasserbett hin- und herwiegen. Hauptsächlich verspürte er den Drang, zur Bohranlage hinauszufahren und nicht mehr zurückzukommen, aber im Augenblick war er zu müde, um seine Gefühle in die Tat umzusetzen.

Karla schrieb weiter und warf von Zeit zu Zeit einen Blick zu ihm hinüber.

»Duane, es ist schwer, sich zu konzentrieren, wenn du so mies gelaunt bist«, sagte sie.

»Wie kommst du darauf, daß ich mies gelaunt bin?« fragte er.

Karla legte ihren Füller hin, trat zu ihm und setzte sich auf das Bett. Sie sah ihn mit lebhaften Augen an. Duane befürchtete, daß er wußte, was das zu bedeuten hatte. Er fühlte sich mutlos und von Zweifeln geplagt. Warum mußte sie ausgerechnet immer dann so vor Energie sprühen, wenn er zu erschöpft war, um auch nur eine Hand zu seiner Selbstverteidigung zu heben?

»Komm, versuchen wir uns zu lieben«, sagte Karla, während sie bereits anfing, ihm die Hose aufzuknöpfen. »Ich will sehen, ob wir's nicht bis zur Nummer dreitausendeins schaffen.«

»Keine Chance«, sagte Duane. »Wir kämen nur bis dreitausendeinhalb.«

»Das ist doch super, sofern ich die Hälfte bin, die auf ihre Kosten kommt«, sagte Karla und zog sich ihr T-Shirt über den Kopf.

Duane hielt sich ein Kopfkissen vor sein Gesicht.

»Ich habe einen Artikel gelesen, in dem es hieß, daß manche Männer Angst vor Titten haben«, sagte Karla, »vielleicht ist das dein ganzes Problem.«

»Es ist weder mein ganzes Problem noch auch nur ein Teil meines Problems«, entgegnete Duane.

»Es könnte doch sein, daß du Angst vor Titten hast und es nicht zugeben willst«, meinte Karla. Sie arbeitete weiter an den Knöpfen seiner Jeans, dann zuckte sie plötzlich mit einem leisen Aufschrei zurück und betrachtete ärgerlich einen abgeknickten Fingernagel.

»Da – sieh dir an, was du angerichtet hast, Duane«, sagte sie. »Ich habe dich eine millionmal gebeten, du sollst dir diese Levi's mit Reißverschluß kaufen.«

»Ich vergesse es immer wieder«, sagte Duane.

Karla stieg aus dem Bett. Duane lugte über sein Kopfkissen und hoffte, daß sie sich ihrem verletzten Fingernagel zuwenden würde. Statt dessen zog sie sich weiter aus und blieb mit ihrem Slip in einer Hand unschlüssig vor dem Bett stehen, so als würde sie innerlich mit sich ringen. Dann packte sie das Kopfkissen, hinter dem er hervorgelugt hatte, und ließ ihm ihren Slip aufs Gesicht fallen. Sofort schleuderte Duane ihn auf den Boden.

»Du hättest wenigstens ein-, zweimal dran schnuppern können«, sagte Karla. »In einem Artikel, den ich gelesen habe, hieß es, der Geruch der Unterwäsche von Frauen wirke auf die meisten Männer sehr erregend.«

»Du liest zuviel«, sagte Duane. Und doch fühlte er sich schon ein kleines bißchen weniger erschöpft. Es war interessant zu sehen, wie weit Karla gehen würde, um zu bekommen, was sie wollte. Ihre Entschlossenheit hatte etwas Aufreizendes. Früher war er selbst ganz genauso entschlossen gewesen, wenn es um sie ging, und sie war die Zögernde gewesen.

Er legte das Kissen nun unter seinen Kopf statt auf sein Gesicht. Dann entdeckte er etwas Ungewöhnliches: Karla schien nicht mehr so viel Schamhaar zu haben wie das letzte Mal, als er hingesehen hatte.

»Was ist denn mit dir passiert?« staunte er.

»Ich habe mich rasiert«, sagte Karla. Sie beugte sich über ihn und knöpfte ihm behutsam die Hosen ganz auf. Dann lief sie rasch zu ihrem Frisiertisch zurück, kritzelte einen oder zwei weitere Sätze auf ihren Zettel und kam zum Bett zurück. Duane starrte wieder auf ihre Scham. Sie hatte sich tatsächlich rasiert. Ein Anflug von Schamhaar war zwar noch zu sehen, aber nicht mehr viel.

»Warum hast du das gemacht?« fragte er.

»Aus Langeweile«, sagte Karla. »Ich hab's einfach eines Tages einmal in der Badewanne gemacht.«

»Oh«, sagte Duane.

Nun nahm Karla noch ein Kissen und legte es ihm über die Füße. Dann legte sie sich mit ihrem Kopf auf seinen Füßen und ihren Fersen neben seinem Kopf in ganzer Länge auf ihn. Sie rückte sich ein wenig zurecht, machte es sich bequem und lag dann einfach so da.

»Karla, hast du davon was im *Playgirl* gelesen?« fragte er. »Ist irgendein Schreiberling auf die Idee gekommen, dein Ehemann würde wild erregt werden, wenn du dich so auf ihn legst?«

»Bist du denn wild erregt, Duane?« fragte sie.

»Nein, ich bin total zerquetscht«, sagte Duane.

»Ich habe mich teils aus Langeweile rasiert und teils deshalb, weil ich mir einen von diesen Badeanzügen gekauft habe, wie Nellie sie hat«, sagte Karla. »Diese Badeanzüge bedecken einem kaum die Muschi.«

»Das ist mir auch schon aufgefallen«, sagte Duane.

»Ich komm nicht allzu gut mit Nellie aus«, sagte Karla. »Ich vermute, ich bin eifersüchtig, weil sie jung und schön ist und weil ihr all diese Liebhaber nachlaufen und weil ich alt bin und nicht mal du mir nachläufst.«

»Ich würde dir vielleicht nachlaufen, wenn ich nicht zerquetscht wäre«, bemerkte Duane.

»Ich wüßte zu gerne, wie andere Frauen im Bett sind«, sagte Karla, während sie kurz ein Bein in die Höhe streckte, um sich an einem Mückenstich an der Wade zu kratzen. »Früher hatte ich so viel Selbstvertrauen zu glauben, daß ich genauso interessant bin wie jede andere, aber jetzt habe ich mein Selbstvertrauen verloren. Vielleicht gibt es Frauen, die doppelt so interessant sind. Seitdem mir dieser Gedanke gekommen ist, finde ich keine Ruhe mehr.«

»Ich möchte nicht, daß du einen von diesen Badeanzügen trägst, wie sie Nellie trägt«, sagte Duane.

»Warum nicht?«

»Er würde nicht genug bedecken«, sagte er.

»Du schläfst mit anderen Frauen, und du könntest mir sagen, ob ich genauso interessant bin, aber nie sagst du ein Wort, das mich wieder zur Ruhe kommen lassen könnte«, sagte Karla.

»Du hörst mir nicht zu«, sagte Duane leicht verärgert. »Ich habe dir gerade gesagt, daß diese Bikinis, wie sie Nellie trägt, nicht genug bedecken.«

»Das kommt nur darauf an, wie man das Ganze betrachtet«, sagte Karla.

»Ich betrachte nicht das Ganze, sondern die Stelle, die man bedecken sollte, und ich sage dir, daß diese Dinger nicht genug bedecken würden – nicht bei einer Frau in deinem Alter.«

Er blickte am Körper seiner Frau zwischen ihren Brüsten hindurch aufwärts und begegnete ihrem Blick. Karla machte ein genauso fragendes Gesicht wie Jacy, als er ihr gesagt hatte, er liebe sie trotzdem.

»Oh, ich verstehe«, sagte Karla dann. »Jetzt, wo du diese Stelle dreitausendmal gevögelt hast und vier süße Kinder dort herausgekommen sind, möchtest du, daß ich sie bedecke. Stimmt's, Duane? Nellie ist deine eigene Tochter, aber nur weil sie jung ist, macht's dir nichts aus, wenn sie ihre herzeigt.«

»Ich war nie versessen darauf, daß sie sie herzeigt«, sagte er und rollte sich unter ihr heraus.

»Das nicht, aber es stört dich auch nicht«, sagte Karla. »Dich stört nur, daß du meine alte Stelle ansehen mußt, aus der sie rausgekommen ist.«

Sie wollte sich aus dem Bett rollen, aber Duane hielt sie fest.

»Es stört mich kein bißchen«, sagte Duane. Er hatte sie gerade noch an der Bettkante abgefangen und versuchte sie nun in die Mitte zurückzuziehen, aber das Wasserbett bekam irgendwie Schlagseite, so daß das gar nicht so einfach war. Beide waren am Bettrand eingekeilt.

»Duane, lüg mich nicht an, du versuchst nur, nett zu sein, weil du weißt, daß ich verärgert bin«, sagte Karla.

»Ich versuche überhaupt nicht, nett zu sein, ich versuche, dich zu ficken, aber ich klebe auf diesem idiotischen Wasserbett fest«, sagte er.

»Es ist keine gute Sexualethik, wenn du so tust, als würdest du deine Frau ficken wollen, weil du grob und gefühllos warst und sie verärgert hast«, sagte Karla und versuchte immer noch, aus dem Bett zu kriechen.

»Sexual... was?!« fragte Duane.

»Sexualethik«, sagte Karla. »Hast du denn nicht dieses Taschenbuch mit dem Titel *Sexual-Ethik* gesehen, das ich neulich hatte? Ich habe es im Badezimmer liegen lassen, und jetzt ist es verschwunden. Ich dachte, du würdest es vielleicht lesen.«

Dann gelang es Duane, sie zu küssen, was er schon lange – er wußte nicht, wie lange – nicht mehr getan hatte. Es war ein neues und angenehmes Gefühl, zum Teil auch deshalb, weil Karla gerade den Mund öffnete, um ihre Diskussion über Sexualethik fortzuführen. Sie hatte offenbar nicht erwartet, daß er sie küssen würde, daher ging sie nur zögernd darauf ein, bereit, mit der Unterhaltung fortzufahren, sobald er aufhören würde.

»Man sollte es nicht so aussehen lassen, als täte man dem anderen nur einen Gefallen, Duane«, sagte sie zwischen zwei Küssen.

»Karla, es *ist* kein Gefallen«, sagte er. Er war über das Wasserbett ebenso verärgert wie über ihre Weigerung zu glauben, daß sein Begehren aufrichtig war. Dann ärgerte er sich über sich selbst, weil er ihre Anweisung, Levi's mit Reißverschluß zu kaufen, nicht befolgt hatte. Das Wasserbett hatte einen so starken Sog, daß es ihm fast nicht gelang, die Jeans auszuziehen. Er mußte aus dem Bett steigen, um sich aus seinen Hosen zu kämpfen. Da fiel ihm ein, was Jacy von dem Wirbeln in ihrem Innern gesagt hatte, einem heißen Wirbeln und einem kalten. Er verspürte ebenfalls ein ungewöhnliches Wirbeln und hatte Angst, es könnte zu bald wieder aufhören. Doch dann mischten sich in seine Angst Erinnerungen an seine lustvolle Jugendzeit mit Karla.

»Mensch, war das ein intensiver Orgasmus! – Danke, Duane«, sagte Karla etwas später. Ihre Zweifel an der Aufrichtigkeit seiner Lust waren verflogen; sie massierte Creme auf eine Stelle an seinem unteren Bauch, die von einem besonders borstigen Teil ihrer frisch rasierten Scham leicht wundgescheuert worden war.

»Es war kein Gefallen, und du brauchst mir dafür nicht zu danken«, sagte Duane. »Hast du denn gar nichts aus diesem Buch gelernt?«

»Aus welchem Buch?« fragte sie frech.

»Aus diesem Buch über Sexualethik.«

»Oh, ich hab's nicht gelesen. Wieso sollte ich es denn lesen müssen?« fragte sie.

»Um etwas über Sexualethik zu lernen, nehme ich an«, sagte er.

Dann hob Karla ihre Brüste an und massierte etwas Deodorant darunter ein.

»Ich habe instinktiv eine gute Sexualethik«, sagte sie. »Was du willst, das man dir tu, das füge auch den andern zu! Ich habe das Buch gekauft, damit du es liest, aber ich möchte wetten, daß die Zwillinge es geklaut haben.«

Ihm wurde klar, daß er unter anderem deshalb mit Karla

verheiratet geblieben war, weil sie die einzige Frau war, mit der er schlafen konnte, ohne sich anschließend deprimiert zu fühlen. Nach einer kleinen Nummer Sex war sie in ihrer besten Form. Post coitum konnte man nie wissen, was sie sagen oder tun würde – aber das konnte man bei ihr ja auch sonst nie wissen. Ihm wurde jedenfalls klar, daß er verrückt sein mußte, wenn er nicht öfter mit ihr ins Bett ging.

Er hatte sich gerade noch entspannt und tugendhaft gefühlt, aber der Gedanke, daß sich die Zwillinge vielleicht schon bald in ihr eigenes Sexualleben stürzen würden, ließ dieses tugendhafte Gefühl wieder leicht zurückgehen. »Ich bin nicht bereit, mir ausgerechnet jetzt über das Sexualleben der Zwillinge Gedanken zu machen«, sagte er.

»Worüber hast du weniger Lust, dir Gedanken zu machen: über das Sexualleben der Zwillinge oder über die Höhe deiner Schulden?« fragte Karla.

Duane konnte durch das Fenster die Zwillinge sehen, wie sie im Swimmingpool herumtollten. Wenigstens einmal waren sie nicht dabei, sich gegenseitig zu ertränken. Sie tauchten sogar abwechselnd ins Becken. Beide waren sehr gute Taucher. Sie wirkten noch sehr jung, aber es ließ sich nun mal nicht leugnen, daß Jack beständig Öle und Cremes von Karlas Frisiertisch stahl, um sie für heimliche Aktivitäten zu verwenden.

»Sobald es bei denen mit dem Sexualleben losgeht, haben wir keine Kinder mehr im Haus«, stellte Duane fest.

»Stimmt«, sagte Karla. Sie blickte aus dem Fenster und sah den Zwillingen zu. Er konnte an ihrem Gesichtsausdruck nicht ablesen, ob ihre Gedanken dabei heiter oder traurig waren. Sie verrieb noch etwas Creme auf seinem Unterleib.

»Was werden wir dann machen?« fragte Karla.

»Uns in der Badewanne rasieren, wahrscheinlich«, sagte Duane.

Karla lächelte selig.

»Du glaubst also wirklich, wir werden dann noch zusammensein?« fragte sie.

»Haben wir nicht gerade unser Comeback gestartet?« fragte er zurück.

Karla verrenkte sich den Hals und versuchte einen Leberfleck in den Blick zu bekommen, der sich ganz oben auf der Rückseite ihres Oberarms entwickelte.

»Ja, Duane, das war wirklich ein gutes Comeback«, sagte sie. »Wieso sollten wir dann nicht mehr zusammen sein?«

Karla trat an ihren Tisch hinüber und holte sich einen Spiegel. Sie hielt ihn so, daß sie ihren Leberfleck besser sehen konnte.

»Ein kleines gutes Comeback heißt noch nicht, daß man auf Nummer Sicher gehen kann«, meinte sie. »Du hast zwar einen Teil meines Körpers befriedigt, aber du hast nicht ein Wort gesagt, das auch meinem Geist Frieden geben würde.«

Duane versuchte sich eine Lüge über ihre Kunst im Sex auszudenken, die ihrem Geist Frieden geben könnte, aber ihm fiel keine ein. Karla war sexuell immer anziehend gewesen. Sie war auch immer sehr bereitwillig und ihrer Sache sicher gewesen. Er hätte sie für so gut wie unschlagbar gehalten, wenn er nicht zufällig mit Suzie Nolan ins Bett gestolpert wäre, deren Qualitäten auf diesem Gebiet jenseits der Unschlagbarkeit lagen. Aber natürlich umgab Suzie der Reiz des Neuen. Er hatte mit ihr nur wenige Male geschlafen – nicht Tausende Male, wie er es mit Karla getan hatte. Es war nicht fair, sie miteinander zu vergleichen. Würde er es mit Suzie zwanzig Jahre lang weiter treiben, dann würde sie ihm in ihren Vorzügen vielleicht auch nicht mehr so unschlagbar vorkommen.

»Einen Penny, wenn du mir sagst, was du denkst – raus damit, Duane«, sagte Karla, als sie wieder zum Bett zurückkehrte.

Duane beschloß, sich nicht in irgendwelche Lügen zu verstrikken. Das würde nur den letzten Funken Tugendhaftigkeit auslöschen, den er noch in sich spürte. Er kämpfte sich von dem Sog des Wasserbetts los und hob seine Levi's auf.

»Ich wünschte, du würdest dir diesen Leberfleck entfernen lassen«, sagte er. »Das würde jedenfalls *meinem* Geist zu Frieden verhelfen.«

89

Jacy nützte den Umstand, daß es ihre letzte Aufführung war, dazu aus, der Adam-und-Eva-Szene noch etwas mehr Würze zu geben. Statt nur stumpfsinnig schmachtend einen Apfel zu essen, schlängelte sie sich an Adam hoch und küßte ihn. Duane war zutiefst unwohl dabei, und er genierte sich zu Tode, obwohl die Masse schier durchdrehte.

»Mein Gott, bist du spießig«, sagte Jacy, als die Szene zu Ende war. »Ich wollte doch nur meinen ›Homecoming Queen‹-Kuß von damals wieder auffrischen. Ich finde, ich sollte dir mindestens alle dreißig Jahre in der Rodeoarena einen Kuß geben.«

Die Leute johlten und applaudierten immer noch, während sie vom Platz gingen, aber Duane kümmerte sich nicht darum. Er hatte von dem Festspiel, von der Hundertjahrfeier, von den Menschenmassen die Nase voll. Er hörte noch zu, wie die Frauen durch die *Battle Hymn of the Republic* rockten, dann stieg er in seinen Pickup und fuhr zum See hinaus. Shorty, der im Wagen geschlummert hatte, war glücklich, daß er mitfahren durfte.

Ein paar Minuten vor Sonnenuntergang erreichte Duane den Bootssteg, aber er mußte feststellen, daß sein Boot weg war. Ein roter Porsche parkte in der Nähe.

Duane war sauer. Dickie sollte es ihm stets sagen, wenn er sich das Boot ausleihen wollte. Duane war besonders gerne direkt nach Sonnenuntergang draußen auf dem See, und er war frustriert, daß er nun an Land herumlungern mußte. Er stieg in seinen Pickup und drückte mehrere Male lang auf seine Hupe in der Hoffnung, daß Dickie die Botschaft verstehen würde. Dann begann er seine Angelutensilien zusammenzupacken. Er fühlte sich in Stimmung, ein wenig die Leine auszuwerfen, und hatte sich einen ausreichenden Ködervorrat gekauft.

Die westlichen Ufer des Sees lagen bereits im Schatten, und er konnte das Boot nicht ausmachen. Er wanderte am Ufer entlang und warf ein-, zweimal einen Schwimmer aus, um sich die Zeit zu vertreiben. Nachdem die Sonne untergegangen war, lag ein silberner Schimmer auf der Oberfläche des Sees, und es machte ihm Spaß, dem tänzelnden Schwimmer zuzusehen, während er die Leine wieder aufkurbelte. Im Grunde erwartete er nicht, daß etwas anbiß, und so war er höchst überrascht, als ein Fisch der Leine einen Ruck gab – noch dazu ein Fisch, der, nach dem Zischen der ausschießenden Leine zu urteilen, ein beachtliches Gewicht haben mußte. Er wollte gerade anfangen, mit dem geköderten Barsch zu spielen, als er plötzlich Dickie lachen hörte. Im nächsten Augenblick hörte er ein Aufklatschen auf dem Wasser, das für einen Fisch zu laut war. Duane blickte auf und sah sein Boot. Vierzig Meter weit entfernt war es aus dem Schatten aufgetaucht. Das Klatschen kam von Dickie, der über Bord gesprungen war. In raschen Zügen schwamm er auf den Bootssteg zu. Eine Frau, die nur mit einem Hemd bekleidet war – Duane sah, daß es Suzie war – stand über den Motor gebeugt im Boot. Eine Sekunde später sprang er an, und sie steuerte das Boot in sicherem Abstand hinter dem Schwimmer langsam auf den Steg zu.

Duane vergaß seinen Fisch, bis es zu spät war. Die Leine hing wieder schlaff durch. Er selbst stand auch im Schatten – Suzie hatte ihn also nicht gesehen. Das Boot kam nur wenige Meter hinter Dickie herangetuckert, als er auf den Steg heraufkletterte. Suzie lächelte, als sie Dickie sah, und dieses Lächeln war so glücklich, daß Duane am liebsten auf der anderen Seite des Sees oder vielleicht sogar auf einem anderen Planeten gewesen wäre.

Obwohl er nur einen ganz flüchtigen Blick von diesem Lächeln im Zwielicht der Abenddämmerung erhascht hatte, sollte dieses Lächeln Duane noch Monate und Jahre hindurch verfolgen. Das Bild von Suzie, wie sie in dem Motorboot stand und lächelte – sein Leben lang in Tag- und Nachtträumen immer wieder abgespielt wie eine Einstellung aus einem Film. Es war der unwiderstehlichste Blick, den er jemals in einem Frauengesicht gesehen hatte, ein Blick begierigen und hungrigen Glücks, das von einem ungewöhnlichen Maß an Zuneigung oder Befriedigung herrührte. Er sollte für ihn zum Inbegriff von Liebe werden und die Bilder aus seiner eigenen Erfahrung im Vergleich dazu verblassen lassen. Shorty, der aufgeregt am Ufer auf und ab getrabt war, kam herangeschossen und stellte sich, mehrere Frösche einfach ignorierend, dicht an seiner Seite auf.

Dickie, dem dieses Lächeln galt, sah es entweder nicht oder er war davon nicht besonders bewegt. Ein wenig ungeduldig wartete er auf dem Steg darauf, daß Suzie endlich das Boot festmachte.

Duane sah, wie Suzie Dickie ihre Kleider und eine Eisbox herüberreichte. Während sie das Boot aufklarten, schlich er auf Zehenspitzen tiefer in den Schatten zurück. Zum zweiten Mal an diesem Abend genierte er sich zutiefst, ohne daß er genau wußte, weshalb. In einer Zeit, wo man Whirlpools im Garten hatte, war das Nacktbaden nichts Besonderes. Es war nie etwas Besonderes dabei gewesen.

Ihre Nacktheit war es also nicht, was ihn im Innersten getroffen hatte – aber irgend etwas mußte es doch gewesen sein. Er hockte sich in der Nähe des Ufers auf den Boden und lauschte, wie hin und wieder ein Frosch ins Wasser platschte, während er unausgesetzt daran denken mußte, wie Suzie Nolan seinen Sohn angelächelt hatte. Hatte ihn selbst jemals eine Frau auf diese Art angelächelt? Vielleicht hatte ihn Karla irgendwann einmal so angelächelt, und das war ihm – ganz wie Dickie – entgangen.

Suzie und Dickie standen auf dem Bootssteg und zogen sich an. Duane konnte sie sprechen hören, aber nicht verstehen, was sie sagten. Einmal unterbrach Suzie Dickie und küßte ihn. Dann trug Dickie die kleine Eisbox zu seinem Porsche. Suzie hob ihre Badetücher auf und legte einen Beutel Abfall in die Mülltonne.

Sein Pickup stand direkt neben dem Porsche, also mußten sie bemerken, daß er in der Nähe war, aber sie verstauten unbekümmert plaudernd weiter ihre Sachen im Wagen.

Allmählich kam sich Duane albern vor. Er wußte seit langem, daß Suzie Dickie liebte. Er hatte sie ja auch nur infolge einer leichten Trübung seiner Beziehung zu Karla kennengelernt. Er sah keinen Grund, sich im Dunkeln zu verstecken und zu lauschen, wie die Frösche ins Wasser platschten, aber er blieb noch eine Weile abwartend stehen, bevor er sich zwang zurückzukehren.

Suzie und Dickie standen ineinander verschlungen am Porsche, als Duane auftauchte.

»Hey, Dad«, grüßte Dickie. »Wo ist der Fisch?«

»Der Fisch ist abgehauen«, sagte Duane. »Hey, Suzie.«

»Duane, kann ich mit dir mitfahren?« fragte sie. »Dickie muß nach Wichita.«

»Klar nehme ich dich mit«, sagte Duane.

Dickie wirkte leicht nervös. Er hüpfte von einem Bein auf das andere.

»Kommt ihr nicht zum Tanz?« fragte Duane. »Heute ist der letzte Abend der Hundertjahrfeier.«

»Oh, ich komme schon«, sagte Dickie. »Jacy würde mir bei lebendigem Leib das Fell über die Ohren ziehen, wenn ich mich nicht blicken ließe, um mit ihr zu tanzen. Ich muß nur noch rasch was erledigen.«

Mit einem nervösen Blick auf Duane gab er Suzie noch einen Kuß.

»Sag du's ihm«, sagte er dann und sprang in den Porsche. Shorty begann Luftsprünge zu machen und zu kläffen.

»Nimm ihn mit«, sagte Duane. »Ich glaube, er möchte in einem Porsche mitfahren.«

Dickie war einverstanden. Er schnippte mit den Fingern, und Shorty sprang in den Wagen. Schon bald war der Porsche außer Sicht und zog eine Staubwolke hinter sich her.

»Was sollst du mir sagen?« fragte Duane.

»Daß wir heiraten werden«, sagte Suzie. »Ich werde deine Schwiegertochter, Duane.«

»Nein, Suzie, komm, mach keine Witze«, sagte Duane.

»Doch, wirklich«, sagte Suzie. »Er fährt nach Wichita, um gleich jetzt die Verlobungsringe zu kaufen. Manche von diesen Juwelierläden im Ladencenter haben bis neun offen.«

»Ich glaub, ich geh ins Wasser und ersäuf mich«, sagte Duane. »Oder vielleicht sollte ich euch ins Wasser werfen und ersäufen.«

Suzie lachte. Keine der beiden Drohungen beeindruckte sie.

»Ich werde eine gute Frau für ihn sein, Duane«, sagte sie. »Ich habe ihn schon so weit gebracht, daß er aufhört, mit Drogen zu handeln.«

»Wie hast du das denn geschafft?« fragte Duane ehrlich überrascht. Dickie schwärmte geradezu davon, Marihuana zu verkaufen.

»Ich hab seine Vorräte aufgekauft«, sagte Suzie. »Ich hab dem armen alten Junior sein letztes Geld weggenommen, aber ich habe Dickie gesagt, ich liebe ihn zu sehr, als daß ich das Risiko eingehen möchte, daß ihm irgendwas Schlimmes zustößt.«

»Das ist gut, aber das heißt nicht, daß du ihn gleich heiraten mußt, oder?« fragte Duane.

»Er weiß nichts von dem, was zwischen uns ist, falls es das ist, was dir Sorgen macht«, sagte Suzie.

»Das ist es nicht, was mir Sorgen macht«, sagte Duane. »Mir macht einfach alles Sorgen. Wußtest du, daß Jenny glaubt, sie sei von ihm schwanger?«

»Natürlich«, sagte Suzie. »Das macht mir überhaupt nichts aus. Dickie wird einen großartigen Daddy abgeben.«

»Ja, das schon, aber jetzt ist Janine von Lester schwanger«, meinte Duane. »Sie verstecken sich im Gerichtsgebäude. Bobby Lee glaubt, er sei in Nellie verliebt. Junior hat was mit Billie Anne, und die ist immer noch mit Dickie verheiratet. Jetzt willst du Dickie heiraten und bist noch nicht einmal von Junior geschieden. Das ist echt zuviel. Ich weiß nicht, wo wir anfangen sollen, aber wir müssen in diesen ganzen Wahnsinn hier ganz schön bald ein bißchen Normalität hineinbringen.«

»Von dir selbst hast du noch kein Wort gesagt, Duane«, sagte Suzie. »Du zerreißt dir immer nur über andere Leute das Maul.«

»Ja, weil mich die Art, wie sich die anderen Leute verhalten, wahnsinnig macht«, gab Duane zurück. »Es ist schon schwer genug, den Bankrott zu verkraften, auch ohne daß jeder aus meinem Bekanntenkreis ein- oder zweimal pro Woche heiratet oder sich scheiden läßt.«

»Was kümmert's dich denn? Du bist doch glücklich verheiratet«, sagte Suzie.

»Davon weiß ich nichts«, sagte Duane. »Meine Familie hat das Haus verlassen und ist bei Jacy eingezogen.«

»Sie ist aber wieder zurückgezogen – oder nicht?« fragte Suzie.

»Ja, aber wer weiß, ob sie bleiben werden«, sagte er. »Sie haben vor, nach Italien zu gehen. Ich denke, sie werden wohl wieder zurückkommen, aber sicher weiß ich's nicht. Vielleicht kommen sie auch nicht zurück.«

Je mehr er darüber redete, desto konfuser und aufgeregter wurde er. Lauter erwachsene, vernünftige Leute schienen einfach völlig aus dem Gleichgewicht geraten zu sein.

»Keiner scheint mehr irgendwelche Hemmungen zu haben«, sagte er. »Die Leute tun einfach, was ihnen gerade einfällt – und nicht nur die Kinder! Auch Erwachsene, die es eigentlich besser wissen müßten, tun einfach das, was ihnen gerade in den Sinn kommt.«

Suzie lachte und gab ihm einen Stoß in die Rippen.

»Sieh mal einer an, ausgerechnet du sagst das«, sagte sie. »Mir scheint, ich kann mich noch an zwei Leute erinnern, die unter einer Verkehrsampel gevögelt haben. Wenn du so große Stücke auf Hemmungen hältst, wie konnte das dann passieren?«

»Es ist passiert, wo es passiert ist, weil du mich nicht um die Ecke hinter das Postamt fahren lassen wolltest«, sagte er.

Aber er mußte zugeben, daß sie ihm ein wenig den Wind aus den Segeln genommen hatte.

»Außerdem würdest du es wieder tun, wenn ich's von dir wollte«, sagte Suzie. »Oder vielleicht nicht?«

»Keine Chance«, sagte Duane.

»Ich denke sogar, daß die Chancen ganz gut stehen«, entgegnete Suzie mit einem gewissen Nachdruck. »Die Chancen stehen sogar auf hundert Prozent, daß du es wieder tun würdest, wenn ich's wollte.«

»Du bist schließlich bald meine Schwiegertochter«, sagte er. »Wenn ich es wieder tun sollte, würde ich jedenfalls keine sehr hohe Meinung von mir haben.«

Suzie lächelte – wenn auch nicht so strahlend, wie sie Dickie angelächelt hatte. Es war eher das zufriedene Lächeln einer Frau, die sich ihrer Macht bewußt ist.

»Die Frage, ob du eine hohe Meinung von dir hast oder nicht, wird mir in meinem ganzen restlichen Leben wohl keine schlaflosen Nächte bereiten, Duane«, sagte sie. »Ich will nur, daß du zugibst, daß du es wieder tun würdest, wenn ich es von dir wollte.«

»Was ist mit Junior?« fragte er ausweichend. »Wie wird er diese Nachricht aufnehmen?«

»Er hat sie bereits aufgenommen«, sagte Suzie. »Ich habe es ihm heute vormittag gesagt. Er hat gesagt, er möchte meinem Glück nicht im Wege stehen. Im Moment hat er es lediglich satt, daß ich seinem *Un*glück im Weg stehe.«

Der Fahrtwind wehte durch den Pickup und blies Suzie ihr langes Haar über das Gesicht.

»Ich habe versucht, ihn glücklich zu machen, aber es gibt einfach ein paar Leute, die das nicht annehmen wollen«, sagte Suzie. »Trotzdem, Junior wird das nicht umbringen. Er kommt mir zwar vor wie einer, der gar nicht wirklich lebt, aber ich denke, auf seine Weise lebt er doch. Er wird eine Weile vor sich hin maulen und eines Tages wieder reich werden, wenn sich die Lage erholt.«

Sie erreichten die Stadt noch rechtzeitig, bevor eine endlose Autoschlange aus den Rodeopferchen strömte, denn gerade war das Festspiel zu Ende gegangen.

»Bleibst du noch zum Tanz?« fragte er.

Suzie schüttelte den Kopf und sagte: »Bitte, bring mich nach Hause.«

Sie nach Hause zu bringen dauerte nur wenige Minuten. Er bog in ihre Einfahrt ein und stellte den Motor ab. Schwach drang der Lärm des Karussells von dem kleinen Volksfest zu ihnen herüber. Duane hatte es nicht eilig, wieder aufzubrechen, und auch Suzie schien es mit dem Aussteigen nicht eilig zu haben. Sie war entspannt, aber er nicht. Wieder hatte er das Gefühl, daß die Dinge völlig aus dem Gleis gerieten.

»Dickie ist jung und rastlos«, sagte Duane. »Du bist in meinem Alter. Hast du dir jemals überlegt, was das auf lange Sicht bedeutet?«

»Ja«, sagte Suzie. »Ich habe mir überlegt, wie lang mir die Zeit werden wird, wenn ich alt bin.«

»Er ist ein guter Junge«, sagte Duane, »aber er ist auch ein Herzensbrecher.«

»Halt den Mund, Duane«, sagte Suzie. »Es ist nicht deine Aufgabe, mich vor irgend etwas zu bewahren.«

»Ich hasse es aber, einen von euch leiden zu sehen«, sagte Duane.

»Denk lieber an dich selbst«, entgegnete Suzie. »Du wirst am Ende selbst noch verrückt, wenn du nicht aufhörst, dir über jeden, den du kennst, Sorgen zu machen. Du wirst es nie schaffen, die Leute in dieser Gegend hier zur Ruhe und zur Vernunft zu bringen. Sie werden einfach tun, was ihnen gerade in den Sinn kommt. Warum solltest du versuchen, sie davon abzuhalten?«

»Ich versuche dich und Dickie davon abzuhalten, weil ich glaube, daß ihr einen großen Fehler macht«, sagte er.

»Kämpfst du eigentlich dagegen, weil du mich für dich haben willst?« fragte sie.

»Eigentlich nicht«, sagte Duane. Auf diese Frage war er nicht gefaßt.

Suzie öffnete die Wagentür.

»Wenn das nicht der Grund ist, dann geht's dich nichts an«, sagte sie. »Ich nehme an, ich sehe dich bei der Hochzeit, wenn wir alle unsere Scheidungen in der Tasche haben.«

»Ich hätte dich nie ganz für mich haben können«, sagte er, durch ihren feindseligen Ton verunsichert. »Du warst die ganze Zeit viel zu sehr in Dickie verliebt.«

»Stimmt – verliebt bis über beide Ohren«, sagte Suzie mit einem Lächeln. »Ich versuche nur, dich dazu zu bringen, daß du aufrichtig zu dem stehst, was du willst, aber das wirst du nie tun, weil du außerstande bist, aufrichtig zu sein, und auch nicht weißt, was du willst.«

Sie stieg aus und machte einen Schritt auf ihr Haus zu, aber dann blieb sie stehen und kehrte zu seiner Seite des Pickups zurück. Sie winkte ihn mit der Hand zu sich herunter und gab ihm einen kleinen Kuß.

»Nichts für ungut, Sweety«, sagte sie. »Mich stört's nicht, wenn du nicht weißt, was du willst. Ich freue mich, dich zum Schwiegervater zu bekommen. An einem der nächsten Tage werden wir vielleicht ein paar interessante Familientreffen haben.«

»Ich hoffe nur, daß er lange genug mit dir zusammenbleibt, damit für solche Treffen noch Zeit ist.«

»Duane, du triffst ständig voll daneben«, sagte Suzie. »Eine Sache muß nicht hundert Jahre lang dauern, um schön zu sein.«

»Ich versteh einfach die Sache mit dem Heiraten nicht«, sagte Duane. »Mir scheint das nicht notwendig zu sein. Warum machst du nicht einfach weiter so wie bisher?«

Diese Bemerkung schien Suzie verletzt zu haben. Sie trat von dem Pickup zurück, und der Blick, den sie ihm zuwarf, war voller Empörung.

»Ich kann's einfach nicht erwarten, dich Daddy Duane zu nennen«, sagte sie in einem zornigen Ton. »Du benimmst dich schon die ganze Zeit wie ein Daddy.«

»Suzie, ich wollte deine Gefühle nicht verletzen«, sagte er.

»Meinen Gefühlen geht's bestens«, sagte Suzie. »Es sind wirklich kerngesunde Gefühle. Wenn du ein paar davon hättest, würdest du dich auf diesem Tanz wesentlich besser amüsieren.«

Dann drehte sie sich um und ging in ihr Haus.

90

Total verwirrt kam Duane am Gericht an. In einer anderen Verfassung war er schon lange nicht mehr gewesen – sie schien zum Normalzustand geworden zu sein. Auf der kurzen Rückfahrt von Suzies Haus hatte er beschlossen, daß er es aufgeben würde, noch mit Frauen zu reden. Das schien die einzige Möglichkeit zu sein, aus diesem Zustand der totalen Verwirrtheit herauszukommen, an dem fast immer irgend etwas schuld war, was irgendeine Frau gesagt hatte. Ganz beiläufige Bemerkungen, die sie einfach so fallen ließen, ohne sich anzustrengen, ohne sich dabei etwas zu denken, geisterten ihm noch stunden- oder gar tagelang im Gedächtnis herum. Er hatte das Gefühl, daß er selbst fast ausnahmslos schwachsinnige Äußerungen von sich gab, vergleichbar mit schwachen Vorhandschlägen, die sein Licht unter den Scheffel stellten. Die Frauen reagierten darauf – wie es ihnen gerade paßte – mit verbalen Schmetterbällen, Stoppbällen oder Volleys, daß einem Hören und Sehen verging.

Egal, welchen Ball er sich zu plazieren entschied, immer blieb in ihm dabei das Gefühl zurück, daß er sich nicht in der richtigen

Schußposition befand. Alle beschränkten sich auf den Hinweis, er hätte die falsche Einstellung zum Leben, aber keine von ihnen machte sich die Mühe, ihm eine Einstellung nahezulegen, mit der er seine alte ersetzen konnte.

Die Straße war so verstopft von Festbummlern, die gekommen waren, um die letzte Nacht der Hardtop-County-Hundertjahrfeier durchzutanzen, daß er gezwungen war, sieben Häuserblocks vom Gericht entfernt zu parken – und das war ein neuer Rekord.

Er hatte noch kaum den Rasen vor dem Gericht betreten – und die Menschenmenge war so dicht, daß es schwer war, überhaupt bis zum Rasen vor dem Gericht vorzudringen –, da wurde er von Bobby Lee am Arm gepackt, der Nasenbluten und eine aufgeplatzte Lippe hatte, aber trotz alledem ziemlich dynamisch wirkte.

»Was ist dir denn passiert?« fragte Duane.

»Ich bin mit G. G. aneinandergeraten. Dieser Dreckskerl schlägt mir ständig Bierdosen aus der Hand«, berichtete Bobby Lee. »Sie verhaften alle angeblich ›randalierenden Besoffenen‹ auf Schritt und Tritt, aber sie sind nur zehn oder zwölf, während wir zu Tausenden sind. Komm, beeilen wir uns.«

»Beeilen – wozu?« fragte Duane.

»Zum Volksfest rüber«, sagte Bobby Lee. »Little Mike ist dabei, dem Fassadenkletterer die Show zu stehlen.«

Da sah Duane zu seiner Überraschung, daß fast alle, die dicht an dicht auf dem Rasen vor dem Gericht standen, nach oben starrten. Manche blickten auf den Fassadenkletterer, einen allbekannten Artisten der Gegend namens Jerry Cooper, der aus der kleinen Stadt Megargel, Texas, stammte. Jerry, ein Bohrtu[...]mar-
[...]unts
streicher, besserte sein bescheidenes Einkommen du[...] Rodeos
als Fassadenkletterer auf, indem er meist anläßli[...]he und an-
oder Landjahrmärkten Gerichtsgebäude, W[...] Thalia war er
dere weniger hohe Konstruktionen erk[...]rturm, das Ge-
schon häufig aufgetreten und hatt[...] je nachdem, wozu
richts- oder das Gefängnisgebä[...]n Panik zu sein. Er hing
er gerade Lust hatte.

Im Augenblick sch[...]

außen am Gerichtsgebäude auf halber Höhe zwischen dem ersten und zweiten Stock und kam weder hoch noch runter.

»Was ist los mit dir, Jerry?« fragte Duane. Er hatte Jerrys Geschicklichkeit stets bewundert und hatte darauf gedrungen, daß man ihn zu einer Hundertjahrfeier-Klettershow engagierte.

»Dieses Gerichtsgebäude ist ein hundsgemeiner Kasten, Duane«, sagte Jerry mit schwacher, mutloser Stimme. »Ich glaube, diesmal wird's mich erwischen.«

Die Menge grölte. Das Gerichtsgebäude war aus rauhem Sandstein gemauert und sah aus, als sei es – zumindest für einen Fassadenkletterer – leicht zu erklettern. Mehrere Betrunkene begannen sofort ebenfalls an der Außenmauer hochzuklettern, um zu zeigen, wie leicht das war. Einer von ihnen kam binnen weniger Sekunden bis zum ersten Stock hinauf, wurde dann jedoch zu selbstsicher, rutschte ab und fiel in ein Gebüsch. Er schien zwar nicht verletzt zu sein, aber sein Sturz konnte Jerry Coopers Stimmung nicht heben.

»Da siehst du, was ich meine«, rief er herunter.

»Aber du bist an diesem Gerichtsgebäude doch schon fünf- oder sechsmal hochgeklettert«, rief Duane zurück.

»Ich weiß, aber das war bei Tageslicht«, sagte Jerry. »Nachts ist es rutschiger. Es scheint, als würden diese Steine irgendwie schwitzen.«

Die Menge buhte gnadenlos. Es war nicht zu überhören, daß sie nichts für einen Fassadenkletterer übrig hatten, der nicht in der Lage war, ein zweistöckiges Gerichtsgebäude zu erklettern.

»Nur noch ein Stockwerk und du bist oben«, rief Duane, um ihm Mut zu machen.

»Mir wär's viel lieber, ich wäre zwei Stockwerke weiter unten«, sagte Jerry trübsinnig. »Ich steig nicht höher.«

Da [illegible] Duane hinter sich Schreie. Eine Schar Frauen starrte zum Rie[illegible] hinauf und schrie auf. Jacy, Jenny und mehrere Männer s[illegible] unter dem Riesenrad. Die Männer hatten sich Junior Nol[illegible] [illegible]tze geschnappt und benutzten sie nun als Sprungtuch. [illegible] auf dem Riesenrad saß Little Mike auf einer Strebe.

»Halt durch, Je[illegible] dich in einer Minute runter«, rief

Duane. Dann sah er Karla und Nellie, die ein Stück weit entfernt von der Gruppe der Frauen standen. Beide schrien etwas zu Little Mike hinauf, aber ihre Schreie gingen in der Menge unter.

Duane rannte zum Riesenrad hinüber, das gestoppt worden war. Es war bis auf den letzten Platz besetzt. Viele Teenager hingen mitten in der Luft. Sie schienen die Aufregung jedoch zu genießen. Der hünenhafte Mann, der das Rad bediente, lehnte mit ungeduldiger Miene am Bremshebel.

»Inzwischen geht mir mein Geschäft flöten«, knurrte er Karla an, die ihre Tanzpumps fortgeworfen hatte und Anstalten machte, ihrem Enkel hinterher nach oben zu klettern.

»Warte einen Moment«, rief Duane. »Laß uns doch erst einmal nachdenken und nichts überstürzen.«

Da schrie die Menge wieder auf. Little Mike hielt sich unbekümmert an einem Drahtseil fest und hatte sich nach vorne übergebeugt, um auf die Männer herabzuspucken, die die Matratze hielten. Je weiter er sich überbeugte, desto lauter schrie die Menge. In den Momenten der Stille nach den Schreien konnte Duane hören, wie Little Mike vergnügt vor sich hin brabbelte.

»Wo bist du gewesen?« fragte Karla mit blitzenden Augen.

»Beim Angeln«, sagte Duane.

»Mama glaubt, er wird runterstürzen, aber ich glaub's nicht«, sagte Nellie. »Er ist ein echt guter kleiner Kletterer.«

»Inzwischen geht mir das Geschäft flöten«, maulte der Mann am Riesenrad wieder.

»Duane, könntest du nicht dieses Riesenrad kaufen?« fragte Karla, während sie ihre Klettertour begann. »Dieses profitgeile Arschloch geht mir auf den Wecker.«

Der Mann machte ein verblüfftes Gesicht: »Meint sie das ernst?« fragte er.

»Nein, Karla, warte doch einen Moment«, sagte Duane. Aber Karla hatte im Nu die erste Querstrebe erklommen.

»Warum?« fragte sie und blickte auf ihn herunter. »Das da oben ist schließlich mein Enkelkind.«

»Er sitzt doch nur da und spuckt herunter«, meinte Duane.

»Wenn sie's ernst meint, können Sie die ganzen Karussells für sechzigtausend haben«, sagte der Karussellführer. »Dafür stell ich sie Ihnen auf, wo immer Sie wollen.«

»Duane, irgend jemand muß ihn von da runter bekommen«, rief Karla.

»Er hält sich gut im Gleichgewicht, er wird schon nicht fallen«, sagte Jacy. Auch sie blickte hinauf und prüfte die Lage.

»Er merkt, wenn du wütend bist«, sagte Duane zu Karla. »Deshalb solltest du ihm nicht hinterherklettern, finde ich. Er könnte versuchen, dir zu entwischen, und dabei aus Versehen runterfallen.«

»Wir sind alle bei der Freiwilligen Feuerwehr, wir können ihn genau auf dieser Matratze auffangen«, meinte Eddie Belt.

»Ich wollte, Julie würde sich beeilen«, sagte Nellie. »Wenn Julie es ihm befiehlt, wird er herunterkommen.«

»Wo steckt sie denn?« fragte Duane.

»Bei Ruth drüben, sie spielen mit Sonny Karten«, sagte Karla. Sie hatte in ihrem Aufstieg innegehalten. Little Mike beugte sich wieder vornüber und spuckte, womit er erneut Schreie auslöste.

»Ich finde, Duane hat recht«, meinte Jacy. »Solange du ihm nicht angst machst, ist er vielleicht einigermaßen sicher.«

»Was? Einigermaßen sicher? Er ist fünfzig Fuß hoch in der Luft!« sagte Karla, aber sie kletterte nicht höher. Mehrere der Männer, die die Matratze hielten, waren zu betrunken, um sich sonderlich für Little Mike zu interessieren, aber nicht zu betrunken, um nach oben unter Karlas Rock zu schauen.

»Fünfzigtausend, und Sie stellen sie selbst auf«, sagte der Karussellführer. »Das Ganze würde in 'n einigermaßen großen Garten reinpassen, und dann wär's Ihren Kindern nie langweilig.«

Zu seiner Erleichterung sah Duane die Zwillinge auf ihren Rädern durch die Menge angefahren kommen. Sie ließen sich jedoch Zeit und schienen in ihrer Lässigkeit überhaupt ganz sie selbst zu sein.

»Soll ich raufklettern und die kleine Pimmelfresse runterschütteln?« fragte Jack, den die Notlage seines kleinen Neffen offensichtlich nicht aus der Ruhe brachte.

»Nein, runterschütteln wollen wir ihn nicht«, sagte Duane.

»Außerdem hältst du gefälligst deine Sprache im Zaum, wir sind hier nicht bei uns zu Hause«, sagte Karla, auf ihrer Querstrebe kauernd.

»Diese Lümmel hier schauen dir übrigens in die Spalte«, informierte Jacy sie.

»Och, laß die mal ruhig träumen«, sagte Karla. »Julie, könntest du nicht mal zusehen, ob du Little Mike dazu bringen kannst, daß er da runterkommt?«

»Los, komm da runter, du kleiner Angeber!« schrie Julie einfach zu ihm hinauf, ohne sich auch nur die Mühe zu machen, von ihrem Fahrrad zu steigen.

Als er den Befehl seiner abgöttisch geliebten Julie hörte, begann Little Mike auf der Stelle herunterzuklettern. Mehrere Leute, darunter auch Duane, brachten sich in Position, um ihn aufzufangen, aber er stieg ganz sicher und zügig herunter.

»Das Kind sollte man auf der Stelle in eine Besserungsanstalt stecken«, sagte Jack eifersüchtig.

»Halt die Schnauze, du Fickvisage!« fuhr ihn Julie an. Dann fuhren die beiden, lauthals streitend, ab.

Little Mike wich seiner erzürnten Großmutter aus und kletterte direkt in die Arme seiner Mutter.

»Ich habe vergessen, wie ich hier heraufgekommen bin«, sagte Karla, die immer noch auf ihrer Querstrebe kauerte.

»Laß dich einfach fallen, wir fangen dich in der Matratze auf«, sagte Eddie Belt. Er war enttäuscht, daß er seine Brandbekämpfungstechniken nicht zur Schau stellen konnte.

»Kommt nicht in die Tüte«, rief Karla.

»Warum nicht? Wir sind alle bei der Freiwilligen Feuerwehr und bestens trainiert«, sagte Eddie.

»Hör nicht auf sie, sie hoffen nur, noch mehr von deiner Spalte zu sehen«, sagte Jacy.

»Duane, stell den Pickup unter mich, und ich laß mich aufs Verdeck fallen.«

»Du sitzt doch nur drei Meter überm Boden«, sagte er. »Laß dich von der Querstange herabhängen, und ich setz dich sicher auf dem Boden ab.«

Wie sich herausstellte, war das machbar. Als Duane Karla gerade absetzte, hörten sie aus der Menge auf dem Rasen vor dem Gericht ein lautes Aufröhren. Bobby Lee, ebenfalls ein Freiwilliger Feuerwehrmann, fuhr mit dem einzigen Feuerwehrwagen der Stadt rückwärts über die Rasenfläche. Er hatte bereits die Leiter ausgefahren und traf Vorbereitungen, um den notleidenden Jerry Cooper aus seiner Lage zu retten. Nur zögernd machte die Menge dem Feuerwehrwagen Platz.

Bobby Lee hatte sich nicht die Mühe gemacht, seinen Sombrero abzusetzen, obwohl er unter ihm nicht gerade gut sehen konnte. Statt langsam so weit zurückzustoßen, bis Jerry Cooper die Leiter fassen konnte, gab Bobby Lee Vollgas. Die Leiter krachte fünf Meter unterhalb der Stelle, wo Jerry hing, gegen das Gerichtsgebäude und bohrte sich direkt durch die Mauer. Durch den Schock ließ der glücklose Fassadenkletterer mit beiden Händen die Mauer los und stürzte – ganz und gar nicht nach Art eines Fassadenkletterers – in die Büsche.

»Wenn wir da drüben gestanden wären statt hier, hätten wir ihn aufgefangen«, stellte Eddie fest. Er und mehrere andere Freiwillige Feuerwehrmänner hielten immer noch Junior Nolans Matratze aufgespannt.

»Oh, nein«, sagte Karla, »seht euch das an. Bobby Lee hat das Gerichtsgebäude aufgespießt.«

Jacy fand diesen Anblick sehr witzig. Sie brach in schallendes Gelächter aus.

»Diese Hundertjahrfeier wird mit der Zeit immer besser«, prustete sie.

Duane rannte hinüber, um nachzusehen, ob Jerry Cooper verletzt war, aber er konnte keine Spur von ihm finden. Jerry war durch das Gebüsch gekrochen und hatte sich aus der Stadt geschlichen. Mehrere Wochen später konnte Duane nach einiger Nachforschung herausfinden, was aus ihm geworden war: er hatte die Bohrturmanstreicherei aufgegeben und war Bierfahrer geworden. Das tat Duane sehr leid – Jerry war immerhin einmal ein fähiger Fassadenkletterer gewesen. Vielleicht war es doch unfair gewesen, von ihm zu verlangen, die Fassade des Gerichtsgebäudes bei Nacht zu erklettern.

Inzwischen hatte sich die Leiter ausgerechnet in den Gerichtssaal hineingebohrt, in dem sich Lester und Janine versteckt hielten. Ihre entgeisterten Gesichter tauchten in einem Fenster auf. Offensichtlich waren weder er noch sie bekleidet.

»Hey, hört auf mit dem Mist!« brüllte Lester auf ein Publikum von Hunderten von Betrunkenen herunter.

Bobby Lee hatte bemerkt, daß sein Rettungsversuch ein Schuß ins Leere gewesen und daß er zum Gespött der Menge geworden war, und so versuchte er den Feuerwehrwagen wieder von der Rasenfläche herunterzufahren. Aber die Menge ergab sich nun, wo es nicht mehr um Leben und Tod ging, wieder dem Suff. Was Bobby Lee dagegen nicht bemerkt hatte, war, daß die Leiter tief im Gerichtsgebäude feststeckte. Als sie bis zur vollen Länge ausgefahren war, stoppte der Wagen. Bobby Lee holte sie langsam wieder ein und gab Vollgas, aber der Laster wollte sich nicht von der Stelle rühren. Er saß so fest im Gerichtsgebäude, wie Sonnys Wagen im Haus der Stauffers festgesessen hatte.

Daß die Leiter einfach nicht loskommen wollte, machte Bobby Lee rasend. Er sprang aus dem Laster, schleuderte seinen Sombrero auf den Boden und trampelte darauf herum.

»Er hat unser einziges historisches Gebäude demoliert«, sagte Jenny. »Was für eine schreckliche Art, unsere schöne Feier zu beenden.«

Janine Wells hatte sich währenddessen ihr Nachthemd übergeworfen. Sie lehnte sich aus dem Fenster und blickte keß herunter. Mehrere Betrunkene versuchten sie zu überreden, herunterzukommen und mit ihnen zu tanzen.

»Seht euch Bobby Lee an, er hat gerade einen Anfall«, rief Karla. »Wenn er durchdreht, ist er einfach süß – ganz im Gegensatz zu dir, Duane.«

Nellie kam herüber und gab Little Mike Duane in die Arme. »Halt ihn mal eben, während ich mit Joe tanze«, sagte sie.

Duane schleppte Little Mike die ganze nächste Stunde lang herum; die Hälfte davon schlief Little Mike tief und fest an seiner Schulter. Duane suchte in der Hoffnung, Minerva zu finden, die Menge ab, aber Minerva war nirgends zu sehen. Die Straße war so voll von Tänzern, daß er auch von Nellie nichts mehr sehen konnte, aber wenigstens war Dickie wieder aufgetaucht und tanzte mit Jacy. Nach mehreren Rundgängen um das Gerichtshaus mit dem schnarchenden Little Mike an seiner Schulter war Karla die einzige Verwandte, die er traf, aber sie weigerte sich, ihm ihren Enkel abzunehmen.

»Komm, nimm du ihn für eine Weile«, bat Duane sie. »In der Ehe wird alles fifty-fifty geteilt.«

»Von wegen! In der Ehe überlebt nur der Stärkere, und mit einem Baby auf meiner Schulter kann ich nicht tanzen«, sagte Karla, bevor sie sich von Junior Nolan entführen ließ.

Schließlich holte sich Duane ein Bier, lehnte sich mit dem Rücken an das Gerichtshaus und legte Little Mike bäuchlings ins Gras, wo er friedlich weiterschlief. Bobby Lee, der seinen Sombrero unterdessen zu Stroh zerstampft hatte, kam zu ihm und setzte sich neben ihn.

»Ich muß mal 'ne Minute verschnaufen, dann mach ich einen zweiten Anlauf«, sagte Bobby Lee.

Während Bobby Lee auf seinen zweiten Anlauf wartete, sahen beide dem Tanz zu. Die Zwillinge tanzten Break-Dance miteinander. Sie fegten abwechselnd aus Gruppen von massigen, torkelnden Betrunkenen heraus und wieder in sie hinein, drehten sich auf der Stelle, machten Grätsch- und Ausfallsprünge und wirbelten tanzend auf den Händen. Jacy und Dickie hörten auf zu tanzen und applaudierten ihnen. Dann blieben auch Janine und Lester stehen, die sich gerade der ausgelassenen Horde angeschlossen hatten, und applaudierten ihnen ebenfalls. Nun begannen auch Nellie und Joe Coombs einen Break-Dance. Zur allgemeinen Überraschung war der kleine Joe ein sensationeller Break-Dancer, der seinen untersetzten Körper mit wilder Hingabe durch die Gegend wirbeln ließ.

»Diese Nellie ist eine bildschöne Tänzerin«, bemerkte Bobby Lee mit einem Aufflackern von Liebe in seiner Stimme.

»Nicht nur sie, ihre Mutter auch«, sagte Duane.

Karla hatte sich zu den Zwillingen gesellt. Sie hatte ein paar Minuten mit Junior Nolan zu tanzen versucht, aber Junior zog schon bald mit verstörtem Gesichtsausdruck von dannen. Da trat Jacy dazwischen und begann mit Karla zu tanzen. Sie versuchten, die Zwillinge zu imitieren. Dann begannen sie zu improvisieren, und die Zwillinge imitierten sie perfekt. Schließlich drängte sich Dickie dazwischen und tanzte mit Jacy und seiner Mutter.

»Mein Gott, was für ein beschissener Gedanke, ich könnte zu der Sorte von Männern gehören, die die ganze Nacht nur dahokken und zusehen, wie andere Leute tanzen«, sagte Bobby Lee.

Er seufzte einmal tief, reichte Duane sein Bier und stürzte auf die Straße, wo er sofort in ein Zucken und Schütteln verfiel und nach Art Elvis Presleys sein Becken kreisen ließ. Er griff sich Nellie und schwang sie fünf- oder sechsmal durch die Luft. Binnen weniger Sekunden imitierte er buchstäblich jeden Tanzstil, den Duane jemals gesehen hatte. Beeindruckt fing Karla an, mit ihm zu tanzen. Dickie kehrte zu Jacy zurück und Nellie zu Joe. Angewidert schwangen sich die Zwillinge auf ihre Bikes und fuhren von dannen.

»Duane, du bist schon immer ein Mauerblümchen gewesen«, meinte Janine und bot ihm einen Kaugummi an.

»Stimmt nicht, es leben noch ein paar Leute, die sich bestimmt an die Zeiten erinnern können, wo ich immer derjenige war, der Schwung in die Bude brachte«, entgegnete Duane.

»Ja, ich bin einer davon, ich kann's bestätigen«, sagte Lester. »Ich kann mich noch daran erinnern, wie du gedroht hast, mir vor der Legion Hall den Arsch zu versohlen.«

»Gut, daß er's nicht getan hat, sonst würde ich nie mehr ein Wort mit ihm reden, Sweety«, sagte Janine und nahm Lesters Hand.

Lester schien sich über diese Bemerkung zu ärgern.

»Manchmal ist mir deine Logik zu hoch, Honey«, sagte er. Er stand auf, schlenderte davon und tanzte bald darauf mit Charlene Duggs. Janine sah zu und kaute immer verbissener auf ihrem Kaugummi.

»Was für eine Logik hat er denn gemeint?« fragte sie.

»Keine Ahnung«, sagte Duane. »Ich hab jedenfalls nicht bemerkt, daß hier jemand was Logisches gesagt hat.«

»Manchmal glaube ich, es war ein Fehler, daß wir miteinander Schluß gemacht haben«, sagte Janine.

Bobby Lee hatte ausgetanzt. Er kam zu ihnen herüber und ließ sich neben sie fallen.

»Janine, könnten Sie mir ein Bier besorgen, bevor ich an Verdunstung krepiere?« bat Bobby Lee.

»Ich hole bestimmt kein Bier für jemanden, der nicht mal die Höflichkeit besitzt, mich wenigstens zu einem Tanz aufzufordern«, sagte Janine.

Noch bevor Bobby Lee antworten konnte, kam John Cecil auf sie zu und forderte Janine höflich zum Tanz auf. Schon bald waren die beiden mitten in einem schwungvollen Two-Step.

Bobby Lee erhob sich und steuerte auf den Bierlaster zu.

»Bring mir auch eins mit«, rief ihm Duane nach. Er fühlte sich ein wenig übergangen und leicht deprimiert. Er hatte Lust, zurück zu Suzie hinauszufahren. Vielleicht würde sie ja seine Entschuldigung annehmen, und sie könnten ihre Unterhaltung fortsetzen. Er haßte es, wenn Unterhaltungen mit einer ungeschickten Bemerkung endeten. Er hatte das Gefühl, daß Suzie wütend auf ihn war, und dieses Gefühl setzte ihn irgendwie unter Druck. Er wollte zurückfahren und sich mit ihr aussprechen, damit er sich nicht mehr so unter Druck fühlte, aber er hatte Angst, daß Dickie mit dem Verlobungsring aufkreuzen könnte, während er bei Suzie war.

Dann sagte er sich, daß es albern sei, sich deswegen den Kopf zu zerbrechen. Im Grunde war es ja kein wirklicher Streit gewesen, sondern lediglich eine momentane Uneinigkeit. Er war sich nicht einmal sicher, worum es dabei eigentlich gegangen war. Wahrscheinlich hatte Suzie das Ganze bereits vergessen. Höchstwahrscheinlich las sie in diesem Moment selig irgendeinen Liebesroman oder sah fern, während sie auf Dickie wartete.

Aber irgendwie konnte Duane das Ganze einfach nicht vergessen. Jenny Marlow, die mit Buster Lickle tanzte, gab ihm hinter dessen Rücken verzweifelt zu verstehen, er solle kommen und mit ihr tanzen. Duane zeigte auf das schlafende Baby. Gewöhnlich tanzte er schon gern. Auf Little Mike könnte solange auch Bobby Lee aufpassen, der gerade mit den Bieren anrückte. Aber der Gedanke an Suzie wollte ihm nicht aus dem Kopf gehen.

Er blickte sich um und entdeckte G. G. Rawley, der mit einem

Vorschlaghammer in der Hand vor der Nachbildung von Texasville stand. Er hob Little Mike auf und ging zu ihm hinüber. Bobby Lee folgte ihm.

»Es ist ein bißchen spät, jetzt noch damit anzufangen, den Salon zu demolieren, G. G.«, sagte Duane. »Alle Sünder sind bereits besoffen.«

»Gott, der Herr, erwartet nicht von mir, daß ich jede Schlacht gewinne«, meinte G. G. »Er erwartet nur von mir, daß ich weiterkämpfe.«

Genau bei diesen Worten fiel aus beachtlicher Höhe irgend etwas in Bobby Lees Bierbecher. Fast das ganze Bier spritzte Bobby Lee ins Gesicht, ein paar Spritzer bekam auch Duane ab. Bobby Lee sah überrascht aus und wischte sich mit dem Hemdärmel sein triefendes Gesicht ab. Als er vorsichtig in seinen Becher spähte, wurden seine Augen noch größer. Er griff in den Becher und fischte ein Ei heraus.

»Es hat ein Ei geregnet«, sagte er erstaunt.

G. G. Rawley hob seinen Vorschlaghammer, um mit dem gewaltsamen Abriß von Texasville zu beginnen, doch als er den ersten Schlag führte, stürzte ein ganzer Schauer von Eiern auf ihn nieder, mindestens fünfzehn oder zwanzig zerplatzten auf seinen Schultern, seiner Brust und seinem Kopf.

Während er mit verstörter Miene innehielt, ging ein zweiter Eierschauer nieder. Einige der Eier verfehlten ihn und zerspritzten auf dem Boden, eine ganze Menge traf jedoch ihre Ziel.

G. G. war zu sprachlos, um auch nur einen Finger zu rühren. Vorsichtig blickte er gen Himmel. Aus dem dunklen Firmament kamen weiter Eier geflogen. Manche flogen im hohen Bogen auf die Straße und bespritzten die Tänzer. Etwa ein Dutzend platschte auf das Dach von Old Texasville. Ein paar trafen die Dächer von Autos.

»Die Zeit der Strafe ist gekommen«, rief G. G., und ein glückliches Strahlen trat in seine Augen.

»Gott, der Herr, läßt Eierbomben niederregnen auf diesen Hort von Irren.«

Je mehr Eier niedergingen, desto erregter und auch lauter wurde der Gottesmann.

»Er hat die Hühner des Irrsinns losgelassen!« schrie er. »Er hat die Hennen der Hölle befreit!«

Duane dachte anders darüber. Hoch über seinem Kopf hörte er Gelächter, und es war nicht das Gelächter von Gott, dem Herrn, sondern das der Zwillinge. Er barg Little Mike schützend unter seinem Arm, flüchtete zum Gerichtsgebäude hinüber und fragte sich, woher sie die Eier hatten.

91

Der erste Mensch, den er im Gericht erblickte, war Minerva. Sie saß auf einer Bank vor dem Steueramt und horchte sich mit einem Stethoskop die Brust ab. Minerva ging nie ohne ihr Stethoskop außer Haus. Ihrem eigenen Herzschlag zu lauschen war eine ihrer Lieblingsbeschäftigungen. Gelegentlich behauptete sie, sie könne auch Geräusche von anderen Organen hören.

»Es klingt so, als ob ich hier auf dem linken Lungenflügel einen Flecken hätte«, meinte sie, als Duane zu ihr hinüberging.

»Es ist mir egal, ob du da einen Flecken hast, hier, nimm mal Little Mike«, sagte er und reichte ihr das schlafende Kind.

»Wieso? Sind Sie jetzt auch noch zu machohaft, um sich um Ihr eigenes Enkelkind zu kümmern?« fragte Minerva.

»Ich bin nicht zu machohaft, ich bin zu sehr durcheinander«, sagte Duane.

Eine Schar von Kindern raste im Treppenhaus des Gerichts auf und ab. Diejenigen, die nach oben rasten, hatten stapelweise Schachteln voller Eier unter dem Arm. Von draußen hörte er aus der Richtung der Tanzfläche Aufschreie, als wieder irgendwelche Tanzenden vor den Eierduschen in Deckung gingen.

»Wo bekommt ihr Bengel denn diese Eier her?« fragte er einen Jungen, der zehn Schachteln in seinen Armen hatte. Aber der Junge ignorierte die Frage und raste die Treppe hinauf.

»Ich bin nicht zum Babysitten hergekommen«, ließ ihn Minerva wissen. »Ich habe schon getanzt, bevor Sie geboren wurden, und ich tanze immer noch.«

»Die Zwillinge werfen Eier vom Dach«, sagte er. »Sie werfen *unheimlich viele* Eier vom Dach.«

»Na und – es ist der letzte Abend des Festes, ich finde, da sollten Sie mal ein Auge zudrücken«, sagte Minerva.

Da kamen die Hennen der Hölle in Gestalt der Zwillinge die Treppe heruntergerannt. Jack rannte sofort zur Tür hinaus, aber Duane gelang es noch, Julies Arm zu erwischen.

»Wo habt ihr diese Eier her?« fragte er.

»Von einem Eierlaster«, sagte Julie, als würde sie auf eine sehr dämliche Frage antworten. Dann riß sie sich los und rannte hinter ihrem Bruder her.

Duane folgte den Zwillingen nach draußen, aber nicht sehr weit. Das Dach des Gerichtsgebäudes schien voll mit Kindern besetzt zu sein, alle bestens ausgerüstet mit Eiern, die wie Hagel niedergingen. Auf der anderen Straßenseite konnte er einen Lastwagen sehen, der vor Sonnys Waschsalon parkte. Um ihn herum herrschte ein emsiges Kommen und Gehen eines ameisengleichen Stroms von Kindern. Der Lastwagen war offensichtlich die Quelle, aus der die Eier stammten, aber weshalb er dort stand, war Duane ein Rätsel.

Er rannte zum Dach hinauf und sah mit einem Blick, daß die Eierwerfer Munition für eine lange Belagerung hatten. Hunderte von Eierschachteln waren auf dem Dach gestapelt, und es kamen immer mehr hinzu. So gut wie alle Kinder der Stadt waren hier versammelt. Er sah die beiden Mädchen von Lester und Jenny sowie die bezaubernden Kinder von Suzie und Junior.

Unten herrschte das reine Chaos. Manche der Tanzenden waren zu weit entfernt, um von den Eiern getroffen zu werden. Einige tanzten seelenruhig weiter, ohne überhaupt zu merken, daß sich gerade etwas Ungewöhnliches ereignete. Auf dem Gehsteig der anderen Straßenseite tanzte Dickie immer noch mit Jacy.

Gerade als er dachte, der Eierregen würde sich vielleicht auf den Rasen vor dem Gericht beschränken, sah er, wie die Zwillinge auf ihren Rädern, die Satteltaschen gefüllt mit Eiern, auf die Tänzer zurasten. Andere Kinder folgten ihnen auf ihren Fahrrädern. Jack und Julie jagten freihändig wie Komantschen an den

Tänzern vorüber. Sie schleuderten Eier wie Handgranaten über ihre Köpfe hinweg oder ließen sie wie zufällig den Tänzern unter die Füße kullern. Schon bald rutschten die ersten Tänzer aus und fielen hin. Viele wurden Opfer von gezielten Würfen. Dann verschwanden die Zwillinge im Dunkeln, um wenige Augenblicke später mit aufgefüllten Eiertaschen wieder aufzutauchen. Jack, der immer noch seine Spiegelsonnenbrille auf der Nase hatte, schoß mit Höchstgeschwindigkeit auf die Tänzer zu. Erst im letzten Moment, als seine Opfer vor Panik wie gelähmt waren, machte er einen Schwenk zur Seite. Dann raste er den Gehsteig entlang und warf Eier in die Gruppe der Tanzenden. Genauso schnell folgte dicht hinter ihm Julie und schleuderte ihre Eier über den Boden, als wären es Kieselsteine.

Viele der Tanzenden wußten gar nicht, wie ihnen geschah. Nur für Sekunden tauchten die Kinder auf, dann verschwanden sie wieder in der Nacht. Die meisten der Tanzenden waren so betrunken, daß sie sie überhaupt nie sahen. Die Eier, die wie aus dem Nichts zu kommen schienen, trafen sie und tropften an ihren Kleidern herunter. Nachdem er ein paar Minuten lang zugesehen hatte, beschloß Duane, sich aus der Stadt zu verdrükken. Wenn genügend viele Leute erkannten, daß seine Kinder die Rädelsführer der Eierbomber waren, würden sie ihn womöglich zu Brei schlagen – und wenn nicht, dann würde er sich in jedem Fall Beschwerden anhören müssen, die er lieber nicht hören wollte.

Die Frage war: wie aus dem Gerichtshaus kommen, ohne in ein Dauerfeuer von Eiern zu geraten. Er fand eine Pförtnerloge und lieh sich ein paar große Müllbeutel aus. Er wollte Minerva auch einen leihen, aber als er wieder in die Eingangshalle zurückkam, waren Minerva und Little Mike nirgends mehr zu sehen.

Duane stülpte sich einen Müllbeutel über den Kopf, bohrte zwei Sehschlitze hinein und rannte zur Tür hinaus. Mehrere Eier trafen den Müllbeutel, aber binnen weniger Sekunden war er auf der Straße und außer Schußweite. Als er zurückschaute, sah er einige Kinder mit Eierschachteln bewaffnet das Riesenrad erklettern.

Als er sich umwandte, um zu seinem Pickup zu gehen, sah er

Toots Burns in arg eierverschmiertem Zustand an seinem Streifenwagen stehen. Er sah aus, als sei er von mindestens hundert Eiern getroffen worden.

»Hier wird's ein bißchen zu wild, was, Sheriff?« sagte Duane.

»Und ob«, erwiderte Toots knapp. »Gerade hat mich 'ne Eierbande, äh ... 'ne Bande Eier ... oder so was getroffen«, lallte er.

»Wo kommt der Eierlaster her?« wollte Duane wissen.

Toots zuckte mit den Schultern. »Er hat 'n Nummernschild von Iowa«, sagte er. »Der alte Knabe, der ihn fuhr, hat sich 'n verdammt schlechten Moment für einen Spaziergang ausgesucht.«

»Der Fahrer ist *spazieren* gegangen?«

»Ja, hat einfach geparkt und ist davonspaziert«, sagte Toots. »Der wird Bauklötze staunen, wenn er zurückkommt.«

Nun kamen die Schreie aus der Richtung des Volksfestplatzes. Schauer von Eiern flogen vom Riesenrad herab und pitschten auf Kinder, die in Autoscooters herumfuhren. Sie spritzten auf das Karussell und schlugen die Leute vor den Zuckerwatteständen in die Flucht.

»Also bis dann, Toots«, verabschiedete sich Duane. »Lassen Sie sich nicht zu sehr stressen. Es sind ja nur Eier.«

»Ich bin doch nicht gestreßt«, sagte Toots. »Sind rohe Eier nicht angeblich gut für den Teint? Vielleicht seh ich bald noch attraktiver aus, als ich's jetzt schon bin.«

»Also wenn *das* kein positives Denken ist, dann freß ich einen Besen!« sagte Duane.

92

Auf dem Weg zu seinem Pickup traf er Karla und Jacy. Sie saßen auf den Kotflügeln von Karlas BMW und genehmigten sich einen Drink. Eine Kühlbox mit zwei Einmachgläsern, gefüllt mit irgend etwas Alkoholischem, stand auf der Motorhaube.

»Habt ihr irgendwas ohne Papayajuice drin?« fragte er.

»Duane, das ganze Fest ist fast vorüber, und du hast mit keiner von uns auch nur einmal getanzt«, sagte Karla vorwurfsvoll.

»Ich hätte es ja getan, aber als ich Dickie beim Tanzen zusah, hab ich einen Minderwertigkeitskomplex bekommen.«

»Ich glaube, du hast auch so schon einen massiven Minderwertigkeitskomplex«, meinte Jacy. »Du solltest die Schuld dafür nicht Dickie in die Schuhe schieben.«

»Warum nicht, wenn die ganze Stadt in ihn verliebt ist?« fragte Duane.

»Duane, daß du ihm ein bißchen unterlegen bist, ist noch lange kein Grund, deprimiert zu sein«, sagte Karla. Sie glitt vom Kotflügel herab und schenkte ihm einen riesigen Drink ein.

»Ich habe gefragt, ob da Papayajuice drin ist«, erinnerte er sie.

»Oh, Mann, sei nicht so zickig«, sagte Jacy.

»Zu deiner Information: es ist Grapefruitsaft«, beruhigte ihn Karla. »Minerva hat vergessen, Papayajuice zu kaufen.« Sie füllte auch Jacys Glas nach und reichte es ihr zurück.

Duane wünschte, er wär nicht hier vorbeigegangen. Als die Frauen alleine auf dem Wagen beisammensaßen, hatten sie einen sehr friedlichen Eindruck gemacht. Sie schienen beide die gleiche Art von Ruhe oder Ausgeglichenheit zu haben, an der er nie teilhaben könnte. Sie hatten auch beide den gleichen Spaß daran, ihn zu ärgern. Ihn zu ärgern war für sie nur eine Art von Scherz, das wußte er. Meistens geschah es sogar auf eine liebevolle Art. Das Problem dabei war nur, daß er meist fand, daß sie recht hatten; gewöhnlich fing er dann an, an sich selbst herumzumäkeln, und er meinte es nicht im Scherz. Je mehr die beiden Frauen scherzten, desto stärker zweifelte er an sich selbst. Die Bande, die die beiden miteinander geknüpft hatten, ließen ihn ausgeschlossen, und doch war er froh, sehr froh, daß sie Freundinnen geworden waren.

Wenn er in all den Jahren an Jacy gedacht hatte, hatte er sich oft vorgestellt, daß sie eines Tages zurückkommen und sich mit Karla anfreunden würde. In seinen Gedankenspielen war das als eine Möglichkeit erschienen, sie beide für sich zu haben. Jahrelang war das einer seiner angenehmsten Tagträume gewesen.

Jetzt war Jacy zurückgekommen, und sie und Karla waren

Freundinnen, aber der zentrale Punkt des Tagtraums hatte sich nicht verwirklicht: Statt sie beide zu haben, hatte er keine von beiden. Er hatte das Gefühl, daß er keiner von beiden so nahe stand, wie die beiden einander gekommen waren. Es war herzerwärmend zu sehen, wie locker und ungezwungen sie miteinander umgingen und füreinander da waren; aber wer würde in den kommenden Jahren für *ihn* da sein?

»Tut mir leid, Honey pie«, sagte Jacy. »Mach nicht so ein trauriges Gesicht. Du bist eine so leichte Beute, weißt du, da können wir einfach nicht widerstehen.«

»Behandle den Mann nicht wie ein Baby«, sagte Karla. »Er geht mir mit diesem traurigen Blick schon seit zweiundzwanzig Jahren auf den Wecker.«

»Ich glaube nicht, daß das aufgesetzt ist«, meinte Jacy. »Ich glaube, wir haben es hier wirklich mit einem traurigen Mann zu tun.«

»Duane, stimmt das?« fragte Karla.

»Nein«, sagte Duane.

Jacys Bemerkung verblüffte ihn. Er konnte sich nicht erinnern, daß ihn in seinem ganzen Leben jemals jemand als traurig bezeichnet hätte.

»Du solltest dich nicht besaufen, wenn du traurig bist«, sagte Karla. »Dann geht's dir nur noch mieser.«

»Ich bin nicht besoffen, und ich bin nicht traurig«, sagte er.

»Und du solltest dir nichts vormachen darüber, wie du dich fühlst«, sagte Jacy.

»Einer von uns könntest du vielleicht was vormachen, aber nicht uns beiden. Wir kennen dich zu gut.«

»Ich glaube nicht, daß mich auch nur eine von euch gut kennt«, sagte Duane verärgert.

Die Frauen schwiegen eine Weile. Sie wechselten stumme Blicke.

»Meine Güte, bist du ein Griesgram«, sagte Karla dann. »Wir haben doch nur Spaß gemacht. Es gab Zeiten, da hast du noch Spaß verstanden, Duane.«

»Ich verstehe immer noch Spaß«, sagte Duane.

Im Augenblick war ihm allerdings gar nicht zum Lachen

zumute, obwohl es durchaus Anlaß dazu gab. Die Kinder von Thalia bombardierten ihre Eltern mit Eiern, die ohne böse Absicht ein Fernfahrer aus Iowa bereitgestellt hatte, der zufällig seinen Lastwagen im denkbar ungünstigsten Augenblick an der denkbar ungünstigsten Stelle geparkt hatte. G. G. Rawley war von fünfundzwanzig Eiern getroffen worden, die, wie er glaubte, von den Hennen der Hölle stammten. Aber er fand G. G. nicht komisch und Toots Burns auch nicht, der normalerweise sogar auch dann eine komische Figur abgab, wenn er nicht über und über mit rohen Eiern bedeckt war. Nichts von alledem berührte Duane so stark wie der Anblick der beiden Frauen, wie sie da so selbstsicher und ruhig auf dem Wagen saßen.

»Dickie kann jeden Moment kommen«, sagte Karla. »Es ist schwer, auf all diesen Eiern zu tanzen. Wir werden zu Aunt Jimmie's Lounge hinausfahren und zur Musikbox tanzen. Willst du mitkommen?«

»Dräng ihn nicht«, sagte Jacy. »Wenn er lieber hierbleiben und sich ausgeschlossen fühlen möchte, dann laß ihn.«

»Duane, hast du 'ne Midlife-Crisis oder was?« fragte Karla.

»Ich glaube, ich habe nur die Schnauze voll von dieser Hundertjahrfeier«, meinte er. »Es kommt mir so vor, als ob sie schon hundert Jahre lang dauert.«

»Ich glaube, du fühlst dich von deinem eigenen Kind bedroht«, sagte Jacy. »Du hast es praktisch selbst gesagt. Das ist eine ganz gewöhnliche menschliche Erfahrung – du brauchst dich deswegen nicht zu verteidigen. Gib's doch einfach zu.«

»Ich denke, ich mach einen kleinen Spaziergang«, sagte Duane. »Vielleicht laufe ich diesem Fernfahrer über den Weg und kann ihm sagen, daß er bald keine Eier mehr hat.«

Er trank seinen Drink aus und kickte den Becher zurück in die Kühlbox.

Jacy sprang vom Wagen herab und schlang ihre Arme um ihn. »Los, Honey pie, komm mit uns tanzen«, sagte sie. »Wir werden all die gemeinen Sachen, die wir gesagt haben, wiedergutmachen.«

»Ihr habt keine gemeinen Sachen gesagt«, meinte Duane.

»Nein, aber irgendwie haben wir deine zarten Gefühle verletzt«, sagte sie.

»Er ist zu stur, um sich mit uns zu amüsieren«, sagte Karla. »Wenn wir ihn mitnehmen, wird er dort nur herumhocken und Trübsal blasen, und dann wird sich keiner von uns amüsieren.«

»Irgendein Verantwortlicher muß hier in der Nähe bleiben«, sagte Duane. »Die Zwillinge haben die Eierschlacht vom Zaun gebrochen. Sie könnten vielleicht verhaftet werden oder so was.«

»Sieh mal einer an, er hat immer eine Ausrede, um sich nicht amüsieren zu müssen«, sagte Karla.

Duane fühlte sich unentschlossen. Einerseits wollte er gerne tanzen gehen. Andererseits mußte er aber Karla recht geben: Wenn er in seiner augenblicklichen Stimmungslage tanzen ging, würde sich keine von ihnen so gut amüsieren, wie sie es könnten, wenn er nicht mitging.

»Ich denke, ich werde nur einen kleinen Spaziergang machen«, sagte er.

Ohne ein weiteres Wort ließ ihn Jacy stehen. Als er sich einen halben Häuserblock weiter auf der Straße nach ihnen umdrehte, sah er Jacy und Karla an der Wagentür lehnen und in seine Richtung blicken.

Hinter ihnen, unter der blinkenden Ampel und in den Straßen um das Gerichtsgebäude herum, deutete alles darauf hin, daß nun ein allgemeines Handgemenge im Gang war. Jetzt waren es nicht nur die Kinder, die mit Eiern warfen, jetzt schien jeder mit Eiern um sich zu werfen.

Während Duane dem Treiben zusah, kam Dickie in seinem Porsche angefahren und bremste neben Karla und Jacy. Einen Augenblick später brausten die drei an ihm vorbei. Sie winkten ihm fröhlich zu, aber sie bremsten nicht ab, um zu fragen, ob er sich die Sache mit dem Tanzengehen doch noch anders überlegt hatte. Duane wußte nicht, was er getan hätte, wenn sie angehalten hätten.

93

Duane ging nur selten spazieren. Sich in seinem Boot treiben zu lassen war für ihn die beste Art, sich zu entspannen. Er konnte sich nicht entsinnen, ob er jemals nachts zu Fuß durch Thalia gegangen war. Obwohl es eine sehr kleine Stadt war, gab es doch Viertel, in die es ihn bereits jahrelang nicht mehr verschlagen hatte – jedenfalls nicht mehr seit Dickies und Nellies frühen Teenagerjahren, als Karla ihn andauernd gezwungen hatte, aus den Federn zu steigen und nach ihnen zu sehen. Nie kamen sie von Partys oder Baseballspielen zur verabredeten Zeit nach Hause, und auf der Suche nach ihnen hatte er einmal jede kleine Gasse, jede Einfahrt und jedes Liebesnest durchstöbert.

Während er so vor sich hinspazierte, empfand er zuerst eine Art Abscheu vor sich selbst, weil er die Einladung der Frauen, zum Tanzen zu gehen, nicht angenommen hatte. Er wußte wirklich nicht, aus welchem Grund er das getan hatte, außer, daß er sich irgendwie wie ein Störenfried fühlte, wenn Jacy und Karla zusammen waren. Hätte ihn eine von ihnen alleine gefragt, ob er mit zum Tanzen gehen wollte, hätte er zugesagt, aber inzwischen kamen sie ihm vor wie ein Pärchen, und ihre Nähe zueinander war eine Schranke, die er nicht versuchen wollte zu durchbrechen. Es war entspannender für ihn, wenn er nicht dauernd gegen die Wellen ankämpfen mußte, die sie aussendeten, wenn sie zusammen waren.

Da er wußte, daß Dickie für den Rest der Nacht in sicherer Entfernung war, beschloß er, einen Spaziergang zu Suzie Nolans Haus zu machen. Um der Eierschlacht zu entgehen, ging er am westlichen Rand der Stadt entlang. Er kam an dem kleinen Friedhof von Thalia vorüber, einem Ort, an den er normalerweise nur alle ein, zwei Jahre einmal in der Funktion eines Sargträgers oder Trauergastes kam. Seine beiden Eltern lagen dort begraben. Sein Vater war im Zweiten Weltkrieg jenseits des großen Teichs gefallen; seine sterblichen Überreste waren per Schiff zurückgebracht und beerdigt worden, als Duane fünf Jahre alt war. Seine Mutter war gestorben, als sie Anfang Sechzig war – soweit Duane wußte, hauptsächlich an mangelndem Interesse am Leben. Ein paar Ölarbeiter, mit denen er gearbeitet hatte, lagen ebenfalls dort begraben, ferner ein paar alte Freunde aus alten Zeiten und mehrere Klassenkameraden, die bei Verkehrsunfällen ums Leben gekommen waren.

Während er an dem Friedhof vorüberging, fiel ihm auf, daß keiner von denen, die dort lagen, ihm jemals besonders nahegestanden hatte. Seinen Vater hatte er nie wirklich gekannt, und mit seiner Mutter hatte er nur eine förmliche Beziehung gehabt. All die Arbeitskollegen und Saufkumpane, mit denen er hauptsächlich zu tun hatte, waren noch am Leben, ebenso alle Frauen, für die er jemals etwas empfunden hatte, und alle seine Kinder. Er hatte fast ein halbes Jahrhundert gelebt, ohne daß der Tod ihm je greifbar nahe gekommen war.

Ihm kam der Gedanke, daß sein eigener Tod vielleicht der erste sein würde, der ihn wirklich tangieren würde. Es war ein ungewohnter Gedanke und einer der wenigen, die er sich jemals über den Tod gemacht hatte. Es stimmte natürlich, was Joe Coombs neulich gesagt hatte, er konnte jeden jederzeit ereilen, aber obwohl Duane sein Leben lang in einer gefährlichen Branche gearbeitet hatte, war er dem Tod nie gefährlich nahe gekommen, und er hatte selten auch nur vorübergehend Angst vorm Tod gehabt.

Ohne jedes Gefühl von Furcht verspürte er plötzlich eine leichte Neugier bei der Vorstellung, daß er selbst aus dem Gewebe des täglichen Lebens gerissen werden könnte. »Was soll's, das Leben geht weiter...« – nach jeder Beerdigung, nach jedem tödlichen Unfall hatte er diesen Satz gehört. Er wußte, daß dies im Fall seiner eigenen Familie auch so sein würde, wenn er stürbe; ihre Energien würden vielleicht für eine gewisse Zeit lahmgelegt sein, aber wohl nicht für sehr lange.

Aber was wäre mit seinen eigenen Energien? Abgesehen von Karla war er immer der dynamischste Mensch gewesen, den er kannte. Er hatte immer mehr arbeiten und sich dabei besser konzentrieren können als irgendeiner seiner Rivalen auf dem Ölfeld. Wenn es wirklich irgend etwas gab, was ihn, wie Jacy meinte, zu einem so traurigen Menschen machte, so war es die Tatsache, daß ihm seine Energie abhanden gekommen war. Während der vergangenen fünfzehn Monate hatte er sich fast jede Nacht über seine Geldprobleme den Kopf zerbrochen und nicht den tiefen Schlaf gefunden, der ihm so lange gegeben gewesen war. Hundemüde schlief er ein, hundemüde wachte er auf, hundemüde arbeitete er. Das Gefühl, über eine nahezu unerschöpfliche Energie zu verfügen, war verschwunden. Er konnte zwar immer noch arbeiten, aber im Gegensatz zu dem, was er früher einmal ganz routinemäßig geschafft hatte, war seine Leistungsfähigkeit nun eher mickrig. Ein bestimmter Schwung war verschwunden, aber nur bei ihm selbst. Dickie, Karla, die Zwillinge, sie alle strotzten noch vor Energie. Ständig wollten sie tanzen oder Wasserskilaufen oder Football spielen oder mit jemandem ins Bett gehen oder sonst etwas machen – während er vor allen Dingen eines wollte: ein ausgiebiges, erholsames Nickerchen machen.

Er erkannte auf einmal – ein ganz neuer Gedanke –, daß er ein Alter erreicht hatte, in dem er mit seinen Energien wie mit seinen Konten würde haushalten müssen – und etwas für sein Familienleben, etwas für seine Arbeit, etwas für eine Geliebte, sofern er sich eine leisten konnte, zurücklegen müßte. Allein Karla machte ganz erhebliche Rücklagen notwendig.

Suzie Nolans Haus war völlig dunkel, als er dort ankam. Duane blieb zögernd stehen – er wollte sie nicht überraschen oder erschrecken. Er hatte das Gefühl, daß es wahrscheinlich besser wäre, einfach wieder zu gehen. Er konnte sie ja morgen anrufen und sich entschuldigen. Wahrscheinlich war es albern, das Ganze noch einmal aufzuwärmen. Machten ihm die Frauen nicht immer den Vorwurf, er würde versuchen, Dinge zu regeln, die sich nicht regeln ließen?

Aber er wollte nicht wieder gehen, so albern er sich auch vorkam. Er betrat ihre Küche und machte Licht. Dann setzte er sich an den Küchentisch und fragte sich, wie er Suzie aufwecken konnte, ohne sie zu erschrecken.

»Dickie?« rief sie von irgendwo her. Aus dem Flur kam Licht.

»Nein, ich bin's nur«, antwortete Duane.

Suzie kam in ihrem Nachthemd in die Küche. Sie sah verschlafen und ein wenig besorgt aus.

»Hast du meine Kinder gesehen?« fragte sie. »Sie sind nicht zu Hause.«

»Sie sind oben auf dem Gerichtsgebäude und werfen mit Eiern«, sagte Duane.

Suzie blickte ihn verständnislos an. »Wieso werfen sie mit Eiern?«

»Hunderte von Leuten werfen mit Eiern«, sagte Duane. »Irgendein Idiot hat einen Eierlaster direkt vor dem Waschsalon geparkt, und die Kids haben ihn irgendwie knacken können.«

Suzie ließ sich langsam am Tisch nieder und sah ihn verschlafen an.

»›Ich bin's nur‹ – was soll das heißen?« sagte sie. »Ich war schon drauf und dran, dich ›Daddy Duane‹ zu nennen, aber vielleicht werde ich dich einfach ›Nur Ich‹ nennen. Was willst du, ›Nur Ich‹?«

»Mich wieder mit dir vertragen«, sagte er.

»Dann geh für mich meine Kinder suchen«, sagte sie. »Ich gehöre zu der Sorte von Müttern, die nicht gut schlafen, wenn ihre Kinder nicht zu Hause sind. Ich habe mich die ganze Zeit nur unruhig herumgewälzt und darauf gewartet, daß sie heimkommen.«

»Zwei kleine Kinder inmitten einer Eierschlacht zu finden ist eine schwere Aufgabe«, sagte er.

»Aber der kürzeste Weg, um dich wieder mit mir zu vertragen«, sagte Suzie.

»Gut, wo sind deine Wagenschlüssel?« fragte er.

Sie zeigte auf einen Nagel neben der Hintertür. Genau in diesem Augenblick ging die Vordertür auf, und ihre zwei großen Kinder traten grinsend ein. Beide trieften fast genauso vor Eigelb, wie Toots Burns es getan hatte.

»Stop!« rief Suzie und war auf der Stelle hellwach.

Dann verließ sie kurz die Küche und kam mit zwei Bademänteln zurück. »Geht raus und zieht euch aus«, befahl sie. »Laßt diese schleimigen Klamotten auf den Stufen vor dem Haus. Und geht unter die Dusche. Ihr habt beide Ei im Haar.«

Kurz darauf schlüpften die Kinder in ihren Bademänteln durch die Küche. Die Kinder sahen gut aus, sie waren so lebhaft und voller Unfug im Kopf, wie ihre Mutter es in gewissen Stimmungen auch sein konnte. Die beiden sagten höflich gute Nacht und nannten ihn dabei »Mr. Moore«.

Der Gedanke, daß Dickie schon bald ihr Stiefvater sein würde, kam ihm sonderbar vor, aber er sagte nichts. Er fand es idiotisch, daß er zurückgekommen war. Suzie blickte ihn an, wie sie irgendeinen Fremden hätte anblicken können, der ihr nichts anhaben konnte – weit davon entfernt, ihm böse zu sein, schien sie ihn beinahe vergessen zu haben. Es störte sie überhaupt nicht, daß er mitten in der Nacht in ihrer Küche saß, aber es schien sie auch nicht weiter zu interessieren. Das Bedürfnis zu schlafen sowie die Tatsache, daß ihre Kinder nach Hause gekommen waren, degradierten ihn zu einem völlig unbedeutenden Faktor in ihrem Leben.

Sie schenkte sich ein Glas Eiswasser ein, lehnte sich an den Kühlschrank und trank es aus. Obwohl sie fast wieder eingeschlafen war, schien sie jeden Schluck zu genießen. Wie sie so dastand und das Wasser trank, ging etwas zutiefst Erregendes von ihr aus – sie hatte eine Art, auch die banalste körperliche Geste so befriedigend und so notwendig aussehen zu lassen, als wäre sie eine intime Berührung.

Obwohl er erregt war, hängte Duane nur die Autoschlüssel wieder an die Hintertür zurück. Sie hatte ihn abgeschrieben, aber er war ja auch schon vorher abgeschrieben gewesen. Bei Suzie mußte man immer damit rechnen, daß der Körper das Ruder übernahm und ein Bedürfnis äußerte, das keinen Einspruch duldete. Es konnte ein Bedürfnis nach Essen, nach Schlaf, nach Sex oder einfach nach einem Glas kalten Wassers sein, aber egal, was es war, dieses Verlangen war dann für eine Weile das einzige, was für Suzie wirklich existierte. Was ihre körperlichen Bedürfnisse anging, so hatte er einiges gelernt, etwa, daß man nicht versuchen durfte, auf sie zu sprechen zu kommen. Wenn er für jetzt abgeschrieben war, so hieß das nicht, daß er für immer abgeschrieben war.

»Nacht«, sagte er, um sich zu verabschieden.

»Duane, du könntest auf der Couch schlafen«, sagte sie, während sie ihr Wasserglas absetzte.

»Nein, danke«, sagte er. »Ich habe auch Kinder. Ich gehe besser mal nachsehen, was *meine* treiben.«

»Also dann: bye, bye«, sagte Suzie und knipste das Küchenlicht aus.

94

Wie sich herausstellte, war es gar nicht so leicht, wieder zum Gerichthaus zurückzugelangen. Die Straßen rings um den Platz waren bedeckt mit dem Schleim von Tausenden von zerplatzten Eiern und daher rutschig wie Glatteis.

Während er die Szenerie vom einigermaßen sicheren Ort der Tankstelle aus betrachtete, war sich Duane nicht mehr so sicher, ob er wirklich dorthin zurückkehren wollte. Zum einen wütete der Eierkrieg noch immer, obgleich die Zahl der Kriegsteilnehmer abgenommen hatte. Die Band hatte es aufgegeben, noch weiter zu spielen, wovon sich aber ein paar nicht totzukriegende Tänzer, denen das vielleicht nicht einmal aufgefallen war, nicht entmutigen ließen. Überall um den Platz stapelten sich Eierschachteln wie Munitionskisten.

Der Schwerpunkt der Schlacht hatte sich jetzt auf Old Texasville verlagert, das zum Alamo der Trinkerfraktion geworden war. Vierzig oder fünfzig Bierkisten waren davor als Barrikade aufgeschichtet worden. Santa Anna oder General Travis in Gestalt von Bobby Lee und Eddie Belt kämpften mit vereinten Kräften gegen ihren gemeinsamen Feind G. G. Rawley, der eine große Schar von schwerbewaffneten byelo-baptistischen Bauernburschen rekrutiert hatte.

Bobby und Eddie hatten nur wenige Verbündete, alle schwer betrunken, und die Munition drohte ihnen allmählich auszugehen. Immerhin hatten sie Shorty als Unterstützung. Von Zeit zu Zeit sprang er auf Bobby Lees Drängen auf die Bierkistenbarrikade und wetzte aufgeregt darauf hin und her. Der Zweck dieser Taktik schien zu sein, daß Shorty das Feuer der Baptisten auf sich lenken sollte, aber die Baptisten waren zu knapp bestückt mit Munition, um sie auf einen Hund zu verschwenden. Sie hatten nur noch etwa ein Dutzend Kartons voller Eier übrig. Die Verteidiger von Texasville opferten nur dann ein Ei, wenn sie glaubten, sie könnten einen leichten Treffer landen.

Duane gelang es, auf Zehenspitzen die andere Straßenseite zu erreichen, wobei er, sooft es ging, auf die Bierdosen trat, die sich auf jeder Zufahrtsstraße zum Hauptplatz zu Tausenden mit dem Eierschleim vermischten.

Als er gerade den Schutz des Hot-Dog-Standes erreichte, sah er Jack und Julie unter der Ampel in einem Golfcaddy angefahren kommen. Es war der Golfcaddy von Lester und Jenny, und die Kinder der beiden fuhren mit den Zwillingen mit. Hinter ihnen kamen mehrere andere Kinder auf Rasentraktoren angerückt. Im Gegensatz zu den Byelo-Baptisten hatten die Kinder Eier in Hülle und Fülle. Julie saß am Steuer, und Jack, der vom Platz gewiesene Pitcher, begann nun ein Ei nach dem anderen auf die umzingelten Byelo-Baptisten zu pitchen, worauf diese in fruchtloser Gegenwehr eine ganze Schachtel ihrer Munition verschwendeten. Jacks Treffsicherheit war tödlich – fast jedes Ei platschte jemanden ins Gesicht, gegen den Brustkorb oder zwischen die Beine.

Als sie sahen, daß der Feind in einem Kreuzfeuer eingekeilt war, kamen Bobby und Eddie hinter ihrer Barrikade hervor und schleuderten G. G. Rawley mehrere Eier ins Gesicht. Shorty kläffte aus vollem Hals, womit er Freund wie Feind gleichermaßen auf die Nerven ging. Einige der baptistischen Bauernburschen versuchten die Kinder in die Flucht zu schlagen, aber jeder Schritt war riskant, und so fielen die meisten von ihnen auf die Nase.

Mitten im Gefecht versorgte sich Jack mit Nachschub, indem er schachtelweise Eier von dem Munitionszug der Rasentraktoren holte. Seine Zielgenauigkeit war sehenswert. Duane schwelgte in einem kurzen, aber lebhaften Tagtraum, in dem Jack den letzten Mann im letzten entscheidenden Spiel der Weltmeisterschaften im Yankee-Stadion vom Platz schlug.

Die Bauernburschen waren jedoch hartnäckige Gegner. Obwohl sie pausenlos mit Eiern bombardiert wurden, kämpften sie sich immer noch durch den Schleim und sparten sich ihre letzten paar Eier auf, bis sie sich in todsicherer Schußposition befanden. In der Hoffnung, er könnte ihren Vormarsch verlangsamen, warf Jack immer schneller, aber sie wurden nicht langsamer und hatten das Schleimgebiet so gut wie durchquert.

Da entschied Jack, daß es Zeit für einen taktischen Rückzug war. Julie lenkte den Golfcaddy in eine Einfahrt und stob in die Nacht davon. Die Nachhut auf den schmächtigen Rasentraktoren, die auf einem Gelände voller Bierdosen und zerplatzter Eier nur mehr schlecht als recht manövrieren konnten, versuchten fortzukommen, aber sie wurden von den Bauernburschen überrascht und wüst beschossen.

»Rufen wir eine Feuerpause aus, G. G.«, rief Bobby Lee. »Wir haben nicht mehr viele Eier.«

»Mit heidnischen Schwachköpfen schließe ich keine Feuerpause«, entgegnete G. G. Obwohl er nicht viel mehr als eine Eiweißsäule auf Beinen war, hatte er keinen Funken von seinem Kampfgeist verloren. Er warf seine letzten drei Eier, die alle an der Frontfassade von Old Texasville zerplatzten.

Bobby Lee hatte nur noch ein Ei übrig und ließ es fallen. Shorty, der zu der Überzeugung gelangt war, daß es seine Pflicht sei, Eier zu vernichten, sprang darauf und zertrampelte es, bevor Bobby Lee es aufheben konnte. Eddie Belt feuerte ein paar letzte Würfe auf G. G. ab, aber er traf mehrere Meter daneben.

»Nur gut, daß dein Leben nicht davon abhängt, daß du jemanden mit einem Ei triffst«, bemerkte Bobby Lee.

Duane trat zu ihnen hinüber und verkleinerte die Barrikade um ein Bier.

»Wo hast du gesteckt, während wir für die gute Sache gefochten haben?« fragte ihn Bobby Lee.

»Ziemlich weit außer Schußweite«, sagte Duane. Die gesamte Front des Gerichtsgebäudes, ganz zu schweigen von der Grünfläche und den umliegenden Straßen, schien mit Eiern bestrichen zu sein.

»Ich fall gleich um vor Erschöpfung«, sagte Eddie Belt und gähnte.

»Los, dann fall doch um. Wer würde dich schon vermissen?« sagte Bobby Lee ungerührt. Das Gefecht schien ihm neue Kräfte verliehen zu haben. »Ich möchte wissen, ob bei Aunt Jimmie's noch eine übrig ist, die Lust hat, mit mir zu tanzen?«

Der Eierlaster stand immer noch mit offenen Hecktüren am Waschsalon. Duane ging hinüber und schaute hinein. Kein einziges Ei befand sich mehr darin.

Im Osten wurde in der Ferne über dem Highway ein schwacher Lichtschimmer sichtbar. Der Gehsteig hinter dem Laster war die einzige eifreie Stelle in der Umgebung, und so setzte er sich auf den Randstein, um sein Bier zu trinken und auf die Morgendämmerung zu warten.

Bobby Lee, der alles andere als eifrei war, gesellte sich zu ihm.

»Wir brauchen doch heute nicht zur Arbeit, oder?« fragte er.

»Aber sicher müssen wir heute arbeiten«, entgegnete Duane. »Wir müssen diese zweite Quelle verrohren. Nur weil du die ganze Nacht lang Bier gesoffen und mit Eiern geschmissen hast, hast du noch kein Recht, dich auf die faule Haut zu legen.«

Inzwischen wurde es etwas heller. Da sahen sie einen Mann mit einem zusammengerollten Schlafsack auf der Schulter die Straße daherspaziert kommen.

»Das könnte unser Fernfahrer sein«, bemerkte Duane. Er hatte recht. Als der Mann noch eineinhalb Häuserblocks weit entfernt war, rutschte er auf einem Flecken Eierschleim aus. Bis dahin hatte er offensichtlich nichts von dem Gemetzel auf der Straße mitbekommen. Aber jetzt war es auch für ihn nicht zu übersehen. Vor manchen Geschäften stapelten sich leere Eierschachteln fast ebenso hoch wie kurz zuvor noch die Tumbleweeds.

Er machte Anstalten, zu seinem Lastwagen zu laufen, und fiel auf der Stelle hin. Er rappelte sich wieder hoch und taumelte, mehrmals ausrutschend, vorwärts. Als er schließlich den Laster erreichte, war er ebenso sprach- wie atemlos.

»Was war denn hier los?« fragte er keuchend.

»Ach, nur so 'ne Art Jubiläumsfeier«, bemerkte Duane.

»Jubiläumsfeier!?« stutzte der Mann. Er war um die sechzig Jahre alt, dünn und hatte sandfarbenes Haar. »Verdammt, meine Eier sind weg! Ich hatte fünftausend Dutzend Eier in diesem Wagen! Sechzigtausend Eier!«

»Sie hätten wahrscheinlich nicht abhauen und sie hier lassen dürfen«, meinte Duane.

»Ich hab mich nur mal kurz aufs Ohr gelegt«, sagte der Fernfahrer. Er sah leicht verlegen aus.

»Ich bin die ganze Strecke von Ottumwa, Iowa, am Steuer gesessen«, fuhr er fort. »Ihr habt so hübsche Rasen hier in Texas. Ich mach mir nichts aus Motels. Lieber mach ich einen kleinen Spaziergang durch diese friedlichen kleinen Städtchen und such mir ein nettes Rasenplätzchen, um mich auszustrecken. Und schlafe unter freiem Himmel. Das ist entspannender.«

Immer wieder starrte er in seinen Laster, als ob er einfach nicht glauben konnte, daß die Eier, die mit ihm die ganze Strecke von Ottumwa, Iowa, gereist waren, nun nicht mehr da waren.

»Nicht mal im Traum wär mir eingefallen, daß so was passieren könnte«, sagte er. »Was für Vollidioten könnten auch sechzigtausend Eier zerteppern?«

»Das haben libysche Terroristen angezettelt«, sagte Bobby Lee in seinem sachlichsten Tonfall. »Die haben sich als Baptisten verkleidet eingeschlichen, und bevor wir uns versahen, kamen einfach von allen Seiten Eier geflogen.«

»Wir haben gerade unsere Hundertjahrfeier«, erklärte Duane. »Sachen wie diese passieren nur alle hundert Jahre einmal.«

»Diese Eier waren Güteklasse A«, sagte der Fahrer. Er machte ein immer ratloseres Gesicht. Dann entdeckte er die einsame Telefonzelle an der Ecke auf der gegenüberliegenden Straßenseite und ging hinüber.

»Ich muß meinen Chef anrufen«, sagte er. »Er wird auch nicht wissen, was er von der Sache halten soll.«

»Schicken Sie die Rechnung einfach an die Stadt«, sagte Duane. »Wir sind keine Diebe. Wir werden Ihnen Ihre Eier bezahlen. Schicken Sie sie nach Thalia, Texas. Die Postleitzahl ist 76359.«

Sorgfältig notierte sich der Mann die Postleitzahl in ein Scheckheft und schlurfte und schlidderte über die Straße zur Telefonzelle.

»Du machst's den Leuten zu einfach«, meinte Bobby Lee. »Ich hätte das dämliche Arschgesicht die Postleitzahl selber rausfinden lassen. Sieh ihn dir nur an. Er hat nicht mal geschnallt, daß du besser vorwärtskommst, wenn du auf die Bierdosen trittst.«

»Er steht unter einem Schock«, sagte Duane. »Dir würde es genauso gehen, wenn du dich auf einen netten Rasen zu einem Nickerchen niederlegst und dann zurückkommst und entdeckst, daß du sechzigtausend Eier verloren hast.«

»Ach, ich persönlich würde keine sechzigtausend Eier haben, die mir verlorengehen könnten«, entgegnete Bobby Lee. »Ich eß nur selten mal ein Ei.«

95

Der Fernfahrer aus Iowa erledigte einen Anruf und setzte dann seine Fahrt fort. Er war kaum außer Sicht, da sahen sie den Lieferwagen, der jeden Morgen die Zeitungen abwarf, mit rasantem Tempo herangebraust kommen. Duane sprang auf und winkte mit seiner Schirmmütze, in der Hoffnung, der Fahrer würde den Fuß vom Gas nehmen, aber er kam direkt auf sie zugeschossen. Er fuhr um die achtzig km/h schnell, als er in den Eierschlick geriet. Der Lieferwagen schleuderte einen halben Häuserblock weit seitwärts und zermalmte dabei ganze Massen von Bierdosen. Nur wenige Schritte vor Duane und Bobby Lee kam er zum Stehen. Shorty stelzte über eine Brücke von Bierdosen auf die Straße und begann ihn anzubellen.

Der Fahrer war ein kaum zwanzigjähriger molliger Junge. Er wollte schon aus dem Wagen steigen, aber dann überlegte er sich wohl, daß das doch keine gute Idee war. Das Zeitschriftenbündel, das er auszuliefern hatte, baumelte an seiner Hand.

»Ich finde keinen Platz, wo ich diese Zeitungen hinlegen kann«, rief er.

Duane trat zu ihm und nahm sie ihm ab.

»Ist hier ein Eierlaster umgekippt oder was?« fragte der junge Mann.

»Also umgekippt eigentlich nicht, aber er hat doch 'ne ganze Menge Eier verloren«, sagte Duane.

»Ich hoffe, ich habe keinen Platten«, sagte der Junge. »Ich fände es zum Kotzen, wenn ich an einem Ort wie diesem einen Reifen wechseln müßte.«

Er startete seinen Lieferwagen wieder und fuhr sehr behutsam davon.

»Wir haben einen guten Aussichtsposten hier«, meinte Bobby Lee. »Ich bin gespannt, wer als nächstes eingetrudelt kommt.«

Zufällig waren es die Zwillinge, die als nächste aus der grauen Morgendämmerung auftauchten. Sie hatten nur noch eine Schachtel Eier übrig.

»Ich hoffe, die kommen nicht auf die Idee, auf uns loszugehen«, sagte Bobby Lee. »Du hast dir ja ein Paar prächtige kleine Kracher großgezogen.«

Julie ging ins Gerichtsgebäude, wo sie ihr Fahrrad versteckt hatte, und Jack begnügte sich damit, die zwölf Eier Stück für Stück über die Straße in das ramponierte Gerippe der alten Kinokasse zu werfen. Ein hoch angesetzter Wurf traf die verstaubte Anzeigetafel, aber die übrigen Eier flogen durch das Kassenhäuschen und spritzten gegen die Rückwand, an der einmal die Popcornmaschine gestanden hatte.

Als die Schachtel leer war, ging auch Jack ins Gerichtsgebäude, holte sein Fahrrad heraus und fuhr hinter seiner Schwester her davon. Beide Kinder kamen durch den Schlamassel aus Eiern und Bierdosen, ohne ein einziges Mal auszurutschen.

»Ich möchte wissen, was aus den Kindern mal wird, wenn sie groß sind«, sagte Bobby Lee.

»Keine Ahnung«, antwortete Duane.

»Die bringen's bestimmt zu was«, sagte Bobby Lee. »Die haben keinen ganz so langen Weg vor sich wie du.«

»Das macht die Sache für sie vielleicht nur schlimmer«, meinte Duane. »Wenn du einen langen Weg vor dir hast, dann gehst du einfach los. Dann sind die Chancen, daß du eine Identitätskrise bekommst, nicht so groß wie bei den Kids von heutzutage.«

»Deine Frau wäre da nicht deiner Meinung«, sagte Bobby Lee. »Erst gestern hat sie mir erzählt, du hättest gerade eine Identitätskrise.«

»Hast du denn nie eine gehabt?«

»Nein, ich habe vor, meine mit meiner Midlife-Crisis zusammenzulegen«, meinte Bobby Lee. »Da erledige ich zwei Fliegen mit einer Klappe.«

Im Osten hatte sich der Horizont rosa verfärbt. Am hellsten war es an dem Punkt, wo der lange schnurgerade Highway den Horizont berührte. Da fiel Duanes Blick auf Sonnys *Wallstreet Journal* oben auf dem Zeitungspacken. Er zog es heraus und blätterte es auf.

»ÖL SACKT AUF TIEFSTEN STAND SEIT 14 JAHREN!« lautete die Schlagzeile. Darunter hieß es: »Der Ölminister: Saudis nicht gewillt, Produktion zu drosseln.«

Der erste Absatz des Aufmachers informierte ihn, daß das Rohöl der Klasse »West Texas Intermediate Crude« mit 8,89 Dollar pro Barrel abgeschlossen hatte. Experten erwarteten, daß es sogar noch weiter absinken würde, bevor es seinen Tiefstpunkt erreichte. Manche sprachen von sieben Dollar, manche von sechs Dollar, und ein paar meinten, es würde sogar bis auf fünf Dollar abstürzen.

Duane faltete das *Journal* wieder zusammen und steckte es zu den anderen Zeitungen zurück.

»Ich vermute, du wirst heute doch noch zu deinem freien Tag kommen«, sagte er zu Bobby Lee. »Vielleicht bekommst du gleich auch noch für den Rest des Jahres frei.«

»Wieso das denn?« fragte Bobby Lee.

»Möglicherweise lasse ich dieses Öl einfach, wo es ist«, sagte Duane. »Ich werde es nicht heraufholen, nur um es dann zu verschenken, selbst wenn ich's mir leisten könnte. Dickie kann's heraufholen, oder Little Mike.«

»Wieso können sich's diese Saudis leisten, wenn wir's uns nicht leisten können?« fragte Bobby Lee.

»Die besitzen mehr davon«, sagte Duane.

»Angeblich soll doch niemand mehr von irgendwas besitzen als wir Amerikaner«, meinte Bobby Lee. »Das ist doch verfassungswidrig. Scheiße, dann hetzen wir ihnen eben den Obersten Gerichtshof auf den Hals.«

Als Duane das *Journal* aufschlug, hatte er nicht erwartet, etwas von steigenden Ölpreisen zu lesen. In welche Richtung sie gingen, wußte er. Aber die Zahlen machten ihn immer noch sprachlos. Der Preis war innerhalb einer Woche um fünf Dollar pro Barrel gesunken. Die alten Zahlen waren zwar schlimm genug gewesen, aber nicht vernichtend. Sie hätten Investoren abgeschreckt, Amateure ausgemerzt, die meisten hoffnungslosen Schuldenritter vernichtet. Langfristig gesehen hätten sie aber eine reinigende Wirkung gehabt, sie hätten die Branche von Glücksrittern und Nichtskönnern gereinigt, sie hätten die Profis gezwungen, härter ranzuklotzen, die Augen offen zu halten und noch wirtschaftlicher zu produzieren.

Aber diese neuen Zahlen ließen weit und breit für all diejenigen, die von einer geringen Ölproduktion lebten, keinen Schimmer Hoffnung. Duane sah die Zehntausende von Ölpumpen quer über die gewaltige Ebene, angefangen von dem Permbecken im Osten bis hin zu den Sümpfen von Louisiana, vor sich, die die kleinen Restquellen ausbeuteten, die drei bis vier Barrels pro Tag abwarfen. Er hatte sein Leben lang die Pumpen wie geduldige, domestizierte Insekten arbeiten und Tag für Tag ihre drei oder vier Barrels produzieren sehen – zwar nicht genug, um jemanden reich zu machen, aber doch genug, um den alten Leuten ein Stückchen soziale Sicherheit zu geben oder die Kinder in die Schule gehen zu lassen. Solange sie weiter pumpten, konnte man Leute anstellen, um die Quellen abzupumpen, Quellenservicecrews, um die Quellen zu reinigen, Fahrer, um das Öl und das Equipment zu transportieren, Schweißer, um zu reparieren, was zu Bruch gegangen ward.

Nun würde ein Großteil dieses Lebens aufhören. Die Bohrtürme würden aufhören, sich in die fleckigen Ebenen zu fressen. Kleine Unternehmen würden eingehen und kleine Leben auch.

Duane fühlte sich erschöpft und traurig, während ihm dies alles durch den Kopf ging. Aber er fühlte sich nicht selbst bedroht. Er wußte recht gut, daß es schon früher soweit hätte kommen können und daß es durchaus noch schlimmer kommen konnte.

Bobby Lee zog nun selbst das *Journal* aus dem Stapel und warf einen Blick hinein.

»Ich war noch keinen einzigen Tag in meinem Leben arbeitslos«, sagte er. »Meinst du, es wird schlimmer als die Depression?«

»Zur Zeit der Depression war ich noch nicht geboren«, sagte Duane. »Im Grunde habe ich achtundvierzig Jahre im Wohlstand gelebt. Eines habe ich jedenfalls nicht vor, und das ist: anfangen zu jammern.«

»Nach allem, was wir gemeinsam durchgestanden haben, würdest du mich doch nicht an die Luft setzen, oder?« fragte Bobby Lee, während er düster in das *Journal* starrte.

»Dich würde ich als letzten an die Luft setzen, das versprech ich dir«, sagte Duane. »Aber die Bank könnte *mich* an die Luft setzen, verstehst du.«

»Diese Arschlöcher! Denen hätten wir all diese Eier ins Haus werfen sollen«, sagte Bobby Lee.

Da sahen sie plötzlich einen Lincoln um die Ecke geschossen kommen. Er bremste, und Lester und Jenny stiegen aus. Beide hatten Fotoapparate in der Hand.

»Was ist mit Janine?« fragte Duane, denn er war überrascht, Lester mit seiner eigenen Frau zusammen zu sehen.

»Janine hat Lester dabei erwischt, wie er Lavelle küßte«, erklärte Bobby Lee. »Ich vermute, wenn du in den Knast mußt, dann versuchst du noch alles mitzunehmen, was du erwischen kannst.«

Duane stellte sich eine traurige Janine vor, die allein in ihrem kleinen Häuschen saß und immer schwangerer wurde. Und er stellte sich vor, wie er selbst bei ihr vorbeischauen würde.

»Solltest du dir wegen Janine Sorgen machen, dann kannst du's ruhig bleiben lassen«, sagte Bobby Lee. »Mach dir lieber wegen mir Sorgen, wenn du dir wegen jemandem Sorgen machen willst.«

»Wieso soll ich mir wegen Janine keine Sorgen machen?«

»Sie hat was mit Junior Nolan angefangen«, sagte Bobby Lee. »Er hat mich ausgestochen, wenn du's genau wissen willst. Janine hat sich in den letzten paar Jahren ganz schön verändert. Ich denke, ich und sie, wir könnten jetzt ganz gut miteinander auskommen.«

»Es fällt den Leuten hier verdammt schwer, zu entscheiden, mit wem sie zusammenleben wollen«, fügte er hinzu.

»Aber was ist aus Billie Anne geworden?« fragte Duane.

»Oh, die ist nach Benson, Arizona, zurückgefahren. Sie meinte, ihr sei es hier in der Gegend zu lahm zugegangen.«

Dann traten Lester und Jenny zu ihnen. Es war noch nicht hell genug, um gute Fotos zu machen. Beide sahen putzmunter aus.

»Das ist wirklich ein Wunder«, sagte Lester, während er gutgelaunt die Szenerie betrachtete. »Wenn ich dem Richter Fotos von dieser Szene zeige und ihm klar wird, daß ich eine Bank in einer Stadt leiten mußte, die sich Sachen leistet wie diese hier, dann wird er alle Anklagepunkte gegen mich fallen lassen.«

»Die Hundertjahrfeier ist doch alles in allem wirklich ein Erfolg – bis auf den Absatz der Souvenirs natürlich«, sagte Jenny.

Dann gingen sie von dannen, blieben unter der Ampel stehen und brachten ihre Kameras in Anschlag.

Bobby Lee warf das *Wallstreet Journal* in den nächstbesten Haufen Eierschleim.

»Ich hasse es, Dinge zu lesen, die mich deprimieren«, sagte er.

Von Westen sahen sie einen schwarzen Mercedes nahen. Zuerst dachte Duane, es sei der von Jacy, aber es war ein viel neueres Modell.

»Die Typen haben sich aber eine schlechte Abkürzung ausgesucht, wenn das eine sein soll«, sagte er.

Der Mercedes kam in rasantem Tempo in die Stadt gebraust. Als er in den Schleim geriet, ging es ihm wie dem Lieferwagen. Er schleuderte seitwärts einen halben Häuserblock weit, drehte sich dreimal um sich selbst und kam zum Stehen.

Nach einer Weile gingen an der Gehsteigseite zwei der getönten Scheiben herunter. Ein langmähniger verschlafener Mann mit einem Lederhut auf dem Kopf blickte vom Rücksitz aus dem Fenster, aber der Anblick von sechzigtausend zerbrochenen Eiern, vermischt mit mehreren tausend Bierdosen, kam ihm offensichtlich nicht besonders ungewöhnlich oder bemerkenswert vor. Er hob gerade mal ein Augenlid, dann ließ er sein Fenster wieder hochfahren.

Der andere Durchreisende zeigte mehr Neugier. Er war rothaarig, trug ein Stirnband und hatte einen an den meisten Stellen ergrauten Bart. Er öffnete die Tür des Mercedes, stieg aus und grinste schüchtern. Er trug Joggingschuhe, die ihn jedoch nicht davor bewahrten, im Eierschleim auszurutschen. Er konnte sich gerade noch vor dem Hinfallen retten, indem er sich an die Wagentür klammerte, aber die Gefahr, die bei jedem Schritt auf diesem schlüpfrigen Boden drohte, raubte ihm den Mut zu einer weiteren Erkundung der Lage. Er hielt sich an der Tür fest und blickte eine Minute lang in die Runde. Offensichtlich war er von dem, was er sah, stärker beeindruckt als sein Mitfahrer. Dann sah er Duane und Bobby Lee an und meinte grinsend:

»Meine Fresse, ihr Leute müßt letzte Nacht hier einen ganz schönen Budenzauber gehabt haben.«

»Das kann man wohl sagen«, bestätigte Duane.

Der Mann stieg wieder in den Mercedes, und der Mercedes fuhr zwischen Lester und Jenny davon, die immer noch fotografierten. Dann verschwand der Wagen in der Morgendämmerung.

»Ich glaube, das war Willie Nelson«, sagte Bobby Lee vorsichtig.

»Da könntest du recht haben«, sagte Duane.

96

Der Gedanke, daß er gerade mit Willie Nelson gesprochen hatte, erfüllte Bobby Lee mit einer Art ehrfürchtiger Ergriffenheit. Mehrere Minuten lang war er zu ergriffen, um ein Wort herauszubringen, aber sobald er wieder die Sprache gefunden hatte, ließ er sich zu wilden Spekulationen hinreißen. Vielleicht hatte Willie beschlossen, sich in Thalia niederzulassen. Vielleicht dachte er daran, Jacys Haus zu kaufen – jenes Haus, das Steve McQueen angeblich einmal besucht haben sollte. Vielleicht würde er später am Tag noch einmal in die Stadt zurückkommen. Er würde Bobby Lee vielleicht ein Autogramm geben. Er könnte ins Dairy Queen kommen und etwas essen.

»Vielleicht – vielleicht auch nicht«, sagte Duane. Kopfschmerzen kündigten sich an. Er wußte, daß er besser die Beine in die

Hand nehmen und auf direktem Wege nach Dallas fahren und versuchen sollte, einen tüchtigen Konkursanwalt aufzutreiben. Keines der Wunder, die ihn vielleicht noch davor hätten bewahren können, in diesen sauren Apfel beißen zu müssen, war eingetreten. Er wollte nicht Konkurs machen, aber die einzige Alternative war die, der Bank alles zu überlassen, was er besaß, und zu hoffen, daß sie das zufriedenstellen würde.

Neben diesem kleinen persönlichen Problem gab es ein öffentliches Problem: Was sollte mit den etwa sechzigtausend zerplatzten Eiern geschehen? Der rote Rand der Sonne war gerade dabei, sich über den östlichen Horizont zu schieben. Und diese Sonne war auch noch eine Augustsonne. In ein paar Stunden würde Thalia wie das größte Omelett der Welt aussehen.

»Schade, daß du den Feuerwehrwagen ins Gerichtsgebäude gerammt hast«, sagte er. »Es wäre weitaus einfacher, diese Sauerei hier fortzuschaffen, wenn wir einen Feuerwehrwagen hätten.«

»Die Lösung des Problems mit dem Feuerwehrwagen ist einfach«, sagte Bobby Lee in seinem berühmten sachlichen Tonfall. »Nicht der Wagen steckt im Gericht, sondern nur die Leiter. Wir brauchen also nur die Leiter zu kappen, und schon haben wir einen einsatzfähigen Feuerwehrwagen.«

Bevor Duane diese Lösung kritisieren konnte, sah er den BMW aus der Richtung von Aunt Jimmie's Lounge in die Stadt rasen. Sofort rannte er mit den Armen winkend den Gehsteig entlang und versuchte den Wagen zum Abbremsen zu bewegen. Wenn Dickie wie üblich 140 km/h fuhr, dann konnte die Sache übel enden, wenn der Wagen in den Eierschlick geriet.

Aber Dickie saß nicht nur nicht hinter dem Steuer, sondern überhaupt nicht in dem Wagen. Karla saß am Steuer, und außer Jacy fuhr sonst niemand mit. Sie stoppte in sicherem Abstand vor der eiigen Fläche. Dicht gefolgt von Bobby Lee ging Duane zum Wagen.

»Willie Nelson war gerade hier«, berichtete Bobby Lee atemlos.

»Du lügst«, sagte Karla. »Du versuchst nur, mir ein schlechtes Gewissen zu machen – wie immer.«

»Er *war* hier – Willie Nelson, wie er leibt und lebt«, sagte Bobby Lee.

»Ach was, steigt ein, wir sterben vor Hunger«, sagte Karla. »Fahren wir ins Dairy Queen.«

»Ich bescheiß dich wirklich nicht, Karla«, sagte Bobby Lee. »Dein größtes Idol ist mitten durch diese Stadt gekommen. Ich denke, er hat vor, sich hier ein Haus zu kaufen.«

»Hör einfach nicht hin. Er war auch derjenige, der das Gerücht mit Steve McQueen verbreitet hat«, sagte Karla zu Jacy.

Duane stieg in den Wagen. Die beiden Frauen waren in bester Laune. Sie hatten angefangen, sich die Lippen zu schminken, dann waren sie auf die Idee gekommen, ihre Lippenstifte auszutauschen, und bewunderten nun ihren neuen Look.

»Was ist los mit euch? Habt ihr etwa einen Kater?« fragte Karla.

»Du wirst's wissen, wenn du die Zeitung liest«, sagte Duane. »Heute ist der Tag, an dem wir wirklich pleite gemacht haben.«

»Ach was, Duane, du brauchst nur ein gutes Frühstück«, sagte Karla. »Es gibt Leute im Ölbusiness, die gleich fünf- oder sechsmal pleite gemacht haben. So was haut einen doch nicht um.«

»Karla, Willie Nelson hat mit mir gesprochen«, sagte Bobby Lee.

Jacy griff mit der Hand zurück und tätschelte Duanes Knie, den einzigen Körperteil von ihm, den sie erreichen konnte.

»Nun mach wieder ein fröhliches Gesicht, Honey pie«, sagte sie. »Es ist ein herrlicher Tag, und du fährst mit den zwei heißesten Frauen in Texas spazieren. Das ist doch schon was.«

»Natürlich ist das schon was«, gab Duane zu. »Trotzdem hatte ich nie vorgehabt, Bankrott zu machen.«

»Nun, die Dinge laufen eben nicht immer so, wie man's gern hätte«, sagte Karla. »Schnall dich an, Duane. Du bist erst achtundvierzig. Du hast noch eine Menge Zeit, wieder reich zu werden.«

Die Bombenstimmung der Frauen war unwiderstehlich. Als er mit ihnen zusammensaß, fühlte sich Duane schon viel besser. Wahrscheinlich konnte er *tatsächlich* wieder reich werden, wenn er ihnen nur etwas von ihrer Energie stehlen könnte.

»Er wirkte im Grunde wie ein ganz bescheidener Mann«, fuhr Bobby Lee fort. »Er hat gegrinst, wie man's von ihm kennt.«

»Ja, und ich tret dir gleich in deinen kleinen Pimmel, wenn du nicht die Klappe hältst«, entgegnete Karla. »Willie ist viel zu sehr Gentleman, als daß er ausgerechnet in dem Moment in die Stadt käme, wo ich nicht da bin, um ihn zu treffen.«

Sie parkten vor dem Dairy Queen. Mehrere Festleichen mit glasigen Blicken lungerten auf dem Parkplatz herum und waren damit beschäftigt, sich mit Taschenmessern Ei von ihren Levi's zu kratzen.

Als sie die Eingangstür erreicht hatten, kam Ruth Popper in ihrem staubigen alten Volkswagen auf den Parkplatz gefegt. Ihr Haar war naß, und sie sah am Boden zerstört aus. »Ich habe Sonny verloren«, sagte sie. »Er hat sich aus dem Haus geschlichen, während ich unter der Dusche stand.«

»Ach komm«, beruhigte Duane sie, »ich bezweifle, daß er weit kommen wird. Komm rein und frühstücke mit uns.«

»Nein, ich muß nach ihm suchen«, sagte Ruth. »Wer weiß, was er anstellen könnte, und ich würde es mir nie verzeihen, wenn ihm irgend etwas passiert.«

»Okay, ich komme mit dir«, sagte Duane. »Ihr anderen geht rein und eßt was.«

»Gehen wir ihn alle suchen«, schlug Karla vor. »Mit einem Magen voller Sorgen kann ich nichts essen. Sonny könnte vielleicht auch ein gutes Frühstück gebrauchen. Wir werden ihn finden und dann alle gemeinsam frühstücken.«

»Er ist weder im Hotel noch im Kwick-Sack«, sagte Ruth. »Genevieve hat ihn nicht gesehen.«

»Vielleicht ist er zur Rodeoarena zurückgekehrt«, meinte Jacy. »Er könnte doch gestern abend dort etwas vergessen haben.«

»Vielleicht ist er auch mit Willie abgehauen«, meinte Bobby Lee.

Die Frauen warfen ihm strenge Blicke zu.

»Ich fahre bei Ruth mit«, sagte Duane.

97

Sonny saß in der obersten Sitzreihe der unüberdachten Billigränge und sah sich auf der großen silbernen Leinwand des Sonnenaufgangs Filme an.

Der Film, den er gerade sah, war *Rio Bravo*. Bald würde das große Feuergefecht am Schluß des Films beginnen. Gerade bereitete man sich auf einen Austausch von Gefangenen vor. Er sah Dean Martin blinzelnd im blendenden Sonnenlicht in den staubigen Wagenhof hinaustreten. Er *sah* Dean Martin, er *war* Dean Martin. Er war Dude. Jetzt begann er auf die Lehmgebäude in der Ferne zuzuschreiten, wo John Wayne und Rickie Nelson warteten. Joe kam ihm entgegen. Joe war der Killer, gegen den er ausgetauscht werden sollte. Da erblickte Dude zu seiner Linken eine eingefallene Lehmmauer. Das brachte ihn auf eine Idee. Er hatte eine Chance, sich zu befreien, die Sache zugunsten seiner Freunde zu wenden. Er wollte Joe umrempeln und ihn hinter die Mauer rollen, bevor die Revolvermänner im Drugstore schießen konnten. Er humpelte noch ein paar Schritte vorwärts. Joe war nur noch wenige Schritte weit entfernt. Joe grinste höhnisch. Er dachte, er hätte bereits gewonnen. Dude sammelte sich, um ihn umzurempeln. Noch eine Sekunde, und Joe würde in seiner Reichweite sein.

Da packte Duane ihn am Arm. Ruth Popper ergriff seinen anderen Arm. Dude versuchte sich zu wehren. Alles machten sie kaputt. Der Film verblaßte. Er würde nie befreit werden, wenn es ihm nicht gelang, Joe umzureißen, aber nun war Joe verschwunden. Die einzigen Bilder, die noch übrig waren, waren kleine Fussel – es waren kleine Wölkchen. Duane und Ruth wollten ihn Joe nicht umreißen lassen.

Dann war die Leinwand der Himmel über Thalia, über dem Gerichtsgebäude, über den Ebenen. Sonny war verzweifelt. Der Film war dahin. Seine Chance war dahin. Vor Enttäuschung fing er an zu weinen.

»Bleib eine Minute sitzen, Honey«, sagte Ruth. »Bleib sitzen und ruh dich aus.«

»Ich bin nicht müde«, sagte Sonny. Dann sah er zwei Frauen die Ränge heraufsteigen, Karla und Jacy. Er verstand nicht, weshalb alle in die Arena zurückgekommen waren. Das Festspiel war doch in der vergangenen Nacht zu Ende gegangen.

»Wir sterben vor Hunger«, sagte Duane. »Komm, gehen wir alle frühstücken.«

»Hast du Lust, Luke?« fragte Karla.

Sonny fühlte sich ein wenig besser. Es war nett, daß sie alle gekommen waren, um ihn zum Frühstück abzuholen. Karla und Jacy sahen wunderschön aus, so wunderschön, daß er sich nicht traute, sie anzusehen. Ruths Haar war naß und hing in Strähnen herab. Sie sah besorgt aus. Duane hielt ihn immer noch am Arm fest.

»Okay«, sagte Sonny. »Ich habe ein bißchen Hunger. Es ist wohl Zeit zum Frühstücken.«

98

»Habt ihr gedacht, er wollte springen?« fragte Jacy, als Ruth und Karla Sonny zum BMW führten. Sie redeten ruhig auf ihn ein.

»Also, er saß irgendwie geduckt da«, sagte Duane. »Ich denke, er wäre vielleicht wirklich gesprungen.«

»Karla wird nie glauben, daß Willie Nelson hier war«, sagte Bobby Lee. Daß es ihm nicht gelungen war, sie von diesem Wunder zu überzeugen, machte ihm mehr Sorgen als Sonny Crawfords Probleme.

»Mann, hör bloß mit Willie Nelson auf«, sagte Jacy. »Wen juckt denn schon Willie Nelson?«

Bobby Lee machte ein beleidigtes Gesicht.

»Jeden, der noch alle Tassen im Schrank hat, würde es jucken, Willie Nelson zu sehen«, sagte er.

Sonny setzte sich zwischen Ruth und Karla hinten in den BMW.

Duane wollte gerade einsteigen und abfahren, als er die Straße entlangblickte und die Zwillinge sah. Wie der Blitz kamen sie auf ihren Fahrrädern angeschossen – vor ihnen ein blauer Schimmer, der sich als Shorty herausstellte.

»Mensch, die haben's auf deinen Hund abgesehen«, sagte Bobby Lee. Jacy blickte sich um.

Die Zwillinge hatten es tatsächlich auf Shorty abgesehen. Sie waren ihrem Ziel schon so nahe, daß sie es beinahe am Schwanz packen und über den Haufen fahren konnten. Shorty war seine bedrohliche Lage auch nicht entgangen, und er flüchtete mit flach angelegten Ohren, so schnell er konnte, die staubige Straße entlang. Duane hatte ihn noch nie so schnell rennen sehen, aber er hatte auch die Zwillinge noch nie so fahren sehen, wie sie jetzt fuhren. Es war, als hätten sie monatelang als Kunstradfahrer-Team trainiert und dabei besonders die Techniken zur Perfektion gebracht, die nötig waren, um einen kleinen blauen Hund zu fangen.

Shorty raste auf die riesige leere Fläche des Parkplatzes und begann dort eine Reihe von brillanten, aber verzweifelten Manövern durchzuführen. Er rannte in engen Kreisen, machte Kehrtwendungen auf der Stelle, duckte sich, wich aus, lief Achterfiguren. Er konnte tun, was er wollte, immer blieben die Zwillinge auf beiden Seiten in Armeslänge hinter ihm. Wenn er im Kreis lief, fuhren auch sie im Kreis. Mehrmals hatte Jack ihn beinahe am Schwanz erwischt – Shorty war sich dieser Gefahr aber voll bewußt und hielt ihn dicht eingezogen zwischen seinen Hinterbeinen. Als er die Autos entdeckte, hörte er mit seinen Ausweichmanövern auf und rannte mit letzter Kraft wie der Blitz auf sie zu. Dicht hinter ihm kamen die Zwillinge, aus ihren gespiegelten Sonnenbrillengläsern blendende Blitze schießend, angerast.

»Seht euch diese Kinder an!« rief Jacy aufgeregt. »Seht euch nur diese Kinder an!«

Sie stand dicht hinter Duane und beobachtete das Wettrennen.

»Oh, seht euch nur diese Kinder an!« rief sie zum dritten Mal mit stockender Stimme.

Zu seiner Überraschung warf sie plötzlich ihre Arme von hinten um ihn. Er fühlte ihre Lippen auf seinem Nacken, dann ihre Zähne – und ihre plötzlich ausbrechenden Tränen benetzten seine Haut. Sie biß ihm in den Nacken, während sie unaufhörlich weiterschluchzte. Erschrocken und verlegen wandte sich Bobby Lee um. Duane rührte sich nicht. Shorty brachte sich unter dem BMW in Sicherheit, während die Zwillinge sich in letzter Sekunde voneinander lösten und auf je einer Seite des Wagens vorbeisausten. Bis weit hinaus in den leeren Parkplatz ließen sie ihre Räder ausrollen.

Jacy hörte auf zu beißen, ihr Weinen ließ nach und er spürte nur noch ihre Lippen an seinem nassen Nacken. Er legte seine Hände über ihre Hände.

»Ich brauche sie so sehr, Duane«, sagte Jacy, ihr Gesicht immer noch fest an seinen Nacken gedrückt. »Es ist, als ob Benny hier wäre – wenn ich die Kinder so was machen sehe, dann hab ich das Gefühl, als sei noch irgendein Teil von ihm am Leben. Nicht alle Kinder sterben – vielleicht tragen diejenigen, die leben, das Leben von denen in sich, die gestorben sind. Verstehst du, was ich meine?«

»Darf ich mich umdrehen?« fragte Duane.

Er drehte sich um und umarmte sie, und dabei sah er, daß seine Frau sie durch das Rückfenster des Wagens beobachtete. Karlas Gesicht lag halb im Schatten. Er konnte nicht erkennen, was sie sich dabei denken mochte, und er hätte es zu gerne gewußt.

»Natürlich verstehst du nicht, was ich meine«, flüsterte Jacy. »Dein kleiner Junge und dein kleines Mädchen sind ja wirklich hier. Aber ich habe eben, wenn ich deine Kinder sehe, hin und wieder einen Moment lang das Gefühl, als sei Benny auch hier. Du glaubst nicht, wieviel mir das bedeutet.«

Dann verbarg sie ihr Gesicht an seiner Brust. Die Zwillinge kamen angeradelt. Karla sah immer noch von ihrem Rücksitz aus zu. Julie fuhr an den Wagen heran und blickte hinein.

»Was ist los mit Onkel Sonny?« fragte sie.

Keiner der Zwillinge schien etwas daran ungewöhnlich zu finden, daß ihr Vater Jacy umarmte.

»Ich glaube, er ist ein bißchen erschöpft«, sagte Duane.

Julie stieg von ihrem Rad und krabbelte in den Wagen. Durch das Fenster konnte er sehen, wie sie auf Sonnys Schoß kroch. Karla legte den Arm um die beiden.

Jack saß auf seinem Fahrrad und beobachtete Shorty, von dem gerade eben der Kopf unter dem BMW hervorlugte. Seine Zunge hing heraus.

»Wenn er jetzt abhauen will, dann erwisch ich ihn sofort«, sagte Jack mit strahlendem Lächeln.

»Ich glaube aber nicht, daß er jetzt abhauen will«, sagte Duane.

Jacy trat einen Schritt von Duane zurück und wischte sich mit der Hand über die Augen.

»Diese Hundertjahrfeiern sind der reine Wahnsinn«, sagte Jack. »Ich finde, wir sollten jedes Jahr eine haben.«